W0340515

L'obsession Vinci

Sophie Chauveau

L'obsession Vinci

ÉDITIONS FRANCE LOISIRS

Édition du Club France Loisirs,
avec l'autorisation des Éditions Télémaque

Éditions France Loisirs,
123, boulevard de Grenelle, Paris
www.franceloisirs.com

Le Code de la propriété intellectuelle n'autorisant, aux termes des paragraphes 2 et 3 de l'article L. 122-5, d'une part, que les « copies ou reproductions strictement réservées à l'usage privé du copiste et non destinées à une utilisation collective » et, d'autre part, sous réserve du nom de l'auteur et de la source, que les « analyses et les courtes citations justifiées par le caractère critique, polémique, pédagogique, scientifique ou d'information », toute représentation ou reproduction intégrale ou partielle, faite sans le consentement de l'auteur ou de ses ayants droit ou ayants cause, est illicite (article L. 122-4). Cette représentation ou reproduction, par quelque procédé que ce soit, constituerait donc une contrefaçon sanctionnée par les articles L. 335-2 et suivants du Code de la propriété intellectuelle.

© Éditions SW-Télémaque, 2007
ISBN : 978-2-298-01377-1

« J'imaginerais un art supérieur à l'art des œuvres d'art : celui de l'invention des fêtes. »

NIETZSCHE

À Jean-Pierre Rumeau, infiniment.

LES ANNÉES FLORENCE

1476-1481

« Qui n'estime pas la vie ne la mérite pas. »
Léonard de Vinci.

Chapitre 1

Les hurlements de la prison
8 avril 1476

— Je n'ai pas peur du noir. Pas du tout. J'aime le noir. Tout naît du noir. J'ai besoin du noir pour faire la lumière.

La voix qui s'élève de ce trou exigu appartient à un très jeune garçon aux allures d'éphèbe, à peine sorti de l'enfance. Étrange de le voir en pareils lieux. Tant de blondeur, d'éclat et de beauté en prison. Il est d'une longueur et d'une finesse qu'exagère sa minceur fuselée. Élancé, les épaules larges, les hanches étroites, habitué à se mouvoir dans la nature, en force et en souplesse. Recroquevillé dans un angle étriqué et humide de ce réduit obscur, les bras enserrant les genoux, il fanfaronne pour rassurer Zoroastre ou conjurer le sort :

— Pourquoi veux-tu que j'aie peur ? Patiente une demi-minute les yeux fermés, rouvre-les, et là, tu vois, le noir n'est plus si opaque. Regarde par terre, des rais de lumière filtrent par la porte. Pas beaucoup. Mais quelle heure peut-il être ? Le soleil n'est-il pas déjà couché ? Allez, Astro, calme-toi. Cesse de trembler, ça fait bouger même les murs de cette prison. Il ne fait pas si noir. Enfin, pas davantage que la nuit. La nuit, tu ne trembles pas.

Massimo de Peretola, dit Zoroastre ou, plus familièrement, Astro, a la même taille que Léonard de Vinci, deux, trois ans de moins.

Pour alimenter le secret, il ne dit pas son âge. Vraisemblablement entre vingt et vingt-cinq ans… Très grand, le visage marqueté de petite vérole, le cheveu aussi noir que Léonard l'a blond clair, l'œil aussi sombre que celui de Léonard est bleu-vert… Orphelin de naissance, de naissance plus qu'obscure d'ailleurs, il ne cesse de s'inventer des origines plus ou moins nobles, plus ou moins fantaisistes. Actuellement, il est byzantin ! Arrivé à Florence à l'âge de douze, treize ans, nul ne sait d'où ! De Byzance, il n'a ni les manières ni les lettres… Il n'en a que le culte du mystère et son pseudonyme. Zoroastre.

— Vraiment, tu n'as pas peur ?

— Du noir ? Non. De l'enfermement, si. Il ne faut pas que ça dure trop, sinon je vais tout casser, menace Léonard.

— Tu as bien commencé à l'atelier. On peut dire que tu leur as donné du fil à retordre. Ça, tu étais salement dépenaillé, mais tu ne les as pas laissés intacts non plus. Ils ont dû se mettre à six pour te ceinturer.

— Oui, on ne s'est pas laissé traîner à l'abattoir sans résister. Même « Dieu » n'avait pas l'air fâché des dégâts causés chez lui. En partant, il m'a fait un clin d'œil. J'ai eu le sentiment qu'il ne désapprouvait pas. Et qu'en dépit des accusations, il était de notre côté.

— À toi, il passe toujours tout. Quoi que tu fasses. D'ailleurs, tout le monde te passe tout. À se demander même comment tu peux te retrouver ici. C'est à n'y rien comprendre.

— Dénonciation anonyme ! *Tamburo* ! *Tamburazione*… La délation !

— Mais qui a bien pu nous dénoncer ? Tu as une idée ?

— Le fameux Anonymus, le personnage le plus courageux de Florence.

— Mais qui est-ce ?

— Peu importe. Parmi les autres accusés, il y a le fils Tornabuoni, précise Léonard. Ça va vite remonter chez les Médicis. Des gens haut placés doivent déjà être en train de s'agiter pour nous sortir de là.

— Si on te libère, tu ne m'oublieras pas ?

— Astro ! Comment oses-tu ? C'est nous deux ou personne. Comme toujours. Depuis que je suis arrivé à Florence, est-ce que je t'ai jamais quitté ? jamais trompé ? Tu es comme mon frère.

— Alors explique-moi pourquoi on nous accuse de choses qu'on n'a pas commises : viol, proxénétisme, sodomie…

— Qu'on n'a pas commis, qu'on n'a pas commis, comme tu y vas. Viol, proxénétisme, je veux bien. Mais nos nuits de plaisirs partagés avec toute la bande ont dû sérieusement déranger un jaloux ou un malheureux évincé. N'oublie quand même pas qu'un garçon avec des garçons, c'est toujours un crime !

— Qu'est-ce qu'on risque ?

Le noir est aussi compact que le silence soudain de Léonard.

— … Tu ne veux pas me le dire ?

— La mort.

— Ça n'est vraiment pas drôle.

— Non, mais on sera sorti avant.

— Déjà la prison me terrifie, j'ai peur qu'on m'y laisse, qu'on m'y oublie toute la vie. Promets-moi que tu me sortiras avec toi.

— Pourquoi te figures-tu qu'on pourrait me faire sortir et pas toi ?

— Parce que je ne suis qu'un pauvre fondeur, un malheureux forgeron, et tu sais comme on nous hait depuis Vulcain.

Sauf que Zoroastre est un forgeron d'une habileté exceptionnelle. Les ateliers de Florence se l'arrachent. On dirait que le feu ne le brûle pas. Il s'est attaché à la *bottega* d'Andrea Verrocchio depuis qu'il y a rencontré Léonard. Une amitié à la vie, à la mort. Et à l'en croire, c'est pour toujours. Mais pour l'heure il n'en est plus si sûr, il sait que Léonard, avec son habituelle désinvolture, sorte d'élégance lascive, se laisse aimer sans déplaisir mais sans engagement.

— Écoute, c'est vrai, jusqu'ici tout m'a souri, et « Dieu » notre maître à tous, le magnifique Andrea Verrocchio, me promet un avenir radieux. Aussi je ne vais pas me laisser arrêter par cette broutille. Calme-toi.

— Pour toi, bien sûr. Après ton portrait de la fille Benci, sa famille ne t'abandonnera jamais. Ils sont si puissants, si riches, les Benci. Moi… Alors que toi, tout te sourit, tout te réussit. Tu as fait une entrée fracassante dans le grand monde. On te traite. Tu es unanimement admiré. Beau comme un dieu, doué comme un diable. Et en plus courageux. Pas comme moi. Je suis misérablement peureux, donc docile. Tu t'es battu, tu t'es débattu quand ils sont venus nous chercher, sûr de ton droit et que rien ne peut te résister.

— Résultat, je suis complètement déchiré et, crois-moi, je n'en mène pas large, reconnaît Léonard. Même si je persiste à penser qu'il s'agit d'un mauvais rêve et qu'on va se réveiller au milieu des vignes et des oliviers…

— Moi, plutôt que de me réveiller, je voudrais dormir, disparaître, ne plus être conscient, tout de suite, sombrer dans un sommeil profond, soupire Zoroastre en essayant de s'étirer. La peur me donne envie de fuir, et comme la porte est solidement cadenassée…

— Mais on n'a aucune raison de se faire de la bile. Si des Médicis sont mouillés par la *tamburazione*, ils ne laisseront pas traîner leur nom dans la boue. Et Lippi et Botticelli vont agiter tout ce que la ville compte de partisans de notre art et de nos…, comment disent-ils déjà ? de nos mœurs.

— Eh oui, parce que les autres n'ont pas de mœurs. Et ceux qui en ont, les invertis et les prostituées, en ont forcément de mauvaises…

— Arrête de tout voir en noir ! s'exaspère Léonard.

— Dans cette obscurité, avoue qu'il y a de quoi.

— Arrête. Arrête. Je préfère encore que tu dormes. Tu vas finir par me coller ta trouille. Moi qui me retiens depuis qu'ils nous ont enfermés de penser à mon père. Il n'a jamais rien su, jamais rien vu. Jusqu'ici, j'ai réussi à tout lui cacher de ma vie. Si ça ne s'arrange pas très vite, tout de suite, par enchantement, ser Piero, notaire à Florence, va découvrir que son bâtard de fils unique est un inverti. Et ça…

— C'est vraiment grave pour toi s'il le découvre ?

— Son estime et son argent. Je perds tout. Il va me haïr. Non. Pire. Il va me mépriser. Déjà qu'il m'en veut de ne pas avoir suivi sa voie.

— Mais Verrocchio te protège.

— Il n'est Dieu qu'à l'atelier. Lui aussi a peur de la police.

— Tu crois qu'ils vont revenir avant demain ? Tu crois qu'ils vont nous donner à manger ? Qu'ils vont nous battre ?

— Arrête, maintenant. Dors, si tu ne peux t'empêcher de voir tout en horrible. On a de l'eau. Et on n'aura rien d'autre d'ici demain matin. Quand ils nous laisseront sortir.

Ça y est, Astro s'est endormi. Mais comment fait-il ? Terrorisé et endormi. Ça semble incompatible. Léonard, qui n'a pas le sentiment d'être en danger, n'a pourtant pas sommeil. Des fourmis dans les jambes, plutôt. Une sensation aiguë d'enfermement qu'il doit tenir à distance afin qu'elle ne se change pas en oppression. Cette fois, la nuit est tombée sur la prison. Ce trou noir où on les a enfermés dans l'après-midi n'est plus irrigué du moindre rai de lumière. Pas un bruit, ou alors masqué par la respiration bruyante de Zoroastre, mué en masse ronflante. Il évoque pour Léonard l'ogre des chante-histoire, les centaures menaçants, les bêtes chimériques de l'enfance.

« Non. Je n'ai pas peur du noir », se répète inlassablement Léonard, ce fanfaron inconscient à qui tout sourit, qui n'a jamais rencontré de limites…

S'éloigner de la masse chaude et vibrante de Zoroastre… Impossible. La cellule est minuscule. Une fois ce colosse affalé, répandu est le mot juste, Léonard, qui est aussi une sorte de géant, ne peut plus bouger. Les deux plus grands garçons de Florence sont ainsi rangés dans la plus petite cellule de toute la prison, se dit Léonard, que l'image ne distrait pas longtemps.

Il a tout de même dû faire une erreur. Sinon quoi ? Comment son univers, son monde intérieur ont-ils pu s'écrouler en quelques heures à peine ? Que sa vie puisse ainsi basculer, c'est inimaginable. Parce que… Non. Il n'a pas menti, le crime de sodomie est vraiment puni de mort. Pas à chaque fois, évidemment. Mais là, quelque chose s'est enrayé de la belle assurance avec laquelle il consolait Astro avant qu'il s'endorme. Quant à l'arrogance qui lui fit accueillir son arrestation avec le mépris d'un prince et la force d'un brigand… ? *Froutt* ! Envolée. Envoler. Voler ? Sortir. S'échapper… Ah ! oui, vite, tout de suite. Qu'on l'escamote de ce trou noir ébranlé par l'angoissante respiration d'Astro. Cet enfermement, ajouté à l'impossibilité de se mouvoir… Léonard étouffe. Soudain, il ne peut plus demeurer là une minute de plus. Il secoue Zoroastre comme une brute.

— Vite, vite, lève-toi. Il faut s'en aller. Je vais mourir si je reste. Viens…

Complètement abasourdi par sa chute dans le premier sommeil, Zoroastre a le réflexe des chats errants : se fondre dans le sol, dans les murs, ne pas se faire remarquer. Il tente de retenir Léonard qui cherche à fracturer la porte. Qui s'acharne comme un enragé et cogne, cogne… jusqu'à ce que… menaçants, deux gardiens ouvrent, éclairent l'endroit de torches et brandissent des gourdins pour ordonner un retour au calme immédiat, sinon « … cachot, souterrain, fers aux pieds, les Plombs, quoi ! » grommellent-ils en méchant toscan.

— Arrête, implore Zoroastre paniqué, on doit comparaître demain matin, à la première heure, et on nous libérera sûrement… Tu fais tout ce vacarme, tu nous fais courir tous ces risques ? Mais tu es fou !

Léonard se calme.

Zoroastre en profite pour se rendormir illico. Quelle santé ! Léonard se plie un temps au rythme régulier de sa sonore respiration, s'y concentre pour oublier qu'il ne peut bouger, qu'il ne peut sortir, qu'il…

Il n'a jamais été enfermé de sa vie. Il ignorait à quel point ça le terrorise. Il ne le supporte pas. Insensible à tout raisonnement, son corps ne résiste plus. La contrainte de l'immobilité est terrible. Ne pas tout casser. Trop dangereux. « Les fers, le cachot, les Plombs… » Alors, quoi faire ? Sa passion pour le bricolage le distrait subitement de sa peur. Dès qu'il pense à agir, il est sauvé. De l'abysse des états d'âme, en tout cas. Il attrape sa ceinture. En arrache la boucle. L'essaie sur la serrure. Ça grippe assez pour qu'il s'y attelle à l'aveugle. Il lime sur un sol de pierres très dures ce morceau de fer auquel il voue son espérance. Son effort le réchauffe. Il se console par l'activité, il fabrique un passe-partout. Et il va y parvenir… avant le jour… La pénombre le ralentit, il besogne lentement mais sûrement, avec l'application qu'il met en toute chose. Parce qu'il doit sortir, il le faut. Il étouffe quand il y pense. Il va mourir s'il reste plus longtemps… Il a du mal à respirer… Il meurt de peur. Voilà, c'est donc ça, la peur !

Au moment où il s'avoue son état de panique, inimaginable quelques heures plus tôt, jusqu'ici il ne connaissait pas la peur – le chagrin, oui, mais pas la peur qui s'agrippe à la gorge et serre, serre… juste quand il lui semble identifier, reconnaître cette inconnue, lui parviennent d'atroces hurlements. Des voix humaines ? Non. Impensable. Pourtant… Animales à force d'être humaines ? De l'homme, oui, mais réduit en charpie. Ce sont des hommes pourtant que d'autres hommes torturent. Soudain, Léonard a le sentiment d'avoir un plexus dans le cerveau qui n'arrive pas à accuser le coup. La sauvagerie, la barbarie de ces cris l'assaillent. Il ne peut plus avaler. Il a envie de vomir. Vite. Tout rejeter de lui ; de lui, ou de cette part d'humanité qui commet ces actes-là. Anéanti au-dedans, affecté au plus profond, c'est comme s'il voyait la méchanceté en action. Ces cris s'impriment sur ses tympans comme une image sur la rétine. Il s'est arrêté sur ces hurlements continus. Figé. Ces cris déchirent sa nuit d'épouvante. Il ne parvient pas à croire, moins encore à accepter que des êtres humains en traitent d'autres ainsi. Leur tirent pareils cris. Il se bouche les oreilles. Inutile. Ce gémissement incroyable, cette plainte à crever le tympan de Dieu soi-même est gravée dans son cerveau. Et résonne encore, même oreilles bouchées.

Si l'enfermement a déclenché la première peur consciente de Léonard de Vinci, cette panique-là est encore plus folle. Il lui semble être en voie de liquéfaction. Il fond. Ces cris le réduisent à rien. À l'état de flaque. Inerte. Il n'a plus la force de réveiller Zoroastre. D'ailleurs, même lui, sa respiration s'est comme éteinte, assourdie par les hurlements des bêtes sacrifiées. Peut-être qu'il est mort, fracassé par ce gémissement infini.

Les lugubres bruits des êtres qu'on déchiquette tout près de lui ont envahi le minuscule espace de sa cellule, de son cerveau, de sa conscience…

Léonard s'est entièrement recroquevillé dans les hurlements déchirants de ses frères, hommes ou bêtes, peu importe, frères en dénuement. Alors, sans même comprendre ce qui lui prend, il se met à hurler à son tour. À crier à la lune comme un chien amoureux, à hennir sans fin comme un cheval blessé, le long brame du cerf agonisant… le cri des animaux terrassés par la cruauté humaine… Rien n'y fait. La privation de l'espace, de sa liberté de mouvement… ce mouvement qui est sa vie même, son moteur, sa seule foi, ajoute au mal fait à des hommes par des hommes…

Ah ! non ! C'en est trop. L'espace lui est vital, il doit courir vers le silence, sortir, fuir et ne plus se laisser attraper, jamais se faire prendre, jamais arrêter dans son élan vital…

Il couvre de son cri les autres hurlements jusqu'au bout de la nuit, il hurle continûment, sans trêve, comme si gémir, désormais, c'était respirer. À se casser la voix pour la vie. Il crie, il hurle, il scande sa douleur, il déglutit sa peur… jusqu'à l'aube où tout s'éclaire.

La porte s'ouvre, il fait clair. Oui, à eux aussi, on ouvre. On leur ouvre, c'est vrai, et il fait jour. On vient les chercher. Ils vont sortir, sortir…

Chapitre 2

Libération et libation
9 avril 1476

Brutalement propulsés en plein air, sans même prendre le temps ni la peine de se débarrasser des sanies de l'angoisse, Léonard et Zoroastre sont conduits au siège de la Seigneurie, où ils retrouvent leurs co-accusés dans un état aussi lamentable. En tout, ils sont sept. À peine leurs yeux se sont-ils accommodés à la pleine lumière qu'on les enferme à nouveau dans la pénombre du tribunal où ils ont du mal à se joindre des yeux. Aussitôt, une voix venue du centre le plus sombre leur donne lecture de la dénonciation anonyme qui justifie leur présence en ces lieux. Mais le texte d'accusation est rédigé en latin. Léonard, toujours très mal en point, n'y entend rien. Tout va trop vite, il n'arrive pas à suivre. Heureusement, tribunal populaire d'une fière république oblige, traduction est aussitôt donnée en langue vulgaire, c'est-à-dire en toscan.

« … Iacopo Saltarelli, frère de Giovanni Saltarelli, demeurant dans l'atelier d'orfèvrerie de Vacchareccia, face au Buco, qui ne s'habille qu'en noir, âgé d'environ dix-sept ans, suit un mauvais chemin. Il permet aux personnes qui le lui demandent de satisfaire des infamies, de telle façon qu'il a dû faire de nombreuses choses, et s'est acoquiné à une multitude de personnes… », dont la *tamburazione* cite quelques noms. « Bartelomeo di Pasquini, orfèvre à Vacchareccia, un giletier du quartier du Buco, Massimo de Peretola, forgeron fondeur d'un peu partout, Lorenzo Tornabuoni, sans emploi, et, bien sûr, Léonard de ser Piero da Vinci, qui travaille chez Andrea Verrocchio… » Ce « bien sûr » est meurtrier.

Les accusés n'osent se regarder.

Étrangement, après pareille accusation, les délibérations sont aussi hâtives que la dénonciation anonyme !

Chaque accusé, à son tour, proteste de son innocence. Et tous sont acquittés. Temporairement.

Des Médicis sont intervenus. Forcément. La preuve, sur le parvis où on les pousse sitôt le jugement rendu, éblouis par la lumière d'une des matinées de printemps dont Florence a le secret, sans une once de brume, dans la petite foule qui piétine en les attendant, on distingue, oh ! fugitivement, le jeune Laurent de Médicis, le bon, par opposition au Magnifique que les artistes considèrent comme le mauvais. Il est venu récupérer en hâte son neveu. Si Léonard n'était si aveuglé, il verrait aussi s'éclipser l'ami Botticelli sitôt assuré de sa libération. Même « Dieu » s'est déplacé en personne. Il a eu tellement peur pour son protégé qu'il a fait le pied de grue toute la matinée jusqu'à la sortie du tribunal. Assuré que son élève chéri était libéré, et pas en trop mauvais état, Verrocchio disparaît sans un mot.

Médicis escamote rapidement son rejeton. Quant aux pauvres artisans et à la petite gouape accusés de « relations infâmes », personne ne les attend. Ils se diluent au plus vite dans les rues de Florence. Restent Léonard et Zoroastre, fêtés par les leurs, flattés, honorés par toute une bande d'artistes en maraude. Fêtés pour une nuit de prison ? Pour un acquittement qui n'est que temporaire ? Par goût de la joie et du jeu, Léonard se laisserait bien aller à un gigantesque chahut dans toute la ville mais, d'abord, il a besoin de respirer sinon de comprendre. L'affaire, leur affaire a été renvoyée au mois de juin. On est le 9 avril. Et ces mots de latin qu'on n'a pas jugé bon de leur traduire intégralement, « *absoluti cum conditione ut retemburentus*... », signifient que le tribunal les a absous sous réserve de preuves, de nouveaux témoignages. Ils ne sont libres que sous réserve. Libres sous condition. Donc ça n'est pas fini.

Léonard n'a fait que croiser l'amical hochement de tête du grand Sandro Botticelli, l'œil vif et soulagé de Verrocchio, l'œil vif, oui, telle est explicitement la traduction du pseudonyme dont Andrea di Cione est affublé depuis sa jeunesse, *Verrocchio* ou le bon œil. Ces deux-là se sont-ils parlé ? Ils ont disparu si vite. Plus de Médicis à la ronde. Quant à Atalante, il enlace Zoroastre et l'embarque. D'une longueur de liane, d'une étrangeté merveilleuse avec ses longs cheveux clairs, ses yeux vairons – l'un vert, l'autre bleu très pâle –, une élasticité qu'envie Léonard, les muscles étirés et déliés des danseurs et un art de jouer de sa voix à faire se pâmer les bourreaux, Atalante est le troisième larron de l'équipe de Léonard. Amis, amants, épris de la beauté sous les mêmes formes. Zoroastre s'évapore littéralement au bras d'Atalante. Vont-ils faire comme si de rien n'était ? Respirer l'air joyeux de ce matin de printemps et se rendre à l'atelier comme tous les jours ?

— Je vous rejoins chez Dieu, jette Léonard à ses acolytes préférés qui s'y dirigent. J'arrive.

Depuis l'ouverture des portes du tribunal, Filippino Lippi, alias Pipo, attend sans oser rien demander. Juste il espère que l'homme dont il est épris daigne poser les yeux sur lui, s'intéresser à sa présence assidue. Alors, Léonard l'attrape aux épaules. Pipo n'attend que ça, il est fou d'un amour jamais reconnu. Léonard le sait qui s'en joue depuis toujours. Pipo est le grand amour de Botticelli, cet ami qui serait le meilleur de tous, qui est son peintre vivant préféré, si leur mutuelle timidité, une forme de pudeur maladroite ne les empêchait d'être plus intimes. Ça n'est pas une raison pour lui chiper son amant de cœur. Le beau Sandro Botticelli est très épris de l'enfant de feu son maître Lippi, que Léonard se contente de trouver joli, sans plus. Un peu trop précieux, trop urbain, trop raffiné. Léonard aime les voyous un peu vulgaires, les paysans rustiques. Il n'a jamais cédé à aucune de ses avances, qui le temps passant se font de plus en plus audacieuses. La jeunesse n'a aucune retenue.

S'il l'a pris par les épaules, c'est juste pour l'entraîner en direction de l'Arno. Un vif besoin de voir l'eau couler. L'eau si libre… L'eau en mouvement… Toujours en mouvement, l'eau, que rien ni personne ne peut contraindre… C'est une prière à l'eau que Léonard fait en suivant le fil du courant, au loin, au loin, vers la mer… Il se lave les yeux en les plongeant dans le ciel, en suivant le vol des oiseaux qui filent loin, haut, plus haut encore…

Puis, tout aussi primesautier, il enjambe comme en rêve l'immense chantier des rues de Florence toujours en travaux, évitant de justesse la foule des acrobates, musiciens, jongleurs, montreurs de monstres et d'animaux rares, pour entraîner à nouveau le jeune homme au pont des Oiseleurs. Il prend le temps de choisir le plus gris, le plus banal des moineaux en cage, le paye son prix, le pose sur le parapet du pont. Et ouvre la cage. Tout au fond, un malheureux moineau recroquevillé semble redouter plus que tout cette soudaine exposition en plein vent. Alors, Léonard, à haute et intelligible voix :

— Va, l'oiseau, va, envole-toi ! Tu es libre maintenant. Va, tu ne risques plus que ta vie. Vole, ne reste pas apeuré dans ton coin de cage, le ciel est à toi. Je te dois bien ça, on m'a rendu mon espace, je te rends au tien. Va, vole, et veille à ne plus te faire prendre...

Et l'oiseau, peu à peu, de s'ébrouer, à croire qu'il comprend les mots de Léonard. De s'avancer en sautillant jusqu'à l'entrée de la cage, de lui jeter un premier et un dernier regard avant de plonger vers le fleuve pour se redresser en traçant à l'horizon une belle courbe, large comme l'arche du pont. Les passants qui avaient ralenti se sont immobilisés, médusés par ce beau jeune homme chiffonné qui exhorte les oiseaux à la liberté. Les marchands sont furieux, mais que faire, c'est légal, il a payé. Les enfants crient de joie, et les femmes font les yeux doux, enamourées à ce si beau garçon qui pourrait, s'il le voulait, à leur tour les libérer... Ce magnifique jeune homme tout dépenaillé comme s'il avait passé la nuit à se bagarrer dans les fossés avec des mauvais garçons, ou pis encore... L'instinct maternel, toujours prêt à tout pardonner.

Pipo est fou de joie, son héros vient encore de faire la démonstration sublime de sa liberté !

— À l'atelier, à toute vitesse ! Le premier arrivé a gagné, lance Léonard.

Celui-ci court à travers les ruelles comme s'il avait le diable aux trousses. La fuite comme mode d'expression. Ah, oui ! Fuir cette sensation d'exiguïté où fut contraint son corps toute la nuit. Plus il court vite, plus il a l'impression de s'en alléger. Plus il l'oublie, mieux il l'efface. Il se défroisse l'âme et les muscles dans l'allongement de sa course. Pipo le suit, il rit de bonheur, ce qui le ralentit, il ne le rejoint qu'à la *bottega* de Verrocchio. Un immense chahut en ébranle les murs. Une haie d'honneur accueille le paria ! Élèves, apprentis, assistants, tout l'atelier en liesse fête son héros. Atalante et Zoroastre, qui a déjà eu sa « réception », dirigent une sorte de chorale ou de fanfare composée d'instruments inventés, d'outils détournés en instruments de musique. Tout se fait machine à bruit, jusqu'aux voix humaines qui se mêlent à cette cacophonie, s'élèvent ou s'abaissent sans rime ni raison.

Entraîné par la joie de tous, Léonard bat des mains, des pieds, embrasse, étreint, donne l'accolade, fait des pirouettes, la roue, marche sur les mains... Ce n'est plus un atelier mais une foire les jours de grand marché. Chacun d'applaudir, de hurler des bravos, et tous de recommencer...

Quand enfin ça s'apaise, dans les halètements et l'essoufflement, Verrocchio, que Léonard s'entête à appeler « Dieu » ou, mais en privé, « Reine des abeilles », prend solennellement la parole. À voix de plus en plus basse afin de rendre le silence plus compact, comme la lumière jaillit de l'ombre. Pas de doute, il a préparé son discours. Certes, il accueille ses parias, Léonard et Zoroastre, avec chaleur et générosité, sans les juger, sans les rejeter. Il est même le seul à se soucier de ce qu'ils ont pu ressentir lors de leur traversée de la nuit. De honte, de chagrin, de peur. Et les supplie de n'en pas rougir, et même d'oser en parler pour s'en débarrasser.

— ... Au nom de l'amour et de l'admiration que j'ai pour vous, dus autant à votre talent qu'à vos natures d'hommes, je vous conjure de prendre garde. Désormais, Florence a les yeux rivés sur vous... L'affaire a fait grand bruit, la nouvelle s'est propagée, vous n'avez pas idée à quelle vitesse. Et pas seulement dans le monde des ateliers, mais en haut lieu. Bien sûr, les Médicis n'ont pas les moyens d'un scandale pour hérésie. Ne riez pas, c'est pour cela qu'on vous condamnerait. Même l'issue de votre procès, votre acquittement fait jaser et suscite des jalousies. Méfiez-vous, mes petits, je vous en conjure, surtout toi, ma tête brûlée de lion. Certes, tu t'es déjà fait une petite réputation chez les Grandis, mais tu peux toujours la perdre… Ça vaut aussi pour toi, Zoroastre, qui bénéficies des commandes de tous. Quand on sait faire ce que vous savez faire, quand on a ce que vous avez dans les mains, quand on a déjà gagné la confiance de quelques grandes familles, on ne gâche pas tout, on ne gaspille pas ses chances. Fais attention, petit…

Du haut de son mètre soixante, Andrea appelle ces deux géants ses petits…

— … Oui, toi, mon petit Léonard, aujourd'hui tout te sourit, tout brille autour de toi, mais ça peut ne pas toujours durer. Qui sommes-nous, nous les artistes, quels sont nos droits ? Notre statut est si récent qu'il n'a pas franchi les portes de Florence, si précaire, même dans nos murs. C'est ton père, – et là, il s'adresse au seul personnage étranger à l'atelier, l'amoureux transi de Léonard, le fameux Pipo qui le suit depuis sa sortie du tribunal – tu es bien le fils de Filippo Lippi ? Oui, c'est ton père qui nous a délivré de ces chaînes misérables autour de nos mains à tout faire, corvéables à merci, mais les chaînes sont toujours à portée de main des tyrans. Je vous implore d'être prudents…

— C'est de ton âge, maître, de plaider la prudence, pas du nôtre, l'interrompt Léonard qui, encouragé par l'approbation de l'atelier, se met à scander, suivi de tous les autres :

— À bas la prudence, vive la folie !…

Mais Verrocchio insiste. Il n'a pas fini :

— On peut toujours tout perdre. D'autres que moi se débarrasseraient de vous illico, pour assurer l'avenir de leur *bottega*. L'atelier aujourd'hui est riche de commandes, mais on nous les retire demain, et on n'a plus qu'à mettre la clef sous la porte. Notre reconnaissance d'artistes comme ta jeune gloire sont trop fraîches, on peut si vite tout nous ôter. Méfiez-vous. Florence est le foyer universel de la médisance.

— À bas la prudence ! lui répond une sorte de grondement collectif. À voix encore plus basse, un murmure de Verrocchio au milieu du brouhaha de révolte évoque à mots très couverts que lui aussi a mal commencé, et même qu'il a « connu ça » ! L'atelier aussitôt émoustillé fait silence et grappe autour de lui pour connaître l'histoire de la faute de « Dieu ».

— J'étais à la fin de ma formation chez le génial Donatello. Un autre élève beaucoup plus jeune que moi critiquait mon maître que j'adulais. Ça m'a énervé, je lui ai jeté un caillou.

Grosse déception alentour.

— Ça n'est pas grave, on a tous fait ça.

— Si, c'est très grave. Je visais bien, le caillou l'a touché.

— Et alors ?

— J'avais de la force en ce temps-là…

— Et alors ? Quoi ?

— Il est mort. Sur le coup.

— Ah ! fait l'atelier, gêné.

— Ensuite ? insiste Léonard.

— Donatello a prié Cosme de Médicis d'intervenir afin qu'on considère cet accident dans sa vérité d'accident. Quelques nuits aux Plombs, le temps de délibérer… mais j'ai eu chaud. Ma carrière n'en a pas été affectée, mais depuis je vous prie de croire que je me tiens à carreau…

Un fou rire général accueille la chute de l'histoire. Dû à la fois à la façon dont Dieu se fait arracher chaque information à la pince à épiler et aussi, sûrement, à la tension accumulée des dernières heures.

Tout le monde a eu peur.

Le rire permet l'intimité. Lippi se glisse plus près de Léonard, donc de Verrocchio toujours au centre du motif. La Reine des abeilles au milieu de sa ruche.

— Mais, Maître, tu sais bien que les peintres ont besoin de folies, plaide Pipo, sinon je ne serais pas là.

— Ce que tu ne dis pas, enfant, ce que tu ignores peut-être, c'est ce que ça a failli coûter à ton père. Il a risqué la peine de mort, et ta mère, le bannissement. Il a fallu l'intervention de tous les Médicis et même celle du pape pour que tu aies le droit de venir au monde et tes parents de t'élever. Tu es le fils du plus grand scandale que notre confrérie ait jamais connu. Mais alors, il existait des Cosme de Médicis, le grand-père de celui qui vous a fait acquitter ce matin, du bout des lèvres.

— Et sous condition.

— Oui. Son grand-père a sauvé Lippi et l'a intronisé peintre officiel avec autrement de panache. Munificent : de grands moyens au service du grand art. C'est pourquoi restez sur vos gardes. Une histoire de mœurs ne doit jamais être traitée en broutille. N'oubliez pas, enfants gâtés, que tous les jours de pauvres gens sont exécutés pour ce qu'on vous reproche. Nous ne sommes pas si puissants que nous puissions tout nous permettre, le vent tourne si vite…

— … À bas la prudence… Vive la folie ! reprend en chœur l'atelier dans un grand rire qui va mourant, un peu ébranlé malgré tout par les mots de Dieu.

— Allez, on ferme. À demain, mes petits…

Et Verrocchio congédie sa bande de voyous. Les activités de son atelier sont si diverses qu'il emploie une foule bigarrée d'aides et d'artisans. Dessinateurs, fabricants d'objets en métal, de bijoux, d'ornements profanes ou religieux, de décors d'instruments de musique… Les élèves bénéficient d'une certaine liberté pour s'initier à tous les arts. Sous sa supervision, ils fabriquent des ouvrages d'or, d'argent, de marbre, de bronze, de bois, des casques d'apparat, des cloches, des canons, des banderoles… Un concentré d'humanité.

— On ferme, on ferme ! Mais on fait quoi ?

Après ce qui s'est passé, impossible de rentrer chacun chez soi comme si de rien n'était. Ce sermon a atteint le contraire de son but. Léonard décide Zoroastre à l'accompagner chez cette belle gouape de Saltarelli, dont le seul nom évoque une danse à petits entrechats sautés. Histoire de fêter leur libération ! Et de s'assurer que ce sale gosse ne se plaindra plus de l'argent qu'il gagne si aisément et avec tant de plaisir…

— Allons donc le rendre encore plus coupable que nous, sifflote Astro.

Pipo insiste pour les accompagner. Léonard s'y oppose formellement. L'impudeur de ce garçon le gêne, qui lui fait d'outrancières avances. Léonard se sent pourtant libre dans ses désirs, c'est leur expression trop crue, déplacée, qui le dérange. Il refuse avec la dernière énergie de céder à Pipo.

— Botticelli est mon ami. Je l'aime et je l'admire infiniment. Jamais, tu entends, jamais je ne lui chiperai son amant, fût-ce pour cinq minutes, et tu sais que je ne place pas la morale dans le cul. Mais je connais ses sentiments pour toi.

— Et les miens, tu en fais quoi ? Ton ami, ton ami ! Mais je n'en peux plus, moi, de ton ami ! Il patauge dans une tristesse sirupeuse qui lui colle au cœur. Il s'y complaît ad libitum. Il est de moins en moins vivant, trop vieux, peut-être, déjà.

— Et, renchérit Astro qu'étreint soudain l'envie de fête, chez ce gueux de Saltarelli, on peut amener qui on veut. On n'est quand même pas obligé de baiser avec tout le monde.

— D'accord, viens, mais je te préviens, je ne te toucherai pas.

Pipo est fou de joie, il ne rêve que d'orgies, de ces grandes parties de débauche dont il a entendu parler mais auxquelles il n'a jamais été convié. Enfin, des amours glauques, des choses compliquées, la vraie vie. Des rencontres hâtives et multiples constamment renouvelées. C'est ainsi qu'il conçoit la sexualité, et pas cette monogamie répétitive, vrai mariage à temps partiel qu'il vit avec Botticelli.

Grâce au plus bel homme de Florence, il va enfin pénétrer ces cercles interlopes où évoluent les hommes comme lui, ceux qui n'aiment que les hommes. Où Léonard est comme un poisson dans l'eau. Pipo a dix-neuf ans, il est beau comme un ange et plein d'espérances érotiques.

En dépit de sa fatigue, en dépit de l'épouvantable nuit à la prison, ou plutôt à cause d'elle, au lieu de rentrer chez son père – ce qu'au fond il redoute plus que tout –, Léonard entraîne sa troupe de gais lurons dans les bas quartiers Oltr'Arno. Chez Saltarelli.

Ceux de la veille y sont déjà. On s'y congratule. Saltarelli, le vilain petit micheton, plein de fausse honte, annonce à ses visiteurs que « cette nuit, la baise est gratuite. Je sais ce que j'ai à me faire pardonner ».

Pourtant, plus de peur que de mal, semblent-ils tous penser.

Ils se déshabillent avec la hâte de gens qui meurent de chaleur. Et la petite gouape gênée d'avoir fait jeter en prison ses meilleurs clients se livre à eux de toutes les façons possibles, se dépense sans compter, sans retenue.

C'est l'orgie, et elle est grandiose. Comme promis, Pipo se tient à l'écart autant qu'il peut. Puis, sur une œillade de Saltarelli, il prend celui-ci par-derrière, pendant qu'à genoux, entre ses cuisses, le jeune putain tire les derniers spasmes de Léonard. Ce qui revient pour Pipo à aimer Léonard par Saltarelli interposé. C'est déjà une victoire. Au matin, il jure à Léonard qu'il va quitter définitivement Botticelli :

— Je veux vivre ta vie, près de toi, comme toi.

Avant de sombrer, Léonard l'enjoint de ne pas revenir avant que ce ne soit fait.

Chapitre 3

Meurtre du père, du fils et de l'artiste
Été 1476

Prêt à toutes les folies pour oublier sa nuit d'épouvante, Léonard papillonne plus et mieux que jamais. À peine a-t-il le temps de passer à l'atelier quelques heures par jour. Il a tant à faire. Une extrême urgence au ventre. Il n'arrête plus, fourmille d'activités plus diverses, voire plus éloignées les unes des autres.

Personne ne sait quand et surtout comment ça s'est fait, mais on a tout lieu de croire que Pipo a plaqué Botticelli puisque Léonard est désormais son amant en titre. Pipo a même pris un logement pour héberger leurs amours. Astro et Atalante ont aidé à la décoration et à l'ameublement, Lucrezia, la veuve Lippi, donc la mère de Pipo, et Sandra, sa petite sœur, se sont occupées du linge, nappes, rideaux, draps… Voilà Pipo dans ses murs et en ménage, presque « marié » au plus beau, au plus génial d'entre eux. Léonard ne fait pas mine d'être épris. Tout au plus est-il sensible au désir qu'il inspire à Pipo sans trêve, ce qui ne l'empêche pas de continuer ses pratiques illicites. Chez Saltarelli. À Sardigna, l'île de toutes les indignités. Ailleurs encore. Voire avec quelques autres compagnons de nuit, des inconnus que la fatigue saisit et près de qui il se retrouve enlacé au matin.

Même Astro, son plus proche compagnon, ne parvient plus à suivre.

La vie non pas amoureuse mais érotique de Léonard est si… riche, trépidante même, que personne n'en peut tenir le compte. Un ludion qui court après davantage d'étourdissement. Toujours plus. Dispersion est le maître mot de sa conduite pendant les semaines qui suivent la *tamburazione*. Dispersion érotique, mais aussi dispersion d'intérêts. Peindre ? Oui, pour assurer les commandes de l'atelier. Mais surtout galoper chaque jour hors les murs, sa passion pour les chevaux ne se dément pas. L'écurie de son père lui est toujours ouverte, elle héberge des bêtes magnifiques. Repérer aussi et suivre les personnages les plus singuliers qu'il croise dans les rues. Leur parler, les mettre assez à l'aise pour obtenir l'autorisation de les dessiner. Léonard s'est pris de passion pour tout ce qui sort de l'ordinaire, ainsi poursuit-il des nains et des géants, des hydrocéphales et des goitreux, des phénomènes les plus difformes, insolites ou hideux. Sans morale ni jugement, il veut simplement comprendre. Comprendre est sa passion. Contrairement à Pipo et à leurs amis de la suite Médicis, l'élégant Léonard communique naturellement et très simplement avec les gens de peu. Il est plus curieux que mondain, plus attentif que méprisant. D'une curiosité que rien ne rebute. Au point que, galopant dans le *contado* au crépuscule, une étrange forme arrête son regard. Il s'approche. C'est une vache morte en plein champ. Il n'a de cesse de trouver son propriétaire pour se faire « offrir » un œil de la bête, avant que les mouches n'en fassent qu'une bouchée. À bride abattue, il file alors chez Pipo, où il passe la nuit à disséquer cet œil qu'il somme de lui livrer le mécanisme de la vision, la façon dont fonctionne la vue, ce sens vital pour lui.

L'œil dépecé en écœure plus d'un, mais son esprit scientifique empêche Léonard d'être dégoûté.

— C'est atroce, ça pue ! râle Pipo.

— Mais non, c'est passionnant.

Il sait aussi divertir les siens, cette bande de jeunes tous plus beaux les uns que les autres, plus élégants, plus féminins aussi, qui l'ont élu pour chef et le suivent, l'imitent, l'admirent, lui consacrent tout leur temps. La belle jeunesse oisive de la cité l'accompagne partout.

À croire qu'il les aimante. Tel le joueur de flûte avec sa musique, il enchante son monde. Il en joue mieux que personne. Non, en musique, il a un solide rival. Son amant par intermittence, le bel Atalante. Ensemble, ils inventent et fabriquent de nouveaux instruments de musique dont ils s'enseignent mutuellement à tirer les plus beaux sons. Les plus étranges aussi.

Léonard s'intéresse passionnément aux oiseaux, en musicien, pour leur chant et l'extrême diversité de leurs gammes. Mais aussi, depuis sa nuit enfermé dans un trou noir, pour la magie de leur vol. À son tour, l'homme volera un jour, il en est sûr. Il n'y a pas de raison. Et il veut être cet homme-là, le premier à s'élever du sol, à se diriger avec des ailes…

C'est dans cette débauche de talents déployés que tombe la deuxième *tamburazione*.

On leur avait dit qu'il y aurait une suite à la première. Qu'ils étaient libres « sous réserve… sous conditions ». Mais l'affaire a été si bien étouffée dans les arcanes du pouvoir qu'on l'a crue enterrée. L'insolente fanfaronnade des acquittés, à commencer par le plus célèbre d'entre eux en a énervé plus d'un et suscité nombre de jalousies. On exige de nouvelles preuves, des témoignages, toujours anonymes, de plus en plus précis. Qu'à cela ne tienne. Au besoin, on les fabrique.

Les voilà à nouveau « conviés » au tribunal pour le 9 juin au matin. L'acte d'accusation est nettement plus cru : « Iacopo Saltarelli se fait sodomiser par de nombreuses personnes dont principalement celles dont les noms suivent… » Léonard vient en premier. Par chance, là encore, le fils Tornabuoni ferme le ban. Les Médicis se hâtent donc d'intervenir. Si jamais le tribunal décide de donner suite à cette nouvelle plainte, ils encourent une peine extrêmement lourde. Et alors là, fini de rire.

Cette fois, pas d'emprisonnement, pas de nuit d'épouvante. Ils se rendent tôt le matin – il fait déjà chaud – au tribunal où il fait toujours glacial. Et assez vite ils en ressortent. Libres.

Comme les preuves étaient aussi anonymes que la dénonciation, elles n'ont pas convaincu.

À l'instar de la première, cette seconde *tamburazione* n'a pas de suite judiciaire, mais des suites, Léonard n'a pas fini d'en sentir les effets. Pour lui le mal est fait. Un mal profond, douloureux, irrémédiable, qu'il ne peut se dissimuler plus avant. Oh, sur l'instant, il ne s'en rend pas compte. Mais au sortir du tribunal, dans le matin d'été chaud qui l'enveloppe, il repense à sa désinvolture, la première fois, à cette course-poursuite où elle l'a entraîné depuis deux mois, et… il croise le regard de son père ! Ce père, ce regard… il n'a fait que les fuir, les repousser toutes ces semaines de fêtes. Sa frénésie de dispersion n'avait au fond d'autre but que d'éviter ser Piero. Et le voilà qui se dresse, là, tel le juge des Enfers.

Léonard se fige pour ne pas déraper sur les marches du palais.

Sans un mot, d'un geste méprisant du menton, le père indique au fils coupable de le suivre. Ils marchent à vive allure dans un silence glacé. Puis ser Piero referme la porte de son grand bureau de notaire. Et tout de suite ça commence très mal. Très fort :

— … Souillé à jamais, le nom des Vinci ! Définitivement stigmatisé, ce nom plus que bicentenaire, intègre et fier, voilà que tu le traînes dans la boue, au mépris de tous mes ancêtres !…

— Mais qu'est-ce que tu racontes ? Ton nom, ton nom ! Je n'y ai pas touché, à ton nom. Deux fois, j'ai été acquitté. Gracié, blanchi. Ton nom est intact. Ton si précieux patronyme est indemne. Comme moi, ton fils tant aimé. Personne à la Seigneurie n'a cru en ces calomnies anonymes, alors toi, mon propre père au nom si précieux, tu ne peux quand même pas y croire, surtout sans me demander à moi, en premier, ce qu'il en est.

— Pour te le demander, encore eût-il fallu te croiser une seule fois depuis deux mois !

— Calme-toi, mon père, tout va bien.

— Oh ! pas ce ton doucereux, s'il te plaît. Pas avec moi. Je ne suis pas dupe, je vois bien que tu cherches à me rouler dans la farine en me faisant croire que tu es innocent, sous le prétexte fou qu'on t'a dit innocent. Mais je sais bien, moi, que tu es coupable. Je l'ai toujours su. Je connais ta noirceur. Tu es coupable de toute éternité. Tu ne cesses de me déshonorer. Tu couches avec des hommes. Des malades, des comme toi, et même on m'a dit que tu t'étais mis en ménage avec le bâtard de la nonne et du moine Lippi. Le fils du diable ! Ce dégénéré ! Lui, il ne pouvait sans doute pas faire autrement vu son atavisme, mais toi ! Te rends-tu compte à quel point tu me compromets… ?

— Mais enfin, il ne s'est rien passé. Pourquoi te mettre dans un état pareil ?

— Et le préjudice professionnel que tu me causes ? Évidemment, pour toi, ce sont des mots vides de sens. Mes principaux clients m'ont pourtant fait comprendre, oh, assez discrètement, qu'ils ne pourront pas continuer à traiter avec le père d'un pareil gredin s'il persiste à défrayer la chronique. Comprends-tu que je risque la ruine ? La faillite. Tu y as pensé avant d'aller te vautrer chez tes bougres ? On ne signe pas de contrat avec le père d'un infâme. Impossible de dresser la liste de tes excentricités depuis ta naissance... Et c'est encore pis depuis que je t'ai pris avec moi ici. Je te fais vivre, tout de même. Tu pourrais au moins avoir la reconnaissance du ventre... Ta perversion, étalée au grand jour, ta tapageuse inversion – et je ne suis pas né de la dernière pluie, je sais que ça ne date pas d'hier –, quelle honte ! Tant que tu te contentais d'accumuler des puanteurs d'animaux morts sous mon toit pour faire de la beauté soi-disant – mais une beauté capable de déclencher des frayeurs telles que je ne m'en rappelle pas de plus terrifiantes –, ça allait encore. Là, c'est trop ! Ton crime a l'odeur de tes bêtes mortes, mais cette fois, c'est ton âme qui pue, c'est toi qui empuantis l'air alentour.

Jusqu'ici, Léonard n'a pas osé interrompre cette admonestation infinie. Il connaît bien son père pour savoir qu'il se met en boucle, qu'il se monte tout seul et se remonte à chaque phrase. Le seul fait de cracher sa colère l'entretient. On ne peut briser ce cercle qu'en le surpassant en décibel. En faisant montre d'une violence équivalente. Il est tellement remonté contre ce fils qu'il a toujours jugé indigne !

« J'ai vingt-quatre ans », se répète Léonard, sous les injures de cet homme qu'il admire à peu près autant qu'il le hait. Mais comme rien d'autre n'est susceptible de le calmer, il se hausse à son niveau sonore pour passer, sinon à l'attaque, ça il n'ose pas, du moins à la défense active. Tant pis !

— Ah ! Le fils indigne ! Le père offensé, humilié ! Tu as beau jeu de me donner des leçons de morale, toi ! Toi, surtout ! Tu sais bien que, sans ton père et surtout sans ton frère, il y a longtemps que je ne serais plus là à te faire honte. Ce n'est pas de toi que je me suis nourri. Essaie un peu d'imaginer ce que je serais devenu sans eux ! Alors, ton argent ! Mais c'est ton père qui m'a transmis ce que je sais, ce que je suis… Tu ne crois pas qu'avec toi pour modèle j'aurais pu m'en sortir ? Un type qui engrosse une pauvre servante d'auberge un soir de beuverie et la plante là pour toujours avec un bébé dans le ventre ! Beau modèle, vraiment. S'il n'y avait eu tes parents pour réparer ton crime, en me reconnaissant et en aidant ma mère à s'occuper de ton bâtard, on serait sans doute morts, elle et moi. En plus, je suis sûr que ça t'aurait arrangé ! Alors, payer ! Payer ! Tu te plains de payer pour moi ? Mais c'est tout ce que tu sais faire, payer ! Pour que tes parents élèvent ton bâtard le plus loin possible de toi. Payer pour que ma mère se fasse maltraiter par le mari qu'on lui a acheté afin de maquiller ton crime ! Et tu te plains que je ne suis pas à ton goût, mais il est détestable, ton goût ! Ah ! tu m'aurais préféré autre ! Mais pour ça, il aurait fallu m'élever toi-même. Mieux : t'occuper de moi avec ma mère, empêcher qu'elle se fasse cogner tous les jours par ce mari stipendié que vous l'avez forcée à épouser et qui, depuis, l'engrosse sans arrêt comme pour se venger…
Léonard s'est emballé. Il est de plus en plus remonté contre ce père que, paradoxalement, il laisse sans voix. L'un comme l'autre ignorait l'étendue de leur ressentiment mutuel. Alors, comme s'il ne pouvait plus s'arrêter, il enchaîne :

— … D'ailleurs, à part payer pour t'envoyer toutes les femmes qui passent à ta portée, quel modèle d'homme, de mâle, m'as-tu jamais proposé ? Alors peut-être que moi aussi j'ai de gros besoins sexuels, mais de qui je les tiens, à ton avis ? Et sais-tu, mon père qui me fait la morale, un cul, c'est toujours un cul. Tous se valent, même s'il y en a de plus jolis. Je préfère ceux des garçons, toi ceux des filles, dans les deux cas, c'est pour un usage identique, facile et sans suite. Où est la différence ? Lavé séché, c'est comme neuf ! Ensuite, on se sent mieux et on peut passer à autre chose, tranquille. Pas de différence entre nous, sinon que, moi, je n'ai pas besoin de payer et je ne risque pas de mettre au monde un malheureux petit Léonard. Le vernis du bourgeois florentin qui jusque-là se contentait de tancer son fils au nom de la morale courante vient de craquer. L'aveu presque vantard de cette sexualité déviante qu'il niait jusque-là, ou la comparaison, peut-être exacte, entre leurs réels et intenses besoins sexuels... Ser Piero sent monter en lui une rage folle, démesurée, inextinguible. Il se raisonne – c'est son fils tout de même... et à cette heure encore son fils unique... Sa nouvelle jeune femme, sa troisième épouse, est enceinte. Peut-être n'en mourra-t-elle pas, celle-ci, et donnera-t-elle enfin naissance à un véritable héritier, un fils légitime qui le vengera de celui-là...

Léonard est dévasté par ce qu'il vient d'oser hurler à la face de son père. Dévasté et désolé, la colère est si peu dans sa nature, le ressentiment encore moins. Mais la guerre est déclarée, et il faut qu'il en sorte vainqueur. Après avoir tenté de tout nier, de s'écraser en mentant éhontément et d'esquiver jusqu'à l'effacement, il est arrivé à une forme de sincérité agressive d'où a jailli un gigantesque besoin de hurler, de pleurer peut-être, d'avouer en crachant, mais surtout, de parler, parler, raconter pour la première fois sa vie, sa réalité, ce qu'il ressent vraiment...

— … Oui, moi aussi, comme toi, je suis la proie de terribles pulsions que j'ai les plus grandes difficultés à contenir. Il me faut si brutalement les soulager que ma vie est parfois très compliquée. Ensuite, ça va, je n'y pense plus jusqu'à la prochaine fois, qui revient presque aussitôt. C'est terrifiant…

Il tente donc de parler à ce père, à ce juge, qui aussitôt se ferme davantage, si c'est possible. Non, décidément, il lui est trop hostile pour jamais rien lui confier. Rien ? Plus rien.

— … Qui es-tu, au fond ? Qui est ce père que je suis censé connaître depuis vingt-quatre ans ? Un étranger. Un ennemi…

Ce qui est certain, c'est que ser Piero représente l'opinion majoritaire. Léonard commence à comprendre ce que Verrocchio voulait dire avec sa fameuse prudence. Alors, il parle à son père de son maître adoré, de cet homme exceptionnel qui lui, au moins, le prend comme il est, ne le juge pas, ne le blâme pas.

— … Il ne m'a pas renvoyé de l'atelier en dépit de la mauvaise image que ces *tamburazione* pourraient avoir sur la clientèle. Lui, il n'a pas craint pour sa boutique, il s'est d'abord soucié de moi, des blessures que ça a pu me faire. Au contraire de toi, il m'a encouragé dans mes œuvres, dans mes recherches, s'est montré fier de mes premiers succès, de mes créations qui ne sont passées inaperçues qu'à tes yeux. Tu ne sais rien de moi, toi, rien de mes joies ni de mes peines, de la reconnaissance dont je jouis parmi mes pairs, ce dont je suis le plus fier, ni de l'estime mutuelle qui me lie à des artistes reconnus comme Botticelli…

Son père balaye d'un méprisant revers de poignet plus cinglant qu'un soufflet l'assurance oscillante de Léonard à se présenter sous un meilleur jour.

— Mais tes va-nu-pieds, tes gribouilleurs, tout le monde s'en contrefout ! Leur jugement n'intéresse personne, qu'est-ce que tu crois ? Ces gens qui t'admirent, prétends-tu, te tourneront le dos demain matin si je le décide. Il suffit que je claque dans les doigts, que je te coupe les vivres. Et que je le fasse savoir. Compte sur moi pour ne plus jamais cautionner tes mœurs, tes infamies ! Ce n'est pas un moins que rien comme toi qui va me faire la loi. Tu ne crois tout de même pas m'intimider ? Sérieusement ? Jamais, tu ne seras en mesure de me rembourser mon investissement, tout ce que tu m'as coûté depuis ta naissance. Oh ! tu peux critiquer ceux qui payent, tu devrais pourtant le savoir, c'est plus utile pour manger chaque jour que tes gribouillages... Parce qu'au fond peindre, c'est quoi ? Rien du tout. Infantile, vaniteux et sans intérêt. Tu ne connais rien des sciences, tu ne sais même pas le latin, quant au droit... Rien ! Tu ne vaux rien. Tu n'es rien qu'un maçon qui barbouille, un écraseur de pigments, un gâcheur de plâtre frais. Mes gens, mon tailleur, mon cordonnier valent mieux que toi. D'eux, j'ai régulièrement besoin. De toi, de ce que tu te vantes de savoir faire, personne n'a besoin, tu m'entends, personne ! Barbouilleur, inculte, inutile, et maintenant, en prime, nuisible. Tu découragerais n'importe qui, même ton père, de te tendre la main. Tu n'as rien dans les mains, rien dans la tête, rien dans le cœur. Et tu n'es rien, tu ne fais rien de ta vie, et avec des accusations comme celles-ci tu ne pourras bientôt plus rien faire. Tu risques en outre de me nuire. Bon à rien qu'à peindre des monstres...

Comment sait-il pour les monstres ? Il a donc des informateurs. Léonard bout intérieurement mais se raisonne en partie grâce au sermon de Verrocchio sur la prudence. Après tout, les crachats haineux de son père ne sont jamais que l'antique mépris des nantis, bien à l'abri derrière leurs possessions, envers les artistes. Envers tous ceux qui ont gardé de l'enfance le goût du risque et l'audace de vivre. Son père ne fait pas exception, voilà tout.

— … Alors, enchaîne le maître sûr de son pouvoir, tu vas cesser immédiatement de voir ce damné Lippi, et tous les autres gueux proscrits par la *tamburazione*. Sinon, je t'expédie très loin, très longtemps, peut-être toujours, et je te coupe les vivres. C'est moi le maître, tu me dois respect et obéissance, et là, après ce que tu as fait, soumission et repentir. Mais, mon Dieu, qu'est-ce qui a pris à mon père de te reconnaître !

Léonard n'y tient plus. Après tout, au point où il en est, qu'est-ce qui lui reste à perdre ? Il se déchaîne :

— Tu n'avais qu'à mieux contrôler tes couilles ! Ou, mieux, ne pas prendre ce risque fou et faire comme moi, ne baiser que des garçons !

C'en est trop pour ser Piero. Il se jette sur son fils. Lui saute à la gorge, veut le faire taire… le faire taire… lui faire rendre gorge… Le père et le fils sont aussi grands l'un que l'autre, aussi puissants, aussi musclés, aussi en forme apparemment. Le plus jeune est sans doute mieux entraîné, mais l'aîné a plus d'expérience et de ruse. Et surtout, le fils est inhibé par son statut de fils. Les deux colosses se font face, se toisent, muscles contre muscles, haine contre haine. Le père est le plus prompt. Il lui balance de toutes ses forces une gifle d'une terrible puissance.

Léonard s'efforce de ne pas broncher. Pas même ciller. C'est qu'il est encore sacrément costaud, ce père armé de tant de haine. Ne rien lui montrer, surtout. Mais c'est une mauvaise stratégie, ser Piero ne rêve que de le voir à terre, le veut à terre. Ne croyant pas son fils atteint par la première gifle, il en jette une seconde, qui n'atteint pas Léonard qu'à la joue.

Au moment où l'immobilité forcenée de son fils lui en inspire une troisième, Léonard intercepte son poignet et le maintient en l'air. Non, il n'attaque pas son père, il l'empêche simplement de le frapper à nouveau. Il l'immobilise. Léonard est célèbre pour posséder une force à exhiber dans les foires. Son père devient fou furieux. Il perd tout contrôle, ses digues lâchent. Alors que Léonard tient en l'air ses deux poignets, ser Piero lui assène le coup le plus bas de sa vie. Un énorme coup de genou dans les testicules de l'inverti ! Un hurlement de bête fauve. Léonard s'effondre. À terre. Là, ser Piero perd toute mesure, il continue de jeter des coups de pied entre les cuisses de son enfant recroquevillé sur sa douleur.

— Ah ! c'est par là que tu as péché, c'est par là...

Il cogne comme un fou, il ne se maîtrise plus, il hurle...

— ... Bâtard, gaucher, inverti, tout est à l'envers chez toi. Infâme..., en frappant toujours.

Quand, à bout d'injures et de souffle, il s'interrompt, il se rend compte qu'il y a un moment que son fils ne bouge plus, ne se défend plus. Inerte, il est sans connaissance. Évanoui !

Alors, toujours aussi peu maître de lui, il s'agenouille à ses côtés, écoute son souffle et s'affole. Il hurle à nouveau, mais cette fois pour appeler à l'aide.

— ... Au secours ! Un médecin, vite, c'est mon fils, il faut le sauver. À tout prix, le sauver !

Oui, il va le sauver.

Chapitre 4

« Est sauvage celui qui se sauve [1] ! »
1476

La maison n'a pas changé. Peut-être un peu plus petite que dans les souvenirs de Léonard, pourtant pas si lointains. Moins d'une dizaine d'années qu'il a quitté Vinci. Il n'y est repassé que de-ci de-là pour enterrer.

C'est une grosse bâtisse rouge, assez massive et sans ornement, une ferme mâtinée de maison bourgeoise. Isolée sur une colline de forme toscane, alanguie comme une femme, entre vignes et oliviers, platanes et figuiers, ponctuée d'une théorie de cyprès rangés par ordre de taille, hauts et fiers comme de grands mats. Affolé par les millions de cigales exaltées de chaleur, tout le paysage alentour raconte la vie des paysans aux champs. Semailles et moissons, austérité, rigueur, sieste et endurance. C'est un pays qui tient les promesses faites à l'enfance de Léonard. Surtout en cette heure de midi, quand tout est immobile, aveuglé.

Pour sa première sortie, l'oncle Francesco l'accompagne. À peu près de la même taille que tous les Vinci mais moins élégant, plus rustique, des mains énormes, des mains à attraper les engoulevents, des mains qui remuent lentement et vite à la fois. Des mains qu'on suit quand il

1. Léonard de Vinci.

parle comme si c'étaient elles qui parlaient. Un regard de bonté et une voix tout aussi haut perchée que celle de son neveu mais éraillée, cabossée comme s'il avait hurlé toute sa vie. Ou chanté ?

Un amour d'homme sous des dehors bourrus. Léonard marche d'un pas très mal assuré. Il en a honte mais ne peut faire semblant. Trop blessé encore. Son père a-t-il vraiment voulu le tuer ? Tuer son fils unique à force de taper dessus comme un sourd ? Jalousie de mâle dominant : cogner jusqu'à le rendre impuissant ? C'est la première pensée qui a traversé l'esprit de Francesco quand son frère lui a amené, inconscient, un Léonard gémissant et drogué aux herbes antalgiques et somnifères.

Huit jours durant, l'oncle Francesco s'est à peine laissé relayer à son chevet par la très vieille grand-mère Lucia, presque aveugle et assez peu vaillante. Tout de même, elle s'est remise à cuisiner pour concocter à son unique petit-fils adoré, le seul qu'elle connaîtra jamais compte tenu de son grand âge, des fortifiants « magiques » comme lorsque ses fils jouaient aux batailleurs de maquis.

Léonard a dormi. Dormi. Longtemps. Geint aussi terriblement, à fendre le cœur de chacun mais pas celui de son père qui est reparti le surlendemain à Florence, après avoir expliqué à son frère que « ce bandit, cet infâme » ne devait pas quitter Vinci avant les vendanges. Dans quatre mois. Qu'il fallait lui changer les idées et lui refaire une santé. Avant de redescendre, il s'est enquis de l'évolution de son état et a juste lâché qu'il y était « peut-être allé un peu fort ». Puis rien. Il a disparu.

— Que ne s'en est-il pris à ses propres couilles ? Dans quatre mois, plus personne ne saura qui je suis à Florence. Luxueuse perspective. Quatre mois, Francesco, quatre mois ! Il a exigé que je me fasse oublier quatre mois, caché ici.

— Dis-moi un peu, mon neveu le râleur, as-tu tout oublié ? Quatre mois à Vinci, au printemps puis en plein été, c'est plutôt un cadeau ! L'été, ici, tu te rappelles les chemins, les odeurs, les fleurs, la naissance des bébés moutons, les petits des juments qu'on met au pré pour la première fois ? Comme punition, il y a pire !

— Il a dit que je devais repartir sur de bonnes bases. Et toi, tu me proposes d'aller herboriser, apprivoiser des bêtes ! Tu crois que ça va me donner des bases ?

— Ce sont mes bases à moi. De vraies, de solides.

— Bon. Et qu'est-ce que tu me proposes comme première base ?

— À cheval.

— Non. Impossible, c'est trop tôt. À cheval, j'aimerais tant, mais ce n'est pas assez désenflé.

— Bon, faisons tout de même à pied le tour du propriétaire.

— À pied ? Je ne suis pas sûr d'être capable de grimper en haut de cette colline.

Pour Francesco qui, certes, n'a pas d'enfant de son sperme mais qui a élevé celui-là jusqu'à ses quatorze ans au moins aussi bien que si c'était le sien, la conduite de ser Piero est incompréhensible. Francesco, comme leur père, a choisi l'*otium* par opposition au *negotium*. L'*otium*, l'oisiveté, dit son frère avec dédain, le savoir-vivre, disait leur père, l'amour de la nature, dit Francesco, qui ne va pas sans une certaine forme d'austérité. Se contenter de peu, mais avec un grand contentement. Un art certain pour le bonheur. Toute leur lignée, depuis près de deux cents ans, a prospéré dans la Loi. Notaire de père en fils. De Vinci à Florence, la réussite est avérée. Le frère aîné a pris la succession. Leur père le premier a déserté. Oh, le vieil Antonio a bien dû, de-ci de-là, exercer son art, on trouve même dans ses papiers un acte daté de 1449, trois ans avant la naissance de Léonard, qui le décrit contraint malgré lui d'interrompre une agréable partie de jacquet avec des paysans du coin pour rédiger en hâte un bail d'emphytéose ! Mais il préférait vivre que gagner sa vie. Il en avait tout juste les moyens, mais ça lui suffisait.

Ses papiers sont rangés dans le grand livre des souvenirs que se doit de tenir tout bon chrétien et qui raconte, à l'aide de peu de mots mais de beaucoup de dates, la chronique familiale sur l'étendue des générations. C'est là que, pour se rassurer – son père l'a profondément ébranlé –, Léonard vérifie qu'il est bien « né ». Déclaré en bonne et due forme. Issu de cette famille-là. Et il peut lire que, par rapport à d'autres naissances, la plume de son grand-père pour annoncer la sienne est particulièrement chaleureuse et solennelle : « Il m'est né un petit-fils, l'enfant de ser Piero mon fils, le 15 avril, un samedi, à trois heures de la nuit, il a été nommé Leonardo, et le prêtre Piero Bartolomeo de Vinci l'a baptisé. » Visiblement, son baptême a eu lieu en l'absence de son père et de sa mère. Son oncle chéri lui sert de parrain et sa tante de marraine : Violante, la sœur aînée des deux fils, mariée à Milan à l'heure où naît Léonard, va mourir en couches peu après.

Quant à sa mère, la malheureuse Catarina, elle n'est même pas mentionnée. Elle n'apparaît jamais, en fait. Et si c'était là un début de base ? Sa mère. L'initiale, l'origine. Il ira la voir dès qu'il pourra. Parce que, pour aujourd'hui, cette première promenade lui fait trembler les jambes, tourner la tête. Il doit décliner l'invitation de son oncle à pousser jusqu'au château. Il ne peut plus marcher, il a trop mal. Il en est physiquement empêché.

— Où est donc ta force légendaire ? Ta vitesse à la course ? Ta poigne de forain qui tordait les battants des cloches et gagnait à tous les bras de fer aux jours de marché ?… Oh là là, fils, que te voilà en piteux état, ton père a raison, quatre mois au grand air… je ne sais même pas si ça suffira. Il faut reprendre l'entraînement.

— Lequel ?

— Celui qui nous fait homme, c'est-à-dire debout, droit et fort. Toujours en état de courir vite, pour quand un lion nous poursuit… ! Enfin, face à n'importe quel adversaire…

Léonard grimace. Son entrejambe n'est que douleur ou anesthésie dans le meilleur des cas. Après avoir voué son père aux gémonies, il comprend – et admet presque – sa décision de l'exiler. Au vrai, elle a soulagé tout le monde. À part Pipo qui a feint le plus grand désespoir mais qui s'en remettra. Même Verrocchio y a vu un répit dans l'inquiétude, lui pourtant prêt à tout accepter de son élève préféré.

Éviter les vagues… Quatre mois au vert… Se refaire une santé, sinon une sainteté, oui, c'est la meilleure solution. D'autant que, vingt-quatre ans après la naissance de Léonard, ser Piero va enfin être à nouveau père. Léonard a libéré le terrain à point nommé pour laisser son père accueillir son rejeton.

Si cruelle fût-elle, la bagarre avec son père a tapé juste. Elle résonne comme les plus cruciales questions que se pose Léonard de manière lancinante. « Bâtard, gaucher, inverti, végétarien, indifférent, sans cœur, bon à rien, personne ne l'aime, il n'aime personne. » Oui, il est urgent qu'il sache où il en est.

À Florence, l'obstacle lui semblait insurmontable.

La publicité autour de l'affaire Saltarelli, même si elle lui a conféré un nouveau prestige parmi ses pairs, les invertis pour parler comme son père, ne lui a pas apporté la moindre commande. Alors, oui, se mettre au vert et à couvert pendant quatre mois. Échapper à la canicule qui s'abat sur Florence tous les étés. La punition est au fond assez judicieuse, et plutôt légère. Vinci, pour les souvenirs d'enfance heureuse, mais surtout pour cet oncle auquel Léonard a si peu pensé durant ses années d'apprentissage à Florence et qui est en fait si important pour lui. Il en a les larmes aux yeux, de se le dire comme ça, dans le silence de sa sieste. Oui, il est heureux de retrouver cet homme qui, en réalité, compte pour lui plus que tout le monde. Il va même peut-être pouvoir parler avec lui.

Mais d'abord, Francesco a raison : se refaire. Mettre à profit cet exil forcé pour recouvrer ses forces. La beauté de ces paysages l'émerveille, il les redécouvre peu à peu, crayon à la main. Il reconnaît ses anciennes pistes à travers champs, ses endroits de rêve, ses vieilles cabanes. Pas encore ses copains d'enfance, il se méfie : mariés ? morts ? C'est trop tôt. Il n'a pas toutes ses forces. Sa mère, oui, il peut désormais descendre à flanc de coteau et remonter jusqu'au hameau d'Anchiano.

Les distances qui les séparent, sitôt qu'il pense à Catarina, n'en sont plus. Il n'a bientôt plus de mal à les franchir.

Il la reconnaît de loin, sa maison. C'était dans son enfance la dernière du village. Désormais, il y en a de plus éloignées, le village aussi a grandi. Elle fait toujours un peu masure, misérable et brinquebalante, mais pas mal ravaudée. Coincée maintenant entre d'autres, mieux, mais surtout pires. Son jardinet est beaucoup plus petit que dans sa mémoire, quand sa mère le laissait découvrir chaque brin d'herbe, quand c'était une jungle pour lui. N'empêche, il est divinement odorant et fleuri et fouillis et joyeux.

Il frappe. Pas de réponse. Refrappe. Dans un brouhaha, il perçoit qu'on lui hurle d'entrer. Un gros homme rougeaud, bouteille et verre en main, l'accueille sans chaleur. Il ne le reconnaît pas, et ce serait réciproque si Léonard ne savait chez qui il se trouve.

L'« Accatabriga » lui assène en criant :

— Ici, il n'y a que moi qui frappe, et pas sur la porte !

C'est forcément lui, ce beau-père tant détesté. Il a énormément grossi. Il a dû s'enrichir. Vieilli aussi, ce querelleur qui a toujours terrorisé tout son monde. Mais plus Léonard, enfin plus aujourd'hui. *Accatabriga* veut dire « querelleur », c'est un surnom très en vogue dans les armées. Il a été soldat, avant qu'on le paye pour épouser la Catarina. Personne ne l'a jamais appelé autrement. Il est trop bruyant, trop violent. Même pour dire bonjour, il crie. Il boit trop, trop souvent. Il a fait trop d'enfants à sa mère...

— Ah ! toi, tu dois être le fils Vinci, on a dit que tu rodais par là. Tu viens voir la mère ! C'est qu'à cette heure elle est occupée. Prends donc un coup à boire en l'attendant. Elle va rentrer. Elle est au puits...

— Non. Merci. Je vais plutôt aller à sa rencontre, assure Léonard en repartant très vite.

Pour ne pas en voir ou en entendre davantage. L'intérieur de la maison est triste, laid, vieux. Ça ne sent pas bon. C'est sombre. On dirait une caverne de fauve plutôt que la maison de sa mère.

De très loin, il reconnaît sa silhouette. Sur le chemin qui descend du puits, sa mère, comme s'il l'avait quittée la veille. Dix ans d'absence, cependant. Et toujours cet air de jeune fille un peu dépenaillée sur qui les grossesses n'ont pas laissé de traces. Pourtant, il lui en aura fait des enfants, ce querelleur. Léonard ne sait même pas combien tant il y a eu de mort-nés...

Libre. Voilà, c'est ça. Elle a l'air libre comme un oiseau. Ses gestes ont la liberté de ceux qui savent voler.

De dos, elle lui fait battre le cœur comme quand il montait vers elle à dix ans. Il s'élance d'ailleurs, comme à dix ans. Et elle le reconnaît comme si elle l'attendait. Instantanément.

De près, son visage a vieilli mais pas son sourire qui, comme la lampe de certaines bougies, a éclairé son enfance et là éclaire à nouveau tout alentour.

— Oh ! mon tout petit, mon si joli petit, mon enfant le plus doux. Tu es venu. Tu restes un peu ? Tu vas bien ? Tu as encore tellement grandi ! Tu es encore plus beau, j'en frémis de joie, ajoute-t-elle dans un murmure en reposant un seau à terre. Dont aussitôt Léonard s'empare.

Puis elle parle encore. Elle parle, parle… autant qu'elle peut trouver des mots de mère pour cacher son émotion. Mais là, c'est trop fort, soudain ça la submerge. Elle est forcée de se taire.

Il la prend dans ses bras. Il l'enlace comme si elle était fragile, comme s'il avait peur de la casser. Alors qu'elle soulève de ces charges !

Délicatement, il pose son menton sur le haut de son crâne et là, lui aussi cède à l'émotion : l'odeur de ses cheveux, l'odeur des arbres et des fleurs flottant dans ses cheveux. L'odeur de maman…

Un temps de silence qui s'écoule trop vite.

— Je dois rentrer préparer le dîner.

Léonard, qui ne rêve que de prolonger ce tête-à-tête, ramasse les deux seaux d'eau qu'il juge vraiment trop lourds et la suit en ralentissant jusqu'à la maison.

Une fois là, instantanément, le comportement de Catarina n'est plus le même. Elle s'active comme si elle était en faute, sous surveillance en tout cas. À croire que l'Accatabriga prend Léonard pour un rival. Il a dû pas mal boire depuis son premier passage. Pour dire la moindre chose, il hurle. Pour tout, il hurle. C'est sa façon de s'exprimer. Catarina s'est repliée sur ses fourneaux, met l'eau à chauffer, range sa cuisine, pendant que Léonard tente de découvrir ses frère et sœurs que le retour de leur mère a fait surgir d'on ne sait où. Quatre adolescents plus ingrats les uns que les autres. Les trois filles ont pourtant la finesse des traits de leur mère, mais une sorte de sournoiserie les gauchit semblablement. Quant au garçon, long, maigre, les genoux cagneux, encore morveux mais beau, incontestablement, et Léonard s'y connaît, il regarde déjà par en dessous. Qu'ont en commun avec lui ses frère et sœurs ? Chacun se pose sans doute la même question, à quoi les hurlements de l'Accatabriga répondent brutalement :

— Bon. Alors ! Les bâtards et la catin, grouillez-vous ! J'ai faim, moi, attrapez ce que bon vous semble et déguerpissez !

Catarina a plié davantage la nuque. On ne distingue plus les traits de son visage. Ses enfants ont l'air de n'avoir pas entendu les cris de leur père. Ils s'installent à un coin de la table pour y souper. Léonard rejoint sa mère dans la cuisine, seul endroit lumineux dans toute cette tristesse. Une fenêtre au-dessus de la pierre à évier donne sur un majestueux tilleul embaumant…

Catarina, à voix chuchotée, lui demande s'il imite toujours aussi bien le cri de la chouette hulotte.

— Oui, répond Léonard, immédiatement au diapason de son murmure.

— Moi aussi, dit-elle, je le fais encore bien, elles me répondent. Le vieux puits condamné où tu t'étais entaillé le genou, tu sais encore y aller ?

— Oh, oui. Je me souviens de tout…

— Alors, on va s'y retrouver. Tu siffles en arrivant, je saurai que tu m'attends au vieux puits. Veux-tu ?

— Oui.

Ému, Léonard se penche sur les cheveux de sa mère qui sentent l'enfance et la tendresse, les effleure des lèvres et surtout de l'odorat. Elle a ce joli geste pudique pour dire « oh, ce n'est pas la peine… ». Puis, sans un mot, il repasse sous les yeux injectés de sang et d'incompréhension de son beau-père.

— Bon appétit, jette-t-il à la cantonade médusée.

Non, il ne reste pas. Ni on ne le lui propose ni il ne le supporterait.

Le brouhaha des violentes chamailleries des enfants avec leur père aviné le suit longtemps. Comme le silence digne et désespérant de sa mère. Il se promet de remonter demain, de ne pas louper un rendez-vous avec cette femme si fine, si honteuse sans doute qu'elle préfère voir son fils loin et hors de chez elle. Comme si le malaise de Léonard était le sien. Ou craint-elle que le fils du notaire ne soit trop élégant pour la visiter ?

Depuis, il monte chaque jour au creux de l'après-midi, à l'heure où elle est le moins occupée.

Les distances qui les séparent s'estompent quand il pense à elle. En revanche, celles qui s'élèvent entre eux sitôt qu'ils se font face sont plus énigmatiques. Infranchissables. D'une nature autre, nouvelle. Au fil des rencontres, elles s'effacent mais renaissent sous d'autres formes. Jamais elle ne se plaint de sa vie, de ce mari qu'on l'a forcée à épouser, qu'on a même payé pour. Jamais, non plus, à lui elle ne parle de ses autres enfants. Elle est toute à l'écoute de ce fils lointain qui lui revient soudain comme une bouffée de jeunesse. Une promesse tenue.

Si, de très près, elle est usée, Léonard lui trouve toujours les traits de l'enfance. Les siens aussi. Avec lui, elle est douce et attentive, il est si loin, si proche à la fois. Ses seize ans hier… Ses espérances demain…

Elle est maladroite, gauche, intimidée par cet enfant princier pourtant issu d'elle. Mais pas tout à fait sien. C'est grâce à lui, elle n'oublie pas, qu'elle a pu s'établir. N'être pas une fille perdue. Rêve-t-elle d'une autre existence ? Léonard le croit parfois. Est-ce l'effet de sa présence ? À sa façon de s'intéresser à la vie de ce fils inconnu, tout lui semble tellement merveilleux, elle aimerait lui donner des conseils de mère pleins de bon sens, mais sent que ça tomberait à côté. Que ça sonnerait faux. Qu'il sait déjà tout mieux qu'elle. Alors, elle lui fait raconter sa quête de beauté, et Léonard raconte, enjolive, en rajoute. Parce qu'il a touché du doigt la misère où elle semble se complaire. Sinon, pourquoi s'en contenter ? Il est injuste, il le sait, il est furieux après lui. Et elle a l'air si ravi, sincèrement ravi de la vie glorieuse de son fils, aussi a-t-il envie de lui fabriquer du rêve. À chacune de leurs rencontres, elle ajoute quelque chose à sa mise. La paysanne souillon du premier jour a changé de fichu. Le nouveau est plus coloré, il laisse couler quelques mèches blondes et bouclées. Elle a aussi changé plusieurs fois de corsage et même de jupe. Elle semble se tenir plus droit en sa présence. Ses traits s'affinent, et surtout son sourire rayonne comme dans l'enfance. Ces rendez-vous impromptus avec ce fils prodigue lui sont une fête. Elle ne s'en cache pas. Il mesure l'écart d'où il vient et où il veut aller. Ce lui est une telle horreur de mesurer d'où il est issu par rapport à ses rêves qu'il se jure de tout faire pour les réaliser. De ne plus laisser le moindre obstacle l'empêcher d'atteindre les sommets d'où il doit s'envoler. Il va lui falloir prendre beaucoup plus de distance avec ses origines afin que personne au monde, jamais, ne puisse savoir qu'il vient de là. Père inclus. Sa mère et son univers de chagrin représentent tout ce qu'il ne veut plus être, tout ce qu'il n'est pas, mais on n'est jamais à l'abri d'un surgeon d'atavisme. Il ne s'est jamais reconnu dans ses géniteurs, sans doute en proportion de ce qu'eux-mêmes avaient de peine à accepter sa radicale différence. Seuls son oncle et, tout petit, son grand-père l'ont aimé tel qu'il était. Même son père, qui en apparence présente mieux que la pauvre Catarina, porte sur lui le même regard étonné. L'étrangeté se creuse d'ailleurs depuis qu'ils cohabitent à Florence. Et la distance, depuis qu'ils se sont rapprochés géographiquement.

Il aurait dû naître Médicis, ou Visconti, au moins fils de prince, pour régner sur la beauté.

La seule chose que lui inspirent ses parents, mais là, avec autant de détermination que d'énergie, c'est la sensation violente de n'être pas pareil. Pas comme eux, pas même issu d'eux. Impossible de se reconnaître dans l'un comme dans l'autre. Mettons qu'il puisse se trouver la même finesse de traits, les mêmes attaches déliées que celles de sa mère. Et convenons que sa force herculéenne, sa puissance de travail et jusqu'ici d'érection sont des legs directs de son père : surpuissance et besoins identiques. D'accord. Mais pour le reste, rien de commun. Rien de partageable. Vraiment, il ne les aurait pas choisis. Et s'il avait de l'argent, dès aujourd'hui, il ne les reverrait de sa vie.

En rien, sauf pour un minimum matériel, il n'a pu compter sur eux. Il doit donc au plus vite apprendre à s'en passer, à ne compter que sur ses propres forces. S'inventer. Se réinventer, se reconstruire autre, différent, plus fort, mieux dissimulé. Mais aussi se choisir. Ne plus être celui qu'on peut montrer du doigt, mettre en prison, juger sur dénonciation – anonyme ou pas. Ne plus prêter le flanc d'aucune manière à rien ni personne, ne plus être connaissable ni prévisible. La vie qu'on lui a donnée par pur hasard et qu'il a cru jusqu'ici choisir est une erreur puisqu'elle peut le mettre en danger. Il va donc lui falloir l'orienter dans une autre direction : la sienne. À décider, à dessiner tout seul. Seul, toujours. Voilà qui est sûr. Rien derrière, rien devant, garder le cap du présent pour s'élancer vers la lumière et la gloire.

La petitesse de la vie de sa mère lui fait un chagrin fou, mais elle n'a pas l'air d'en souffrir. En le regardant, elle témoigne à son endroit d'une gratitude muette. L'odeur de la misère et de la promiscuité lui attaque les narines, aussi ne la voit-il qu'en plein air. Après les premiers rendez-vous près de l'ancien puits, comme ils sont tous deux pareillement épris de cet âpre pays, ils se font mutuellement cadeau des plus beaux paysages alentour. Elle les a arpentés tout enfant. Née au milieu des vignes, fille des myrtes et des amandiers, c'est dans les oliveraies qu'elle a connu le père de Léonard. Ses muscles sont restés secs et souples comme ces paysages. Elle ressemble à ces garrigues qu'elle connaît comme sa poche. Et, au fond, lui aussi. Ils rivalisent pour s'offrir les plus belles vues, ils se les partagent, comme de merveilleux butins enfantins.

— Et celle-là, tu la connaissais, cette clairière ? Et ce ruisseau… et… Bases nouvelles… ? Partir de cette connivence muette, de cet accord profond avec sa mère quant à la beauté des lieux. Mais pour aller où, comment ?

Léonard est là pour se remettre au monde. Et s'y remettre tout seul.

Chapitre 5

Sculpteur de soi
1477

« *Toute la gloire de l'homme réside dans l'action.* »
Cicéron.

Échapper à son destin est un travail de toutes les minutes. Léonard y met le même acharnement qu'hier à chercher le plaisir dans les ruelles de Florence. Il se fonde sur les valeurs les plus simples de son oncle. Calme et force, quiétude et détermination, et surtout, plus que tout, volonté absolue de régner sur soi. Volonté qui passe par la mise à distance contrôlée de ses émotions. C'est le premier et peut-être le seul empire à quoi il aspire. Loin des rapetissantes vertus chrétiennes d'humilité, d'ascétisme, de culpabilité et de mauvaise conscience, Léonard s'exerce à une morale de la hauteur, de l'affirmation de soi, à une innocence qui frise l'ingénuité, une audace et surtout une vitalité débordantes. Il affine ses choix en matière d'élégance, opte pour la prévenance envers tous, et le style, le sien, à mettre au point avec la dernière rigueur, comme on construit un tableau. Bien sûr, il fait confiance à son énergie pour tendre vers la grandeur et la prodigalité qu'il oppose au rabougrissement et à la petitesse en général… Chaque minute de ses heures est consacrée à cette exercitation.

De longues courses à travers les collines, chaque jour plus rapides, pour recouvrer force, endurance, résistance. Tard le soir, il interroge son oncle. Contrairement à son père qu'il considère définitivement comme une brute – les mots prononcés lors de leur bagarre ne s'effacent plus de ses tympans –, son oncle lui paraît une exception. Dans sa famille, mais aussi parmi ses contemporains. Parenthèse dans le temps, et même dans l'histoire de l'humanité. Francesco n'a qu'une passion, la vie, la vie même. Passion constante et très calme. La vie qu'il a sculptée, une vie simple, sans encombre ni embarras. Il aime la vie plus que tout. Lui non plus, Léonard ne l'aurait pas choisi comme parent, il est à l'opposé de ce qu'il cherche à devenir, mais au moins l'intéresse-t-il. Un noyau dur, quelque chose d'entier, d'intègre. Pourtant, ce qui définit Francesco, il le proclame, c'est de n'avoir aucune ambition. Pas la moindre ambition sociale, professionnelle, mondaine... ni même familiale. Et aussi, ajoute-t-il sans forfanterie, de savoir jouir du temps qui passe, savoir s'en pourlécher. Installé sur le versant heureux de la vie, le côté sud de l'existence, il s'y tient en équilibre et tâche de n'en descendre jamais. Toute la beauté du monde, la merveille des paysages, parfois des visages sont incrustées dans son regard. Il voit tout au travers du prisme de son amour pour la vie. La chance et les économies de son père lui ont permis de ne jamais aliéner sa liberté au gagne-pain. Il sait vivre bien dans une réelle frugalité, qui lui convient mieux que toutes les promesses d'abondance. Léonard se jure de conserver ceci du modèle : aucun encombrement superflu, ni gourmandise ni dilapidation pour les choses matérielles. S'imposer, certes, mais ne jamais peser, rester léger, mobile, ne rien posséder, ne faire que passer. Francesco vit de peu mais très bien. Il n'éprouve ni jalousie ni envie, ni aigreur ni chagrin. Il dort du sommeil du juste, fait de beaux rêves qu'il prend souvent pour la réalité. En tout cas, la sienne. Une nature heureuse, un être de tempérance. Aucun préjugé ni a priori. Avec lui, Léonard peut parler de tout. Enfin presque. C'est lui déjà qui l'a initié, petit, à la nature, lui qui l'oblige aujourd'hui à revenir à cette source vive, à sauter chaque obstacle sans chercher à le contourner.

Francesco a quarante ans en cette année 1476 où Léonard lui est amené inconscient. Il a la même tessiture que Léonard, perchée dans les aigus. Une force de la nature, capable de manier chevaux et charrettes, ses mains gigantesques facilitent la cueillette des pêches et, le soir, il fait les comptes du ménage. L'art de vivre dans la simplicité et l'indépendance. Pas d'enfant ni de femme, mais des oiseaux. Il héberge actuellement une famille corbeaux avec lesquels il entretient des rapports d'une grande intimité. Il rit beaucoup avec eux, et on dirait qu'ils rient ensemble. Apprivoisés ? Mieux encore. Léonard découvre à quel point ces bêtes sont futées. Incroyable ! Elles comprennent tout. Et elles répondent. Francesco dit être heureux sans enfant…

— … Et puis, je t'ai, toi. Je t'ai eu tout bébé, tu sais. Qu'aurais-je eu besoin que tu sois issu de moi pour t'aimer ? Tu étais là, moi aussi, on s'est parlé, on s'est compris, on s'entendait bien, ça m'a suffi. Je t'ai appris tout ce que je savais. Avoir un enfant, ça n'est pas autre chose. Aimer et donner. Je t'ai eu, toi, et je t'ai encore, si je comprends bien.

— Que penses-tu de mon père comme homme, comme père, comme frère ? Et de ma mère ? Tu la connais un peu, toi, tu sais quelle vie elle mène. C'est vraiment à cause de moi ?

— Observe-les plutôt que de les juger. Regarde-les exactement comme tu observes une araignée tisser sa toile. Tu ne la juges pas, l'araignée. Pourtant, parfois, certaines piquent. Tu l'observes, parfois tu l'admires, parfois elle te révulse, mais dans tous les cas tu ne fais pas de morale sur l'araignée. Le regard de l'observateur est neutre. Il te suffit pour l'araignée. Fais pareil pour tes parents. J'éprouve autant de surprise que d'effroi quand je vois à quel point nous ne sommes qu'une espèce animale, et pas forcément supérieure. Tu sais comme j'aime les chiens, les chats, et maintenant les corbeaux qui soupent à notre table, il n'y a aucun jugement là-dedans. Juste une bonne distance. Et de l'amour. La distance bien ajustée fait souvent place à l'amour. Tiens, à propos, si tu te lèves tôt demain, tu auras une surprise.

Et, dans l'aube de brume bleue de ce matin d'été, Léonard est éveillé par la curiosité et des hennissements inhabituels.

Il s'habille à la hâte et, devant la maison, retrouve son oncle. Mais pas seul. Il a l'air de souffrir, l'oncle, enfermé dans son enclos à tenter de retenir une bête qui ne cesse de se défendre et même de l'attaquer. Un animal magnifique qui rue, qui tire, qui écume et se cabre, qui cherche à botter et même à charger. C'est un bai brun somptueux, et en même temps une épouvantable bourrique mal lunée, nerveuse, tout naseaux frémissants. Visiblement intenable, même à la longe. L'oncle se bat, stoïque, depuis combien de temps ? Il semble épuisé.

— C'est pour toi. C'est mon cadeau. Il a quatre ans, mais il y a tout à faire, un peu comme avec toi. Tu vas le dresser en te redressant. D'accord ?

Sans laisser à Léonard le temps de répondre, de comprendre ni de rien ressentir, il lui jette l'extrémité de la longe et ses gants en criant :

— Travaille ! Maintenant, c'est moi qui vais dormir.

Et Léonard, la longe d'un côté, les gants bien trop grands de l'autre, se retrouve en dresseur au centre de la carrière. À peine le temps d'y songer que le cheval qui a senti la pression de l'oncle se relâcher en profite pour filer. Il part de son côté dans un galop sauvage. À toute vitesse, il tourne en rond autour de Léonard dans l'enclos. Lequel ne s'y attendait pas. Il n'a pas lâché la longe, mais c'est arc-bouté qu'il la retient. Il doit y mettre toutes ses forces. Apparemment, ça ne suffit pas. Il est rapidement propulsé au sol. Toujours sans lâcher la longe, le voilà tiré à son tour autour de l'enclos, à grande vitesse. « Ne pas lâcher, tenir… », se répète-t-il quand, soudain, l'animal fait une volte si brusque qu'elle envoie Léonard bouler contre un poteau de l'enclos. Assommé, cette fois il lâche la longe. Et la bête se met à tourner de plus en plus vite autour de lui. Impossible de la rattraper, impossible de la tenir, il ne peut rien en tirer pour l'heure. Qu'elle se calme pendant que Léonard se remet.

Plus tard, il y retourne. Et c'est encore pire. À son approche, il se cabre. Il semble pouvoir rester debout sur ses pattes arrière un temps infini. Un temps menaçant. Léonard y retourne plus tard le soir. Encore plus tard, il y revient. Sans doute sous le choc de l'épreuve du matin, il ne peut tenir la longe plus de cinq minutes avant que l'animal cherche un moyen de le faire lâcher.

Ainsi tous les jours. Durant les deux semaines qui suivent, Léonard ne pense qu'à maîtriser ce cheval déchaîné. Il doit y arriver.

Peu à peu, il parvient à le tenir. Mais à l'arrêt. Immobile. Sitôt que Léonard cherche à lui faire suivre l'impulsion de la longe, le cheval s'énerve. Un rien l'énerve. Aussitôt, il tente d'attaquer, charge, se cabre… se met en refus de toutes les manières possibles. C'est désespérant.

Un jour que Léonard est moins sur ses gardes – après deux semaines de ce traitement, il pense s'être un peu familiarisé avec la violence de cette bête –, instantanément celle-ci met à profit cet infime relâchement de son dresseur, coince Léonard et rue victorieusement de l'arrière. Et là, son sabot passe à moins de cinq centimètres de sa tempe. Il l'a manqué de très peu, il l'a presque frôlé. Le cheval a tenté de le tuer… et l'a raté de si peu qu'une longue sueur froide coule dans le dos de Léonard. Il a l'impression de devenir fou, obsédé par ce cheval. Lui, l'amoureux des bêtes, le tendre, le pacifique Léonard, hostile à toute forme de violence, le voilà armé malgré lui d'une détermination de tueur. Il attache la bête serrée au fameux poteau, quitte l'enclos, le referme soigneusement, va quérir un bâton, revient et s'enferme avec son ennemi. Et là, seul face à la bête attachée, il la frappe, la frappe, la frappe… de toutes ses forces et en hurlant.

— Tu ne dois pas me tuer, pas essayer de me tuer, tu ne dois pas…, scande-t-il à chaque coup.

Et il frappe jusqu'à briser le bâton sur les reins de la bête tétanisée. Léonard est au-delà de l'épuisement. Du dégoût de soi. Abasourdi, comme le cheval, il attend de reprendre son souffle, longtemps. Dans l'enclos, les yeux dans les yeux du cheval. Longtemps, il halète. Et, pour la première fois, il le reconduit à l'écurie sans le moindre geste de défense. Pour la première fois, la bête matée se laisse faire. Est-ce gagné ?

Le lendemain, Léonard le cherche à l'écurie, le cheval se laisse mener, docile, dans l'enclos. Il le suit tranquillement. Certes, Léonard ne peut toujours pas le toucher, mais il subit la longe sans résistance. Alors, il décide d'essayer de lui poser une selle sur le dos. À la seconde où l'animal en ressent le poids, ou peut-être même le contact, il se cabre à la verticale, casse net sa longe et, de nouveau au galop, libre dans son enclos, nargue Léonard. Impossible de l'approcher, en liberté, déchaîné, il saute, saute, galope, il semble fou de joie. Par chance, l'enclos est trop haut pour qu'il le franchisse. Pourtant il saute haut. À bout de souffle, humilié, désespéré, Léonard abandonne, rejoint son oncle et avoue son échec.

— Je suis à bout. Complètement découragé. Je ne sais plus quoi faire. Te rends-tu compte que j'ai été jusqu'à le battre ? Non. Je n'y arrive pas. Je n'y arriverai pas.

— Tu sais bien, pourtant. Un cheval sauvage, c'est comme un enfant. Un enfant qui t'échouerait à quatre ans, ensauvagé. Tu ne sais rien de ce qui lui est arrivé avant de tomber sur toi. Ces quatre années, que s'est-il passé dans sa vie ? Un enfant, si tu veux l'apprivoiser, tu dois d'abord le rassurer. Et comment rassure-t-on un enfant ? Tu te souviens ? On le prend dans ses bras, on le berce, on le serre contre soi, sur son cœur, on le serre fort, très fort, et aussi longtemps qu'il en a besoin ou qu'il a peur.

— Mais c'est impossible de serrer un cheval dans ses bras…

Pourtant, la nuit suivante, Léonard a une idée. Il se lève, trace un vague croquis et, dès le petit jour, le montre à son oncle. Il sollicite son aide pour construire une grande caisse de bois, fermée de trois côtés, de la hauteur d'un cheval au garrot. Le quatrième panneau devra coulisser de haut en bas. Une fois construite, il va avec son oncle faire entrer le cheval dans cette drôle de machine. Ils ne sont pas trop de deux.

Une fois qu'ils y sont parvenus, non sans mal, Léonard va chercher des charretées de blé. Et par seaux déverse le blé dans l'espèce de caisse où le cheval se tient frémissant.

Des seaux, des seaux et des seaux. L'oncle Francesco s'y met, appelle deux maraîchers, il faut remplir la caisse où est entré le cheval avec des grains de blé. Il faut que, bien tassés entre eux, ces grains montent jusqu'au cou de l'animal, qu'ils l'enserrent comme des bras, de partout. Que ça le serre, le tienne et le rassure.

D'abord, il gigote, ça l'agace, ces grains qui montent le long des jambes. Puis, peu à peu, en fait sitôt que la poitrine est prise, de plus en plus prise, il n'a plus que la tête qui dépasse, cet animal qu'on n'a jamais vu que nasaux fumants, frémissant de rage, l'œil injecté de violence, le regard torve et vengeur, semble s'apaiser, et même se laisser aller. Oui ! il se détend. S'absente presque de ce qui s'agite alentour. Ils ont mis près d'une heure à le faire entrer là-dedans, un peu plus à verser assez de grains pour l'immobiliser entièrement. Et voilà qu'au bout de quoi, dix minutes, un quart d'heure tout au plus, sa tête dodeline toute détente bue. Au point que… Oui. Léonard ose. C'est le moment ou jamais. Il approche doucement et pose délicatement sa main sur le haut de sa tête. Le cheval ne dit rien. Ne fait rien. Se laisse toucher. Centimètre par centimètre, Léonard amorce une caresse, le cheval se détend plus encore. Le regarde dans les yeux avec soudain, mais oui, un bon regard. Léonard appuie davantage, prolonge sa caresse. Et le cheval suit la main de la tête comme s'il approuvait. D'ailleurs, il approuve. Léonard fait mine d'éloigner sa main, aussitôt le cheval tend le cou pour la retrouver. Il a peu de liberté de mouvement, juste tendre le cou et hocher la tête. Alors, Léonard lui parle à voix basse, près de l'oreille. Après l'avoir félicité, flatté, remercié de s'être laissé faire sans ruer, il lui dit combien il le trouve beau, beau… Il hausse un peu la voix qu'il maintient monocorde pour ne pas inquiéter la bête. Il sort de sa poche un morceau de tissu assez grand, le déplie très lentement, le donne à flairer au cheval et, toujours aussi lentement, comme au ralenti, le fait passer devant ses yeux, tout en l'assurant de la voix qu'il n'a plus besoin d'avoir peur, qu'il ne le frappera plus, que ce tissu est doux, qu'il peut même le caresser avec cette étoffe imprégnée de son odeur, et maintenant des leurs mêlées… Le cheval a l'air de comprendre. D'approuver. Et Léonard le caresse sur les naseaux, met sa main devant sa bouche, puis dessous, lui gratte le menton, le col… et ? Rien. Que cet air détendu. Incroyable !

Alors, l'oncle qui a tout vu sans rien faire ni parler suggère, à voix basse lui aussi, de tenter de le libérer maintenant, d'essayer. À eux deux, ils soulèvent le panneau coulissant, et le grain commence à se répandre, à s'échapper. Pendant que l'oncle tient la longe, on ne sait jamais, Léonard, à la pelle, ramasse le grain et en emplit un, deux, dix coffres à provision. Quand le cheval qui n'a pas bougé est libre de ses mouvements, Francesco propose à Léonard de le reprendre et d'essayer maintenant.

— L'heure est cruciale. Mais il faut que ce soit toi…

Tout le temps où coulait le grain, le cheval est demeuré calme. Il a conservé son air détendu. Léonard approche à nouveau sa tête de celle du cheval, pose de nouveau sa main sur lui, mais de l'autre bouge, oh, très légèrement, la longe. Le cheval va-t-il enfin le suivre ? Oui !

Léonard fait un pas en arrière. Le cheval fait un pas en avant. Victoire. C'est son premier pas sous la dictée de l'homme. Francesco le félicite.

— Souviens-toi. Comme un enfant. Maintenant, tiens-lui la main. Ne le lâche plus. Il va la suivre. Il est prêt à accepter que ta main le conduise. Allez. Va…

Ça a marché ! Ça marche.

Tous les matins, dès l'aube, Léonard descend à l'écurie et commence par caresser son cheval, sa victoire. Il le flaire, se laisse flairer, humer, appuie son front contre le sien, résiste en le caressant. Ils apprennent à s'embrasser. C'est le début de l'amour. Léonard prend le temps de la reconnaissance, par la voix d'abord, puis l'estime, en le complimentant, il est très sensible aux compliments et aux mots d'amour, comme tout le monde. Il dodeline sous eux.

Puis, après moult caresses, quasi main dans la main, ils s'éloignent tous deux par les chemins tapissés de rosée. Quand le jour est levé, Léonard est souvent à plusieurs collines de Vinci.

C'est un matin de cet été sans fêlure qu'il décide de l'appeler Azul. Il le baptise Azul, de cette couleur particulière du ciel quand le soleil écrase les dernières nuances mauves de l'aube pour faire luire ce bleu éclatant qu'on nomme *azul*. Azul marche à son pas. Ou le contraire. Léonard s'essaye au petit trot, Azul le suit sans le dépasser. Ils s'accordent. Ils se remettent au pas. Léonard s'arrête, Azul aussi, il le caresse, Azul se laisse faire, calme, l'air content. Léonard est fou de joie, mais d'un calme qui le surprend. C'est que, désormais, il a charge d'âme. Bien sûr que les chevaux ont une âme ! Ainsi jusqu'à l'heure de midi. Puis il ramène Azul, lave Azul, bichonne Azul, il retrouve ou réinvente les gestes des amoureux de tous les équidés depuis les Grecs. Ce cheval est une bénédiction. Une aubaine. Une âme sœur. Son oncle est un amour. Léonard est débordant de reconnaissance. Il va refaire l'écurie. Azul lui fait visiblement confiance. Il s'y installe désormais comme s'il y était né. Léonard y fait parfois la sieste, alors Azul est heureux et ça se voit. Léonard embrasse Grand-mère Lucia en rentrant. Elle a un petit sourire ironique, l'aïeule aveugle ! C'était donc un complot.

— Merci. Merci à tous ! J'ai commencé le dressage, il est souple, il épouse déjà mon pas. Il est magnifique. Merci.

— Maintenant, c'est ton tour, enchaîne Francesco. Tu te mets à ton pas. Tu t'obéis, tu te donnes des exercices, des obstacles que tu t'ordonnes de franchir. Tu te re-dresses.

Devant l'ébahissement de son neveu, l'oncle enchaîne :

— … Quand tu dresses ton cheval, tu lui montres ce que tu attends de lui, tu cavales avec lui, tu cours, tu freines en même temps que lui. Tu ne cries ni ne le fouettes, nous sommes d'accord. Eh bien, tu vas faire pareil avec toi. Travailler en miroir de tes désirs. Prends ton écriture, par exemple. Tu ne sais écrire que de la main gauche et encore, en lettres spéculaires, lisibles uniquement dans un miroir. Comme tout gaucher qui a appris sans maître ni direction. Donc, tu vas t'exercer à écrire de gauche à droite. Et pendant que tu y es, essaie carrément de la main droite. Si tu as un peu de pouvoir sur toi, tu dois y arriver. Tu te reprends en main ? Alors, commence par tes mains.

Et chaque jour Léonard joue à dresser Azul en miroir, par mimétisme. Son corps se fait cheval, et à son tour Azul s'humanise pour se rapprocher de ce maître si aimant. Il lui montre les gestes qu'il attend de lui, il se couche de tout son long, Azul se laisse choir délicatement à ses côtés. Léonard saute par-dessus une botte enflammée, Azul le suit comme si ça n'était qu'un petit ruisseau inoffensif. Azul ne connaît que le murmure de son maître. Il le rejoint sitôt que Léonard chuchote un « Azoull » mouillé, sur un ton très doux.

Il vit à ses côtés. Azul l'adore, et c'est réciproque. Les fins de journée, Léonard écrit droit de la main gauche, s'échine à dessiner de la main droite et y arrive. Ce pur gaucher devient ambidextre.

Francesco croit avoir compris ce qui bouillonne sous ce neveu trop séduisant, aussi l'entraîne-t-il, sans le moindre jugement, à parler de sa sensualité.

— Si tu as vraiment choisi de te « refaire » tel que tu te souhaites, as-tu songé à changer de pratiques amoureuses ? N'est-ce pas d'elles que viennent tous tes maux ? D'où tiens-tu pareil choix érotique ? Tu n'es pas une nature particulièrement efféminée, même si, comme la mienne, ta voix est trop haute, comment t'es-tu retrouvé là ?

— Tu attends vraiment une réponse ?

— De même que tu as rééduqué ta main droite, tu dois pouvoir rééduquer tes sens. Explique-moi comment cette chose aussi commune, aussi banale, aussi partagée par toute l'espèce, certes aussi vitale pour la reproduction qu'est le sexe a pu te rendre si dépendant. Te fragiliser autant.

— C'est plus fort que moi, ça m'est nécessaire. Vital. Je n'y peux rien. Je n'ai pas le choix. J'en ai besoin souvent. Très souvent. C'est comme ça.

— Toi qui rêves tant de te faire remarquer, sois plus remarquable. Au moins, démarque-toi. Rien n'est plus triste et même souvent misérable que la dépendance la plus partagée sur terre. Un homme soumis à sa queue, y a-t-il quelque chose de plus stupide ? Le dernier des imbéciles en est là. C'est le plus petit commun dénominateur de l'espèce. Tu peux faire mieux. Essaie la chasteté. Là, au moins, il y a un effort, une exigence, une discipline. On peut même croire qu'on transfère l'énergie du désir dans autre chose, une œuvre, par exemple. L'artiste en toi devrait y trouver son compte. Pourquoi n'essaies-tu pas ?

— Tu as vu les curés. Ils souffrent énormément, les curés. Ils souffrent atrocement, et ça les rend méchants.

Pourquoi, mon petit oncle chéri, pourquoi toi qui m'aimes un peu, en tout cas plus que tous mes parents réunis, veux-tu me voir souffrir ? Et devenir mauvais ? Je ne veux pas souffrir par choix, il y a bien assez d'occasions accidentelles. Non, vraiment, pas souffrir.

— N'empêche que ta soumission à tes impulsions est une faille dans ton armure, et dans ton cas, en plus, c'est une vraie lâcheté.

Léonard est sensible à ces propos. Il y a souvent pensé. Mais jamais il n'a pensé imaginable de ne pas jouir chaque jour. Davantage qu'un plaisir, ce lui est une nécessité vitale. Pourquoi son oncle qui comprend tout ne comprend-il pas cela ? Pour rien au monde il ne s'imagine vivre chaste.

Et s'il essayait, là, maintenant, de prouver à son oncle, de se prouver aussi, qu'il peut tout maîtriser ? Il le peut. La preuve ? Depuis deux mois qu'il est là… Oui… mais… il est à peine remis des coups de son père. Portés tout exprès pour l'empêcher de jouir à jamais. Depuis, il n'a pas eu d'érection. Ses désirs sont revenus, intacts, violents, injustes, il fait des rêves torrides, il est souvent mouillé au réveil, mais il n'a plus aucune pratique d'aucune sorte. Même auto-érotique. Il n'ose pas. Il a trop peur d'avoir mal. À moins que son père n'ait réellement cassé quelque chose en lui…

En tout cas, ça l'a sacrément secoué. Alors, le désir de contrôler ses pulsions… C'est peut-être le moment de s'y entraîner. D'autant que Francesco, qui a bien compris comment Léonard réagissait, conclut cette étrange conversation par cet avis terrifiant :

— Regarde ton père, regarde ton beau-père, l'Accatabriga… Si vraiment tu ne veux pas leur ressembler, et tu dis t'y employer, fais au moins cet exercice d'abstinence volontaire. Et non parce que tu en es momentanément empêché.

Sur ce point, Léonard est d'accord. Il est certain que s'il parvenait à contrôler son terrible besoin de jouir, ça résoudrait une partie de ses problèmes, mais depuis si longtemps, depuis ses quatorze ans – plus de dix ans, donc –, il subit de très violentes nécessités. Ses exigences sexuelles lui ont toujours semblé imposées de l'extérieur. Ça vient du dehors, il les subit sans choix ni pouvoir de décision. Esclave de ses besoins. Oui. Il doit éjaculer plusieurs fois par jour, il n'y peut rien, c'est obligé. Même sans jouir. Décharger en quelque sorte. Depuis les petits paysans de son enfance qui acceptaient de jouer à ces jeux jusqu'aux élèves et autres apprentis de Florence, il n'a jamais manqué de camarades pour se soulager. Il se sent mieux après, et surtout tellement mal avant, quand ça le prend à la gorge… Pourquoi y renoncer ?

De ses gigantesques mains, Francesco esquisse un geste d'impuissance… Mais non, il y revient.

— … Tu peux aussi prendre femme. Qui te le reprocherait ? Ça, c'est la norme, et ça rassure tout le monde. Les invertis vont en prison, les maris au paradis. Va-t-en comprendre. Essaie les femmes. Après tout, ce n'est pas si terrible, et puis, pour passer inaperçu, il n'y a pas mieux. Si, comme tu l'affirmes et je te crois, jouir tous les jours t'est absolument nécessaire, si la masturbation ne te suffit pas, marie-toi. Qu'est-ce qu'une femme a de moins qu'un homme ? En plus, elle a un plus joli cul, plus doux et plus tendre. Et crois-moi, ça simplifie tout.

— Et si tu te demandais pourquoi je ne peux pas me simplifier la vie, oncle chéri ? Si tu cessais de croire que je fais un caprice, que, comme mon père a dû te le dire, je ne suis inverti que pour l'embêter, et non par choix, par goût, par attirance profonde ? Irrésistible même. Crois-moi si tu veux, je ne fais pas ça pour ou contre mon père, ce n'est pas de la provocation… C'est malgré moi.

La seule idée qui germe en lui, après cette conversation inédite – dont le mérite est de l'obliger à se penser tel qu'il doit se présenter –, c'est de lui inspirer, non d'essayer les femmes, mais d'en être une. De jouer à la femme. Puisque l'érection lui est interdite et que ses pulsions le taraudent toujours autant, et même, depuis qu'il s'occupe d'Azul, de plus en plus, pourquoi ne pas faire la femme dans l'étreinte ? Jusqu'ici, orgueil, énergie par trop débordante, virilité héritée de son père, il a toujours été un amant actif. En tout cas, à part égale avec ses partenaires. Et s'il expérimentait la passivité et les postures languides et affalées ? Quelque chose comme « je m'offre au plaisir, qu'on me fasse jouir… ».

Victoire ! Depuis quelques jours, Azul accepte d'être monté. Après des semaines où il l'a sellé sans le monter, maintenant il est d'accord pour tout. Et surtout il comprend sans que Léonard ait besoin de le lui expliquer ce que ses cuisses lui indiquent. Du coup, Léonard peut franchir rapidement plusieurs collines afin d'aller, incognito, essayer sa nouvelle sexualité. C'est la conversation avec son oncle qui lui inspire ce changement, croit-il, mais en réalité, c'est l'état dans lequel son père l'a laissé qui le lui impose. Il ne peut plus être actif même s'il le voulait. Il est encore terriblement traumatisé. La passivité s'impose s'il veut sortir de la chasteté. Pas le choix, en vérité. Bander lui est trop douloureux. Autant renoncer à pénétrer quiconque…

Près d'un ruisseau, il débusque une grande brute qui prend plaisir à l'enculer avec fougue, précision et obstination. Léonard y prend un plaisir inédit. Un plaisir qu'il ne connaissait pas. Un plaisir plus grand que tout ce qu'il a expérimenté jusqu'ici. Un plaisir à mourir de plaisir. Un plaisir que jamais… Désormais, il ne baisera plus que comme ça. Inutile de chercher autre chose, c'est ça qu'il aime, ça qui lui convient, ça qui le rend fou, et surtout, surtout, qui l'apaise plus longtemps que tout autre jouissance.

Jamais il n'avait imaginé qu'il pouvait exister sur terre pareilles sensations. Il se sent plein de reconnaissance envers son petit oncle, qui n'y est pas vraiment pour grand-chose.

Mais c'est incroyable, un tel concentré de joie, une joie qui dure si longtemps…

Désormais, il sera toujours fille dans l'amour. Il ne le dira à personne, il suffira qu'il aille chercher ses amants assez loin des endroits qu'il habite. Les *contado*, ces sortes de banlieues campagnardes autour de Florence, sont faites pour ça.

Les conversations avec Francesco font leur chemin. Il s'appuie sur elles pour se reconstruire pierre à pierre. Il apprend à mieux se dissimuler, à mieux tout dissimuler. Plus jamais personne au monde ne devra, ne pourra le percer à jour. Comme son père, comme son oncle. Un à un, il prend ses problèmes et s'acharne à les régler minutieusement. Il résout ses propres énigmes.

Son père ? Ne plus le voir, ne plus se donner à voir, et très vite ne plus dépendre de lui en rien. La majorité à Florence, c'est vingt-cinq ans. Il les aura à la fin du printemps prochain. Libre, enfin.

Sa mère ? Quand il va la quitter, cette fois ce sera sans doute pour toujours. Elle le rend si honteux de la pitié qu'elle lui inspire, il hait ce sentiment. Il va lui fabriquer un cadeau d'adieu, quelque chose qui lui fasse plaisir toute sa vie. Un bijou ciselé par lui. Une petite bague qu'il sertit avec patience et délicatesse, qu'il décore à son idée. Peut-être avant de partir osera-t-il lui demander la permission de dessiner son visage, histoire d'emporter son sourire avec lui. Un bijou contre un visage.

Les autres ? Du bon usage des autres... Les amis ? Les tenir à distance, toujours. Désormais, plus d'intimité. Plus de confidences.

Les tribunaux ? Jamais plus. Ne plus se faire voir. Ne plus donner prise, jamais.

Quant au travail ? S'y consacrer, mais exclusivement pour la reconnaissance, la fortune, la gloire. Il attend tout du travail à condition de pouvoir diversifier ses activités et ses sphères d'intérêt, et pourquoi pas multiplier les métiers.

Azul, le prendre avec lui et dresser d'autres chevaux. Ne plus jamais vivre sans animaux. Là est la certitude de la vraie vie. Un bébé corbeau de la famille de son oncle l'a adopté, lui aussi vient vivre à Florence. Et son chien et ses chats, et tout ce qui, vivant, aura besoin de son aide. Il ne se prêtera plus aux humains, trop dangereux, rien qu'aux bêtes, mais alors absolument.

Florence ? Les quatre mois fatidiques de son père sont écoulés, dépassés plusieurs fois : ça fait près d'un an et demi que Léonard a entrepris de se sculpter lui-même. Azul est parfaitement élevé et Léonard est autre. Les vendanges et les fêtes de la Noël sont passées... L'année a recommencé aux premiers bourgeons, premières aubépines... Le cycle des saisons dans la nature a pris une grande importance pour Léonard, qui guette la renaissance du printemps. Puis à nouveau l'été flamboyant. Il cède aux ors de l'automne. Vinci est si beau en automne... Cette fois, c'est certain, l'hiver va le chasser, le renvoyer en ville. Il se polit, se peaufine, comme il bichonne Azul. Il a laissé pousser sa barbe, ses cheveux lui descendent au milieu du dos. Tous ces poils témoignent de son nouvel état d'esprit. Il est prêt, tel un sauvage, à redescendre dans la plaine. Hirsute Samson, paré pour la bagarre, toutes les guerres, il n'est plus un homme qui se sauve, mais un sauvage qui va attaquer la ville. L'ensauvager.

Chapitre 6

Magnifique ratage
1478

> « *Les œuvres d'art sont les lettres de noblesse*
> *de la seule véritable aristocratie,*
> *celle qui a ses ancêtres devant elle.* »
> Rainer Maria Rilke.

Léonard entre à Florence à cheval. Triomphant. Glorieux. À ses yeux. Il va chez son père, mais directement à l'écurie. Là, le vieux palefrenier ne le reconnaît pas. Il le prie sans ménagement de bien vouloir retirer son cheval de l'écurie de son maître. Ce palefrenier a pourtant vu naître Léonard. Alors il met pied à terre, ôte son chapeau et saisit le vieil homme dans ses bras. L'attrape aux épaules et le regarde droit dans les yeux. Et c'est un saisissement qui lui répond. Léonard est fou de joie. Si même cet homme qui le connaît depuis toujours ne l'a pas reconnu, c'est gagné. Il s'exclame d'ailleurs pour justifier sa méprise que ses bras sont aujourd'hui tellement plus forts, son torse a doublé de volume, ses épaules se sont étoffées. Oui, Léonard est un autre homme que l'adolescent gracile tout en hauteur et en nerfs aiguisés. Il a cédé la place à un athlète accompli, aux traits fins sous un air farouche à l'excès. Ainsi son père n'osera plus lever la main sur lui, sa prestance l'en empêchera. Le vieux Paolo plie le genou pour demander pardon au fils du maître. Léonard le relève rudement pour lui présenter Azul, sa fierté.

— Toi seul t'en occuperas, à toi seul je fais confiance. C'est une bête exceptionnelle. Vois !

Et Léonard de chuchoter à l'oreille de son cheval. Aussitôt, avec une infinie délicatesse, Azul s'allonge aux pieds des deux hommes. Paolo s'accroupit pour caresser cette si belle bête. Il approuve en amateur. Léonard dit alors à Azul : « Je reviens demain matin. Soyez amis. » Et file. Sans chercher à voir son père. Ni son nouvel héritier de seize mois, un mâle qui, pour la première fois en vingt-cinq ans, semble vouloir vivre. Il décide d'attendre que son retour soit relayé par la *vox populi* pour se faire voir par qui l'a jeté hors de Florence. Il sait que son oncle a tenu son père au courant de ses « progrès sur la voie de la sagesse, de l'endurance et de la rigueur… ». Maintenant, qu'il vienne vérifier, s'il veut.

Il a encore du travail pour arriver à ses fins, à ce qu'il s'est juré d'obtenir. Il se veut précédé d'une réputation neuve. Après celle qu'il a laissée ici, la pente est dure à remonter. Aussi se rend-il d'où est venue la mauvaise : chez Verrocchio. Là, une quinzaine de garçons sont au travail, le maître n'est pas visible, sans doute dans son antre. Léonard se glisse dans l'atelier et s'y tient immobile contre le mur du fond. Puis attend. C'est Zoroastre, ce fou d'Astro, qui en sortant de chez le patron traverse l'atelier en courant et soudain, comme mordu au pied par un serpent, s'interrompt net. Foudroyé. Il scrute intensément les yeux de l'inconnu, immobile, et éclate d'un immense rire à réveiller un cimetière. Alerté par ce bruit, Verrocchio pointe sa tête. Astro saute littéralement au cou de cette espèce de sauvage hirsute, plein de poils fauves, basané comme un Maure, pourtant l'œil clair, d'un bleu vif, les cheveux bouclés de ce blond vénitien qui n'appartient qu'à lui. Baraqué comme un lutteur, pourtant toujours les hanches étroites. Très mince, très musclé, tout en longueur, et grand, mais grand comme seul Léonard… Léonard ! C'est lui ! C'est Léonard, d'où l'inénarrable rire d'Astro. Auquel « Dieu » mêle le sien, relayé par les cris d'Atalante et la joie bruyante de Lorenzo di Credi que Léonard avait laissé enfant et qu'il retrouve homme, toujours aussi calme mais encore plus beau.

— Léonard est revenu ! Léonard est revenu !

Il a quand même terriblement changé. Il se laisse étreindre, embrasser, admirer. Il consent même à tourner sur lui-même pour mieux se donner à contempler.

— Physiquement, c'est un autre, lâche Astro à l'attention de « Dieu » comme si Léonard n'était pas là, ou en marbre.

— La preuve ? Tiens, réplique Verrocchio, regarde ce David en bronze que Zoroastre vient de finir de couler. Je l'ai fait à ta semblance, sur ton modèle. De mémoire, évidemment. Les Médicis l'ont payé un prix fou et…

Léonard observe attentivement ce double en bronze de son enfance, du très jeune homme à peine pubère dont il s'est dépouillé là-haut, qu'il a transformé à Vinci. Celui qui a été emprisonné, humilié, frappé par un père vengeur, celui à qui ça n'arrivera plus, celui qu'on ne reprendra plus jamais au piège de la sincérité.

Il félicite son maître et lui demande pardon de n'être pas resté fidèle à cette image de lui-même…

— Mais ne valait-il pas mieux ?

Pourtant, un vague regret, ce David est d'une beauté exceptionnelle.

— Voilà ce qui m'a le plus manqué, ces deux années, là-haut, sans vous. La beauté surgie de mains d'hommes, de tes mains, Maître. Ce sont décidément toujours les meilleures. Même si ce n'est pas moi, enfin plus le moi d'aujourd'hui que tu as là sous ton stylet.

Tous ceux de l'atelier qui l'ont connu avant en conviennent avec stupéfaction, le changement est considérable… On cherche dans cette gracilité enfantine, cette grâce adolescente ce qu'il a pu y avoir de commun entre Léonard et ce David.

— L'ingénuité des traits du visage, décrète Atalante.

Léonard rougit intérieurement. Il a donc conservé cet air ingénu et pour ainsi dire innocent, malgré lui.

— Tant mieux, affirme Dieu, l'auteur de ces traits que la réalité dément.

Léonard pense qu'il donnera le change d'autant plus aisément si ces traits ne le trahissent pas. Car naïf, non, plus jamais. Il ne sera même plus candide. Ils n'ont pas voulu le croire innocent, il ne le sera donc plus du tout. Mais, ruse infime, ça ne se verra pas, personne n'en saura rien.

Atalante, fou de joie, s'empare du premier luth à sa portée.Verrocchio, qui est vraiment homme à tout faire et à tout aimer, attrape une viole, et tous de se lancer dans une sérénade endiablée autour de Léonard, qui chante toujours magnifiquement et improvise presque aussi bien que Politien, le poète de Laurent de Médicis. Ça tourne vite à la farandole déchaînée, à la folie. La fête est intense, la joie immense, se revoir… ah !

Léonard sent l'émotion monter. Mais comme, désormais, il est interdit d'émotion, il feint le plaisir avec un formidable don d'imitation. Il expérimente pour la première fois sa nouvelle façon d'être. Présent mais insincère. Ainsi, en le surjouant, tient-il mieux son émoi à distance, tout occupé qu'il est à le mimer.

Quand s'épuise la farandole, tout le monde se met à parler en même temps. Les nouveaux se font expliquer le grand sauvage hirsute qui surgit de nulle part, les anciens se remémorent les séances de plaisir, de joie, de création si inventive sous les impulsions les plus aventureuses de Léonard. Et surtout, on interroge le revenant. Qui se tait obstinément. Il attend, tranquille, que le silence se fasse pour, à voix presque basse, questionner Verrocchio, d'égal à égal.

— Pour l'heure, ce qu'il me faut c'est du travail. Quels chantiers embauchent, où sont les grosses commandes ?

— À San Bernardo, le chef prieur vient de limoger sans ménagement le malheureux Pollaiolo. Il s'agit d'un retable très bien payé, à livrer rapidement, je crois.

— À ton avis, comment récupérer cette commande ?

— Ton père n'est-il pas le notaire de cette confrérie ? questionne Verrocchio mi-figue mi-raisin.

Ainsi, à peine de retour, Léonard devrait-il faire allégeance à l'homme qui l'a chassé. Et si c'était lui qui se sentait coupable, après tout n'a-t-il pas sciemment cherché à attenter sinon à la vie de son fils, du moins à sa capacité de reproduction ? Ser Piero l'a avoué à Francesco, qui l'interrogeait sur l'apathie disproportionnée de son neveu pendant les premières semaines de sa villégiature à Vinci :

— … J'ai voulu tuer en lui la fonction de la génération. L'empêcher à jamais de baiser. Qu'il ne me vienne pas par lui de descendance viciée.

De fait, les incursions de Léonard dans les mauvais lieux où s'ébattent les *garzoni* sont désormais passives. Il ne bande plus qu'à grand-peine et avec une telle peur de souffrir. Il prend donc tout son plaisir à être pénétré. Ce qu'il annonce *mezzo voce* à ses deux camarades de bacchanales et de tant d'autres frasques. Ses amis Zoroastre et Atalante n'ont de cesse de l'entraîner chez eux, histoire de l'y rendre heureux autant de fois qu'il voudra. C'est avec eux que Léonard passe sa première nuit à Florence. Ils dorment peu, jouissent beaucoup, rattrapent le temps perdu à folle allure.

Tôt le matin, Léonard court chercher Azul. En entrant dans l'écurie, il a la surprise d'y trouver son père, fier et droit comme un cavalier, mais hésitant autant que lui.

Parler ? Quoi dire ? Se taire. Combien de temps ? Alors, père et fils sellent chacun son cheval et s'en vont côte à côte dans la campagne voir le matin d'hiver se lever sur la rosée blanche comme surgie de l'Arno telle une nuée qui estompe l'ensemble du pays.

Ser Piero regarde son fils diriger son cheval de la voix, lui faire sauter un obstacle que lui-même ne passe plus… Vraiment, pour ce dressage-là, il l'admire. Francesco, bien sûr, lui en a dit deux mots. Flatté par la beauté du cheval autant que par l'habileté du cavalier – lui aussi aime les chevaux –, il sait apprécier ce que son fils a réussi à tirer du sien. Francesco l'affirme, cet animal était voué à l'abattoir tant sa sauvagerie avait tenu les meilleurs dresseurs en échec. Avant Léonard, ce cheval n'avait jamais été travaillé. Seul, il y est parvenu. Et là, pour la première fois, une joie sincère lui vient de ce fils. Donc il va l'aider à s'installer à Florence.

— Peintre ? Qu'à cela ne tienne. Combien te faut-il pour ouvrir un atelier ?

Il a vingt-six ans, il peut se mettre à son compte. Son père va l'aider ! L'aider à ouvrir un atelier, à s'installer et à se faire une clientèle. Miracle de Vinci…

— Pour les commandes, j'ai entendu parler d'un retable à l'église San Bernardo, avance prudemment Léonard.

— L'église San Bernardo ? sans problème. J'irai les voir tout à l'heure. Et toi, tu t'y rendras demain, sauf contre-ordre de ma part. Tu vois le grand arbre foudroyé au pied de la montée de San Miniato ?

Léonard fait signe que oui. Ser Piero éperonne sa monture et dans un grand rire crie alors qu'il a déjà pris de l'avance :

— Le premier arrivé…

La vie n'est plus la même, si légère, soudain. Léonard a un père qui s'agite et même s'entremet pour lui. Un père de son côté ! Une joie, une joie terrible l'étreint qu'il s'efforce aussitôt de contrôler grâce à ce nouveau procédé : la feinte. Il imite tous les gestes, il prononce tous les mots de la gratitude, en tâchant de paraître le plus sincère et le plus juste possible. Comme un acteur. Et il joue à la perfection bien mieux que s'il était sincère. Son père est comblé, sa générosité magnifiée. Et ce 10 janvier 1478, soit quelques semaines après son retour, Léonard signe son contrat. Il se met aussitôt à l'ouvrage.

La commande porte sur le maître-autel de la chapelle de San Bernardo, à la Seigneurie, située à quelques mètres de chez son père. Mais il préfère dormir chez ses amis de toujours, Zoroastre et Atalante, quitte à se lever le plus tôt qu'il peut. Mais il a du mal, se couchant souvent aux premières lueurs de l'aube. Les premiers mois de son retour, il s'y tient. Il va alors monter Azul une ou deux heures, ensuite le soigne puis se soigne. Incroyablement coquet, il taille sa barbe à la façon des anciens Grecs. Il la frise au fer, comme il refrise ses beaux cheveux qu'il porte longs à peu près jusqu'à la poitrine, en dépit de la mode qui les veut courts. Il s'habille avec tant de soin que ça semble une provocation pour son père qui, décidément, n'apprécie son fils qu'à cheval.

Le but essentiel du peintre est de livrer à l'heure. À peine Léonard a-t-il achevé le carton à toute vitesse qu'il embauche ses amis. Atalante, Zoroastre, Lorenzo di Credi, quelques broyeurs de pigments ramassés chez Verrocchio pour travailler sous sa direction. Ils sont sur le chantier dès sept heures, dans l'aube noire et glacée de l'hiver florentin. Pas Léonard qui n'arrive jamais avant midi. Avec à la bouche les réponses à toutes les questions posées par le travail de l'heure.

— Maître, pour faire du violet, on a besoin de quoi ?

— Tu mélanges du tournesol, de la garance et de l'incarnat. Tu goûtes, enfin tu juges sur du blanc. Mais, dites-moi, pourquoi la Vierge Marie a-t-elle l'air d'avoir deux mille ans ? Vous vous êtes encore fait rouler ? On vous a refilé des œufs de la campagne. Je vous l'ai dit, pour exalter la jeunesse des chairs, il faut prendre les jaunes des poules des villes. Leur jaune est toujours plus clair que celui des vieilles poules des villages du *Contado* qui ne conviennent qu'aux chairs vieillies…

La présentation du carton au prieur est une incroyable réussite. Tout Florence se pâme. On adore à nouveau ce qui sort de la main de ce talentueux personnage, au point que celui-ci se repose sur ses premiers lauriers. Léonard est ravi, un seul carton et sa carrière est relancée, il se refait une allure, choisie cette fois. On reparle de lui, mais en des termes qu'il a lui-même indiqués.

Il va enfin se faire une place au soleil. Il rêve de gloire et de grandeur, d'honneur et d'argent. Il veut tout, et tout de suite. Il déborde de forces neuves. Il passe ses après-midi sur le motif, à peindre, travailler sur les ruptures de ton, les différents glacis, les ombres qui ne sont plus seulement des hachures mais, grâce au procédé neuf de la peinture à l'huile, des brouillards d'ombre qui font gicler la lumière. Ah ! oui, quel bonheur. La joie règne en maîtresse sur le chantier. Une joie terrible, tapageuse, frondeuse, ça chante, ça crie, ça hurle de rire.

Des visiteurs qui n'ont pas revu Léonard depuis son exil mystérieux restent tard le soir. Ainsi Pipo fait-il retour, toujours aussi charmeur, délicieux, malicieux et sensualiste. Et beaucoup d'autres. Tous sauf Botticelli ! C'est vite la foire, Léonard passe ses nuits à faire la fête. Se lever lui est de plus en plus pénible. L'image qu'il veut donner à son père l'y contraint encore, mais à quel prix ! Heureusement, il y a Azul. Leur entente est plus forte qu'à Vinci où la nature pouvait suffire à l'animal.

Un midi, en arrivant à la chapelle, il juge que son retable a été « saboté ». Dans la nuit ? Intentionnellement ? Non. Depuis quelque temps déjà, ça n'allait pas. Mais ça ne se voyait pas encore. Léonard a mis au point une nouvelle manière de traiter les pigments qu'il a imposée à ses assistants, lesquels la maîtrisent sans doute mal. Ils lui ont obéi sans conviction, peut-être y ont-ils mis de la mauvaise volonté. Le travail est moins soigné, les techniques mal appliquées, des pigments ont pu tourner. Léonard ignore ce qui, précisément, s'est délité, mais ce matin ça crève les yeux. C'est affreux. C'est raté. Absolument raté. Le travail est gâché.

Toujours maître de lui, il garde sa distance souriante, dissimule sa déception sous un élégant cynisme. Avec une extrême courtoisie que n'égalent que sa mauvaise foi et l'étendue de sa déception, il s'en prend à ses assistants, sans s'oublier lui-même :

— C'est absolument ignoble, une vraie cochonnerie. J'aurais honte de la montrer au seul artiste en qui j'ai confiance, à l'estime de qui je tiens, qui hélas est fâché avec moi et ne veut plus me voir. De tous les artistes de Florence réunis, seul l'avis de Botticelli compte. Et il ne me le donnera pas.

Plus pince-sans-rire encore, il ajoute :

— … Mais s'il était là, cet ami précieux, il me dirait : « Léonard, regarde cet endroit jaune, là, à gauche, c'est trop moche, hein ? Prends donc ton chiffon, trempe-le dans du rouge » et hop ! il m'encouragerait, que dis-je, il me montrerait comment jeter de toutes mes forces ce chiffon dégoulinant de noir sur ce vert pisseux. Et sur ce bleu atrocement raté, on jetterait du jaune vif, pétant, déchaîné et hop, et hop ! crie-t-il joignant le geste à la parole et encourageant chacun à en faire autant. Il faut faire disparaître cette horreur. Il m'a appris à gâcher, gâchons, gâchons en chœur, mes amis.

Joyeusement, dans une frénésie jubilatoire, il détruit et montre à tous comment détruire son œuvre. Vite, plus vite. Et Léonard de tremper des chiffons dans les pots de pigments déjà dilués, prêts à peindre, de les jeter furieusement contre son retable et de les tendre à ses assistants.

À toute volée, un chiffon rouge, un bleu, un vert, un… Un vrai feu d'artifice. Un autre, encore. C'est soudain follement gai. Tout le monde s'y met, artistes, visiteurs de passage, à qui mieux mieux. Chacun lance un chiffon rouge, bleu, jaune, vert, qui tous dégoulinent les uns sur les autres, formant un nouveau spectre de couleurs, abstrait, délirant. Sept à huit personnes apparemment adultes se bombardent de couleurs en riant, en criant, en en fichant partout.

— Et Sandro me dirait : « Et là ? Il reste du jaune caca, assassine-le… Et là… »

Le retable n'est plus qu'un mauvais souvenir. C'est alors qu'entre, ou bien était-il déjà là, dissimulé en tapinois derrière une colonne, le chef prieur qui, au nom de la Seigneurie, c'est-à-dire de la république de Florence, lui a commandé ce retable. Le flagrant délit est manifeste.

— Cessez immédiatement ce chahut. C'est un scandale ! Dehors ! On ne se livre pas à ce genre de folie dans la maison de Dieu. On ne blasphème pas en souillant les images de Notre Seigneur. Le travail n'est jamais une partie de rigolade. Dehors !

Plus de travail, plus d'argent, plus de tremplin pour la gloire. Et son père ? Que va dire son père après ce nouveau scandale ? Pollaiolo, son malheureux prédécesseur sur le retable, vient lui témoigner sa sympathie :

— Quoi que tu aies fait, ou pas fait, ce maudit chapelain t'aurait viré de toute façon un jour ou l'autre. Il hait les peintres, il déteste la peinture, il ne souhaite pas que les fidèles soient le moindrement distraits de ses prêches par des images toujours suspectes. Ne t'alarme pas, tu n'y es pour rien.

Léonard sait bien qu'il y est pour tout. Rien ne peut le consoler de s'être laissé aller encore une fois. Plus jamais, se jure-t-il. Plus jamais sincère, plus jamais libre et naturel, abandonné dans l'instant présent.

Son père ne dit rien. Ne lui reproche rien. Il continue de l'attendre avec Paolo, chaque matin, à l'écurie, de seller son cheval à ses côtés et de partir galoper sans un mot. Il ne lui demande aucun compte pour cette commande inachevée. Il continue de payer le loyer de l'atelier où Léonard fait travailler une demi-douzaine d'élèves et d'apprentis.

Léonard songe beaucoup à Botticelli depuis qu'il l'a évoqué avant le désastre, comme si Sandro lui avait inspiré ce désastre. Pourquoi se sent-il encore interdit de le voir ?

Le printemps va revenir, le jour se lève un peu plus tôt, l'hiver s'adoucit, la rosée n'est plus blanche. On va enfin revivre dehors, Léonard a besoin de la nature. Même en ville. Pâques, les cloches, joyeuses, joyeuses. Mais non, pas si joyeuses. Elles ne cessent de battre, on dirait… Le tocsin, la guerre, la peste ? Quelque chose est arrivé…

Elles informent chaque Florentin que l'heure est grave. Mais quoi ?

Ce 26 avril 1478, dans la cathédrale des Fleurs, en ce dimanche de Pâques, pendant la grand-messe, la conjuration des Pazzi a assassiné Julien de Médicis et raté de peu son frère Laurent. Celui-ci n'a eu la vie sauve qu'à cause ou grâce à un mouvement de panique de Politien et de Botticelli. Le jour même, la vengeance commence par un déploiement de férocité inouïe. C'est la ronde des pendus, tout Florence semble se réjouir de la sauvagerie avec laquelle on punit ces conjurés qui ont poignardé leur Julien adoré de plus de dix-sept coups de couteau. On se saisit des conjurés un à un. Et on les déniche jusque dans les poubelles, les caniveaux, les cimetières. Où on les y renvoie de toutes les manières possibles, avec une hargne et une cruauté qu'on n'aurait jamais prêtées aux Florentins. Et ça dure deux jours, trois, quatre, bientôt une semaine… On pend à la queue leu leu, en série, aux fenêtres de la Seigneurie, puis quand les pendus choient, la foule s'en empare, arrache leurs vêtements – sauf aux ecclésiastiques ! – et les déchiquette pour se partager les morceaux qu'elle exhibe bien haut sur des piques. Trophées qu'on promène dans la cité, en chantant et en buvant comme lors des grandes processions. Tout ça fait s'évanouir les femmes et les chochottes. Dans la confrérie des invertis, où les sensibilités sont exacerbées, on juge cela « abominable, épouvantable »… Chacun se terre chez soi pour n'être pas confronté à pareilles atrocités… Mais pas Léonard qui, au contraire, s'y précipite. Carnet et crayons à la main, il croque les pendus avec une gourmandise et une curiosité inattendues. Mais il y en a trop, la nuit tombe, il n'a pas le temps de les relever tous. Il note alors en phrases courtes leurs principales caractéristiques, couleurs, postures, vêtements, ne rien perdre de ce spectacle. Captivé, il y revient le lendemain, et tous les jours que dure ce carnage…

Quatre jours après la première tuerie, à qui se heurte-t-il au pied de la Seigneurie, nez en l'air, croquant le même mort que lui ? À l'être le plus sensible, le plus émotif, le moins préparé à se trouver là. Sandro Botticelli ! Botticelli qui se plaint qui vomit qui hoquette entre deux haut-le-cœur. Pourtant, il est payé pour demeurer sur le motif. Sous prétexte qu'il a, malgré lui, aidé Laurent à se sauver, celui-ci l'honore de sa vengeance ! Il lui revient l'honneur de portraiturer les pendus dans la position où le gibet les fige… Pour lui, c'est l'horreur. Un pensum épouvantable. Pour Léonard, c'eût été un cadeau. Florence ne le mérite pas, ne le comprend pas ni ne l'estime à sa juste valeur. Ce drame le passionne, cette révolution de la foule qui s'érige, seule, défendresse de sa liberté comme de celle de son tyran, annonce-t-elle un changement plus radical. Léonard se retient de montrer à quel point ces événements l'enchantent. Dans ce climat insurrectionnel, dans ce délire social où des enfants lapident des pendus, Léonard puise un regain de joie. Son goût pour l'intensité le ramène chaque jour au lieu des supplices. Où, chaque jour, Botticelli est un peu plus pale. Plus désemparé par le travail qu'il s'échine à exécuter avec le plus de réalisme possible. Difficiles retrouvailles ! Pourtant, quelle joie de le voir ! Ne pas la lui montrer.

Ils ne se sont pas revus depuis que Pipo a quitté l'un pour l'autre. Léonard s'approche, ne dit rien, observe. Se tait. Longtemps. Le climat est glacé. Peur, inquiétude d'être mal reçu pour Léonard. Défiance chagrine, côté Botticelli. Et surtout, que ce soit à lui qu'on a passé cette commande rend Léonard fou de jalousie. Jaloux, furieux de l'être et que ça se voie.

Léonard sort son carnet à dessin où il a eu le temps de reproduire une double pendaison, un vrai pendu et le panneau de Botticelli, déjà accroché à la fenêtre. Il la lui montre sans un mot. Botticelli découvre un dessin à la plume saisissant, avec pour légende : « pendu par les pieds, avec un manteau bleu doublé de peau de renard ».

Il pose ses pinceaux et s'approche de Léonard :

— Décidément, il n'y a que la couleur et la distorsion qui t'intéressent... Tu ne frémis donc pas devant l'ignominie de la besogne ?

— Cette besogne, comme tu dis, me revenait de droit. Rien ne m'excite plus au monde que de peindre ça !

— C'est trop féroce, trop sanguinaire et tellement inutile. Tant de barbarie a précipité la cité dans une épidémie de sauvagerie... As-tu vu comment les gamins se conduisent avec les morts ? C'est absolument atroce.

— Dis-moi, l'ami, on te paye combien pour portraiturer ces suppliciés ? Cher, murmure la cité toujours bien informée, très cher même. On te paye pour les peindre, pas pour les plaindre. Ni pour faire la morale. Et tu les croques en râlant ! Et devant moi en plus, moi qui aurais rêvé qu'on me commande ces suppliciés, moi qui les dessine sous toutes leurs formes, gratuitement encore, pour la beauté des couleurs, pour l'audace indécente de leurs métamorphoses, quand la mort s'empare de leurs corps. Tu te plains. Je me passionne. Et c'est toi qu'on paye ! Si tu étais honnête, tu devrais partager l'argent avec moi, pour les judicieux conseils que je vais te donner, parce que, moi, je ne fais pas ma mijaurée, je ne suis pas dégoûté, je les étudie vraiment, avec toute la passion que j'ai pour notre art.

— Mais je veux bien partager l'argent avec toi, c'est le haut-le-cœur que je ne puis partager avec personne, hélas.

Devant ces scènes effroyables de saccage, le cœur me lève. Quand je vois dans quel état les mômes mettent les cadavres, c'est simple, j'ai le plus grand mal à demeurer sur le motif. Je peins entre deux vomissements.

À la manière écœurée dont Botticelli fait honte à cette commande, Léonard comprend que l'énergie qu'il jette sur ses panneaux est celle de son effroi. Effaré par la cruauté humaine, c'est malgré lui qu'il peint. Ses visages sont étonnamment ressemblants, vivants, tourmentés, la mort n'en paraît que plus injuste. Mais ses couleurs et ses traits sont aussi bouleversés que leur auteur. C'est la première fois qu'il ose, oh, malgré lui, laisser s'exprimer ses émotions à même le tableau, comme on dit à fleur de peau. Ça le déborde. Le résultat est si nouveau, si inattendu, si efficace aussi, que Vinci, comme tous ceux qui vont admirer son travail, retiendra la leçon. Désormais, et grâce à Botticelli, la peinture s'autorise à exprimer les plus infimes sensations, les plus intenses bouleversements. Manière de faire passionnante, qui offre un nouvel éclairage à l'art de représenter. Plus seulement les vertus platoniciennes du bon, du beau, du bien, qui fondent la pédagogie, mais l'effroi, l'horreur, et le pire, le plus grouillant des tréfonds de l'âme humaine… Tout peut, tout doit jaillir du panneau. Passionnant !

Léonard en convient, Botticelli est le premier à ressentir si violemment la peinture. Là, en plus, il a dû se raccrocher à toute sa science, à toutes les techniques acquises, pour supporter son sujet et copier le réel. Du coup, il l'a traité magistralement. Soufflé d'admiration, Léonard ne peut que lui répéter qu'il est le plus grand peintre de Florence, et que, même si Laurent le lui avait proposé, il n'aurait jamais osé accrocher ses suppliciés à côté des siens tant il lui trouve plus de talent qu'à aucun autre. Il aurait tout de même adoré qu'on les lui commandât. Car lui en aurait tiré des fresques joyeuses.

Botticelli regarde Léonard au fond des yeux, les yeux du cœur. Tout se détend en lui, enfin, et il pose la main sur son épaule :

— Pour l'argent, si tu en as besoin, prends ma bourse, ami. Mais promets-moi que Pipo est heureux. Dis-le-moi, s'il te plaît.

Botticelli a osé. Et Léonard a baissé la tête. Il n'a plus aucun lien avec Pipo depuis si longtemps, mais comment l'avouer à cet ange de Sandro, qui est réellement prêt à lui donner sa bourse alors qu'il lui a pris son amant ! Mais non, il ne lui a pas pris ! Léonard ne prend jamais rien à personne. On lui offre, il se sert, mais ne conserve rien. Pas davantage Pipo qu'autre chose. Ils ne sont pas restés longtemps amants. Ses deux années à Vinci ont achevé de les séparer.

— Tu ne m'en veux pas, alors ? demande Léonard.

— Crois-tu qu'on puisse t'en vouloir ? Tu es l'homme le plus irrésistible que j'aie jamais croisé. Il est fatal qu'un jeune chien fou en te voyant te suive comme son ombre. Tu es trop séduisant pour que je t'en veuille. Si j'en ai voulu à quelqu'un, c'est à Pipo. Toi, très vite, tu m'as manqué. L'artiste, l'ami, celui avec qui échanger, confronter. Mais… aujourd'hui que je te retrouve, je suis en total désaccord avec toi quant à ces suppliciés. Définitivement, je les trouve atroces. Ils empuantissent la ville.

— Un conseil, quand même. Peins-les vite avant qu'ils ne changent de couleur, dépêche-toi. Ils se décomposent plus vite chaque jour qui nous rapproche de l'été. Vite, peins-les. Les violets sont déjà en train de virer au jaunasse… Tes pendus commencent à verdir.

— Tout le monde peut crever, à condition de mourir en couleur et avec style ! s'insurge Botticelli dans un hoquet. C'est ça ? Décidément, tu n'aimes que tes oiseaux.

— Peut-être…, jette en sifflotant Léonard soudain primesautier. Surtout ceux qui viennent becqueter les yeux de tes si beaux pendus.

Puis ils se taisent. Leurs échanges de regards sont brûlants, leurs attitudes glaciales.

Léonard n'a pu s'empêcher d'être odieux. Il s'en veut. En joie comme en peine, définitivement, une seule loi : feindre. Toujours feindre. Il se l'est juré. Cette nouvelle règle, ramenée de son année de cure à Vinci, doit s'appliquer aussi à la colère et au chagrin. Mais que Botticelli fasse la fine bouche pour cette commande, que Botticelli déteste ce travail qui l'aurait enchanté, c'en est trop ! Parce qu'en plus, ce que Sandro peint est admirable. Léonard ni personne n'aurait pu faire mieux. Léonard y prend un plaisir fasciné, il éprouve un sentiment un peu monstrueux : il adore ça. Sans pouvoir s'expliquer ce qui détermine son excitation, il y a là une espèce de sauvagerie qu'il reconnaît, qu'il ne cherche pas à dompter, qu'il doit juste ne pas exhiber, mais qui lui interdit à jamais d'être sentimental. Toujours il demeure d'une excessive courtoisie pour maintenir autour de lui une apparence de paix sociale, mais dorénavant, il se sait la cruauté naturelle du tigre.

Force lui est cependant de reconnaître qu'il a échoué. Sur tous les tableaux. Brillant, pour un peintre ! Il a eu quatre mois pour se réhabiliter, et c'est manqué. Il doit pourtant faire tourner l'atelier. Dire qu'on l'accuse de ne pas avoir achevé sa commande alors qu'on l'a chassé de son chantier, qu'on lui a interdit de finir. De le recommencer. On l'accuse maintenant de s'interrompre en cours de travail, de refuser de finir… C'en est trop.

Mais il va se rattraper, n'a-t-il pas encore un atelier et des assistants ! Alors, à la tâche. Sans l'ombre d'une commande, coup sur coup, il achève deux madones et deux Annonciations. Quatre chefs-d'œuvre. La confrérie le fait savoir. Et tout le monde en convient, même son père qu'il a invité à l'atelier, histoire de justifier son loyer. Alertés par la rumeur, les Benci passent aussi et lui commandent « n'importe quoi qui te ferait plaisir de nous peindre »...

C'est classique et innovant à la fois. Ce qu'il a peint dans une gratuité totale, sans commande ni commanditaire, ces œuvres-là s'arrachent à prix d'or. Voilà il a compris. Il ne doit plus effrayer ce peuple de marchands. D'ailleurs, en ce moment, tous se pâment, sa cote remonte. Mais son moral est assez bas. Après les pendus qui viennent de lui passer sous le nez, ses retrouvailles manquées avec l'homme qui compte le plus au monde pour lui. Cet état de chagrin le laisse désemparé. Étonné. Il n'a jamais connu ça. Comme une petite mort, cette perte de foi dans la vie.

Chapitre 7

« Je suis un Imposteur. Tous les peintres sont des imposteurs ! » 1480

Plus de goût. Plus d'envie. Même de peindre. Plus de désir. Si. Du désir, mais un seul. L'aiguillon de la nécessité. Un terrible besoin de jouir. Jouir. Dormir. Et recommencer. Seul désir qui renaisse de ses cendres, tout seul, de lui-même. Le sexe. Un sexe interlope, interdit, dangereux. Camouflé. Un peu moins heureux qu'avant. La *tamburazione* l'a rendu tellement suspect. Si risqué. D'autant plus désirable qu'interdit. D'autant plus excitant que périlleux. N'empêche. Chaque nuit Léonard part en chasse. Le plaisir dont il se repaît est coûteux. Et loin, de plus en plus éloigné, très au-delà des portes de Florence. Le *Contado*, cette terre de brume coincée entre deux collines, deux villages, sur les hauteurs de Florence, est truffé de bordels pour tous les goûts.

Paresse, facilité ou désir nouveau de perversion ? Désormais Léonard paye pour jouir le plus passivement possible. Se laisser faire : prendre, masser, sucer, caresser, lécher, enculer, enculer… Toute la nuit… Toutes les nuits, par des inconnus dont il ne saurait dessiner le visage. Des êtres sans avenir ni mémoire. D'anonymes dispensateurs de plaisir sans nom. Seul lieu au monde où il se livre sans volonté, sinon de jouir et d'accumuler des sensations de plus en plus fortes, incessamment renouvelées, où il ne prend d'initiatives que d'abandon.

Ah ! se livrer, le corps totalement abandonné aux mains expertes, aux ingénieux talents de jeunes putains prodigues. Où le plaisir s'accroît de sa répétition même. Alors il sent le sang refluer dans ses veines et l'esprit lui revenir. Fugitivement. Aucun sentiment pour ces *garzoni* au matin. Aucun sentiment en général. D'avoir dû se composer un autre personnage, de passer sa vie à surveiller son atavisme dans ses moindres réflexes ne lui laisse plus aucune liberté d'attachement. Ses relations ne sont qu'utilitaires, faites de rencontres hâtives. Ou de fidélités floues. On continue parce qu'on a commencé. Ou d'intérêt professionnel. Ainsi ses deux compères, Atalante et Astro, de si peu ses cadets, très peu ses élèves et souvent ses amants, tout en dévotion pour le grand homme, leur modèle unique, sont une réclame vivante et ô combien remuante de leur héros. De ses moindres gestes ils se font les hérauts, proclamant ses exploits avant même qu'il ne les ait réalisés. Il suffit qu'il rêve à haute voix. Aussitôt ses deux aboyeurs ont déjà annoncé la nouvelle à la cité entière. C'est parfois stimulant, ça oblige Léonard à passer à l'acte, lui si paresseux. Mais ces temps-ci, ça l'effraie plutôt. Il préfère leur fausser compagnie. D'ailleurs, personne ne songe jamais à ce que Léonard ressent pour eux. Bien malin qui pourrait le dire, sauf… sauf… que sa fidélité pour les siens est certaine, indéfectible. À la vie, à la mort. Léonard est quelqu'un qui « adopte » une fois pour toutes et ne connaît rien des motifs usuels des brouilles. Il ne verra sans doute plus jamais sa famille, sauf son oncle, mais ne se dira jamais fâché avec elle. Léonard ne se fâche pas, il s'éloigne, il fuit un temps, se laissant la liberté de revenir comme si la veille… Mais il change d'écurie. Tant qu'à faire, mieux vaut installer Azul plus près de lui, plus loin de son père.

En ce moment, il reste au travail à l'atelier tout le jour et passe ses nuits dans les bordels plutôt que de demeurer avec ceux qui l'aiment le plus au monde. Mais à qui il ne peut infliger son état.

Un matin de vigueur, dans l'aube violette et fraîche de ce début d'automne, il se cogne littéralement dans Botticelli qui s'échappe des mêmes lieux. Chacun a donc passé la nuit séparément au bordel. Peut-être ont-ils bénéficié des largesses des mêmes putains, sûrement même. Chacun d'eux a besoin de s'étourdir dans l'anonymat des plaisirs tarifés. Botticelli s'étonne. Léonard en ces lieux ! Quel besoin ? Lui qui admire et même jalouse la liberté qu'il a de s'afficher au grand jour avec les plus jolis garçons de la cité, de se pavaner avec ces magnifiques créatures qu'il ne prend plus la peine de qualifier d'élèves ou d'apprentis, qu'il a visiblement vêtus de pied en cap, avec raffinement et somptuosité. D'ailleurs, contrairement à Botticelli qui croule sous les commandes, Léonard travaille très peu. Il a beaucoup de temps de reste pour s'amuser… Dans la confrérie, tout se sait, qui a des commandes, qui n'en a pas, qui n'en cherche pas, qui ne fait rien pour en avoir. Pour l'heure, Léonard fait mine de s'en moquer. Personne ne trouve grâce à ses yeux, l'esprit critique terriblement acéré, il n'y a qu'envers Botticelli qu'il conserve intacts admiration, respect et parfois émerveillement. Celui-ci continue de le surprendre, alors que les autres…

— À propos de Pipo, comment va-t-il ? demande encore abruptement l'aîné.

Léonard n'arrive pas à croire que le fils Lippi, le grand amour de Botticelli, ait pu ne jamais le revoir depuis les événements, dans une si petite cité… Comment est-il possible qu'il n'ait toujours pas compris que Léonard en avait fini avec Pipo quasiment dans la foulée où ils se sont aimés ?

— … S'il y a un lieu où tu risques de le croiser, c'est ici. Il y vient plus souvent que toi et moi réunis, c'est un familier de la débauche, lui, pas un occasionnel comme toi. Ça ne va pas, tu ne te sens pas bien ?

— Ai-je besoin de te répondre ? Tu l'as bien senti. Mais ça passe. À part ça, comment vas-tu ?

— Je ne croule pas sous les commandes comme toi, mais je ne vis pas non plus au milieu d'une si nombreuse famille.

Botticelli est célèbre, et souvent moqué parmi ses pairs, pour faire vivre une famille parasite de petits gros qui l'exploite comme ça ne devrait plus être permis : la sienne. Alors que lui-même est infiniment long, maigre et pour mieux dire spectral.

Sans savoir comment ni pourquoi, ces deux garçons, sitôt qu'ils sont en présence l'un de l'autre, sont d'une totale sincérité. Comme malgré eux. Même si, aujourd'hui, l'un est couvert de commandes et pas l'autre, une forêt d'ombres sinon d'obstacles entre eux n'entache en rien cette étrange confiance.

— Tu ne crois pas si bien dire, ma famille s'accroît tous les jours, elle est exponentielle. Quand le grouillement enfin s'apaise, alors que je pourrais rester seul dans le silence de la nuit, je traîne en ces lieux si bondés qu'on se croirait chez moi, je suis fou. Et assez perdu ces temps derniers…

— On fait quelques pas ?

La *tamburazione* a rendu Léonard vigilant, sinon méfiant. Mieux vaut s'éloigner de ces endroits de mauvaise réputation. La joie secrète qu'éprouve chacun de la présence de l'autre a besoin d'espace plus neutre.

Pendant qu'ils marchent vers Florence, le soleil se lève. Ils longent l'Arno, Léonard semble déterminé à raccompagner Botticelli chez lui. Sinon, il aurait déjà bifurqué.

— À cette heure, l'atelier est encore désert. Viens, on va s'y rafraîchir.

— Et tu me montreras ?

— Quoi donc ?

— Tu sais bien. Tout le monde parle de ton *Saint Augustin* révolutionnaire.

Une fois à l'atelier, Sandro met en garde Léonard :

— Ça ne va pas te plaire. Bon, tant pis, dire que j'étais si content de te revoir. Tu es prêt à me haïr ?

Dans un geste théâtral, outré, comme souvent les timides, Botticelli arrache la grande bâche de lin bis qui couvre son panneau. Il obtient l'effet désiré : le saisissement de Léonard.

— Oh ! ces mains, ces mains ! Ce sont les tiennes quand tu seras vieux. Et ce regard aigu, et ce bras trépidant, tu as surpassé tous les Ghirlandaio du monde.

— Et comme ces temps-ci Florence croit à tous les mirages occultistes, j'en ai rajouté, j'en ai joué à fond.

— Là, tu as recopié Pythagore, mais tu ne vas pas laisser l'autre page en blanc ?

L'Augustin de Botticelli tient un grand livre ouvert dans ses mains dont, effectivement, la page de gauche est encore vierge.

— Je ne sais pas quoi écrire.

— N'importe, soyons drôles.

Le plus naturellement du monde, Léonard trempe une plume dans du noir, et de sa belle écriture récemment rééduquée pour être lisible de gauche à droite trace le plus sérieusement du monde : « Où est frère Martin ? »

Ce frère Martin est l'anodin pseudonyme de tous les invertis, sorte de mot de passe entre soi. Amusé par ce jeu,

Botticelli, à son tour : « Il s'est échappé. » À quoi reprend Léonard : « Mais où est-il allé ? » De nouveau Botticelli : « Il est dehors, à la porte de Prato. » C'est-à-dire le quartier des bordels hors les murs, où ils se sont retrouvés. Les deux amis éclatent de rire en essuyant leurs plumes. Bien sûr, seuls leurs frères de débauche comprendront. Ça ne fait rien. Ça soude entre eux une entente incomparable : ils sont ensemble sur le même panneau pour l'éternité.

— Et, reprend Botticelli toujours riant, maintenant que je nous vois côte à côte, je trouve que mon Augustin nous ressemble, à tous les deux. Un mélange de toi et de moi.

— Aussi pathétique que toi, aussi grandiose que moi, tu as raison. Donc, il faut qu'on le signe ensemble. Que dirais-tu de « frère Martin » ?

Botticelli rit pour cacher une émotion que Léonard maîtrise mieux. Il a plus d'entraînement. Oui, il y a du Léonard dans son Augustin. Du Botticelli aussi. Mais ça, toujours. Sandro ne sait faire autrement, ses personnages ont tous quelque chose de lui, le plus souvent sa propre mélancolie. De là à avoir du Léonard, alors qu'ils ne se sont pas vus, pas parlé, depuis… Mais aussi, comment ne pas avoir, gravé sur la rétine, l'image de cet homme-là ? Botticelli le considère comme l'image universelle de la beauté. Et en beauté il s'y connaît. Puis, c'est normal, ils ont eu beau ne pas se voir pendant de très longues périodes, ils pensent l'un à l'autre presque quotidiennement. Pourtant, la simple amitié leur semble interdite. Empêchée. Nul ne sait pourquoi. Léonard a cessé de s'interroger là-dessus depuis qu'il s'est resculpté lui-même. Il sait l'amour avec Botticelli impossible : ce serait sans doute le plus fort, le plus à égalité, le plus dangereux. Quand on veut vivre sans émoi, on fuit. C'est tout. Surtout Botticelli.

Pourtant, contrairement à Sandro, Léonard ne peut passer son temps à ne faire que de la peinture, ça ne le « distrait » pas assez, il s'ennuie comme un rat mort. Attelé à sa *Madone au chat*, matou qui ne condescend à poser qu'entre deux chasses aux rats… D'où l'image… L'ennui va chez lui jusqu'à la douleur. Il bataille ferme pour achever cette madone-là. Mais comme personne ne la lui a commandée, il éprouve une sorte de fierté satisfaite à la terminer malgré tout. Plus c'est gratuit, meilleur c'est. Trop de choses le passionnent à la fois, le distraient, mais pour si peu de temps chaque fois… Trop sollicité par ses passions concomitantes pour s'enfermer dans l'ennui de peindre exclusivement. C'est alors que tombe une commande de Rucellai. Il y a des modes en peinture, comme en coiffure ou en chaussure. En peinture, la décennie précédente, la mode était au saint Sébastien, cette année, elle est au saint Jérôme. Avec son lion, bien sûr, au milieu du désert. Un classique erroné. En réalité, le saint qui a gagné l'amour d'un lion en lui ôtant une épine de la patte est Gerasimo, non Girolamo, à qui l'animal sert pourtant d'attribut. La musique des mots porte davantage que la vérité.

Le désert est populaire. Masaccio, Piero della Francesca, Mantegna, Bellini, Lorenzo Lotto… même Ghirlandaio, en même temps que Léonard, s'attellent ou se sont attelés à l'ermite au fauve.

Pour peindre un homme si vieux, si maigre, si décharné et lui conférer en même temps l'idée de puissance, Léonard a besoin d'en savoir plus sur l'anatomie des vieilles gens. Dans ces cas-là, l'industrieux Zoroastre fait merveille. Il connaît toujours quelqu'un qui connaît quelqu'un qui… précisément, ici, à l'hôpital Santa Maria Nueva. Où Léonard peut, grâce à ses introductions, assister aux séances de dissection des cadavres du jour. Ses dessins pris sur le vif, si l'on ose dire, enchantent les médecins par leur rigueur, leur précision et leur justesse inégalées jusque-là. Aussi lui laisse-t-on de plus en plus de liberté. Il apprend même à disséquer. Rien de tel que d'aller fouiller par soi-même pour comprendre le circuit des muscles, des tendons et des nerfs.

Une nuit, il tient la main d'un vieillard en train de mourir tranquillement, calme et sans douleur. Une force épuisée qui s'éteint doucement. Sitôt que le vieil homme est mort de cette façon si douce, Léonard l'autopsie, alors qu'il est encore tiède. Le vieil homme lui parlait quelques instants plus tôt et le voilà les viscères sur la table ! Léonard cherche le mystère d'une mort somme toute si paisible. Quand arrive le cadavre d'un petit de deux ans, il peut aussitôt comparer l'état des organes de l'un et de l'autre, et tenter d'établir les différentes causes de mort. Le vieux monsieur, c'est l'usure qu'il l'a tué, l'enfant, une fragilité sans doute native… Le mystère de la vie reste intact et captivant.

Léonard est bientôt autorisé à pénétrer nuitamment dans l'hôpital pour pratiquer les dissections qui l'intéressent, en fonction des « arrivées », à une seule condition, ne pas l'ébruiter. Que personne ne le sache.

Depuis son retour, il est en passe de devenir expert en camouflage, il se prend au jeu, il adore ça. Il tente de percer le plus grand mystère du monde. Comment s'effectue le passage de la vie à la mort. La dissection ne remplace pas la peinture mais l'accompagne, l'explicite, l'améliore. La rend crédible. Pour Léonard, tout se vaut qui le renseigne sur les plus infimes détails de la nature. D'abord, ça trompe toujours cet ennui qui recouvre ses heures depuis qu'il a volontairement « changé » de personnage, tué en lui la spontanéité, mis au pas ses enthousiasmes… Donc tout se vaut, mais, paradoxalement, sitôt lancé dans l'exercice, n'importe lequel, il se prend au jeu, palpite à nouveau, se passionne, se surprend dans la peau, ô combien en danger, de l'ancien Léonard, doit donc se refréner et, immanquablement, s'ennuie à nouveau.

Ce qui l'excite le plus, au fond, c'est de passer d'un travail à l'autre, d'une distraction l'autre. Sans cesse, la vie doit se renouveler alentour sous peine de mort. C'est-à-dire d'ennui. L'insatisfaction est immense. Le vide à combler, abyssal, qui s'immisce dans tout ce qu'il entreprend, et toujours, à un moment ou à un autre, le désir s'épuise. Oui. Le désir est toujours à refaire. Toujours. Et l'unique piment, c'est la nouveauté. Un si grand besoin de nouveauté…

Rien ne le comble jamais absolument. Sauf, hélas, le sexe, lui aussi, lui surtout, sans cesse à recommencer. Mais le sexe ne risque pas de lui apporter la gloire, sinon cette mauvaise réputation qu'il traîne comme un boulet et s'acharne à effacer sans y parvenir. Or, oui, il rêve de gloire, il ne rêve que de gloire, de préférence éternelle. Comme Giotto, Masaccio et même l'Angelico. Botticelli peut toujours cracher dessus, lui, il l'a déjà conquise. Léonard veut vivre dans une joie continue. C'est sa nature, la joie, l'émerveillement, le plaisir de vivre. Cette plénitude que toujours lui donne sa sexualité à la fois passive et boulimique, rien d'autre aujourd'hui dans sa vie ne la lui apporte. Il doit pourtant nourrir les siens. Faire tourner son atelier, et pour ça mieux vaut être honorablement connu. Donc cacher ses mœurs dans la capitale de la médisance. Décidément, son oncle a raison, la seule parade et, dans son cas, la survie seraient l'abstinence. Mais vraiment, non, il n'y arrive pas ! Ça le rend trop malheureux, trop rabougri, trop aigri. Chaque matin, il se promet de tenir, de résister, de ne pas céder à ses instincts, mais dès le coucher du soleil, taraudé par un désir exacerbé, il est contraint d'aller l'épuiser au plus vite, et... ainsi de suite.

Son *Saint Jérôme* le retient à l'étude : des centaines de dessins d'écorchés, des journées entières à la maison du Lion, dos à la Seigneurie, à croquer ces royaux emblèmes de la république de Florence, qui s'étirent paresseusement. Il y en a deux, un mâle et une femelle, dans la force de l'âge. Magnifiques. Léonard s'en repaît.

Il parvient à croquer un lion d'un seul trait alerte, à lui restituer, d'un seul jet, toute la souplesse du félin alangui. Au premier plan, donc, le fauve regarde le saint se mortifier avec la force de la transe. La mâchoire de Jérôme s'entrouvre comme s'il allait pousser un cri considérable, ce qui lui donne l'air de se frapper la poitrine avec frénésie. Chaque muscle tendu du cou et des épaules semble jaillir sous l'effort accompli par le vieillard.

Les premiers à voir son Jérôme sont saisis d'effroi : il a vraiment l'air d'un écorché. Nonobstant sa volonté de secret et l'interdit qui pèse sur ses séances de dissection, son approche si terriblement anatomique du saint le dénonce. Même en peinture, il va devoir composer, maquiller, dissimuler. Le saisissement de ses pairs est si grand que Léonard n'achève pas son panneau. La couleur en accentuerait l'effet.

Par chance, il abandonne ce Jérôme pour une commande autrement gratifiante. Une grande commande. Enfin un travail à sa mesure, digne de ses espérances. Celle qui doit lui ouvrir grand les portes de la renommée. Son *Adoration des mages* doit totalement bouleverser le monde. Sinon, ça n'est pas la peine. Longtemps, si longtemps qu'il y songe. À voir celles qui existent, il n'a jamais compris pourquoi elles se ressemblaient toutes. Il en a, lui, une autre conception. Parce que, tout de même, l'arrivée d'un messie, ce n'est pas rien ! Pourquoi toujours mettre l'Enfant Jésus au second plan ? Léonard installe à l'avant-scène, isole au premier rang la mère et l'enfant. Le père, s'il existe, se fond dans la foule en mouvement qui bouge comme une houle au lointain. C'est une allégorie. Elle en a donc toutes les ambiguïtés. L'Église et l'art classique ont beau déconseiller les effets de foule, ici les personnages, innombrables, apparaissent et disparaissent à mesure qu'on tente de les compter. Tout converge autour de ce couple salvateur, alerté par la bonne nouvelle et l'étoile du Berger. Un messie nous est né, un messie nous est né, un messie…

Oui, vraiment, grande nouvelle, beaucoup de monde pour l'entendre, la saluer, sinon l'événement n'aurait jamais pris cette dimension. À peine le carton achevé, tout Florence lui tombe dessus. C'est un immense scandale. Son *Adoration* ressemble à une kermesse, à une immense foire annuelle, à un marché paysan. La Vierge et l'Enfant drainent autour d'eux tant de monde qu'on croirait un tableau païen. Ça confine au sacrilège. Léonard est navré. Il pensait conquérir la gloire, des quolibets l'accueillent.

D'abord, il se défend face aux attaques de ses commanditaires :

— Oui, c'est vrai, il y a du peuple, des temples, des chevaux, et même, oui, un chameau, mon premier chameau. Oui, c'est grouillant, mais tout de même ! Cet événement a changé la face du monde. On peut me traiter d'impie et de mécréant, c'est moi qui ai raison, au moins je prends ces choses au sérieux.

Pourtant, à nouveau, il est montré du doigt, mis au ban de la bonne société : celle qui commande, qui paye, qui décide et choisit ce qui est bien ou pas… Celle qui, par convention, frilosité et bêtise, rêve qu'on lui fasse toujours le même tableau !

Et comme en plus c'est un tableau de grande taille, tout le monde le voit. Sept mois de travail acharné, et on parle toujours d'inachèvement. L'opprobre est général. L'Église se refuse à laisser des fidèles face à pareille preuve d'irréligion.

Pas assez respectueux de la foi, de la Bible, des sacrements. Et surtout des conventions. Même si, parmi ces arguments, il y en a qui font mouche, c'est l'Église qui paye, donc elle le rejette. Pas de Léonard. Pas d'œuvre de ce renégat-là.

Il lui faut l'avis de Sandro, sinon son approbation – ça ne se commande pas –, mais un jugement éclairé de la part de cet ami-là. Le seul sur qui il puisse vraiment compter en peinture. L'unique peintre en qui il ait confiance, avec Verrocchio son maître, mais ce dernier est à Venise pour exécuter une statue équestre, on ne sait pour combien de temps.

Pour l'heure, il doit se contenter des larmes de cet étrange jeune homme, tout de noir vêtu, surnommé Piero di Cosimo, tombé en pamoison, à genoux devant son *Adoration*. Il y demeure si longtemps que Léonard doit lui-même le relever et le réconforter. Mais l'admiration de son cadet ne le console pas, ça ne lui rapporte ni commandes ni commanditaires.

En plus, sa vie personnelle reste confusément tapageuse, juge la *vox populi* qui ne sait rien mais devine tout. Aucune preuve, pas la moindre trace. N'empêche, on a pris l'habitude de le soupçonner, alors on continue. D'autant qu'un de ses apprentis, suite à une dénonciation à la *tamburazione*, a dû fuir à Bologne. Accusé de sodomie.

Comme toujours, la *tamburazione* est formelle, anonyme mais terriblement précise quant à ceux qu'elle veut perdre. « Paolo di Vinci, c'est-à-dire apprentis dans l'atelier de Léonard… »

A nouveau, faire intervenir les Médicis, à nouveau en appeler à Pipo, qui effectivement s'en charge. Il n'a jamais rien refusé à Léonard. Mais c'est Léonard que ça compromet. Personne ne connaît ce Paolo, sinon comme membre de son atelier et de la même confrérie. Il ne traverse pas l'esprit de Léonard de ne pas voler au secours des siens. Siens dans tous les sens du mot. Il n'hésite jamais et, oui, possiblement se compromet.

Décidément, tant par l'expression artistique que par ses façons, Léonard est trop excentrique, trop décalé. Jamais assez mesuré. Florence est une ville dont la fortune repose sur les marchands, des gens capables d'évaluer à l'once près ce que contient chaque récipient figurant sur un tableau. Autant dire de solides calculateurs, mesurés et discrets, hypocrites et sérieux, des marchands, quoi !

Enfin, Botticelli vole à son secours. Léonard lui a fait savoir qu'il avait besoin de son jugement. Avant de détruire son *Adoration* et son *Jérôme*, il implore son avis.

Botticelli désigne sa *Madone au chat* qui prend la poussière dans un coin d'atelier. Il l'installe sur le chevalet entre le *Jérôme* et l'*Adoration*. En place d'honneur.

— Regarde comme les couleurs l'adoucissent, son thème déjà est rassurant, ce qui t'autorise à une facture pas si classique qu'elle en a l'air, mais du moins en a-t-elle l'air. Tu me suis ? Ton *Annonciation*, pareil. Et toi, que fais-tu ? Tu montres ces petits chefs-d'œuvre. Ce qui te rapporte quelques commandes, comme ce *Jérôme* ou l'*Adoration*. Et aussitôt tu te trahis, tu trahis ces œuvres, mettons d'appel, en faisant autre chose que ce pour quoi on t'a passé commande. Tu trahis tes commanditaires. Alors, forcément, tu déçois. Ils ne sont pas prêts à tant d'innovations. Ceux qui t'ont passé commande en se fiant à ta *Madone* ou à tes *Annonciation* sont furieux, ils se sentent trompés. Et tu passes pour un imposteur.

— Mais je suis un imposteur, nous sommes tous des imposteurs, des artificiers, des menteurs, tous. Tu es un inventeur de beautés qui n'existent pas, donc un imposteur, comme moi, comme nous tous.

— Je te dis simplement que tes commanditaires ne peuvent pas comprendre que tu leur livres autre chose que ce qu'ils t'ont commandé. Mets-toi à leur place. Si les barbouilleurs se mettent à prendre des initiatives, où va-t-on, où vont-ils ? Où va leur monde ! Pour eux, c'est signe d'anarchie, ton *Jérôme* leur est une agression tellement il est écorché. Trop désespéré pour faire partie du monde des vivants, et en même temps pas assez religieux. Trop agressivement désespéré. C'est bien vu mais ce ne sont pas des choses à dire…

— Ah ! Tu vois ! Tu vois ! Toi-même tu dis « trop désespéré », j'ai gagné, je t'ai supplanté ! triomphe Léonard. J'ai beau ne rien comprendre à ton perpétuel chagrin, moi qui n'ai que des minutes de désarroi, sinon c'est la rage de vivre et de jouir qui me fait ruer, j'ai quand même fait mieux que toi en désespoir ? Tu en conviens ? Tu en conviens.

— Oui. Et à leur manière ceux qui te l'ont refusé en conviennent aussi, ce sont des sentiments trop dangereux pour les exposer de la sorte.

— Pourtant, c'est chez les Pères de l'Église que j'ai trouvé ces descriptions si violentes de l'érémitisme. Je les ai peintes au pied de la lettre. Ça donne fatalement des écorchés et des mourants. Parce que, tu sais, à n'importe quel âge, sous la peau, on est tous pareils. Je le sais, je l'ai vu…

— Toi, avec tes mots, tu convaincrais n'importe qui, reconnaît Botticelli que toujours Léonard séduit et persuade. Mais…

— Mais si ça n'est pas pour faire au moins ça, j'arrête tout de suite. Peindre pour ne rien troubler n'a aucun intérêt, c'est même atrocement ennuyeux. Oh, et puis s'ils veulent du Lippi, qu'ils s'adressent à Pipo, il fait ça très bien. Ou pis, à Ghirlandaio. À tous ces minables petits copieurs du passé. Je veux d'abord que ça me plaise à moi, que ça ne reproduise pas ce qu'on a tous déjà vu. On ne nous demande tout de même pas de refaire toujours pareil qu'avant nous. Mais je suis né, moi ! En aucun cas pour recopier sans faire de vagues. Je suis né pour qu'on me remarque par quelque chose de vraiment remarquable. Donc d'inédit. Sinon, ça n'est pas la peine. Je ne vais pas vivre comme mes ancêtres sous prétexte que je suis né après ou qu'ils étaient là avant. Où serait le progrès alors ? Vivre comme tout le monde ! Non, merci. On me demande sans cesse de lisser ma peinture et ma vie. Non.

Chapitre 8

L'invention des fêtes
1481

« Je ne peux rien contre ni pour quelqu'un qui ne se pose pas de questions. »
Confucius.

Jean est le saint patron de Florence. Toutes les Saint-Jean sont l'occasion d'une fête de la cité. Du Baptiste au petit apôtre préféré de Jésus, chacun sa fête, et Dieu sait s'il y a des Saint-Jean tout au long de l'année ! Elles émaillent le calendrier florentin de réjouissances à n'en plus finir. À l'apogée du règne de Laurent, ce n'est plus que prétexte à des agapes qui se veulent toutes inoubliables. Où la gabegie offerte par les Grandi au *populo minuto* n'a d'égale que la débauche où chaque confrérie s'effondre au matin. On rivalise de talents pour l'orgie.

La fête, avec ses grandeurs, ses magnificences, ses inventions somptueuses, mais aussi ses horreurs, sa violence, ses viols et toutes les mascarades, qui camoufle d'atroces règlements de comptes entre bandes rivales, est la mesure qui donne son tempo à Florence. Dans cette cité en travaux d'embellissement, d'agrandissements perpétuels, de grouillement urbain tous les jours, toutes les heures ouvrables, la nuit, toutes les nuits, les fêtes succèdent aux fêtes. Et ça a empiré sous Laurent de Médicis. Un mois sans fête est inimaginable. Il y en a parfois jusqu'à trois dans le mois, pas loin d'une par semaine. À ce rythme, on s'essouffle vite, et l'on épuise les finances de la République. C'est le règne de la démesure. Une intense sensation de perte, de fin prochaine dans les fumets de l'apocalypse se mêle à la joie simple de danser dans les rues. Ce sont chaque fois les dernières fêtes, avant… Avant la fin du siècle. Avant la guerre qui menace sans trêve la plus riche cité d'Europe. Avant la fin du monde. D'un certain monde.

Tous les corps de métier sont sollicités. La polyvalence de quelques ateliers est mise en valeur. Des gens comme Botticelli ou Léonard se retrouvent aux premières loges.

Lors d'une Saint-Jean de la mi-juin, Léonard décide d'organiser une fête dans la fête, la leur, à eux les artistes, uniquement pour leur bon plaisir et non pour célébrer saints ou clercs. Ne pas se contenter de suivre les consignes de ceux qui payent mais aussi se faire plaisir. La confrérie approuve, trop heureuse de démontrer son indépendance. Chacun y contribue. Qui à l'invention des costumes, qui aux maquillages, aux cothurnes, aux décors plus délirants les uns que les autres, qui aux démonstrations de danse oscillant entre acrobatie et obscénité. Léonard assure la mise en scène de l'ensemble. Il y excelle, il adore ça. Une vocation nouvelle s'éveille en lui, inventeur de fête. Il obtient de ses amis, suivis de tous les gueux de la ville et des brigades d'enfants des rues, le plus de bruit possible à son coup de baguette, interrompu d'un silence incroyable brisant le brouhaha d'un coup sec. Alors s'élève un solo inouï, d'une voix plus pure que celle des castrats, c'est bien sûr celle d'Atalante accompagné d'un instrument inédit que Léonard a créé pour l'occasion. Qui retentit alors, crevant la matité compacte du silence des foules et… Oui, c'est du délire.

Les improvisations de Léonard ont tant de succès que le Magnifique se déplace en personne pour assister à cette sorte de branle des gueux orchestrée par le plus sulfureux des artistes florentins. Laurent admire un moment en silence avant de jeter à Léonard :

— Avec cet incroyable instrument qui ressemble à un crâne de cheval, tu devrais faire un malheur dans toutes les cours d'Italie ! À Milan, pour commencer, où Ludovic le More est connu pour sa passion de la musique. Tu devrais lui plaire...

Léonard n'entend pas, il n'est qu'à la fête, à la bonne coordination du plaisir de tous. Ces compliments du despote masqué ne tombent pourtant pas dans le vide. Sandro et Astro ont l'intention, chacun à sa façon et selon ses moyens, d'exploiter le terrain favorable que Laurent vient d'ouvrir à ce fou de Léonard qui danse, virevolte et tourbillonne jusqu'au lendemain, tard, très tard dans la journée. Une très belle fête, vraiment. Qui lui donne l'idée de mille autres. Et l'envie.

Trois ans après la conjuration des Pazzi fomentée à Rome par Sa Sainteté en personne, les parties adverses cherchent à se réconcilier, à sceller de nouvelles alliances. Puisque, comme d'habitude, de partout la guerre menace, il faut assurer ses arrières. Dans cette optique, Laurent choisit d'offrir au pape Sixte IV ses meilleurs peintres pour décorer sa nouvelle chapelle, déjà surnommée la Sixtine !

Botticelli, choisi comme maître d'œuvre, insiste pour compter Léonard parmi les plus dignes représentants de l'art toscan auprès du pape.

— Non. Non. Non et non. Pas Léonard.

C'est un refus cassant que Laurent oppose à Botticelli. Ça n'est d'ailleurs pas à Botticelli, de choisir les artistes qui l'accompagneront à Rome. Ça ne relève que du bon plaisir de Laurent. Ainsi récompense-t-il qui l'a bien servi. En dépit de l'insistance de son « sauveur », « Léonard, c'est non. Et c'est définitif ». À Rome ou ailleurs, Laurent ne veut pas être représenté par « un pareil inverti, débauché, qui laisse ses chantiers en plan, n'achève pas ses commandes, déshonore le titre de peintre, aux mœurs trop ostentatoires, aux défauts trop connus. C'est à cause de gens comme lui, sinon expressément à cause de lui, que le mot *florenzer*, “ florentin ” en allemand, a pris le sens d'inverti, pis, de sodomite de bas étage. Pas sérieux, capable d'abandonner un travail inachevé… », s'est laissé dire Laurent qui, en outre, n'a pas à justifier ses refus. Mais l'insistance éhontée de Botticelli, et sans doute l'intuition que ce Vinci n'est peut-être pas n'importe qui, l'y contraignent.

Quand on lui répète ces propos, Léonard assure le plus sincèrement du monde qu'il doit y avoir une erreur : son rêve à lui, c'est d'être architecte. Et pour tout dire, ingénieur de guerre ! Le décalage est gigantesque. Et se creuse sans fin entre le monde et lui. En fin de compte, Léonard n'est jamais à sa place. Sitôt reconnu comme peintre, on le repousse… car il gâche tout. L'échec le poursuit. Chaque fois qu'il y met tout son cœur, on le lui piétine. Tous s'accordent à lui trouver du génie, mais à condition qu'il reste superficiel et primesautier. Du génie, sous condition ! Comme sa liberté…

Et s'il n'achevait pas ses commandes parce que, inconsciemment, il ressent de toutes ses fibres ce terrible rejet de lui, de son travail, de ses ambitions ? À quoi bon finir ce qui de toute façon sera mis au rebut ou, pis, objet d'opprobre ? Incompris, mal aimé.

Pourtant, sitôt qu'il apprend que Pise réarme contre Florence, qu'à nouveau la guerre menace, c'est avec une passion et une joie sans pareilles qu'il s'attelle à créer de nouvelles armes, absolues, définitives. « Pour tuer la guerre. » Il se déclare violemment opposé à la guerre, pour tout dire aussi pacifiste invétéré que végétarien fanatique. Pour les mêmes raisons ! Là encore, qui va le prendre au sérieux ? Une arme géniale sortant des mains du Vinci ? Allons donc ! Qu'il nous fabrique plutôt des masques de carnaval pour fêter la victoire forcément prochaine !

On ne l'écoute pas. Ce manque de considération le torture, car il ne parle jamais sans avoir beaucoup réfléchi, travaillé, élaboré... Ce lui est grande douleur. Mais personne, encore une fois, n'en saura rien.

À quoi bon demeurer ici ? Chaque matin, fidèle, il se rend aux écuries, selle Azul et part oublier au grand galop. Son père ne l'y rejoint plus si régulièrement qu'avant la naissance de son premier fils légitime mais, dès qu'il en a l'occasion, il monte aux côtés de ce fils à qui il ne sait dire un mot, mais qu'à cheval il continue d'admirer sinon d'aimer. Sans doute n'est-il pas doué pour l'expression des sentiments. Pourtant, la façon dont son fils fait corps avec Azul, oui, ça l'épate. Pour le reste, il paye les factures de l'atelier, ne demande aucun compte ni ne témoigne d'ailleurs du moindre intérêt. Il a un autre fils, sa femme est à nouveau enceinte. Que se soucierait-il de cet étrange bâtard ?

Certes, il l'a recommandé au monastère de San Donato à Scopeto, comme Léonard le lui avait demandé. Évidemment, celui-ci a laissé sa commande inachevée, son *Adoration* a littéralement révulsé les commanditaires. Qui ont refusé qu'il la continue et même de la lui payer. Léonard a voulu la récupérer, tout inachevée qu'elle fût. Là encore, les moines s'y sont opposés. Ser Piero s'est entremis pour que son fils récupère son bien. Puisqu'ils n'en veulent pas, au moins qu'ils la lui abandonnent…

À rien, ser Piero ne s'oppose à rien concernant Léonard, mais jamais non plus ne l'approuve.

Si effectivement, Léonard est revenu autre de son séjour à Vinci, bardé d'indifférence, insensible et masqué, son père est sur ce terrain un solide concurrent dans l'inexpression des sentiments, si tant est qu'il en ait jamais éprouvés.

Dans les cercles des riches érudits, on continue de louer sa beauté, sa séduction universelle, son intelligence qui effectivement fait honneur à son père, le charme de sa conversation privée. Léonard n'est pas beau parleur en public, où il se renfrogne plutôt, mais en privé, dans un petit cercle qui ne doit pas excéder la douzaine, il étincelle, convainc et enchante, séduit et enthousiasme sans distinction de sexe ni de classe.

De là à lui confier un travail sérieux… qu'il n'y songe pas. Même Verrocchio, quand il a quitté Florence pour Venise de longs mois, à un âge où la mort peut survenir n'importe quand, a renoncé à lui céder la succession de sa *bottega*, qui lui revenait sinon de plein droit, du moins de plein talent. Sa trop mauvaise réputation risquait de la couler. Il l'a donc confiée à Lorenzo di Credi, quitte à ce que ce dernier fasse appel à Léonard : pour le dépanner ! Mais Léonard va avoir trente ans. Il en a assez d'être dépanné. Il veut qu'on le considère, qu'on le respecte, qu'on l'honore et qu'on le loue. Bien sûr, sa « bande » s'y emploie. Tapageusement. Ce qui lui nuit plutôt qu'autre chose, tous ces garçons plus efféminés les uns que les autres qui vont plastronnant et tonitruant que le meilleur d'entre eux, le plus beau, le plus tout… c'est Léonard. Lequel, très blessé, très offensé même par le mépris où le tient sa ville, est pourtant taillé dans une étrange étoffe. Atalante et Astro le voient partir accablé pour sa promenade matinale, quoique de plus en plus tardive avec Azul, et revenir deux heures plus tard surexcité ! Fou de joie, il se met à confectionner des balles de chiffons parfaites, rondes et rebondies. Six. Il a vu place de la Seigneurie un jongleur qui rattrapait simultanément six balles comme s'il n'en envoyait qu'une seule chaque fois en l'air ! En leur faisant décrire de singuliers motifs dans le ciel, en caracolant, en faisant des cabrioles en même temps, et qui n'en laissait pas tomber une seule ! Il l'a observé un moment puis a couru à l'atelier pour en faire autant. À la nuit tombée, ça y est, il maîtrise cinq balles, pas six. Il y arrivera, il veut y arriver, mais avec agilité, grâce, légèreté, élégance, il n'arrêtera de s'entraîner que lorsqu'il y sera parvenu. Et avec le sourire, sinon en effectuant des cabrioles. Ses élèves et amis quittent tard l'atelier, alors qu'il ne maîtrise toujours que cinq balles. À quatre heures du matin, il réveille l'apprenti Paolo pour exhiber son adresse :

— Regarde, regarde, six balles ! Six balles…

Et ainsi chaque fois qu'il éprouve une curiosité, un intérêt pour quoi que ce soit, ça prend tout de suite les allures d'une folle passion, les proportions d'un coup de foudre. Plus rien ne compte, il suspend toute autre activité et n'a de cesse d'acquérir la plus grande maîtrise possible de sa nouvelle lubie. Chaque fois, c'est réellement une histoire d'amour. Il l'a expérimenté, il y a deux ans, avec l'anatomie qui l'a amené à pratiquer la dissection à la perfection. Puis avec le vol des oiseaux, qu'il ne maîtrise toujours pas mais qu'il étudie passionnément… Ensuite, les tourbillons de l'eau, du vent, et ce n'est pas fini, il n'a toujours pas tout percé à jour. Le vent ! le vent… Et les chevaux. Ah ! les chevaux et les autres bêtes, toutes les bêtes pour qui il éprouve un amour immodeste qui prend souvent toute la place. Et bizarrement cet amant volage, sans trace ni suite avec ses amoureux de passage, est face à ces histoires d'amour-là d'une implacable fidélité, il ne trahit jamais ni un chien, ni un chat, ni un singe, ni même un corbeau... Ni rompt ses engagements envers un numéro d'acrobatie qu'il a décidé de maîtriser. Ainsi jongle-t-il tous les jours avec ses six balles victorieuses ! Ne fût-ce que deux minutes, mais tous les jours. Il ne faut pas les perdre.

La goutte d'eau qui fait déborder le vase de son chagrin, de son orgueil et de sa dignité bafoués, c'est la liste de ceux qui partent pour Rome peindre la fameuse Sixtine. Botticelli. Léonard le savait et même le justifiait. Il pense sincèrement qu'à l'heure actuelle Botticelli est le meilleur d'entre eux. Mais les autres ! L'accablement le dispute à l'humiliation : Lucas Signorelli est nul ! Les frères Ghirlandaio, de bons ouvriers sans la moindre imagination ! Le Pérugin est vilain, petit, hargneux, antipathique ! Cosimo Rosselli, sans grâce ! Sa chance est d'être assisté par l'étrange mais génial Piero di Cosimo. À part Botticelli et ce tendre Piero, des moins que rien, des gribouilleurs. Ces mauvais broyeurs de pigments qui lui ôtent ce qui lui revient de droit : la nouveauté, la création *ex abrupto*, la modernité de la Sixtine, c'était pour lui. Sinon pour qui ?

Désormais, ce n'est plus Florence mais Rome, le haut lieu de l'innovation. Et là-bas on ne veut pas de lui !

Entre revers perpétuels et insatisfactions douloureuses pour son orgueil et son talent qui, du coup, s'étiole, alors que chacune de ses fêtes sont saluées comme autant de chefs-d'œuvre inoubliables mais sans trace, un beau soir il décide que, décidément, non. Non. Florence ne le mérite pas. Il va abandonner la ville de son père ; non pas l'abandonner, la fuir ! Il s'y sent maudit, peut-être même à cause de son père. En tout cas, désormais, il est certain qu'il ne s'y épanouira pas. Si, à trente ans cette année, il ne s'y est pas imposé, c'est qu'il y a dans l'air un venin mortifère qui l'empoisonne. Alors, ailleurs. Ailleurs, mais où ? La plus grande cité d'Italie, la cour la plus brillante, la plus novatrice, la plus avide de talents neufs, c'est Laurent bizarrement qui le lui a soufflé, c'est aujourd'hui Milan. La capitale de la Lombardie est entre les mains usurpatrices de ce Ludovic Sforza dit le More, un fils de *condottiere* qui s'est fait duc tout seul et y règne en despote plus ou moins éclairé. Puisqu'il veut offrir le plus grand rayonnement possible à sa cour, qu'au moins Léonard soit son étoile.

Très en colère par le temps perdu à Florence, sans même dire adieu à son père, il remise l'essentiel de ses affaires chez les Benci, ses amis les plus riches donc les moins intéressés, et prépare son départ pour Milan, le cœur plein d'espoir.

De Vinci, à seize ans, il ne pouvait aller qu'à Florence, mais après plus de dix ans de mésaventures où, constamment, il a frôlé la gloire et risqué l'opprobre, il a accumulé les meilleures et les pires raisons de fuir.

Fuir la ville des Médicis pour la cour du duc de Milan ! Entre ses collines, l'horizon de Florence s'est beaucoup trop rétréci pour l'ambition de Léonard, la troisième ville d'Europe après Londres et Paris doit pouvoir lui offrir le décor de son éclosion. Il est mûr, il le sait.

Malgré leur richesse, les Sforza ne sont pas entourés d'un milieu artistique digne de leur ambition politique. Depuis les Médicis et les Visconti, les politiques ont compris l'usage qu'ils pouvaient tirer des artistes pour s'assurer un lambeau d'éternité.

Depuis le milieu du siècle, les artistes florentins ont investi massivement les contrées les plus gourmandes. Ils ont joué un rôle décisif dans l'introduction du « style moderne », à Milan comme ailleurs. C'est précisément cette modernité qu'on attend d'eux.

Léonard a tout à gagner à Milan. Déjà, ce n'est pas une république, la liberté des artistes y est moins restreinte, moins de règles les entravent. La rémunération à la tâche, au coup par coup, les rend dépendants et vulnérables sous le régime médicéen corrompu jusqu'à l'âme. En divisant les métiers, l'autorité des corporations limite de fait l'exercice de talents aussi universels que le sien. À la cour, au contraire, la rétribution régulière et l'absence de corporation permettent d'avoir des activités plus diverses, y obligent même, en laissant aux artistes le temps nécessaire à leurs recherches et leurs projets personnels. Les artistes y jouissent d'ailleurs d'un prestige bien supérieur que sous la république, où ils ne sont jamais considérés que comme des cordonniers améliorés. Artisans à l'égal des autres.

Les cours ont en outre la réputation d'être plus ouvertes à l'esprit d'essort, à l'innovation artistique que les cités bourgeoises, privilégiant l'originalité dont l'éclat rejaillit sur le prince. Alors qu'à Florence, en son temps, Cosme de Médicis a failli mourir d'avoir rêvé trop haut. On l'a mis en prison, puis exilé pour avoir conçu le plan d'un trop beau palais ! Encore aujourd'hui, les Grandi doivent soigneusement éviter tout excès de luxe et d'ostentation. Décidément, tel qu'il est fabriqué, même revu et corrigé par lui-même pour survivre en société, Léonard reste un farouche partisan de l'excès, de l'ostentation et du luxe.

Il va alors faire une des choses les plus étranges de sa vie. Il écrit directement à Ludovic le More pour lui proposer ses services, sans poser la moindre condition particulière, preuve s'il en fallait qu'il ne tient plus en place, que son départ, pour préparé qu'il paraisse, s'apparente à une fuite, comme s'il n'arrivait plus à respirer en Toscane, ni à nourrir les siens, ni surtout à entretenir ses bêtes comme il entend qu'elles le soient.

Léonard recourt à un procédé plus qu'inhabituel, presque humiliant pour lui, et de son plein gré ! Bah, au point où il en est, autant mettre les bouchées doubles. Il croit n'avoir plus rien à perdre. Politique de terre brûlée qui risque pourtant de compromettre son avenir. En général, la cour sollicite un artiste, ou ce dernier est chaudement recommandé par le prince qui l'emploie à un autre prince, comme Laurent envoie Botticelli et les autres à Rome, sorte d'hommage diplomatique.

Là, fort d'un vague compliment jeté au hasard d'une fête par Laurent à l'adresse du baladin Léonard : « Ta musique, ton instrument en forme de crâne de cheval, ta voix, tes improvisations devraient plaire au More, il adore la musique… », le voilà sur la route ! Rédigeant minutieusement ses offres de service. L'accompagnent Astro et Atalante. Lorenzo di Credi reste à Florence. Il garde l'atelier de Verrocchio et s'occupe des affaires restantes de Léonard. Par chance, ses acolytes, toujours énamourés, relisent sa lettre de candidature au More et s'étonnent qu'à aucun moment il ne fasse état de ses talents d'artiste. Neuf points concernent ses capacités d'ingénieur et d'architecte militaire, « sur terre comme sur mer, pour les bombardes et autres machines, les ponts mobiles ou le creusement de galeries, le détournement des rivières, en cas de siège ». Le dixième point est un ajout de dernière minute, sur l'insistance de Zoroastre, à propos de ses activités pour temps de paix ! Toujours en tant qu'architecte et ingénieur, il présente ses capacités de metteur en scène de fêtes, dompteur d'éléments, tels les feux et les jets d'eau. Se propose d'édifier, d'inventer, d'esquisser des fontaines musicales, toute une panoplie de décors, de costumes, tous les arts du théâtre et des machineries. À Milan comme ailleurs, la seule réputation de Léonard qui ait franchi les frontières, c'est son génie d'organisateur de fêtes, auquel aucun prince d'Italie n'est insensible. Ses dons inégalés d'artiste de l'éphémère sculptant l'air de la nuit de ses ruses et autres fantaisies, personne n'y résiste. Aussi n'est-ce qu'à la toute fin qu'il parle de ses « capacités à glorifier le prince en sculpture comme en peinture » !

Il aura fallu toute l'amitié d'Atalante, toute l'insistance d'Astro pour que Léonard se souvienne qu'il est aussi un peintre... Et même d'une certaine renommée, il semble l'avoir sincèrement oublié. S'il l'a si bien oublié, c'est qu'il nourrit secrètement d'autres rêves, postule pour de plus nobles tâches à ses yeux de peintre désillusionné.

LES ANNÉES MILAN

1482-1499

« Si chaque homme ne pouvait pas vivre
une quantité d'autres vies que la sienne,
il ne pourrait pas vivre la sienne. »
Paul Valéry.

Chapitre 9

Citoyen à la cour du prince ? Il en fait trop...
1482

Milan n'est pas Florence. D'abord, il y fait froid. Il peut même y faire très froid et pleuvoir longtemps. En novembre de cette année 1481, pour l'arrivée de Léonard, il neige.

Monté sur Azul, il fait son entrée suivi de deux mules chargées de tous ses effets, puis d'Atalante avec ses instruments de musique monté sur un âne et d'Astro avec sa dernière recrue, un singe tendre et facétieux, tiré par une jument qui lui ressemble. Noire, efflanquée, l'œil sombre. Son corbeau les précède partout. Drôle d'équipage. Par chance – mais n'est-ce pas, au fond, et sans se l'avouer, ce qui a décidé Léonard à partir à la pire saison ? –, ils cheminent en compagnie du nouvel ambassadeur de Florence près le duc Ludovic Sforza, qui n'est autre que Bernardo Rucellai, l'ami de Botticelli et des peintres « modernes », ceux que Laurent rejette parce qu'il ne les comprend pas. Alors que Rucellai est un véritable amateur de peinture au point d'en commander non pour son seul plaisir mais aussi pour secourir des artistes en difficulté. Fin politique, il représente Laurent de Médicis et à la fois s'en défie. Aussi prend-il sur lui de recommander Léonard que Laurent refuse de cautionner. Et de lui offrir l'hospitalité de son palais milanais, ainsi qu'à sa bande. Au moins y aura-t-il de l'ambiance durant les longues soirées de l'hiver lombard.

Sur la route, il met en garde Léonard contre le maître de Milan, ce Ludovic Sforza, dit le More, au service duquel l'artiste rêve de se ranger. Pour fuir Florence et manifester son rejet des Médicis, Léonard est prêt à adopter n'importe quel *condottiere* qui s'est poussé du col à la faveur de sa dague et de ses ruses…

— Méfie-toi. L'homme Sforza est un drôle de personnage, autant de talent que de scélératesse…

Ainsi s'exprime l'ambassadeur.

— … Ce *nouveau* duc, comme on dit nouveau riche, a une réputation d'aventurier. On considère que ses bonnes fortunes excusent tous ses crimes !

La rumeur et l'ambassadeur lui prêtent autant de mystères que de vilenies. Ce qui a le don d'émoustiller Léonard.

— … On dit aussi que c'est un usurpateur… pourtant, ajoute Rucellai, sa devise est des plus rustique pour nous autres Florentins : « Ne touche jamais à la femme d'autrui, ne frappe jamais aucun de tes gens, ou, si cela t'arrive, envoie-le bien loin, et ne monte jamais un cheval qui a la bouche dure ou sujet à perdre ses fers »…

En effet, pas de quoi séduire Léonard qui ne rêve que de belles manières. Vaguement dépité, il grimace.

— … Sous son titre de duc affleure le paysan. Rustique voire rustre mais sincèrement épris d'élégance et de luxe. Aussi habile à manier la trique qu'un paysan sa pioche…

Léonard n'en a que faire puisque, en ce moment, c'est Sforza qui, à l'égal de sa ville, a le vent en poupe.

La situation géographique de Milan, au carrefour stratégique des routes marchandes de l'Europe, n'y est pas étrangère, enseigne, très docte, l'ambassadeur à ses amis artistes, histoire de leur dire à sa façon : sachez où vous mettez les pieds…

— … Ici, tout prospère. Entreprendre ! Les Lombards n'ont que ce mot à la bouche. Leur maître ne rêve que de supplanter Laurent et d'offrir à Milan le lustre et l'énergie de Florence. Pragmatique et intéressé, l'esprit qui souffle sur la Lombardie se double de l'ambition de son prince. Et ça a l'air de marcher.

Léonard, que les grandes idées ennuient tant qu'elles ne s'incarnent pas sur du concret, interroge Rucellai sur l'allure de ce fameux duc.

— … Le sang chaud, la peau sombre, d'où son surnom d'El Mauro, le More, cheveux noirs, l'air de foncer tête baissée, d'aller de l'avant, une façon de marcher trop pressée, une façon de se tenir raide et autoritaire pour compenser sa petite taille, sans doute… À côté de ça, une insatiable gourmandise, un amour immodéré pour la vie sous toutes ses formes, proche de la dévoration.

Ce qui intrigue Léonard. Jusqu'à la mise en garde de Rucellai :

— … Il dévore ceux qui l'intéressent… Mais, ajoute *in fine* l'ambassadeur qui connaît son Léonard, il est surtout d'une épouvantable laideur que rien ne rachète.

Léonard est bien trop beau pour seulement envisager la douleur d'être laid. Combien aigres, envieux et amers sont pourtant les laids de cette engeance. Et dangereux.

— … Car, précise Rucellai, il n'est même pas d'une laideur intéressante avec, je ne sais pas, moi, une bonne grosse difformité, non, son visage est le triomphe de la banalité, de la médiocrité, de la plus commune laideur. Pourtant, quel charme on subit à son approche ! Il est incroyablement séduisant. Il sait se montrer irrésistible. À se demander comment un homme si vilain peut rivaliser avec les plus beaux et même leur voler la vedette. Certes, concède l'ambassadeur, il a le charme du pouvoir et de ceux qui l'exercent. Il règne sur toute la Lombardie. Mais il y a plus. Il sait se faire enjôleur et, comment dire, capter toute la lumière sur lui. Là où toi, dit-il à Léonard, tu te contentes de paraître, Ludovic le More doit décider de plaire, et alors, on dirait qu'il met en marche une sorte de machine à enchanter. Hommes, femmes, enfants, chevaux, tous cèdent à sa volonté de plaire.

— Les chevaux aussi ?

— Oui, il a une folle passion pour les chevaux. Il possède d'ailleurs l'une des plus riches écuries d'Italie…

— Bon point pour moi, décrète Léonard.

— … À part ça, précise *mezzo voce* Bernardo Rucellai, un horrible despote, usurpateur d'un pouvoir arraché par la ruse et la force. Sans se soucier de son neveu, l'héritier légitime, qu'il traite comme un prince mais tient prisonnier. Ludovic le More intrigue autant qu'il peut et nuit le plus possible à qui se dresse sur sa route. Il aurait pu assassiner ce neveu pour prendre sa place, il a trouvé, disons, plus élégant de l'épargner pour en faire un instrument entre ses mains. Il va le marier en fonction de ses visées politiques. Il se flatte de tromper tout le monde : « Alexandre VI, l'actuel pape, est mon chapelain, Maximilien, l'empereur, mon *condottiere*, quant au roi de France, c'est mon courrier »…

Léonard l'interrompt :

— D'après ce que tu dis, il est très actif et plutôt intelligent ?

— Oui, et il travaille réellement au bien de ses sujets.

— Il aime la gloire et il a le goût des grandes choses ?

— Sans aucun doute.

— Alors, il est fait pour moi, affirme Léonard, c'est mon homme.

En souriant, Rucellai ajoute :

— La question est de savoir si toi tu es fait pour lui et si tu sauras l'en convaincre.

— S'il consent à s'entourer d'artistes pour se revêtir de leur éclat, pourquoi pas de moi ? Un règne si ambitieux a besoin de savants et d'ingénieurs pour faire rayonner sa majesté, non ? C'est pour cela que je viens à Milan…

Le problème c'est que, quelques jours plus tard, Rucellai essuie son premier échec diplomatique en parlant de Léonard à Ludovic. Ce dernier repousse les présentations aux calendes. Un artiste parmi d'autres ! Un Florentin de plus ou de moins. Le duc ne pense qu'à la guerre, aux moyens de l'éviter ou de la gagner. À son alliance avec Florence ou à sa neutralité. Un peintre de Vinci n'est d'aucune actualité pour lui. Léonard ne l'intéresse pas.

Essayons autrement. Atalante n'a pas oublié les mots de Laurent lors de la Saint-Jean : Ludovic aime la musique. Chaque année, il organise un immense concours où, de toute l'Italie, se pressent les meilleurs. Par chance, c'est dans moins d'un mois.

— Qu'à cela ne tienne. Nous gagnerons !

Léonard joue son va-tout, redouble d'un volontarisme exagéré.

Pourtant c'est l'évidence, il doit l'emporter. Outre qu'il est convaincu d'être le meilleur sans même avoir entendu les autres, il sait qu'il n'a pas le choix.

Le jour du concours, Atalante, Astro et Léonard, vêtus et coiffés somptueusement, font une entrée retentissante. Spectaculaire.

De fait, sa lyre en forme de crâne de cheval coulée par Zoroastre dans l'argent et qu'Atalante accompagne de sa voix irréelle, naturellement haute, sorte de castrat, fait une immense impression. Les sons que Léonard tire de son instrument surprennent tant qu'il est aussitôt bissé. L'assistance est hypnotisée. On lui réclame un solo. Il se lance, comme jadis sous l'impulsion de ses camarades, quand un grand chahut ébranlait l'atelier de Verrocchio. Il improvise des airs à sa façon, s'engage dans un numéro étourdissant.

Et remporte la coupe.

À peine arrivé de Toscane, le voilà sacré meilleur musicien de Lombardie. Le plus grand compositeur de l'époque, Josquin Des Prés, préside le jury. Le peintre Léonard gagne instantanément une réputation d'original. Brillantissime, mais avant tout singulier. Voir s'avancer Atalante, ce long garçon-fille à la voix envoûtante, et ce Zoroastre tout noiraud et un peu borgne, l'air menaçant, encadrant le plus bel homme jamais apparu à la cour du duc, fait forte impression. Il dégage une aura de mystère que la beauté de Léonard semble dissimuler.

Dans cette cour ducale où les titres de noblesse sont en rivalité permanente, on murmure qu'il pourrait bien être de sang royal tant il en impose. Ludovic le More lui remet la palme et engage la conversation. Laquelle en sa présence se doit d'être badine et superficielle. C'est sans compter avec les exigences de Léonard, qui refuse de se laisser traiter avec désinvolture. Il tient le duc, il ne va pas le lâcher. Ses idées sont aussi surprenantes que son physique. La cour fait vite cercle autour d'eux. Tant mieux : il les séduira tous en même temps. Son avenir est en jeu, pense-t-il, c'est le moment ou jamais. Du coup, il dérape, il en fait trop. À force de se vanter de ses nombreux talents, il bascule dans la parodie de lui-même. Qui peut croire qu'une même personne réunisse autant de dons à la fois.

C'est inimaginable. Certes, il a gagné le concours de musique, il a ébloui, avec ses comparses, mais bon, c'est un musicien, rien d'autre. Il séduit, il est théâtralement beau, il ébaubit les courtisans milanais qui, à côté de lui, font province. Mais sa présentation de lui-même en génial touche-à-tout tourne à l'infatuation. Rucellai en est gêné. Qui ne connaît Léonard le jugera d'une vanité effrénée, se dit-il. Outrecuidant de présomption. À la limite de la cuistrerie.

À force de virevolter de l'un à l'autre comme pour exhiber l'élasticité de ses muscles à la semblance de celle de ses talents, il est tout échevelé. Il a l'air d'un fou. Il élabore à haute voix une telle quantité de projets qu'il perd tout crédit : une vie d'homme ne suffirait pas à en réaliser le quart. D'autant que la majorité d'entre eux ressemblent aux rêves des hommes les plus anciens sinon les plus fous : voler comme un oiseau, respirer sous l'eau, détourner le cours des fleuves… On le prend pour un mythomane. Au lieu d'emballer, il dérange.

Après pareil succès et tant de compliments sur son art musical… il n'a pas conscience de l'effroi qu'il suscite. Ça lui est si naturel, à lui comme aux siens, de rêver à voix haute. Même Zoroastre ne se rend pas compte du tort que cette exhibition cause à Léonard. Rucellai se demande comment lui faire entendre qu'il faut s'éclipser, se faire oublier, regretter s'il en est encore temps. Atalante lui chuchote de faire place aux danses et aux danseurs. Trop tard, Léonard a basculé dans une surenchère du plus mauvais goût.

Comme s'il n'en avait pas déjà fait assez, il rivalise avec les fifres et les tambourins envoyés pour faire se trémousser la société. Convaincu qu'il doit exploiter le terrain, là, tout de suite. Il vient de remporter le concours, la cour est à ses pieds… On l'admire ? eh bien qu'on l'achète. Qu'on lui commande ce qu'il sait faire, de l'architecture, de la sculpture, des travaux d'ingénieur. La guerre menace ? Tant mieux ! Il va pouvoir déployer son savoir-faire. Qu'on le mette au défi ! C'est le moment ou jamais, persiste-t-il à croire. Le musicien original, formidablement doué, a cédé la place à un vantard exhibitionniste. Sulfureux aussi, il se dandine au milieu d'une bande de gitons si délicats qu'on les croirait cassables. Les Milanais se souviennent qu'une fort mauvaise réputation le précède. Il crâne. On fait circuler de délicieuses bouchées, les mets les plus travaillés qui soient. Végétarien obstiné, Léonard fait la leçon à qui ose porter de la viande à sa bouche.

— Arrêtez, surtout ne mangez pas de cadavres, ne faites pas de votre bouche un tombeau, dit-il à une jolie femme qui s'apprêtait à mordre dans une cuisse de poulet.

Puis il s'en prend à l'alcool qui coule à flots, bien sûr.

— Heureusement qu'il y a un V à vignoble, serine-t-il à ceux qui trinquent.

Méprisant, il insiste :

— Voyez en quel état l'alcool met les animaux. Nous ne sommes pas si supérieurs.

La cour est offusquée. Léonard ne s'en rend pas compte. Grisé par son succès initial, il croit profiter de la situation alors qu'il est en train de se saborder méthodiquement, songe Rucellai, honteux d'assister à pareil suicide mondain. Non content de choquer tous les nobles, il se met à dos les artistes dont il semble briguer la place. Peintres, sculpteurs, architectes, ingénieurs… et, bien sûr, musiciens déjà à la cour l'observent faire son numéro de haute voltige avec haine, hargne et finalement commisération. Évidemment, eux aussi aspirent aux commandes de la cour, à la reconnaissance, à la gloire, mais pour rien au monde ils ne s'y prendraient de façon aussi tapageuse. Ils chuchotent, complotent, conspirent, grenouillent dans les coulisses du pouvoir. Et voilà qu'un étranger arrive, tape du pied et réclame tous les postes, toute la place, toute la lumière sur lui.

La cour des artistes milanais, aussi servile que celle des Florentins, est horrifiée. Sa réputation d'artiste de génie parmi les artistes, de voyou parmi les riches marchands, accrédite l'idée qu'en outre il est capable de prendre leur place. Milan a déjà entendu vanter son génie. S'il n'y avait que l'outrance, il y a longtemps qu'on l'aurait fait taire. Certes, il occupe tout l'espace, mais son numéro de crânerie publique est incroyablement comique, ses saillies d'une intelligence inouïe, ses raccourcis fabuleux, ses jeux de mots les plus malins qu'on ait entendus depuis longtemps – il rend intelligent qui l'écoute –, or rien n'excite davantage la jalousie qu'un génie qui s'exhibe ! À force d'ambitions et de séductions proclamées, il se rend antipathique à tous. Mais on ne parvient pas à le moucher, il est d'une drôlerie déconcertante sitôt qu'on cherche à le piéger. À la cour, son sens de l'humour est inédit. Ses facéties font mouche. Plus il est brillant, plus il agace. Plus il en fait, plus on le hait. Il énerve plus qu'il ne séduit. Même Ludovic, pourtant ébahi par une personnalité de cette stature, se rallie au sentiment commun. S'il se met la noblesse à dos, les commanditaires vont s'en défier. Quant aux artistes, tous font corps contre l'envahisseur, l'étranger qui vient jusque chez eux leur donner des leçons de style ! Tous sauf un. Ambrogio di Predis, un Milanais dont Léonard a déjà entendu parler. Bonne réputation, travail soigné, pas forcément des plus novateur mais de qualité. Petit dernier d'une grande famille d'artisans artistes. Beau et bien en cour, ce qui ne gâte rien. Quand il a vu Léonard se lancer dans sa propagande, il a prévu la catastrophe. Le Florentin ignore tout des coutumes de la cité ducale. Milan n'est pas, n'a jamais été une république. Aucune égalité, ni apparente ni formelle, entre nobles et petit peuple. Les artistes y sont plus dépendants du bon vouloir des premiers qu'en république, où la cité est censée pourvoir aux besoins des nécessiteux. À Milan comme dans les autres villes d'Italie, l'idée d'un statut particulier réservé à ces traîne-savates est encore une aberration. La pauvreté est une loi de nature.

Predis a beau voir Léonard se saboter, mais, impuissant comme Rucellai, il assiste au naufrage. En restant sur place, l'ambassadeur ne donne-t-il pas l'impression de cautionner l'inconduite de ce Léonard qu'il a introduit auprès du duc et ne risque-t-il pas de nuire à Florence ? Mieux vaut qu'il s'esquive. Léonard n'est pas seulement en train de se griller, il sape la réputation des Florentins à venir. Predis aussi sort avant la fin. Mais lui, contrairement à Rucellai qui fuit sans demander son reste, il guette Léonard à la porte du palais. Longtemps. Léonard brûle ses dernières cartouches. La fête est achevée, mais Atalante et Astro sont introuvables. Impossible de leur demander de rejouer leur victorieuse composition inaugurale, ce que suggère le duc pour mettre un terme à l'exhibition de Léonard. D'abord, ils ne sont plus en état, ensuite ils sont introuvables. Ils ont filé en cachette de leur maître, ce qui était aisé puisqu'il n'a pas quitté le cercle de lumière. Pressentant la ruine et les déconvenues qui s'ensuivraient.

Déçu par les siens qui ne montrent pas l'exemple de la sobriété qu'il prône, Léonard quitte les lieux avec un immense sentiment de chagrin. Et il n'a pas encore mesuré l'étendue de son échec. C'est Ambrogio – oh ! sur la pointe des pieds, le plus délicatement du monde – qui le lui apprend.

Oui, Léonard a loupé son entrée dans le monde. Oui, il s'est gravement desservi auprès des puissants. Mais aussitôt qu'il lui a susurré ces informations, Predis le prend dans ses bras et se propose de tout lui offrir. Tout ! Lui, Ambrogio, jure de l'aider à faire sa place à Milan, la place qui lui revient, la première. Il sait, il le connaît. Il a reconnu le génie, il est prêt à s'agenouiller…

Il est cinq heures du matin, l'aube lombarde est noire et glacée. Léonard suit Ambrogio chez lui. Après pareille soirée, qui aurait encore sommeil ? Pas Ambrogio, trop heureux, toutes affaires cessantes, de montrer son travail à ce maître révéré et de lui expliquer sur le chemin combien ses recherches vont dans les directions impulsées par la grande école de Florence.

Ce qu'Ambrogio a de florentin, ce n'est pas sa peinture terriblement lombarde, mais ses mœurs. Avec révérence et passion, il déclare à Léonard son désir, de lui et de toutes les façons qu'il lui plaira. Léonard ne boude jamais son plaisir ni celui de la nouveauté. Quand celle-ci a la ferveur de l'adoration, il s'y abandonne, toute fatigue évanouie, toute honte bue. Le plaisir le guérit de tout, toujours. Et cet homme de trois ans son cadet comprend vite comment Léonard aime qu'on le fasse jouir. Et s'y emploie avec l'ardeur des premières fois. Léonard est comblé, il oublie tout.

— Installe-toi chez moi, ami… Je partage un atelier avec mes frères, une *bottega*, comme vous dites à Florence, qui tourne plutôt bien. Tu pourras y enseigner l'art toscan. Ça te posera à Milan… De là, les commandes… Oh, je t'en prie !

Léonard ne répond pas.

Surpris, enamouré, épuisé par tout ce qu'il ressent à la fois, Predis s'endort. Léonard se lève et le regarde dormir. Lui revient sa proposition dans le feu de leurs ébats. Le plaisir s'estompe, ne reste que l'immense ratage qui l'a précédé. L'échec, peut-être...

Mais, Dieu, que cet homme est beau dans son abandon au sommeil ! Il s'appelle Predis. Mais il est loin d'être le seul... Une tripotée de frères Predis, chacun dans sa spécialité, œuvrent à l'atelier. Cristoforo, l'aîné, un muet, est un miniaturiste apparenté aux peintres flamands pour la minutie et la clarté des détails. Sa lumière aussi est proche de celle des Hollandais, d'un nord encore plus au nord que la Lombardie. Francesco, le cadet, oscille entre orfèvre, décorateur et miniaturiste. Le plus peintre de tous, c'est Evangelista, le troisième mais le plus mûr, le plus artiste au sens florentin. Bienveillant comme eux tous, mais en plus d'une heureuse nature, la vie lui est un cadeau. Quant à Ambrogio, avant l'arrivée de Léonard il s'était déjà imposé comme portraitiste, un des meilleurs de Milan. Plus âgé, le Toscan apporte l'inestimable expérience de la première Renaissance, son talent et l'air de Florence, le plus réputé d'Italie pour sa lumière et sa science des perspectives. Quant aux Predis, ils ont les contacts et la clientèle. Et cet Ambrogio est tellement joli garçon...

Chapitre 10

Amour et création : *La Vierge aux rochers* 1483

Désormais, Léonard loge chez Ambrogio. Paroisse San Vincenzo, à l'extrémité sud-ouest des remparts, près de la porte Ticinese.

Astro et Atalante l'y rejoignent à chacun de leurs passages à Milan. La séparation a été brutale. Du jour au lendemain, Léonard les a abandonnés à leur sort. Aussi ont-ils repris leur baluchon. Mais où qu'il soit, Léonard reste leur port d'attache. Aujourd'hui à Milan, c'est donc ici qu'ils reviennent de chacune de leurs aventures.

Ambrogio plaît à Léonard en proportion de l'admiration que ce dernier lui voue. La réputation des Predis n'est plus à faire, la meilleure *bottega* de Milan. Ils croulent sous les commandes. Pendant plusieurs mois, Léonard joue le jeu de l'atelier – travail collectif, mise en commun de toutes leurs trouvailles –, avec plus de satisfaction qu'il n'en a éprouvé depuis longtemps. Peindre redevient joyeux et convivial, et Léonard a de quoi vivre. Mais la gloire ? Son grand souci de gloire… Comment y accéder dans ces conditions ? On l'associe à la famille Predis, on le présente comme un maître invité, Ambrogio ne manque jamais de lui faire une publicité délirante. Au bout de six mois, Léonard apprend qu'Astro s'est « installé » à Venise comme mage, magicien, fils du feu… Son commerce de mystificateur y est florissant, la superstition est la stupidité la mieux partagée au monde, avec la crédulité. Il est parti avec son singe. Dommage, Léonard s'y était attaché ! Quant à Atalante, sitôt qu'il a compris que Léonard le boudait ou n'avait temporairement pas besoin de lui, il a repris sa route ailée. Musicien, chanteur, danseur… Pour l'instant, il travaille à une mise en scène de l'*Orfeo* chez la princesse de Mantoue.

Aussi Léonard a-t-il installé ses affaires chez les Predis, corbeau, cheval et madones incluses. Tout ce qu'il a. Si peu de choses, se dit-il sur le ton qu'emploierait son père.

Il n'est plus invité à la cour. Rucellai lui a conseillé de se faire oublier. Se faire oublier, lui qui n'est là que pour se faire connaître ! Il passe près d'une année ainsi, à n'être qu'un parmi les autres, à partager un quotidien des plus simple avec Ambrogio qui, tout le jour, lui sert d'ami et de caution, jusqu'à la nuit, toutes les nuits, où il se change en amant très épris. À la première « grosse commande » qui tombe, Ambrogio associe Léonard presque de force, à l'arrachée. Ambrogio bataille ferme auprès de la confrérie de l'Immaculée Conception pour obtenir que Léonard soit couché sur le contrat. Le prieur de l'ordre, comme tout le monde, ne connaît du Florentin que sa mauvaise réputation, aussi exprime-t-il une méfiance extrême.

— Je n'en veux pas. Personne n'en veut. J'ai bien le droit de n'en pas vouloir chez moi.

— Mais moi, vous me connaissez, implore Ambrogio. Faites-moi confiance. Je m'en porte garant. Si je m'engage pour lui, vous pouvez me croire, je ne vous ai jamais déçu…

Le prieur cède mais rédige le contrat le plus léonin que le fils du notaire ait jamais lu. Las, il faut manger. Il signe. Partout, où qu'il se tourne, sauf dans les bras d'Ambrogio,

Léonard ne rencontre que défiance. Les Lombards sont connus pour être un peuple méfiant, fermé sur soi-même et qui peine à s'ouvrir à l'étranger. Pas faux ! L'amour de Predis console encore Léonard. Très charmant, très joli, très épris, incroyablement sensuel et avide, Ambrogio le comble chaque jour et sans qu'il ait rien à faire, jamais, ni rien à demander, il aime le pénétrer et le faire jouir. Léonard ne peut rêver mieux. Il jouit et se laisse faire.

Avant de rencontrer Léonard, les Predis passaient pour une famille honorable. Ambrogio était même réputé pour son sérieux. Feu son sérieux ! Il a mis son nom, sa réputation et celle de sa famille en gage... Il est fou d'amour. Pour un homme de trois ans son aîné mais de mille ans son devancier. Son amour a poussé sur le terreau de l'admiration qui l'ensemence chaque jour, chaque heure, qui augmente à le voir travailler, qui se décuple dans la proximité ! L'idée de créer à ses côtés, de demeurer pour l'éternité sur le même panneau l'a fait s'engager un peu à la légère quant à la date d'achèvement. Auprès de Léonard, la vie est une telle fête, il ne voit pas le temps passer. Toutes leurs nuits se changent en fêtes folles, et Dieu sait que Milan regorge de bouges et d'auberges plus accueillants et plus tolérants les uns que les autres. Protégés par le duc, les Predis se permettent des tapages nocturnes, ils se savent couverts. Il semble à « l'humilié de la *tamburazione* » qu'à Milan l'inversion n'est ni aussi répandue qu'à Florence ni aussi réprimée. Léonard, roi de la musique, joue, chante, improvise... Les garçons dansent, boivent, rient et s'enlacent... Émerveillements, fous rires, partages incessants. Joies et passions diverses, renouvelées, tout est mis en commun, sans retenue ni morale, sans jugement ni critique. Et le temps passe ainsi, et le temps passe bien. Et le panneau n'avance pas...

La curiosité entraîne Léonard hors les murs de la cité, dans la campagne lombarde beaucoup plus touffue et accidentée que la Toscane. Une campagne alpestre, aux forêts denses, aux arbres centenaires, immenses. Azul se régale. Léonard et lui passent des heures à parcourir des lieux étranges et merveilleux. Léonard est sous le charme de ces paysages inconnus, avec des chutes d'eau tourbillonnantes, des montagnes abruptes, des vallées encaissées au point de ne jamais recevoir le soleil. Il monte de plus en plus haut au fur et à mesure que s'éloigne l'hiver. La neige ne fond pas ! Il y a donc des neiges éternelles. À proximité de Milan. Et c'est aussi en ces sommets qu'il trouve ses premiers fossiles, c'est-à-dire la preuve que jadis – mais quand ? – les océans montaient jusque-là. D'où vient-on, de quel monde en mouvement ? Qui décide du mouvement ? Il se passionne pour ce qu'il découvre… Mais qui a des réponses ? Où en est la commande ? Ah oui ! La commande… De combien est le prix du dédit à payer si on ne livre pas à l'heure ? Car, c'est certain, on ne livrera pas à l'heure. Le temps passe trop vite. Les nuits sont trop courtes, les balades sans cesse interrompues. Les heures de travail réduites d'autant.

Léonard voudrait tant que sa première œuvre à Milan fasse sensation : il ne parvient pas à trouver comment s'y prendre. D'autant qu'à force de fêtes et de mépris pour le cahier des charges, les deux cents florins d'avance sont partis en fumée, en vins fins, en mets choisis et en jolis *garzoni*. Le solde ne leur sera remis qu'à la livraison, mais comment livrer, comment continuer à travailler, à vivre sans argent ? Il faut acheter des brosses, des enduits, des pigments… Ils reprennent les négociations, histoire de grignoter de quoi vivre jusqu'à la livraison de ces panneaux toujours pas commencés.

Voilà plus d'un an que Léonard est à Milan et il n'a rien fait, rien prouvé, rien à montrer. Il est follement aimé par Predis, toléré par ses frères, mais ça ne lui suffit pas. Il veut régner. Pour ça, il lui faut inventer. Travailler ? Qu'à cela ne tienne. En quelques semaines, trois panneaux voient le jour. Sur carton. Ambrogio, tout à son histoire d'amour, ne voit rien venir. La déchéance le guette, mais l'enchantement règne encore. Les fantaisies de son amant lui sont chaque jour un cadeau. Léonard séduit chacun. Même le chef prieur se laisse embobiner par les somptueuses promesses du carton. Aussi obtiennent-ils délais et avances nécessaires. On leur accorde même une année de plus pour livrer l'ensemble. Année pendant laquelle, par précaution, on décide de les mensualiser. Le charme et la puissance de séduction de Léonard transforment cette année en deux ! Pendant lesquelles ils ne cessent de se payer du bon temps au lieu de pigments.

La vie est toujours terriblement gaie, et les curiosités de Léonard aussi dissipées que sa conduite. Il découvre sans cesse de nouveaux sujets de fascination. Les tourbillons d'eau, les courants du vent. Comment ça marche. Tout l'intéresse. Il veut tout approfondir.

Vient un jour où ils ont tellement tiré sur la corde que l'angoisse les étreint. Il faut livrer. Tout de suite. Ils s'y mettent jour et nuit sans trêve.

La commande stipule une *ancona*, c'est-à-dire un retable cintré par le haut pour décorer la chapelle de l'église de San Francesco Grande, la plus grande de Milan, d'où son nom. Le contrat précise : « Trois panneaux peints, dont une composition centrale de 1,80 mètre de haut sur 1,20 mètre de large, deux volets plus petits mais aux dimensions strictes afin que le retable s'y insère. » Les artistes ont également pour mission de réparer, peindre et redorer l'encadrement. Les tâches se répartissent aisément. Le miniaturiste Evangelista se charge des décors, Ambrogio le portraitiste fait des anges sur les deux panneaux latéraux. Évidemment, on a laissé à Léonard le panneau central pour y traiter le sujet commandé, une Vierge à l'Enfant. Qu'on appelle très vite « aux rochers » à cause du paysage de fond directement inspiré à Léonard par ses promenades en montagne. Une atmosphère ineffable aux couleurs crépusculaires forme un fond austère et presque inquiétant. Le jour du dévoilement, c'est le drame. Le prieur est horrifié.

Si le prieur prend si mal l'œuvre centrale, qu'en dira la confrérie ? Elle pousse des hauts cris. Pis. Elle refuse net. Cette Vierge trahit les espérances des moines, les promesses du carton, et surtout va à l'encontre de toutes les conventions connues. Ils n'ont pas commandé ça ! En cours de travail, afin d'ensorceler Predis qui n'a pas besoin de ça pour succomber, Léonard a rivalisé d'inventions. Bluffé par ses trouvailles, aucun des frères n'y a vu malice. C'est si beau, si lumineux, si neuf… Une folle chorégraphie de mains au premier plan, celles de la mère qui protège, celles de l'ange qui désigne, celles de l'enfant qui bénit… Quant au paysage rocheux, Léonard y a semé une touche de mystère et même d'inquiétude.

Qui sait pourquoi il a imaginé une rencontre entre l'Enfant Jésus et son cousin le Baptiste, son aîné de peu, dans ce décor de grotte des plus angoissant… Cette scène n'est pas tirée de la Bible mais d'un texte apocryphe. Généralement située en Égypte, dans le désert. Un désert que Léonard sème de fleurs sauvages d'espèces toutes différentes, ciselées à la manière de l'Angelico.

Les moines ne décolèrent pas. Ils exigent qu'on les rembourse, qu'on leur refasse une Vierge à l'Enfant moins ambiguë, plus… conforme. Ils ne sauraient dire « précisément » ce qui ne va pas, mais vraiment celle-ci est impossible.

— Nous avions pourtant établi un cahier des charges drastique.

— Oh ! mais nous l'avons suivi à la lettre.

— Je vous en prie, pas d'ironie. L'interprétation que vous en donnez n'est pas originale, elle est scandaleuse.

Au lieu d'une Vierge à l'Enfant entourée d'anges et de prophètes, deux enfants, dont il est impossible de distinguer Jésus de son cousin. La mère de Jésus ne ressemble pas aux vierges que l'on voit d'habitude. Un ange incertain, ambigu, incroyablement beau l'accompagne. Ne ressemble-t-il pas à Ambrogio ? Le tout dans un désert de rochers aux formes bizarres et alarmantes. À la place de la « muraille décorative » commandée par contrat, une sombre caverne fait songer, malgré soi, à une matrice profonde, insondable, parcourue d'eaux fécondantes. Elle évoque un lieu ambigu, oscillant entre le mystère intime de la nature et la naissance du Christ. Quant à la mise en scène des personnages, comment la qualifier ? Tant de théâtralité. C'est si révolutionnaire qu'une chatte n'y retrouverait pas ses petits, alors les moines, leur histoire sainte…

Léonard a entrelacé un dédale de signes se réfléchissant les uns les autres. Pour comprendre l'ensemble, le spectateur est contraint de parcourir le réseau de lignes invisibles qui ricochent de visage en visage.

— Mais à la fin, qui est qui ? explose le prieur en chef.

— Comment distinguer à coup sûr Jésus du Baptiste ? insiste son second.

— Personne n'a d'auréole. C'est exprès, j'imagine. Vous avez décrété que c'était démodé. Que ça ne se faisait plus, reprend le premier.

Il est certain que si les Franciscains eux-mêmes ne parviennent pas à lire, ni surtout à comprendre l'image, comment les fidèles le pourraient-ils ? se demande Evangelista, le plus raisonnable des Predis.

N'empêche, Léonard finalement a livré à l'heure, la dernière heure certes, mais son heure. Leurs frais sont loin d'être couverts. Aussi réclame-t-il sur-le-champ un supplément.

— Pour une œuvre si peu orthodoxe, si…, s'insurge le prieur.

— Sinon, on reprend nos panneaux, menace Léonard.

Ils prétendent avoir un nouvel acquéreur. Est-ce vrai ? Ou juste pour faire monter les enchères ? Léonard est doué pour le mystère, il l'enseigne aux frères Predis qui s'y plient. Seul stratagème pour éviter le scandale et peut-être rentrer dans leurs frais.

Comme la confrérie s'entête à réclamer la Vierge aux rochers, la vraie, celle du carton, celle qu'elle a commandée, il leur faut en peindre une seconde. Mais avec quoi ? Comment exécuter un tableau religieusement correct, à même d'édifier les fidèles sans leur faire peur, alors qu'ils n'ont plus un florin !

— Une bonne Vierge bien franciscaine, réclame le prieur. On a payé, elle nous revient, faites-la vite.

— Avec quoi ? On n'a plus d'argent.

— On veut ce qu'on a payé. Celle qui est là est à vous, on vous la rend en échange de la nôtre. Vous n'avez pas respecté le cahier des charges…

Une vraie bataille de chiffonniers.

Les Predis, d'habitude, respectent leurs engagements à la lettre. Et voilà que, pour signer aux côtés du grand Toscan, son grand amour, Ambrogio a mis l'atelier dans un très mauvais cas.

— Où sont les auréoles ? répète-t-il, buté, comme il a entendu le prieur demander.

— Comment les fidèles vont-ils s'y retrouver si les prieurs n'y arrivent pas eux-mêmes ? renchérit Evangelista.

— Eux, ils trichent pour nous carotter, plaide Léonard.

— Pourquoi ce fond nocturne, ce climat oppressant ?

— Ça, ce sont les prieurs qui l'exigent, relisez le contrat, jette Léonard aux frères Predis incertains.

En privé, Léonard convainc Ambrogio que c'est sa version picturale et théologique qui est la bonne, citant à l'appui un livre d'Apocalypse de Mendès da Silva, sans mentionner que l'auteur est un marrane qui a adapté la religion hébraïque au catholicisme. Par amour pour tous les schismes, Léonard l'a patiemment étudié.

— C'est nous, l'avant-garde, non ?

— Si, convient Ambrogio.

Les moines sont très en colère contre les artistes. Le ton monte. Vite très fort. Comme tout commanditaire qui a payé et considère qu'il n'en a pas pour son argent, les moines se montrent excessivement méprisants. De plus en plus désobligeants. À la fin, Léonard reprend son tableau. Pour rassurer les Predis et leur remonter le moral, il proclame, grandiose :

— On va trouver un acquéreur qui comprend la nouveauté de cette œuvre et on la lui vendra très cher pour se rembourser des humiliations de ces moines ignares.

Grâce au scandale des moines, ils trouvent effectivement cet acquéreur et même en tirent un bon prix. Hélas pour l'orgueil des artistes qui a tant besoin d'être redoré, ce fameux acquéreur n'accepte de reprendre, très cher, *La Vierge aux rochers* qu'à condition de rester anonyme.

Ambrogio de Predis qui a mené la négociation secrète résiste un certain temps avant d'avouer à son amant de qui il s'agit. C'est que son bel amour est reparti sur d'autres chemins, son amour découche, débarrassé de la commande, son amour reprend sa liberté. Ambrogio est mortellement jaloux. Mais aussi tellement épris, si désireux de plaire encore à Léonard qu'il va lui dévoiler que ce prestigieux acquéreur anonyme n'est rien moins que Ludovic le More. Ce dernier cherchait un cadeau pour le mariage de l'empereur Maximilien avec sa sœur. Immense promotion familiale. Quel présent offrir à la hauteur de pareil succès ? Mais le maître de Milan ne peut racheter officiellement une commande récusée par des moines de son diocèse.

Maintenant qu'il sait plaire au monarque, Léonard s'imagine en route pour la gloire. Au moins en bonne voie. Il ose même faire monter les enchères, histoire de démontrer aux Predis que tout prince qu'il est, Ludovic n'est pas le prince des artistes.

Astro et Atalante reparaissent soudain. Comme toujours en leur présence, Léonard se sent dégagé de toute obligation. Il laisse Predis négocier au mieux de leurs intérêts. Il a à nouveau vingt ans.

— Je te fais confiance. Ma carrière à Milan dépend de toi. Maintiens les discussions en suspens, je reviendrai vite. Là, j'ai des choses à faire en montagne avec mes frères florentins. Je dois les consulter sur mes nouveaux projets… Voler… Tu sais. Voler comme les oiseaux…

Léonard croit avoir trouvé l'endroit idéal pour tenter l'envol. Voler ! Sa nouvelle lubie.

Et il revient à sa vie de vagabond et de sauvage dans la nature, jeune ermite qui n'en fait qu'à sa tête et sait, dans l'instant, oublier toutes les convenances auxquelles il se prête en ville. Sa volte-face est toujours saisissante. Débarrassé de *La Vierge aux rochers*, il fête la liberté recouvrée : il reprend Azul et s'en donne à cœur joie.

Un matin, en courant chercher son cheval, il heurte un enfant, une très jeune fille treize, quatorze ans au plus. Elle s'étale en pleine rue. Léonard l'aide à se relever, s'excuse infiniment, essuie la poussière et la boue qui la souillent, la console autant qu'il peut. Elle a eu plus de peur que de mal. Mais Léonard insiste : il ne peut détacher ses yeux de son visage. Il est saisi par ses traits comme on l'est parfois d'une fulgurante réminiscence. Il est impressionné par son regard qu'il juge exceptionnel. Il n'y a pas que ça. Il ne sait pas quoi, il est le premier surpris, mais il y a autre chose. D'ordinaire, il ne voit pas les femmes. Jeunes ou vieilles, peu importe, il ne les remarque pas, sauf quand elles ont quelque chose d'immensément remarquable. Or cette enfant n'est en rien difforme, grotesque ou monstrueuse. Elle n'a vraiment rien de saillant. Une enfant au regard fort. C'est la première fois qu'il est à ce point impressionné par une personne du sexe. Pis, une enfant du sexe ! Il n'en revient pas. Il ne l'a toujours pas quittée des yeux. Elle est pourtant remise sur pied, prête à reprendre sa course, sa vie. Il lui faut la laisser partir.

À regret, sans comprendre pourquoi. Il la suit des yeux longtemps. Son image s'imprime violemment sur sa rétine.

Astro est rappelé à Venise pour consultation. Il semble y exercer réellement des talents de magicien ! Léonard préfère ignorer en quoi consiste sa magie. Atalante reste à la charge de Léonard. Ils reprennent leur duo sans se soucier d'Ambrogio. Léonard est toujours aussi joyeux, amusant, inventif. Prêt à toutes les facéties. Il console chacun par son esprit heureux et créatif. Sur les conseils d'Ambrogio, il se met à noter ses blagues, ses trouvailles, ses idées plus fantasques les unes que les autres. Ses rêveries aussi, que son amant juge si poétiques. Il inaugure un carnet qu'il confectionne lui-même, afin qu'il tienne exactement dans sa poche. Puis un autre, et encore un autre. Il se met à noircir des carnets à la vitesse où Azul le mène au galop. Écrire soudain l'enchante. Comme toute chose nouvelle, il s'y jette avec frénésie et à corps perdu. Quand…

Les cloches…

Toutes les clochent se mettent à sonner.

Toutes.

Sans fin.

C'est Elle ?

Ça ne peut être qu'Elle.

Elle. La Peste.

Courage. Fuyons.

Mais où ? Léonard n'est pas à Florence, il ne peut courir se réfugier à Vinci. Il se mord les lèvres, la peur déforme ses traits. Oui, il a peur, très peur, il ne veut pas mourir, il ne veut pas mourir de ça. Mais où aller ? Il ne connaît personne dans la campagne lombarde.

— Vite, ça presse, où peut-on aller ? Ambrogio, réfléchis, réfléchis très vite ! On file, il faut qu'on soit sortis de la ville avant la tombée de la nuit, avant que les cloches cessent de sonner. Il faut s'éloigner le plus vite possible de la ville.

Ça sonne, ça sonne, ça n'arrête pas, ça empêche de réfléchir ; ça tape sur les nerfs.

Léonard ne veut tellement pas mourir. Ni qu'Atalante ni qu'Ambrogio meurent. Il adore la vie, il adore les vivants.

— Vite, Ambrogio, je t'en supplie ! Rappelle-toi un paysan de ton enfance, je ne sais pas moi, une nourrice à la campagne. Des amis, d'anciens amants, des clients. N'importe qui, mais trouve une campagne. Je selle les chevaux, je charge les mules, je prends nos panneaux. Vite, partons, partons. On avisera en route, si tu n'as pas trouvé chez qui aller. Mais partons tout de suite pendant qu'elles sonnent. Après, ils vont fermer les portes de la ville, et nous serons piégés dans la souricière de la peste. Ce soir, demain au plus tard, on n'aura plus le droit de sortir… Fuir pendant que ça sonne, fuir tant que les portes sont encore ouvertes… Fuir.

Est sauvage celui qui se sauve.

Reste en vie, surtout, celui qui se sauve.

Chapitre 11

Les fêtes de la peste
1484

Léonard, accompagné d'Atalante et d'Ambrogio, a trouvé refuge avec armes, bagages, tableaux, bêtes – Marcello, le singe, laissé en dépôt ou en cadeau par Astro quand il s'est éclipsé en catastrophe pour la Sérénissime, il y a aussi le nouveau corbeau Janus et bien sûr ses chevaux – au château de la famille Gallerani.

L'accueil y est des plus chaleureux.

Il y a deux ans, le maître de maison est mort brutalement, laissant six fils partis vivre au loin et une veuve avec sa dernière fille, trop jeune pour s'être envolée.

Seules dans cette grande bâtisse, les deux femmes sont ravies de recevoir de la visite. La mère veut à tout prix distraire sa fille, qu'au moins la perte de son père ne la prive pas de sa jeunesse. Fazio, son mari, était ambassadeur à Florence ces dix dernières années, il y représentait le More près les Médicis. Il y a connu Léonard quand ce dernier menait folle vie. Ils ont pourtant sympathisé. Beaucoup. Au point que l'ambassadeur insistait pour recevoir Léonard en son château, une hospitalité permanente, l'assurait-il. Or, par une incroyable coïncidence, sa veuve est la marraine d'Ambrogio. C'est là qu'en chemin Ambrogio a eu l'idée d'aller pour les soustraire à la Peste.

Ce singulier signe du destin les a convaincus de s'y rendre en vitesse. L'accueil ne les a pas déçus. Princièrement hébergés, chevaux dorlotés, Atalante, Ambrogio et Léonard se félicitent de leur choix. D'autant que la Peste n'est pas parvenue ici, ni encore connue. À peine chuchotée. Hors les murs du château, on l'ignore totalement. Seuls les proches de la cour ont été alertés mais uniquement qu'elle menaçait, en aucun cas qu'elle s'était déjà emparée de Milan. Tant que la rumeur ne franchit pas ces collines, les artistes se gardent d'en parler.

Quand Fazio conviait Léonard en ses domaines, il lui vantait surtout les merveilles de sa bibliothèque. Impressionnante, gigantesque et si bien garnie. Il n'a pas menti. L'une des premières d'Italie. Lors de ses voyages diplomatiques, l'ambassadeur a acheté avec talent et discernement. Et aussi incroyable que cela paraisse à ces garçons toujours entre hommes, sa veuve et sa fille n'ont pas laissé la poussière s'y installer. Elles y ont pris leurs quartiers. « Et tant pis si la lecture nuit au teint des jeunes filles, c'est trop bon. Comment moi, sa mère, pourrais-je priver mon enfant de ce qui fait mon unique et dernière joie ? »

Ainsi les artistes s'entretiennent-ils avec les femmes les plus lettrées qu'ils aient jamais croisées. Et même imaginées.

Ambrogio et Atalante sont face à une énigme. Que s'est-il passé quand on a présenté Léonard à Cécilia... Une toute jeune fille, à peine pubère, presque une enfant, n'étaient sa conversation et l'élévation de sa pensée, puisées dans la bibliothèque paternelle... Et pourtant, un émoi considérable... Il l'a vue. Elle l'a regardé. Elle a rougi. Lui ? Mais oui. Lui aussi. Atalante et Ambrogio en sont sûrs. Eux ne la connaissaient pas du tout. C'était une totale inconnue pour Ambrogio qui n'avait pas vu sa marraine depuis des lustres et se reproche encore de n'être pas monté pour l'enterrement de son mari. Il était tout près, à Milan, mais il avait tant de travail, et surtout il était amoureux. Ses liens avec les frères de Cécilia sont très distendus... Ce n'est donc ni par l'un ni par l'autre que Léonard a pu la rencontrer auparavant. D'ailleurs, a-t-il jamais remarqué une jeune fille ? Jamais adressé la parole à une fille ? Jamais suivi l'ombre d'une...

N'empêche son trouble est si grand que, pour un peu, Ambrogio en prendrait ombrage. Lui qui, tout à sa passion pour son ami, n'a plus jamais regardé un garçon. Alors une fille ! Pis, une enfant !

Comment faire entendre à ses compagnons d'orgie que cette jeune fille, comment dire ?, il la connaît. Il l'a déjà croisée, et il en a subi le choc...

C'était il y a quelque temps, à Milan. En pleine rue. Il a dû s'arrêter sur ce visage. Elle aussi s'est figée. Un choc mutuel à la vue l'un de l'autre. Il n'en a pas parlé. À quoi bon et à qui ? Qui l'aurait cru ? Qu'aurait-il eu à en dire, d'ailleurs ? « J'ai croisé un visage, un visage que j'ai reconnu alors que je ne le connais pas, et c'est une fille, une petite fille... » Ridicule. Il s'est tu, mais comme elle, il n'a pas oublié. Aussi quand ils se retrouvent ici face à face, dans cette improbable campagne où rien ne le destinait à se rendre, que dire, que faire ? Une véritable stupeur de part et d'autre.

Leur relation évolue très vite. De muets dans la rue, leurs échanges se font sonores, un pépiement d'oiseaux qui se reconnaissent, parlent la même langue, chantent dans la même tessiture. On dirait deux amies d'école se confiant leurs secrets, échangeant des histoires de poupées. Incroyable. Totalement inattendu. Au point que la mère de Cécilia s'alarme. Elle ne rêve que de distraire sa fille de son trop long deuil, certes, mais là, il se passe quelque chose d'étrange. Sa fille est plus intime avec cet homme, qui a le double de son âge, qu'elle ne l'a jamais été avec ses frères. Il se passe quelque chose d'extravagant, que toute mère normalement constituée se doit d'interrompre. Ou de comprendre. Mais Léonard a ceci d'absolument insolite, c'est que dans n'importe quelle circonstance, la plus incroyable même, il sait se montrer rassurant. Il banalise l'exceptionnel. La singularité lui paraît la moindre des choses, il sait étonnamment la présenter sous son jour le plus humble. Il est là dans son élément.

— Quel motif d'inquiétude, Aurora ? Que voulez-vous qui arrive ? Un vieil homme, une enfant.

— Vieil homme, vieil homme ! s'insurge la mère.

— Oui, vieil homme, j'ai trente-trois ans, l'âge où le Christ va mourir. Aucune crainte à avoir.

C'est vrai, songe Aurora, il y a quelque chose de christique dans son visage. Dans son allure, quelque chose d'étrange, mais rien de trouble ni d'érotique, se rassure-t-elle. Oh ! et puis il n'y a pas tant de distractions pour se priver de la présence inopinée de ces trois artistes. D'ailleurs, elle aussi est sous le charme de leur singularité. Atalante et Léonard, chaque soir, jouent de la musique, font chanter les dames, et danser, danser, danser quand elles sont d'humeur. Le château s'illumine, un air de fête balaie toute la tristesse accumulée et laisse à peine percer la nouvelle de la Peste qui s'est emparée de Milan. Puisqu'on est condamnés à demeurer ici, rendons ce séjour le plus heureux possible.

Le sortilège entre Cécilia et Léonard persiste. Léonard est sous le charme de cette beauté matinée d'étrangeté qu'il peine à définir. Alors, la fixer sur papier, il n'y songe pas. C'est cette étrangeté qui l'avait arrêté dans une rue de Milan, comme saisi à froid. Maintenant qu'il la regarde tous les jours, qu'il la voit changer à la vitesse où l'adolescente se fait chrysalide pour éclore papillon, évoluer, s'affiner… Il est médusé. Atalante ne l'a jamais vu ainsi. Quant à Ambrogio, il ne sait pas s'il doit s'en offusquer. En tout cas, il est vexé. Un soir, au retour d'une longue cavale en forêt, ah oui, il y a ça aussi, elle monte mieux que bien des hommes et parle aux chevaux dans leur langue. Ce soir-là, donc, Léonard comprend ! En tout cas, il croit avoir compris. Fébrile, il interroge Ambrogio :

— Il n'y a que toi, tes frères et moi qui sachions ce que nous devons à Cécilia. Regarde-la bien. Tu vois ?

— Non.

Ambrogio, aveuglé par la jalousie, ne voit rien, il ne comprend même pas pourquoi Léonard insiste autant.

— Elle doit obligatoirement te faire penser à quelque chose de précis, cherche…

— Non. Je ne vois pas.

— Vraiment ? Tu pourrais le jurer ?

Alors, magistral, lent et précautionneux, Léonard retire l'emballage dans lequel ils ont transporté *La Vierge aux rochers* quand ils ont précipitamment quitté Milan. Puis dépose le panneau devant Cécilia, sa mère, Atalante et Ambrogio.

Léonard est sûr de son effet. Il n'en doute pas. Il patiente. Il a tout son temps. La vérité ne peut que leur sauter aux yeux. Léonard attend. Le temps que Cécilia blêmisse, se décompose. Elle a vu. Elle vient de se reconnaître. Oh non, pas dans la Vierge Marie, évidemment, pas dans les deux petits enfants. Non, son visage est celui du pur, du très pur modèle de l'ange. Pur mais ambigu. Léonard l'a peinte par anticipation, sans la connaître. Sans même le savoir, il a inventé trait pour trait quelqu'un qui existe vraiment. Maintenant qu'elle est révélée, pareille ressemblance les bouleverse tous. Parce que, évidemment, maintenant qu'on le sait, ça crève les yeux. Un trouble incroyable, de la même nature que celui qui a saisi Léonard en la croisant la première fois, s'empare de l'assemblée. Comment justifier pareil phénomène ? Ambrogio, Aurora, sa mère et Atalante comprennent enfin ce qui s'est passé quand Léonard s'est brutalement retrouvé en sa présence au château. Mais qu'est-ce qui peut expliquer le trouble de Cécilia ? Qu'a-t-elle pu voir, elle, dans le visage de Léonard qu'elle aussi a reconnu ? Le mystère demeure. S'épaissit même soudain devant la prescience de l'artiste. Pareil événement les soude davantage. À croire que quelque magie préside à leur entente.

Des amis de passage qui, depuis l'annonce officielle de la Peste, se font plus fréquents, des voisins que la musique tous les soirs aimante comme un philtre se trouvent à leur tour confrontés à l'ange de *La Vierge aux rochers* à côté de Cécilia. Tous sont persuadés que Léonard l'a peinte sur le motif, qu'elle a posé pour l'ange. Personne ne peut envisager qu'il l'a peinte sans la connaître, c'est impossible. Comment aurait-il pu détailler cet ourlet de paupière, ce tombé de la bouche, la si particulière commissure de ses lèvres ? C'est inimaginable.

Malgré ses préventions, Aurora fait comme tout le monde. Elle succombe au charme de Léonard. Celui qu'il déploie ici est stupéfiant. Predis et Atalante qui ont assisté à son naufrage il y a deux ans, lors du concours de musique, n'en reviennent pas. À croire qu'alors il s'était sabordé exprès. À tous, il avait réussi à déplaire, en dépit de ses talents. Ici, c'est le contraire : une universelle séduction opère sur chacun, pas un domestique au château qui ne chante ses louanges. Louanges renforcées par la grâce de Cécilia et de leur prodigieuse complicité. En cuisine, ils ont les mêmes goûts. À la bibliothèque, les mêmes curiosités successives et tout aussi intempestives. À cheval, le même amour pour ces bêtes, et la même joie dans la nature traversée au galop. Cet homme qui n'a jamais aimé physiquement, sensuellement, érotiquement, ni même amicalement que des hommes se retrouve lié, attaché, soudé à cette petite fille délurée. Aussi singulière dans sa pensée qu'unique par sa force, pense-t-il, sans trop d'éléments de comparaison, issu qu'il est comme ses contemporains d'une indécrottable et naturelle misogynie.

Depuis Vinci, Léonard ne cesse de se remettre en question. Ainsi a-t-il tendance, tout entiché qu'il est de son nouvel amour, à la prendre pour maître en émerveillement. À inverser les rôles et les hiérarchies issus tant de son sexe que de leur différence d'âge. À côté d'elle, il se sent néophyte dans quelque chose que, faute de mieux, il appelle son enthousiasme, son ingénuité, son amour de la vie. Nul désir sexuel cependant, il sait trop bien le repérer pour s'y tromper. Aucune envie de mollesse. Mais une circulation d'énergie neuve, une surenchère d'exigences et d'efforts pour s'offrir sans trêve de nouveaux sujets d'adoration à se prodiguer. Ils ont en commun un sens du jeu qui confine parfois à la cruauté. Jeux de la vérité, du récit de ses hontes, de ses mauvaises pensées…

La peste a pris en juin 1484 et ne recule pas. Dans ces montagnes, l'hiver est violent. Il faut beaucoup s'agiter pour se réchauffer.

— Après Noël, Cécilia aura quinze ans. Conspirons à lui organiser le plus bel anniversaire qu'on ait jamais vu en ces contrées et par temps de Peste. Elle a bien assez pleuré depuis deux ans, il est temps qu'elle s'amuse, décrète sa mère.

— On ne peut rêver mieux pour s'occuper ! répond ce fou d'Atalante.

On va fêter ça avec tout le lustre qu'autorise la Peste. Désormais, la Lombardie entière est touchée. Plus personne ne circule. Chance de la campagne, la nourriture abonde à proximité. En ville, les pauvres meurent comme des mouches. Et les artistes sont des pauvres. Surtout ne pas bouger d'ici, rester au chaud. À l'abri. Donc, obligation pour Léonard de faire du château un lieu en mouvement permanent. L'immobilité forcée l'angoisse plus que tout au monde. La mise en scène de cet anniversaire mobilise ses forces et ses jaillissements d'invention. Tous sont mis à contribution. On s'en donne à cœur joie. Et comme, Peste oblige, n'y paraîtront que des invités du voisinage immédiat, les interdits que fait toujours peser la présence de mondains milanais sont levés. On peut tout oser, on rêve à haute voix. On lâche la bride à un déchaînement d'imagination. Léonard déguise Cécilia. Cécilia déguise Léonard. Il cherche le personnage qui lui convient le mieux, qui la met en valeur comme jamais. Ils se coiffent l'un l'autre, à la recherche d'étrangeté. Elle joue à la poupée avec sa longue barbe et ses beaux cheveux blond-roux, de ce blond qu'on dit vénitien pour faire oublier l'or en cascade. Lui aussi, à sa façon, joue à la poupée quand il la costume bizarrement, la drape dans des taffetas et des satins sensuels pour lesquels il lui invente des teintures dans des bleus, des verts… Il sème des ors dans ses cheveux. Ils échangent leurs rôles. Léonard est très joli en fille, quant à Cécilia, elle fait sensation en garçon. Il invente des vêtements féeriques, ils font des essais qui donnent lieu chaque soir à des défilés qui ravissent l'assistance.

Là, ça y est, Léonard a trouvé.

— Je vois Cécilia en roi.

— En reine, tu veux dire.

— Non, non, je pèse mes mots. J'ai dit roi exprès. Cette fille doit être sacrée roi. Elle est l'androgyne parfait. Ça n'est pas par hasard qu'elle se confond avec l'ange de *La Vierge aux rochers*. Elle en a toute l'ambiguïté.

L'espièglerie et la malignité qui la caractérisent supporteront très bien l'inversion du genre. Elle s'y prête avec un talent presque inquiétant, un vrai don pour l'ambiguïté. Fille ou garçon ? Qui peut le dire ? Bien qu'étrangement masculine, elle sera reine de la fête. Vêtue de milliers de miroirs collés à même ses dessous, presque sur sa peau, elle reflète l'image de chacun. Une sorte de psyché universelle. Magique, elle métaphorise toutes les acceptions du mot « réflexion ». Lors de son entrée, vêtue en roi, elle fait une révérence devant *La Vierge aux rochers* installée en place d'honneur au centre de la salle du bal. Sa ressemblance avec l'ange accrédite tous les mystères quant à l'indécision de son sexe.

Léonard commence à comprendre quelque chose au monde des femmes. À partager son intimité d'adolescente en pleine recherche sur elle-même, il comprend que son sexe, précisément, la nature de son sexe lui confère une avance considérable sur la rustique gent masculine. En avance sur tous les plans. Elle en sait tellement plus que lui sur le cœur humain, les va-et-vient des sentiments. Mille ans d'avance ! Ce n'est pas qu'elle ait moins peur de ses émotions que les garçons, c'est qu'elle ignore absolument qu'il y a là de quoi s'alarmer. Les filles ont mille ans d'avance sur les garçons. Léonard a plus du double de son âge, et elle l'a subjugué. Elle l'a surtout convaincu de la profondeur de sa pensée.

— En quelque sorte, résume Atalante, vous avez subi un coup de foudre d'amitié !

— C'est ça, répond Cécilia, et d'estime, et d'intelligence, et de reconnaissance…

Le maître ne dément pas. Cécilia et Léonard se jurent une amitié éternelle, comme d'autres un amour. Et de ne jamais se perdre de vue. Même après la peste, même si la vie les sépare. Léonard a trouvé une clef d'accès au féminin, à l'autre monde, cet inconnu qu'il jugeait jusqu'ici sans intérêt.

Il est vrai que tous les sentiments sont comme épaissis, densifiés par la Menace. Les rapports humains si policés, tellement civilisés, teintés d'une distance mondaine tant à la cour du duc qu'à Florence hier, sont soudain alourdis par la présence sourde de la Peste qui couve, qui court et ruine tout sur son passage.

Ici, la fête bat son plein. Atalante et Ambrogio sont occupés à faire surgir des airs des formes translucides qui volètent autour des invités, médusés. Ces choses étranges volent quelques instants avant de s'enflammer tel un feu de Bengale de toutes les couleurs, puis s'évaporent dans l'espace comme si elles n'avaient jamais existé. Des mirages volants, de vrais tours de magie sans magicien ! Bien dressé, Marcello, le singe d'Astro, semble en être le seul manipulateur ! En général, quand on donne un rôle à Marcello, il le tient mieux qu'un humain ! Pendant que tous se pâment sur ces petits miracles, paraît un invité surprise. Le tuteur légal de Cécilia qui n'est autre que Ludovic le More ! Comment a-t-il fait pour passer les barrages de la Peste ? Le duc n'est pas assigné à résidence, il est le chef ! Il a toute licence d'entrer et de sortir de Milan à sa guise. Il a dû passer un pacte avec Elle pour qu'elle l'épargne.

À la mort de Fazio Gallerani, le père de Cécilia et son meilleur ambassadeur, Ludovic a accepté la tutelle de sa dernière fille. Il n'y songe pas souvent, mais là les circonstances, cette peste qui prive chacun de toute joie de vivre et fait de Milan une ville sinistrée, le climat mortifère alentour et le souvenir de l'anniversaire de cette enfant qu'un intendant sourcilleux lui a rappelé à l'heure, quelle meilleure occasion de fuir une ville en deuil pour une fête champêtre ? Joindre l'utile à l'agréable. Faire plaisir et se distraire. Honorer sa parole et se changer les idées. Il ne s'attendait évidemment pas à assister à l'une de ces mises en scène telles qu'il n'en a vu qu'à Florence et dont Léonard a le génie. Et comme, pour sa protégée, Léonard a vraiment mis tout son art, Ludovic est stupéfait. Il n'a jamais vu ça, même avec beaucoup plus de moyens. Mais surtout – et peut-être que les lumières et les fumées colorées de Léonard n'y sont pas étrangères –, il tombe en amour pour ce « roi reine de la fête » dont l'ambiguïté accentue le saisissement.

Sans y songer, Léonard a frappé fort. Et juste. L'indécision de genre, cette étrange androgynie renforce le désir du duc dans des proportions que lui-même n'imaginait. Il ne se savait pas capable d'un désir si violent. Il la veut. Toutes affaires cessantes, il la lui faut. Elle n'a que quinze ans. Elle est sa filleule. Et alors ? Pour un peu, ce coureur effréné se croirait amoureux ! S'il ne l'est pas, il le deviendra. Léonard s'en fait la promesse. Car il a tout vu, tout perçu, tout compris au premier coup d'œil. Celui du metteur en scène qui a à l'œil l'ordonnancement de la soirée. L'arrivée du duc en a décuplé l'enjeu. Léonard n'allait pas le perdre de vue.

Bien avant Cécilia, Léonard déchiffre la situation. Et il veut et il faut que le duc succombe. C'est à Léonard de guider sa protégée pour le ferrer. Il lui donne les conseils d'un homme dont généralement les jeunes filles manquent cruellement pour retenir un amoureux.

— Ne baisse jamais les yeux, la soumission n'est pas ton style. Mais évite de le regarder pendant qu'il t'admire, laisse-le te contempler tout son saoul. Sans en avoir l'air. Quand tu croises son regard, garde toujours cet air un peu perdu, un peu interrogateur que tu fais si bien. Et surtout, ne bouge pas trop vite. Mieux même, ralentis un peu tes gestes. Comme une reine. Rien ne te presse. Parle bas et lentement, et même quand tu ne poses pas de questions, met toujours un point d'interrogation à la fin de tes phrases. Ou de suspension…

Les débris de la fête à peine balayés, Léonard se change en conseiller très privé pour affaires encore plus privées. Voilà une nouvelle raison de comploter avec Cécilia. Ça ressemble à de la stratégie amoureuse. Ces histoires de filles, de chiffons magnifiques, de bouderies diplomatiques, de billets doux transportés par magie… Il adore, elle aussi. À se demander si ce n'est pas là que réside le meilleur de l'amour, les heures où on le partage, le dissèque, l'analyse, le réinvente avec son meilleur ami. Cécilia n'ignore rien de la réputation de coureur du duc. Il est d'autant plus aisé à Léonard de la convaincre de ne pas lui céder.

— Si tu le veux tout à toi, refuse-toi autant que tu pourras.

Léonard décide de la rendre sublime. Irrésistible. Drôle aussi, mais pour ça, il n'a aucun mal, elle est douée. L'ironie coule dans ses veines.

Si elle gagne le cœur du duc, la carrière de Léonard est assurée. Et Cécilia qui l'a compris s'y engage. Même en cynisme, ils sont de la même famille. De plain-pied toujours, et amis avant tout.

Elle lui promet de ne jamais l'oublier, si le duc… si ce miracle s'accomplit. Ce dont Léonard ne doute à aucun moment. Sûr d'elle encore plus que de lui, il se voit déjà fortune faite. Predis le traite de profiteur.

— Peut-être, consent Atalante, mais dans sa situation il se doit de ne pas perdre ses intérêts de vue, il n'y a personne d'autre pour veiller sur lui.

— Profiteur et calculateur, insiste Predis.

— Ah ! non, se défend Léonard. Ça, non. Je ne nous ai pas mis au travail pour la réussite de cet anniversaire avec une autre pensée que de faire plaisir à Cécilia. Personne ne pouvait deviner que le More viendrait à sa fête, moi le premier. Comment imaginer qu'il tomberait fou d'amour pour notre roi reine ? Si mon avenir peut s'en trouver amélioré, j'en serai ravi, mais mes liens avec Cécilia n'ont pas attendu l'amour du duc pour se promettre de durer. L'homme indispensable de Cécilia, c'est moi. Je puis être aussi celui du duc, le jour où il ne lui refusera plus rien. Pourquoi faire la fine bouche ? Mais accordez-moi de n'avoir rien prémédité. S'il le veut, je puis être l'intendant de ses plaisirs, de ses fêtes… mais aucun calcul n'y aura présidé.

Depuis les quinze ans de la petite fiancée, la fête ne cesse plus. Une période de grâce chez les Gallerani après un long deuil. Toute la région bruit de la venue du duc, et ça n'est pas fini, car il ne cesse d'aller et venir. Va-et-vient qui rendent soudain la Peste plus proche. Plus présente. Paradoxalement, l'imminence d'une possible fin rend chacun plus avide de joies rapides, urgentes, immédiates. Vite, dansons. Dansons. On va mourir, on doit mourir, alors dansons dans un tourbillon infini…

Puis, un jour, au début du printemps, quand la nature commence à s'ébrouer pour se faire plus enjôleuse, de collines en vallons, la nouvelle se précipite dans un bruit de cascade. Partie ! Elle est partie ! Elle a disparu ! Aussi subitement qu'Elle est venue, Elle a disparu ! Plus d'interdit. On peut à nouveau circuler. Voyager. Léonard et sa troupe vont enfin quitter la campagne : dix mois au vert, c'était long. Certes, la vie sauve. Et en prime une merveilleuse amie. Mais ils sont ruinés. Au travail. Vite. Donc, en ville. Cécilia est du voyage de retour à Milan. Elle aussi a le cœur pris. Sous la gouverne et la bonne garde de Léonard, sa mère la laisse aller. Voilà l'artiste le plus sulfureux de Florence et de Milan embauché comme chaperon ! Et Cécilia hissée au rang de « fiancée du duc ».

L'après-peste, comme toujours, prend l'allure d'une immense exaltation, une folie, un délire, une orgie. Il y eut tant de morts... Impossible de les pleurer tous, alors chantons, nous qui sommes vivants, glorifions la vie brève, si fragile... Cinquante mille morts... tout de même. Vive la vie !

À nouveau, Léonard s'éparpille en plaisirs multiples. Point de tableau mais des essais pour faire voler toutes sortes de formes, une collection de fossiles rapportés de la campagne qu'il a hâte de déchiffrer. Rucellai a quitté Milan. Léonard, qui avait laissé chez lui une partie de ses affaires, doit entreposer ses effets ailleurs. Ambrogio l'héberge toujours, lui, son cheval, son corbeau, Marcello et ses amis. Ce besoin de mystère de Léonard, son envie de se livrer à de nouvelles aventures dont son amant prend ombrage et son désir, après tous ces mois enfermés, de se retrouver à son compte. Il lui faut un toit à lui.

Par chance, la présence de Cécilia opère. Ludovic le More le prie de participer au concours pour l'édification du *tiburio*, la future tour-lanterne du Dôme. Léonard se rappelle qu'en débarquant chez Verrocchio, il y a plus de quinze ans, il s'est attelé à la coupole de Florence. Là, il s'associe à un fabricien et à un menuisier, et fait construire une maquette en bois qui plaît à Ludovic. En échange, il reçoit de quoi s'installer, certes modestement, mais vive la liberté. D'autant qu'à l'occasion de ce concours Léonard a rencontré le fameux Bramante. Donato Bramante, vers qui le pousse une sympathie immédiate, en dépit de la concurrence qu'ils se livrent. Bramante qui bénéficie d'une solide réputation d'architecte développe une singulière amitié pour ce Toscan. Possessive et un peu ombrageuse, comme si c'était lui qui avait découvert le talent de son jeune confrère et que Léonard lui devait allégeance ou reconnaissance. Leurs liens sont tout de suite très forts. Une admiration mutuelle et sans égale les lie. Le raisonnement de Léonard pour construire son *tiburio* enchante Bramante. Pour inventer un système de contre-forts destinés à asseoir le tambour sur une base plus large, Léonard expérimente la répartition du poids sur un arc. Pour ce faire, il fait monter Atalante, telle une liane souple, sur un appareil de pesage au milieu d'un puits. Il lui demande de toucher les parois du puits avec les mains puis avec les pieds et démontre ainsi qu'il pèse beaucoup moins lourd sur la balance ! Il lui ajoute des poids sur les épaules et constate que plus Atalante est chargé, plus grande est la force avec laquelle il tend bras et jambes contre la paroi, et moins il pèse ! Ceci démontre la fonction des arcs dans un édifice, lesquels servent donc à répartir les poids et alléger les charges qui pèsent sur les colonnes.

Bramante l'a toujours su, mais par calcul uniquement. Qu'on le découvre à l'aide d'une aussi limpide expérience le séduit au-delà de tout. Il prend Léonard pour un génie. Pourtant, son projet de tour-lanterne échoue. Les délibérations traînent d'ailleurs tellement que Léonard s'en désintéresse. De toute façon, ce concours était piégé, lui apprend Bramante. Jamais le choix du vainqueur n'aurait pu se porter sur un architecte qui ne soit pas lombard. Léonard est toscan, et Bramante vient des Marches. Cette injustice les unit aussi sûrement que de se découvrir une sexualité de même nature. Bramante, qui est à Milan depuis plus longtemps que Léonard, l'amène faire le tour de tous les endroits intéressants pour des hommes comme eux. Ambrogio s'en est bien gardé, amoureux qu'il est et sans doute ignorant de ces lupanars pour *garzoni* où il n'a peut-être jamais mis les pieds.

Bramante et Léonard ne sont pas amants, mais ravis de partager les mêmes nuits de débauche, de subir les assauts des mêmes jeunes gitons. À l'aube, ils se retrouvent apaisés, prêts à se livrer à leurs savantes recherches. Commandées par personne, sinon leur gigantesque curiosité à répondre aux questions qu'ils se posent, dont le cadet assaille sans trêve l'aîné. Autodidacte, Léonard est trop heureux de rencontrer quelqu'un qui peut lui apprendre de manière méthodique, scientifique, éprouvée ce qu'il tâtonne à découvrir par lui-même.

De la recherche à l'état pur ! Voilà qui le passionne plus que tout au monde. Travailler sans la moindre obligation de délais, de rendu.

Rien à livrer et tout son temps ! Rien à perdre, tout à gagner. L'estime de Bramante et la joie d'inventer.

Tout à ses amours pour Cécilia, le duc ne peut se permettre l'ingratitude. Cécilia y veille. Elle ne cède d'ailleurs qu'au compte-gouttes à l'empressement de son futur amant. À chaque nouvelle étape, elle consulte Léonard des heures, ne prend aucune initiative sans son aval. Jusqu'au jour où Ludovic le More fait aux deux amis la joie de commander le portrait de sa belle… Un vrai portrait assise et face au public.

Les séances de pose durent, durent, infiniment. Ce sont d'immenses récréations, des chahuts magnifiques. À eux deux, ils réinventent l'art du portrait. Cécilia ne manque jamais d'émettre son opinion, et son goût, qu'elle a sûr, emporte souvent l'adhésion de Léonard. Par exemple, en tant que modèle, elle refuse de porter le moindre bijou. On n'a jamais vu ça, un portrait de femme sans ornement ! Tel est son désir. Ludovic, qui ne cherche qu'à épater son monde, en sera pour ses frais. Il la couvre de bijoux. Léonard n'en reproduit aucun. Autant montrer la maîtresse du prince nue ! Ni or ni pierre précieuse ? Non. À la place de toute parure, son animal de compagnie favori, une blanche hermine. Rien ne peut davantage séduire Léonard. Mais elle le sait d'avance : ils ont tant de goûts communs. Les explications à la présence de l'hermine sont entrecoupées de fous rires.

— Pourquoi l'hermine ?

Parce qu'en grec ça se dit *galé*, allusion savante à Gallerani.

Le nom de famille de Cécilia.

C'est pour cette raison que le poète officiel de la cour de Milan a surnommé Ludovic « le More italien, blanche hermine ». Cécilia tient dans ses bras l'emblème de l'homme auquel elle est en train de s'attacher. À voir la vivacité de la bête, nerveuse, en alerte, crispée sur ses puissantes pattes antérieures, griffes accrochées à la manche rouge de la simple robe de sa maîtresse, on sent qu'il se passe quelque chose. Il vient, ou il va se produire un événement. Léonard saisit l'instant fugace dans son pinceau, fige une seconde dans l'éternité de la peinture, immortalise le moment où se produit l'événement, même si on ne sait lequel, un bruit, un cri, une clameur… Hors du tableau, sur le côté gauche vers où l'hermine et les yeux de Cécilia sont happés. La femme et l'animal témoignent qu'une irruption vient d'avoir lieu, leur trouble est pris sur le vif. Capturé. Le panneau demeure suspendu dans le temps de l'événement invisible. La force que Léonard confère à l'hermine exhibe en réalité toute l'agressivité de la nature du prédateur cachée sous sa beauté. Métaphore de la jeune femme ? L'hermine est aussi un animal de compagnie très prisé. Et Cécilia est trop à la mode pour n'en pas posséder un couple. C'est tout sauf un portrait imaginaire, chaque détail est dérobé à la réalité. Seul l'éclairage lui confère sa puissance d'évocation. Son fond si sombre et sa charge de mystère.

À peine sec, le tableau défraye la chronique. Une telle ressemblance est inhabituelle et, chose rare, elle n'enlaidit pas le modèle. Au contraire. On n'a encore jamais vu ça. En général, le portrait se doit d'être faux et beau, ou réaliste et laid. Pas les deux à la fois : beau et vrai.

Le duc en est fou. Deux fois, du modèle et de l'œuvre. On les présente ensemble à la cour. Les deux valent un triomphe au duc et à Léonard. Si le duc devait se lasser de l'original, il lui resterait le chef-d'œuvre de Léonard, grince-t-on dans l'entourage du duc où Cécilia fait figure d'intrigante.

La présentation officielle a cependant réussi, Léonard a gagné. Par son tableau, il a séduit ceux qui l'ont rejeté à son arrivée. Séduit le prince et conquis la cour. Alors, à quand la gloire ?

Pendant les deux mois de pose, Astro est revenu. Donc, il est vivant, la peste l'a oublié. Il n'a même pas su qu'elle s'était déployée sur toute la Lombardie. Les retrouvailles sont follement tendres. Il s'installe avec Atalante dans le nouveau logis de Léonard, où les fêtes ont repris de plus belle. Leurs frasques et leurs inventions, leurs jeux emplissent les ruelles de Milan. Ils se savent couverts par la maîtresse du duc et ne se retiennent plus. C'est un festival de joie et d'ivresse. Depuis le concours de musique, Zoroastre passe pour un doux dingue. Il a la réputation, savamment entretenue par lui-même, de parler directement aux étoiles et d'y lire l'avenir du monde, de prévoir le temps, les naissances et le sexe des enfants non encore conçus. Ainsi prévient-il Cécilia qu'elle portera le fils du duc. Il prédit aussi la fortune et ses revers. S'il se trompe, ce n'est pas grave, il est très doué pour la persuasion, et comme il disparaît sans arrêt… Atalante chante, danse et recommence chaque nuit. Léonard et ses amis en rajoutent dans une surenchère joyeuse. Démesurée mais si joyeuse : ils veulent transformer la Lombardie en une nouvelle Toscane, y importer ce mouvement de reviviscence qui a fait sa gloire. Léonard navigue à vue, il s'adapte à tout ce qui lui échoie. L'un des aspects les plus constants de sa nature. Toujours, il se soumet à ce qui lui arrive, avec ou sans joie mais jamais en rechignant. Dans toute nouveauté, il découvre quelque chose pour lui. Sa vie est en chantier permanent. D'aucuns jugent qu'à trente-cinq ans il pourrait être mieux installé, pas lui. L'idée d'être toujours en mouvement l'enchante. Pour Léonard, le temps ne passe pas. Grand changement tout de même dans son mode de vie : désormais, il note tout. À relire ses premiers carnets, consignés durant ces mois de réclusion à la campagne pour ne pas oublier ce que la nature offrait, il est obligé de constater l'incroyable fouillis de sa vie. Un terrible charivari. Les idées s'y succèdent sans suite, se mêlent, se chevauchent. Il les engrange toutes, n'en mène aucune à son terme, dilettante, papillon, et pourtant… si. De temps en temps, une perle, une invention, un rêve pour la vie qu'il a le plus grand mal à retrouver dans cet enchevêtrement. Voler, par exemple, apprivoiser le vent, les eaux tourbillonnantes... Décoder les fossiles. Percer le mystère de la reproduction... Le secret de la vie. Se mesurer au Créateur. Il se met mal en valeur, se laisse souvent prendre pour un rigolo. En tout cas, pas assez de commanditaires ne le prennent au sérieux. Gigantesque fêtard, oui, ce qui n'empêche pas le talent, mais le bourgeois est méfiant et sans la moindre aménité envers artistes et invertis qui s'amusent si bien « forcément avec son argent » ! Le Lombard est aussi rapiat que le Toscan, et la mauvaise réputation de Léonard partout le précède. Sa joie de vivre tapageuse lui ôte beaucoup du crédit que le duc lui offre. On le prend pour un bouffon, parfois de génie, jamais au sérieux. Un farceur, ce qu'il est évidemment aussi, un adorable amateur, un bricoleur merveilleux... On peut toujours compter sur lui pour mettre une ambiance formidable partout où il va. Aussi est-il sans cesse invité. Sa conversation est louée, prisée, passionnante... Il connaît les plus grands originaux d'Italie. À croire qu'il les attire. Pour laudateur qu'il semble, ce jugement lui est défavorable, les nobles ont tendance à mépriser les artistes en général et, concernant Léonard, il s'y mêle un peu de haine, comme un désir de crachat.

Léonard ne sait pas passer inaperçu. Quoi qu'il fasse ou ne fasse pas, on le remarque et souvent on ne remarque que lui. Son comportement fait toujours jaser. Admirateurs ou simples voisins, aujourd'hui comme hier à Florence, il est unanimement reconnu et loué par les siens, recherché par les meilleurs de sa famille artistique et, maintenant qu'il y prétend, par sa famille scientifique. Et pourtant, partout, toujours, pareillement méprisé par les puissants.

Ses amis les plus intimes sont toujours des voyous, des malotrus, des rêveurs et des charlatans. À part Predis qu'il a pas mal débauché, Bramante qui demeure un étranger à Milan et Cécilia, elle aussi illégitime, mais au moins présentent-ils correctement et sont-ils considérés avec bienveillance à la cour, Léonard penche toujours du côté des clochards célestes.

— Vois comme il est généreux, plaide Cécilia auprès du duc quand, devant la cour, on le dénigre, cet Atalante qui te réjouit tant de ses chants et de ses danses a d'abord été son élève. Il a le talent de transmettre au point de rendre ses élèves meilleurs que lui. Quand l'élève dépasse le maître, c'est qu'on ne pouvait rêver meilleur maître, non ?

Chapitre 12

Les fêtes du « paradis »
1485

Les Sforza sont d'autant plus fiers de leur noblesse qu'elle est récente. À l'origine, un paysan racolé de gré ou de force par une bande de mercenaires écumant les campagnes. Contraint ou convaincu de les suivre, il plante sa cognée contre l'arbre au lieu de l'abattre et s'en va courir l'aventure avec eux. Ça lui a réussi. Trois générations plus tard, sur le trône de Milan, ses descendants traitent d'égal à égal avec toutes les cours d'Europe. Le surnom choisi par le bûcheron pour devenir *condottiere*, Sforza, signifiait et signifie encore effort et ténacité, doublés d'une absence de scrupules et de remords. Au point d'ennoblir ce pseudonyme et de l'affubler d'une particule ducale ! Jusqu'à marier son fils Francesco avec l'héritière Visconti, véritable détentrice de Milan. Elle par sa naissance. Eux par les armes. Qui est le plus noble ? Qui le mérite davantage ?

En 1473, le frère aîné de Ludovic hérite du duché conquis par leur grand-père Francesco. Pour honorer sa mémoire, il a l'idée de lui ériger un monument funéraire. Assassiné en 1476, il n'a pas le temps de mettre ce projet à exécution. Giangaleazzo, le fils qui doit lui succéder, n'ayant que sept ans, Ludovic son oncle s'empare de la régence. Peu à peu, il met la main sur tous les lieux de pouvoir et s'insinue progressivement à la place de son neveu. Il reprend à son compte le projet de monument dédié à son père. Le premier *condottiere* devenu duc mérite ce qu'il y a de mieux au monde, du jamais vu. Jamais imaginé. Léonard est tout désigné pour pareille folie. Mais il n'est pas lombard et continue de n'inspirer qu'une confiance modérée. Pourtant, une rivalité dans la démesure entraîne le peintre et le duc à renchérir dans l'impossible.

— Et mon père, tu es capable d'en faire un héros sur son cheval ?

— D'accord, mais le plus grand du monde, alors !

— Et cabré, en plus.

— Posé sur un socle, très haut, afin qu'on le voie de très loin.

— Oui, oui, et installé devant le château Sforza et… ?

L'hommage se fait défi.

Chiche que les bronziers italiens peuvent fondre un monument équestre à la romaine, dans le style de Marc-Aurèle !

Ce n'est pas le premier *condottiere* honoré d'une statue. Le *Gallemata* à Rome et hier le *Colleoni* à Venise sculpté par Verrocchio ont déjà défrayé les chroniques mondaines et artistiques. C'est pourquoi la statue Sforza doit se faire remarquer d'une autre façon. Trancher radicalement avec ce qu'on a déjà vu. Marquer les esprits en frappant au plus simple : les plus grandes proportions du monde. Elle sera géante. L'Italie est vite au courant. Avec la médisance, rien ne court plus vite que la mégalomanie. Quand Léonard s'est présenté – si pathétiquement, on s'en souvient – à la cour du More, quand il a remporté le concours de musique mais scandalisé l'assemblée par sa vantardise, il rêvait déjà du « grand cheval ». Il est d'ailleurs loin d'être le seul à le guigner. Pareil projet attise la convoitise de tous les artistes. Ludovic le sait qui s'en joue et fait jouer entre eux ces rivalités, jusqu'aux plus déloyales concurrences. Léonard, ingénu, est sûr que plus c'est grand, plus c'est efficace. Son avenir, sa gloire, sa fortune, son immortalité même dépendent de cette sculpture. Hélas, Ludovic n'en parle plus. Le temps passe, et rien. Les guerres, la peste, son amour pour Cécilia, il ne parle plus du grand cheval, tout en n'ignorant pas que les artistes, eux, ne cessent d'y songer. Léonard ne pense qu'à ça et travaille en secret pour être fin prêt le jour où… Si, un jour, il devait présenter ses idées, ses projets au duc. Il fait de nombreux croquis, de savants calculs. Si le More fait des rêves de grandeur, ils sont mesquins à côté de ceux de Léonard. Se contenter d'une statue grandeur nature alors qu'il y a dix ans déjà le *Colleoni* de Verrocchio, auquel Léonard a prêté son concours, était trois fois plus grand que son modèle !

Le Sforza sera dix fois plus grand, et le cheval, cabré !

Léonard n'en peut plus de rêver sans qu'on lui commande rien, sans argent pour pouvoir rien entreprendre. Il piaffe. Quand tombe l'annonce de la mort d'Andrea Verrocchio.

Un instant, il a du chagrin à l'évocation du petit Léonard, quand le plus grand maître de l'époque l'a recueilli il n'avait que quatorze ans, au souvenir de l'amour que Verrocchio mettait à transmettre son art. Si la mémoire de ces années se rappelle à lui, aussitôt il s'efforce de se le cacher pour ne voir dans cette disparition qu'un incroyable signe du destin. Seul Verrocchio pouvait faire mieux. Désormais, plus personne ne peut rivaliser avec lui. Lui seul peut réussir le grand cheval. Comme si cette mort lui donnait de nouvelles forces, il demande audience au duc afin de lui exposer son projet.

En dépit de l'amour de Ludovic pour Cécilia, qui ne manque jamais de vanter les talents de celui à qui elle croit devoir son bonheur, le duc n'est pas certain que Léonard soit l'homme de sa statue. Il n'est ni lombard ni sculpteur. Il y prétend, certes, mais n'a-t-il pas toutes sortes de prétentions invérifiables ? La mort de son maître donne des ailes à Léonard.

— Désormais, moi seul puis faire mieux que le monde entier !

— Mais, dis-moi, as-tu jamais rien fait de pareil ? Que peux-tu nous montrer qui atteste de tes talents de sculpteur ?

Léonard croit avoir compris ce qui pousse Ludovic à vouloir cet ouvrage. Il en a besoin pour asseoir sa légitimité.

Après avoir forcé sa porte, Léonard aligne des dizaines et des dizaines de croquis. Il y a visiblement beaucoup pensé. Il y travaille depuis son arrivée. Il n'est venu à Milan que pour se mesurer à pareil défi. Il a même réfléchi à la fusion du métal. Pour ce format-là, le plus grand du monde, il n'existe aucun four. Le cheval cabré et son cavalier devraient atteindre les douze mètres. Pour déployer ses rêves, Léonard met un enthousiasme qui confine à la folie des grandeurs. Et effraye le duc. Subjugué d'abord, bien sûr, proche d'être convaincu tant par le portrait qu'il a déjà fait de Cécilia que par la force de persuasion de Léonard, à nouveau pourtant il prend peur. Cette façon de s'exalter, oui, comme la première fois, c'est excessif, vraiment. Quelque chose d'exagéré, comme une dissonance, un furtif dérapage. Aussi lui avoue-t-il hésiter encore.

— Au peintre j'accorde une foi totale, mais le sculpteur doit encore me convaincre. Rien de toi en relief ne justifie tes propositions.

Le doute persiste.

Ambrogio, Atalante et Astro qui n'ont pas manqué d'être consultés retrouvent un Léonard découragé. Très atteint. Le refus du duc le peine tant que, pour un peu, il se sentirait terrassé.

Cheval pour cheval ! Au galop. Il file avec Azul respirer l'air frais de la campagne.

Ses amis ont raison. Face à un enjeu aussi considérable pour son avenir – du moins le voit-il ainsi –, il a tendance à en faire trop. Avec son physique et sa personnalité, il est plus vite et plus facilement que quiconque jugé « déplacé », débordant.

Au retour, un peu rasséréné, il s'arrête chez Cécilia histoire de lui confier son nouvel échec et recevoir d'elle aide et conseils. En arrivant, il trouve l'équipage du duc. Ils ont eu la même idée. Tant pis ? Tant mieux ? Comme si de rien n'était, Léonard se fait annoncer. Ne vient-il pas naturellement visiter sa meilleure amie ? Si elle ne veut pas le recevoir, elle saura le lui faire savoir. Et non, elle l'accueille au contraire à bras ouverts. Subitement, Léonard a l'idée de lui proposer une balade à cheval – alors qu'il en revient ! C'est donc une stratégie, mais pour quoi faire ? Cécilia a la finesse de comprendre dans la seconde la nature du stratagème. Elle connaît son Léonard par cœur. Elle appelle donc le duc sur le perron où elle a accueilli Léonard. Il salue son prince comme si celui-ci ne l'avait pas éconduit le matin même. Tous trois sont debout, dehors, Léonard en bas des marches, encore la bride de son cheval à la main. La minute s'étire, Cécilia fait signe à Léonard d'agir maintenant.

Alors celui-ci chuchote le nom de son cheval. Aussitôt, tout doucement, Azul pose un sabot sur la première marche du perron et arrive à la hauteur de la jeune fille à qui il tend délicatement son museau. Elle le caresse, il pose sa tête sur son épaule. Léonard lui demande alors de faire la révérence au maître de Milan. Tout en finesse, le cheval s'exécute. Ludovic est stupéfait. Mais Léonard n'a pas fini. Il chuchote à l'oreille d'Azul, et Azul obéit. Comme un ballet bien réglé. On ne sait lequel est l'ombre de l'autre, son double soumis et content.

— Cabre-toi, ma beauté, maintenant.

Azul, sans donner l'impression de l'effort, se dresse sur ses pattes arrière. Et demeure ainsi. Cabré, en équilibre, un temps infini. Le duc a compris où Léonard voulait en venir.

— Oui, mais avec un cavalier sur les reins, comment le feras-tu tenir ?

Léonard saute sur la croupe de sa monture sans lâcher sa longe, et la bête se cabre à nouveau, plus lentement encore, comme pour ménager son maître ou lui laisser le temps de se retenir. Sa légèreté est impressionnante, surtout qu'il semble tout faire aisément et presque au ralenti.

Ludovic est près d'applaudir ce somptueux numéro de voltige. Là encore, Léonard lui-même en convient : il en fait trop. Mais quoi ! Mieux vaut trop que pas assez, telle est sa conviction profonde. La surabondance est dans sa nature. Foin de la bonne éducation lombarde, froide et réservée. Il est toscan, il s'en fiche. Toscan, bâtard et d'une autre famille d'élégance.

Il n'a encore pas gagné, mais le duc promet d'y réfléchir.

— Cette statue m'importe, mais toi, tu vas t'atteler à une tâche prioritaire, plus urgente et d'une très grande importance pour moi. Fais là tes preuves. Tu sais l'intérêt que je prends à ce qui touche mon neveu. Je le marie avec Isabelle d'Aragon, de la plus puissante famille d'Italie. J'ai vu tes talents chez Cécilia. Et à Florence, on parle encore de tes machineries. Je te confie l'intégralité de la réception. Mise en scène, décors, costumes, chants, danses… Te voilà maître d'œuvre de ce mariage. Le budget est généreux. D'ores et déjà, tu peux embaucher les corps de métier dont tu as besoin…

Léonard accepte avec joie. Mais ne le montre pas. Un travail nouveau signifie des rentrées d'argent conséquentes et des occupations incroyablement diverses. Rien de mieux pour le distraire, voire le passionner à neuf… Il adore organiser des fêtes, créer des spectacles inédits. De plus, le duc lui a mis le marché en main de façon à peine voilée – « Réussis-moi ce mariage, et tu auras ton grand cheval ! » Un troc qui ne dit pas son nom. La gageure est d'importance. Léonard oublie ses expérimentations en cours, comme celles sur le vol des « objets » qui doit le mener au vol humain, sur l'anatomie du vent et de ses tourbillons aux ramifications infinies – il croit découvrir dans les boucles des cheveux des femmes les mêmes mouvements et les mêmes formes que celles que le vent donne aux lianes. Il oublie surtout de finir toutes ces œuvres peintes ou sculptées qui ne sont pas encore parvenues à assurer sa gloire. Il lâche tout pour disposer de son énergie entière et de son imagination au service de cette fête-là.

La noce est prévue en décembre 1488. Le cortège est attendu à Tortona. Léonard y arrive une semaine à l'avance pour pavoiser d'apparat, de festons, de tapisseries et de guirlandes sur le passage de la *Noce* les rues et les maisons. Il n'omet aucun détail. Dans la cour du palais, il assemble une sorte de monstre artificiel à qui il va donner vie. Mécaniquement, magiquement. Oui ! Il crée une chose mouvante sinon vivante. Un immense automate, animé de l'intérieur par un petit garçon dûment entraîné. À l'entrée d'Isabelle, l'automate se met apparemment seul en mouvement et marche normalement dirait-on jusqu'à la fiancée, devant qui il s'arrête. Puis, lentement, la machinerie est lourde pour l'enfant qui l'active, son bras se soulève et lui offre des gerbes de fleurs.

La Lombardie n'a jamais vu ces automates que seule Florence connaît, et encore assez peu. Astro et Léonard les ont mis au point ensemble. Eux seuls en détiennent le secret. Du coup, ici, la stupéfaction est totale : on n'a jamais imaginé pareille mystification. Un prodige pour le petit peuple. Les *Grandi* sont plus impressionnés encore par l'incroyable ressemblance entre le géant automatisé et le duc, c'est son sosie. Au point, tant l'automate a l'air indépendant, de se demander lequel sert de modèle à l'autre. Le géant a l'air mieux fini, plus élégant. Léonard a dessiné à l'encre et fait dresser derrière lui une toile haute de dix-huit mètres représentant son rêve de statue. Avec, à nouveau, un portrait de Ludovic en cavalier farouche. Préfiguration de l'œuvre à venir. Flatterie, aussi.

Au milieu de cette pantomime, un messager napolitain se glisse près de la petite fiancée, porteur d'une affreuse nouvelle. À Naples, madame sa mère vient de s'éteindre. Isabelle s'évanouit. Avant sa conclusion, la noce doit s'interrompre. La future mariée et sa cour rentrent à Naples. Le fiancé, Giangaleazzo, est tout dépité. Il est sans doute le seul mais, lui, il est amoureux. Son oncle Ludovic, l'organisateur de ces noces, est furieux. Un coûteux travail diplomatique de plusieurs mois est ainsi suspendu. Qui sait si l'on achèvera jamais ce mariage. Or il a besoin de cette alliance pour éviter la guerre, enrichir son duché et, surtout, garder le pouvoir en distrayant son neveu.

Avant l'échange des alliances et la signature du contrat, on remballe la fête. On rentre à Milan. La suite de ces grandioses épousailles est remise à plus tard, quand le temps du deuil sera écoulé. De retour à Milan, ceux qui ont assisté à l'exploit de Léonard en font des gorges chaudes, à rendre malades de jalousie ceux qui ne l'ont pas vu. Déployer un pareil génie mécanique, et Milan n'a rien vu ! Il va falloir recommencer.

En attendant… Toujours pas de grand cheval. Quand ? Pas maintenant. Pas encore. Durant les va-et-vient diplomatiques, les échanges d'ambassades et de pourparlers en vue du mariage de son neveu, le duc aussi s'est trouvé une épouse susceptible de renforcer son royaume. Et d'assurer la paix. N'osant l'annoncer à Cécilia qui, de surcroît, attend un enfant de lui, il va céder sur le grand cheval… Et cette fois, officiellement. Par contrat.

Et dire que Léonard croit l'avoir fléchi par ses exploits ! La ressemblance du More avec son automate, la rumeur de la cour à propos du génie de cet artiste toscan. Et non, Ludovic cède à la honte qu'il éprouve d'avance envers sa maîtresse adorée. Envers la meilleure amie, la meilleure alliée de Léonard à la cour. Peu importe puisqu'on lui a enfin passé commande, il n'en faut pas plus pour qu'il soit un autre homme. Rien de tel que la passion. Et ce grand cheval est sa plus violente ambition. C'est l'œuvre de sa vie, son grand œuvre… Il démarre en trombe. Comme un animal trop longtemps bridé, il se lâche. Il oublie Ambrogio, qui en fait une maladie qu'Atalante est chargé de soigner. Il oublie ses assistants qui se mettent à faire n'importe quoi, du sous-Léonard, du très mauvais Léonard, y compris le petit Boltraffio récemment recruté et pourtant doué comme un dieu. Il oublie tout. Il ne s'en rend pas compte, totalement requis par son grand cheval, immergé dans son entêtement. Avec une frénésie qui s'apparente à de la hargne, il enterre Florence, il enterre son maître, Verrocchio. « Il est mort. Je le remplace. Mon grand cheval sera son enterrement. On n'en parlera plus, je vais le supplanter... »

C'est comme un pacte avec lui-même. À dater de ce moment, Léonard se promet de ne plus prononcer le nom de Verrocchio. Il ne doute pas de s'y tenir. Ingrat ? Oui, mais il y a autre chose. Plus complexe. Sans doute éprouvait-il jusqu'ici un vague ressentiment envers son ancien maître. Il considère que, s'il a dû s'exiler de Florence, c'est en partie sa faute. Soit à cause de la *tamburazione*, soit à cause de la personnalité fantasque de Léonard, Verrocchio n'a pas osé en faire son héritier officiel !

Désormais, il est vengé par sa mort. Après son grand cheval, il n'y songera plus. D'une certaine façon, ça l'apaise. Il peut à nouveau lui être reconnaissant sans l'ombre d'une arrière-pensée.

Astro se renseigne auprès des plus grands fondeurs d'Italie pour fabriquer un four à la démesure du grand cheval. On ne s'y prend jamais trop tôt.

Le rêve de Léonard, qu'il ne confie qu'à Zoroastre, c'est de couler sa statue d'une seule pièce !

— Mais, dis-moi, ton cheval, il a bien un cavalier ?

— Bien sûr. C'est avant tout un hommage au *condottiere* Francesco Sforza. Un monument funéraire ne peut pas n'être qu'un cheval ! Pourquoi cette question ?

— Parce que tu n'as pas fait le moindre croquis du cavalier. Il n'y a que des chevaux plus ou moins cabrés, plus ou moins hauts. Déjà que tu ignores, et moi aussi, comment le faire tenir cabré, alors avec le poids d'un homme en bronze sur les flancs, où vas-tu placer son point d'équilibre ?

— Rassure-toi, c'est seulement le cheval que je veux fondre d'un seul tenant, le cavalier, on le coulera séparément, et je trouverai bien un moyen de le fixer en équilibre.

— Il ressemble à quoi, ton *condottiere*, un géant, un nain, quelle physionomie, lequel de ses enfants lui ressemble ? Tu ne sais rien de lui, n'est-ce pas ?

— Pas encore, d'abord le cheval.

— Fais quand même savoir au duc que tu travailles pour la mémoire de son père. Demande-lui de te le décrire, parce que s'il lui prend de venir voir où tu en es il risque d'être surpris, au moins autant que moi, de tous tes efforts pour un cheval sans cavalier.

Léonard acquiesce en bougonnant. Il n'a pas que ça à faire, flatter la main qui le nourrit. Alors que la fièvre et l'excitation l'étreignent à mesure qu'il se confronte à de nouveaux problèmes, soudain ceux-ci s'accumulent, se succèdent en avalanche, à croire qu'un diable moqueur jette exprès des séries d'embûches sur son grand cheval. N'importe qui se dirait que, décidément, il nourrit un rêve impossible. Simplement pour s'être poussé du col devant Ludovic. Parce que ça ne cesse plus. Un problème réglé, un autre surgit. Et ainsi de suite… Il va de problème en obstacle. Trop haut. Trop grand. Trop cabré… Trop fou. Infaisable, impossible. Le doute s'insinue, le regard de Zoroastre est d'une cruauté impitoyable.

« Mais comment veux-tu qu'on fasse ? » est devenu sa phrase leitmotiv. Pourtant, quand Léonard doute d'y arriver, Astro le réconforte. Ils jouent aux vases communicants. Ambrogio vient voir et, aussi admiratif de sa hauteur de vue que de son talent pour la minutie des détails, l'encourage à persévérer. Ses amis sont si sûrs que rien ne peut entraver durablement ses désirs, ni la liberté inégalée dont il fait preuve depuis qu'ils le connaissent… Ses amis ont pour lui une admiration qu'il ne mesure pas.

Dommage. De temps en temps, ça lui ferait du bien. Quand s'accumulent les obstacles et qu'il doute de lui à mourir de honte.

Aussi pensent-ils tous que s'il veut ce cheval, il y arrivera. Et c'est l'homme du feu, le forgeron digne d'Héphaïstos, boiteux et noiraud comme lui, qui crache au sol pour l'affirmer. Le mage se change à volonté en maître des métaux et, à la demande de Léonard, fabrique alternativement une roue crénelée, de nouveaux fers pour Azul, des ressorts pour un palan… Mais là, Zoroastre a beau faire, il ne voit pas comment couler le cheval d'une seule pièce, en l'état actuel de la technique, impossible d'y arriver. Léonard a bel et bien vendu la peau de l'ours.

L'humiliation est pire qu'un crachat. Au point que même la confrontation avec Zoroastre tourne au vinaigre. Léonard est fou de douleur. Il se hait. Il déteste qu'on lui résiste, les techniques, la nature ou ses amis. Il part galoper. Même la nature ne le distrait ni ne le console. Pour la première fois de sa vie, il se trouve devant une impasse : pas la moindre solution en vue. À part la fuite. Fuir, ça, il sait le faire. C'est même une spécialité chez lui. Le recours auquel il songe toujours en premier. Il ne parvient pas à sortir du piège dans lequel il s'est lui-même enfermé. Ni non plus à y renoncer. Reste la solution qui consiste à construire lui-même le four géant. Mais comment y parvenir ? Tout est suspendu. Il dessine, dessine, rien ne lui convient. Alors, il tente d'oublier qu'il s'est engagé si loin et qu'il ne peut livrer ! Incapable de sculpter son rêve ! Le voilà confronté à l'échec de sa plus haute ambition. En prime, il s'est beaucoup vanté de savoir et de pouvoir le faire, la déception est proportionnelle : incommensurable. Démesurée. C'est l'effondrement. Un géant comme Léonard qui s'effondre, ça tombe de haut. Il souffre dans son orgueil et se sent misérable. Pour la première fois de sa vie, il n'est pas à la hauteur de son propre jugement. C'est plus que de l'humiliation, c'est une profonde remise en question. Ses amis ont beau se changer en admirateurs, laudateurs, consolateurs, Léonard sait qu'il a failli. À ses yeux, c'est le plus grave. Il ne peut honorer sa parole, sa pensée et, pis, son ambition. S'il ne peut compter sur lui, alors qui le pourra ? Toute confiance en lui se retire comme la mer à marée basse. Il est anéanti, à l'étiage. Et se sent minuscule comme un coquillage auquel on a volé sa coquille. Rien à quoi se raccrocher. Il souffre de n'être qu'un autodidacte, c'est-à-dire d'ignorer ce qu'il sait. Qui n'a jamais rencontré ni la sanction ni l'approbation par des études.

À la signature du contrat pour le grand cheval, Ludovic lui a fourni le plus grand atelier de la ville, le délabré mais somptueux castel de Corte Vecchia. Où il a emménagé avec Azul, chats, la chienne Sapience, Marcello et bagages, où il a fait venir sa fidèle cuisinière de Florence, la brave vieille Luciana qu'il avait jadis débauchée de l'atelier de Verrocchio. A repris des oiseaux jamais en cage, le plus beau, le plus gros, le plus impressionnant est un nouveau corbeau qui fait la loi chez les félins et protège drôlement son amie pie. Et trois colombes incroyablement tendres entre elles et avec Léonard mais qui ne se risquent jamais au-delà de l'appui de fenêtre où on joue à les nourrir. Marcello, surtout, adore leur donner à manger. Toutes les bêtes ici vont et viennent en bonne intelligence d'autant qu'elles ne sont réunies qu'aux heures des repas qui, comme chacun le vérifie, sont toujours des moments de trêve. Léonard ne sait littéralement pas vivre « bien » hors la compagnie d'animaux. Aucun ne lui est étranger. À chacun il trouve moyen de parler dans sa langue. Ceux qui l'approchent, y compris les gens les plus hostiles aux animaux, sont surpris par son entente et, comment dire, sa complicité avec toutes les espèces animales. Le corbeau sur l'épaule, le singe Marcello sur les reins…

Depuis son constat d'échec, il est en froid avec Astro qui va coucher ailleurs, emmenant ses singes et ses perroquets. Atalante est à nouveau loin. Ambrogio s'est retiré, digne et fier, chez lui, vexé que Léonard se soit installé loin et sans lui. Du coup, Léonard ne s'est jamais senti aussi seul. Restent ses longues chevauchées avec Azul, mais en parvenant à maturité, la grande beauté d'Azul a empiré, et le regarder, simplement le regarder lui rappelle sans cesse son échec.

Son grand cheval rêvé et abandonné.

Cette honte de soi est sans remède.

Et bientôt, s'il ne fait rien, plus d'argent.

Aucun travail en cours, pas de commande, tout était suspendu pour se consacrer au grand cheval, obligé qu'il est de fuir méthodiquement le duc, et partant Cécilia… Comment en regagner ? Pas d'issue.

Ce marasme, qui le fait tourner en rond autour de sa peine, dure pas loin de six mois. Six mois pendant lesquels, à force de s'enquérir en vain dans toute l'Italie de solutions pour couler son grand cheval dans le bronze, il est devenu la risée publique. Artistes et nobles, trop heureux d'assister à sa débâcle, la propagent. Eux qui ont vu un jour débarquer ce m'as-tu-vu, eux qui ont assisté à ses premiers échecs mais aussi à ses éclatants succès dignes des meilleures vengeances, colportent la nouvelle avec gourmandise. Léonard ne peut tenir parole, Léonard ne sait pas faire le grand cheval, Léonard a triché, a menti, s'est vanté… C'est un parjure… Au point que Ludovic en personne doit intervenir. Est aussi mise à l'épreuve sa réputation de duc qui sait à qui s'adresser et ne se trompe jamais dans ses goûts. Aussi se rend-il à l'atelier visiter son sculpteur, comme un simple commanditaire.

— Je suis curieux, montre-moi. Où en est mon grand cheval ?

Comme hier, comme avant-hier, comme la première fois, Léonard aligne dessins, calculs, croquis, carnets et encore dessins, mais rien en relief, rien dans l'espace, rien en trois dimensions...

— ... Donc la rumeur dit vrai ? Tu m'as trahi. Tu m'as vendu une œuvre que tu es incapable de réaliser. Oh ! sur le papier, c'est bien, on y croirait, même. C'est comme ça que tu m'as grugé la première fois. Tu n'y arriveras jamais, et tu le sais. C'est pourquoi je ne te vois plus depuis des mois. Tu t'es vanté de l'impossible et tu n'oses le reconnaître. Personne au monde ne m'aura autant abusé que toi, encore heureux qu'il ne s'agissait pas de politique.

Léonard ne trouve rien à répondre, muet de honte et d'indignité. Il laisse Ludovic le More poursuivre seul, un ton plus bas. Et terriblement méprisant :

— ... Je ne te demande pas de me rembourser. Ma crédulité a un prix, elle me coûte l'avance que je t'ai consentie. En revanche, j'écris à Laurent pour qu'il m'envoie de meilleurs sculpteurs, des gens capables de tenir leurs engagements. Toi, retourne à ce que tu sais faire. La noce interrompue de mon neveu a lieu dans deux mois, tu es prié de te surpasser...

Sorti d'affaire à bon compte, songe Léonard ! N'empêche, d'ici là, il faut croûter et Ludovic ne lui fera plus d'avance avant qu'il ait livré du neuf. Alors, il ouvre un atelier. Les élèves affluent sur la foi de sa réputation d'artiste génial que s'échinent à lui tisser amis et confrères, chroniqueurs et poètes, une réputation essentiellement de peintre. Mieux vaut d'ailleurs oublier le sculpteur. Avant même que l'atelier ait exécuté quoi que ce soit, on loue le maître pour sa beauté et son talent.

À l'atelier, il se découvre un don nouveau : celui de transmetteur. Il adore raconter, expliquer, démontrer ce qu'il sait. Souvent en racontant il invente, il imagine, il rêve la suite, jusqu'à trouver des idées vraiment neuves. Par exemple, il explique à ses élèves comment lire la cartographie en usage. Telle qu'elle est dessinée depuis toujours, personne n'y comprend rien, à moins d'être cartographe. Léonard prend du recul, s'élève du paysage pour le mettre en perspective et en relief, et là, ses élèves comprennent : ça s'éclaire d'un coup, et il transforme illico la cartographie en plongée. Il invente une manière de montrer le paysage depuis un point élevé, fût-il virtuel. Autant dire du ciel ! C'est une révolution qu'il accomplit là, uniquement pour se faire comprendre et pour la joie de partager ce qu'il sait. Il exécute quelques cartes à partir de ses relevés et de « sa vision du ciel » qui font radicalement évoluer la cartographie. Il n'est si bon pédagogue que parce qu'il a une vision enfantine du monde. À trente-cinq ans, sans doute est-ce pour toujours. Il est si ouvert, si curieux qu'on le juge aisément dilettante ou velléitaire. Comment tout achever quand tout vous passionne, qu'il faut toujours aller y voir de plus près ? Et ce qui prendra le dessus aura gagné.

Il s'efforce donc de maquiller sa déception en nouvelle passion.

L'anatomie du cheval n'a plus de secret pour lui, pourquoi pas celles des hommes ? Il achève son étude de l'œil, de l'oiseau en vol, de l'eau et de ses tourbillons qui l'affolent toujours.

Il retourne chez Cécilia. Maintenant que le duc a découvert son drame, il peut retrouver sa meilleure amie.

Qui vient d'accoucher d'un petit Cesarino qu'elle lui offre pour filleul tant leur joie de se revoir est grande.

— Comment, à ton avis, puis-je me rattraper ?

— Ludovic reçoit son neveu avec sa jeune femme, tu sais celle du mariage annulé, il veut leur en mettre plein la vue. Il n'a que mépris pour ce neveu, qu'il juge mou et stupide. Mais il a besoin de son consentement pour lui voler sa place. Donc, pour l'épater, aucune difficulté. Mais sa femme, c'est une autre histoire. Elle a de réelles ambitions politiques, et elle a compris que Ludovic est en train d'usurper le titre de son époux. Depuis un an qu'ils sont fiancés, elle a eu le temps de déchanter et ne le trouve plus si plaisant que les premiers mois. Il serait utile que ta fête lui jette assez de poudre aux yeux pour lui faire oublier ses frustrations du moment… Voilà comment raisonne le duc… Il paraît qu'elle est très rusée, méfie-toi. Par ailleurs, le bruit court que son futur mari ne peut rien pour elle sensuellement. Ni lui offrir le moindre plaisir. Alors elle s'aigrit. À toi de la rendre heureuse afin que Ludovic règne en paix.

— Tu ne veux tout de même pas que je la fasse jouir !

— Pis ! Je veux que tu rendes toute sa vigueur à son promis.

— Et tu m'en crois capable ?

— Je te crois capable de tout…

Le discours du duc plein de morgue et de condescendance, l'idée qu'il fasse appel à Laurent pour lui fournir d'autres sculpteurs, la façon même dont Cécilia lui propose de rentrer en grâce, tout cela a rendu Léonard malheureux. Il doit se venger. Ah, le duc est mal en cour avec son neveu ! Ah, le duc se conduit mal envers lui ! Ah, le duc lui vole son trône ! Léonard doit trouver comment exploiter le terrain.

Cécilia a rapporté à Léonard la rumeur d'une présumée impuissance du neveu. Impuissance qui ne serait peut-être pas tout à fait naturelle. De mauvaises langues disent qu'on l'y encourage par de puissantes et invisibles mixtures. On lui ôte sa sève et son énergie afin qu'il ne lui vienne pas à l'idée qu'on usurpe son trône, que Ludovic règne à sa place en toute impunité.

Et si on lui concoctait un contrepoison ? Ce qui affaiblit les énergies, tout le monde sait le fabriquer, mais comment les lui rendre, ni vu ni connu ? Astro, aussitôt revenu en grâce, s'y attelle. Et retrouve vite les vieilles formules qui rendent toute sa vigueur au plus mollasson des amants. Pour parvenir jusqu'à lui, Cécilia se lie d'une amitié violemment spontanée avec la jeune Isabelle d'Aragon et pénètre dans l'intimité de Giangaleazzo. De là, elle lui joue un tour de sorcière dicté par Léonard. Elle lui propose la recette du duc pour rendre sa femme heureuse et l'engrosser. Il n'y résiste pas et avale les drogues concoctées plutôt deux fois qu'une. Mission accomplie. La virilité de l'héritier légitime restaurée, Isabelle enfin honorée, peut-être même ensemencée par ce fiancé dont elle commençait à désespérer, reste à illuminer les lampions de la fête. Ce mariage n'a que trop tardé. Léonard et Cécilia ont gagné l'amitié du jeune homme, la reconnaissance de sa femme. Et, victoire !, effectivement à la fin des festivités, elle est enceinte.

La salle de fête est tissée d'un ciel bleu, festonné de végétations que pavoisent les armoiries des Sforza entremêlées à celles d'Aragon. Les murs couverts de satin sont ornés de toiles peintes où figurent de vieilles légendes qui brossent les exploits de Francesco Sforza. Évidemment à cheval !

À gauche de la scène, une estrade de treize mètres munie de gradins, couverte de tapisseries. Devant, une estrade plus basse pour les musiciens, au milieu une tribune de trois gradins réservés aux ducs, puis des chaises à haut dossier pour les conseillers, les dignitaires. Enfin, des bancs pour les dames. De l'autre côté de la scène, un « paradis » dissimulé sous un grand rideau de satin bleu nuit, précédé de quelques bancs où prennent place les « masques ». En début de soirée, le prélude musical est joué par les fifres et les trombones, suivi de danses napolitaines au son de petits tambours. Les masques entraînent Isabelle : elle est napolitaine. « Elle était si belle, si naturelle qu'elle semblait un soleil. » De fausses ambassades se présentent à elle, prétexte à de nouvelles danses, cette fois espagnoles, polonaises, hongroises, turques, allemandes, françaises. La nuit tombée, le vif de la représentation peut commencer : le rideau de satin se soulève, un enfant annonce la fête comme dans la tradition florentine. Au concert de son et de voix font écho les mots de Jupiter surgissant de la ténèbre. Hommage à Isabelle. Puis Apollon à son tour paraît qui s'émerveille de l'existence de ce nouveau soleil capable de l'aveugler. Une à une, chacune des planètes descend de la plus compliquée des machines qu'ait jamais inventées Léonard, pour venir s'asseoir sur les genoux des princes. Cette descente du ciel sur la terre a causé un grand nombre de difficultés au forgeron. Un jeu de chaînes et de poulies qui montent et descendent des cintres, cachés par des plumes blanches, doit supporter des poids très lourds, pas moins de trois tonnes de boules de bois et de fer tournées qui représentent les planètes. Enfin, Mercure rejoint Isabelle à qui Jupiter présente les Trois Grâces et les sept vertus qui tombent du ciel à l'appel de leur nom… C'est le clou du spectacle. Chaque planète attribue un don à Isabelle.

Le grand décor qui apparaît à l'improviste dans la salle obscure frappe par ses jeux de lumière qui filtrent à travers des trouées de carreaux, créant des jeux d'ombre sur les murs de la salle, suivant un crescendo d'harmonies vocales et instrumentales auxquelles participent ces étranges instruments inventés par Léonard. Ça tient du miracle et c'est incroyablement bien réglé. Les machineries, tant pour agiter les automates que pour les jeux de lumière, ont formidablement fonctionné, Léonard est sacré roi des fêtes.

Temporairement, il a gagné la partie. L'annonce de la grossesse de la nouvelle mariée convainc le duc des sortilèges dont Léonard est capable pour arriver à ses fins. Et peut-être des dangers qu'il peut représenter.

Aussi Cécilia lui fait-elle remarquer qu'il vaut peut-être mieux lui rendre son cheval que risquer un mauvais sort. Ludovic le More est follement superstitieux. Ça marche. Léonard est autorisé à retourner à son grand cheval. Il a gagné. Cette fois, il ne peut le rater, son grand cheval. Tant pis, il ne sera pas cabré.

Et voilà que monte en lui le sentiment qu'il règne sur Milan, sur le duc, sur sa maîtresse, et demain sur leurs successeurs.

Aussi ne rêve-t-il plus que de dépasser au plus vite les frontières de cette Lombardie et, grâce à son grand cheval, se faire connaître dans toute l'Italie.

Chapitre 13

Arrivée du diable
1490

Aujourd'hui, les travaux sont interrompus. Commandes de tableaux, machineries pour les fêtes, et même le grand cheval. Il y a foule à l'atelier. On recrute chez Léonard. S'il veut livrer à l'heure – et cette fois, il n'a plus le choix, ce cheval n'a que trop traîné –, il lui faut du monde, beaucoup plus d'aide. Il doit être secondé pour travailler plus vite, avant que le doute ne s'insinue ou, pis, que l'ennuie renaisse... Donc aujourd'hui, on engage aides, assistants, artistes, serviteurs et même quelques élèves s'il s'en présente. La confiance reconquise du duc vaut à Léonard un afflux de commandes. Léonard ne peut fournir seul. Atalante, Ambrogio, Boltraffio et Astro ont beau l'assister de leur mieux, ils n'y suffisent pas.

Alors que la hiérarchie intime des ateliers veut qu'on reçoive les assistants et les artistes en premier, les élèves et les aides ensuite et, en dernier, les serviteurs, un incident vient tout bouleverser. Dans la grande salle, chacun attend son tour. Un malheureux gamin morveux, haillonneux, chiffon de cheveux bouclés sans doute blonds mais crasseux et emmêlés comme une balle de coton, un profil d'ange mais le regard plus fuyant qu'un nuage dans le vent, les yeux baissés, honteux, se fait houspiller de plus en plus fort par un homme du commun, rougeaud et colère, son père peut-être, qui ne se contente pas de saturer l'espace sonore de ses récriminations mais assortit chacune d'elles d'une taloche qui tombe n'importe où sur le môme. Lequel ne songe qu'à protéger son visage des crachats et des coups qui s'abattent sur lui machinalement, pourrait-on dire. Sans haine, plein de son bon droit, l'homme cogne comme d'autres font leur métier. Il l'a fait entrer dans l'atelier en le frappant derrière les oreilles, l'a forcé à s'asseoir de même. Apparemment, il a encore quelque chose à lui signifier car un nouveau grognement précède une nouvelle raclée, cette fois sur le haut du crâne de l'enfant qui n'oppose aucune résistance, comme si d'avance c'était inutile. Il doit y être accoutumé, ne manifeste ni terreur ni soumission, mais cède, docile, à la direction où le mènent les coups. Toute l'assistance a les yeux rivés sur eux.

Attiré par le vacarme, Léonard surgit. Jusque-là, il était enfermé dans son petit atelier privé, son *studiolo*, avec Marco d'Oggiono, un jeune aspirant peintre qui lui montrait quelques-uns de ses dessins. Il découvre la situation, il est horrifié. Réfléchir vite et agir aussitôt. Arrêter ça. Empêcher ce monstre de continuer. Tout l'atelier, gêné, se tait, il jette un œil courroucé à Zoroastre et, le plus poliment qu'il peut, interpelle l'auteur des coups :

— Je vous en prie, cessez immédiatement !

Le père – ça ne peut être que le père – ne saisit même pas qu'on s'adresse à lui. Sait-il seulement qu'il se livre à des agissements que d'aucuns jugent répréhensibles ? Il ferait beau voir qu'on lui dise comment élever son enfant ! Encore un tortionnaire plein de bonne conscience !

Le père va pour frapper à nouveau quand Léonard le bloque, l'attrape au collet et le plaque contre le mur. Prêt à tout pour arrêter les coups.

Léonard en a arrêté plus d'un qui maltraitait son cheval sous l'unique prétexte que c'était le sien ! Il regarde l'enfant. Il ne lui échappe pas que ce malheureux gamin est d'une beauté lumineuse, en dépit des traits de son visage parcourus de détresse et toujours entr'aperçus fugitivement.

L'air mauvais, le père se défend :

— C'est mon fils. Je fais ce que je veux.

— C'est bon, c'est bon, je le prends avec moi. Assez ! Laissez-le tranquille.

Et le père qui ne perd pas le nord enchaîne aussitôt :

— Et vous m'en donnez combien ?

— Je crois que vous n'avez pas bien compris la teneur de l'annonce, répond Léonard gêné et soudain mal à l'aise.

— Ni le fonctionnement des ateliers, reprend Zoroastre devinant la contrariété de Léonard. C'est à vous de payer, et d'avance encore, le prix de pension de l'élève. Dix sous par mois tout compris. Logé, nourri, chauffé, habillé, blanchi, éclairé, et surtout formé…

— … De main de maître, l'interrompt Boltraffio, l'actuel meilleur élève, en éclatant de rire de son bon mot, passé très au-dessus du père et sans doute du fils.

L'enfant n'a encore pas levé les yeux vers l'assistance. Nul ne sait le son de sa voix ni la couleur de ses yeux…

— Dans ces conditions, réplique le père, frappant à nouveau l'enfant pour le faire lever cette fois, je le garde. Au moins, pour moi, il trime gratis. Et autant que je veux, même si ça n'est qu'un tire-au-flanc et un sacré cossard. Mais, ajoute-t-il en agitant ses battoirs, pour qu'il fourbisse, il n'y a qu'à le mater.

Et de le cogner sur le dos, entre les omoplates pour le faire avancer… Alors, sous les yeux médusés de tous les présents – à cet instant une petite douzaine –, Léonard arrache l'enfant de ses grandes mains féroces, et hurle… Oui, Léonard hurle :

— Bon, bon ! Combien vous faut-il pour déguerpir en laissant ici cet enfant ?

Aussitôt radouci, l'homme rustre et vulgaire arrose l'assemblée d'un ignoble sourire servile. Puis s'approche de Léonard et se met à lui chuchoter des immondices à l'oreille.

De négociation en marchandage, quasi au vu et au su de tous et de l'enfant, Léonard finit par le lui payer un bon prix. Et le père, sans vergogne, de se frotter les paluches, heureux d'avoir réussi une si bonne affaire. Lui dit si « juteuse ».

— Parce que, ajoute-t-il matoisement, je vous souhaite bien du plaisir. Z'allez voir ! Je ne le bats pas pour me défouler ou parce que j'aime ça, non, non, croyez pas. D'ailleurs, à force, je n'aime plus, ça fatigue de trop. Non, c'est vraiment de la mauvaise graine, une sale nature. Vous ne me reprendrez pas mon argent, alors je peux bien vous le dire, il n'y a que les coups qu'il comprend, dit-il en menaçant le monde de son poing fermé.

— Dehors ! Dehors. Dehors…

Le père est déjà loin, Léonard crie encore.

L'enfant s'est recroquevillé dans un coin, et Luciana, la fidèle cuisinière que Léonard a fait venir de Florence dès que Ludovic l'a installé au Corte Vecchia, prend le môme en pitié, lui beurre des tartines et sort un fromage. Il se jette dessus et les déchiquette comme un lion une gazelle. Sans un regard, sans un merci. Un gamin affamé. Et sans accorder la moindre attention à la vingtaine d'yeux fixés sur lui. Par pudeur, par besoin de légèreté, Léonard retourne au *studiolo* reprendre sa précédente activité :

l'audition d'un jeune impétrant. Peintre, Marco d'Oggiono : une quinzaine d'années bien remplies, bien formé, une œuvrette déjà derrière lui, six ans en atelier lombard, il rêve d'acquérir la technique toscane, mieux, la florentine, celle du maître.

— Donc, c'est dix sous par mois. J'espère les gagner assez vite. Pourriez-vous m'avancer les deux premiers mois de pension, histoire de payer mon déménagement ?

Puis baissant le ton :

— … Mes parents sont très hostiles à mon entrée dans la confrérie. C'est contre leur volonté.

Léonard comprend, Léonard accepte. S'il n'avait lui-même besoin d'argent, ne serait-ce que pour les nourrir tous, là, et ses bêtes amies, il ne leur réclamerait rien. Mais Zoroastre lui a fait comprendre qu'il valait toujours mieux payer pour apprendre. Si l'on n'accorde pas soi-même du prix et du poids à ce qu'on transmet, qui le fera ? Ce qui est gratuit est vite méprisé. Léonard en est convenu. Le fond mauvais de l'humanité le chagrine, mais il le reconnaît toujours, il l'a en lui.

Au tour d'un dénommé Batista de Villanis, le contraire exact de l'enfant battu dont on ignore encore le nom, le visage et même le son de la voix. Batista postule pour le rôle d'homme à tout faire. C'est un bon garçon, brave à coup sûr, l'air bonasse mais pas benêt. Gentil, serviable, noiraud autant que l'autre est blond, baraqué autant que l'autre est fluet. Tout est sombre chez lui. Un vrai montagnard lombard, cheveux raides et foncés, l'œil vif et noir, le regard franc et bienveillant. Oui, c'est ça, bienveillant. Et immensément sympathique. Prêt à tout pour entrer dans cette maison-là.

— Ici, le climat me plaît. Vous parlez si bonnement à tout le monde. Rien que votre façon de sauver ce gosse…

Et puis il y a plein de chats, de chiens, un singe même et des oiseaux qui ont l'air d'être chez eux, on se sent bien, on a envie d'être comme eux. J'ai même vu un corbeau qui va et vient comme chez lui et qu'apparemment on nourrit sur le rebord de la fenêtre, oui, ça me plaît.

— C'est pour aider Luciana qui se fait une peu vieille à porter toutes les charges de la maison, ravitaillement, linge... Plus on est nombreux, plus les courses sont lourdes. Et comme la maisonnée s'agrandit...

Batista est un garçon prêt à donner la main à qui en a besoin. Bricoleur, adroit, curieux et surtout gentil, ne sachant que faire pour se mettre en quatre, prêt à apprendre ce qu'il ignore si ça peut être utile à Léonard, à Zoroastre ou à quelqu'un de l'atelier.

D'une insatiable curiosité, il est fait pour Léonard, et Léonard est fait pour lui.

Avec lui, grâce à lui et sous lui, l'atelier se met à ressembler de plus en plus à une famille soudée, faisant corps autour de son grand homme. Le singe Marcello a adoubé Batista !

Se font jour quelques jalousies venant des anciens, suscitées par la façon dont Léonard a « récupéré », pour ne pas dire acheté, le fameux petit ange, terrible euphémisme pour désigner celui qui, de jour en jour, se révèle proprement diabolique. Au sens propre, prêt à mordre toute main même amie qui se tend vers lui. Farouche, sauvage, apparemment mauvais en son tréfonds, ce comportement rugueux déclenche le rejet de tous, mais une compassion infinie chez Léonard. Qui toujours l'excuse.

— Après les mauvais traitements de son père, j'ai peur qu'il faille un long temps d'acclimatation pour l'apaiser. Ensuite, s'il s'ouvre au partage et à la beauté, il deviendra gentil...

En dépit du démenti constant lisible sur les traits du sale garnement, chacun veut croire Léonard.

La qualité des rapports qui règnent à l'atelier, le respect inouï avec lequel le maître traite chacun, jusqu'au plus humble manutentionnaire qui bénéficie de la même attention que les autres, ne peuvent avoir sur l'enfant qu'une influence bénéfique. À terme, espère-t-on. Ça y est, on tient son prénom, il s'appelle Giacomo, Luciana le lui a arraché en le menaçant de le ramener chez son père s'il ne le lui disait pas. Voilà la seule peur qui anime Giacomo : qu'on le renvoie chez son père. Luciana n'a pas osé confier sa découverte à Léonard de peur d'être blâmée. Le maître est capable d'appeler cette menace un mauvais traitement.

Très vite, ses relations avec les autres empirent. Il met moins d'une semaine à se montrer sous son vrai jour. Et c'est vraiment un jour affreux ! Chacun prend son mal en patience. Ça ne peut pas durer, Léonard va s'en apercevoir et le virer. Et non ! Il affirme toujours que le temps fera son œuvre. Et le temps passe. Tous espèrent que Léonard va s'en débarrasser au plus vite. Mais tant d'autres nouveautés lui volent la vedette. Batista d'abord qui, non content de plaire à tout le monde, se rend indispensable. Il manifeste bruyamment sa joie d'être ici, belle voix, bel organe, aussitôt Atalante le prend en main et lui enseigne les rudiments de son art, le chant, l'harmonie et les modulations. Qu'au moins de sa joie il tire un joli son.

Fort comme plusieurs, Batista aide à tout. Il apprend de Luciana les recettes florentines qui réjouissent ce très petit mangeur qu'est Léonard. S'occupe du linge de toute la maisonnée, et là, pour le coup, Léonard est d'une coquetterie de jeune fille, capable de se changer deux fois par jour. Il tient le ménage. Pour la teinture, Zoroastre lui donne des conseils d'apprenti chimiste. Il apprend aussi la couture. Tout le monde a envie de lui apprendre ce qu'il sait, sa joie est communicative. Sa passion pour les chevaux rassure Léonard. Tant que Batista veillera sur eux, ils ne manqueront de rien, ce qui n'a pas toujours été le cas. Zoroastre est négligent et pas follement rassuré face à Azul qu'il prend pour un cheval sorcier. Batista a sorti une longue fourrure fauve et douce de sa poche et a présenté à Léonard sa meilleure amie, une mangouste du nom d'Aliocha. « Elle est russe », précise-t-il tout fier. C'est un colporteur qui venait des steppes qui la lui a vendue. Léonard admire et aussitôt demande à la dessiner. Aliocha se laisse croquer par le maître comme si elle était sensible à ses paroles. Tout le temps qu'il la dessine, comme avec tous ses modèles, il lui fait compliment de sa beauté, de ses couleurs, de sa souplesse. On dirait qu'elle le comprend et, mieux, qu'elle apprécie ses mots. Même les chats n'ont rien trouvé à redire à la présence d'Aliocha la russe, en semi-liberté à l'atelier. Semi parce qu'elle passe l'autre moitié de sa vie dans la poche de Batista. Ou dans les bras de Marcello qui la dorlote comme si c'était un bébé singe ! Pis, son bébé.

Depuis que l'atelier s'est agrandi, c'est fête tous les soirs. Le travail a repris dans la joie. Et l'effervescence. N'est-ce pas pour ça qu'on a embauché ?

Sous la gouverne de Luciana, tous s'y mettent. Boltraffio, d'Oggiono, Batista, Zoroastre et Atalante se lancent dans une série de préparatifs festifs, contents d'être ensemble. Ils se partagent les tâches à l'atelier et font tourner la *bottega*. Ils ont pris le relais de tous ses travaux alimentaires, ce sont eux désormais qui enseignent aux élèves dont ils soulagent le maître, afin que Léonard n'ait à se soucier que de son grand cheval. Et de sa mise en scène.

Durant les deux premiers mois, à part s'empiffrer goulûment, personne ne peut dire à quoi sert, à quoi s'occupe Giacomo. Quelle tâche, quelle fonction serait la sienne s'il daignait s'occuper d'autre chose que d'engraisser. Aux yeux de tous, rien qu'un sale parasite. Par chance, il dort beaucoup. Il dévore, s'endort et recommence. Et ainsi de suite… Léonard l'excuse.

— On ne lui a pas appris à vivre… Il a dû manquer de tout… Il a faim tout le temps parce qu'il a dû beaucoup manquer, être rationné…

Pourtant, les semaines passent, les mois même, et l'enfant est de plus en plus antipathique. Pénible à supporter. Seul Léonard ne désespère pas de l'apprivoiser. De plus en plus sûr de lui et surtout d'être « couvert » par le chef, l'enfant déploie des trésors de méchanceté, comment dire ?, gratuite, spontanée. Naturelle, et envers tout le monde. Il mord, griffe la joue qui passe à sa portée, pince ce qui se présente dans son périmètre de sécurité. Désormais, les chats l'évitent ou feulent à son approche, voire sortent les dents. La chienne Sapience l'a compris, elle le contourne pour passer à distance. Marcello lui fait des niches et, pour la première fois depuis que Zoroastre l'a donné à Léonard, il y a environ huit ans, il se montre agressif. Si seulement Léonard pouvait croire Marcello qui « lui désigne » l'ennemi avec une expressivité très humaine ! En plus, Giacomo vole. Il chaparde, chipe, escamote, dissimule tout et n'importe quoi avec une prédilection pour les choses sucrées. Autant pour la gratuité du geste, voler pour voler, que pour s'empiffrer. Plus généralement, tout ce qu'il touche, il l'abîme, l'esquinte et le détruit s'il le peut. Ou – mais on ne le découvre pas immédiatement – le revend.

Il semble en outre prendre un malin plaisir à admirer les dégâts qu'il cause. Sitôt que la dernière victime de ses infamies répétées perd patience et le menace de représailles, à croire qu'il n'attend que ça, il se dissimule le visage comme s'il avait peur des coups, gémit bruyamment et, si ça ne fait pas instantanément réagir Léonard, il court se jeter dans ses bras en hurlant, en suppliant, en implorant son secours et sa protection contre ceux qui veulent le tuer. Rien moins que le tuer.

Chaque fois, les yeux humides, le cœur chaviré, Léonard referme ses bras sur l'enfant tremblant dont il ne peut douter de la sincérité ni de la terreur. Toujours, il l'absout. Les autres sont furieux. L'animosité monte. Le climat se détériore. L'odieux sauvageon continue de nuire à tous impunément et par tous les moyens. Sans doute Léonard a-t-il raison : il se venge du « monde entier », mais ceux de l'atelier n'y sont pour rien et puis, de quoi se venge-t-il encore ? Des mauvais traitements de son père. Ici, on n'est pas « le monde entier », mais bien un îlot de douceur dans un monde dangereux. D'Atalante, le danseur musicien chanteur, il esquinte ses plus beaux instruments de musique, sa passion et son gagne-pain. Léonard promet toujours de réparer, et d'ailleurs il s'y emploie. À Boltraffio, il vole un style en argent, unique cadeau de son père avant sa mort. Pour le revendre ! Batista découvre qu'avec l'argent obtenu il s'est acheté des bonbons à l'anis ! À l'occasion aussi, il n'hésite pas à dévaliser Luciana de ses provisions de douceurs. On ne sait pourquoi. Que peut-il en faire ? Tout manger ? Impossible, il serait malade. Alors… On n'a jamais rien retrouvé dans ses affaires que chacun a fouillées…

— C'est un enfant…, plaide Léonard.

À Batista qui cherche à l'amadouer, il mord l'épaule jusqu'au sang. Il faut le soigner parce que ça s'infecte. Zoroastre doit toutes les heures lui poser des herbes désinfectantes. Il n'ose même pas le dénoncer à Léonard, de peur de lui faire du chagrin. Celui-ci a l'air de tenir tellement à cet enragé.

Marco d'Oggiono, le dernier arrivé, est aussi le premier à se rebeller. À ne pas redouter de peiner Léonard, il ne lui est pas aussi attaché que les autres. Un soir que la situation est devenue impossible, il déclare que ce vilain diable leur pourrit la vie à tous et qu'il est temps que Léonard en prenne conscience et s'en sépare au plus vite, sinon le travail en pâtira. Et, ajoute Atalante qui connaît les points faibles de son ami, Giacomo a donné un coup de pied à la vieille Sapience, plus de douze ans, la chienne préférée de Léonard venue de Florence… C'est décidé, il va lui parler…

Ils sont tous là à gronder tels des conspirateurs. Léonard n'est pas encore rentré quand paraît l'enfant avec son air d'ange mauvais. Il se saisit au vu et au su de tous d'un pinceau neuf en argent de Boltraffio et le jette contre le mur, pour les narguer, par provocation pure. Comme généralement, on le siffle, on le hue, on le houspille, on fait le plus de bruit possible pour faire surgir et donc intervenir Léonard afin de mettre un terme à ses exactions, l'enfant sauvage sait ne rien craindre, c'est de l'allure la plus goguenarde du monde qu'il s'approche de la table d'Oggiono, sans doute pour lui esquinter ou lui voler à son tour quelque chose. Et là, il se passe une chose incroyable. Une chose à quoi nul ne s'attend. Pas un bruit, pas un cri, mais comme s'ils s'étaient tous donné le mot, à peine a-t-il fait un pas qu'ils se ruent sur lui. Ensemble. En silence. Ils le ceinturent et, sans la moindre concertation, se mettent à le rouer de coups. Ils sont six. Zoroastre et Batista sont forts, puissants et aussi remontés que les plus jeunes. Même Luciana s'y est mise. Outragée de tant de nuisances volontaires, comme de souiller le linge à peine sec. Armée et de son rouleau à pâtisserie et de son battoir à linge, elle frappe, au même rythme que les autres et, comme eux, de tout son cœur. Un seul d'entre eux s'y serait opposé, rien n'eût été possible, mais le bel ensemble silencieux s'est dressé telle une conspiration ourdie de longue date, ils rivalisent de méchanceté. L'enfant ne se défend pas, ne fait aucun bruit. Inutile ! Léonard n'est pas là. C'est tout juste s'il protège son visage. Il subit le sort qui est le sien comme une pluie d'orage qui devait éclater, sorte de loi naturelle qui s'applique fatalement sur qui se fait prendre.

Quant aux autres, ils frappent en toute impunité, ils ont le terrible sentiment d'être dans leur droit. Ils éprouvent le violent soulagement de se venger. Ils y mettent toute leur foi. Sûrs d'avoir compris la mauvaise nature de cet animal nuisible. Rentrant de chez Cécilia, Léonard paraît dans l'encadrement de la porte. Ils ne le voient même pas, si absorbés par ce qu'ils font : dérouiller Giacomo. Léonard est obligé d'élever la voix pour suspendre leurs gestes. D'un cri, il s'interpose et les envoie ballader.

Sur l'instant, il est persuadé de sauver la vie à Giacomo. Impression légitime et qui persiste : sans son intervention, l'enfant serait mort sous leurs coups, sous leur haine. S'il ne les avait pas arrêtés, ils l'auraient tué. Vraie ou non, telle est sa conviction. Pour toujours, et pour la deuxième fois, cet enfant lui doit la vie. Il gît à terre, saignant, dégoûtant, gémissant, tremblant. Mais pas émouvant : même Luciana l'aurait bien vu mort. Ça aurait simplifié la vie de tout le monde.

Rien, Léonard ne dit rien. Il se penche pour ramasser l'enfant, le prend dans ses bras et s'enferme avec lui. Il va le soigner, seul. Ne pas le laisser avec eux jusqu'à ce qu'il soit remis sur pied. Bien nourri, protégé, jeune et endurci comme il est, il se remet vite. Mais ne témoigne pas la moindre reconnaissance envers son sauveur. L'exaspération, au lieu de retomber avec cette crise, est à son comble. Chacun y va, l'un après l'autre, auprès du maître, de ses doléances personnelles contre ce démon. « … Le diable au corps… ne songe qu'à blesser, qu'à faire le mal… Sa capacité de nuire est démesurée par rapport à son âge, à sa taille… » Léonard persiste. Et, bien sûr, les larmes aux yeux, dans un gémissement continu, l'enfant dément tout ce qu'on lui reproche. Avec de tels accents de sincérité que Léonard commence à croire à une cabale inique et infondée contre son protégé. Il persiste à penser que c'est de la jalousie, parce qu'il lui fait cadeau de sa pension. Et l'enfant de jurer sur tout ce qu'il a de plus sacré, sur la Sainte Vierge même, qu'il n'a jamais fait de mal, en tout cas rien de ce qu'ils rapportent. Innocent ! Il est innocent. Ce sont les autres, les méchants, les voleurs, les gloutons, les menteurs…

Il s'endort épuisé, les joues noires de larmes écrasées, dans les bras de Léonard bouleversé d'émotion. Impossible de ne pas le croire innocent. Il persiste à le voir tel, pourtant la vie est intenable à l'atelier, et le travail en pâtit. Alors, comme les preuves fournies par tous les autres vont s'accumulant, face à de nouvelles accusations et surtout à la disparition régulière d'argent dans la caisse, ce qui ne s'était jamais produit auparavant, à contrecœur, Léonard décide de l'espionner. Autant en avoir le cœur net.

Sous ses yeux médusés, l'enfant escamote tout l'argent de la semaine soigneusement rangé dans un sac bleu posé sur la cheminée. Au-dessus de la huche. Tout le monde le sait. Ce geste est si rapide, si clair, si usuel, que Léonard, tétanisé, n'ose pas le prendre la main dans le sac. Sa propre gêne l'oblige à renoncer au flagrant délit ! Mortifié, c'est lui qui a honte de ce qu'il a surpris. Il ne se remet pas de ce choc. C'est donc ce pauvre malheureux enfant battu, bafoué, maltraité… qui vole, qui a volé. Qui… Essaie-t-il de lui faire avouer ? Il nie effrontément. Jamais. Jamais ! Sa capacité à nier est gigantesque. Léonard arrive presque à douter de ce que ses yeux ont vu. Il peine à accepter le caractère si profondément perverse d'un si bel enfant. Comme une traîtrise de la nature. Un affreux hiatus.

— Mais enfin, je t'ai vu, c'est toi qui as volé… Avoue. Dis-le, dis-le… Sinon… Sinon ?

Impossible de le lui faire reconnaître. Mais tant qu'à le menacer, autant savoir de quoi. Sinon quoi ? Ce que sait Léonard, c'est qu'il ne veut pas se séparer de Giacomo. Alors, le menacer, mais de quoi ? Léonard devient fou. Ses contradictions le rendent malade. Lui qui n'aime que la clarté, la rigueur, l'intelligence… Sinon, mais sinon quoi ? Que peut-il faire que l'enfant comprenne ? Déjà Léonard ne se contrôle plus. Et puisqu'à l'atelier tous s'échinent à lui rappeler son père et leur certitude qu'il ne comprend que la manière forte, Léonard se laisse emporter, piégé qu'il est entre son amour et sa fureur, sa colère et son impuissance, il l'attrape par le cou et l'entraîne au-dehors. L'enfant se laisse traîner sans résistance. Jusqu'au pont sur l'Adda, derrière la maison. Léonard est connu pour sa force herculéenne, que la colère décuple. D'une main qui n'a jamais lâché le cou de l'enfant, il le soulève du sol et le suspend en aplomb au-dessus du fleuve, à l'endroit où les eaux forment un tourbillon rugissant qu'il a souvent dessiné, il prend le gosse au collet. Et rugit :

— Sinon… Sinon je vais te tuer !… Je vais te lâcher !… Je vais te laisser tomber dans les eaux glacées de l'Adda. Avoue, avoue ! Avoue donc !

Suspendu au bras d'un homme furieux, les yeux rivés sur le tourbillon bouillonnant, l'enfant nie encore. L'enfant nie toujours. Jure que « ce n'est pas vrai, pas vrai, pas vrai… ».

Léonard le secoue de rage impuissante par-dessus le pont, quand, affolé par son geste, il mesure soudain l'immensité du crime où sa colère cherche à l'entraîner. Alors, le plus délicatement du monde, il ramène son bras au-dessus de la terre ferme et se met à trembler en reposant délicatement l'enfant sur le sol tel le saint sacrement. Incrédule d'être revenu au sec, l'enfant s'ébroue, scrute Léonard à la dérobée, voit bien qu'il a chu à l'intérieur de lui-même, s'avise qu'il est libre et, sans demander son reste, file à une allure que même un athlète comme Léonard ne peut égaler. Il disparaît à l'horizon. À peine pour Léonard le temps de se dire que c'est sans doute pour toujours.

Très abattu et aussi gêné vis-à-vis des autres qui donc n'avaient pas menti, Léonard rentre à l'atelier. Pour aujourd'hui, le grand cheval attendra. De toute façon, ses mains ne cessent de trembler. Il ne se remet pas d'avoir fait des gestes d'assassin. Léonard pleure. Sanglote. Plus navré de son propre geste que content de n'être pas allé au bout. Il fallait le faire ou pas, mais ce pas de deux hésitant… Ridicule. Cet enfant le met dans une situation grotesque. Il n'est plus maître de lui, de ses heures, de son travail, de la bonne marche de l'atelier.

Oui, mais comme il ne reviendra pas, tout est donc pour le mieux ?…

S'il ne revient pas… Malheur ! Léonard ne s'en remettra jamais. Il ne cesse d'y penser, de se demander ce qu'il fait, où il est, s'il va revenir. Il n'en dort pas de la nuit. Où peut-il être, pauvre petit, il fait si froid… À chaque bruit, à chaque feulement – il a trois chats, et Marcello ne cache pas sa joie de l'absence du méchant garçon –, il le guette, il l'espère, il le rêve.

Il a tout de même dû s'endormir car, au matin, il retrouve l'enfant attablé, affamé, se goinfrant en silence dans la cuisine. Même pas l'air penaud. Puisqu'on ne l'a pas tué, puisqu'il s'en est tiré, tout va bien. Tout peut donc continuer. Et, de fait, humblement, Léonard lui beurre des tartines avec sa réserve privée de miel florentin... Et le sale gosse les engloutit sans un sourire, sans un merci.

— Tu dois le virer, tente Zoroastre, seul à oser formuler la vérité sans fard, il va t'attirer des ennuis et des ennemis. Et en ennuis, crois-moi, je m'y connais...

— Non. Je le garde. Je le garde, et qu'on cesse de m'importuner avec ça.

Certes, Léonard le garde mais il lui faut s'organiser au jour le jour pour réparer et même prévoir, inventer, anticiper ses forfaits.

— Mais tout le monde le hait, le climat est affreux.

— Il n'a pas besoin que tout le monde l'aime. Je lui suffis.

— Tu sais que tu nourris un serpent dans ton sein et un voleur dans ta maison.

— Je vais organiser une surveillance constante et tenir compte de quelques trous dans ma comptabilité.

— Atalante refuse de continuer à vivre sous le même toit que lui, insiste Zoroastre.

— Ce n'est pas grave. De toute façon, Atalante a mieux à faire que demeurer ici avec nous. Isabelle de Mantoue le réclame à cor et à cris. Il va y aller. C'est le lot d'Atalante la liane de nous quitter et de nous revenir sans cesse. Un peu comme toi...

Léonard va payer au prix fort la présence de cet ange du diable qui hérite du surnom toscan de Salaï, petit dieu ennemi. *Salaï* ou *Salaïno* désigne l'esprit malin, sorte de divinité malveillante, un démon intérieur dont il faut se purger. D'avance, Léonard a tout accepté de lui, mais en a-t-il les moyens ? L'enfant est capricieux, exigeant. Il n'a rien, il veut tout. Léonard lui fait confectionner une garde-robe somptueuse. D'instinct, l'enfant sait repérer ce qui est le plus beau et le plus cher. Et, bien sûr, exige pour lui ce qu'il y a de plus cher et de plus beau. Lavé, coiffé, magnifiquement vêtu d'habits princiers, il se métamorphose en petit prince. Il en a l'autorité et la morgue. Et une beauté à se damner. Une beauté... Ah ! la troublante finesse de ses traits ! et ce charme insolite chez un si jeune garçon, cette ombre particulière de perversité dans le regard...

Bon, allez, au travail ! Puisque cet enfant est une ruine, autant fourbir et que l'atelier tourne à plein régime. N'est-ce pas pour ça qu'on a embauché ? On croule sous les commandes. Il s'agit de les honorer en gardant un œil sur le petit voleur. Car, non content de ne rien savoir faire, il refuse d'apprendre. Il refuse absolument de passer le balai dans l'atelier le soir après le travail. Ce qu'on lui montre semble le dégoûter, mais que fait-il ici ? Nuire, s'empiffrer et dormir. Plus l'atelier s'active, plus il montre de dédain pour toute cette agitation. Il ne fait que paresser au vu et au su de tous. Il s'établit dans des privilèges ostentatoires et scandaleux de favori.

Que personne n'ignore son statut de prince, exempté de travail et récompensé par autant de friandises qu'il en réclame.

Chacun tâche de garder un œil sur Salaï : la consigne est générale. Mais ce sauvage est plus vif encore depuis qu'il mange à sa faim. Cet animal méchant et redouté est, en dépit de son âge, unanimement considéré comme un monstre. Incroyable d'avoir à ce point l'air d'un ange et l'âme d'un diable. Il détruit, déchire, déchiquette de toutes les manières qui lui traversent l'esprit, qu'il a ingénieux. Léonard a beau le voir agir, il a toujours autant de mal à y croire. Tant qu'il ne comprend pas les rouages de l'esprit malin qui le rend si nuisible, il continue d'observer et, sincèrement, il n'y comprend rien. Il persiste dans sa posture d'observateur.

Sûrement son père le torturait, mais maintenant c'est fini. Je suis gentil avec lui, pourtant rien ne change. Impensable. Persévérons. Ça ne peut qu'évoluer.

Pareil comportement est si monstrueux que du coup c'est passionnant. Trop incroyable pour être vrai.

Chapitre 14

Les hommes sauvages
1491

« ... *Dans la stupidité d'un effroyable désir.* »
Nietzsche.

Le 24 janvier a lieu un grand bal en l'honneur du mariage de Ludovic avec Beatrix d'Este, en même temps que celui d'Anne Sforza, la nièce de Ludovic, avec Alphonse d'Este. C'est la plus grande fête du règne de Ludovic. Bien sûr, Léonard en est le maître d'œuvre. La salle du bal est décorée de gigantesques toiles peintes illustrant vingt-neuf faits d'armes de Francesco Sforza, l'ancêtre qui va, dès demain, se dresser sur le grand cheval.

Léonard dirige les peintres qui exécutent ces toiles en les obligeant à des clairs-obscurs de plus en plus prononcés, presque monochromes, qui imitent le marbre ombré. Petit clin d'œil à son amie Cécilia très affectée par le mariage de son amant avec une autre, Léonard la peint dans le rôle de l'écuyer de Ludovic chevauchant toujours seule à ses côtés, et bien sûr en garçon pour ne pas éveiller les soupçons de la nouvelle épousée. Petit rappel de son état quand le duc est tombé amoureux de Cécilia.

Le point culminant de ces tentures pend au mur face à l'entrée : Francesco à cheval sous un arc de triomphe. Une présentation selon les règles de l'art du futur statuaire, destinée à époustoufler les membres de la cour, les ambassadeurs et, plus tard, rêve Léonard, à édifier les foules. C'est sa propre réclame, cette grande toile peinte.

L'effet escompté se produit. Léonard et Ludovic sont encensés pour leur audace. Milan démontre qu'à sa tête règne un vrai prince, fût-il régent, mais le plus à même de s'entourer d'art et de beauté.

Deux jours plus tard, à peine le temps de remballer ses toiles, Léonard déploie plus d'effets encore. C'est au tour du très riche Sanseverino d'épater tout Milan et de surpasser le duc. L'homme le plus riche de Milan dont la noblesse n'est pas usurpée, la sienne ! Il faut bien qu'il damne le pion de l'usurpateur. Le dépasser par le faste de ses fêtes est ce qui lui convient le mieux.

Dans la grande tradition chevaleresque, Sanseverino a demandé à Léonard de lui régler un tournoi aussi époustouflant que ceux qu'offrait Laurent de Médicis. Léonard a déployé tout son art, y a mis toute sa passion et pas mal de démesure. Les moyens étant illimités, il s'est livré à une débauche de faste. Costumes, tapisseries, décors, musiques, effets spéciaux, épouvantes et grotesques… Des automates plus « automatisés » que jamais. Léonard s'est surpassé dans les machineries. La haute main sur tout, aucun détail ne lui échappe. Il est allé jusqu'à composer une musique qui remporte presque plus de succès que le tournoi, mais comme elle le ponctue, la mémoire les associe. Les costumes des jouteurs devraient s'inscrire dans l'histoire du costume et des tournois. Léonard y a combiné des têtes et des formes d'animaux rares ou chimériques.

Cette fête chez Sanseverino, Léonard l'appelle « la fête des sauvages ». Il confectionne d'inoubliables costumes de feuillages et de fleurs assemblées. Ses hommes sauvages symbolisent une période où l'humanité n'était pas encore corrompue, mais porteuse, dans sa rudesse même, d'une sagesse primordiale. Sous les masques, ces habits composés de peaux de bêtes et de feuillages sont bien sûr accompagnés de bâtons noueux, menaçants. Le sauvage est célèbre pour son bâton !

C'est pour ces deux grandes fêtes qu'il a dû embaucher, à cette occasion l'atelier pris de frénésie donne toute sa mesure. Depuis quelques jours, l'harmonie y règne. Plus de plaintes, plus de récriminations, et apparemment plus de larcins. « Salaï s'est-il calmé ? J'avais donc raison. Avec les enfants maltraités, rien ne vaut la patience », se rengorge secrètement Léonard.

Au défilé des hommes sauvages, prend part toute la noblesse du pays. C'est si exotique qu'on se sent au comble de la civilisation, si fou de se dissimuler sous l'aspect d'un homme primitif ! Très libérateur aussi : caché de la sorte, on peut se laisser aller à des excès que la morale réprouve et qu'on n'oserait pas à visage découvert. Tant de promesses, surtout. Les plus nobles des invités, Léonard se charge personnellement de les costumer, les coiffer, les maquiller. Un char de triomphe fait défiler les plus beaux costumes. On y déclame des vers à l'aide d'un porte-voix, la plus récente invention de Léonard. Le héros annoncé du tournoi, Giangaleazzo Sanseverino, porte un heaume d'or avec une corne tortillée et un serpent dont la queue ailée descend jusqu'au bas du cheval, lui-même couvert d'écailles d'or décorées d'œils de paon, de fourrure et de crin. Le cavalier porte aussi un bouclier en or où figure un personnage barbu qui le désigne comme le chef du cortège des hommes sauvages, aux longues barbes hirsutes, aux bâtons noueux et informes, chevauchant des bêtes parées de plumes. Ils évoquent bien l'idée qu'on se fait du barbare primitif, Scythe ou Tatar. Dix trompes de formes étranges émettent des sons exotiques et suraigus tandis que des musettes en peau de chèvre résonnent dans l'air saturé de bruits. Comme prévu, Sanseverino remporte le tournoi en brisant douze lances en douze assauts. Et comme prévu, le poète Bellincioni célèbre la joute en une longue ode, espérant rivaliser avec Politien. Il n'a pas son talent. Sanseverino n'a pas non plus la hardiesse de Laurent.

Tout l'atelier est à la tâche. Même Salaï ? On ne le voit plus beaucoup. On n'a plus le temps de le surveiller. Dans le feu de l'action, personne ne s'en préoccupe. Quand, vers le milieu de la nuit, alors qu'après la joute le bal tourne au chahut préhistorique, Zoroastre donne un échantillon de son génie en faisant descendre un immense ciel étoilé sur les invités. Mais une des étoiles se bloque dans sa descente, retenue en équilibre plus qu'instable sur une poutre du cintre. Elle peut choir n'importe quand sur n'importe qui, culbutant le décor, voire pis. Si la corde cède et s'écrase sur la foule, c'est le drame. Aussitôt, Zoroastre court pour arrêter le système à mi-hauteur. Tant pis pour l'effet ! Mieux vaut éviter le drame et y remédier au plus vite. Le ciel cesse de descendre juste avant que la tension du cordage n'entraîne l'étoile dans le vide. Une seconde de plus, elle filait sur les invités… et s'il ne trouve pas un moyen d'y remédier définitivement, elle risque encore de s'écraser à tout moment sur la foule qui se trémousse dans l'ivresse et la joie. Redoutant l'accident plus que tout, Zoroastre n'est mû que par l'urgence. Comment rattraper la corde et la laisser filer doucement vers le bas avec l'étoile suspendue ? Il va pour monter sur le cintre qui la retient quand Salaï lui en défend l'accès. À son sourire immensément narquois, le forgeron comprend. Salaï sait d'évidence pourquoi il est là, il a tout vu, tout fomenté, peut-être même. Évidemment, c'est lui qui a déplacé l'étoile, lui qui l'a fait dévier… C'est lui qui cherche à déclencher un drame.

C'est intentionnel ! C'est Salaï, forcément, ce diable protégé par le maître. En apercevant sa morgue joyeuse, Zoroastre ne contient plus sa rage. Non content de ne pas nier, le petit le nargue. Une vraie déclaration de guerre. Il se sent capable de le tuer sans état d'âme : un animal aussi nuisible, ça se détruit. Aucune hésitation. Il se rue sur lui. Alors Salaï, avec son agilité coutumière et fort de sa petite taille, se faufile entre les jambes de Zoroastre et s'accroche à sa braguette. Ce qui arrête tout mouvement violent. Trop dangereux : l'enfant s'est littéralement arrimé à ses couilles. Simultanément, Salaï se laisse glisser au sol tel un morceau de chiffon et entreprend délicatement d'extirper la verge de son assaillant de son vêtement. Zoroastre se fige sur pied. Il en oublie l'urgence qui l'a précipité ici, son étoile qui risque de tomber, le drame qui couve, sa rage folle devant le sabotage, la destruction ostensible… Il oublie tout. Salaï caresse son sexe avec une science inouïe avant de l'enfouir dans sa bouche d'angelot et de le sucer avec frénésie. Comme si c'était la seule chose à faire au monde. Comme s'il n'y avait rien de plus important à cet instant. Et Zoroastre se laisse faire. Comme les autres.

Car la paix soudaine qui s'est installée depuis plusieurs semaines à l'atelier n'est pas seulement due à l'afflux de travail, comme Léonard veut le croire. Certes, plus personne n'a le temps ni le cœur de se disputer avec le petit monstre. Aussi, Léonard s'est pris à rêver : la paix approche, l'harmonie revient…

Quand, à son tour, Léonard perçoit le problème de l'étoile, il part à la recherche de Zoroastre pour y remédier. Et il surprend cette scène, pour lui inimaginable. Et là, d'un coup, il comprend tout. Salaï a vite saisi à qui il avait affaire dans cet atelier. Cette image de l'innocence, de toute la pureté de l'enfance et de la grâce sans le moindre scrupule, il l'a sacrifiée au service de son confort. C'est qu'il a déjà un passé assez lourd. Pour survivre, très tôt, il a dû se louer aux hommes toujours friands ou affamés de chair fraîche. Aussi sait-il de loin repérer l'inverti. Aujourd'hui, leur complaire lui est un jeu d'enfant, au sens premier, il se joue d'eux et joue de leur corps comme un enfant, avec une fausse naïveté dont chacun se contente. Il n'ignore rien de l'ascendant que cette pratique lui donne sur ceux qui s'y soumettent. Il a appris à décoder les goûts érotiques de chacun et s'y plie avec une apparence d'innocence et presque de première fois. Atalante aime être sucé. Boltraffio aime enculer. D'Oggiono jouit de toutes les manières mais avec énergie… Salaï a déjà assez d'expérience pour savoir proposer à chacun ce qui va lui plaire. Aucune pratique ne le rebute, il s'agit de survie. De survie, pas de morale. Pubère très tôt, les mœurs des hommes entre eux lui ont permis, en les flattant, d'adoucir son quotidien misérable. Il a choisi de payer de sa personne, d'abord parce qu'il n'a jamais rien possédé d'autre, ensuite pour échapper à la toute-puissance de son père. Assurer sa tranquillité de la sorte a donné l'idée à son père de le louer à son profit. Il n'a que son corps comme monnaie d'échange et considère comme un luxe les bénéfices secondaires qu'il en tire. Au point de refuser à Léonard d'apprendre quoi que ce soit. Il n'en a nul besoin. Certes, il ne sait rien faire, mais sa pratique sensuelle lui suffit. Et là, on peut dire qu'il est bien tombé, tout un atelier d'invertis ! En usant de son sexe et surtout du leur, il les tient. Il les tient tous. Sauf Batista, définitivement amoureux des filles, et Luciana trop âgée pour avoir encore des mœurs.

Il a expérimenté avec certitude que si l'on fait aux hommes ce qui les fait éjaculer en ahanant très fort, non seulement on ne risque plus rien, mais en plus ils protègent qui leur donne tant de plaisir. Et se montrent reconnaissants de toutes les manières, à l'aide de mille petits cadeaux. Aucun n'ose divulguer ses pratiques avec lui. Tous redoutent le jugement de Léonard qui traite ce petit putain terriblement expérimenté comme un pur et innocent fils de prince. Aussi sont-ils particulièrement soucieux de garder leur secret.

L'arrivée de Léonard pendant que Zoroastre, les yeux clos, chavire dans la bouche de Salaï lui est d'ailleurs un choc et un terrible moment de vérité. Quand Zoroastre s'aperçoit de la présence de Léonard, celui-ci a déjà déguerpi. Horriblement confus. Il grimpe en courant dans les hauteurs des cintres, où sans doute se rendait Zoroastre avant… cette… scène…

Acrobate comme Atalante, Léonard avance sur la poutre à vingt-cinq mètres au-dessus du sol, il s'y couche pour tenter de fixer à l'étoile une autre corde. Las, il est encore trop loin pour manœuvrer. Chance, Zoroastre tout essoufflé l'y rejoint.

— Tu tombes bien, lâche Léonard sans aucune volonté de double sens. À vingt-cinq mètres au-dessus du sol, le sens de l'humour se raréfie. Je vais te tenir par la taille, et me servir de ta ceinture comme d'un harnais, tu pourras te pencher et faire le nœud.

Pour mieux s'assurer, Léonard s'assoit à califourchon sur la poutre, et en effet sa force herculéenne lui permet de tenir Zoroastre suspendu dans le vide par la ceinture, confiant et méticuleux, ce dernier arrime l'étoile. A-t-il seulement songé que Léonard pourrait le lâcher ? Non. La confiance entre eux est au-delà de tout.

Alors, doucement, ils font basculer l'étoile dans le vide en la retenant de toutes leurs forces jusqu'à ce qu'elle rejoigne le reste du décor cosmique, sans dégâts. Zoroastre jette un œil inquiet à Léonard. Rien, pas une ombre ne paraît sur ses traits, juste de grosses gouttes de sueur. Côte à côte, ils redescendent les cintres tels des conspirateurs. Sans un mot.

Quelque part, très loin de là, la fête continue, il y a encore beaucoup de travail. Léonard songera plus tard à ce qui vient de se passer, s'il parvient à chasser cette vision de sa mémoire. La fatigue aidant, il y parvient. Il espère l'avoir rêvée. La fête se poursuit trois longs jours et deux courtes nuits. C'est de la folie. L'ardeur, la fièvre, la passion qu'y ont mises Léonard et l'atelier le contraignent à ne plus penser à cette scène si gênante. Bizarrement, ce lui est aisé.

Depuis quelque temps, il se sent rajeuni, alimenté d'une énergie magnifique, nouvelle, qui transforme tout en merveille. Proche de l'état d'euphorie qui régnait dans sa jeunesse. Cette incroyable joie féroce qui l'animait à Florence jusqu'à la *tamburazione*. Oui, une resucée de jeunesse, de sa folle jeunesse, avant de devoir se réinventer, masqué et caparaçonné. Cette unique joie de vivre, cette folie de vivre, ce goût de tous les plaisirs et de tous les risques est revenu intact. Tout son être s'est remis en marche comme avant l'exil à Vinci, pour ses deux années de métamorphose. Sa puissance créatrice sans cesse en mouvement ne connaît pas de creux, il n'a jamais été si inventif ni si sûr de lui et de son art. Ni surtout aussi joyeux. Il court dix lièvres à la fois et en attrape onze ! Il est drôle, toujours aussi courtois mais de plus en plus insolent, ironique, enjoué et prêt à toutes les farces… Pas de doute, si la vie lui fait fête à ce point, ce n'est pas uniquement parce que son grand œuvre, ce cheval de tous ses rêves, avance à belle allure, et même, cette fois, sera prêt à l'heure. Non, c'est l'inverse si son cheval avance à si grand galop, si son humeur est constamment à la joie, c'est à la présence de ce voyou qu'il le doit. L'air alentour s'est terriblement érotisé depuis son arrivée. Une incroyable excitation, un fourmillement de désir qui n'est pas que de beauté, s'est emparée de l'atelier. Il serait aisé mais lâche et paresseux de mettre cette ambiance tellement riche sur le compte des mises en scène et des fêtes qui se succèdent. Tout cela joue, bien sûr, mais n'aurait pas suffi. Certes, Léonard adore fabriquer des spectacles. Mais d'évidence c'est à Salaï qu'il doit sa fabuleuse renaissance.

Ces trois jours de courses-poursuites pour assurer les effets les plus surnaturels et faire de la fête un foisonnement d'enchantements n'ont laissé de loisir à personne. Léonard n'a pas eu le temps de réfléchir à cette étrange scène qu'il a surprise. C'est souterrainement, plusieurs jours après avoir vu Salaï à genoux entre les cuisses de Zoroastre, que ces pensées commencent à affleurer sa conscience. Cette formidable atmosphère exaltée où se déroulent ses heures l'oblige à reconnaître le pouvoir de cet enfant sur lui.

Sur eux tous, peut-être.

Aucune raison qu'ayant pris cet ascendant sur lui, il ne l'exerce pas sur les autres de la *bottega*. De fait, tous sont atteints, Léonard a brièvement pensé « tous sont victimes », mais s'est repris. Ce n'est tout de même qu'un enfant, se répète-t-il *ad libitum*, pour se rassurer. Léonard a dû différer l'analyse de ses sentiments à l'après-fête. Et là, il tombe des nues, stupéfait. Il ne revient pas de ce qu'il ressent envers ce petit monstre qu'il a pris sous son aile. Il tient à lui au moins autant qu'il s'acharne à dissimuler ses forfaits. Pourtant, en dépit ou à cause de ce qu'il découvre de ses relations interlopes et même franchement perverses avec Astro, avec Atalante qui l'a reconnu sans barguigner, avec Boltraffio… enfin avec tous, cet enfant continue de l'inhiber, et même en tête à tête de le terroriser. Léonard a peur de Salaï, de ce qui chez ce « petit garçon » lui semble dénaturé, anormal.

Ce flair de survivant qui lui permet de mener sa vie selon ses codes, au mépris de toute loi, force son admiration. Et sa pitié. Il a dû beaucoup souffrir pour avoir développé pareilles techniques de survie. Son talent pour jouer tous ces rôles laisse Léonard pantois. Désarmé et pantois. L'enfant – oui, tout de même, c'est un enfant – a compris que pour garder Léonard comme protecteur inconditionnel, sorte de père nourricier, il lui fallait endosser la panoplie du pauvre orphelin et ne pas y mêler le sexe. Tant que Léonard est comblé de transmettre sa bonté et rien d'autre, ne gâchons rien, semble juger Salaï qui, du coup, fait attention à ne rien froisser.

Face aux autres, il a renoncé à son rôle d'enfant perdu. Pour garder le statut privilégié de qui n'œuvre pas, il a dû sans cesse payer, plaire, mordre, sucer, se laisser pénétrer et pénétrer à la demande. Ce qui ne lui coûte rien, proclame-t-il, fanfaron et dédaigneux de tous ceux à qui il donne du plaisir. Il en a l'air si certain que, peut-être, après tout, c'est vrai. Est-ce seulement possible ? En tout cas, ce manège sexuel lui permet de demeurer lui-même, c'est-à-dire mauvais, paresseux, glouton, menteur, tricheur, voleur… en toute impunité. Faire le putain lui permet de traiter par le mépris et même plus mal encore ceux qui recourent à ses « bienfaits ». Tant que Léonard ne s'en mêle pas, sa sécurité est assurée. Plus qu'à tout, il semble tenir à son confort.

Sauf qu'il ne s'écoule pas un mois avant qu'un nouveau forfait mette en péril la réputation de Léonard. Depuis qu'il a compris ce qu'il éprouve pour Salaï, il ne conçoit plus de sortir sans lui, à la fois parce que sa beauté l'enchante et parce qu'il a le sentiment de l'avoir mieux à l'œil en l'emmenant partout. Ça ne l'empêche pas de se livrer à ses vices préférés dans le dos de Léonard. Un jour, chez Cécilia qui tient le salon le plus brillant de Milan, Salaï s'est esquivé, d'abord pour s'empiffrer en cuisine, puis pour dérober la boîte à bijoux de son hôtesse, pendant qu'artistes, philosophes, poètes et magiciens rivalisaient d'esprit dans des joutes oratoires. Cécilia est à nouveau enceinte du duc, lequel vient d'en épouser une autre, ce qui signifie que Ludovic continue de l'honorer afin qu'elle ne se croie pas reléguée dans les combles.

Cécilia ne découvre le drame que le soir en ôtant les bijoux qu'elle portait. Disparue, la boîte à bijoux ! Elle s'alarme. Ils représentent une fortune et les seules traces de l'amour du duc. Qu'ils disparaissent est un mauvais présage. Elle prévient les autorités sans se douter un seul instant qu'en réalité elle s'en prend à Léonard. Les domestiques de Cécilia ont tôt fait de décrire aux argousins le chenapan fureteur. Et ceux-ci ne mettent pas une heure pour se rendre chez Léonard et faire avouer le petit voleur. Avouer ne suffit pas, le crime est d'importance, l'offensée est la maîtresse du duc de Milan, il faut au moins emprisonner le criminel.

Luciana, qui a beau ne pas porter l'enfant dans son cœur, sait ce qui est important pour son maître. Elle court le prévenir. De l'aube au couchant, Léonard vit arc-bouté sur son cheval, il n'a pas vu entrer ni sortir les agents emportant le petit voleur ligoté. Dès qu'il l'apprend, il est prêt à brûler son crédit pour le faire libérer. Forcer la porte du duc, mendier sa liberté, tout, il fera tout pour le ramener à la maison.

Par bonheur, il court assez vite pour rencontrer le détachement qui escorte Salaï en prison. Là, il déploie le bagout que la nature lui a donné, plus celui de son notaire de père, le sourire de sa mère et, oui, aussi, surtout sa bourse à partager entre les six hommes d'armes afin qu'ils ferment les yeux sur l'escamotage de leur suspect. Après tout, ils ont récupéré la boîte à bijoux de Cécilia intacte et complète. Léonard se fait fort d'affirmer que celle-ci ne maintient pas sa plainte. Il sort une seconde bourse et subtilise, dans un silence complice, son protégé.

Sauvé ! Il l'a encore sauvé, et lui-même se sent exaucé. Il le ramène à la maison en lui faisant jurer, bien sûr !, de ne plus jamais recommencer. Il l'oblige en outre à aller présenter des excuses à Cécilia. Et Salaï promet, s'engage, jure… tout ce que Léonard lui demande. Au fond, il s'en fiche, rien ne le touche, rien ne l'atteint. Léonard cette fois s'en rend compte. Vaguement blessé de nourrir pareil ingrat, de trembler pour un être aussi indifférent, de protéger qui le trahit avec autant de soin, il se demande comment obtenir de lui, sinon remords, du moins regrets et réparations.

C'est là que lui revient en mémoire cette scène soigneusement enfouie, de Zoroastre au comble de la colère se laissant séduire par son agresseur. Germe alors dans son esprit l'idée de lui faire rembourser ses péchés en payant de sa personne. Payer ses dettes, et si possible se faire pardonner. Puisqu'ils ont tous apparemment raison et qu'il ne comprend aucun autre langage, il va se comporter comme les autres membres de l'atelier.

— Cette fois encore, je t'ai sauvé. Et toi ? Qu'est-ce que tu fais pour moi ? Qu'est-ce que tu as jamais fait pour moi qui ne cesse de venir à ton secours, de te nourrir, de t'offrir de beaux costumes, que me donnes-tu en échange ? À l'heure qu'il est, tu me dois de ne pas croupir en prison, voire pire, alors ? J'attends.

Salaï comprend mieux ce langage qu'aucun autre. Au moins, les choses sont claires. Peut-être qu'ils seront quittes, ensuite. Il s'approche de Léonard, tendrement. Sensuellement, lui ôte ses vêtements et, pour ne pas affronter son regard ou plutôt pour que cet homme si généreux n'ait pas à affronter le sien et toute la malignité qu'il contient, il se place derrière lui. Sans la moindre préparation, ni baisers, ni caresses, ni même quelques travaux d'approche pour l'apprivoiser, subitement il le pénètre de toutes ses forces. Il va maintenir Léonard sous lui, debout, mais enfoncé entre ses reins au plus profond et le plus longtemps possible. Il va le faire jouir fort, si fort et si longtemps qu'à la fin Léonard demande grâce. Trop de plaisir peut être terriblement douloureux. Et affolant. Léonard n'y est plus accoutumé. Depuis sa longue liaison avec Ambrogio, ses joies érotiques sont plus utilitaires que sensuelles. Davantage de l'ordre de la décharge au fond des *Contado* que nimbées de ce plaisir lumineux qui consiste à jouir de qui l'on aime et à aimer qui vous fait jouir.

Parce que maintenant que tout est consommé, il ne peut plus se le cacher. Léonard aime Salaï, Léonard est épris de ce jeune garçon, très épris, Léonard est sous le charme, sous la coupe de ce démon. Il aime, il est amoureux et son impression est celle d'une première fois. Se peut-il qu'il n'ait jamais aimé comme cela auparavant ?

Salaï devient son préféré, son fou du roi, son fils, son amant… tout ce qu'il désire au monde. Cet animal étrange qu'il aime d'amour lui procure un plaisir de charretier, intense, violent, soudain et renouvelé. Il tient la vie de Léonard entre ses mains, son cœur, son cul. Il le sait ou le devine. Il a un sixième sens quant aux désirs des hommes. Il sent, il sait, il anticipe ce qui va leur plaire. Il pressent tout ce dont Léonard a envie, besoin, ce pour quoi il a du goût, de la curiosité, où s'épanouissent ses perversions. Comme tout le monde, il en a forcément, le travail de Salaï, sa fonction auprès de Léonard consiste à les réaliser. Aucune morale, aucun jugement, aucun frein ne le retient, il peut tout oser puisque c'est pour faire plaisir. Il peut tout dire puisqu'il ne sait rien et se contente de questionner les sentiments des autres. Ainsi met-il à jour la vérité. Toujours avec un tranchant qui dérange mais duquel on devient vite dépendant.

Il se met à l'écoute de Léonard pour l'exaucer avant même qu'il ait émis un désir. Il devance ses plaisirs et le satisfait plus et mieux que personne. Si Léonard n'a jamais été amoureux comme il l'est de Salaï, il n'a jamais été aussi bien compris. Léonard a trouvé son double, sa part d'ombre, son âme damnée. Il aime et se croit aimé. Il brûle et n'a jamais aussi bien travaillé. Il explose d'amour, de joie et de talent. Son cheval est fulgurant comme les baisers de Salaï. Et demain, la gloire… Incandescente comme la passion.

Chapitre 15

Résurrection de la mère
16 juillet 1493

Azul et Léonard traversent une grande forêt alpestre, sombre, presque opaque, pourvoyeuse d'une intense fraîcheur, ô combien bienvenue en ce début d'été torride, et pleine de bêtes sauvages, libres et joyeuses, pour elles aussi l'été est un cadeau.

À l'aube, il a sellé Azul pour s'élancer seul « chercher une dame », a-t-il annoncé à l'atelier ! À la *famiglia*, comme Batista nomme sa tribu. Il ne croit pas si bien dire. C'est précisément la famille qui vient le tirer par la manche. Au mois de mars est arrivée une lettre de Vinci. Vinci, ce bout du monde. Le plus lointain de l'enfance. Francesco, son cher oncle, lui annonçait le plus délicatement possible que sa mère, Catarina, était veuve, que son fils unique parti soldat était mort à la guerre, que ses filles, toutes mariées, vivaient au loin. Désormais seule au monde, comme personne ne pouvait se charger de son entretien, elle logeait à l'hospice de la Caritas. Dans la salle commune, s'y levait aux aurores pour travailler. À tout âge, pour le clergé, le pain est denrée à mériter. Compte tenu des échos jusque dans la Toscane la plus reculée de la grande réussite de Léonard, Francesco suggérait, oh ! délicatement, sur la pointe des pieds, qu'il pourrait peut-être lui faire tenir quelques subsides. « Bien sûr, ajoutait l'oncle, tu ne lui dois rien. Je sais mieux que quiconque à quel point tu as dû te fabriquer seul et sans l'aide d'aucun membre de ta famille. Mais Catarina, la pauvresse… il y a longtemps… C'est ta mère quand même. »

Sa mère quand même !

Cette nouvelle enflamme l'imagination de Léonard. Immédiatement, il la voit vieille, mourant de faim, de froid, de peine, de solitude au milieu d'inconnus, obligée de faire le ménage ou la soupe des autres pour mériter un toit et un peu de pain. À l'hospice, c'est bien connu, le clergé fait trimer les laïcs nécessiteux jusqu'à épuisement. L'idée de ces religieux qui tiennent auberge est d'en finir au plus tôt, au sens propre, afin de ne pas prolonger ces existences qui ne font plaisir à personne – sinon on ne les aurait pas abandonnées de la sorte – et laisser vite ces âmes retourner à Dieu…

Ainsi voilà sa mère redevenue servante, comme lorsque son père l'a rencontrée. Cette image chiffonne Léonard. Plus qu'il ne saurait dire. Qu'on traite sa mère ainsi lui déplaît souverainement. Même si, depuis près de vingt ans, il ne s'en est pas soucié, c'est sa mère quand même. Il a les moyens sinon de la sauver, en tout cas de lui assurer une fin de vie plus paisible. Alors, non. Il ne va pas laisser faire cet assassinat en douceur. Sans hésiter, il écrit à son oncle de tout prévoir pour la faire venir à Milan. Plutôt que la laisser où elle est, où elle ne possède plus rien – ses dernières filles ont vendu la maison sans la consulter pour s'établir au loin, apprend-il en outre de son oncle –, il décide de la prendre avec lui.

Sans doute, la femme qu'elle est, la femme qu'elle a toujours été ne lui plaît pas. Sans doute n'a-t-il pas, n'a-t-il jamais eu grand-chose en partage avec elle. Il ne l'aurait pas choisie pour mère mais quand même. L'idée

« d'abréger ses souffrances », ainsi qu'on appelle le traitement que le couvent lui réserve, lui est insupportable. Dans sa lettre, Francesco précisait : « Tout ça doit te sembler bien loin mais c'est souvent le cas avec les origines… », et ce mot, « origines », a parlé à autre chose qu'à son cerveau. Bien sûr, Léonard aurait pu envoyer de l'argent pour soulager ses dernières années, mais sa solitude n'aurait pas été moins grande. Alors, il a décidé de faire venir chez lui cette femme qu'il ne connaît pas, qu'il n'est pas sûr de reconnaître, cette femme avec qui il n'a pas souvenir d'avoir jamais vécu. Folie ? Vont-ils arriver à se retrouver dans les yeux l'un de l'autre, à renouer cette intimité rare contre le reste du monde qu'il avait découverte à Vinci près de vingt ans auparavant ? Peut-être. C'est cette phrase qui a tout déclenché : « misérable servante, trop vieille pour servir encore ». Alors, sans se soucier de rien d'autre ni de personne, il s'organise pour l'installer chez lui à Milan, au Corte Vecchia. Un messager avertit sa mère de ses intentions, et il charge Francesco de louer une voiture pour la faire chercher à l'hospice avec toutes ses affaires – son peu d'affaires : sa vie entière tient dans un baluchon –, de régler les formalités de son départ de Toscane pour la Lombardie et de ses haltes dans les différentes auberges entre ces deux régions. Léonard a pensé à tout, y compris à lui faire confectionner une garde-robe de rechange, afin qu'elle n'entre pas dans Milan sous ses allures probables de pauvresse. À aucun moment, il ne s'est demandé ce qu'elle en pensait ni si elle pouvait craindre ce voyage, redouter pareil dépaysement, un si grand déménagement, à son âge. Non. Il a agi, veut-il croire, par pur réflexe de sauvegarde. À froid, pense-t-il. C'est pour lui la réaction la plus conforme à ses règles sacrées : ne jamais laisser les siens sur le bas-côté. N'a-t-il pas, à Florence, encore très jeune, engagé tout son crédit et son reste de bonne réputation pour sauver de l'infamie le petit Paolo, apprenti en son atelier, qui s'était réfugié à Bologne pour survivre au crime de sodomie ? Sans le moindre état d'âme ni aucune peur du jugement moral ou mondain, il a volé à son secours. Pareil pour cette vieille femme sans ressources dont il est issu. Cet être des « origines », comme lui a écrit son oncle. À l'origine de quoi, exactement ?...

En chevauchant à sa rencontre, il songe enfin qu'il ne lui a pas demandé son avis. Et qu'elle s'est laissé faire sans rien exprimer. Comme toujours, subir sans jamais revendiquer. Après quatre jours de route, elle arrive ce soir. Ce soir !

Léonard a loué deux chambres au relais de poste, à quelques kilomètres de Milan, afin de l'y accueillir, de passer du temps avec elle et de lui expliquer la situation avant de la conduire à l'atelier. Il espère lui faire entendre en douceur et la vie qu'il mène à Milan et celle qu'elle y mènera elle-même, et les raisons pour lesquelles elle ne doit pas apparaître comme sa mère. Il est inquiet. Acceptera-t-elle de garder leur parenté secrète, de ne pas révéler leur lien ? Oh ! il ira jusqu'à parente éloignée mais jamais il ne la présentera comme sa mère. Il ne peut se permettre de laisser la moindre ouverture sur sa vie privée. Ne jamais donner prise. Personne ne doit savoir qui elle est, d'où elle vient et donc d'où, lui, il vient. Il lui présentera cette mesure de précaution comme le bien de sa carrière.

Elle ne va plus tarder, maintenant. Mais qui va descendre de cette voiture de louage ? La reconnaîtra-t-il seulement ? Et elle, le reconnaîtra-t-elle ? Acceptera-t-elle de porter les vêtements élégants qu'il a pris soin de lui choisir et de lui apporter pour son entrée à Milan ? Il a passé un temps fou avec la couturière à qui il les a commandés. Il a dû déterminer quelle idée il se faisait d'une mère idéale en général, et de la sienne en particulier. Ce ne fut pas aisé. Au mot mère, le visage d'une jeune femme oscillait entre celui de Catarina quand il était petit et celui de la première épouse de son père, morte très jeune, qui lui fut une seconde mère les premières années de sa vie. Jeune, très jeune, terriblement fragile, mortelle. Souriante, mais plutôt vêtue en madone qu'en paysanne ou en marchande. N'est-ce pas ce visage composé de ses premiers souvenirs qu'il prête toujours à ses madones imaginées ?

Lui qui a tant de talent pour costumer princes et princesses, il a peiné sur les costumes de la vieille dame. Il se rappelait la dernière fois qu'il l'avait vue, il en a conservé le sentiment d'un manque de soin, sans doute associé à la maison. Il redoute vraiment la première confrontation. Désormais imminente.

Il a obéi à un principe de charité, se répète-t-il, il ne la fait pas venir pour avoir une mère à aimer, ni à serrer dans ses bras. Mais…

Non. Ce n'est pas son genre d'avoir une mère ! Mais…

La voiture arrive.

Catarina y est seule. Ainsi l'a voulu son fils. Tout le confort pour ce grand voyage.

Une très vieille dame à la coiffe bleue assortie à ses yeux, toute décharnée, en sort. Flottant dans ses vêtements de voyage vieux, élimés, informes. C'est elle. Forcément. Il n'y a personne d'autre. Ainsi Léonard peut-il croire tranquillement qu'il l'aurait reconnue. Il lui tend le bras pour l'aider à descendre. Face à lui, proche à l'étreindre, une femme très frêle, beaucoup plus petite que dans son souvenir. Elle a alors ce geste incroyable. Sans cesser de le regarder droit dans les yeux, elle lui baise la main. Comme on fait pour un évêque. Avec une solennité étonnante. Alors, à son tour, il se plie en deux pour parvenir à en faire autant ; il est tellement plus grand qu'elle. Quand, enfin, son visage arrive à la hauteur de ses yeux, elle lui décoche cet incroyable sourire qu'il reconnaît là, avec certitude. Et émotion. Oui, il est ému. Ils ont tout de suite des relations très cérémonieuses. La timidité de la mère se transmet au fils comme une contagion et l'inhibe lui aussi. Le silence les enveloppe dans une intimité respectueuse.

Il l'installe pour la soirée et la nuit à l'auberge. Il lui propose de se changer, de se rafraîchir, de faire une petite sieste avant le souper. Catarina préfère aller se dégourdir les jambes dans cette nature inconnue qu'elle a beaucoup admirée de la fenêtre de la voiture.

— Depuis quatre jours que je suis sur les routes, je n'ai pas assez respiré, dit-elle.

— Veux-tu mon bras ?

— Avec plaisir, mais seulement si, toi aussi, tu as envie d'aller respirer dans ce sous-bois.

Le grand air les soulage l'un et l'autre. Là, il est plus naturel de se taire. Tout est plus aisé, au-dehors, en marchant. Parler, se taire ? Léonard commence doucement à expliquer sa vie, son travail, ses obligations envers la cour. Des membres de l'atelier, des clients, des élèves… et comme ça compliquerait sa vie si elle apparaissait soudain. Après n'avoir jamais eu de mère, en avoir une à demeure lui semble un trop violent contraste. Alors il a loué une petite maison, près du Corte Vecchia, dans la même ruelle, pour l'y installer. Elle prendra bien sûr tous ses repas à l'atelier.

— … J'ai une cuisinière florentine, tu ne seras pas dépaysée, Luciana elle s'appelle, et avec Batista, elle prendra soin de toi. Tu n'auras rien d'autre à faire que ce qui te fait plaisir. Caresser les chats, les chiens, il y a même une mangouste. Tu vas enfin pouvoir te laisser vivre douillettement, c'est bien ton tour…

Elle acquiesce à tout. Léonard en vient à se demander si elle est d'accord avec ce que son fils lui propose ou tellement accoutumée à la soumission qu'elle ne songe pas à émettre un avis différent. Depuis son plus jeune âge, elle vit sous la loi du plus fort. Du plus riche. Ce que Léonard est aujourd'hui pour elle. De toute façon, il comprend vite que ses craintes d'avoir à rougir d'elle étaient infondées : elle se tient naturellement en retrait. Elle est l'incarnation du retrait. En plus, c'est une taiseuse. Elle ne risque pas de le trahir. Intimidée par ce fils inconnu et magnifique, respectueuse par éducation et par expérience, la vie l'a faite humble, elle redoute seulement de lui déplaire.

Son seul aveu sera pour lui demander timidement si elle parviendra à être à la hauteur de la situation. Définitivement rassuré par cette interrogation, Léonard sourit, lui sourit, enfin. Et la prend dans ses bras, si fragile, petite femme de labeur et de peine. Grande pourtant à l'origine. La vie et l'âge se sont chargés de la rapetisser. Pour la réconforter, il répète sa phrase : peur de n'être pas à la hauteur. Vraiment ? Il s'interrompt, surpris lui-même de ce qu'il éprouve là. Lui sourit à nouveau et lui baise la main.

— Voilà donc la preuve la plus certaine que tu es toujours ma mère et que je suis vraiment ton fils, en dépit du temps et de l'espace qui nous ont séparés. Cette phrase que tu viens de dire, peur de n'être pas à la hauteur, ce qu'elle exprime, c'est le sentiment le plus fréquent que je ressens, que j'ai ressenti toute ma vie. À croire qu'il s'y mêle de l'atavisme.

— Peut-être, murmure-t-elle dans un sourire plein de gêne.

La timidité profonde de Catarina rend Léonard d'autant plus farouche. Intimidé autant par la dignité de sa mère que par la situation. Dans cette auberge en lisière du *Contado*, au souper, elle picore. Encore plus oiseau que son fils ! Une longue conversation s'engage, ponctuée de force silences complices et apaisés. Mère et fils devaient autant redouter l'un que l'autre ces retrouvailles. Ils ne sont pas déçus. Il lui donne les beaux habits qu'il a spécialement conçus pour elle. Pour faire son entrée demain au milieu des siens. Il l'entend murmurer parce qu'il a l'oreille fine :

— Fallait pas, mon petit, toute cette peine pour moi. Vraiment, fallait pas…

— Si, répond-il soudain fier et solennel. Si. Tu m'as donné la vie. Et je l'aime, la vie, beaucoup, si tu savais… Maintenant c'est mon tour de prendre soin de la tienne. Simplement, personne n'a à savoir que tu es ma mère. Je l'ai moi-même peu su, j'ai si peu vécu avec toi dans ma vie… Mais de ce peu, je n'ai rien oublié et ne serai jamais ingrat. Seulement, cela doit rester notre secret.

— Comme ça ! dit-elle avec une lueur de coquetterie… oui, vraiment, de coquetterie dans les yeux.

— Comme quoi ? demande Léonard, interloqué par ce frisson de jeunesse sur ce visage fané.

Elle lui montre alors en ouvrant le poing, niché au creux de sa main, la minuscule bague ciselée par lui il y a si longtemps déjà. Il la reconnaît. C'était son premier travail personnel. Il se rappelle la joie et la tendresse infinies qu'il avait trouvées à la lui offrir. Il n'a plus jamais connu la même sensation. Faire, créer, exclusivement pour faire plaisir. Ça le renvoie au Léonard d'avant. Il n'a plus jamais revu cette bague, n'y a plus jamais pensé. Et en plus, elle l'a conservée, elle lui a fait traverser le temps. Toute une vie. C'est pourtant un petit bijou sans valeur, un simple exercice d'orfèvrerie pour débutant. Léonard est très ému. Voilà qui scelle leurs retrouvailles et un pacte – leur secret, comme elle dit. Léonard pense que sa mère est tissée de la même étoffe que lui quant au silence et à la dissimulation. Fugitivement, l'idée lui vient que ce serait plutôt l'inverse. Que c'est lui qui tient d'elle. Mais aujourd'hui, c'est lui le maître. Lui qui décide du secret. Maintenant, il est certain qu'elle ne le trahira pas. Il peut la mener chez lui tête haute et la présenter comme une lointaine parente désargentée. Il n'aura pas à en rougir. Le lendemain, en l'escortant à Milan, elle au chaud dans la voiture de louage, lui sur Azul, chevauchant au même rythme, il se dit que certes il ne l'aurait pas choisie pour mère mais qu'elle est bien émouvante, toute roide dans sa dignité fanée. Sa mère quand même.

À l'atelier, Boltraffio, d'Oggiono, Batista et Luciana sont à l'ouvrage. Pas Salaï ? Non, bien sûr. Sitôt que Léonard a le dos tourné, il s'escamote et disparaît comme s'il n'avait jamais vécu ici. Personne ne sait où il a pu aller. Ou personne ne veut le savoir. Et dire que Léonard avait l'impression que leurs relations étaient en train de se stabiliser... L'angoisse toujours rôde. Les autres membres de la tribu sont occupés ailleurs.

Léonard regarde sa mère entrer, humble et polie avec chacun. Pas du tout encombrante. Oui, il a eu raison de la faire venir. D'ailleurs, pas un instant elle ne le lui a reproché. Luciana se charge de son installation. Il a toute confiance en elle.

Léonard a perdu deux journées de travail. Il repart au plus vite à son grand cheval... C'est la dernière chevauchée avant la fin. Il n'a presque plus de loisirs. Il a même dû interrompre ses recherches, abandonner ses longues équipées à travers les forêts lombardes à la recherche de fossiles et l'étude du vol des oiseaux. Obsédé par sa statue, il lui aliène toutes ses heures, toutes ses pensées. Ou presque. Salaï et sa mère se partagent ses maigres heures de liberté. Mû par son fol instinct, Salaï reparaît le soir même.

Le grand cheval en est aux finitions. C'est bientôt l'heure du dévoilement. Il est fou d'excitation, sûr d'être au faîte de son art. Et certain d'être en train d'innover. Il croit, il espère s'être hissé en des sommets jamais atteints. Il va faire revenir Astro qui gagne sa vie en jouant au magicien quelque part en Vénétie. Ce grand forgeron coordonnera les travaux de fonte. Au préalable, le duché rassemble tout le bronze disponible pour couler la « bête ». Et alors ! Alors... Il sera définitivement le grand Léonard !

Luciana, la Florentine, seule femme et seule femme âgée de la *bottega* Vinci, a pris Catarina sous son aile. Ensemble, elles retrouvent d'anciennes recettes de cuisine toscane qui réjouissent le palais de Léonard. L'amour que tous ici portent à son enfant réchauffe le cœur de la vieille dame fatiguée. Ainsi donc, son fils est admiré, célébré, adoré !

Personne ne sait ni d'ailleurs ne cherche à savoir qui elle est. Elle s'est inscrite si humblement dans le quotidien de l'atelier que le titre de « parente éloignée et dans le besoin » a suffi à contenter toutes les curiosités. Sauf peut-être celle de Salaï. Il sait que Léonard lui assure le vivre et le couvert, lui fait fabriquer des vêtements chauds en prévision du rude hiver lombard, donc elle va rester. Mais pourquoi ? Après tout, Salaï aussi est entretenu par le maître, et ils ne sont pas parents. Alors, pourquoi pas elle ?

Personne n'a de motif de suspecter la générosité de Léonard, tant d'aides, d'apprentis, d'élèves, d'amis, de simples passants parfois en bénéficient. On sait qu'Atalante et Zoroastre ont toujours été plus ou moins entretenus par leur ami, habillés généreusement, sans lésiner. Léonard choisit ce qu'il y a de plus cher pour lui comme pour les siens. Chaque fois qu'ils sont sans toit ou sans le sou, Léonard les accueille. Sans parler de ce diable de Salaï. Mais lui, c'est un abus permanent. Il a d'ailleurs la finesse, l'intelligence ou l'instinct de survie plus affiné que jamais de ne pas trouver à redire à l'arrivée de la nouvelle pensionnaire, et même, les semaines passant, de trouver Catarina « formidable… typiquement une mère comme j'en aurais rêvé. Tellement le contraire de la mienne ».

Rien ne fera davantage pour l'amour que Léonard voue à cet angelot diabolique que de le voir effectivement manger dans la main de la vieille dame. Le seul être au monde devant qui Léonard le voit plier. Et c'est la première fois. À l'atelier, on est tellement étonné de sa conduite sinon soumise du moins très douce envers Catarina que personne n'ose commenter.

Certes, en présence de Catarina, Léonard est très respectueux, mais il l'est toujours et avec tout le monde. Là, sans doute davantage qu'à l'ordinaire. C'est imperceptible, mais il est réellement plus cérémonieux en sa présence. Il la traite aussi grandement que possible. Que ce fils bâtard, qu'on lui a fait de force puis repris de même, qu'elle a à peine connu, si peu élevé, pas vu depuis des lustres, soit son unique recours contre la misère, sans qu'elle ait eu le choix d'accepter ou de refuser, sans qu'il ait songé à le lui proposer, tout ceci, avec le temps, bouleverse de plus en plus Léonard. Sans doute elle aussi, mais habituée à ne jamais rien laisser paraître, à peine son fils discerne-t-il son trouble.

La fierté de Catarina intimide Léonard. Là, vraiment, il se sent son fils. Elle seule mesure le chemin parcouru par le petit enfant sauvage aux genoux couturés de ronces. Qui n'allait pas dans les écoles parce qu'il préférait apprendre le chant des oiseaux. Les oiseaux, déjà… C'est en allant pour la première fois visiter l'atelier du grand cheval qu'elle lui murmure :

— Tu es aujourd'hui un monsieur beaucoup plus important que ton père. Et pas grâce à lui, m'a dit Francesco. Je sais bien qu'aucun Vinci ne t'a transmis ça, il a fallu que tu l'inventes. Je sais.

Puis elle se tait. Elle a toujours peur d'en avoir trop dit. Elle se tait aussi parce qu'ils sont tous deux figés devant l'œuvre de son fils, elle ne sait que dire mais ce qu'elle ressent est si fort qu'elle resserre l'étreinte de sa main sur le bras de Léonard. Avec une force… Si c'est celle de son émoi, il est d'une belle qualité.

En retour, Léonard l'étreint, toujours de bras à bras, ils évitent spontanément le face-à-face. Ils s'étreignent de profil en admirant le grand cheval. C'est un moment d'une rare intensité pour Léonard. Et qu'on ne vienne plus jamais lui dire que les gens du peuple n'ont pas assez de sensibilité pour comprendre la beauté de l'art. Elle vient de lui administrer la preuve du contraire.

Elle se laisse aller à dire ce qu'elle ressent rien qu'à sa façon de le questionner.

— Comment as-tu fait pour monter cet échafaudage ? Il a au moins la taille des maisons des *Grandi* à Florence… Vous vous mettez à combien pour ça ? Et les pattes du cheval, comment tiennent-elles en équilibre ? Et c'est quoi ce grillage partout, tu vas le laisser ou l'ôter ? Et ce plâtre, c'est définitif, explique… C'est tellement grand, j'ai peur de ne pas tout voir… Comme c'est beau !

Et Léonard d'expliquer avec patience, pédagogie, tant de plaisir… Et ? oui… Le bonheur est au rendez-vous.

Zoroastre a trouvé comment et où fondre son chef-d'œuvre. Tout le bronze nécessaire est acheminé vers Milan. Léonard et Astro achèvent les moules pour couler le cheval grandeur nature, moins la queue, et couché sur le côté. On entreprend la construction des fours. Tout se conjugue. Le calcul de la masse de métal nécessaire à la fonte prend des semaines, mais ça y est, une solution est trouvée. On le fait savoir au prince qui préside aux finances. Tout Milan est informé. Léonard ne risque plus d'être la risée publique comme la première fois. Et ce 20 décembre 1493, c'est la fête. Tout est réglé, Léonard a rempli sa mission. Il était temps, il n'en pouvait plus de ne penser qu'à ça. Le grand cheval est prêt à être coulé. À l'occasion du mariage de la nièce de Ludovic le More avec l'empereur Maximilien a lieu la présentation du modèle d'argile avant la fonte. Son plâtre a la forme et la taille exactes du même en bronze. L'admiration est générale. On n'a jamais rien vu d'aussi haut. Même dans l'Antiquité, paraît-il. Rien de plus beau, c'est certain, rien de plus équilibré et de plus imposant à la fois, de plus lourd et de plus aérien… Le monde devra s'agenouiller devant ce cheval !

Et dans trois semaines, une fusion gigantesque, inédite, incroyable… Du jamais vu.

Chapitre 16

« *De mi se mai, fu fatta alcuna cosa* [1] ? »
1495

Quel étonnement ! Non seulement la cohabitation avec Catarina se passe bien mais « ne dirait-on pas, demande Astro à Léonard, qu'elle met de l'huile dans les rouages ? ». Rouages que le petit brigand a rudement mis à mal !

Oui, bien sûr, reconnaît Léonard évasivement. Sinon, il lui faudrait descendre dans les abysses de ses sentiments envers Catarina. Et il en a peur.

On pourrait pourtant dire et même penser que l'armure se fendille doucement malgré lui, sous l'effet de cette présence si facile, si respectueuse. Il lui plaît surtout que jamais, à aucun moment, sous aucun prétexte, elle ne le remercie de ce qu'il fait pour elle. Elle a juste dit à mi-voix « il ne fallait pas… toute cette peine… », le premier jour. Puis s'est tue. Puisque c'est ainsi, c'est bien ainsi. Après tout, elle est là parce qu'elle l'a bien voulu. Parce qu'il le veut aussi. Jamais elle ne s'apitoie. Sur rien. Ni passé, ni avenir, ni ne s'exclame sur le présent. Elle ne commente pas la vie courante comme Léonard croyait que faisaient toutes les femmes.

1. « A-t-on jamais fini quoi que ce soit, je vous le demande ? » Léonard de Vinci.

Trop terrienne pour la pitié, elle prend ce qui arrive comme le choix du destin. En plus, elle sait voir. Elle a la vue bonne et sûre. Elle reconnaît la beauté, la justesse et l'injustice, la délicatesse et surtout son contraire. Mais comme pour l'absence d'apitoiement, elle ne fait jamais l'ombre d'un commentaire. Elle parle d'ailleurs si peu que ce qui tombe de sa bouche paraît toujours important et utile. Jamais futile, comme là encore Léonard s'imaginait que faisait sans cesse le sexe féminin.

Il lui ménage quelques nouveaux plaisirs. Il souhaite l'amener avec lui à la cour, quand on l'honore, lui, son fils. Est-ce que ça lui plairait ou la gênerait davantage ?

— Oui, dit-elle, ça me plairait, mais savoir qu'on t'admire me suffit. Ne te crois pas obligé…

Elle s'interrompt. Après tout, elle n'est là que par sa volonté, elle va continuer à se laisser faire, jamais de toute sa vie on ne l'a si bien traitée.

— Et si c'était moi qui étais fier de te montrer comme on me traite ?

Sans jamais rien accepter explicitement, elle ne refuse rien. Légère, elle ne pèse pas. Au propre comme au figuré. Depuis qu'elle est arrivée, elle ne s'est pas remplumée, Léonard qui a d'abord mis sa maigreur sur le dos de l'avarice des couvents découvre qu'elle ne parvient qu'à picorer. Comme si l'habitude des privations l'avait accoutumée à l'économie. Là encore, il se sent terriblement son fils, lui qui mange le moins possible et refuse systématiquement toute gourmandise.

— Alors ?

— C'est d'accord.

Il va donc la mener au bal. Il lui fait faire les plus beaux habits qu'elle ait jamais portés, même dans ses rêves de petite fille. Un beau velours du bleu de ses yeux, un damas d'un bleu plus soutenu près du visage. Elle les accepte avec une certaine confusion mêlée d'une vraie joie enfantine, qu'elle peine à dissimuler. Elle accepte tout avec plaisir, sauf le manteau.

— Il est d'hermine, je ne peux pas porter cela.

— Mais tout le monde en a, ici. L'hermine est l'emblème national du duc.

— Oui, mais ce sont des bêtes mortes… Pardon, mon petit, mais je ne peux pas me réchauffer de leur peau, alors qu'on les a tuées exprès. Je les aime trop vivantes. Et je ne suis pas milanaise.

— Maintenant qu'il est là, ce manteau, tu peux bien le mettre. Le refuser ne rendra pas la vie aux bêtes, et l'hiver est glacial à Milan.

— Non. Merci, mon petit. Ce n'est pas pour moi personnellement qu'on les a tuées, mais elles sont tout de même mortes pour notre confort. Et ça, vois-tu, ça me déplaît. J'ai beaucoup servi, j'ai toujours été soumise aux autres, mais jamais je n'ai agi contre la vie, fût-elle animale. Tant pis si on me juge, et même si toi tu me juges ridicule, sentimentale ou trop sensible. À mon âge, on ne me refera pas.

— Très bien, s'incline son fils respectueux de pareille conviction émise avec tant de fermeté.

Léonard sait désormais d'où lui vient sa passion profonde pour toutes les bêtes de la création et son incapacité, physiologique pensait-il jusque-là, de manger de la viande. Aussi sa mère, pour se rendre au bal, revêt-elle l'immense cape de laine rouge de son fils. On dirait une princesse vieillie dans un palais oublié.

Le Corte Vecchia manque de lustre, c'est pourquoi on l'a donné à un peintre pour y nicher les siens et s'en servir d'atelier. Mais c'est quand même un ancien palais ducal.

— Tu fais tant d'efforts pour moi.

— C'est pour le plaisir d'assister au bal de la cour avec ma mère secrète. Ma joie, c'est que tu voies de tes yeux comme on me considère et qui est aujourd'hui ton fils.

— Je sais que mon fils est quelqu'un de bien et ça me suffit pour mourir comblée.

Il a loué une voiture pour parcourir les quelque cinq cents mètres qui les séparent du palais. Il a compris à quel point elle était faible et peinait à marcher. Elle qui, à son arrivée il y a moins de six mois, arpentait les sentiers forestiers d'un pas de jeune fille gourmande et avide de ramasser des baies sauvages. Elle s'est donc beaucoup affaiblie pendant ces derniers mois près de son fils, et il n'a rien remarqué ! Alors, soudain, Léonard s'inquiète. Et si, à ses côtés, elle dépérissait…

Au bal, elle n'a d'yeux que pour lui. Qui en bon fils revient régulièrement s'enquérir de son confort, si son fauteuil lui convient, si elle ne manque ni des mets les plus fins ni de boissons rafraîchissantes ou enivrantes… Très soucieux subitement de sa santé, de son bien-être, de tout d'elle. Elle le suit des yeux sans arrêt. Seul Salaï le remarque. D'ailleurs, se sentant lui aussi constamment sous le regard de Catarina, il ne s'est exceptionnellement pas mal tenu, n'a rien chapardé, n'a insulté personne. Il est gentiment resté assis près de la vieille dame. Toute cette tendresse qui ne dit pas son nom commence à écœurer Léonard. Il n'y est pas accoutumé et a pour principe depuis toujours, ou du moins depuis sa métamorphose à Vinci, de s'en défier comme de la peste.

Grâce au succès du grand cheval, les commandes affluent, et il se doit à ses commanditaires. Malheureusement, on ne lui commande que des œuvres peintes. Or peindre aujourd'hui, vraiment, c'est ce qu'il redoute le plus. Ce n'est pas qu'il n'aime pas peindre, c'est qu'il a peur de ne pas parvenir à exprimer ce qu'il croit devoir dire, et du coup de ne pouvoir achever. Le temps passant, ce qu'il apprécie plus que tout ce sont les préparatifs, les recherches, le travail à faire avant de peindre. Sitôt qu'il est sur le motif, il ne cherche qu'à s'évader, il n'a jamais fini ses recherches, sa quête de connaissances est un abîme. Sa plus grande griserie. Finalement, c'est « être en train de peindre » qu'il n'aime plus. Avant, après, ça va.

La présence de sa mère affaiblie aidant, il décide que, pour préparer ses prochains panneaux, il lui est indispensable de reprendre l'étude de l'anatomie abandonnée depuis Florence. Il se fait ouvrir l'hôpital des Innocents. Les Sforza et leur cour n'y voient pas tant de mal que la cité médicéenne où il devait un peu se cacher pour opérer des dissections. Où on l'en aurait blâmé si on l'avait su. Le duc exerce ici le pouvoir absolu, ses décisions sont des ordres. S'il ne trouve rien à y redire, c'est qu'il n'y a rien à y redire. S'il autorise Léonard à disséquer des cadavres humains, c'est qu'ainsi il fait avancer la science. Même l'Église l'admet. À voix haute en tout cas. Léonard dissèque exclusivement des cadavres de femmes mortes en couches, des sexes de femmes, de jeunes filles... Il cherche à comprendre d'où il vient et comment se fabrique, au chaud des matrices, le genre humain. Comme une fatalité.

Ainsi pense-t-il tenir ses sentiments à distance. La certitude que la reproduction de l'espèce n'est pas une affaire d'amour, d'affects, d'attirance, mais de mécanique pure et simple. Et si belle, juge-t-il en approchant davantage. C'est comme la génération, ça n'a rien de sentimental. Ce n'est que de la technique. Cette histoire des origines le travaille terriblement. Il dissèque toujours plus vite, toujours plus précisément. Par chance les femmes meurent beaucoup en couches. Il cherche à juguler l'émotion incontrôlée qu'a déclenchée la présence de sa mère. Comment mieux la contenir qu'en dédramatisant ce qui constitue la maternité ? Il croit ainsi mettre un bâillon sur l'émotion.

Maintenant que le grand cheval d'argile est prêt et attend d'être fondu, Léonard étudie passionnément le dedans du corps des femmes, pour quelques commandes privées, prétexte-t-il. Qui n'ont à voir ni de près ni de loin avec des femmes nues, des sexes de femmes ou leurs anatomies écorchées. Ce sont des madones qu'on lui a commandées !

C'est alors qu'en ce début de printemps milanais si glorieux, si fleuri, beaucoup plus tardif qu'à Florence, sa mère se trouve mal. Elle choit comme une pauvresse en pleine rue. Lui qui commençait à oser prendre plaisir à sa présence calme et silencieuse mais jamais indifférente. Elle qui allait peut-être dire quelques mots sur sa vie... À la fin de l'hiver, il y a souvent de très belles journées. Pressentant le printemps, on s'y croit, on se découvre, on a tellement envie de retourner vivre au-dehors. À peine achevées, ces heures tièdes sont suivies des dernières gelées blanches. C'est là que Catarina a pris froid. Chaque soir après la veillée, elle regagne sa chambre dans la maison voisine. Et chaque matin, très tôt – l'habitude de servir –, elle fait le chemin inverse. C'est là, c'est sûr. Souvent il gèle encore.

Léonard ne songe plus à la raccompagner chez elle. C'était pourtant un rituel bien installé entre eux depuis son arrivée. Ils sortaient tous deux, non, tous trois, jamais sans un chien, le corbeau ou Marcello, et Léonard la raccompagnait jusque dans sa chambre. Ils se ménageaient ainsi chaque soir un tête-à-tête. Mais Catarina n'en a plus la force. Elle doit s'aliter. Chez lui. Il fait calfeutrer sa propre chambre, à la fois la plus lumineuse, la plus haute de plafond et la mieux chauffée de tout le Corte Vecchia. Le plus longtemps possible, elle refuse d'y coucher et se tasse dans la salle commune de l'atelier, sur un vieux divan défraîchi, avec les chats et Marcello, le singe câlin qui, lui, l'a tout de suite identifiée. Léonard persiste cependant à faire aménager sa chambre pour l'y accueillir, installe près du lit un gros fauteuil pour s'y tenir, lui. Un jour. Bientôt. Hélas, ce temps vient vite où elle n'a plus la force de résister et besoin d'être soignée, servie et isolée des autres. Alors, il prend place dans le fauteuil pour assurer les gardes de nuit. Il ne veut pas la laisser seule, elle l'a été toute sa vie. Pas sa mort. S'il doit aller travailler, Luciana, Batista et même Salaï prennent le relais et se succèdent en tours de garde. Mais la nuit, non. La nuit est à eux seuls. La nuit, elle redevient sa mère secrète. À la mi-mai, il comprend qu'elle ne se relèvera pas. Elle continue de faiblir, elle hésite tellement face à chaque geste de son fils, elle a si peur de déranger. Batista la rassérène :

— C'est sa nature. Il ne peut s'empêcher de sauver un petit chat dans une poubelle s'il l'y trouve. Lequel chaton, dès le lendemain, dort dans son lit. Le petit diable, Salaï, il l'a sauvé de la cruauté de son père tout pareil qu'un chaton, je l'ai vu, j'y étais. Et tout de suite, je l'ai aimé pour cela. C'est sa nature, il ne peut faire autrement. Ne lui refusez pas la joie de vous soigner. Ni sa chambre ni son lit, ce serait pour lui pire qu'un affront.

Quand elle condescent à se laisser soigner dans le lit de Léonard, finalement c'est mauvais signe. Elle se couche pour mourir. Elle sait que la fin approche. Si la vie ne lui a pas toujours été souriante, la fin est heureuse. Elle a en permanence ce sourire incroyable peint sur les lèvres, dans les yeux, ce sourire indéfinissable que Léonard s'efforce de reproduire depuis des années, qu'il n'est jamais vraiment parvenu à saisir et qu'il va observer là jusqu'à la fin.

Un jour, elle accepte que son fils s'installe à ses côtés dans le fauteuil et la veille sans trêve, ce vieil enfant de quarante-deux ans aujourd'hui, qui jadis mit brutalement fin à sa jeunesse.

Peu à peu, Léonard cesse ses activités pour se consacrer à Catarina. Les apprentis, les aides, les élèves n'ont qu'à faire tourner la *bottega*, il est requis ailleurs, totalement requis. Non, il conserve quelques sorties nocturnes organisées par le petit Salaï, afin de rencontrer des *garzoni* et d'en jouir vite, le plus vite possible, pour retourner plus vite encore au chevet de sa mère. De cela il ne peut se passer, c'est ce qui lui permet de tenir son rythme. Il a cessé toute dissection. Plus aucun moment de liberté, elle s'affaiblit trop vite. Il ne doit plus s'absenter. Les dernières semaines, il n'ose plus bouger. Même pour ses orgies nocturnes, quoiqu'il lui soit plus difficile de supporter la maladie en restant chaste.

Plus elle diminue, moins elle lui semble femme. Ce n'est plus le sens de la génération qu'elle détient mais celui de la vie même. Et très vite celui du passage de la présence à l'absence, il ne peut la quitter une seconde, il lui doit une totale présence. Même s'il ne s'explique pas pourquoi, il la lui doit. Quand il trouve Luciana à son chevet en train de la nourrir à la cuillère de panades tièdes tout doucement, il lui prend des mains la cuillère et se met à sa place pour alimenter la vieille dame qui n'a plus la force de résister. Il imagine qu'elle fit ce geste pour lui les premières années de sa vie, et des larmes lui coulent à la pensée de ce juste retour des choses. Ou peut-être injuste ? Quarante et un ans plus tôt, le même geste, à l'envers.

La mère et le fils font un concours de patience, de calme et de dignité. Sans larme, sans cri, sans douleur apparente, à peine quelques spasmes qui par fulgurance décomposent les traits de son visage, sa coiffe qui laisse dépasser des cheveux de ce blond jadis tirant sur le roux, et désormais argentés. Elle se meurt lentement. En conscience. Elle parvient encore à se lever, dans le dos de son fils, le temps d'accomplir ses besoins intimes. Bientôt, il lui faut l'aide de Luciana pour continuer à se cacher de lui. Pudeur dont Léonard lui sait gré, infiniment. Chaque journée lui fait comprendre qu'il est beaucoup plus sensible qu'il ne pensait. Depuis sa métamorphose, à Vinci, il y a près de vingt ans, il n'a jamais rien ressenti d'aussi fort, d'une telle violence. C'est pour lui un grand bouleversement intime. Désormais, il passe tout son temps près d'elle, la nuit, le jour, plus rien ne signale l'écoulement du temps. Il lui tient la main, lui caresse le front, la fait boire, il a installé ses yeux dans les siens, les mêmes yeux, il ne la lâchera plus. Elle meurt en le regardant avec une intensité terrible. Quelque chose comme de la cruauté, de l'effroi et une certitude terrifiante. Elle semble vouloir lui confier ce qu'elle découvre, à mi-chemin entre la vie et l'autre côté. Léonard assiste à l'instant du passage en comprenant ce qui arrive. Elle vit sa mort avec un intérêt passionné.

Elle meurt en conscience. Ses yeux plongés dans ceux de Léonard qui n'ose même plus cligner les siens, il sent son pouls faiblir, s'effacer, s'estomper, de plus en plus loin, irrégulier, mais tant qu'elle le fixe, elle est vivante. Elle vit dans ses yeux bleus comme le ciel dans l'aube d'été… Elle ne vit plus que par ses yeux bleus, passés au violet comme avant le coucher du soleil sur la mer. Ils se scrutent inlassablement, sans ciller. Enfin, toujours les yeux dans les siens, son sourire se fige.

Il se tait. Longtemps. Il sait que c'est fini mais elle le regarde encore, il y a toujours de l'expression dans ses yeux, il ne peut les lui fermer. Elle ne vit plus, elle ne respire plus depuis déjà un long temps, près d'une heure, son pouls a cessé de battre, mais il ne peut s'en détacher, c'est toujours elle, sa mère, son tout petit visage, ses grands yeux effilés en amande et l'ombre de ce sourire comme dessiné sur les lèvres. Comment s'éloigner ? Là est son origine. La plus proche. Jamais il n'en eut de plus proche. Il en vient, il est d'elle. Elle n'est toujours pas un cadavre, il ne la quitte ni des yeux ni en pensée. Peut-être que tant qu'il la regardera elle demeurera juste endormie ? Elle le regarde encore, dirait-on, mais non. Et il le sait mieux que quiconque, il voit même déjà s'accomplir le lent travail de la mort. Il a trop l'habitude des macchabées qu'il dissèque sans le moindre état d'âme. Il ne peut ignorer la couleur de sa peau qui devient grise, l'abandon du menton qui lui ouvre la bouche s'il ne l'empêche pas. Il voit venir la rigidité cadavérique. Et… oui… il souffre. Les morts, il connaît, il pratique depuis longtemps. Ce n'est pas la mort qui le fait souffrir, ni la chose ni l'idée, non, c'est la mère. C'est le lien indéfectible que la mort défait avec une brutalité tragique. Lien indéfectible même si la vie ne leur a pas laissé le temps de l'étoffer. Même s'ils l'ont bafoué toute leur existence, il demeure plus fort que toute décision de rupture, d'éloignement, plus fort que la mort ? Non, sûrement pas.

Cette douleur-là est plus violente que ce qu'il a imaginé. La fin de sa mère le bouleverse totalement. Hors de proportion avec ce à quoi il pouvait s'attendre, surtout pour cette « parente éloignée » que respectent les membres de l'atelier. Il doit se reprendre. Les chats ont compris les premiers, qui reviennent dans la chambre où ils n'ont pas paru depuis que sa mère y est alitée. À nouveau, ils se pavanent le dos rond à ses pieds, s'enhardissent à sauter sur ses genoux, et voilà même le plus jeune qui se met à jouer avec ses boucles. Léonard doit impérativement quitter cette immobilité de chagrin. Les chats lui montrent la voie. Le mouvement, comme toujours, le mouvement doit le sauver. Il se lève, il s'ébroue. Croise les mains de sa mère sur la poitrine, se décide enfin à lui clore les yeux, pour la première et la dernière fois de sa vie, il baise ses paupières, seul geste de tendresse qu'il s'autorise, referme soigneusement sa bouche comme s'il scellait ses lèvres sur leur grand secret. Et la tourne en direction de Jérusalem. Dans la posture du gisant, sa posture définitive. Puis il sort et va annoncer aux autres que c'est fini.

Il s'agite alors éperdument pour organiser la suite. Il reprend les choses en main. Décide de l'ordonnancement d'un enterrement de reine. Personne n'a le droit d'émettre la moindre opinion. Léonard a beau être dans un état qu'il qualifie d'étrange, de flottant et d'incertain, il sait que toute cette dépense pour inhumer la vieille dame scandalise les siens. Mais c'est l'été, il fait très chaud, il doit faire vite. Rien d'autre ne peut capter son attention. Il organise, et chacun obéit. Son autorité est absolue. Comme si les ordres venaient de plus haut que lui.

L'homme de Dieu à qui il explique ce qu'il désire comme messe pour Catarina lui demande soudain tout à trac si lui-même est sûr de l'existence de Dieu ! Dans un bizarre souci d'honnêteté et de transparence qu'il s'est pourtant interdit depuis vingt ans, Léonard s'entend répondre, telle une profession de foi d'une sincérité qui le surprend lui-même :

— Je suis un chercheur de liberté et de connaissances. Je respecte vos lois et vos coutumes, autant qu'elles conservent l'apparence de la raison. Je ne veux de mal à personne. Mais je revendique le droit au doute et à l'interrogation. Sans cette liberté-là, on brûle les fous au fer rouge, on extermine ceux qui ne partagent pas nos vues, on taxe de sorcellerie ceux qu'on ne comprend pas ou qui ne pensent pas comme nous. Il y a un point où je suis en accord avec vous, et c'est, je pense, mon père, pour vous, le plus important, il y a en chacun de nous quelque chose qui nous dépasse. C'est sur la nature de ce qui nous dépasse que commence le conflit entre nous. Pour vous, le bon Dieu pense pour l'humanité. Moi, j'ai besoin d'expérimenter toute chose, de sentir brûler en moi, par moi agitée, l'intensité de vivre. Vous dites des croyants qu'ils savent qu'ils croient et des mécréants qu'ils croient qu'ils savent. Moi, je suis quelqu'un qui sait qu'il ne sait pas. Et j'ignore dans quelle catégorie vous allez pouvoir me ranger.

Après pareille confession, le prêtre accède à tous les vœux de Léonard pour l'enterrement de sa mère secrète. Il offre même à ce drôle de croyant un enterrement de première classe, absolument fastueux. Tous les pauvres de Milan tiennent chacun un cierge, de l'encens est partout brûlé, des allées de fleurs répandues jonchent le chemin du cimetière.

À peine rentré de la cérémonie, Léonard essuie un violent vent de révolte des siens « dignement » représentés par Salaï, le seul qui ose apostropher Léonard sur un ton, pour le moins, d'égalité. Fier porte-parole de la colère générale, il s'indigne avec véhémence de ce gaspillage :

— Autant d'argent, ces dépenses immodérées pour enterrer qui ? Une pauvresse…

Assuré de l'approbation du groupe, il conclut sa méchante harangue :

— … C'était quand même rien qu'une vieille taupe !…

L'atelier l'approuve d'un *grommelo* collectif d'où émergent des « on ne roule pas sur l'or », « mieux vaut garder les sous pour les vivants » ou encore « on va tous devoir se restreindre pendant des mois après pareille dépense… ».

Le temps de comprendre ce dont il s'agit, Léonard a fondu sur l'enfant chéri. L'a attrapé au collet, soulevé du sol et le secoue comme s'il était couvert de vermine ou avait marché dans un essaim. À voir l'expression hallucinée du maître, l'atelier se tait et baisse les yeux. Ils se massent les uns contre les autres comme pendant un gros orage.

Les jours suivants, tous évitent de parler de cet épisode. Trop violente, trop bizarre, la réaction de Léonard. Elle confirme aux yeux de qui en aurait douté l'importance extrême de cette femme. Tant de rage et de détermination chez cet homme si neutre, si volontairement distant, courtoisement mais terriblement distant, et qui fait profession de ne montrer ni d'exprimer jamais aucun sentiment intime. Personne ne peut se targuer de rien savoir de sa vie privée. Seul Salaï, l'intendant de ses plaisirs nocturnes – mais plus dissimulateur que ce petit diable, il n'y a pas –, en sait plus, mais est incapable de l'analyser.

Quand Léonard est troublé en profondeur, c'est impossible à discerner à l'œil nu, mais ça s'entend. Oui, quand c'est grave, quand il est très atteint, un signe ne trompe pas qui permet aux plus proches de le repérer, en dépit de sa volonté de paraître d'humeur égale, de n'élever jamais la voix que pour chanter, ce à quoi il se tient, ce signe, c'est la répétition d'une même phrase deux fois de suite. Sitôt qu'il commence à doubler ses phrases, on sait que c'est grave, qu'il est dans un état paroxystique. Et qu'il vaut mieux se méfier, voire se ranger à distance.

En reposant l'enfant qu'il s'est contenté de secouer, il répète :

— C'est comme ça ! C'est comme ça ! Et pas autrement !

Voilà donc l'expression la plus profonde de ses sentiments. La répétition !

Après tous ces événements, il demeure un long temps sous le choc. L'agonie et la mort de sa mère, l'hébétude qui les a suivies ne lui ont pas permis de voir arriver les menaces de guerre. Soudain, elle est là. L'Italie risque de s'enflammer. Où aller ? Plus d'asile nulle part. Et surtout – mais Léonard repousse le constat désespérant de sa ruine –, adieu au grand cheval !

La guerre menace la Lombardie. Milan est en première ligne. Tout le bronze disponible doit immédiatement être donné à l'armement. En réalité, il a déjà été réquisitionné, mais Léonard ne l'a pas su. Plus de bronze, plus de cheval. Plus de cheval, plus de gloire ! C'est la mort du rêve.

La seule reconnaissance qu'il attendait, qu'il espère depuis son départ de Florence s'éteint avec la mort du grand cheval. Son vœu, sa certitude par le cheval d'être sacré le plus grand, le plus brillant sculpteur de toute l'histoire antique et moderne sont là confondus, anéantis. Et par quoi ? Une énième, une usuelle menace de guerre… Les hommes sont dérisoires, ridicules, capables de sacrifier la beauté à quelques arpents de territoire, quelques miettes de pouvoir ! Léonard est écœuré. Rien n'est plus stupide que la politique.

Tout le bronze mis de côté pour le cheval est fondu en canons, en fusils, en boulets ; vraiment mort le grand cheval. Comme sa mère. Tout s'effondre.

La présence de Catarina était si surprenante que son absence pèse d'un immense poids de mystère. Léonard qui n'a jamais réussi à s'endormir avant les lueurs de l'aube, ni d'ailleurs à s'éveiller le matin, n'essaie même plus. Désormais, c'est lui qui fuit le sommeil. Trop hanté de cauchemars. Assailli d'images vertigineuses, il vole et il tombe, il nage et se noie… Pour les exorciser, il s'efforce de les noter, c'est ainsi qu'il tombe sur ce rêve qui n'est qu'une réminiscence d'un âge où il était encore à la mamelle. Un grand milan posé sur son visage de nourrisson alors qu'il somnole dans son moïse. Par des coups de queue répétés, l'oiseau tente de faire pénétrer sa queue dans sa bouche ! Si c'est vraiment un souvenir du temps où il était bébé, c'est un souvenir plein d'angoisse.

Du coup, il révise son bestiaire en noir. Comme une vengeance à retardement contre cette mère qui vient de l'abandonner alors qu'il allait l'aimer.

Salaï qui doit le comprendre mieux qu'il ne le montre ose évoquer la « vieille taupe » et râler à nouveau contre la dépense :

— … Elle aurait pu être notre mère à tous. À moi en tout cas, surtout qu'elle portait le même prénom que la mienne qui est une carne. Je l'aimais bien, n'empêche autant d'argent pour un enterrement, c'est donner de la confiture à un mort et mettre les vivants au pain sec…

Et Léonard de repenser à cette malheureuse bague, unique présent qu'il ait jamais confectionné à son unique mère, dans un vulgaire bout de ferraille.

C'est là qu'une véritable rage le prend. Contre Ludovic le More qui n'a pas su lui conserver « son » précieux métal pour son cheval. Contre Milan, contre le monde entier.

Décidément, il lui manque toujours quelque chose, du bronze, une mère, la gloire…

Il vieillit.

Le bonheur s'éloigne. L'été finit dans les trombes d'eau. Et les troupes ennemies marchent sur Milan. Ludovic se fait porter pale. Charles VIII en profite pour entrer dans Milan sans combattre. Mais ses troupes sont repoussées à Naples, il quitte Milan puis l'Italie aussi vite qu'il est arrivé. Ludovic revient. Qui s'est seulement aperçu de ce chassé-croisé ?

LES ANNÉES NOMADES

1496-1506

Chapitre 17

Guerre ou paix ?
1496

> *« Plus haut ! plus loin ! de l'air ! du bleu !*
> *Des ailes ! des ailes ! des ailes ! »*
> *Le saut du tremplin*, Banville.

La popularité de Ludovic le More décline en même temps que la fortune de Léonard. Alors que, en dépit de sa tyrannie, il a longtemps été adoré par ses sujets, leur soudain désamour ne l'en touche que plus radicalement. S'il vient à être démis, qui paiera Léonard ? Aussi, toute honte bue, lui envoie-t-il une lettre désespérée. Quémandant, implorant d'être payé. Il a des bouches à nourrir, des bêtes, il… Il tente d'apitoyer le duc. Et il lui en veut de l'obliger à s'abaisser jusque-là. Mais les chevaux vont manquer d'avoine, la situation est grave. Alors, Léonard se fait servile, obséquieux, par écrit puis plus est. Que ne ferait-il pas pour nourrir les siens ? se dit-il pour s'excuser de tomber si bas. Pourtant, il n'éprouve que mépris et indifférence pour ce despote qui lui a volé son grand œuvre. Qui a métamorphosé le rêve de sa vie en boulets de canon. Sept mille kilos de bronze accumulés pour fondre son grand cheval et, du jour au lendemain, dilapidés pour une éventuelle guerre à venir. Il y a toujours une guerre à venir. Est-ce une raison pour lui sacrifier la beauté, l'éternité ? Pauvre, très pauvre, Léonard est encore plus désolé. Honteux et désolé d'être honteux, de mendier sa survie. Il se sent misérable comme jamais. Il a envie de tout laisser tomber pour se lancer dans l'industrie. Ce serait une façon comme une autre de résoudre ses problèmes matériels, l'avenir est à l'industrie, de cela, il est certain. Le doute qui l'ébranle face aux panneaux vierges est abyssal, de plus en plus insurmontable. En plus des commandes, c'est surtout le cœur à peindre qui lui fait défaut. Rien de mieux que l'industrie pour s'occuper sans état d'âme et nourrir les siens. Il commence par mettre au point une machine à produire des aiguilles en série… Gros succès chez les couturières, petites mains de sa confrérie, qui sont regroupées avec les peintres et les lainiers puisque tous dépendent de la teinture et de l'alun pour la fixer. Dans la foulée, il se met à réfléchir à la vie de labeur des ouvriers lainiers et, de fil en aiguille, invente la machine à tisser la plus automatique qu'on ait jamais imaginée. Et surtout la plus ergonomique. Ce qui l'anime, c'est de rendre moins durs les travaux les plus pénibles. Et un peu moins usants. Léonard a remarqué comme on a l'air vieux bien plus tôt chez les pauvres. Maintenant qu'il a ses entrées à la cour mais qu'il continue de hanter le petit peuple famélique pour le croquer et assouvir sa sexualité, il peut comparer, et ça l'horrifie.

Il fabrique aussi des laminoirs de différentes tailles pour la métallurgie et, surtout, déploie un formidable enthousiasme pour le roulement à billes qu'il trouve magique et dont il suppute tous les usages qu'il en fera. Peu à peu, il renonce, oublie ou fait son deuil de feue sa gloire future de sculpteur… Tout désir de peindre le quitte. Les Milanais n'aiment pas assez sa peinture, manquent de goût en général pour les arts, ne savent apprécier les artistes. Alors, leurs travaux… Ou peut-être n'ont-ils simplement pas assez d'amour pour Léonard ? Ils ont raison. Il ne s'aime pas beaucoup non plus. En revanche, Salaï, Léonard l'aime. Désormais, il le reconnaît. Il n'a jamais été si épris de sa vie ni sur une si longue durée. Il vit un émerveillement permanent, il se nourrit de la beauté du très jeune homme tous les jours différente. Adolescent mutant, il semble tout savoir de ce qui peut rendre Léonard heureux mais ne lui dispense le plaisir qu'à bon escient et avec parcimonie. Par là, il le tient mieux que par n'importe quel sentiment. Léonard est dépendant de son bon vouloir. Son plaisir tient à l'humeur de cet enfant qui choisit, ou pas, d'organiser des « réunions » avec les bougres des bas-fonds, afin que Léonard passe de mains en mains toute la nuit. Il décide du bonheur, de chaque heure bonne, de chaque minute heureuse. Comblée. Ou pas. Salaï est seul juge.

Il possède une science millénaire de l'érotisme. D'un érotisme des plus raffiné. À l'usage exclusif des invertis.

Léonard pourrait peut-être à l'avenir se contenter d'aimer et de fabriquer des machines ? Vivre sa vie pour lui seul, mener ses études sur le vol des oiseaux et ses recherches dans la nouvelle discipline qui le captive, la mathématique. Il s'y est attelé pour éviter de peindre, meubler les heures d'angoisse où la geste de peindre le mettait, et il s'est pris au jeu. L'autodidacte a dévoré tous les manuels existants, il les a vite dépassés, il attend la suite, l'innovation dans cette science enfin exacte, voilà un enjeu bien plus excitant que de retourner à ses pinceaux.

Cette si pénible année 1495 s'achève enfin, mais 1496 augure plus mal encore. Pas de commande. Et sauf pour faire tourner l'atelier, plus la moindre envie qu'il en tombe. C'est évidemment à ce moment-là que Ludovic daigne répondre à ses suppliques. Après les avoir laissées près de six mois en souffrance…

Tout à ses nouvelles amours, il se repose sur Léonard pour consoler Cécilia. Aussi le fuit-il afin de ne pas affronter le regard de l'indéfectible ami de la jeune femme délaissée. Elle est si malheureuse de la nouvelle trahison du duc qui, outre s'être marié alors qu'elle portait son enfant, vient de prendre une nouvelle maîtresse, juste après la naissance de leur second. Alors elle s'empiffre à exploser. Elle n'a que vingt-quatre ans mais, engoncée dans l'épaisseur de son chagrin, elle a l'air de vouloir paraître définitivement enceinte. Elle pleure moins depuis que Beatrix d'Este, l'épouse en titre, subit la même humiliation qu'elle. Supplantées dans le cœur du duc, elles se consolent mutuellement en se réunissant avec Léonard et Salaï qui, seuls, ont le pouvoir de les faire rire en ridiculisant les mœurs de la cour.

La réponse du duc à la supplique de Léonard se manifeste via une commande des Dominicains pour leur couvent Santa Maria delle Grazie. Très bien payée mais, hélas, c'est une fresque ! Pis, une fresque aux dimensions gigantesques, dans un bâtiment récemment édifié par Bramante, aux murs encore frais. Un réfectoire de couvent impose toujours le même sujet : le dernier *Seder* de la Pâque juive, transformé par le Christ en premier sacrifice eucharistique qu'on appelle la Cène. Tout ce que Léonard déteste : une fresque sur grand espace, donc sans repentir, et composée d'un grand nombre de figures, et pis de figures masculines. Cette commande n'est pas un cadeau. Rien que des hommes, treize au minimum ! À part Cécilia, Léonard préfère le commerce des hommes, sauf en peinture où il a une prédilection pour les visages de femmes. Certes, il aime aussi les masques, les monstres ou les grotesques, les chevaux, les paysages tourmentés et quelques enfants au genre indéterminé, mais préfère à tout les têtes de femmes si jeunes qu'elles pourraient être des anges. Et là, d'un coup, treize adultes mâles, hommes faits, sans rien de trouble ni d'ambigu. Quoique le Christ et même Judas offrent une fantastique terre d'aventure… Oui. Mais à la fresque, c'est-à-dire à toute vitesse, presque sans réfléchir ! Après s'être engagé à rendre à l'heure, il n'a évidemment plus qu'une envie : fuir. D'autant que, chaque jour, pour se rendre au couvent, il croise son cheval en argile crue entreposé dans les jardins du duc, et tous les matins, tous les soirs, ça lui fend le cœur comme un remords.

Pourtant, pendant des mois, il demeure suspendu à son échafaudage, et le soir encore, il refait ses plans pour organiser sa *Cène*. Quand soudain un visiteur de marque, masqué, clandestin, demande à voir le maître. C'est l'ancien ambassadeur de Florence près de Ludovic, ce Bernardo Rucellai ami des arts et de Botticelli, qui l'a hébergé lors de son arrivée à Milan. S'il revient aujourd'hui incognito, c'est pour ne pas risquer de croiser Ludovic. Toujours ces fameuses menaces de guerre. Florence est occupée par l'armée française et semble pactiser avec elle contre Milan et d'autres villes d'Italie…

Rucellai a pris tous ces risques parce qu'il a quelque chose de très important à dire à Léonard, une chose qui, compte tenu du climat florentin et même milanais, ne peut être dite que de vive voix, pourtant il chuchote…

— Pipo et Sandro ont été attaqués sauvagement. Sur ordre de Savonarole, précise-t-il à voix encore plus basse. Exécutés par ses brigades d'enfants fanatisés.

— Comment vont-ils ? s'inquiète Léonard.

— Pipo commence à peine à s'en remettre. Après plusieurs semaines entre la vie et la mort, Sandro ne s'en est toujours pas vraiment sorti. S'il vit, ce sera, sans doute, sans jambes…

Léonard est atterré. Botticelli ! Le meilleur d'entre eux ! Sa seule admiration vivante ! L'ami qu'il garde au cœur sans jamais l'oublier. Et il risque la mort ou de ne plus marcher.

— Et peindre, il peut, il pourra ?

— S'il en a à nouveau le désir, peut-être sur ses genoux…

— C'est atroce.

— Oui, d'autant que, tu le connais, il est capable de se laisser glisser dans l'abandon et la fatalité.

— C'est comme ça que je l'imagine…

Car Botticelli, lui, ne vit vraiment que pour peindre, il n'aime rien d'autre que peindre et caresser ses chats. Des fanatiques s'en sont pris à l'âme la plus exquise, la plus raffinée, la plus mélancolique qu'il connaisse. Tant pis pour *La Cène*, et même tant pis pour Salaï et son amour. Léonard ne prend pas le risque de s'encombrer de lui à Florence. Il connaît son seuil de tolérance et la hauteur de ses exigences. Il sait qu'en présence de Salaï il n'est jamais aussi disponible qu'il veut l'être pour son ami. À Salaï qui insiste et rêve de Florence, Léonard oppose un non tonitruant. Si tant est qu'il puisse quelque chose pour ses amis meurtris, il a besoin d'être totalement libre et maître de ses heures.

C'est avec Batista qu'il file dès le lendemain, au grand galop. Son départ a l'air d'une fuite. Au mieux, il passe pour un abandon temporaire de *La Cène*, au pis, pour une désertion.

Au triple galop… ? Oui, pour ses amis, ses frères, ses compagnons de toujours, les plus proches depuis sa jeunesse, il est capable de parcourir cent lieues sans s'arrêter. Et Azul peut galoper des heures sans montrer la moindre fatigue…

Batista est fou de joie. C'est sa première sortie de Lombardie, il n'a jamais vu Florence et, pour la première fois, il va vivre seul avec ce maître qu'il vénère.

Ils font si vite qu'ils se heurtent aux portes de Florence encore closes. Le jour n'est pas levé. L'aube point, et Batista est tout ému de voir scintiller les dernières étoiles dans un ciel mauve. Ils s'endorment dans la douceur de l'aurore toscane.

Dans Florence, le climat a terriblement changé, c'est sensible dès la porte franchie. Depuis la mort de Laurent en 1492, les Médicis ont été chassés, spoliés, poursuivis… Savonarole a été sacré roi sans autre couronne que celle d'épines, mais il l'arbore comme un diadème. C'est lui qui dirige la cité, non en titre mais en réalité. Les Français l'ont occupée « pacifiquement » pendant une demi-année, les troupes campaient dans les rues. Rapinaient et violaient, comme toute armée en campagne mais pacifiquement… Sitôt que Savonarole s'est entretenu avec leur roi et l'a pieusement prié de quitter la cité, ils ont plié bagage ! Corps et biens ! Depuis, Savonarole est révéré tel un saint, en plus d'un grand stratège militaire. Il a évité une guerre à Florence. Il n'est pas près de relâcher son emprise sur la ville. Il y règne un terrible fanatisme, une sournoiserie dans chaque regard, une méfiance généralisée. Léonard qui, le long de la route, a vanté à Batista la légèreté de l'esprit florentin opposé au lombard si lourd en est tout déconfit. Batista ne triomphe même pas, il pourrait mais il flotte dans l'air un miasme de soupçon et de peur qui le lui interdit. Il ne comprend pas, il sait que Léonard ne ment jamais. Le contraste entre sa description enthousiaste et le climat qui hante ces rues qu'ils traversent au pas… est impressionnant. Est-ce cela qu'on appelle la déformation des souvenirs ou la nostalgie du pays natal ?

Arrivé chez Botticelli, Léonard indique à Batista où faire reposer leurs chevaux et lui-même, tandis qu'il se précipite au chevet de son ami sans même se rafraîchir du voyage.

— Sandro ! Mon Sandro ! Quel bonheur, enfin, te revoir, te retrouver, toi, mon plus grand ami. J'ai si souvent pensé à toi…

Léonard a beau s'être préparé à voir un homme blessé, il ne s'attendait pas à pareille ruine. Les joues rentrées sous les pommettes saillantes, au travers desquelles on peut compter les dents. Le front dégarni, gigantesque, d'une pâleur, comme toute la figure, qui ne peut évoquer que la mort. Le choc est rude. Léonard tente de n'en rien montrer mais, du coup, ne sait comment s'y prendre. Il pose sa main sur la joue livide de l'ami alité, qui peine à se redresser sous l'effet de surprise que l'entrée impromptue de Vinci a déclenché. Il semble avoir mal. Léonard continue…

— Je t'ai suivi attentivement. Toute l'Italie est amoureuse de ta manière. J'ai vu tout ce qu'on a pu me montrer, toutes les copies tirées de tes originaux. Tu es le meilleur d'entre nous. Le plus doué. Tu as tout inventé… Je t'admire autant que je t'aime…

Léonard n'a jamais été aussi sincère, Botticelli est vraiment le seul peintre qui trouve grâce à ses yeux même si ce n'est que dans l'intimité de ses cahiers.

Léonard étreint son ami sans rien montrer de son étonnement devant ce qu'il faut bien appeler sa décrépitude. Lui a si bonne mine, il est une véritable icône de la santé, si en forme qu'à des yeux extérieurs le contraste doit être violent. Quand Botticelli grimace de douleur d'avoir fait l'effort de s'asseoir, Léonard détourne les yeux et tombe en arrêt devant *La Calomnie*. Léonard se sent tout nu, déconcerté et terriblement ému.

— C'est encore plus fort que *Le Printemps* ou même *La Naissance de Vénus* ! À propos, ces deux-là, où puis-je les voir ?

— Chez Lorenzo, le petit-cousin de Laurent de Médicis.

Même sa voix est malade, blanche, sans timbre, déprimée, monocorde. On sent que parler lui pèse. Qu'il s'essaie à la plus grande économie de soi.

— ... Tu n'as donc vu que des copies ? Tu as eu bien raison, elles sont souvent mieux.

— Arrête ! Ce que je vois là me persuade du contraire, on dirait un concentré de ton génie, un résumé de ton œuvre, une synthèse de toutes nos recherches, un abrégé de toute la peinture du monde. Oh ! comme j'ai eu raison de te fuir ! Tu es génial, Sandro, jamais je n'aurais pu me développer à tes côtés et, en plus, ajoute Léonard ému, toi, je t'aime, je n'aurais jamais pu te haïr...

Léonard s'agenouille devant le lit du malade et l'étreint d'abord doucement de peur qu'il ne soit très cassé, puis comme Botticelli se laisse faire – on dirait un chiffon – Léonard serre plus fort, le tient serré contre lui. Un petit temps. Assez pour ne pas voir une larme rouler sur la joue du blessé.

Tout à la joie de le retrouver, Botticelli entend quand même du fond de son marasme les énormités qu'il vient d'énoncer. Ainsi, Léonard aurait FUI Florence ? Et À CAUSE de lui, Botticelli ! Il en pleure, c'est impensable, ça ne peut pas être vrai. Sinon, il a vraiment tout raté. A-t-il aimé quelqu'un autant que lui. Admiré ? Non.

— C'est impossible. Je l'aurais su. Je t'en aurais empêché, j'aurais compris. Non, je ne te crois pas.

Léonard découvre l'étendue du chagrin de Botticelli. Il lui caresse la main, sa main indemne, il ne trouve pour le consoler de malheurs si lointains que des caresses.

— Bon, disons-le autrement, mettons que ta délicatesse ait rencontré la mienne, et ça n'a jamais été facile. Pourquoi l'aurais-je fait sentir, je t'aimais et je t'admirais. L'époque était cruelle, j'ai huit ans de moins que toi. À cause de notre magnifique entente, je ne pouvais pas m'épanouir ici. Tu n'y es pour rien, c'est l'époque qui est fautive, et cette sacrée cité aussi. Rappelle-toi nos glorieuses années 1470, enragées de plaisir, de fêtes ininterrompues, jamais les mœurs n'ont été aussi libres, le rythme des fêtes épousait celui de nos amours, les puissants n'avaient jamais autant frayé avec les artistes, l'amour de l'art était proclamé partout. L'époque était faite pour nous, pour moi surtout. Bien plus que toi, je raffolais de la fête, du luxe et de la facilité. Sauf que, souviens-toi, à moi pas l'ombre d'une commande, alors qu'à toi… Le temps filait à toute allure, de fêtes plus frivoles en soirées plus sublimes. J'adorais, j'en profitais pleinement, plus que toi, je me gaspillais, j'y dilapidais mon énergie, mon talent. J'étais jaloux, mais devine de qui, mais non, alors pas de toi, pas encore, pourtant j'aurais dû, pas même de mon maître Verrocchio, non, je jalousais Laurent, je voulais moi aussi être magnifique. Vêtu de rouge et d'or, je convoitais la place du prince, pas celle des artistes. Et comme je suis resté longtemps un talent prometteur, comme on disait, rappelle-toi, « un grand espoir pour l'art », ça a commencé à me peser. Je voulais être le premier, en beauté mais aussi en richesse, en peinture mais aussi en sculpture, en musique et en architecture guerrière… Or c'était toujours toi le premier.

— Mais qu'est-ce que tu racontes ? Je n'ai jamais rien fait d'autre que barbouiller des panneaux de bois mal enduits.

— Oui, oui… Mais c'était quand même toi le premier, je n'ai jamais dit que c'était ta faute, d'ailleurs tu le méritais, et je t'aimais. J'aurais voulu avoir ta place sans avoir rien accompli. J'étais stupide, jaloux et fat. Donner toute ma mesure, pour moi, c'était te surpasser. Et puis, j'avais besoin qu'on me désire, et ici… personne.

— Si j'en crois la réputation qui te précède, tu es extraordinaire en tout. Et aux battements de mon cœur à ta vue, je sais que la rumeur dit vrai. Tu es le plus doué d'entre nous, et sans doute d'entre tous, tu touches à des choses si diverses.

Botticelli est bouleversé par la révélation de Léonard… Comment imaginer qu'il a lui-même contribué à chasser le meilleur, le plus chéri de ses amis ? Léonard le sent.

— Mais, tu sais, je te dois une fière chandelle. Grâce à toi, j'ai vu du pays. Des gens nouveaux. J'ai fait mille choses. Ici, c'était impossible. Mais, Dieu, que tu m'as manqué !

— Inutile que j'essaie de te dire combien tu as habité ma vie et mes heures. Tu le sais. C'est forcément réciproque quand c'est si fort. Au fond, tu as eu raison de fuir Florence. Et surtout Laurent, il n'a jamais rien commandé à personne. Le seul Laurent de Médicis qu'on peut considérer comme un vrai mécène et un digne héritier de Cosme, c'est son petit-cousin, Lorenzo, dit le Popolani, comme il faut désormais l'appeler. Tu le connais ?

Botticelli peine à parler assez fort pour être audible. Léonard a dû s'asseoir sur une fesse près de lui, tout près pour percevoir le son sourd de sa voix. Il grimace malgré lui sous l'effet de la douleur.

— Oui, lui, Rucellai et Vespucci aussi, ton voisin de l'époque Simonetta, sont souvent venus voir mon travail et m'ont même passé quelques commandes. Oui… (un souffle, un spasme, une grimace, Léonard reprend :)… ils sont formidables. Vespucci a un regard impitoyable, une force d'émulation assez rare, il n'y a qu'à voir jusqu'où il a réussi à pousser son neveu, Amerigo…

— Oui, c'est magnifique, répond Botticelli qui se fiche pas mal de toutes ces découvertes dont on fait des gorges chaudes ; il a conservé un piteux souvenir de cet Amerigo, voyageur plutôt fat et suffisant.

— Tu as lu sa lettre sur le *Nuevo Mundo* ? C'est la plus grande conquête de l'humanité depuis Athènes. La nature dévoile si lentement ses secrets. Là, grâce à Vespucci, d'un coup, tout un continent neuf, gigantesque à ce qu'on dit et qui paraît ne surgir de rien.

Puis Léonard se lance dans un grand déballage de l'atelier. Il veut tout voir jusqu'au moindre dessin. Chaque panneau, il le place pour le contempler un bon moment, dans la meilleure lumière, il lui tourne autour comme un étalon en période de rut.

— Tu as vraiment la grâce. Plus que tout, c'est la grâce qui force l'admiration chez toi. Et tu sais, oui, j'en ai la certitude… C'est aux extrémités que la grâce se révèle, et je peux t'assurer que, dans mille ans d'ici, on s'extasiera encore sur les mains peintes par un artiste surnommé Botticelli.

Botticelli est gêné par l'énormité des compliments tombés de la bouche de l'artiste qu'il admire le plus au monde.

— Je n'ai fait qu'appliquer ta méthode.

— Ma méthode, laquelle ?

— Oh ! c'est très vieux. Un jour, tu as dit, et je l'ai noté, qu'un peintre qui ne doute pas ne fait pas de progrès. Je ne suis pas seulement infirme et perclus de rhumatisme, je suis surtout perclus de doutes. Tu n'as pas idée. Je n'arrête plus de progresser…

— Là, tu m'épates. Aujourd'hui, si tu me demandais ce que c'est que la peinture, je te dirais tout autre chose.

— Eh bien, je te le demande.

— La peinture, dit Léonard, c'est courage, lucidité, effort, volonté, abnégation, quête perpétuelle, douleur jusqu'à l'ennui, et surtout renoncement à tout le reste… refus de la fausse renommée… une vertu de guerrier, d'homme en guerre et qui n'aime pas la guerre, voilà, c'est ça qu'il faut pour peindre. L'âme d'un soldat !

— Si tu m'avais dit ça alors, je n'aurais jamais peint. Je suis né fatigué, et ça ne s'arrange pas. Si tu savais comme je suis las, épuisé, toujours. Et paresseux encore plus. Je ne crois plus à l'effort, ni même à la jeunesse, je suis fatigué de vivre, fatigué de peindre…

— Et tu fais ça ? Léonard désigne *La Calomnie.*

Fâché. Instantanément. Il déteste ce discours. Il passe de la grande chaleur des retrouvailles à un mépris glacial et tranchant :

— Qui n'attache pas de prix à la vie ne mérite pas de vivre.

— Tu dois avoir raison, je ne le mérite sûrement pas. Je m'en doutais d'ailleurs, à la manière toujours volée, comme passée en contrebande, dont je prends ce qui m'arrive. Maintenant que tu le dis, ça se confirme.

— Mais que t'est-il arrivé ?

— Oh, tu sais, j'ai toujours été mélancolique, toujours eu du mal à m'arrimer au présent, à…

— Oui, mais tu étais follement joyeux, et drôle aussi, très drôle.

— Eh bien, la peste est passée par là, et les enfants barbares organisés en armée meurtrière, et Savonarole…

— Bon, pour la peste, tu n'es pas tout seul, et tu connais la seule recette efficace.

— Non ?

— Mais si, celle de Boccace, la fuite à la campagne dans l'air pur et la solitude…

— Oui, mais quand les tiens meurent, c'est tout de suite moins facile. On peut aussi ne pas avoir de siens, c'est vrai. Et pour Savonarole, tu préconises quelle recette ?

— D'aller y voir. Ça doit quand même être passionnant.

— Il m'a suffi d'en avoir un dans la famille pour en revenir. Simone, mon grand frère, est son chroniqueur fidèle. Alors, pour voir, j'ai vu. Oh, je ne dis pas qu'il n'a pas de talent, ni qu'il n'est qu'un intégriste fou, non, mais il a dressé des enfants à la guerre, au massacre au nom de Dieu. Et il a fait de Florence une cité maudite.

— Je ne sais pas, mais de loin, j'ai le sentiment que ça a dû être terrible mais intéressant.

— Tous nos amis sont morts, même ceux qui étaient beaucoup plus jeunes que moi.

— J'ai appris que Pic de la Mirandole a été assassiné.

Un long temps de silence s'installe pendant lequel les anciens meilleurs amis se jugent, se jaugent. Non, ils n'ont pas changé, ils ont toujours eu ces divergences, Léonard a toujours moqué le sentimentalisme de Botticelli. Mais, décidément, son talent l'épate. Inutile de parler d'autre chose, sur le reste, ils ne peuvent être d'accord.

— Revenons à la peinture..., propose Sandro.

— En observant tes œuvres, je crois que ce qui nous unit, toi et moi, à travers les années, c'est qu'on a gardé cette même foi mystique dans le regard. Enfin, c'est comme ça que je le vois, ta façon de nous faire suivre par les regards de tes personnages. Je fais pareil. Enfin, quand je peins, j'essaie...

— Décris-moi *La Cène*, ta *Cène*. Comment l'as-tu conçue ?

Pour parler de son travail, Léonard ne se fait jamais prier. Botticelli le sait bien. Tout de suite, il s'engouffre, trop heureux de parler enfin de l'essentiel à qui peut le mieux le comprendre.

— J'ai imaginé de saisir l'instant théâtral de ce fameux dernier repas où Jésus, pour ses disciples, invente la communion. Contrairement à l'usage qui les veut dans la paix de la première communion, moi, je les saisis au moment précis où le Christ leur lance son fameux : « L'un de vous me trahira... Parmi les douze qui mangent avec moi, celui qui me livrera... met en même temps que moi la main dans le plat... » Leur réaction est celle qu'on a quand explose le tonnerre dans un ciel sans nuage. Mais chacun la sienne, c'est ça le plus difficile, tu comprends, cerner la personnalité de chaque apôtre, la nature de ses liens avec le Christ, qui doit être lisible dans l'expression que je lui donne et qui ne peut être que de saisissement. C'est passionnant, ça permet d'explorer tant de visages, tant d'expressions différentes... Toute la diversité humaine a la place de s'exprimer là. Je bute sur le visage de Judas. Parce que, tu comprends, c'est trop facile de le faire de dos sous prétexte qu'il est le traître, je le peins face aux spectateurs. Tant qu'il n'a pas trahi, il est un apôtre comme les autres, on ne peut pas lui faire un sort avant. Et si lui faire un sort, c'est ne pas lui donner de visage, je trouve ça lâche. Je cale aussi, mais pour d'autres raisons, sur les traits du Christ. Difficile de fixer la sainteté, pis, la divinité sans auréole !

Tout en lui racontant, Léonard griffonne sa mise en scène, ses quatre groupes de trois hommes de part et d'autre de Jésus.

— Et rien. Pas de décor. Pas même un oiseau dans le lointain. Le point de fuite est concentré sur Jésus.

— Mais comment peux-tu prendre autant de temps en travaillant à fresque ?

Botticelli n'a pas oublié ses problèmes quand il peignait *a fresco* sa *Primavera*. L'interdiction absolue de revenir sur ses pas, aucun repentir, toute faute, fût-elle infime, condamne à tout recommencer de zéro…

Léonard a le triomphe modeste.

— À l'huile. Je travaille à l'huile.

— Sur une aussi grande surface ? Et sur du plâtre ! Mais tu n'as pas peur ?

— J'ai retrouvé la recette de Pline.

— Pline l'Ancien ! Tu t'es mis au latin, toi, mon frère en ignorance ?

— Un peu. Juste pour retrouver cette technique vieille de mille ans, un mélange d'huile et de vernis sur deux couches d'enduit. Ça me permet d'avancer par ajouts successifs, en modifiant les couleurs si en séchant elles ne vont plus. Tu imagines…

— Fais attention, tu risques gros. S'il se met à faire humide, ça peut tout gâcher.

Léonard éclate de rire. Botticelli alors glisse sa main valide sous son lit et en extirpe un chiffon. Ce chiffon enveloppe quelque chose qui a l'air très précieux, qu'il déballe avec moult précautions. C'est un très petit format.

— Oh, ce que je t'en dis… Tiens, regarde. Moi, quand je m'essaie à du nouveau, ce n'est que sur de petites surfaces.

Et il lui montre *L'Abandonnée*…

Léonard est soufflé par la modernité, l'audace de *L'Abandonnée*. Il se lève, l'expose à une autre lumière, l'éloigne de la fenêtre, le repose sur les genoux de Botticelli, y revient sans cesse, tourne en rond comme un fauve dans l'atelier, comme si, en marchant, il allait percer son mystère. Sandro le regarde, l'admire, il est si beau. Il vieillit beau. Il tient les promesses de ses vingt ans. Léonard ne cesse de le questionner, Sandro ne répond que par monosyllabes.

— Fais-moi sa genèse, comment t'est venu ce tableau…

Botticelli parade un peu, ça lui fait si plaisir cette manière de reconnaissance après toutes ces années de silence. Si seulement Léonard pouvait se douter que ce tableau qu'il admire, cette *Abandonnée* qui l'épate tant, c'est son premier tableau après des mois et des mois d'impuissance, le premier depuis l'attentat terrible. Mais Léonard a raison, qu'est-ce que ça peut faire ? Il est complètement stupéfait par son travail. Botticelli ne va pas bouder son plaisir. Les compliments de Léonard sur ce « chef-d'œuvre d'un genre inconnu de lui et de tous… totalement inédit… », Botticelli les savoure jusqu'au départ de son ami. Qui visite ensuite Pipo. Il a gardé ce bel atelier où il s'était installé pour accueillir Léonard le jour où ce dernier a daigné devenir son amant… Il y a… oui, près de vingt-cinq ans… Pipo n'est plus le joli adolescent complaisant et docile, mais un homme beau, très beau, au caractère trempé. Deux fossettes tout de même toujours en place évoquent l'enfance, la gourmandise et même quelques excès de sensualité. Mais quelle tendresse, quelle joie dans ces retrouvailles ! Sans le savoir, il leur a manqué. Lui aussi est pourtant assez esquinté, même s'il a moins souffert que Botticelli. Il est en meilleur état, plus jeune, moins amoché. La tendresse entre eux intacte, fondée sur tant de souvenirs, tant de jeunesse partagée. Avec lui, l'intimité est tout de suite là, sans gêne, sans cette distance que Botticelli instaure toujours. Léonard peut l'interroger sur ce qui leur est arrivé, ce qu'il n'a pas osé demander à Sandro. L'attentat était-il réellement dirigé contre eux, les deux peintres les plus réputés de Florence ? Ce sont forcément les plus puissants de la cité qui l'ont décidé, même s'ils n'y ont pas mis la main.

— C'est inquiétant, s'alarme soudain Léonard, vos vies ici ne sont plus assurées…

— Tu dois quand même aller voir Savonarole. S'il t'a fait prier, tu y es obligé. C'est lui le maître. Si tu n'y vas pas, tu seras aussi en danger, et nous aussi puisque tu es venu nous visiter et qu'aujourd'hui tout se sait, les murs ont des yeux, des oreilles, on est espionné jusque dans nos ateliers. Si tu n'y vas pas, tu rends la menace sur nous plus tangible, déjà que nous ne sommes pas en odeur de sainteté. On nous préférerait morts que peignant encore…

— Ce serait dommage, tu as vu *L'Abandonnée*…

— Une parfaite allégorie de Florence à l'heure qu'il est.

— Oh, si tu vas par là, elle illustre aussi parfaitement ma situation à Milan ; moi aussi je suis une abandonnée. Tu as su ce qui est arrivé à mon grand cheval ? Abandonné pour des canons. Et cette même Florence que tu plains d'être plongée dans le crépuscule de ses moines noirs, ne m'a-t-elle pas d'abord rejeté ? Bien fait pour elle si elle est en proie à Savonarole et ses brigades d'enfants tueurs. Elle n'avait qu'à pas tant me mépriser…

— Léonard, tu exagères. Pense que Sandro ne remarchera sans doute plus. Il n'a en rien mérité pareil sort.

— Lui non, toi non plus, mais Florence…

Pour ne pas reconnaître que Pipo a raison, Léonard s'intéresse à lui, à son travail.

— Montre-moi tes œuvres, où en es-tu ?

— Ça t'intéresse encore, la peinture ? La rumeur dit que non.

— La rumeur est mauvaise langue. Ici, la peinture est dans l'air, on la respire, on ne peut que se passionner pour elle. Montre… Oh ! comme tu as progressé. C'est fou. Tu as dépassé ton père. C'est somptueux. La volupté même, la sensualité apprivoisée…

Léonard est heureux. Il n'y a vraiment qu'à Florence qu'on peut parler peinture des journées entières avec tant de fougue. Ce qu'il a dit à Pipo est vrai. À Florence, la peinture à nouveau le captive. Il n'y a qu'ici qu'on peut s'enthousiasmer, s'étreindre ou se haïr pour un panneau, se mettre en fureur pour un tableau. Se documenter, vouloir connaître l'œuvre complète de tous les artistes qui créent. Suivre leur évolution. Et surtout, croire que l'avenir du monde en dépend.

Il doit retourner voir Sandro. Mais auparavant, pour ne pas les mettre en danger, il se rend dans l'antre de l'ogre qui règne sur la ville. Il assiste à l'office du soir à San Marco, où sont les plus belles œuvres de l'Angelico. La sereine beauté de cet artiste lumineux contraste violemment avec les phrases apocalyptiques que déverse Savonarole. Nasillard et sans style, il fait planer sur son auditoire en transe une promesse de rédemption par le martyre, un amour insensé pour la mort. Un fanatisme glacé. Ses paroles attisent toutes les haines que peut contenir le cœur humain, mais lui, quel artiste ! Léonard ne peut s'empêcher d'admirer. Du grand art, le moine noir ! Il passe du mystère à l'épouvante… Vraiment, il est fort. En amateur d'effets spéciaux, Léonard ne peut que se pâmer. Il va jusqu'à se demander comment reproduire pareille force de terreur lors d'une prochaine fête… Mais une si folle sincérité, ça ne s'imite pas.

Après la messe, il est reçu par le saint homme dans une cellule à faire pitié d'austérité. Savonarole tient à consulter Léonard ainsi qu'on le lui a conseillé – l'identité du « on » ne sera jamais précisée ! – pour la construction d'une nouvelle salle du conseil pour la Seigneurie.

De loin, dans l'église, Savonarole impressionne, c'est sûr, l'effet est garanti, mais de près… La cellule est minuscule. Léonard est prié de s'asseoir sur l'unique chaise alors que le moine pose une maigre fesse sur son bureau. Il a une haleine épouvantable, c'est la seule chose que ne peut s'empêcher de remarquer Léonard, incommodante, même. Il parle comme on chuchote et pourtant ça reste coupant, métallique. C'est un homme curieux, s'il ne l'angoissait autant il le passionnerait. Mais, face à lui, il a peur, exclusivement peur. Léonard observe ses lourdes paupières noires de fatigue et de sacrifices, comme des cernes tout autour de ses yeux qui brûlent, brûlent et donnent envie de partir en courant. Ce que fait l'artiste dès qu'il en a l'occasion.

Ce regard de haine glacée que Savonarole porte sur lui, regard où Léonard déchiffre sans peine le crime dont le moine le sait coupable comme s'il lisait en lui, rappelle brutalement à Léonard sa nuit de prison et d'épouvante. Déjà, sa cellule fait songer, mais son jugement le condamne à beaucoup plus que la prison, c'est ça qui l'a brûlé si fort. Cet homme est dangereux. Il ne parle que par lieux communs, du coup le peuple le comprend et lui emboîte le pas. Ainsi sème-t-il la terreur avec les mots les plus simples.

Alors, pour se débarbouiller tant de l'angoisse que de la peur, il se précipite dans ses anciens lieux de débauche. La débauche, il n'y a que ça pour effacer la peur, oublier la menace. Il retourne visiter les bas-fonds de sa jeunesse qui n'ont pas tant changé, sinon qu'ils sont plus clandestins aujourd'hui qu'hier. L'amour entre hommes est plus que jamais considéré comme un crime. La peur que ce moine a réveillée en lui ne le quitte pas, et alors qu'un joli voleur est en train de l'enculer, qu'il l'entend ahaner, soudain, la peur. Et si c'était un espion, un sbire de Savonarole… De là aussi, il doit s'enfuir au plus vite. Devançant l'aurore, il a filé. Et à peine nettoyé, il retourne chez Botticelli. Cet homme l'aimante. Ce n'est pas Florence, ni la peur et le désir mêlés de visiter son père, ce qu'il hésite à faire, surtout pour lui annoncer la mort de sa mère qu'il ignore sûrement, non, à Florence c'est Botticelli et lui seul qui l'attire. L'antinomie entre eux est pourtant considérable. À croire qu'ils viennent chacun des deux extrêmes du monde. Pas tout à fait de la même espèce. Sandro est faible, son corps débile, toujours alité, malade encore, fragile ô combien, et mélancolique, tellement, sans remède. D'une maigreur à faire peur : un trop long vieux jeune gringalet. À côté Léonard est ferme, tonique, il monte Azul tous les jours comme à vingt ans, c'est plutôt le cheval qui montre quelque signe de fatigue et marque un peu le pas, l'orgueil de Léonard lui interdit la faiblesse. C'est un colosse dont chaque muscle doit être en permanence au mieux de sa forme, la maladie lui est interdite, de toutes ses fibres il explose d'une santé insolente. Débordant d'énergie et de gourmandise à mordre chaque instant qui passe… L'un peint sur ses genoux de tout petits formats, l'autre est accroché de l'aube au couchant à un mur de 8,80 mètres de long sur 4,60 mètres de haut. Tout les oppose. Et ils s'adorent. S'admirent et se respectent. Et comme peuvent le constater Luca, le neveu et assistant de Botticelli, et Batista, qui découvre Florence avec les yeux de Léonard, l'un est un extraverti, l'autre, entre chagrin et timidité, est d'une introversion muette. Le cadet a toujours besoin d'épater l'aîné, il cherche encore à le conquérir. La vitalité du plus jeune est à peine croyable pour le désespéré qu'est Botticelli. Et inversement. Ils sont toujours surpris l'un par l'autre, même si, profondément, ils se sentent frères, d'une fratrie plus immatérielle que réelle, ils se tiennent au même endroit du monde face à la beauté. Pourtant, ils ne se comprennent pas.

Léonard est fou de joie. Il n'y a vraiment qu'à Florence, qu'avec Botticelli qu'ont lieu ces échanges qui témoignent de la profondeur de ce qu'on ressent en peignant. Décidément, la peinture est née ici, ce n'est pas un hasard, il n'y a qu'ici qu'elle a autant d'importance et qu'elle confère à ses pratiquants autant de foi, d'énergie et, oui, de joie. Léonard qui rechigne tant à peindre sous le ciel de Milan ne rêve plus que de remonter sur son échafaudage et de finir sa *Cène*.

Botticelli le malade l'a requinqué, Florence la sinistrée lui a redonné le goût sensuel de son art. On comprend mieux pourquoi Savonarole n'engrange pas de vocation chez les artistes. Ils n'ont pas besoin de Dieu, pour eux, l'ailleurs miraculeux, c'est la peinture.

Chapitre 18

Coup de foudre d'amitié
1497

Le génie n'est pas un don mais l'issue qu'on invente
dans les cas désespérés.
J.-P. Sartre.

Le temps de quelques emplettes, Florence délivre toujours les canons de l'élégance, et Azul, tel le cheval des contes de fées, ramène Léonard à Milan à la vitesse de l'oiseau ailé. Batista, de douze ans son cadet, peine à suivre, lui n'a pas puisé une énergie neuve à même l'amitié et la rivalité avec Sandro, le désir de le surpasser et surtout une foi renouvelée dans l'art de peindre.

Léonard déballe ses cadeaux pour les siens. Les si jolies choses qu'il rapporte de Florence ! Les plus belles pour Salaï, une pièce de tissu d'argent pour lui faire tailler un manteau, des mantelets de couleurs vives, des chausses encore plus tapageuses… Mais personne n'est oublié.

À son tour, Léonard se livre à un défilé de mode au milieu de l'atelier. Il a toujours porté du linge blanc et fin, mais là, il a trouvé une toile encore plus fine et plus immaculée. Il l'adopte, espère-t-il, pour toujours, si ses finances suivent. Il ne quitte plus le beau béret de velours noir qu'il a trouvé sur la tête de Pipo. Sans plume ni médaille, ainsi Léonard ne représente que lui-même, ni Florence ni Milan, ni surtout aucun de leurs chefs.

Homme sans maître et hors confrérie, il a le sentiment d'avoir déjà largement payé le prix de sa liberté. Il n'est que temps de l'affirmer et d'en jouir. Une tunique de lourd drap noir gansée de velours lui tombe aux genoux. Sur laquelle il jette son beau manteau rouge sang à plis droits d'une ancienne coupe florentine, *picotta rosatto*. Ce même manteau qui a couvert sa mère quand il la mena au bal. Des vêtements riches et simples à la fois. La matière prime sur la forme. Désormais, ce sera sa tenue. Il l'adopte pour n'avoir plus à s'en soucier, dans la foule comme à la cour. Il a trouvé son style. Assez perdu de temps à ces mièvreries.

Salaï a filé faire admirer ses frusques à fanfreluches à ses petits amis… Et Léonard, à l'atelier. Au travail. Car c'est bien *La Cène* qui l'a fait rentrer si vite, et le désir de se surpasser en peinture comme jamais, comme ils font à Florence.

Et cette *Cène* qui l'ennuyait tant, le décourageait régulièrement et qui venait si mal avant son voyage en Toscane devient l'enjeu principal de sa vie, devient toute sa vie. Plus vitale même que n'était le cheval. Florence a ranimé sa foi dans la peinture. Le pinceau le brûle, les brosses redeviennent des jouets d'enfant, et les couleurs l'excitent autant qu'un joli garçon… Peindre redevient attrayant, exaltant. La tête de Jésus ne vient toujours pas. En revanche, il a enfin dégotté celle de Judas : un harmonieux mélange entre celle du chef prieur, qui ne fait que se plaindre de Léonard, qui le presse, le rudoie et le dénonce à Ludovic pour sa prétendue paresse, et le profil de son père. Remords de n'être pas allé le visiter lors de son séjour, doublé d'une haine recuite et jamais réellement déclarée. La déclinaison des deux donne un vieux Judas très convaincant. Qui a l'âge que doit avoir son père aujourd'hui. Il y a si longtemps qu'il ne l'a vu. Il l'a même peut-être un peu vieilli. Bien fait pour lui ! De plus en plus, le peintre et le metteur en scène se rejoignent sur la toile. Théâtralement, Léonard a choisi entre tous l'instant dit de la révélation. De la trahison annoncée… Et il lui faut distinguer la réaction de chacun des douze apôtres à l'énoncé de ces mots. En prime, le décor de ce banquet est lui-même conçu comme une scène. Les plans du sol et du plafond sont inclinés, ceux des côtés tronqués. S'être retrempé dans le bain de la Florence artiste et résistante, voyouse et mécréante par-dessous le fanatisme de Savonarole, a rendu à Léonard son appétit pour la couleur, les couleurs, toutes les couleurs. Avec le grand cheval, il passait du dessin au relief sans intervention de la couleur. Il y a finalement assez longtemps qu'il n'a pas fait gicler sa palette dans toutes les couleurs de la vie. Les plus vives, les plus jeunes, les plus fraîches… Oui, Florence ou, plus sûrement, l'influence de Botticelli rajeunissent sa palette, sa joie de peindre. Il invente même une vraie fausse lumière du jour et crée des impressions de ronde-bosse, avec des reflets changeants sur les corps et les objets.

Le goût de peindre lui est revenu. Le simple bonheur de faire du beau. Enfin, Léonard réussit à imposer concrètement le primat de la peinture sur toute autre forme d'expression. N'a-t-il pas joué le même tour à la sculpture quand il était sur son grand cheval ? N'est-ce pas plutôt le primat de Léonard qu'il parvient à imposer à tout ce qu'il touche ? Voilà qui s'approche davantage de la vérité, mais bien que le sachant il s'efforce de le dissimuler. D'autant qu'il s'abreuve à toutes les sources, l'architecture comme la poésie soutiennent ses panneaux. Mais, comme d'habitude, il tient à dissimuler. Au fond, rien n'a vraiment changé depuis sa métamorphose à Vinci.

Toujours, il avance masqué et se donne une peine immense, dépense une énergie épuisante pour être autre, toujours autre. Plus autre…

Pour revenir à sa *Cène* qu'il ne quitte plus, le placement sculptural des disciples dans l'espace, leurs gestes, l'intensité de leurs regards croisés doivent être la traduction fidèle de ce que Léonard appelle « les mouvements de l'âme ». À la semblance de Sandro.

Ça sent l'écurie, la fin est proche, tout l'atelier est requis au chevet de sa *Cène*. Pour les finitions, il fait appel à ses élèves, leur confie les trois lunettes qui surplombent l'ensemble où figurent les armoiries du duc Sforza entrelacées de fleurs, de fruits et d'inscriptions à sa gloire.

Dans la foulée, Léonard s'attaque au mur d'en face où trône une monumentale *Crucifixion* d'un dénommé Montaforno. Avec une indifférence qui confine au mépris, Léonard la recouvre d'enduit, deux couches, avant d'y peindre très précautionneusement, avec un souci du détail juste et du trait qui fait mouche et rend vivant, les visages de Ludovic et de son épouse Beatrix d'Este. À genoux, à la façon des dévots, le duc pose avec son fils aîné Massimiliano d'un côté, et de l'autre, la duchesse avec Francesco, le cadet. Ce sont de si merveilleux portraits, ces quatre personnes ne se sont jamais imaginées si belles ni si ressemblantes, qu'il n'y eut pas la moindre plainte pour le saccage de la *Crucifixion*, de qui déjà ? Ah oui, ce Montante, Montaforn ?… Inconnu de Léonard. Donc inconnu. N'est-ce pas lui désormais qui décide en matière de peinture à Milan ? Ne vient-il pas de Florence, le centre du monde en cet art ? Léonard n'a jamais été si bien en cour. Et comme un bonheur n'arrive jamais seul, Salaï semble même lui rendre un peu de son amour. Il a dû comprendre tout l'intérêt qu'il en peut tirer à long terme. Peut-être même a-t-il eu peur pendant les semaines que son maître a passées sans lui à Florence. Sans protection et confiné au rôle de parasite par tout l'atelier.

Désormais, Salaï occupe officiellement le statut d'« ami de Léonard ». De favori. Il est celui qui, secrètement mais presque quotidiennement, lui organise ses parties fines, ses sorties clandestines. Léonard ne s'est jamais remis de la *tamburazione* et de la violence de son père. Il ne peut jouir qu'en cachette, passivement et sans amour.

Salaï le comprend. Léonard continue d'éviter de se poser des questions sur ses choix comme sur ses goûts, fataliste, sa morale est celle du fait accompli, et il subit toujours son désir comme s'il n'avait pas le choix. Salaï s'intéresse aux caprices de son maître dans toutes ses nuances. Il est là pour proposer à Léonard ce dont il a envie, quand il en a envie. Il s'arrange, dans les bas-fonds, pour renouveler le cheptel d'hommes jeunes et beaux, aptes à le prendre à tour de rôle, des nuits entières. Rien d'autre ? Non, rien. Cela suffit aux nécessités de Léonard. Une ou deux séances par semaine, avec parfois même un semblant de mise en scène. Pour la mise en scène, Salaï a été à bonne école. Il lui offre des impressions de rencontres fortuites, de désirs subits savamment orchestrés. Il connaît mieux Léonard que lui-même. Il se charge de ses sens et de leur apaisement. Ainsi, tout roule à l'atelier, l'humeur de tous est au bleu, et le travail avance avec bonheur…

Léonard a soudain un urgent besoin de faire l'inventaire de ses livres, ceux qu'il possède, ceux qu'il a déjà lus, ceux qu'il veut étudier, assorti d'une liste de gens qui possèdent ceux qu'il veut emprunter pour les lire au plus vite. Il est pris d'une frénésie de nouveautés, de curiosités, de champs d'exploration vierges.

Comme toujours, quand le travail marche bien, il en lance dix autres diamétralement opposés. C'est sa façon de s'encourager. Aujourd'hui, c'est pour la mathématique qu'il se passionne. Toutes les nuits que Salaï ne lui organise pas, Léonard s'y jette tête baissée. De l'aube au couchant sur l'échafaudage de *La Cène*, le soir, baise ou mathématiques. Non, il y a autre chose, une chose nouvelle et merveilleuse. L'âge ou la félicité lui ont offert le sommeil. Désormais, Léonard parvient à s'endormir autour de la mi-nuit, et surtout, surtout, à se lever matines. Ainsi, il est au travail au lever du soleil pour en saisir le premier rayon. Même au plus chaud de l'été, quand le jour point vers quatre heures. Il y est. La lumière est si belle quand l'aube pure se lève sur sa *Cène*.

Sa joie serait totale s'il parvenait à attraper la sainteté. La tête du Christ continue de lui échapper. Avec son souci de témoigner de l'intériorité de chacun, il ne peut tricher. Par moments, il maudit Botticelli qui lui a inspiré cette approche neuve, cette folle exigence. Il le fait bien, lui ! Oui, mais il ne fait pas de Christ ? Si. Il en est capable.

Alors qu'il est déjà à moitié sur d'autres travaux, il lui arrive de courir au réfectoire de Santa delle Grazie une heure ou moins encore, histoire de « le » voir, de voir le vide de cette figure infigurable, de l'étudier, de la rêver encore cinq minutes. Une idée lui vient… Elle n'est pas juste. Il repart à autre chose. Mais ne perd jamais le Christ de ses préoccupations. Le visage de Dieu le hante. Techniquement ! Le duc ne manque pas de lui rappeler qu'il n'est qu'un de ses sujets, donc au service de son bon plaisir. Un jour, il le fait descendre de l'échafaudage, *La Cène* n'en finit pas de n'être pas achevée… pour lui confier la réalisation de « la plus belle fête de mon règne », ainsi qu'il rêve la représentation de la *Danaé* de Baldassare Taccone.

Léonard adore ça. Tant mieux, car seules ces fêtes toujours aussi dispendieuses lui permettent de refaire sa pelote et d'offrir à l'atelier une vie moins austère. Sauf que là, vraiment, il était occupé ailleurs. Oui, mais les fêtes n'attendent pas, les princes non plus. Les finances de l'atelier ne lui laissent guère le choix. D'autant que, depuis le temps qu'il est sur *La Cène*, ses émoluments tombent trop irrégulièrement pour s'apparenter à un salaire. Et Léonard comme les siens ont faim deux fois par jour. Pas seulement les jours de paie. En dépit de l'énorme quantité de travail fourbie par l'atelier, on frôle souvent la famine. Batista et Luciana ont beau faire des miracles, quand la viande manque plusieurs semaines d'affilée, la jeunesse trépigne. Le végétarien entêté qu'est Léonard s'en fiche, l'austérité de son appétit est connue mais en aucun cas ne sert d'étalon de mesure aux autres. Donc, l'argent manque. Il manque tellement qu'avant de commencer les préparatifs de la fête Léonard se déplace en personne pour faire un esclandre au palais. Avant de tourner les talons au milieu de la cour assemblée près du duc, il réclame son dû haut, fort et publiquement :

— Je regrette beaucoup que le fait de devoir assurer ma subsistance m'ait empêché de continuer l'œuvre que m'a confiée Votre Altesse… Il s'agit des portraits familiaux qui ont précisément tout pour flatter la vanité de ladite altesse… Léonard les a donc laissés inachevés exprès.

— … Si Votre Altesse croyait que j'avais de l'argent, elle se trompait. Je travaille précisément pour en gagner, aussi étrange que cela paraisse. Il se peut que, se figurant que j'étais riche, Votre Excellence n'ait pas donné de nouvelles instructions à son trésorier.

Ce mouvement d'humeur qui rompt avec la courtoisie coutumière de Léonard fait scandale. La rumeur a de surcroît rapporté à l'artiste des vexations qui s'ajoutent à l'humiliation de la lettre du duc au doge de Venise durant le séjour de Léonard à Florence. Missive par laquelle il le prie de lui envoyer le Pérugin pour achever *La Cène*. C'est maintenant que Léonard l'apprend. La brûlure est d'autant plus aiguë qu'il n'a pas les moyens de perdre son protecteur, sa commande ni sa réputation. Il lui est impossible de refuser l'enchaînement des fêtes où l'entraîne Ludovic le More pressentant sa chute.

Nouvelle distraction, après quoi Léonard ne cesse de courir surtout quand il est en train de peindre. Mais là, ça tombe mal. *La Cène* le captive toujours, il n'y manque que Jésus, mais une *Cène* sans le Christ c'est une beuverie. Et son bonheur actuel avec Salaï n'a pas besoin d'être envahi par toutes les péripéties qu'engendrent les préparatifs d'une fête.

Mais Léonard se prend au jeu. Et cette *Danaé* est un chef-d'œuvre. Pour la machinerie, il utilise des mécanismes trouvés lors de ses expérimentations du vol humain auquel il n'a pas renoncé. De la coulisse, des musiques enchanteresses accompagnent la levée de la voûte céleste, révélant un Jupiter et un Mercure ailés qui paraissent dans une pluie d'or. Ensuite, c'est l'ascension de Danaé changée en étoile. La liste est longue des personnages que le poète officiel de la cour, Baldassare Taccone, impose à Léonard, ce qui signifie autant de costumes, de souliers, de perruques à créer.

Dans une amande flamboyante, il a dissimulé une machinerie qui fait monter et descendre Jupiter, Mercure, Danaé… Les dieux sont interprétés par les principaux artistes de Milan. C'est aussi la fête de la fraternité. Léonard se contente du rôle de régisseur tatillon et perfectionniste. Il fait élargir les escaliers afin de ne pas abîmer ses déguisements. Il organise la sortie des acteurs de telle sorte qu'ils ne croisent jamais les invités. Autant de nouveautés plus insolites les unes que les autres, voire d'excentricités. Mais le résultat est là. Et, succès oblige, le duc se réconcilie avec l'impétueux Florentin qui a osé lui faire grief de sa pingrerie en public. La preuve, à son tour, publiquement, il lui passe commande d'un nouveau portrait « secret » ! Payable d'avance. Va pour le secret. De fait, Léonard se rend au palais le lendemain de la fête, et le duc lui annonce qu'il s'agit de sa nouvelle maîtresse, son nouveau grand amour qu'il veut « aussi bien peinte que, jadis, Cécilia avec l'hermine ». Léonard n'a pas envie de trahir sa meilleure amie, mais à l'atelier ils ont toujours besoin d'argent. En plus, Léonard qui n'a pas une passion pour les femmes en général, les créatures de la cour en particulier, reconnaît au duc le mérite de ne pas s'enticher de n'importe qui. Cécilia, n'en parlons pas, c'est une merveille. Inconsolable et obèse, elle reçoit toujours les visites de son ami fidèle. Aussi lui avoue-t-il le jour même qu'il a accepté de peindre sa rivale. Ça la fait rire.

— C'est surtout la rivale de Beatrix, je te signale. C'est elle l'épouse bafouée, n'oublie pas.

La femme en question s'appelle Lucrezia Crivelli et elle est incroyablement belle. Un plaisir de la croquer. En outre, elle a de l'esprit et une ironie dont Léonard pourrait être jaloux. Elle se moque de tout, à commencer par elle-même. Prototype de la courtisane médisante et blasée. « Courtisane, oh non, explique-t-elle à Léonard. Ceux qui les pratiquent avec amour les appellent *mamele*, petites âmes. » La sienne n'est ni petite ni pingre. Et Léonard lui plaît. Tant qu'elle sera bien en cour, il ne manquera de rien, lui promet-elle.

Fidèle à la doctrine Botticelli, cette volonté de « révéler l'âme », justement, Léonard concentre toute l'énergie de la jeune femme dans son regard. Il va réitérer le mouvement de surprise dont témoignait Cécilia avec son hermine, comme si ce portrait devait servir de pendant à l'autre ! Un mouvement porte ses yeux sur la droite, alertés par un drame, un cri, une surprise. Ainsi le spectateur est-il averti que quelque chose est en train d'arriver. À chacun de décider si cette chose est heureuse ou malheureuse. L'époque est troublée, de partout la guerre menace, des alliances se font et se défont.

Après le succès de la fête et durant les longues semaines de pose de Lucrezia, subrepticement Léonard achève *La Cène*. L'air de rien, il a trouvé son Jésus. C'est comme l'ange de *La Vierge aux rochers*, alors qu'il ne connaissait pas encore Cécilia et qu'il l'a peinte de chic. Comme ça. Son Jésus a l'intégrité, la dignité inaltérable de Lucrezia, mais avec de fines moustaches. Son Jésus fait sensation. Qui osera dénoncer la ressemblance entre le Christ et la nouvelle maîtresse du duc, une courtisane, une *mamela* ?

« Peindre un portrait revient toujours à écrire une biographie. La sienne ou celle du modèle, laisse entendre l'artiste. Elle sera belle comme la vie ! » conclut-il, reste à démêler de qui, de Lucrezia, de son Jésus ou de lui-même Léonard veut parler.

L'année 1496 s'achève dans les fêtes et les plaisirs les plus tapageurs, histoire de ne pas entendre les sabots des chevaux ennemis qui trépignent aux portes de l'Italie.

La Cène est présentée aux Milanais qui vont enfin pouvoir reconnaître et vérifier les multiples talents du Florentin. Le portrait de Lucrezia finit de faire de Léonard l'être le plus célèbre et le plus courtisé de Lombardie. Mais pour combien de temps… Il se méfie. Il a déjà connu l'ombre après beaucoup de lumière. Il espère que sa réputation va franchir les frontières. Certes, il fait l'unanimité mais tant d'envieux. Il doit veiller d'autant à ne donner aucune prise. Il demande même à Salaï de cesser ses mises en scène érotiques. Il décide pour l'heure que la gloire doit suffire à sa jouissance. Il se l'impose. Et s'y tient. Bizarrement !

Au milieu de ce climat terriblement fiévreux, Léonard rencontre fra Luca Pacioli. Le plus célèbre mathématicien d'Europe. Lequel est ébaubi par le génie mécanique de Léonard. Comment fait-il jouer ses poids, ses contrepoids, comment les calcule-t-il ? Comment peut-il connaître d'instinct les lois qui règlent l'équilibre des forces, comment s'y prend-il pour ne pas faillir lors de ses nombreux va-et-vient mentaux qui, pour un homme comme lui, représentent des mois de calculs ? L'empirisme et l'instinct, l'observation et l'expérimentation à la sauvage sont les uniques techniques de Léonard, qui l'avoue sans gêne. Il a cessé d'avoir honte d'être un « homme sans lettres », c'est-à-dire ignorant le latin. Depuis l'invention de l'imprimerie, toutes les œuvres importantes sont désormais traduites et imprimées en toscan.

Ce qui se passe est inédit dans la vie de Léonard. Un coup de foudre d'amitié. Une mutuelle séduction attire Luca et Léonard sans la moindre ambiguïté. Ils se plaisent, s'alimentent à l'esprit l'un de l'autre, ne souffrent pas de devoir interrompre leur conversation passionnée. Exactement ce qu'en amour on appelle un coup de foudre. Léonard en ressent l'équivalent en plaisir, par la fusion des synapses, une intense jouissance des neurones reconnaissants. Deux cerveaux en ébullition, en compréhension : le meilleur de l'amour. Salaï ne s'y trompe pas. Jaloux et furieux de n'avoir rien vu venir. Et pour manifester ce qui s'apparente sans doute à de la peine, il fait la chose la plus surprenante venant de lui : la grève de la faim !

— Si ça n'est pas une preuve de douleur, et donc, à sa façon, d'amour…, s'émeut Léonard.

— Non. Il a peur pour sa place, tranche Batista.

Il faut absolument que ce coup de foudre se cantonne à la sphère intellectuelle, que rien ne déborde ni ne s'émeuve. Deux amis tombés en amitié sous l'effet d'une curiosité jumelle du monde. Léonard va jusqu'à jurer à Salaï qu'il n'y a « absolument pas de chair entre nous… ». Faut-il qu'il y tienne, à son diablotin, pour lui aliéner sa liberté à ce point. Et sa dignité…

Il y est aidé par la laideur, ou plutôt la banalité physique de Pacioli, comme le fait remarquer aimablement Salaï. Certes, une vilaine frange noire lui barre le front, il est souvent en tenue de moine, frileux et blême sous la bure. Une peau sanguine, des joues trop rondes, des lèvres fines, trop fines, la nature ne l'a pas choisi pour incarner la beauté. Ses yeux le sauvent, ses yeux sont tout. Perçants, bienveillants, ironiques, lumineux. De l'intelligence en concentré. Léonard ne voit que les yeux du clerc qu'on identifie davantage comme savant mathématicien que comme moine.

Une amitié gigantesque donc, subite et exclusive : ils ont tellement à faire ensemble. C'est la première fois de sa vie que Léonard rencontre une situation d'égalité sans faille. Certes, avec Botticelli aussi, mais la rivalité artistique ajoutée au passage d'un amant de l'un à l'autre a laissé des traces, de légères dissonances. Une brume. Ils sont seulement égaux en peinture, Botticelli ne passe pas sa vie à changer de passion sans trêve, un jour la sculpture, un autre l'architecture, la mathématique, la poésie, la musique, le vol des oiseaux ou encore les tourbillons d'eau…

Alors qu'avec Pacioli ils pourraient se jurer une fidélité éternelle. Intellectuelle. Oh oui ! rien qu'intellectuelle !

Salaï y veille. Ils n'envisagent pas moins qu'une vie de travail en commun. De joutes entre égaux supérieurs.

Invité du duc, Luca est à Milan pour y faire un exposé. L'autorité de sa démonstration supplante tous les autres savants que Léonard a rencontrés. Après l'avoir écouté, il lui demande des cours de rattrapage. Luca promet à Léonard de lui « transmettre tout son savoir scientifique jusqu'à ce qu'ils soient au même niveau ». Il le prend où Léonard en est resté pour l'amener, avec une facilité qui déconcerte le savant, où il se trouve lui-même. Léonard ingurgite les mathématiques à la vitesse de qui n'a jamais cessé de penser en langage scientifique.

Rusé comme une guêpe, Salaï comprend le danger que Pacioli représente. Aussi l'attire-t-il dans un tête-à-tête pour tenter une manœuvre de basse séduction. Premier échec de Salaï comme putain.

— Avant tout, animal, sache que je suis moine et que j'ai prêté serment devant Dieu. Dominicain comme ce Savonarole qui sème la terreur à Florence. Moi, je sème des théories mathématiques, c'est tout aussi terrifiant. Sache par ailleurs que si ton maître et moi nous voyons beaucoup, c'est que nous communions ensemble à des hauteurs où ta bassesse d'âme t'interdit à jamais de le rejoindre. Ne t'inquiète pas, ou inquiète-toi, si tu comprends seulement de quoi je parle. Son corps t'appartient peut-être, mais son esprit avance de concert avec le mien…

Ça ne rassure pas Salaï. Être rabaissé de la sorte et percé à jour à ce point ne lui était jamais arrivé. Même son père, avec ses coups, ne l'a jamais autant humilié. Il comprend qu'une amitié si passionnée et qui exclut la chair a toutes les chances de durer et même d'être indéfectible.

Le succès de *La Cène*, du portrait de Lucrezia et de la *Danaé* fait oublier à Léonard ses peines et ses griefs, comme d'habitude. Il habite toujours l'instant comme à vingt ans, il s'abreuve au puits de science, de son nouvel ami. C'est pour lui une chance et une coïncidence inouïes. Depuis des mois, il s'était mis seul à l'étude des mathématiques, surtout à la géométrie pour équilibrer sa *Cène*. Et voilà que fra Luca Pacioli da Borgo San Sepolcro, de sept ans son aîné, lui propose d'écrire un livre avec lui, une somme définitive des connaissances actuelles. Léonard est au faîte de la joie. Des années qu'il n'arrive pas à ordonner ses pensées pour les éditer. Qu'il n'arrive à finir aucun des cinquante livres qu'il a entrepris… Et là, un livre en association avec le plus grand savant depuis Piero della Francesca ! Et un livre qui avance vite et va voir le jour, celui-là, c'est sûr. Un livre qui déjà s'appelle *La Divine Proportion*, où Léonard accompagne la démonstration de Luca par plus de soixante polyèdres qui expliquent et ornent le traité. Qui a déjà son dessin de couverture, une sanguine représentant un homme bras et jambes tendus dans un cercle ET dans un carré.

L'admiration de Pacioli pour les facettes de la personnalité de l'artiste, c'est exactement la considération et la reconnaissance dont rêvait Léonard.

— Au fond, je n'ai jamais cherché que l'estime de mes pairs, se persuade-t-il.

Il oublie du coup qu'il nomme pair tout ce qui est grand, riche, noble ou célèbre…

— Mais, réplique Salaï, ce ne sont pas tes pairs qui te nourrissent. Plaire aux princes et aux riches marchands est autrement plus difficile et plus ingrat. Tu dois forcer ta nature, ta fierté, mais c'est nettement plus rentable.

Salaï n'a pas tort d'insister, huit bouches à nourrir sans compter les bêtes qui comptent sinon double, du moins toujours en premier pour Léonard. Avec Batista, il est tranquille, les chevaux ne manquent jamais. Chats, singes, oiseaux ou chiens savent où aller. Luciana a l'épluchure généreuse. Mais les humains... Léonard a beau être enfin officiellement sacré savant à l'égal des plus grands, reconnu comme le meilleur peintre de son époque depuis le portrait de Lucrezia, le More ne l'a toujours pas payé. Aussi va-t-il cette fois en informer sa maîtresse. Qu'elle menace, trépigne ou minaude... mais qu'enfin rentre l'argent ! Lucrezia promet. Léonard ne voit rien venir. Si. Des fêtes, cette fois de la Nativité qui, à nouveau, requièrent l'activité de tout l'atelier, occasion de messes, de bals et de fêtes sans discontinuer jusqu'à l'Épiphanie.

Dans le tourbillon de ces préparatifs, Léonard délègue comme jamais, passionné par ses recherches mathématiques avec Pacioli. Il prend juste le temps de peaufiner ses machineries merveilleuses, histoire de conquérir davantage l'esprit de Pacioli. L'esprit exclusivement ! Luca prétend ne pas comprendre comment s'y prend le peintre pour faire monter, descendre et tournoyer en l'air des personnes vivantes. Ils passent toutes leurs soirées à tirer des plans sur la comète qui n'en demande pas tant. Leurs imaginaires s'interpénètrent et c'est assez extatique pour se renouveler chaque jour. Aucun d'eux, seul, n'aurait osé s'aventurer jusque-là. L'émulation les comble.

Quand Léonard est sur le point de quitter le bal de la Nativité, ce 2 janvier 1497, il est déjà tard, un grand branle-bas le fait revenir sur ses pas. La musique s'est brutalement interrompue. Un attroupement s'est formé. La duchesse s'est trouvée mal. La duchesse perd les eaux... La duchesse accouche... La duchesse fait une fausse couche, comme ça, publiquement... Surprise en pleine farandole, au milieu de danses échevelées, les douleurs l'ont prise... Elle hoquette, blêmit, elle a soudain les yeux écarquillés, l'air horrifié. Trop tard ! Elle rend l'âme. L'enfant n'était pas assez développé pour lui survivre.

Fin de la fête.

Fin des fêtes.

Le duc annule toutes les festivités à venir. Le duc se repent de sa vie de péchés, le duc se répand en dévotions, se meurt de chagrin. Le duc se recueille devant le portrait de son épouse peint par Léonard dans la salle de *La Cène*. Le duc prie, pleure et prie. Le duc est beaucoup plus affecté qu'il n'eût pu l'imaginer. Il voit dans cette mort en pleine gigue, dans cette mort à vingt-deux ans, le glas d'une époque, peut-être la fin de son règne, l'avertissement qu'il attendait pour se ressaisir. Il sent obscurément qu'il doit faire quelque chose pour Milan, ville ruinée par ses ambitions, pour son peuple terriblement appauvri et qui a peu à peu cessé de croire en lui. Expier le passé, acheter l'avenir. Il se voue aux repentances. À genoux du matin au soir. Il ne jure plus qu'austérité, contrition et orthodoxie… Tournant radical de son règne.

À Florence, apprend-on alors, Savonarole vient d'être sacré « roi de la République », sans rien renier de sa fougue fanatique. La tragédie qui s'abat sur Milan est d'ordre plus privé, mais pour Ludovic, qu'est-ce que ça change ? Il a le sentiment que sa chance a tourné, que sa ville est en train de basculer dans le drame, le chagrin, l'absence d'espoir, comme lui.

Les événements politiques lui donnent raison. Une triple alliance vient d'être scellée contre lui entre Venise, le pape et les Français. Ludovic est atterré. Jour après jour, Léonard observe son visage crispé de douleur, déformé par la peur, une peur qui envahit tout. Comment un tyran se prépare-t-il à tout perdre, à l'exil ? Comment voit-il venir sa chute ? Avec une infinie curiosité, un intérêt presque entomologique, Léonard suit l'avancée du désastre sur le visage de Ludovic Sforza. Curiosité sans la moindre compassion. Encore moins de reconnaissance. Il souhaite seulement être payé avant la chute !

En plus, maintenant, Léonard le méprise. Lui avoir fait manquer la fonte de son grand cheval pour des prunes, enfin pour des munitions ! Les princes songent-ils jamais à autre chose qu'à faire la guerre, attaquer qui menace, se défendre contre qui attaque, et finalement fuir sitôt le premier étendard ennemi en vue, sans même tirer un seul coup de canon ! Grotesque. Ça n'était vraiment pas la peine.

Les Français sont au pied des Alpes. Le duc sent la fin arriver à grands pas ! Le regard vide, ployant sous les menaces et les rumeurs. Son destin lui échappe, et sa vie ? Ça sent la fin de règne…

Chapitre 19

La guerre. Que faire ?
Passer à l'ennemi ? Partir, rester ?
1499

Convoqué au palais, Léonard n'a pas le choix. La pagaille qui règne à Milan est telle qu'on ne peut deviner les raisons qui motivent cet ordre. Après l'avoir superbement ignoré, que lui veut le duc ? Léonard le salue à l'entrée et demeure sur le seuil, expectatif. Alors le More prend sur la cheminée une cassette, la pose bruyamment sur la table et dit à Léonard :

— Tiens, prends. C'est pour toi. Je te dois deux ans d'appointements. Outre le travail de cette année. Ne crois pas que j'aie oublié, mais j'avais quelques petits soucis à régler.

La somme plus que coquette met Léonard et sa troupe à l'abri de la nécessité pour quelques années. Mais avant que Léonard ait trouvé comment remercier sans s'abaisser, après tout ce n'est que son dû, le duc reprend :

— … Voilà seize ans que nous vivons ensemble. Je n'ai pas de toi que de bons souvenirs et j'espère que tu n'en auras pas de moi que de mauvais. Puisse mon cadeau les adoucir.

Et Ludovic pose sur la cassette le titre de propriété d'une vigne de seize perches, sise près de la porte Vercellina, entre le monastère Saint-Victor et le couvent Santa Maria delle Grazie, où est sa *Cène*. Autant dire le quartier le plus cossu de Milan, excentré, certes, par rapport aux palais et lieux de pouvoir, mais plus près du Contado et des lieux de plaisir.

Accompagnant ce papier au sceau officiel, un mot, quelques phrases : « À messer Léonard de Vinci de Florence. Nous reconnaissons lui avoir tant d'obligations que si nous ne lui faisions quelques présents nous penserions nous manquer à nous-même. »

Étrangement, pas l'ombre d'un sentiment de gratitude n'effleure Léonard. Après tout, le duc ne dit-il pas, n'écrit-il pas lui-même qu'il est en dette envers l'artiste ? Ils savent bien l'un comme l'autre lequel doit des compensations à l'autre, et pourquoi.

Ainsi, les malheurs de Milan font le bonheur de Léonard. Et de quelques autres Milanais, à leur tour remerciés pour leurs travaux, services ou fidélités. Que cherche le duc ? Se les attacher in extremis, se faire regretter ou conserver la fidélité de quelques-uns choisis parmi les meilleurs ? Ce n'est pas parce qu'il va sans doute devoir abandonner son duché qu'il ne compte pas le récupérer. Il aura besoin d'alliés dans la place, ceux qu'il récompense aujourd'hui en payant certaines de ses dettes. Il n'achète pas la confiance de tous ses créanciers, juste de ceux qu'il souhaite revoir, si un jour…

Pas de reconnaissance, non, mais… De retour à l'atelier, une fois la scène racontée aux siens, un gigantesque hurlement de joie collective retentit. Léonard est fou de bonheur. Mais il dissimule. N'est-ce pas ce qu'il fait de mieux ? Le duc n'a rien vu du plaisir profond qu'il lui a fait, mais sitôt rentré chez lui, ça explose. C'est la fête. Le premier titre de propriété de sa vie. Jamais il n'a rien possédé, ni n'a convoité quoi que ce soit, n'en a jamais eu le temps ni l'idée. Cet hectare de terre le comble, lui fait une joie assez démesurée en regard de ce que représentent quelques arpents de vigne. Il a bientôt quarante-cinq ans, et c'est la première fois qu'il est chez lui en titre ! C'est comme s'il avait soudain vingt ans. Il bondit partout.

— Un morceau de terre à moi, à moi…

Autant l'avouer, il n'entend plus les rumeurs de guerre qui se rapprochent, il a tout oublié des raisons qui ont poussé Ludovic à lui faire ce cadeau. Une bouffée d'ingénuité l'envahit. À tout, désormais, il préfère sa terre. « Sa terre » ! Ainsi lui aussi, à la semblance de la cour, se met-il, après s'en être moqué, à danser sur la poudrière. Peut-il se considérer chez lui ? Être arrivé quelque part ? Est-il seulement installé pour toujours à Milan ? Certes, cela fait seize ans qu'il y vit, comme le duc le lui a rappelé, qu'il y crée, qu'il y aime, qu'il y souffre, qu'il y a réalisé ses plus grands chefs-d'œuvre… À peine achevée, *La Cène* est unanimement saluée comme la merveille de l'époque. Tous ses confrères qui l'ont vue en ont été éblouis. Oui, il est légitime qu'il se sente milanais d'adoption et même qu'il en soit fier. D'autant que maintenant, à Milan, il est chez lui il a de la terre à lui ! Aussi sérieux qu'un môme devant son joujou neuf, il lance à la cantonade en plein travail :

— Et si on allait la voir, là, maintenant, tout de suite ? Voir ma terre, humer ma terre, se rouler sur ma terre…

Quand l'atelier au grand complet débarque – Luciana a insisté pour venir et porter de quoi organiser un déjeuner au milieu des vignes –, il fait une de ces journées d'été belles, bleues, chaudes, humides, mais tellement lumineuses qu'ils doivent cligner des yeux et ne parviennent pas à distinguer la fin de sa terre. À cause de la brume de chaleur, pas de son étendue… Léonard court comme un jeune lièvre, s'arrête, repart. Il compte ses pas, perd son compte, est attiré dans une autre direction, recommence… À la fin, ils s'y mettent tous, mais chacun ayant une enjambée de taille différente, le terrain change sans arrêt de dimension.

— Dommage qu'Atalante et Zoroastre soient en voyage et ne puissent jouir aussi de « notre » première propriété.

Boltraffio et d'Oggiono ne sont pas d'accord sur le nombre de mètres du terrain dans sa plus grande longueur.

— Alors ?

— Alors ! On recommence.

Batista et Salaï trichent : Salaï fait de tout petits pas pour en compter le plus possible et agrandir le rêve de Léonard :

— C'est magnifique, c'est très grand, c'est situé on ne peut mieux…

Léonard n'a jamais rêvé pareil cadeau, ni imaginé si grande joie de le recevoir. Il court en criant « c'est à moi, c'est à moi » !

Et il y a même une bergerie blanche au-dedans comme au-dehors. Batista monte sur le toit.

— Le toit est en parfait état ! On peut même y dormir.

Salaï qui ne perd jamais le nord s'écrie :

— Oh oui, c'est formidable ! Qu'est-ce que ça vaut ? Tu n'as même pas idée comme ici le terrain coûte cher. Le mieux, c'est de le vendre pour récupérer le magot.

— Tu es fou ! À moi qui n'ai jamais rien possédé de ma vie tu proposes de me débarrasser illico du premier bien qui m'échoit. Animal ! Va, n'y songe pas. Au contraire, on va s'y installer. On va agrandir la bergerie pour y faire une maison plus vaste, un atelier capable de tous nous héberger. C'est chez moi, tu comprends ce que ça veut dire, chez moi ! Je veux, je peux si je veux habiter chez moi. Sur ma terre, faire pousser ma vigne, la récolter, faire mon vin, planter des arbres, construire une écurie… Tu imagines…

— Mais si la guerre arrive, comme tout le monde le dit, si Ludovic est tué, si les Français envahissent la Lombardie, tu ne pourras pas rester.

— Ah oui, et pourquoi ça ? Je leur ai fait du mal, aux Français ? C'est à moi ici, c'est chez moi, j'y reste.

— Mais parce que tu es célèbre. Personne, pas même les Français, ne pourra ignorer longtemps que tu sers Ludovic. Imagine l'effet que ça produirait s'il était mort ou en fuite, ou prisonnier, tu risques de subir le même sort, la mort, toi aussi.

— Dans ce cas, mais dans ce cas seulement, on partira. Et je louerai ma vigne, les guerres ne durent pas éternellement, et après je reviendrai chez moi. Je n'ai rien d'autre, comprends-tu. Je ne la vendrai jamais, c'est à moi. Pour toujours…

La pluie se met à tomber. Chaude, drue, très vite, très fort. Violente comme l'été. Et elle n'a pas l'intention de cesser. Ces orages qui arrivent sans prévenir, au beau milieu d'un ciel bleu, repartent quand ils veulent, imprévisibles. La bergerie ! La bergerie les abrite tous les six, et Luciana déballe ses merveilles de pâtés, de pains et de fromages, de fruits et encore de fruits. De l'eau tiède comme celle qui tombe du ciel, un régal. Léonard n'aime que les fruits, mais passionnément. Ils s'organisent. Ils s'installent pour tenir le temps de l'orage. La « propriété » de Léonard est vraiment trop éloignée de l'atelier pour Luciana. Elle attraperait froid. Comme Catarina. Mais lui, Léonard, a rendez-vous avec Luca. Il ne veut pour rien au monde perdre ses précieuses heures de travail. Leur estime et leur admiration mutuelles n'ont fait que croître durant ces deux années de confrontations régulières. Le livre avance. Il s'agit de le terminer avant la guerre ! Luca partira alors le faire imprimer à Venise. Et Léonard qui ne connaît pas Venise l'accompagnera. Tout dépend de la guerre, dont on parle sans cesse mais qu'on ne voit pas venir. Qu'on en arrive à souhaiter pour débloquer la situation…

Léonard et Salaï quittent la bergerie sous des trombes d'eau en laissant les peintres, Batista et Luciana au sec.

— Revenez quand vous pourrez mais surtout sans vous tremper.

Léonard qui ne croit pas en la médecine ne croit pas non plus à la maladie, en tout cas le concernant. Il est sûr de ne rien risquer. À condition de manger peu, et jamais de cadavres. D'ailleurs, il n'est jamais malade. En revanche, depuis la mort de sa mère, il redoute la maladie des autres à l'égale de la peste. Il lui semble que les autres sont moins bien outillés que lui pour se défendre de la maladie. Trempés comme du pain dans la soupe, Salaï et Léonard se changent sitôt arrivés à l'atelier. Dans ces moments-là, ils s'aiment comme au premier jour. Ils s'aiment comme des amants nouveaux. Ils s'enlacent, se frottent, se réchauffent, se caressent, se font jouir et recommencent. Enfin, Salaï. Léonard demeure passif, et le jeune homme donne l'impression de pouvoir recommencer à l'infini.

Il n'a que dix-sept ans, songe Léonard… Moi aussi, à son âge…

C'est l'heure de Luca. Léonard le rejoint, toujours aussi joyeux. Après tout, même s'il pleut, il est toujours propriétaire. Il raconte sa propriété à Luca qui réagit en mathématicien et calcule qu'en quarante-cinq ans de vie et quinze de travail acharné à Milan, Léonard a gagné en tout et pour tout un bon hectare de terre à vigne !

— Toutes ces années de labeur et d'humiliation pour un hectare !

Léonard pique alors un fou rire homérique à faire trembler les murs. Si Luca ne cesse de penser en scientifique, c'est en humoriste que Léonard comprend la vie. Et là, c'est vraiment trop drôle.

— Un hectare pour une vie de travail, tu as raison, c'est trop drôle.

L'hiver est précoce, la guerre marque une pause. Les premières neiges retiennent les Français au moment de franchir les Alpes. Ils y renoncent par peur d'être prisonniers du froid. L'Italie respire devant la frilosité d'une armée réputée la meilleure du moment.

Même si ce n'est qu'un répit, il faut en profiter, Ludovic n'est plus le veuf éploré. Il a assez expié. Il a besoin de pécher à nouveau. Il se lance dans une frénésie de nouvelles fêtes, banquets, carnavals et farandoles… Ivresse et orgie… Il commande fêtes sur fêtes, les dernières, les plus folles, les plus brillantes. Encore une, et une ultime… Tous les artistes sont convoqués, mis au travail sous la houlette de Léonard qui se contente de superviser ses automates. Les mêmes mécanismes, qu'il costume autrement et auxquels il confie différentes tâches. Porter des fleurs à une princesse, désigner le duc comme un dieu… etc.

Il perfectionne leur fonctionnement, mais ses travaux scientifiques, ses nœuds, ses entrelacs et, à nouveau, ses essais sur le vol l'accaparent tellement qu'il ne cherche plus à briller à la cour. Sous la férule de Batista, sa bergerie triple de taille. Un grand atelier au nord, à l'est des chambres et, au sud, une pièce à vivre. De fait, Léonard vit mieux que jamais. Pour un peu, il y croirait et s'enticherait de ce frugal confort.

Avec Salaï, ça va à peu près, le capricieux jeune homme réclame toujours autant de cadeaux, de sous et de douceurs mais sans déclencher autant de drames que les premières années. Désormais, leurs petites combines d'argent ont pris un tour maniaque, compulsif, ils se prêtent mutuellement des sous. Léonard en tient une comptabilité minutieuse, tatillonne, forcément perdante puisque l'argent de Salaï est le sien. Sans doute Salaï le vole-t-il toujours. Léonard joue le jeu de qui ne voit rien et ne veut pas avoir l'air dupe. Mais il le vit mieux. Avec une plus grande indifférence, une meilleure intelligence. C'est comme la guerre. Elle s'est éloignée. Temporairement. On respire mieux. Comme la gloire. Il l'a enfin conquise. Et alors ? Il n'est pas prêt à se donner autant de mal pour la conserver. Pourtant, mieux vaudrait quelque action d'éclat pour entretenir ce qu'il a eu tant de mal à obtenir. Subrepticement, sa nature est en train de changer. Le ludion extraverti qui prenait tous les risques, y compris celui d'en faire trop, s'estompe. Lui succède un introverti, pas comme Botticelli, non, mais un homme plus calme, sûr de soi et à meilleure distance du monde. Silencieux. Plus détaché aussi. Si passionné par ses travaux que son temps ne lui appartient plus, dévolu à la recherche, à l'œuvre en cours. Plus d'état d'âme. Pas le temps d'aller mal. De se poser d'insolubles questions. Requis ailleurs. Plus besoin de plaire, juste envie, encore parfois. Mais sans plus faire le moindre effort.

Fin mars 1499, le printemps timide est salué par une fête de la nouvelle année. Plus que jamais grandiose. Comme la fête requiert les énergies de tout l'atelier et qu'il a besoin de feuilles pour un costume, Léonard part en chercher dans la montagne seul avec Azul. Tous les hivers, un ruisseau gèle qui lui permet, en passant sur la glace, un immense raccourci. Il avance normalement. Met pied à terre, prend Azul par le mors. Pour éviter qu'Azul glisse sur ce verglas, il passe devant lui, le ralentit de la voix. Quand, soudain, sous son poids d'homme, la glace cède. Et il tombe, le ruisseau est assez profond, il s'enfonce. Complètement. Léonard s'enfonce, en dépit qu'il en ait, inexorablement, patauge et se débat, sans autre effet que de s'enfoncer davantage dans ce mélange de boue et de glace fondue. De toutes ses forces, il ne songe qu'à retenir Azul. À l'immobiliser coûte que coûte. Effrayé par la chute de son maître, il risque à tout instant un faux mouvement. Léonard le tient fort, en s'efforçant de ne pas s'enfoncer davantage. Mais il se sent partir. La terre trop meuble s'effondre, se dérobe sous lui. Il a peur. Le plus calmement qu'il peut, dans ce froid mouillé qui lui arrive à la taille, il s'efforce de rassurer Azul, puis de le diriger, lentement, afin que, sans s'effondrer, en bougeant le moins possible, le cheval approche ses étriers de la main de son maître. C'est effroyablement lent ; ça dure un temps infini. Mais enfin, après tous ses efforts, les flancs d'Azul sont à sa portée. Léonard attrape un étrier et s'y accroche. Et à voix basse ordonne au cheval de reculer en biais, toujours aussi lentement, ce n'est pas le moment que la glace cède alentour. Précautionneusement, comme s'il avait compris, le cheval hisse son maître de sa gangue de glace et de terre mêlées. Jusqu'à la terre ferme, où Léonard se laisse aller, transi, glacé jusqu'aux os. Et se met à pleurer à gros sanglots comme un gosse. Heureusement, le cheval se rappelle à lui de ses sabots exaspérés ou peut-être impatients de repartir. Léonard le prend dans ses bras, autour du cou, comme il aime. Alors Azul pose sa lourde tête sur la poitrine de son maître – ça fait toujours rire Batista, mais Léonard prétend alors qu'il ronronne…

— C'est vrai que je te dois la vie maintenant, tu viens de me sauver. Allez, Azul, tu as raison, on y va, partons d'ici, les neiges sont en train de fondre, la forêt émet d'épouvantables craquements, de vrais appels au secours. Courage, mon beau cheval, ramène-moi au chaud.

Bizarrement, Léonard, qui n'est pas le moins du monde superstitieux, voit dans cette subite fonte des neiges un mauvais présage. Ce bain glacé préfigure autre chose. Quoi ? Si les neiges fondent précocement, les Français qui stationnent avec leur armée au pied des Alpes vont les franchir. Et marcher sur Milan, faire la guerre à Milan et dévaster sa vigne ! Sitôt séché et réchauffé, Léonard fait transférer toutes ses économies à Florence. À peu près six cents florins. Depuis l'entrée de Salaï dans sa vie, Léonard le libéral, Léonard le généreux s'est vu tenir des comptes d'apothicaire, où il fait montre d'une méfiance d'usurier. Il a finalement pas mal engrangé, mais il a tant besoin de voir venir. Il place sa fortune à l'hôpital Santa Nueva, à Florence, c'est-à-dire au mont-de-piété. Pourquoi là ? Parce qu'il y a très longtemps son notaire de père le lui a recommandé. Bizarrement, il s'en souvient aujourd'hui. Ainsi fonctionne l'âme humaine. Alors que rien ne le menace, que tout en surface a l'air d'aller au mieux, Léonard solde ses comptes milanais, règle ce qu'il doit à chacun, apprentis, aides, saisonniers, fait cesser les travaux d'embellissement de la bergerie. Confie les soins de sa vigne à un voisin viticulteur, paye des émoluments à chacun des siens. Salaï a neuf ducats d'or, le double de tout le monde. Alors que tout est apparemment calme, Léonard anticipe guerre, ruine et massacre… Et après avoir anticipé son départ, organisé sa fuite, l'âme tranquille comme si de rien n'était, il reprend ses travaux. On est fin mai. Le printemps embaume. Le plus joli mois de l'année…

Louis XII, le roi de France, franchit les Alpes en début d'été. Le 24 juillet, il est à Arezzo. Le 2 août, Ludovic fuit Milan déguisé en valet et se réfugie chez l'empereur Maximilien. Le 6 septembre, Milan se jette dans les bras des Français sans qu'un seul coup de canon ait été tiré. Fin de l'illustre maison Sforza, réputée pour son courage et sa vaillance au combat ! Un mois plus tard, le roi de France entre triomphalement dans Milan, toujours sans échange de feu ni dégainer la moindre lame.

Sitôt Louis XII à Milan, le premier endroit qu'il visite est le réfectoire du couvent de Santa Maria delle Grazie où il tombe en arrêt devant *La Cène*. Capricieux comme un roi de France, il la veut chez lui. Tout de suite. Il fait étudier par ses ingénieurs la possibilité de la décoller du mur où elle est peinte et transporter en France. Après étude, on est obligé de lui dire que c'est impossible. N'empêche, la gloire de Léonard est assurée. L'extase du roi Louis XII devant sa *Cène*, comment l'exploiter ? En s'attachant à ses pas. Léonard anticipe la probable suite des événements en se rapprochant des futurs puissants. Sans état d'âme. Il envisage même d'emboîter le pas de l'armée française pour continuer jusqu'à Rome avec elle. Envers les Français, il fait feu de tout bois, se met bien avec chacun. S'allie avec son *alter ego*, Jean Perréal, peintre et ingénieur du roi de France. Ils font des échanges de techniques fructueux : l'Italie ne connaît pas encore le pastel, la France ne pratique pas convenablement la peinture à l'huile. Qu'à cela ne tienne, ils se donnent des recettes. Bizarrement, ce projet romain qui le séduit tant périclite à vive allure. La prise de Naples se présente mal pour les Français. Avec qui Venise va-t-elle s'allier ? Elle rechigne à les soutenir. Du coup, ils reculent. Adieu, Rome. Léonard en rêve depuis l'enfance, Rome se dérobe toujours. Le roi rentre en France en catastrophe, laissant à un dénommé Trivulce le soin d'administrer Milan. Trivulce s'y prend mal. Tout de suite, comme un fait exprès, il accumule les maladresses. Au point que les Milanais qui, comme Léonard, ont accueilli les Français en libérateurs se révoltent et font le lit d'un possible retour de Ludovic le More. Lequel, évidemment, de son côté, avec l'aide de l'empereur n'est pas resté inactif. Il a monté une nouvelle armée. La rumeur parle de son retour vengeur. Dans ce cas, oui, vraiment, Léonard n'a pas une minute à perdre. Si Ludovic reprend Milan, Léonard ne donne pas cher de sa peau. Il n'a aucune confiance en Trivulce pour le protéger. Il met donc son plan de fuite en application immédiate. Hâtivement, il se fait confectionner quelques vêtements de voyage, pour lui, pour Salaï qui, bien sûr, ne le quitte pas. Pour Batista, toujours prêt à le suivre. Il rassemble ses livres, ses effets, quelques œuvres et achève de vider ses comptes. Luciana reste ici avec les artistes, Léonard lui laisse de quoi tenir l'année entière.

En janvier 1500, il est prêt. Mais, il n'a plus envie de bouger. Il faut pourtant y aller. Dire qu'avec sa vigne il croyait avoir rompu avec la vie errante…

Aussitôt – l'instinct de celui-là est d'une sûreté incroyable –, Zoroastre débarque à Milan. La semaine où Léonard décide de partir. Il refait l'inventaire des chevaux qui peuvent faire le voyage, de ceux qu'il doit laisser ou vendre ici. Idem pour les mules. Combien en faut-il pour porter ses affaires ? Combien de caisses ? Un chariot, des couvertures. Pour où ? Quel itinéraire pour leur nouveau périple ? L'Italie s'embrase. Quelle destination ? Seule Venise, la puissante Sérénissime alliée des Français est sûre. Luca qui vient de décider de partir avec lui, à son tour, préconise Venise. Pourquoi Venise ? D'abord, c'est là que se tiennent les meilleurs imprimeurs, ils pourront y faire imprimer leur livre. Et Léonard va enfin connaître la cité lacustre. Pourquoi pas Venise ?

Tout de même, quitter sa terre, celle où pousse sa vigne, mais aussi celle où il a mis sa mère. Quitter son cheval toujours pas fondu mais intransportable. Peut-être renoncer à le voir jamais coulé dans le bronze. Léonard est terriblement triste de tout laisser. Pour un peu, il resterait. Mais il aime la vie, il tient à celle des siens, non, il ne peut prendre le risque de perdre Salaï, Batista, Zoroastre, Pacioli… Azul même, si l'épuration est aussi violente qu'on le promet… Il faut y aller. Il abrège les adieux, fait seller les chevaux, atteler les mules et donne enfin l'ordre de bouger. Allez. Sur la route…

Chapitre 20

Retour au mouvement
1500

« On ne doit avoir ni amour ni haine pour les hommes qui gouvernent.
On ne leur doit que les sentiments qu'on a pour son cocher : il conduit bien ou il conduit mal, voilà tout.
La nation le garde ou le congédie, sur les observations qu'elle fait en le suivant des yeux. »
Alfred de Vigny.

« Le cèdre infatué de sa beauté méprisait toute plante alentour, la fatalité l'exauçant, les plantes disparurent. Le cèdre s'éleva, solitaire, comme il voulait. Alors survint un grand vent qui n'étant arrêté par aucune végétation jeta le cèdre à bas et le déracina. »

Tel est l'épilogue que Léonard consacre à la chute de Ludovic le More. Ce jour de janvier 1500, tous ses biens, tous les siens avec lui, il prend la route sitôt annoncé le retour du More. S'il parvient à reprendre son duché, Luca Pacioli craint pour la vie de ceux qui, comme lui, comme Léonard, ont pactisé avec l'occupant. Pour la première fois depuis des années, à nouveau c'est l'errance.

Il fait froid. Azul est ravi de trotter dans la campagne humide, à croire qu'il a compris que c'était le grand départ pour nulle part. Salaï a paradoxalement le cul beaucoup plus délicat que son maître. Après une matinée à chevaucher, il pleure de douleur. Il ne peut plus ni marcher ni s'asseoir. Il souffre de toutes ces années de paresse, gourmandise et mollesse. Gavé de sucreries et paresseux comme une couleuvre, il peine à continuer. Luca est content de n'être pas celui qui demande qu'on ralentisse, qui implore qu'on s'arrête, qu'on invente une halte urgente ; Salaï lui sauve la mise alors que Batista et Zoroastre suivent Léonard sans mal. Endurants et surtout si contents de chevaucher à nouveau en pleine nature. La route de Milan à Venise est magnifique, la plaine traverse les forêts et toise les contreforts des Alpes, le paysage est d'une sauvagerie plus violente d'être par endroits civilisé.

Léonard est une force de la nature, d'accord… Mais tout de même, Salaï ne comprend pas. À son âge, il devrait être épuisé après la semaine infernale qu'ils viennent de s'offrir. Parce que, pour fêter leur départ, ils ont fait la tournée des grands ducs. Pressentant une longue absence, Léonard a prié Salaï, qui demeure l'intendant de ses plaisirs, d'organiser ses adieux à tous les mauvais garçons des plus mauvais lieux milanais. Et il y en a beaucoup.

Lors, la fête avait ce quelque chose de brûlant et d'irrémédiable qui donne à la baise ses plus violentes saveurs. La fête des sens a ravivé ceux de Léonard qui, depuis l'arrivée de Luca Pacioli, avait tendance à se contenter de ses études. Cette période d'orgies continues a été pour Salaï sa vengeance contre Pacioli qui lui vole son maître de façon incompréhensible, même s'il ne lui prend pas son corps.

Mais l'odeur soufrée des arbres à l'orée de l'hiver rend à Léonard sa jeunesse. Et la joie de chevaucher en liberté. Alors que Salaï n'en peut plus, pleurniche, veut faire demi-tour…

— Bon, d'accord, on va s'arrêter un ou deux jours, le temps que tu te remettes en selle. Mais où peut-on aller ? interroge Léonard à la cantonade.

— Avec un léger détour, plaide Luca, on peut arriver avant la nuit noire à Vapprio d'Adda. Tu te souviens de Girolamo Melzi, cet homme de grande culture avec qui l'on a sympathisé à la dernière fête… Il a tant insisté pour qu'on aille continuer la conversation chez lui. Il était si fier de son panorama… Il souhaitait nous offrir l'hospitalité de sa demeure.

Léonard ne peut retenir un sourire en regardant Luca complètement épuisé et les yeux implorants de Salaï.

— Eh bien, c'est le moment ou jamais. Qui sait quand on reviendra en Lombardie ? Va pour Melzi…

L'accueil est encore plus chaleureux qu'espéré. Girolamo Melzi est fou de joie de revoir ces deux amis-là. En dépit d'un deuil récent, ou peut-être à cause de la mort de sa femme, il n'a plus eu de moments heureux depuis longtemps. Elle est morte de la maladie des pierres cet été, le laissant seul avec un bel enfant d'une dizaine d'années. Si le père de l'enfant est heureux de retrouver Léonard et Luca, et leur ouvre grand les portes de son cœur comme de sa maison, l'enfant, lui, tombe étrangement sous le charme de l'artiste. N'était l'âge de ce gamin, on parlerait de folle attirance et même d'attirance suspecte. Léonard s'en défend, Zoroastre qui voit tout et ose tout dire lui rappelle que Salaï n'était pas plus vieux que cet enfant quand…

— Oui, mais moi j'étais plus jeune alors, rétorque Léonard, incroyablement intimidé par l'amour que lui porte cet enfant. Et Salaï était si maltraité qu'on n'avait pas le choix, on était obligé de le sauver.

— Sauver. Pas sauter, tranche Zoroastre, qui ne renonce jamais à un bon mot.

— Entre-temps, je suis devenu pédagogue. Je sais que le petit Francesco n'attend de moi ni de l'amour ni du sexe, mais du savoir, une transmission de puissance et de gloire. Je ne peux me tromper là-dessus. En vieillissant, on est moins vaniteux, les enjeux ne sont plus les mêmes. Il veut que je le forme. Salaï n'a jamais rien voulu d'autre que mon argent…

Sauf que, cette fois, c'est l'enfant qui ne l'entend pas de cette oreille. Non content de déclarer sur tous les tons et publiquement sa flamme pour Léonard, il insiste en gosse capricieux pour « le suivre partout où il ira ». Une promenade à cheval dans la montagne, c'est bien, mais ça ne suffit pas. Il veut aussi demain, après-demain… Et le suivre quand il reprendra la route.

— Je veux rester avec toi, toujours.

Léonard a compris l'immense douleur du père à qui il ne reste que ce fils, alors, follement, il s'engage. Il promet tout l'avenir du monde à condition que là, maintenant, tout de suite, l'enfant n'insiste plus.

— Dès tes seize ans, tu viens à moi et je te prends comme élève. C'est dans six, sept ans, non ? Quand tu seras assez grand pour voyager seul, tu me retrouveras où que j'aie installé mon atelier. Ensuite, je te promets, on ne se quittera plus. Mais d'ici là, tu dois te montrer à la hauteur de tes rêves et soutenir ton père dans ses travaux et ses heures. Il n'a que toi. Il compte sur toi.

— Mais tu promets, quand je serai plus grand.

— Seize ans. Je te promets.

Personne alentour ne ferait de crédit à pareille promesse, sauf Salaï qui sait l'emprise de ces mots sur un jeune cerveau. Le petit Francesco n'est pas près d'oublier et moins encore de renoncer à la promesse de Léonard. Salaï, lui, se fait fort de l'escamoter de la tête de Léonard d'ici Venise. Mais il neige à pierre fendre. Impossible de reprendre la route dans ce vent glacé qui leur jette de la neige dans les yeux. Luca s'en félicite, la bibliothèque des Melzi fait son bonheur.

— Alors, descendons, après tout on n'est pas à une escale près. Mantoue est à mi-chemin entre Milan et Venise, suggère Zoroastre.

C'est le moment ou jamais. Encore une fois, Léonard est rien moins que certain de revenir un jour par ici.

— Ça fait des années que la marquise de Mantoue, la belle-sœur de feue Beatrix d'Este, te réclame à cor et à cri, n'hésitons pas, se réjouit Salaï d'une escale de cour.

— Puis à Mantoue sont réfugiés tes meilleurs amis, ajoute Zoroastre. Tes deux modèles préférés, les ex-maîtresses de Ludovic le More, Cécilia et Lucrezia, et surtout Atalante.

La décision d'une autre escale rassérène Salaï qui décidément n'aime pas le mouvement. Isabelle d'Este est célèbre pour son sens de l'hospitalité. Ils sont reçus comme des rois. C'eût été dommage de ne pas y goûter... En plus, elle considère Léonard comme un génie. Du moins le traite-t-elle ainsi. Elle rêve de l'attacher à son petit royaume, mais justement, son royaume est bien trop petit pour deux peintres. Ici, c'est Mantegna qui règne sur les arts. Il est très admiratif de Léonard mais ne tient pas à lui céder la place. Léonard est bon camarade. Pour ménager son confrère, il désobéit à Isabelle qui exige de lui son portrait. Il condescend à lui offrir un dessin au dire de tous très réussi, très ressemblant, mais quand il veut le lui laisser, elle exige qu'il le garde afin d'en tirer un panneau à l'huile. Isabelle ne renonce jamais, quand elle veut quelque chose, rien ne doit lui résister. Une main de fer dans un gant de velours, surtout quand elle se fait miel.

En mentant effrontément, Léonard promet de transformer le dessin en tableau. Un jour… Isabelle, la grande mécène, l'amie des arts et des artistes, prête à lui faire un pont d'or pour qu'il demeure chez elle, est en pratique une ogresse, un tyran véritable à côté de qui Laurent de Médicis et Ludovic le More sont encore dans les langes.

Malheureusement, ses amies chéries ont beaucoup vieilli. Assises toutes deux à côté des portraits que Léonard a faits d'elles en vis-à-vis dans le même ravissant petit salon qu'Isabelle leur alloue dans son palais, elles ressemblent aux mères, qui de « la dame à l'hermine », qui de « la Belle Ferronnière ». Ça n'était qu'il y a dix, quinze ans, et pourtant, les ravages sont consommés. Sans qu'on sache pourquoi. Ex aequo au concours d'énormités. À qui avalera le plus de sucreries dans la journée. Et surtout à qui ça profitera le plus vite et le mieux. Ce qui s'apparente pour Léonard à un suicide au ralenti. Elles sont aussi concurrentes quant à l'excellence de l'éducation qu'elles donnent à leurs petits « demi-frères ». Elles ont la maternité heureuse et sans ombre, ces deux anciennes maîtresses du duc, mères chacune d'enfants Sforza. Oh, elles ont aussi des maris, d'autres enfants, mais c'est en tant que mères des neveux d'Isabelle qu'elles sont ici. Neveux de la main gauche, mais neveux quand même. Isabelle élève tout ce petit monde avec la même avidité qu'elle met à retenir Léonard. Elle a des vues sur le duché milanais. Et préfère tenir sous sa férule les futurs prétendants au trône. N'empêche, les ex-maitresses sont très amies, amies intimes et dociles envers la Tsarine, comme elles la surnomment. Se méfie pareillement d'Isabelle le bel Atalante, céans maître de danse et de musique. Il confie à Léonard qu'il se sent moins bien considéré et pas mieux traité qu'un esclave. Cette grande dame aux airs langoureux n'a pas une bonne nature. Ne pas s'éterniser. Pourtant, elle insiste. Elle comble Léonard et sa suite de bienfaits et de compliments à tout bout de champ. Mais une fois la méfiance installée dans le cœur de Léonard, c'est pour toujours. Sous ses magnifiques robes se dissimule un tyran. Son insistance relève du harcèlement. Léonard qui n'y est pas accoutumé s'en trouve bizarrement inhibé. Un comble. Ça le rend cynique, il a toujours inventé des histoires et des facéties, mais là, il se surpasse. Il crée des devinettes comme : « La forêt engendre des fils qui deviendront cause de sa mort : le manche de la hache. » « Ceux qui auront le mieux travaillé seront les plus frappés, les enfants enlevés, écorchés et dépouillés, leurs os brisés et écrasés : les noix des noyers. » « Il sont beaucoup qui égorgent leur mère et lui retournent la peau : les laboureurs de la glèbe. » Pis, si c'est possible, à propos des agneaux : « À une grande partie de l'espèce mâle on interdira la génération en leur arrachant les testicules. On privera de lait les petits enfants. À une grande partie de l'espèce femelle on arrachera les mamelles en même temps que la vie. » Ces trois devinettes ne désignent que les animaux qu'on castre, les bêtes qui servent à faire le fromage et les plats cuisinés avec les truies. Mais tant que l'énigme n'est pas éclaircie, c'est une vision d'une rare violence que ce « jeu » fait partager à l'auditoire.

Salaï ne peut s'empêcher d'aller « visiter » les bas-fonds. Où s'ébrouent des garçons qu'on loue à l'heure. En cette cité dirigée par une maîtresse femme, la misogynie est la règle. Salaï ne résiste pas à colporter l'ignominie des plaisanteries contre les femmes surtout la première d'entre elles. Ses histoires salaces contre les grosses dames moches qui dévorent la chair fraîche des jeunes mâles mantouans font frémir la bande d'invertis de Léonard. Ces blagues sont tellement ignobles que même un homme qui n'a jamais aimé de femmes, comme Léonard ou Zoroastre, en a des haut-le-cœur. Horrifiés par tant de haine et de mépris.

Atalante décide de profiter du départ de Léonard pour fausser compagnie à Isabelle. Décidément, ce magnifique royaume pourvu de merveilles achetées aux quatre coins d'Europe, vraiment plein d'attraits, est fui de toute part. On file à Venise. Plus d'arrêts, plus d'escales, plus d'excuses. Luca y compte nombre d'amis et d'admirateurs, c'est à Venise que son influence est la plus efficace. Il se fait fort de trouver du travail pour Léonard, Zoroastre et même Atalante au charme de qui nul ne résiste, même un moine savant comme Pacioli. Il est trop joli, trop doué, trop généreux, et il peut chanter des heures durant uniquement pour faire plaisir.

Retourner sur la route est une formidable joie pour Léonard. Chevaucher en compagnie de ceux qu'il aime le plus au monde, Zoroastre, Atalante, Salaï, Batista, Pacioli, un bonheur incroyable. Dommage finalement qu'on arrive toujours dans une ville, qu'il faille s'y poser pour y faire sa pelote et demeurer figé quelque temps, trop longtemps, toujours. Le meilleur de la vie est sur la route, en mouvement.

La présence de ses deux plus anciens acolytes, Zoroastre et Atalante avec qui déjà il avait quitté Florence, rend sa joie plus profonde, le rajeunit considérablement. Ils ont trente ans, la vie devant eux, la gloire et la fortune. Sur la route, ils peuvent encore croire que tout les attend. Sur la route, la joie de traverser plaines et forêts avec la caresse ou le fouet du vent sur les joues, et la beauté de cette nature, en plus. Léonard finit par croire son errance choisie.

Sitôt qu'il a franchi les barreaux de sa cage dorée de Milan, certes contraint par le destin, il subit l'excitation du mouvement retrouvé. L'obscurité de la forêt, comparée à l'époque troublée qu'il fuit, semble une calme clairière. Son âge effacé par le goût du voyage, tout l'invite à l'aventure.

— À nouveau l'aventure ? Pourquoi pas chez les doges ? La Sérénissime est à cet instant précisément la capitale de la liberté, pontifie Luca.

— Et une fabuleuse promesse pour les errants ! décrète Zoroastre.

Des errants façon Léonard, qui, après huit jours à cheval, se prend pour un aventurier, alors qu'il a tous les siens près de lui, tous ses biens sur lui et qu'il vient de passer dix-huit ans presque sans bouger à Milan, tenu pour un grand parmi les grands.

C'est vrai qu'en huit jours de route, il a retrouvé la ferveur de la jeunesse, l'excitation du changement, quel qu'il soit, sa passion intacte pour les paysages, sa curiosité insatiable pour la nouveauté. Et Venise en est sacrément une de nouveauté. Une lagune, une ville dans l'eau, des palais qui s'y reflètent en tremblant, les gondoles et leurs si jolis gondoliers. Plus jolis les uns que les autres et encore plus canailles… L'œil de Léonard se pâme sans trêve. Tant de beautés nouvelles éparpillées sur la mer. Les contes vénitiens disaient vrai. De plus, Pacioli lui a fait miroiter que la cité était peuplée de gens très riches, amateurs d'art, de beauté et de nouveautés. L'architecture le surprend, il voit l'Orient s'y profiler, son idée de l'Orient, ses imaginations les plus fantasques prennent un envol plus ample rien qu'à se promener ici le nez en l'air. Des dentelles de pierre, des séductions de jeunes gens ivres, une ville livrée à la volupté jusque dans ses édifices.

Avant de quitter Milan, voyant comment tout tournait, il a obtenu du roi de France de solides lettres de créance que Pacioli s'engage à remettre aux bonnes personnes. D'ici là, Léonard fait du tourisme, visite, se balade, croise l'émotion à chaque coin de rue, les odeurs sont des guides, des enjôleuses, on les suit et l'on se perd. Pacioli a trouvé un palais délabré mais assez grand pour les héberger tous, avec des écuries pour soigner les bêtes fatiguées et même une cuisinière pour restaurer ses amis à la *fiorentina*. D'abord, Léonard a couru et trouvé d'instinct les célèbres statues équestres qui font la gloire de Venise. Il tombe très vite sur le *Colleoni*, la dernière œuvre de Verrocchio qui, au moment où Léonard avait le plus besoin de lui, a quitté Florence pour faire ça. Ça valait le coup. C'est follement beau et encore terriblement novateur. Léonard salue ce chef-d'œuvre comme d'autres s'inclinent à l'église le temps d'une prière. Puis pénètre dans l'église Santa Maria dei Servi pour admirer le tombeau que Verrocchio a conçu pour le doge en 1485, dont il n'avait qu'entendu parler, ayant gagné Milan ces années-là. Décidément, ce maître qu'il voulait mort fait un retour en force.

Luca Pacioli est bien introduit dans la Sérénissime et il a l'amitié généreuse, il sait mettre en valeur et présenter Léonard le plus chaleureusement du monde. Salaï est furieux. Il ne comprend pas pourquoi, ici, Léonard a besoin d'un ambassadeur pour travailler. Il est impensable aux yeux de Salaï que chacun ne mette pas un genou à terre au passage du génie. Ou alors il s'est trompé sur tout. Que celui sur qui il a tout misé ait besoin d'un héraut, d'un porte-voix pour être reconnu l'humilie, lui, Salaï, personnellement, le rend malade. D'ailleurs, il s'alite. Et Batista qui ne rêve que de gambader dans la cité est tenu de le soigner. Relayé par Atalante et Zoroastre qui ne l'aiment pas non plus mais ont compris ce qu'il représente dans la vie de Léonard. Salaï déteste Venise. C'est quoi cette prétendue Sérénissime où il faut être présenté pour travailler quand on s'appelle Léonard ? Grace à moi Léonard est libre, seul et libre d'aller son train de gourmand dans cette cité qui l'enchante. Le soir, au chevet de son petit ami capricieux, il n'ose lui dire qu'il rêve de s'y installer. Toutes les jalousies de Salaï se sont focalisées sur Venise. Pacioli sait faire connaître et apprécier son ami comme la huitième merveille du monde. D'ailleurs, sitôt que Léonard paraît, son charme opère. Il séduit, sa conversation emballe, son esprit bouleverse tous les sexes, ses inventions défrayent la chronique, sa profonde originalité est ici plus qu'ailleurs honorée. Salaï respire mieux. Luca décroche un premier engagement pour Léonard qui exhausse ses idéaux de jeunesse. On le sollicite comme ingénieur de guerre, métier qu'il a toujours rêvé de pratiquer et pour lequel personne n'a daigné lui faire crédit. Dire que Luca lui a décrit Venise comme un havre de paix et que, à peine arrivés, des bruits de bottes se précisent. Pour un peu, et s'il poussait la mégalomanie au-delà de son art, Léonard croirait que la guerre le poursuit, que la guerre le cerne, lui en veut personnellement. Outre le renoncement à son grand cheval pour préparer une guerre qui n'a pas eu lieu mais l'a exilé de Milan, Venise l'accueille dans l'alarme d'une invasion turque. Comment barricader cette cité ouverte de tous côtés contre l'ennemi plus que déterminé qui la menace de la porte à côté ? Telle est la question posée à Léonard, ingénieur militaire.

Quelles solutions de défense l'artiste va-t-il pouvoir inventer, auxquelles les Vénitiens n'aient pas songé ? Plus que par sa lagune, c'est par la plaine du Pô que Venise est particulièrement exposée : Léonard décide de s'en prendre aux fleuves. Il va sur place et remarque qu'un affluent du Pô, l'Isonzo, peut servir de barrage aux hordes mahométanes. À l'aide de quels artifices maîtriser les éléments à l'heure où ils se déchaînent ? Outre les digues qui n'ont pas toujours résisté aux inondations du Pô en colère, Léonard invente un système d'écluses mobiles successives. Ces écluses ont pour but premier de réguler crues et décrues du Pô en amont de Venise, mais aussi, et c'est là l'invention la plus audacieuse et la plus folle, d'inonder la plaine en cas d'invasion barbare. Noyer l'ennemi.

À nouveau à cheval à sillonner le pays, Léonard est heureux. Chaque jour, il parcourt des lieues et des lieues accompagné de Batista, il découvre une plaine humide et brillante qui lui offre des paysages inédits. Son projet hâtivement rédigé est présenté au conseil de guerre qui est séduit. Séduit mais soupçonneux :

— L'idée est insolite mais dangereuse, non ?

— Le Turc ne l'est-il pas davantage ? Et contrairement à une inondation volontaire, l'envahisseur vient quand il veut et repart de même, s'il repart. Il reste le temps qu'il veut, toujours peut-être, et soumet tout sur son passage. Beaucoup plus difficile de s'en débarrasser que l'eau qu'on a soi-même fait venir. Il n'existe pas d'écluses anti-Turcs.

Malgré la chute de Byzance il y a quarante ans, le Turc terrorise encore. Comme le Vénitien est son plus riche et plus proche voisin, et son concurrent pour la domination des mers, il en a fait son meilleur ennemi, son rival préféré. La suprématie de la Sérénissime l'a longtemps tenu en sommeil. Les guerres italiennes ont réveillé le Turc.

Après avoir agréé le projet de Léonard, on le paie. Mais quand il propose d'aller superviser la mise en place des écluses, on lui annonce tout uniment que son projet ne verra jamais le jour !

Malheureux et surtout vexé, il retourne à ses pinceaux. Pendant son absence, Salaï a fait sa propagande. Et bien sûr, mais qui en doute, sa pelote. Léonard découvre qu'il a « vendu » – oui, vendu –, offert contre de l'argent aux artistes fascinés par sa réputation le droit de voir, le droit de jeter un œil sur ses œuvres, et ce, bien sûr, dans le plus grand secret. Salaï a vendu un droit de regard ! Léonard serait furieux s'il avouait, mais Salaï n'avoue jamais, Léonard peut donc feindre de n'y pas croire, de ne pas savoir.

Léonard qui fait profession de ne jamais détester personne a un autre a priori, celui d'être favorable aux artistes, toujours de leur côté contre n'importe quel maître ; tous sont ses frères. Dans la grande tradition florentine de Lippi à Botticelli. Des gueux peut-être mais ses frères.

Salaï, non content de louer à l'heure la vue de l'œuvre de son maître, se fait passer pour davantage qu'un assistant. Il se fait mousser comme peintre de l'atelier du grand Léonard. Qui le prend en flagrant délit de ce mensonge-là. S'en amuse et décide de le prendre au mot. Ah ! il prétend au statut d'artiste ? Eh bien, à dater de ce jour, il ne va plus le lâcher. Qu'au moins il apprenne à tenir un pinceau, et à le tenir correctement, il s'agit de ne pas décevoir le maître, de ne pas lui faire honte.

N'empêche qu'avec ses combines il s'est fait un joli pécule, mais depuis que Léonard y a mis un terme, il veut quitter Venise.

— Ici, ça suffit, non ? On rentre ?

— On rentre où ? J'espérais m'installer un moment ici.

— N'y compte pas.

Pour une fois, Zoroastre et Atalante sont d'accord avec Salaï.

— Venise n'est pas une ville pour toi, décrète le forgeron qui, lui, peut toujours s'installer partout.

— Ah oui ! Et pourquoi ça, s'il vous plaît ?

— Tu es allé voir Bellini, le coupe Atalante.

— Oui, c'est très beau. C'est un grand à l'égal de Pipo.

— Et Giorgione, tu es allé dans son atelier ?

— Oui, ce sont vraiment des artistes magnifiques, comme seule Florence en suscitait hier.

— Là n'est pas la question, reprend Zoroastre, as-tu regardé comment marchent leurs ateliers ? Tu te rappelles les Predis, leur petite entreprise familiale et dynamique qu'ils faisaient tourner de façon très conservatrice, pas du tout novatrice.

— Peut-être, mais ils étaient généreux, curieux, ouverts...

— Arrête de les défendre, eux pas plus que les Vénitiens ne te défendent, ils sont même prêts à médire de toi en secret, ajoute Salaï.

— ... Mais si tu persistes à vouloir t'installer ici, comme tu risques d'y rafler toutes les commandes, ils te rejetteront violemment. Aujourd'hui, ils t'admirent, ils te copient, ils te pillent même, mais ne t'avise pas de rester dans leurs pattes.

— Tu n'es pas d'ici, et la Sérénissime saura te le faire sentir, précise Pacioli arrivé entre-temps. Tu n'as pas dans ton lignage plusieurs générations d'artisans vénitiens qui t'auraient de longue date forgé ta place.

— Alors, dehors..., conclut Salaï.

Atalante et Zoroastre opinent en chœur.

— C'est donc ça le grand vent de liberté tant vanté, la gigantesque ouverture sur le large…, bougonne Léonard.

— Mais oui, c'est ça. Ici, tu peux toujours venir, malotru, malfrat, criminel, banni ou en fuite, on te laissera entrer et même t'installer, tu peux même être embauché pour UN travail. Mais pas deux.

— D'ailleurs, continue Léonard, j'ai réfléchi au fait que, satisfaits et même ravis de mon travail, ils le payent rubis sur l'ongle pour aussitôt le jeter au fond d'un placard. Allant jusqu'à m'avouer qu'ils ne l'exécuteraient jamais. Toi, tu as compris pourquoi. Tu as une interprétation d'une pareille attitude ? demande-t-il directement à Pacioli.

Après tout, c'est lui qui a insisté pour que Léonard aille à Venise.

— Oui, et j'ai même enquêté, si tu veux le savoir, parce que quand même ça m'intriguait.

— Alors ?

— Alors, pour la première fois depuis très longtemps, Venise se sent menacée par le Turc. Elle craint une guerre sur son territoire, elle qui a passé sa vie à guerroyer sur celui des autres. Aussi s'est-on immédiatement défié de toi, le Florentin passé sous les ordres de Ludovic le More et qui, après vingt ans de bons et loyaux services, le trahit sans état d'âme pour celui qui le démet. Là-dessus, tu te vends aux Français et tu viens ensuite proposer tes services d'ingénieur militaire à Venise. Pareils revirements ne peuvent être le fait que d'un traître, explique Luca, pas fier, après lui avoir tant vanté les charmes de la Sérénissime…

— Un traître doublé d'un espion, précise Atalante qui connaît Venise et sa maladie du soupçon.

— Et comme, au dernier moment, les Vénitiens ont lâché les Français et laissé Ludovic reconquérir Milan, ils n'ont aucun mal à s'imaginer que tu es comme eux : rendu au plus offrant, poursuit Luca. Et que tu n'hésiteras pas à céder aux Turcs les plans de défense qu'ils t'ont payés. Tu toucherais des deux côtés et les mettrais en danger s'ils réalisaient tes plans. D'ailleurs, ils sont persuadés que tu leur as refilé des plans que tu avais déjà effectués pour les Français ou pour les Milanais.

— Bref, on se méfie de toi ici de toutes les manières possibles.

— On n'a qu'à s'en aller. Rien à faire ici. Maintenant que vous me le dites, que je sois au palais des doges ou dans l'atelier de Giorgione, je sens toujours la même légère défiance. Imbécile que je suis, je l'ai prise pour une manière vénitienne de respect !

— Un comble ! Imbécile, oui, vraiment, persifle Salaï toujours content d'enfoncer son maître avec son assentiment.

— Partir, mais pour aller où ? se mêle soudain Batista, l'homme pratique de la situation.

Chacun de proposer la destination de ses rêves. Dieu que l'Italie est diverse et prometteuse ! Impossible de se mettre d'accord. Atalante veut aller à Rome. Pacioli à Naples, chez les Espagnols. Zoroastre à Florence, chez lui. Salaï retournerait bien à Milan, ça s'est un peu calmé, là-bas… Il redoute Florence par-dessus tout.

— Après tout, tu as raison, dit Léonard à Zoroastre. À Florence, au moins, on est chez nous, ils ne peuvent pas nous jeter comme des étrangers…

Salaï insiste :

— Mais pourquoi ne veux-tu pas rentrer chez nous, sur nos terres, à Milan ?

— Parce qu'à Milan la situation n'est pas claire. Il paraît que des archers français ont saboté mon grand cheval de plâtre, le dernier espoir qui restait de le voir un jour fondu, et que le retour de Ludovic a entraîné la mise à mort de nos amis restés sous la domination des Français. Mon rêve milanais est brisé si mon cheval est ruiné. Milan m'a trahi.

— À Florence, sous Savonarole, ils ont brûlé les invertis, tu m'as même parlé de gens qui n'étaient que soupçonnés de l'être. Déjà, tu m'as dit qu'avant de venir à Milan tu y avais été poursuivi pour sodomie.

— J'ai des amis là-bas, de grands amis. Botticelli et Pipo. Des peintres, de vrais artistes. Et aussi un père, vivant, je crois bien. Il y eut même une époque où Florence m'a fêté. Puis je vieillis et le climat y est meilleur.

— Allons-y. On verra bien. Maintenant, on sait que de partout on peut repartir du jour au lendemain comme on est venu, tranche joyeusement Batista.

— Tu as raison, n'est-on pas les plus libres de n'avoir pas besoin d'attaches ? réplique Léonard subitement rajeuni.

Le goût du voyage lui est revenu en même temps que le désir du pays natal. Passer, ne faire que passer, n'est-ce pas là le sens de la vie ? Et passer debout, fier, à cheval, avancer plus loin.

Florence comme port d'attache, pour l'instant, ça lui va. Après la déconvenue vénitienne, Florence ne peut pas être plus humiliante.

Chapitre 21

La sainte Anne
Florence 1501

« *La peinture est un poème qui se voit.* »
Léonard de Vinci.

Le moins qu'on puisse dire c'est que Florence ne lui a pas déroulé le tapis rouge. Pas de retour du vieil enfant prodigue, certes, mais de là à ce que ce soit si pénible, Léonard ne s'y attendait pas.

Mal doué pour crier misère, son orgueil ne lui permet pas de laisser supposer qu'il souffre. Aussi ne cesse-t-il de retirer de l'argent de son compte du mont-de-piété de Santa Nueva. Ne rien perdre de son train de vie ! Non content d'assurer la subsistance de ses animaux et des siens, il veille au superflu. Pas un ruban ne doit manquer à Salaï. Il édicte un principe : « Si tu prétends faire de l'argent pour assurer ta vieillesse, ton effort manquera et tu ne parviendras pas à la vieillesse, ta vie sera pleine de songes et de vaines espérances »... Façon indirecte de plaider pour le *carpe diem*. À l'usage du dépensier Salaï qu'il ne renonce jamais à instruire en dépit de ses refus obstinés. À quoi Salaï a beau jeu de répondre que ce sont des arguments de pauvre. Et certes, leur arrivée à Florence n'a rien de glorieux.

Léonard espère bénéficier de la réputation de grand artiste que Milan lui a ciselée, mais seuls ses pairs en ont conscience. Eux seuls savent lire l'incroyable nouveauté qu'il apporte à tout ce qu'il touche. Parmi les autres préceptes qu'il tente d'inculquer à Salaï et qu'il a toujours appliqués à la lettre, il y a une immense volonté de toujours garder la haute main sur sa vie, de ne jamais perdre l'initiative : « Le fer se rouille faute de servir, l'eau stagnante perd sa pureté et glace par grand froid. Et l'inaction sape la vigueur de l'esprit. » Il ajoute à l'intention de Salaï, affalé, gourmand, gavé de sucreries : « Allez, bouge-toi, tu t'empâtes… »

Lui-même n'arrête pas. Tout est bon pour nourrir les siens. Il accepte des travaux de peu d'intérêt et d'aucune gloire, comme quelques conseils pour la réfection de San Miniato qui menace ruine avec sa colline. Quelques ornementations pour la villa du marquis d'Este. Il s'y livre avec joie. Il mène une vie des plus instables, mais qu'est-ce au juste que la stabilité ?

Luca Pacioli est nommé maître de conférences au *studiolo* de San Marco, leurs recherches reprennent aussitôt. Sur les collines de Florence où Léonard a eu ses premières idées de vol humain, il retrouve ses repères et décide que c'est d'ici que l'homme s'envolera pour la première fois. Léonard doit faire vite s'il veut être cet homme-là, il vieillit malgré tout. Avec l'aide de Pacioli pour les calculs aérodynamiques, il pense y parvenir dans les trois mois…

Il a confirmation que les archers gascons, fleuron de l'armée française, avant de quitter Milan ont achevé de détruire son grand cheval. Hors de question d'aller vérifier par lui-même. Un de ses amis a été sauvagement exécuté par Ludovic de retour à Milan, qui punit ceux qui l'ont trahi. Léonard est parti à temps. N'empêche, quel chagrin !

Florence n'a plus grand-chose de l'éclatante cité qu'il a quittée il y a vingt ans. L'esprit Médicis est mort. L'épopée et l'extase sont davantage au goût du jour que la légèreté et la grâce. Mais comment fait Botticelli pour respirer ? La peste, les famines, les guerres, Savonarole, ses « bûchers des vanités » et ses brigades d'enfants fanatisés sont passés par là, ont laminé êtres et biens. Les Médicis ont été chassés et, cette fois, on dirait que c'est pour longtemps. Le bûcher où l'on a brûlé Savonarole fume encore dans les esprits. Le climat d'angoisse religieuse et politique ne s'est pas amélioré pour autant. L'air ambiant est pesant. Peu favorable à la vie telle que Léonard l'aime, grand train ostentatoire, fêtes et mises en scène… Aussi, sans commandes dignes de ce nom, il continue de puiser dans ses économies. Cinquante florins par cinquante florins, il devient urgent de trouver de nouvelles commandes…

Revoir son père ou non ? Telle est au fond la grande question qui sous-tend ses premiers mois en Toscane. Il commence des lettres qu'il n'achève pas ou, achevées, qu'il jette tant elles sonnent faux, reflètent trop la bouillie qu'il a dans la tête à l'évocation de son père. Ce dernier est en deuil, paraît-il. L'un de ses enfants vient de mourir, la maladie des pierres. Un enfantelet. Raison de plus pour ne pas le déranger. Ils ne se sont pas vus depuis près de vingt ans. Ser Piero ne peut ignorer que son célèbre fils est à nouveau dans la cité. N'est-ce pas plutôt à lui de l'accueillir, à lui de faire un geste ? Restent les amis. Ses vrais frères, les artistes. Pipo, Botticelli et, revenu avec toute sa ferveur d'ancien enfant, Piero di Cosimo, toujours aussi fou, halluciné par moments, hanté par la mort et ses joyeuses danses macabres. Sur lui aussi, Savonarole, ses enfants déchaînés et ses bûchers ont produit d'étranges effets. Sa peinture témoigne d'un univers singulier. Son délire fixé sur panneaux est serti de splendeurs. Ghirlandaio est mort de la peste. Et Botticelli a encore maigri. Aidé de cannes, il parvient à se mouvoir. Oh ! lentement. Mais il remarche. Il demeure cet ami unique, incroyablement proche, avec qui Léonard passerait aisément toutes ses heures tant leur entente est profonde. Mais sans trêve, Léonard doit courir afin d'assurer le vivre et surtout le toit des siens. Depuis son arrivée, il a dû les disperser à droite, à gauche, chez les uns, les autres. Batista, pour ne pas quitter les chevaux, Marcello, les oiseaux, les chats et les chiens, est resté à quelques lieues de Florence dans une ferme du *contado*. Quand seront-ils à nouveau réunis ? Salaï est furieux. Déjà, avant d'y venir, il redoutait Florence, maintenant il sait pourquoi. Il est tout le temps sur ses gardes, il s'y sent mal. Par chance, ici, Atalante et Zoroastre n'ont pas besoin de Léonard pour trouver leur subsistance. Depuis l'adolescence, ils sont ici chez eux, ils marchent dans leurs pas d'enfants et retrouvent tous les dix mètres des traces de leurs folies. Ainsi découvrent-ils que l'atelier Verrocchio est définitivement fermé. Qu'est donc devenu Lorenzo di Credi, lui qui l'avait repris ? Plus anecdotique et plus intime, la cause de leur premier exil, le « jeune » Saltarelli n'est plus. Il a été assassiné ! Ça n'étonne personne.

Aucune de ces nouvelles n'a le don de toucher Léonard, à croire qu'il s'en fiche. Il ne montre rien de ce qu'il ressent, plus encore ici qu'à Milan. Impassible, figé dans la nouvelle image qu'il a adoptée, celle du savant solitaire. Dans l'intimité de ses carnets, il avoue n'aller pas très bien. Il doute de son avenir et du chemin à prendre. Au point que lui, le rationnel, le pragmatique, le réaliste, qui ne croit qu'aux faits avérés et à l'expérimentation, lui qui a pris de si grandes distances avec les aspects superstitieux de la religion qui pullulent ces temps-ci, va consulter une diseuse de bonne aventure. Il en sort furieux, évidemment. Il note scrupuleusement le prix que cette escroquerie cumulée à sa bêtise lui coûte. Mais plus encore que furieux, il est honteux d'avoir cédé à si superstitieuse terreur. C'est indigne de l'idée qu'il a de lui. Surtout, n'en parler à personne. Il note quand même son obscure prédiction : « fortune et gloire derrière la montagne » !

Ne reste que l'amitié pour ne pas désespérer de tout. Il retourne dans l'atelier de Pipo. Ils se tombent dans les bras, le corps a une mémoire étonnante, et ces deux-là se sont aimés quand ils étaient enfants. Il s'intéresse beaucoup à son travail, il a tant fait de progrès. Pipo lui montre ses cartons et lui explique ce qu'il démarre là.

— C'est merveilleux, Pipo, quelle chance tu as, ce retable est un bonheur. Voilà une commande comme j'adorerais en avoir ces temps-ci. Et tu vas le traiter comment ? demande Léonard à l'héritier et de son père Lippi et de Botticelli.

Pipo aime et admire autant Léonard qu'il y a vingt-cinq ans, énamouré comme à quinze ans, fidèle à lui-même autant qu'à ses amours anciennes. Il s'interroge à voix haute :

— Vraiment, cette commande te paraît intéressante ? Pour moi, c'est une contrainte, tu sais. Alors, si je peux t'arranger le coup avec les moines servites de l'Annunziata, ça te plairait de m'y remplacer ?

Léonard n'ose croire à tant de délicatesse et de grandeur d'âme. Il préfère penser que le fils Lippi est tant couvert de commandes plus gratifiantes les unes que les autres que ça ne lui coûte rien de lui concéder celle-là. Ça l'arrange de voir les choses ainsi. Il ne sait pas se sentir redevable avec grâce. Pipo va donc plaider la cause de Léonard, aisée à défendre : « … Le plus grand d'entre nous, il vous fera un retable à défier les siècles… » Trop heureux de servir d'ambassadeur à l'homme qu'il admire le plus au monde, Pipo court chez les servites. Et là, sur qui tombe-t-il ? Ser Piero, le père de Léonard, qui fait office de notaire pour ces moines.

— Que fais-tu ici, toi, l'artiste ? lui demande-t-il.

Il a oublié la haine hier déversée sur Léonard à cause du petit Lippi. Depuis, son fils a rencontré la gloire, aux ordres de qui un notaire est toujours soumis. L'homme est flatté par l'incroyable réputation de ce fils-là. De lui, il n'attendait que le pire.

— Étrange coïncidence, je suis venu plaider la cause de ton fils. Je devais livrer un retable pour l'autel de l'Annunziata, mais Léonard en a envie, et moi je n'ai pas beaucoup de temps.

— Tu peux compter sur mon appui inconditionnel…

La tâche n'est pas difficile. Si le nom de Léonard est arrivé aux oreilles des servites, l'appui de ser Piero gomme quelque peu sa sulfureuse réputation. Et Pipo est le meilleur ambassadeur que Léonard ait jamais eu. Tout le monde l'aime, lui. Et comme l'ordre des Servites est aussi riche que puissant, il est aisé, avec le notaire pour allié, de changer le nom de Pipo sur le contrat pour celui de Léonard. Son père lui doit bien ça.

Quand Léonard lui saute au cou pour le remercier, Pipo est pourtant gêné de lui annoncer que, si son père n'était intervenu, il n'y serait pas parvenu aussi facilement.

— Comment ça, mon père ?

— Il était là, je lui ai dit ce que je venais faire. Il m'a appuyé de tout son poids.

Léonard déteste cette confusion des genres. Mais il s'arrange pour effacer son père de son esprit et n'éprouver de gratitude qu'envers Pipo. L'un de ses pairs. Pas son père. Jamais son père !

Pour les services qui gèrent l'église de l'Annunziata, son cloître, ses dépendances, terres et exploitations agricoles hors les murs ainsi qu'un couvent de campagne pour vieux moines, l'année a été bonne. Ils sont riches. Ils commandent un grand retable composé de deux tableaux sur chaque face. C'est dans ce cadre somptueux que Léonard doit inscrire son œuvre aux dimensions considérables : deux panneaux de 3,33 mètres sur 2,18 mètres chacun, plus une série de saints, debout, en pied, à ranger dans les niches latérales. Il y en a pour des mois, sans doute plus. Léonard doit embaucher aides, assistants… Et, bien sûr, comme c'est la coutume, les loger sur place, de préférence. Il a physiquement besoin de rassembler toute sa troupe pour se mettre au travail. Où ? Pour ne pas perdre de temps, les moines servites lui proposent de s'installer dans la dépendance d'un gigantesque presbytère. Léonard, sa troupe, ses bêtes et qui il faudra… Inespéré. Ils y tiennent tous et sont même au large. Après leur tapageuse et joyeuse installation, Léonard profite de la place vacante pour se fabriquer un petit atelier dévolu à d'autres travaux, un atelier secret. Le principal espace va au retable, mais l'artiste passe le plus clair de son temps dans son réduit secret à mettre au point le vol humain. Il va pouvoir tester ses calculs. Il est urgent de les peaufiner. C'est pour bientôt. Bien installé et enfin rétribué, il cède à ses démons : ne pas faire ce pour quoi on le paie. Depuis son arrivée à Florence, il a puisé plus de deux cents florins dans sa cagnotte. Il était inquiet, mais pas assez pour s'atteler toutes affaires cessantes à son retable. Pourtant, plus vite il l'achèvera, plus vite ses problèmes d'argent s'arrangeront. Mais revoir Florence, Botticelli, Pipo, Piero di Cosimo… Les ruelles, les paysages du *contado*, risquer d'y croiser son père à chaque sortie, tout ça le rend bizarre. Il se trouve à la fois bien et mal, heureux et malheureux. Pétrie de contradictions, la vie à Florence lui fait un drôle d'effet, comme une régression, mais aussi la certitude d'être autre aujourd'hui que celui de la *tamburazione* d'avant-hier. Salaï lui fait savoir tous les jours que Florence lui déplaît. Léonard n'en a cure. Il a besoin de retrouver ses marques. Il cherche, il retourne s'asseoir dans l'atelier de Botticelli. Non. La passivité de l'amitié ne lui convient pas. De l'action. Du mouvement. Il retourne à l'Annunziata. Il n'a toujours rien entrepris. Allez, il s'y met. Le sujet exigé par les servites est une Mère à l'Enfant, avec la sainte Anne, la mère de Marie. Là, Léonard retrouve ses marques, là, soudain, il comprend ce qu'il est venu faire à Florence. Ressusciter ses mères, toutes ses mères.

Albiera, Catarina, les deux jeunes femmes qui l'ont bercé bébé. Sa mère et la très jeune épouse de son père morte de ne pouvoir enfanter. Il sait désormais, tout Florence sait que c'est la dernière épouse de son père, de dix ans plus jeune que Léonard, qui s'oppose à ce qu'il mette un pied dans la maison où grandissent ses « purs enfants ». Aucun contact avec le bâtard, l'inverti, le va-nu-pieds, le gaucher, le végétarien, le rouquin… Oh, elle n'est pas en peine de malédictions. Depuis qu'elle est née, elle entend la rumeur. Elle sait ce qu'il faut penser de ce « malade ». Elle fait un chantage constant à son vieil époux à propos de son « péché de jeunesse ». Elle ne veut pas le voir chez eux.

Léonard va pourtant lui forcer la main. Depuis qu'il est ici, il s'est arrangé pour ne pas risquer de croiser son père.

Attendant quelque chose, un signe de sa part. Il est obligé de constater que ce signe, il l'a fait. Pipo lui assure que, sans la volonté de son père, il n'aurait pas eu le retable. Il peut donc le revoir, ne serait-ce que pour le remercier. Il confie à Batista une missive à porter à son étude. Puisque ser Piero n'a pas le droit de recevoir son fils chez lui, Léonard refuse de le laisser pénétrer sur son domaine. La première entrevue, après vingt ans d'absence, a lieu piazza Santo Spirito. Une place publique !

La terreur de Léonard était de ne pas le reconnaître. Il avait tort. Non seulement le vieil homme n'a pas changé, mais en plus Léonard s'est mis à lui ressembler, comment dire, violemment. Impossible à renier. Bien fait pour lui. Toujours grand, quoique légèrement voûté, on sent que la force est là, fatiguée mais présente. Chauve, mais on dirait seulement que son front n'en finit pas. Vêtu avec élégance, et même une certaine grâce, constate le fils flatté. La main tremble un peu ? Non, ce n'était que l'émotion de l'instant, il s'est repris.

Après tout, ils sont en public. Et même pas au cœur de la cité, mais Oltr'Arno, sur une place publique ! Dans quel but ? Cacher sa honte ? Ne pas se laisser surprendre ? En tout cas, c'est gagné, l'espace public empêche toute intimité, toute émotion… Quoiqu'au moment de se saluer, hésitant entre un salut de la tête et une embrassade, Piero opte pour l'accolade. C'est là que Léonard le sent trembler. Comble d'ironie, il n'est pas venu seul, mais accompagné d'un de ses fils, celui qui doit lui succéder comme notaire. Le jeune homme ne connaît Léonard que de réputation, la mauvaise, celle de la *tamburazione*. Il le hait immédiatement. Ou bien le haïssait-il d'avance, préventivement ? Léonard s'en fiche, c'est l'attention de son père qu'il cherche à capter, lequel ne cesse de jeter des regards en tout sens, aux quatre coins de la place. Peur d'être surpris ? Manifestement gêné, jamais il ne croise les yeux de son fils aîné. C'est à la limite du supportable. D'autant que ça n'empêche pas ser Piero de le harceler de questions inquisitoriales : « … Quel argent, combien gagnes-tu ? Comment vis-tu ? Avec qui ? Pourquoi tant de monde autour de toi ? tant de bruit ? Et toutes ces bouches à nourrir, comment y parviens-tu avec des rentrées si irrégulières ? » Typique discours de marchand enrichi, du dernier bourgeois. Odieux. Glacial. D'un autre monde. Léonard ne fait même pas mine de lui répondre. Il se promet de ne pas oublier de ne jamais le revoir. Terminé. Enterré ! Il doit se persuader qu'il n'a plus de père. Il y arrivera. Il n'en a jamais eu beaucoup. Maintenant, c'est plus du tout. Voilà.

Il entend penser son demi-frère, et sa pensée n'est qu'invective, « bâtard, inverti, sodomite, pauvre… ». Pauvre, surtout. Il récite ce qu'il a toujours entendu dire. C'est ce qui lui donne ce regard si méprisant. Adieu, pense Léonard en prenant dignement congé. À jamais, j'espère, se répète-t-il, en promettant pourtant « à bientôt »… Il s'en veut de sa lâcheté. Mais ici, son père exerce un pouvoir occulte considérable. Autant rester courtois. Cette bizarre rencontre lui fait plus de mal que de bien. Son père sur ce banc. Peut-être sera-ce sa dernière image de lui ? Il ne l'a pas traité en étranger mais en intrus, pis, en pestiféré. Mais n'est-ce pas ce qu'il ressent partout dans Florence ?

Peindre l'ennui. Voler ? Oh, oui. Voler, il n'a plus que ça en tête, rien d'autre ne l'excite, mais il sait ses calculs approximatifs, il ne peut prendre ce risque. En réalité, il ne sait plus trop où il en est, la rencontre avec son père n'a rien résolu, au contraire. Sa vie lui semble flottante.

Erratique. Où aller ? Que faire ? À quoi croire ? À quoi s'atteler ? De quoi rêve-t-il ? De fortune, de gloire, toujours ? Plus vraiment. Plutôt d'aventures qui le raviraient à lui-même. Voler ! Il s'y remet. Mais les moines servites, ne voyant rien venir, s'impatientent. Et surtout, beaucoup plus grave pour le fils de ser Piero, le font savoir alentour. Léonard ne peut décemment prendre le risque, pour sa première commande officielle, de s'arrêter avant d'avoir commencé. Alors, il bâcle. Et en moins de huit jours il exécute un gigantesque carton. De la hauteur d'un homme mais de la largeur de deux. Impressionnant. Si impressionnant même aux yeux des quelques visiteurs amis de Léonard qu'ils le décident, pour faire patienter les moines, à leur montrer le carton. Les commanditaires se pâment. Tant et si bien que, sans attendre les finitions, ils en font profiter les Florentins, leurs ouailles. Pour la première fois dans l'histoire de l'église, une sorte de procession est organisée afin que chacun puisse défiler devant le chef-d'œuvre inachevé ! Défiler devant un carton ! Incroyable ! Et les moines ne prennent pas prétexte d'une quelconque fête-Dieu, d'un humble saint à honorer. Non, c'est à une procession païenne que la ville est conviée. Tout Florence défile, ça dure deux longues journées. L'enchantement opère, et il est contagieux.

Le réfectoire du couvent a été spécialement aménagé par Léonard et les siens avec cet art consommé du décor et de la mise en scène. Il a reconstitué l'idée qu'on se fait d'un atelier en plein travail. Le fouillis comme la poussière ont été pensés par Léonard. Aucun laisser-aller dans une présentation publique. Une très grande pièce aux murs défraîchis, aux pierres couvertes de salpêtre. Cet ancien réfectoire que les moines n'utilisent plus tant il est humide est éclairé plein nord, idéal pour la lumière. Sur de longs tréteaux, des salades et des fruits. Léonard est toujours un végétarien entêté. Il propose aussi des plats de fromages et des tonneaux de vin, offerts à profusion mais sans esbroufe aux invités de marque. Parmi lesquels le plus attendu d'entre eux, Botticelli. Bancal mais debout.

— Ah ! toi. Enfin. C'est toi que j'attends le cœur battant. C'est ton jugement qui m'importe.

Et Léonard d'ouvrir grands ses bras. Sa joie et sa tendresse sont encore plus démonstratives que dans le souvenir de Botticelli et des artistes florentins. Oui, un ami très cher.

— Allez, je te montre. Tu n'es pas venu pour autre chose.

Et là. Alors là ! Botticelli se fige.

— C'est incroyable. Bien sûr, on reconnaît la sainte Anne, sa fille Marie et l'Enfant Jésus qui joue avec un agneau. Mais on n'a rien dit. Il est d'ailleurs presque impossible d'exprimer ce qu'on ressent face à ça. La mère et la fille semblent avoir le même âge, les corps emmêlés, joints, et partout le même sourire. L'Enfant Jésus sourit, et même l'agneau, dirait-on… C'est l'invention du sourire !

À voir l'état d'exaltation où ça le jette, Léonard ne s'est pas trompé, Botticelli n'est venu que pour ça, ce choc que toujours sa peinture provoque. Il est le seul que Léonard rêve d'épater. Entre eux, ce n'est pas la guerre, c'est même très sûrement un amour qui ne dit pas son nom, mais une vraie rivalité artistique qui génère la seule émulation qui fasse encore s'acharner Léonard. Sans fin ni répit, ces deux-là cherchent à se plaire.

— Ça n'est qu'un carton préparatoire au crayon, à l'eau.

— Mais déjà on a une impression de peinture, de couleur. Du dessin qui rend le modelé et le relief comme la peinture.

C'est plus fort que tout ce que Botticelli a vu dans sa vie. Plus fort que ce que tous ici ont jamais vu.

— On est là face à une révolution, dit Pipo qui les a rejoints.

Lui aussi reste ahuri par la sainte Anne.

Long silence. Le choc est immense.

Silence béat d'émerveillement.

La main peut-elle jamais atteindre la perfection qu'on a rêvée ? se demande à haute voix Léonard. Aussi, à quoi bon achever…

Et c'est tout. Léonard en reste là. Ce succès lui suffit. Il n'a aucune raison de transformer ce carton en peinture. À quoi bon achever ? Qu'est-ce qui peut être pire que l'achèvement ? Il ne fera jamais mieux ni ne produira plus d'effet qu'avec ce carton. Il a eu ce qu'il voulait : une réputation restaurée. Il peut se remettre à ses chères études. Dieu que la vie est devenue difficile à Florence ! Rien n'est plus si aisé qu'avant. Le soleil était plus chaud, hier, éclairait plus fort. Les hommes des rues étaient plus beaux et plus jeunes, surtout. Son père plus présent… Ne serait-ce pas une première atteinte de l'âge ?

D'autant que, les mois passant, l'envie de peindre ne revient pas. Son succès lui permet de bénéficier d'une excellente réputation. Aucune envie de fignoler. Il est reparti dans mille projets plus palpitants, plus virevoltants… et toujours la mathématique avec Luca. Son havre. Il se trouve sans cesse de nouvelles passions. Outre de menues occupations diverses. Un peu comme à la cour de Ludovic. Finalement, quelque chose de cette vie de courtisan stipendié lui manque. Se sentir utile, requis, sans trêve, pour n'importe quoi. Il accepte tout ce qu'on lui propose d'annexe, une expertise de vases anciens pour Isabelle d'Este, qui décidément ne se laisse pas oublier.

Une commande pour la célèbre famille Benci, puis deux, puis trois, il prend tout, accepte tout, quitte à ne rien achever. Le favori du roi de France lui commande une madone... Traître toujours, il livre une petite madone au fuseau pour Robertet Florimond, ce si joli Français favori du roi et grand argentier de la France, achevée et elle, livrée à l'heure. Salaï a une aventure avec ce Français. Est-ce à la sensualité de son amant qu'il doit cette commande ? Il ne le saura jamais puisque, comme toujours, Salaï nie tout. C'est le seul travail qu'il achève dans l'année, à toute vitesse, comme s'il avait peur d'être surpris par Salaï avec qui, généralement, il se réconcilie grâce ou autour de leur petite cuisine d'argent échangé.

Depuis toujours, le maître avance à l'élève, puis à l'amant, des sommes, petites ou considérables, que Salaï ne rembourse jamais intégralement. Mais que Léonard note scrupuleusement. Pour mémoire. Et il y en a beaucoup, de comptes en cours. Il arrive aussi, avec les années, que ce soit Salaï qui prête de l'argent à Léonard, moins, mais là, en revanche, il est remboursé plutôt deux fois qu'une. Façon ludique et risquée de se prouver amour et confiance ? Léonard prête dix, Salaï rend cinq. Léonard emprunte dix mais rend vingt. Un invariable jeu de dupes. Des années que dure ce manège. À croire que c'est une façon, sinon de se parler d'amour, du moins de tenir l'un à l'autre. Or, depuis qu'ils sont à Florence, rien. À croire que Salaï a trouvé une autre source de financement. Plus un florin échangé. Intrigué, Léonard questionne son vénal amant, lequel, sur ses gardes, l'agresse avec hargne. Léonard flaire quelque chose. Quoi ? À quel trafic se livre-t-il encore ? Déjà, à Venise, il a vendu des œuvres de lui comme étant de la main de Léonard. Il finit par avouer : il a loué la vigne de Léonard à son propre père et encaisse la totalité du loyer.

— Depuis quand ?

— Depuis qu'on a quitté Milan…

— Ma fameuse vigne dont j'étais si fier, tu as pris la liberté de l'aliéner ? Et pour y loger cet horrible bonhomme qui n'a jamais rien fait que te battre ?

— Mes sœurs aussi… En échange, il s'occupe de l'entretien de ta vigne. Il verse un loyer très modique.

Pour rien au monde, Salaï n'en révélera le montant à Léonard.

Peu après le succès du carton, Léonard est convoqué à la Seigneurie par le nouveau secrétaire de la République. D'une intéressante laideur, de dix-sept ans son cadet, il subjugue sur-le-champ Léonard par l'immense intelligence qui perce de son regard comme de son discours. Il parle bas, comme un conspirateur, Léonard adore ça. Il se met à l'imiter. Ce Nicola Machiavel parle une langue qui le touche. D'emblée, celui-ci lui fait assez confiance pour lui révéler ce qu'il nomme des secrets diplomatiques. Puis lui propose des aventures, des vraies, pas de ces querelles picturales à fleuret moucheté. Et bizarrement, cet apatride de Léonard pour qui un maître est interchangeable, auprès de qui il demeure tant qu'il peut y faire ce qu'il veut, sinon il en change sans état d'âme – il l'a prouvé –, eh bien, le ton de Machiavel, ou la nature de son récit, voilà Léonard passionné par les conflits de Florence. Et au nom de cette cité qui l'a tant rejeté, Léonard serait ravi de le servir ! Machiavel a la malice de lui présenter cette mission comme une insigne faveur.

— … Le but est d'approcher un génie, de s'en faire apprécier, de le séduire, au point de devenir son adjoint quant à ses visées militaires. Pour mener à bien cette tâche, j'ai besoin d'un autre génie comme expert militaire. Je ne te cache pas que ce Borgia est un violent des plus impulsif. L'approcher ne va pas sans risque, ni travailler à ses côtés sans danger… Ça te dirait ?

Le portrait de Borgia brossé par Machiavel a de quoi faire pâlir de jalousie et de curiosité un Léonard toujours avide de caractères forts.

— … En outre, il faut que tu lui plaises au point qu'il se confie à toi. Mais je ne peux te cacher qu'il est constamment en campagne et que c'est une vie au jour le jour, pleine de fracas, qu'on t'offre là. Je comprendrai qu'un artiste de ton talent refuse, c'est fatigant, et le temps que ça durera, tu ne t'appartiendras plus. Tu n'auras pas une minute pour créer. Mais Borgia manque cruellement d'ingénieurs et on m'a dit que c'est un métier que tu as toujours rêvé d'exercer.

— Mais, s'inquiète Léonard, pourquoi César Borgia m'emploierait-il ?

— Ce travail d'ingénieur de guerre, tu l'as bien fait pour le compte de la Sérénissime ?

Il est bien renseigné, décidément, ce Machiavel.

— Et quel intérêt a Florence de m'envoyer faire sa conquête ? Pourquoi moi, qui ne suis pas le meilleur citoyen de Florence ?

— Justement, le fait est assez notoire pour qu'il ne se méfie pas de toi.

— Et Florence et toi, qu'attendez-vous de moi ?

— Que tu saches ce qu'il fait, où il en est et que tu me tiennes au courant de ce qu'il envisage…

— Et le mien d'intérêt, je le trouve où ?

— La fortune, la gloire et l'amour, tout ce qu'une victoire prestigieuse accorde aux vainqueurs survivants.

— Donc, il va faire la guerre. Et la gagner. Mais contre qui ?

— C'est à toi de nous en informer. Sans doute

travaille-t-il à la fois pour le compte des Français, celui du pape et le sien.

— Et pourquoi César Borgia m'agréerait-il ?

— Parce que chacun en Italie sait que tu as abandonné Ludovic pour les Français. Milan pour Venise. Que tu es toujours protégé des Français, Robertet en est la preuve. C'est pourquoi Florence a tant de mal à te passer commande. Elle se méfie de toi.

— Et pas toi ?

— Moi, il me suffit d'être convaincu que tu n'as pas de maître, que tu sers la beauté et les sciences et que rien d'autre ne compte pour toi.

Léonard est étonné par l'extrême franchise de ce Machiavel. Comment en sait-il autant à son sujet ? Comment a-t-il deviné qu'il est prêt à tout pour changer de rôle, de fonction ou de statut ? Qu'il n'en peut plus de peindre, de dépendre, de l'odeur de renfermé qu'il sent à Florence.

Machiavel lui sourit.

— Je me suis beaucoup renseigné sur toi avant de te proposer cette étrange mission. Nous avons un ami commun. Luca. Ce m'est une garantie suffisante.

L'entente entre eux est réelle et profonde. Assez forte pour faire tomber les défenses de Léonard. Quant à Borgia, Machiavel le fait rêver, imaginer ce héros. Un héros défiant toute mesure. Un guerrier invaincu, frémissant de passions. Léonard se lèche les babines.

— Ah oui, précise encore le secrétaire, sache qu'il a de drôles d'habitudes. Il ne se lève jamais avant six heures du soir. Il travaille et s'amuse toute la nuit. La journée, soit il est à cheval, soit il est au lit. D'aucuns disent qu'il est féroce, d'autres d'un caractère exquis, avec des manières délicates. L'air d'un fils de prince, une vraie joie de vivre, tout d'un génie. Ou un assassin doublé d'un rustre, c'est selon. Il respire la vie.

Moins que cela aurait tenté Léonard. Ce qu'il faut à Machiavel, c'est que Léonard se fasse aimer. Se rende indispensable.

— Pour le séduire, tu es le plus à même d'y réussir, il a besoin d'un architecte, d'un ingénieur militaire mais sûrement aussi d'un ordonnateur de fêtes et même d'un peintre, tu excelles en toutes ces choses. Qui mieux que toi peut devenir son intime ? En plus, j'ai l'intuition que vous devriez éprouver l'un pour l'autre une fascination réciproque.

Machiavel sait forcément que Léonard est excédé par Florence, aux abois et prêt à tout pour échapper au sort mesquin des artistes enfermés dans la cité. Sentant Léonard conquis, il change de stratégie. Il fait marche arrière, tactiquement, afin d'affermir sa décision. Il prend le risque de soudain lui déconseiller d'accepter.

— ... Je crois en fait que cette proposition est une erreur de ma part. C'est trop risqué pour un homme comme toi.

— Qu'est-ce que c'est, un homme comme moi ?

— Un homme célèbre dont le travail est essentiel à la postérité, et comme le risque d'y laisser sa peau ou, pis, d'être gravement blessé y est grand, je n'aurais pas dû m'adresser à toi... Je m'en rends compte en te parlant, tu es trop précieux.

Léonard n'est pas loin d'être vexé.

— Tu me trouves trop vieux pour le rôle... C'est ça ? Dis-le donc.

— Non. Enfin, oui. Mais pas seulement. C'est surtout bien trop dangereux. Il ne te faut pas que du courage physique mais de la force morale, aussi. Et une grande résistance à cheval. Borgia a vingt-sept ans. Il cavale sans cesse. Tu en auras quand même cinquante cette année, même si tu es très en forme… Et c'est vraiment très risqué.

Machiavel compte sur les pires aspects de César pour emporter l'adhésion de Léonard. Il a tapé juste. Quant à Léonard, il se dit que c'est peut-être sa dernière aventure de jeune homme. Cette pseudo-franchise, ce stratagème exagéré achèvent de le convaincre.

— Officiellement, tu n'iras pas pour Florence mais pour moi, par goût du risque et curiosité pure. Durant ses campagnes, je m'arrangerai pour vous rejoindre, afin que tu me tiennes au courant des projets de Borgia, il est si imprévisible. Surtout rien d'écrit, jamais un mot sur le papier.

Machiavel ne s'est pas trompé. Léonard a le profil type pour séduire Borgia. Il a bien jaugé Léonard.

Rentré chez lui, ravi, ce dernier annonce ses projets de départ.

— Bien sûr, tu m'emmènes, geint le jeune homme qui ne rêve que de fuir Florence et d'aller se pavaner dans une nouvelle cour.

— Non. Seulement Batista. Tu ne supportes pas la vie à cheval. Ni l'inconfort, ni la poussière… Ni de prendre le moindre risque. Batista, si. On prend Azul, ton cheval et une mule. On n'emporte rien.

— Tu pars longtemps ?

— Deux mois, peut-être moins, peut-être plus.

— Et où, et quand, *maestro* ? s'intéresse Batista.

— Demain, à l'aube. Je ne dis au revoir qu'à Pacioli et à Botticelli. Pour le reste, ça repose sur toi, Salaïno. Ta mission consiste à faire traîner le plus longtemps possible auprès des moines, de promettre mon retour chaque semaine pour la semaine prochaine. Toutes les semaines… Promets mon retour imminent, que j'arrive, que je suis en route pour rentrer. D'accord ? Il faut tenir ici tant que je suis absent. Au besoin, fais mine d'y travailler, d'avancer l'exécution du panneau. Fais des fonds, tergiverse, atermoie… Je te confie la marche de l'atelier. Voici des sous pour faire tourner la boutique. Je te confie le livre de comptes. À tenir rigoureusement. S'il te manque de l'argent, prends sur les loyers de ma vigne…

Le lendemain, à l'aube, un vieux jeune homme, fou de joie, s'éloigne au grand galop avec un Batista plus fier et plus heureux que jamais. Même pour les chevaux, ce départ est un plaisir, ça s'entend au bruit joyeux que font leurs sabots sur le pavé de Florence.

Chapitre 22

L'année Borgia mai 1502 – mars 1503

Personne au monde ne connaît les intentions de César Borgia… Plus imprévisible qu'un orage d'été… Comment s'y prendre ? se demande Léonard en chevauchant vers son nouveau maître.

Machiavel ne lui a fourni qu'un nom et un lieu. Vitteli Vitelloni, le *condottiere* préféré de Borgia, tient actuellement Piombino sous ses armes, duché conquis la semaine dernière par l'Espagnol, autre surnom de Borgia. Vitelloni est son unique contact pour l'atteindre. Si Machiavel a vu juste, Léonard devrait bien s'entendre avec ce Vitteli, qui est, paraît-il, le meilleur maillon pour pénétrer le réseau Borgia.

Léonard est curieux de connaître, et donc de comprendre, la mécanique Borgia qui sème épouvante et admiration dans toute l'Italie. Quelle est la marque de fabrique de ce génie exceptionnel ?

Batista n'est pas fâché de reprendre la route. Il n'aime que deux choses au monde, son maître et les chevaux. Avant de quitter Milan, Léonard lui en a offert un. Un bai magnifique, qu'il a dressé presque à la semblance de celui de son maître. Fier de galoper à ses côtés. Jusqu'à Piombino, sur la côte ligure, où la mer est d'un bleu unique au monde. Léonard a quelques courbatures. Depuis combien de temps n'a-t-il plus passé toutes ces heures à cheval ? Près d'un an, mais ça revient vite, la nature est si belle. Plus il descend, plus l'été avance. Vite, il galope à l'idée de revoir la mer. Il est heureux, inquiet aussi. Saura-t-il conquérir Borgia ? Mais plus que tout, il est curieux.

Sitôt arrivé, Vitteli l'accueille. Ils se plaisent au premier échange. Si Léonard sait ce qu'il a à gagner de son amitié, Vitteli comprend d'emblée le parti qu'il peut tirer d'être celui qui présente, parraine et protège le célèbre Léonard auprès de Borgia. Entre le *condottiere* et l'homme-orchestre, la compréhension de leurs enjeux respectifs est mutuelle. Son métier, c'est la guerre. C'est aussi sa passion. Il a travaillé pour Piero de Médicis, dit le malchanceux, maintenant il sert Borgia. Comme Léonard, il sait changer de maître à la hâte et sans varier d'ambitions. Il ne perd jamais de vue ses intérêts : la gloire par les armes. Un vrai *condottiere*.

La supériorité que Vitteli escompte de Léonard doit renforcer son importance aux yeux de Borgia. L'avoir près de lui est un avantage qu'il exploite immédiatement en le priant de faire des relevés de Piombino. Puis de constituer un plan de la place forte de Valdeliana. Léonard lui livre ses premières cartes de bataille. Armé de son quadrant et de son carnet, il évalue les distances au plus précis, informations du dernier stratégique en temps de guerre. Léonard s'amuse à représenter le paysage scientifiquement, et là, fou d'angoisse, il découvre que sa vue baisse. A beaucoup baissé. En ville, le regard n'a pas souvent à porter vers l'infini, mais sur le motif. En pleine nature, quand il doit sans cesse passer de son petit carnet à l'immensité des plaines romagnes, il a de plus en plus de mal à accommoder. Il fait parvenir à Zoroastre un projet de verres pour corriger sa vue, charge à ce dernier de les lui faire tenir dans les plus vifs délais. On est en mai 1502… Borgia envahit le duché d'Urbino. Arezzo, traîtreusement conquis en fomentant son soulèvement au grand dam de Florence qui le contrôlait jusqu'ici, n'était donc qu'une diversion. Pour l'y rejoindre, voire l'y devancer, Vitteli lève le camp et fonce sur Urbino. Où, sans rencontrer le moindre combat, Léonard pénètre à sa suite.

Des combats ? Y en a-t-il eu avant, Léonard l'ignore, il regrette un peu cette victoire sans larme. Batista s'en réjouit. Il n'est pas, comme son maître, « haïssant la guerre mais amateur de belles batailles ». Lui, il hait tout court.

Tous les *condottieri* se sont donné rendez-vous à Urbino. Léonard les rencontre pour la première fois. Ils attendent comme des enfants malaimés le bon plaisir de Borgia. À quelle heure daignera-t-il les recevoir ? On chuchote. Visiblement, on tremble devant Borgia. C'est donc par la peur qu'il les tient tous, une peur gigantesque et quasi compacte, que Léonard sent là, très forte, à la nuit tombée, nuit pourtant si douce.

Dans Urbino règne un immense tohu-bohu. Nourrir et abreuver des troupes en si grand nombre. Les coucher, leur permettre de se laver, de se rafraîchir au moins… Alors on réquisitionne les maisons, mais ça n'est pas suffisant. On campe partout. C'est vrai ça, comment loger toutes ces troupes ? s'interroge Léonard, que passionne tout problème matériel, pratique ou technique.

Le bruit court que Borgia est au château. Vitteli fait bivouaquer sa troupe à la belle étoile, on est en juin, il est onze heures. Depuis l'aube, ils galopent, Léonard et Batista n'en peuvent plus. Tous meurent de faim, ils n'ont rien pris depuis qu'ils sont en route. Les cantinières s'affairent, mais il y a tant de bouches à nourrir. Les soldats d'abord… Le réveil est prévu peu avant cinq heures. Cinq heures du matin ? Oui ! César, qui est célèbre pour dormir le jour, travailler, recevoir et vivre la nuit, les recevra à six heures avant d'aller se coucher.

Léonard déteste se lever tôt mais, là, ce soir, il n'est pas en état de veiller pour attendre l'heure où Borgia consent à le recevoir. D'autant qu'il se doit d'être au mieux de sa forme s'il veut saisir au vol la chance de le séduire. Ces incessantes courses à cheval l'ont épuisé. Pour ses relevés, il a dû faire des va-et-vient. Il a parcouru le double de distance.

Au petit matin, il entre à l'intérieur des remparts d'Urbino. Le jour se lève sur son passage. Partout, des feux de camp, des soldats déjà ou encore éveillés. Il passe au milieu de troupes en pleine forme. Quand, soudain, sur une *piazzetta*, il découvre un gibet monté exprès pour y pendre deux soldats. Les troupes au complet sont tenues d'assister au supplice. Léonard est arrêté par une foule compacte qui le contraint de regarder l'ignoble spectacle de leurs frères d'arme saisis par la mort. Quel crime commis vaut mort si expéditive ? L'explication que Léonard entend partout : « Voleurs de pauvres ». Borgia interdit le pillage, et ces deux-là ont contrevenu à sa loi d'airain. Donc exécution séance tenante. Vitteli confirme, Borgia est très chatouilleux quant au respect des droits envers les plus humbles : le bien, la justice et la loi.

Contrairement aux abords de la ville où les troupes écrasées de fatigue sont encore avachies dans les fossés dont on perçoit juste un grognement, un grondement comme une sourde respiration venue du sol, derrière les remparts ça grouille d'animation, la journée y est largement entamée. Il n'est pas six heures !

L'accueil de César Borgia est fastueux. Chaleureux, intelligent, généreux. Comment n'être pas séduit ?

La grâce incarnée, l'élégance, l'aisance, le charme, cet homme a tout ! Une sorte de force de la nature aux fines attaches. Des cheveux blond vénitien, comme Léonard les eut longtemps avant que des fils blancs s'en mêlent, d'admirables yeux clairs aux sombres reflets hypnotiques, durs et sensuels à la fois. Des lèvres voluptueuses, un nez ferme aux narines gourmandes, frémissantes souvent, fleurant tout avec délices. Une carnation claire et une barbe courte d'un blond tirant sur le roux, comme Léonard au même âge. Il a vingt-sept ans. Des mains de fille, fines et délicates, mais les doigts vite crispés sur ses dagues qui peuvent surgir à toute allure de leurs gaines… Un tueur aux allures de princesse, tant son élégance défie les genres.

— Cher maître, quelle joie de te retrouver après cette si brève entrevue devant *La Cène* dans la suite du roi de France ! Depuis, j'étais impatient… On va faire de grandes choses… Mon ami Vitteli m'a appris ce que tu as déjà fait pour nous… Quelle chance de t'avoir à nos côtés… Tout le génie scientifique et artistique en un seul homme.

À côté de son arrivée à Florence, quel doux accueil. Cette première rencontre a lieu dans la célèbre bibliothèque du duc d'Urbino chassé par Borgia. Léonard n'a pas encore choisi quoi répondre pour entreprendre la conquête du Borgia que celui-ci ne lui laisse pas le temps de chercher davantage et lui brûle la politesse.

Grimpé sur la petite échelle de la fameuse bibliothèque, avec un luxe de précaution et de soin, il en sort un manuscrit précieux que Léonard identifie avant même de le reconnaître. Il en rêve depuis si longtemps. C'est la première traduction en toscan du texte d'Archimède, l'homme qu'il admire plus que tout au monde. Et comme si Borgia l'avait toujours su, il le lui offre avec cérémonie et humilité.

— D'un des plus grands savants de l'humanité à l'un de ses pairs.

Il est aisé de donner ce qu'on n'a pas acquis, songe *in petto* Léonard. N'empêche, nuance-t-il, il aurait tout aussi bien pu le garder pour lui…

Ce cadeau le comble. Machiavel avait peut-être raison, songe-t-il. Et si Borgia était vraiment la chance de ma vie ? Celle que j'attends depuis toujours. Il reste un instant en pâmoison devant le texte d'Archimède, puis plonge les yeux dans ceux, petits et d'une rare fixité, de Borgia qui ont l'air fichés sur lui depuis une éternité. Léonard joue son va-tout :

— Sur une place, en venant, j'ai vu pendre deux soldats sur ton ordre. Qu'avaient-ils fait de si grave ? Il paraît qu'ils s'étaient contentés de piller de pauvres masures ?

Léonard regarde le manuscrit, puis à nouveau Borgia et enchaîne brutalement :

— … Et elle provient d'où, cette merveille ?

Borgia reste coi un instant avant d'éclater de rire puis de répondre le plus sérieusement du monde :

— Eux, ils ont volé des pauvres. Moi, je ne pille que les riches. Et même de préférence les très riches. « Guerre aux châteaux, paix aux chaumières », telle est ma loi… On va faire de grandes choses ensemble…

Enfin ! Léonard acquiesce avec joie.

— … Ce que j'attends de toi : du concret, du clair, du rigoureux. Des plans de toutes les places fortes que je conquiers, au fur et à mesure qu'on avance. Des cartes exhaustives, des relevés de terrain aussi exacts que précis. À partir d'aujourd'hui, on se dépêche. Mes conquêtes ne font que commencer, et je dois avoir gagné avant l'hiver. Quels sont tes besoins ? Parle. D'avance, ils sont comblés.

Mais vite, au travail. Merci et bravo encore à toi, Vitteli, pour cette géniale recrue.

L'accord est scellé. Jamais offre si alléchante n'a été faite à Léonard. Pour organiser ses coups de force avec la plus grande efficacité, Borgia veut les plans de ses récentes conquêtes, qui bout à bout dessinent la carte de la Romagne, moins les quelques places fortes qui résistent encore. C'est donc un poste d'architecte et d'ingénieur militaire général.

Léonard est aux anges. Ce travail l'emballe comme jamais. Même si Vitteli n'apprécie que moindrement l'appropriation massive que Borgia fait de « son » Léonard, lui n'en a cure. Sitôt missionné, sitôt au travail, avec ardeur, fougue et calcul.

Enfin de l'action, du terrain, de la pratique, de l'expérimentation en vrai... Il est heureux, il repart sur les routes. À la suite des armées de Borgia qui avancent de ville en ville, Léonard et Batista contournent les champs de bataille pour faire leurs relevés là où la guerre ne les en empêche pas. Puis reviennent sur leurs pas quand c'est fini.

Un soir d'août, Borgia le convie en tête à tête et lui annonce qu'il doit continuer sans lui, non la conquête, mais son travail de cartographe. Que toutes ses armées sont à la disposition de l'artiste pour lui ouvrir le chemin.

— Je serai vite de retour, je dois aller à Milan rassurer le roi de France que nos conquêtes trop rapides inquiètent. Et je ne t'emmène pas parce que le roi serait trop heureux de te voler à moi.

— Pourtant, Milan, ça me tente beaucoup, j'y ai passé dix-huit ans.

— Justement. Je ne suis pas fou. Je sais que le roi te voudra et que tu n'oseras rien lui refuser. Et moi qui t'aime, moi qui ai vraiment besoin de toi, je te perdrais ? Non, vois-tu, tu es bien facile à débaucher, tu ne sais pas résister à la nouveauté. Donc, tu restes ici. Je ne serai pas long.

A-t-il le choix ? Léonard s'incline devant un diagnostic si pointu le concernant. Et une manière de déclaration d'amour. Pas une seconde, il ne s'imagine que Borgia se méfie de sa versatilité et ne prend pas le risque d'être trahi. En réalité, son sang espagnol lui a fait reconnaître en Léonard cette façon d'être si caractéristique du fameux Don Juan de son pays. Un caractère qu'il connaît bien, et pour cause, c'est le sien. « Du nouveau, toujours du nouveau. » A-t-il jamais rêvé autrement ? Et le plus souvent au détriment de l'ancien.

Très vite après le départ de Borgia, Léonard se heurte au refus des hommes en place de le laisser pénétrer les forteresses qu'il doit étudier, il se voit interdire l'accès aux lieux qu'il doit relever et ne peut faire ses plans en paix. Après Pesaro, Rimini, Cesena… Des imbéciles zélés le prennent pour un espion florentin. Comme si Léonard pouvait être attaché à autre chose qu'à son bon plaisir. En cela aussi, le jeune Borgia s'est reconnu. C'est à Cesena qu'on l'empêche de continuer. Aussitôt, il dépêche secrètement Batista à César pour lui en faire part. Dans l'entourage du Valentinois, comme il exige qu'on l'appelle désormais, tout le monde se méfie de tout le monde. C'est l'ère du soupçon généralisé. Même aux cuisines, lui dit Batista, ils refusent de vous dire ce qu'ils ont préparé pour le soir, des fois que ça tombe dans des oreilles ennemies qui prépareraient les mêmes mets mais empoisonnés.

Comment ! On empêche Léonard de mener à bien ses travaux, Borgia est furieux. Il rédige un sauf-conduit affublant l'artiste de titres ronflants qu'il n'a jamais obtenus nulle part.

« César Borgia de France, par la grâce de Dieu, duc de Romagne et de Valence, prince de l'Adriatique, seigneur de Piombino, gonfalonier et capitaine général de la sainte Église romaine : à tous nos lieutenants, gouverneurs, capitaines, *condottieri*, fonctionnaires, soldats et sujets auxquels cet avis s'adresse. Nous ordonnons et commandons que le porteur de ceci, notre très excellent et très cher architecte et ingénieur général Léonard de Vinci, que nous avons chargé d'inspecter les places et forteresses de nos États, soit pourvu de toute l'aide que la situation exigera et qu'il jugera nécessaire… »

Ce document lui ouvre les portes de tous les territoires conquis par Borgia, tous frais payés pour lui et Batista.

Zoroastre arrive. Il a fait le plus vite qu'il a pu pour soulager la vue de Léonard. Il a réussi à lui fabriquer de vraies lunettes avec, autour des verres, un cerclage de son invention en cuivre bleu-vert de la couleur de ses yeux. Léonard les pose sur son nez et embrasse Zoroastre. Il voit ! Il revoit enfin le monde tel qu'il l'a connu. Comme il l'aime ! Et ses lunettes sont impeccablement ajustées. Zoroastre est magicien.

Mais la guerre…

Architecte et ingénieur militaire général !

Léonard en a rêvé, et voilà. Il en a le titre, il en exerce la charge. Il adore ça.

Trois jours après avoir essuyé refus et humiliation, muni de son ordre de mission, il revient en maître à Cesena.

Peu après rentre Borgia. Ils repartent aussitôt vers de nouvelles aventures. Désormais assuré du soutien des Français, son esprit conquérant ne connaît plus d'obstacle. Le suit Léonard, le nez affublé de binocles étranges. Comme il voit mieux, il trouve César très beau, particulièrement fin, et décide de le peindre. Celui-ci refuse de poser. Le chef de guerre a peur de tout ce qui fige.

— Si tu me veux vraiment, attrape-moi au vol.

Au milieu de ses va-et-vient, entre deux escapades, ses entretiens avec Borgia sont constants. Léonard a accès à lui autant qu'il veut, au point de découvrir très tard que c'est un privilège jusque-là exclusivement réservé à sa famille espagnole.

Quelques magnifiques nuits de fête à Urbino sont orchestrées par Léonard qui, à cette occasion, présente un échantillon de ses inventions à un César admiratif et surtout néophyte en artifices festifs. Des automates, des fontaines musicales, des machines volantes... Lui qui ne connaît que l'église et la guerre a un léger choc. Toute cette imagination au service de la fiction ! N'empêche qu'ils sont mutuellement fiers de se côtoyer.

Leurs discussions tournent autour des plans de César, de ses rêves de conquête, de l'unité de l'Italie, mais aussi de plus vastes gloires.

Léonard parvient à le croquer hâtivement à la mine de plomb. Ça donne trois portraits de César effectivement pris sur le vif, où il se ressemble, disent ses proches, et aussi à son père et à Lucrèce, sa sœur adorée que Léonard n'a jamais rencontrée. César refuse de se voir « sur le papier ». La peur de se voir mort, dit-il. Il redoute tout ce qui risque d'arrêter son élan.

En remerciement de ses divers services, Borgia lui offre quelques jolis *garzoni* pour le détendre, le masser, lui refaire un corps de jeune homme... Il n'ignore rien des goûts de Léonard pour les garçons. Lui aussi a ses espions, rien ne lui échappe, Léonard se met à redouter d'être percé à jour, démasqué...

Vitteli lui offre à son tour, surenchère sur son maître, un autre manuscrit d'Archimède, bien plus ancien, le prétendu original en latin !

Tous ont l'air de tenir à lui, à son savoir et au prestige qu'il leur confère. Zoroastre rentre à Florence ravi, il a le sentiment que Léonard est enfin considéré comme il le mérite. Mais pour combien de temps ? s'alarme Batista, qui entend, lui, ce que grondent le peuple et surtout les mercenaires des *condottieri* contre César Borgia. Depuis ses premières campagnes, Léonard travaille autrement. Il dresse ses plans à l'aide d'un goniomètre circulaire, d'une boussole que Zoroastre lui a réglée… pendant que Borgia ruine, pille, tue et conquiert. Léonard sait fort bien ne pas voir ce qui le dérange.

Du sein de l'armée, Léonard assiste à la guerre au jour le jour. Il la hait mais ne peut s'empêcher d'adorer cette vie-là. « Enfin la vraie vie, de l'action, du plein air… »

Sur le chemin d'Imola que César veut prendre avant l'hiver, Léonard sent que les *condottieri* prennent du recul envers Borgia, s'en éloignent. Ils l'aiment moins, même s'ils en ont toujours aussi peur. Batista confirme.

Une nuit, Borgia dévoile ses plans de conquête : la marche sur Bologne, et tous les *condottieri* ensemble, Vitteli à leur tête, décident de s'arrêter là.

— Pas Bologne. On n'ira pas à Bologne. Ce serait ruiner nos antiques alliances. On a donné notre parole de ne pas marcher sur Bologne, on tient parole, sinon… En faisant la guerre à tes côtés, on s'est déjà mis la moitié du monde à dos, on ne peut pas se dédire à ce point.

Il a un ton arrogant et l'insolence armée de qui, en réalité, meurt de peur.

— On cesse de te servir si tu maintiens ton plan. Pas Bologne. On retire nos troupes. Que feras-tu ?

— Je lèverai une armée de volontaires, de paysans hargneux et décidés, pas des capricieux trop gâtés et peureux comme vous.

Ce que Borgia ne dit à personne, c'est qu'il a passé un accord avec les Français pour obtenir au plus vite un renfort de troupes. Léonard l'ignore aussi quand César lui demande de se déterminer sur-le-champ.

— Tu pars avec moi ou tu restes avec eux ?

Vitteli tient bien sûr à garder Léonard avec lui.

Léonard les regarde l'un après l'autre. Vitteli. Borgia. Et décide.

— Je pars avec César.

Il a conscience de jouer son avenir aux dés. Seul César est en situation de tout perdre. Mais avec lui, ça bouge.

Dans la nuit, les *condottieri* se retirent avec leurs troupes. Le 6 septembre 1502, César est à Cesenatico, Léonard en dresse le plan.

On approche de Ferrare. Un fleuve empêche d'aller plus avant. Qu'à cela ne tienne. Léonard dessine un pont mobile qu'il fait exécuter sur-le-champ. Et l'armée de César passe. Miracle. C'est le premier pont mobile d'Italie. Léonard en conserve précieusement les plans. Il les réutilisera.

Avec son pont improvisé, Léonard a sauvé César. Il lui a dégagé un accès pour prendre Fossombrone. Ensuite, la route est ouverte. En octobre, ils entrent dans Imola. C'est là que, le 7 octobre 1502, les rejoint Machiavel, plus osseux et blême que jamais. Florence l'envoie, et il rechigne à sa mission. Il sait que, pour Borgia, les mots ne valent rien, or il n'a que des mots à lui offrir. Et la promesse de Florence de ne pas se ranger du côté de ses ennemis. Menés par Vitteli, rassemblant les plus importants *condottieri* d'Italie sur les terres déjà conquises par César, les rebelles tentent de fédérer et d'organiser une révolte anti-Borgia. Aidés et soutenus par le clan Médicis, ils rallient quelques potentats locaux qu'au passage Borgia a spoliés. Ainsi reprennent-ils Urbino. L'orgueilleux Borgia n'a pas cru bon de le faire garder. Ils sont persuadés que, depuis leur désertion, Borgia n'a plus de troupes, ni les moyens de se défendre, ils s'organisent pour l'attaquer. Ils le voient déjà vaincu, ignorant que César appelle leur coalition « le congrès des perdants ». Là-dessus, Borgia se replie à Imola pour l'hiver. Avec Léonard, Batista et Machiavel.

Au nombre de lettres que Machiavel fait parvenir à la Seigneurie, on devine qu'il se sent mal, « en danger de mort », écrit-il explicitement. Tout le temps sur ses gardes. Il a beau être subjugué par Borgia, il le craint terriblement. C'est qu'il le devine bien… Pas Léonard. Qui trouve la présence de ces deux brillants jeunes hommes revigorante pour l'esprit. De la fascination à la suspicion, tous les états d'âme défilent simultanément entre eux trois. Ils passent de longues soirées à réinventer un monde neuf, à imaginer des villes modernes, à rêver à voix haute et en polyphonie.

Dehors, l'hiver est glacial, il souffle un vent de loup. Le fragile Machiavel tombe malade. Florence refuse de le rapatrier. Les visées du Valentinois alarment tant la République qu'un seul espion dans la place ne suffit pas.

Léonard qui aime d'amour les tourbillons du vent continue d'arpenter la région avec Azul, pas aussi fringant que son maître. Il commence à fatiguer. Sans en avoir l'air, aurait-il pris de l'âge ? Au galop, il démarre plus lentement qu'avant. Il montre moins d'énergie, moins de vitesse. Quel âge a-t-il ? se demande soudain Léonard qui prend toujours Azul pour l'indomptable bête de Vinci qu'il a mis toute sa fougue à dresser. Léonard compte sur ses doigts. « C'était ?… C'était en 1478 ? Non ? Si. Ce cheval miraculeux a donc vingt-quatre ans ! Oh ! non ?

Si, et il vient de parcourir toutes ces lieues, à cette allure ! Mais c'est formidable ce qu'il a fait. Vraiment, c'est une bête exceptionnelle. Il a bien le droit d'être fatigué ! Me porter avec tant de vaillance à son âge. » Soudain, Léonard a honte d'avoir tant exigé de lui sans se douter de sa fatigue. Ce sont les premiers signes qu'il en donne.

— Je vais ralentir, je te le promets, Azul, je vais te ménager. Excuse-moi, mon ami…

Depuis, il prend son temps, fait des pauses durant lesquelles il peaufine ses plans. Celui d'Imola est un chef-d'œuvre, détaillé, colorié avec tant de délicatesse qu'il ressemble davantage à une œuvre d'art qu'à une œuvre utile. Le rêve de Léonard. Beau et utile à la fois. Un rêve encore mal perçu.

Comme Borgia n'a plus de troupes, il lève d'autorité une conscription volontaire, à raison d'un homme par famille. Il rassure Léonard :

— Ton admirateur français ne me laisse pas tomber. Il m'envoie des troupes, mais ne dis rien à Nicola Machiavel. Les *condottieri* félons doivent aussi l'ignorer. Tu ne connais pas les Espagnols, ma famille fait corps derrière moi, papauté comprise…

— Qui pourrait s'en prendre à toi ? Les *condottieri* ? Ils ont bien trop peur. Ils veulent seulement être amis avec tout le monde.

— Eh bien, on va leur en donner de l'union, de la fraternité et de la promiscuité.

Les yeux de César Borgia changent, s'étrécissent et se chargent de haine. Non, de quelque chose qui, chez les animaux sauvages, s'appelle la férocité, l'instinct du prédateur.

— … Tu vas voir. Et pas plus tard que tout de suite.

César annonce qu'un accord est conclu avec Bologne. C'était la cause du conflit qui a provoqué la rébellion des *condottieri*. Ils peuvent se réconcilier et reprendre leurs enrichissantes conquêtes sous le commandement de Borgia !

Par un tour de magie dont il a le secret, César escamote la raison du conflit et passe ainsi presque pour un pacifiste. Illico, il récupère les ex-rebelles sous ses ordres et leur propose de poursuivre « sa » guerre, de marcher sur Sinegaglia. Avant de lever le camp, César convoque ses deux hôtes florentins. Il leur communique son « plan de vengeance ». Machiavel et Léonard ne se doutent de rien, l'écoutent et se piègent. Par curiosité.

— Mais cette fois de qui, de quoi te venges-tu ?

— Tu as vu, ce matin, sur la place, le supplicié.

— Oui, répond Léonard, il était impossible de ne pas passer devant, impossible de l'éviter. C'était pénible à voir. Ce sont ses hurlements qui m'ont tiré du lit. Un réveil en sursaut, des cris horribles…

— Pourquoi ? Qu'avait-il fait ? se soucie Machiavel qui n'a pas vu le pendu.

— Cet homme s'appelait Ramiro de Romagne. Sous la torture, il a révélé le piège que me préparent les ex-rebelles, apparemment réconciliés et à nouveau soumis. Avant d'expirer, il a même dit lequel.

Et César de leur décrire par le menu la mise en scène de sa vengeance. Machiavel, pas fou, déclare que ce sont là les affaires de Borgia et qu'il est brusquement rappelé à Florence. Il doit sur-le-champ les quitter ici.

— C'est peut-être vrai que Florence te rappelle. Depuis le temps que tu l'en implores. Mais à ton tour, comprends-moi. Je ne peux pas te laisser y aller. Pas tout de suite. Je vous ai révélé mon plan, vous êtes tenus de m'accompagner jusqu'à sa réalisation, sinon… C'est trop risqué pour moi…

Léonard n'en mène pas large. Il commence à trouver encombrant cet hôte si batailleur.

— … Ainsi, poursuit César, vous saurez qui a raison et qui a tort dans cette aventure. Et puis qui me dit, si je vous laissais ici, que vous n'iriez pas révéler ce que je compte faire ? Je n'ai pas la moindre envie de vous tuer, je vous aime, c'est hors de question. Et pourtant, je le devrais. Eh oui, tous les deux, je vous aime et je vous admire. Et Florence ne me pardonnerait pas de vous faire disparaître. Venez avec moi, ça va être sanglant mais aussi très amusant, je vous le promets, on ne va pas s'ennuyer.

Pas le choix. Ils le suivent. Pourtant une inquiétude extrême saisit Léonard. D'habitude, pour entrer dans les villes, Borgia est en tenue d'apparat. Là, il a revêtu son armure de combat, s'est chargé de toutes ses armes.

Cependant, se rassure Machiavel, un traité de paix a été signé avec les rebelles.

Le piège des *condottieri* doit avoir lieu à Sinegaglia. C'est vers Sinegaglia qu'ils marchent. Où César Borgia est censé retourner le piège contre eux. Machiavel et Léonard sont de plus en plus inquiets.

La seule chose qui rassure Léonard, parce qu'elle le fascine et donc le distrait de sa peur, c'est l'incroyable détermination de Borgia. S'il avance vers sa mort, au moins est-ce en guerrier. Lui, c'est à reculons. Mais quand même, il y va. Léonard comprend soudain que sa vie est en jeu. Batista qui le suit comme son ombre sent monter l'angoisse mais ignore pourquoi il abandonnerait Léonard. Alors, tête baissée, tremblant comme une feuille, il le suit comme on va à l'abattoir. Machiavel n'est pas plus faraud. Puisqu'il faut mourir… mais il craint de ne pas monter à la potence le sourire aux lèvres. Il meurt de peur. Léonard observe Borgia qui force son admiration. Il aime la vie, il redoute de devoir la perdre si bêtement, si tôt, mais voir Borgia y aller comme un guerrier, comme un héros a quelque chose de réconfortant.

On arrive au château, on entre, on s'installe, et César, comme prévu, s'organise pour offrir un festin royal aux dix *condottieri* traîtres. En guise de trêve et de réconciliation. Puisqu'il a renoncé à Bologne ! Persuadés que César n'a d'autres troupes que les malheureux paysans qui gardent le château, les rebelles s'y rendent tranquillement. Leur piège est prêt à se refermer sur César. Ce soir, au plus tard, il sera mort.

Quant vient son tour de pénétrer dans la grande salle du banquet, Vitteli, le chef des rebelles, est navré d'y voir son ami Léonard. Il l'aime vraiment. S'il est ici, il va mourir. Personne n'en doit réchapper. Comment les conjurés pourraient-ils imaginer la quantité d'hommes en armes que Borgia tient à disposition contre leurs troupes demeurées à l'extérieur des remparts, qui ont pour mission d'entrer dans une demi-heure pour massacrer tout le monde ?

Les grands esprits se rencontrent : les portes se referment. Aussitôt, par-derrière, les dix mille soldats promis par les Français envahissent les lieux.

Trois cents d'entre eux ceinturent la salle de réception désormais close. Léonard et Machiavel tentent de se fondre dans le mur, mais ne ratent pas une bribe du spectacle. César circule au milieu du carnage et ordonne d'un geste ou de la voix, à propos de tel ou tel de ses invités :

— Celui-là, gardez-le-moi vivant, celui-là, non, débarrassez-nous-en…

Les *condottieri* se débattent comme des diables furieux, ce sont de bons soldats. Les meilleurs du pays. Les hommes de Borgia tombent par dizaines. C'est une immense mêlée de sang, de cris et de haine. Capturé, Vitteli qui fut leur ami est mis à mort sous les yeux de Borgia et de Léonard.

Léonard ne quitte pas Borgia des yeux. Et non, il ne cille pas. Pas une fois. Ses meilleurs amis, ses plus fidèles alliés sont passés par les armes sous ses yeux, sur son ordre, et il n'exprime rien. À nouveau, le festin des Atrides. Les moins utiles sont mis aux arrêts, une demi-douzaine, seuls les chefs sont passés par les armes. Beaucoup de sang, de poussière et de bruit, pourtant ça n'a pas duré longtemps. Rien n'a eu le temps de refroidir. Les tueurs ont à peine fini de faire le ménage qu'on sert le souper.

C'est ce soir-là, sitôt les portes rouvertes, que Batista court tout essoufflé chercher Léonard.

— Vite. Viens vite. C'est Azul. Il ne va pas bien.

Son vieux cheval, son cheval d'amour, Azul, est en train de mourir. Celui qui lui parlait, qui lui répondait avec son cœur, son plus vieil ami, son vrai frère le quitte. Le cheval de Francesco. Quand il arrive à l'écurie, il le trouve étendu sur la paille. Il entrouvre un œil en reconnaissant la voix de son maître, mais le referme aussitôt, l'épuisement, la vieillesse, il n'en peut plus…

Alors, Léonard s'étend le long de lui pour lui donner de la chaleur, sa tête contre la sienne. Sa joue, son front, il le touche partout où il peut. Ses bras l'enserrent de toutes ses forces, il pose sa cuisse fort sur ses flancs. Azul respire de plus en plus faiblement, Léonard est couché sur lui, il ne bouge plus. Ne respire plus beaucoup. De moins en moins. Il sanglote. Il lui murmure des « pardon, pardon, je n'aurais pas dû t'amener ici, pardon de t'avoir trop monté, Azul, Azul… ». Il pleure longtemps. Son cheval, son beau cheval, son si tendre ami meurt dans ses bras.

Après toutes ces tueries, ces carnages, ces massacres qui l'ont laissé de marbre, le chagrin le dévaste. Son cheval, sa vie, la plus belle partie de sa vie, s'est cabré pour toujours dans ses bras. Il passe la nuit contre ses flancs qui ont fini de battre.

Au matin, il rejoint les humains, enfin ceux qu'on nomme ainsi. Il est inconsolable. Même César s'en émeut. Alors, comme souvent, imprévisible, le surlendemain, avant de quitter Sinegaglia, César fait venir une magnificence de jument de cinq ans pour la lui offrir.

— Une grande et belle femelle pour que ton Azul reste à jamais inoubliable, ajoute-t-il avec la délicatesse qui le caractérise aussi.

Léonard s'effondre sur le col de cette jument, sûrement la plus belle du monde.

Saura-t-il la dresser, lui apprendre, comme à Azul, en lui montrant silencieusement, ce qu'il attend d'elle, en aura-t-il la force… ?

Batista est là. Il prend la jument et l'emmène, laissant Léonard avec César.

Prochaine étape. Sienne…

Léonard n'a plus envie de rien, et surtout plus de tueries ni de batailles. Mais, sans force, sans courage, résigné, il suit encore son maître. Le cœur lourd. Quand César est rappelé à Rome par son père le pape, Léonard saute sur l'occasion. Sienne est trop proche de Florence. Sitôt César en route, il rentre chez lui. Avec Machiavel, Batista et Belladona, la nouvelle sauvageonne, la rugueuse et très haute jument, pourtant déjà capable de poser sa lourde tête sur l'épaule de Léonard au point de le faire fléchir.

— Ça va, Maître ?

— Ça ira.

Batista est rassuré. Belladona va le guérir d'Azul.

Chapitre 23

La mort rode, après le cheval, le père… Florence 1503

Sur le dos d'un cheval de roi, un vieillard lentement remonte la rue de l'Annunziata. Médusé par cette apparition, Salaï regarde sans comprendre. Ce vieillard amaigri, usé, épuisé et qui avance d'un pas ralenti sur le pavé de Florence, qui a l'air d'un vieux clochard poussiéreux n'est autre que son maître, son amour, son Léonard. Celui qu'il a vu partir dix mois plus tôt avec jalousie tant il était heureux de partir. L'homme qui s'est éloigné fier et joyeux rentre prématurément vieilli, fourbu. Il a troqué Azul, un cheval de son âge, de son « rang », son grand amour, pour une monture jeune et belle, remuante aussi et qu'il a l'air d'avoir du mal à tenir.

— Que s'est-il passé ? Salaï court à sa rencontre. Où est Batista ?

— Oh ! il suit, derrière avec les mules.

— Mais les mules ne portent rien ! s'exclame Salaï en les apercevant au loin. Où sont tes malles ?

L'homme brisé qui descend de cheval et met douloureusement pied à terre donne à Salaï les rênes de Belladona, qu'il lui présente brièvement. Lui qui s'est rendu maître des plus rétifs a aujourd'hui du mal à la tenir. Salaï l'aide à monter chez lui.

Batista, arrivé derrière, s'occupe des bêtes. Et récupère la belle jument.

Léonard a un mouvement irrité quand Salaï lui prend le bras pour grimper l'étroit escalier, puis résigné et finalement honteux. Déjà qu'il maîtrise mal son cheval et que Salaï l'a vu, si en plus il montre des signes de son épuisement en montant les marches… Il se dégage brutalement.

— La douane a saisi toutes nos affaires, murmure Léonard pour toute explication.

— Pourquoi ?

— Il paraît qu'on revient de chez l'ennemi.

— Mais c'est Florence qui t'y a envoyé.

— Florence l'a oublié. Pour elle, je suis un suspect. Peut-être même un espion. Aide-moi à ôter mes chausses. Je suis las. Je vais me laver et dormir un peu. Auparavant, dis-moi comment ça s'est passé. Comment as-tu fait tourner la *bottega* ? Avec quel argent ? Comment avez-vous survécu ?

— Mal. Avec l'argent de ta vigne.

— Et ça a suffi ?

— Pas tout à fait. Enfin… euh. On a eu des frais.

— Où as-tu pris l'argent ?

— …

— Tu l'as volé. À qui ?

— Oh ! comment oses-tu dire ça ? Je n'ai jamais volé…

Éloquente grimace du vilain petit diable. Gestes enfantins d'exaspération, fâché qu'on lui pose ces questions. Difficulté à cacher l'étendue des dégâts. Léonard le connaît par cœur. Donc il a compris que ça n'avait pas bien tourné. Il insiste.

— … La vérité ?

— Oh, j'ai été obligé de vendre deux, trois petites choses…

— Quoi ?

— … Des érotiques. C'est très demandé.

— Quels érotiques ?

— Euh… les miens.

— Comment ça ?

— J'ai recopié des dessins de toi que j'ai un peu… dénudés… tu vois…

Léonard claque la porte derrière lui. Décidément, aimer ce terrible animal ne lui simplifie pas la vie.

En temps normal, jamais Léonard n'aurait congédié Salaï sans l'avoir entretenu de mille choses. Les petits riens de l'amour. Sa lassitude l'a chassé mieux que le désamour n'aurait pu le faire.

Dépité, Salaï trouve pourtant ce répit salvateur. Peu pressé que Léonard affronte la réalité. Impossible cette fois de le lui dissimuler, la situation est catastrophique.

Ce que, le lendemain, les autres membres de l'atelier confirment. Salaï a fait circuler sous le manteau quelques dessins de Léonard, dénudés, et d'autres de sa main, assez mauvais mais beaucoup plus osés, d'hommes en érection, de coïts aussi maladroits qu'ardents… qu'il a mis en vente à des prix prohibitifs comme s'ils étaient de la main de Léonard.

Salaï a réussi à maintenir l'atelier et les affaires de Léonard en place, tous ces mois, au prix de telles combines, de tels mensonges, de si basses manœuvres que, sitôt que les moines savent Léonard revenu, ils lui signifient son congé. Sans ménagement. Et dans les plus brefs délais encore.

Pour un retour triomphal, c'est raté. Plus de gîte, plus d'atelier. Où aller ? Que faire ? Plus curieux que découragé – le démon de la curiosité reprend Léonard sitôt Salaï dans les parages. Comme une tenace preuve d'amour à la fois humiliante et réconfortante. Le retrouver, c'est toujours avoir le cœur qui bat plus vite et devoir le lui cacher.

Il se rend à San Marco où réside et enseigne Pacioli. C'est l'ami le plus raisonnable, le plus mesuré qu'il ait jamais eu. Peut-être aura-t-il une idée pour modifier la situation…

Hors de question de demander quoi que ce soit à son père. Luca négocie avec les frères dominicains qui l'hébergent dans Florence afin qu'ils ouvrent à Léonard et à sa troupe leur couvent de Fiesole. On ne refuse rien au grand Pacioli, et Léonard peut enfin se retrouver avec les siens autour de lui, bêtes comprises. Il en a besoin, cette chaleur lui a tant fait défaut sur la route. C'est maintenant qu'il s'en rend compte. Pour intelligent et séduisant que soit César, ce qui a dominé, les derniers mois, c'est l'angoisse. La peur qu'il a fini par lui inspirer. Un grand répit dans l'inquiétude, voilà pour Léonard l'image précaire mais réconfortante du bonheur. Machiavel ne lui a pas donné beaucoup de chaleur, pauvre petit homme chétif, si étriqué en son corps toujours malade, nonobstant un esprit supérieur. Léonard prise en tout l'harmonie. La beauté doit aller de pair avec l'intelligence, sinon c'est qu'il y a un vice quelque part, croit-il. Alors, certes Pacioli n'est pas joli, mais ses yeux qui lui mangent le visage éclairent le monde autrement. Pour le conforter dans sa croyance, il y a l'immense, somptueux mais de plus en plus maigre Sandro. Beau à se damner, pense Léonard qui trouve qu'il ressemble de plus en plus à ses christs décharnés. D'une longueur qu'accentue sa maigreur. Et aussi le ravissant Pipo, mais au fond quand il cherche la beauté autour de lui, c'est toujours à Salaï qu'il revient. Beauté populaire, mêlant finesse et vulgarité…

Une solution se dessine, c'est Botticelli qui en a l'idée. En fait, il s'est employé auprès de Lorenzo de Médicis à trouver quelques subsides à Léonard, une commande, des plans de villa à la campagne et… oui, le prêt d'un palais. Lorenzo est le neveu du Magnifique et son opposé. Léonard, qui n'aimait pas Laurent, est heureux de trouver celui-là beau, discret et bienveillant. Florence a violemment chassé de ses murs tous les Médicis, mais celui-ci bénéficie d'un petit retour en grâce en se faisant appeler le Popolani, l'homme du peuple.

Revigoré par son séjour à Fiesole au milieu de ceux qui l'aiment, Léonard reprend espoir. Et ses études sur le vol. Fiesole est le lieu idéal pour expérimenter les courants et enfin s'élancer dans le bleu du ciel. Il se réinstalle dans la cité, reprend ses études, et plus mollement ses travaux commandés. Mais il faut trouver de l'argent. Comment ? Léonard est homme de l'instant. Jamais encombré du passé, jamais soucieux de la suite tant qu'il est avec les siens, qu'il a de quoi nourrir ses bêtes, un toit sur la tête et un lieu pour travailler… Il en oublie que Florence le traite comme un malpropre, un être soupçonné de trahison, passé dans le camp d'un ennemi non déclaré donc encore plus dangereux. Après Ludovic, Borgia ! Beaucoup d'ennemis au service desquels Florence le croit rangé. Ce n'est pas la première fois qu'il change de camp, n'est-ce pas ? La trahison est sa nature.

Que fait Machiavel ? C'est quand même lui qui l'a envoyé chez l'ennemi. Il lui évite les plus graves désagréments politiques, prison, exil ou bannissement. Il l'aide à récupérer ses affaires bloquées sous douane. Ses précieux carnets qu'aucun douanier n'est parvenu à déchiffrer, son écriture spéculaire éveille les soupçons : si on ne peut pas lire, c'est forcément codé ! Mais il ne peut rien de plus pour Léonard en ces temps troublés.

Sitôt rentré dans ses biens, installé dans un palais médicéen, Salaï lui fait honte de son allure de « vieux clochard ». Léonard se commande des brodequins, se fait tailler des vêtements neufs, toute une garde-robe de sage, selon son nouveau style. Salaï avait raison. Aussitôt, il se sent plus jeune, plus beau, mieux en cour. À nouveau, il veut se confronter à Florence. Pacioli, Machiavel, Botticelli, Pipo, ses amis l'ont compris, qui l'entourent de leurs soins et tentent de lui trouver des commandes intéressantes. Ils se liguent pour lui venir en aide, ce qui est loin d'être aisé, l'homme a de telles exigences qu'il lasse toute bonne volonté. Car il ne lui suffit pas d'être bien logé, il lui faut un grand atelier. Il ne lui suffit pas d'être vêtu de neuf, il faut que sa troupe le soit aussi. Partant du raisonnement assez simple que s'il use ses affaires, les autres aussi. Quant à ses exigences de liberté, pour lui-même comme pour ses travaux, elles ne simplifient la tâche de personne. Mais qui a jamais dit que c'était facile, la liberté ! D'autant qu'il associe toujours liberté et superflu. Ce qui déconcerte les austères Machiavel et Pacioli. Pipo et Botticelli partagent son goût du luxe. Son âge n'aide pas non plus. Il a cinquante-deux ans, il n'est plus le somptueux débutant qu'il était gratifiant pour chacun de parrainer. C'est un artiste à la réputation sulfureuse et bâcleuse, sans suite dans les idées ni dans l'exécution de ses travaux. Il ne s'agit pas de rendre ses ors à un artiste tombé dans l'oubli. Mais de réhabiliter le plus célèbre peintre vivant aujourd'hui en Italie, et célèbre pour les meilleures et les pires des raisons. Dédouaner ses affaires au prix de mille difficultés a permis à Machiavel de mesurer l'animosité que son seul nom déclenche dans les hautes sphères. Il reste persuadé que, d'une façon ou d'une autre, Florence a le devoir de se l'attacher. De mêler son destin au sien.

Ce que Nicola ignore, c'est que le désir de Léonard de régner sur Florence comme hier sur Milan est avant tout celui de se confronter à son père. Lui donner tort, l'épater et surtout se venger. Une fois pour toutes. Et vérifier que ses anciens démons l'ont quitté. Jusqu'ici – mais c'était il y a plus de vingt ans –, dès qu'il se trouvait dans la sphère d'influence de son père, il ne pouvait s'empêcher de rater, de saboter, de passer à côté de ses espérances. Et maintenant ?

Aujourd'hui, Léonard n'a plus envie de faire ni efforts ni concessions. Finies les courbettes aux puissants. Il ne s'humiliera plus. Plus de soumission ni de servilité. Dans quel but déjà ? Exercer ses talents, transmettre mouvement et beauté… inventer un avenir meilleur… Y croit-il encore ? Il œuvre pour lui-même désormais, et son seul plaisir. Fi de toute complaisance, foin des soucis matériels. Il tape dans ses économies quand le besoin le taraude. Il tient à maintenir un niveau de vie égal à celui qu'il avait à Milan. Autant dire un grand pied, qu'il l'admette ou pas, lui qui prétend ne vivre de rien ! Chevaux aussi magnifiquement entretenus que sa tribu, et liberté, liberté totale de disposer de son temps, de ses heures, d'être tout à soi. Si Léonard souffre du « mauvais » accueil de Florence, il sait mieux que jamais passer à autre chose. Fuir dans le rêve comme toujours quand ça va mal. La nature le console et l'inspire. Il reprend son cheval pour aller observer les oiseaux. Les oiseaux sont plus que jamais le modèle à suivre. Voler. Oh ! oui. Encore et toujours le terrible désir de voler, sortir de la prison, s'évader du labyrinthe, survoler le fini de l'univers.

Partout, il se heurte à des barrières de refus, de terreur et, pis que tout, de frileuses conventions. Paradoxalement, s'il ne cesse de dessiner des machines à voler pour l'homme, peindre des oiseaux ne l'intéresse pas. C'est devenir oiseau, se faire un comportement d'oiseau, se doter de l'apanage du vol, acquérir une âme d'oiseau qu'il cherche.

Après l'étude forcenée et continue de toutes les difficultés que rencontre l'oiseau avec la pesanteur, la gravité, les courants contraires, vient le grand jour. Léonard décide qu'il est prêt, que la énième mécanique ailée qu'il a soigneusement calculée et que Zoroastre a minutieusement assemblée est prête. Il faut y aller. Paré pour le premier vol humain, ne serait-ce, minore-t-il son rêve fou, que pour expérimenter l'état de ses connaissances. Le cœur battant, il choisit la date en fonction du climat, des prévisions du vent et de quelques superstitions de Zoroastre qui se prend toujours pour un mage. L'envol aura lieu du mont Ceccero. À cause du symbole de ce nom, le « mont du cygne », et de son exposition au vent.

Son rêve de se coucher dans un corps d'oiseau pour voler comme eux, allongé sur l'air, et de se mouvoir par la seule force de ses bras imitant des ailes, ce rêve-là ayant échoué à Milan, c'est en homme qu'il va voler ; debout ou assis mais face à l'air, actionnant avec ses pieds les mécanismes du vol. Fort de ses expériences passées, souvent déçu, jamais découragé, l'espoir de traverser les airs, fortifié par son désir, il doit essayer à nouveau. Ça y est. Cette fois, c'est sûr, ça va marcher. Le premier vol humain va avoir lieu. L'ensemble de l'atelier s'oppose à ce que Léonard teste lui-même sa machine. Il est affaibli, vieilli. Et, bizarrement, de si peu son cadet, mais plus en forme, mieux entraîné, surtout plus avide de voler, il y a Zoroastre. C'est lui aussi qui, depuis toujours, est convaincu que l'homme doit voler et en a persuadé Léonard.

Dès l'aube, Salaï, Zoroastre et Léonard grimpent au sommet de la falaise, ils entreprennent de tester du bout du pied le bord de l'abîme. La friabilité du terrain d'envoi, son aplomb à la verticale. L'endroit est choisi pour la présence d'un lac juste en dessous. Sait-on jamais ? Certes, l'eau est incompressible, et une chute de vingt-cinq mètres peut y être mortelle autant que sur la terre meuble, mais elle semble tellement plus accueillante, tellement moins dangereuse que la terre ferme.

Léonard harnache Zoroastre.

— Si tu veux, je te remplace…

Il ne veut pas. Alors Léonard lui attache une outre allongée à la ceinture qui certes l'alourdit, mais si par malheur il devait tomber dans le lac, elle lui servirait de bouée. Au cas où… Zoroastre rêve de voler mais ne sait pas nager. Atalante est revenu de Parme exprès pour le grand jour et éventuellement pour remplacer Léonard si Zoroastre n'y allait pas lui-même. Ils ne veulent plus prendre de risque avec leur ami affaibli par son année chez Borgia. Donc Atalante a rejoint le groupe Pacioli, Machiavel, Batista et les jeunes de l'atelier sur la rive du lac, postés à l'endroit d'où ils verront le mieux Zoroastre s'envoler et où, si tout va bien, il devrait se diriger, d'après les calculs et les courants. Léonard et Salaï demeurent seuls là-haut, Léonard pour dessiner : les ailes sont plus belles vues d'en haut !

Sans rien dire au maître, excité comme une puce qui va et vient en tout sens, Pacioli a loué une barque, les services et surtout les muscles d'un pêcheur et de deux rameurs. Au cas où ça se passerait mal, où Zoroastre n'arriverait pas à voler et où il faudrait rapidement aller le repêcher. Au cas bien improbable où Zoroastre ne parviendrait pas à attraper le courant des vents.

Et c'est l'envol. Zoroastre s'élance dans le vide. Tous les cœurs cessent de battre… Léonard n'a pas le temps de le croquer comme il en rêvait, il espérait une plus grande amplitude. Pourtant, le vent est parfait, les courants ascendants… mais Zoroastre n'a même pas eu le temps de se déployer, même pas pu essayer… Il tourbillonne, il tente de se redresser afin de toucher l'eau le moins mal possible. Las ! Il tombe à pic, en rasant dangereusement la falaise.

Et les rameurs souquent à fond, comme des fous : qu'en plus de ce ratage, il n'y ait pas mort d'homme. Se noyer pour avoir voulu voler… non, ce serait trop bête. Un immense merci à Luca, qui a payé cher son « service de sauvetage nautique ». Zoroastre n'a pas eu le temps d'avoir peur, l'armature trop lourde de ses ailes l'a assommé sitôt que la vitesse de sa chute l'a retourné. C'est donc inconscient qu'il s'écrase dans l'eau froide. Inconscient que les rameurs le remontent dans la barque et le ramènent sur la rive où tout l'atelier l'attend anxieusement. Descendu au triple galop, Léonard arrive, tout essoufflé, pose la tête sur la poitrine de son ami étendu et, soulagé, remercie chacun chaleureusement avant de s'escamoter comme une jeune fille au bal. Il file sur son nouveau cheval, seul, loin, écluser son échec, sa peine et son dépit. Bizarrement, il les attribue à la mauvaise influence de Florence ! Comme si elle cherchait à lui nuire, personnellement, cette maudite ville ! Au point qu'il décide d'apprendre le turc afin de s'exiler plus loin encore. À nouveau, l'exil.

Quand tout tourne mal, Léonard fait feu de tout bois. On va répétant dans la confrérie que le sultan Bajazet II a besoin d'un architecte. Léonard lui fait parvenir une lettre dans laquelle il lui propose ses services. Une missive qui ressemble à celle que, plus de vingt ans auparavant, il écrivait à Ludovic le More pour le résultat qu'on sait. Il s'y vante de savoir tout faire, de pouvoir tout entreprendre. Et mieux que quiconque. Celle-ci reste à son tour lettre morte. D'après ses familiers, le sultan juge que ses propositions relèvent de la folie des grandeurs. Ou du désespoir. Sous prétexte que le sultan a besoin d'un pont, Léonard lui en propose un de six cents mètres au-dessus du Bosphore, afin qu'un bateau toutes voiles dehors passe dessous sans affaler. Même ses meilleurs amis le prennent pour un fou, alors le sultan ! Il n'accuse même pas réception. Personne n'ose dire à Léonard qu'on le traite de menteur ou de vantard grotesque. Pourtant, dessins à l'appui, il a calculé et résolu tous les problèmes techniques… Il ne convainc pas.

Pas de commande. Le vol a échoué. Constantinople le dédaigne… Où se tourner ? Machiavel qui a la certitude de son génie, il l'a vu à l'œuvre chez Borgia, le fait admettre par la République comme ingénieur de guerre. Oui, il y a toujours une guerre en cours. Celle-ci oppose Florence à Pise, comme chaque fois que s'éloigne la guerre contre les Français, Pise et Florence reprennent leurs escarmouches. La Seigneurie embauche Léonard comme ingénieur militaire, il est ravi. Non pas tant de servir Florence que d'avoir enfin le loisir de prouver ces talents-là. Léonard se rend sur-le-champ dans la plaine controversée étudier la situation. Bien plus aisée à résoudre que les invasions turques sur Venise. Isoler Pise est un jeu d'enfant. Son projet est à la fois logique et efficace mais colossal. Dispendieux, surtout. Il suffit de détourner le cours de l'Arno, Pise du coup dépendra de Florence et sera docile. Pise va manquer d'eau et se rendre. Du même coup, Florence s'offre un accès direct à la mer, mieux, une voie navigable, domptée par Léonard. Quoi de plus simple !

Il propose des plans précis pour détourner l'Arno. Machiavel est enchanté. Il fait miroiter les avantages du projet de Léonard. La Seigneurie approuve. Léonard est au bonheur. Il propose d'aller superviser le chantier. Les travaux commencent par l'excavation d'un canal qui permet de défendre immédiatement les collines des attaques pisanes. Léonard, voyant la peine des ouvriers, en profite pour inventer et mettre au point une machine énorme qui automatise le travail d'excavation et libère les bras humains. Soudain, ce projet magnifique est arrêté. Le gonfalonier le juge irréalisable, trop onéreux. Ou peut-être soupçonne-t-on Léonard d'être un agent double. Sans la moindre explication, les travaux cessent, et retombe l'intérêt qu'a suscité Léonard. Décontenancé, il ne sait que penser, sinon que cette ville lui porte vraiment la guigne…

Machiavel n'a pas dit son dernier mot. Et son influence augmente chaque jour. S'il a fait prendre Léonard pour un espion, il fait aussi valoir que Florence n'a pas le droit de se priver de cet immense artiste. Léonard peut en être sûr, il ne le laisse pas tomber. Florence ne peut refuser le peintre.

— D'accord, vous le récusez comme ingénieur, dit-il à l'assemblée du conseil, vous redoutez qu'il travaille aussi pour nos ennemis, mais le peintre ? Le peintre, vous ne pouvez pas vous en méfier. Florence ne possède pas une seule œuvre de cet artiste gigantesque. Elle s'enorgueillirait de lui passer une commande officielle, un équivalent de *La Cène* qui fait aujourd'hui la gloire de Milan et à laquelle Ludovic le More doit beaucoup de sa gloire. Léonard est un enfant du pays, le pays pourrait lui témoigner plus de tendresse, non ?

— Bon, consent Soderini, la salle du conseil édifiée par Savonarole est toujours nue, que je sache. C'est l'occasion de glorifier le passé toscan et l'histoire de notre cité.

Commande-lui une fresque qui en couvre le mur et chante notre gloire. Officiellement.

Machiavel a la joie de proposer à Léonard une fresque monumentale. Il ignore évidemment qu'il déteste travailler *a fresco*.

Première commande de la République à l'enfant du pays en quarante ans…

Le hasard malicieux lui fait inaugurer les murs de cette fameuse salle du conseil pour laquelle, il y a quelques années, quand Botticelli et Pipo ont été attaqués, Savonarole avait cherché à l'embaucher.

Chanter Florence, mais comment ?

Par la bataille d'Anghiari, décide Machiavel, qui lui présente des historiens pour lui faire entendre la beauté de l'événement, alors qu'il ne s'agit au fond que d'une anecdotique escarmouche que la légende a transformée en haut fait. Jadis, mais quand ? se demande Léonard, Florence fut victorieuse, mais contre qui ? insiste l'artiste. Léonard s'en ficherait si Machiavel n'y tenait tant. Au point de lui fournir des textes délirants afin d'alimenter son imagination.

En réalité, à ce combat, il n'y eut qu'un mort et encore, tombé de cheval ! Anghiari n'est rien d'autre. Mais comme la Seigneurie s'est arrêtée sur cette appellation : « bataille d'Anghiari », on l'alimente d'une foule de détails aussi horribles que faux. À croire que Machiavel se venge des monstrueux spectacles auxquels César les a exposés. Et force Léonard d'en faire autant.

Léonard s'en contrefiche. Quoi qu'il peigne, quel que soit le sujet, c'est avant tout de peinture qu'il s'agit. De modelé, de reliefs, de couleurs, de plans superposés, d'aplats… Le sujet ? Des hommes, des chevaux convulsés dans un mouvement de mortelle violence, autant dire des formes et des couleurs qui se tordent et s'emmêlent. Léonard reprend les centaines de dessins exécutés jadis pour son grand cheval, retourne faire des anatomies de chevaux et d'hommes, désormais il a ses entrées à l'hôpital de Santa Maria Nueva. Il traite les chevaux comme des hommes aux muscles déployés, les visages de ses hommes ont des traits bestiaux. De féroces animaux humains enchevêtrés dans la passion du meurtre… Voilà comment il conçoit sa *Bataille*. Le carton vient bien, vite et bien. Il va livrer à l'heure ! Il s'excite tout seul à l'idée de produire la plus grande bataille de tous les temps en peinture. Tout n'est que massacre, saccage et cadavres éventrés. « Montre d'abord la fumée de l'artillerie mêlée à l'air, avec la poussière soulevée par le mouvement des chevaux et des combattants. Tu feras les vainqueurs courant chevelure et autre chose légère au vent, les sourcils baissés, un cheval traînera le corps de son maître mort laissant derrière lui, dans la poussière et la boue, les traces des cadavres… Peins les vaincus pâles et défaits… la peau sillonnée de rides douloureuses », s'ordonne-t-il.

D'aucuns comme Machiavel ont dans l'idée d'en faire une fresque contre la guerre, sorte de geste pacifique incitant à la douceur. À quoi Léonard s'insurge en riant :

— Mais je m'en fiche de la guerre, moi, tant que je suis payé. En plus, la guerre, ça donne de beaux sujets, ça bouleverse les paysages, ça renouvelle tout alentour, c'est intéressant. Et ne me demande pas de choisir mon camp. Je ne suis d'aucun camp, jamais, sauf celui de la beauté. À quoi en général la guerre s'oppose sinon qu'on n'accomplit les plus grandes prouesses que pour la guerre… Alors. Moi, je fais une fresque à la peinture, à la vie, à la beauté convulsée.

Machiavel sait bien que Léonard ne sera jamais d'un camp. Inutile d'essayer de l'avoir avec soi, il suffit de l'aimer. Pacioli le lui a dit. Pour l'heure, Florence a le souffle coupé lors du dévoilement du carton de la *Bataille*. Et du coup, refrain connu, l'attention de Léonard se relâche aussitôt. Comme s'il en avait fini avec Anghiari et pouvait passer à autre chose. Inouïe, cette propension à s'escamoter de ce qu'il est en train de faire ! Le même goût du risque dans sa vie que dans son travail. Pourtant, Anghiari est une œuvre stupéfiante. D'un réalisme exagéré, d'une folle énergie pour détailler, fouailler, patauger dans la mort. Et le carton à peine achevé, Léonard, désinvolte, se pavane dans Florence tel un rentier oisif. En réalité, Zoroastre le sait bien, il donne le change. Il s'est mis depuis peu, alors qu'il était censé être à plein temps sur sa *Bataille*, à un petit travail secret. Même Salaï ne parvient pas à savoir ce que c'est. Pourtant, ça lui prend plusieurs après-midi par semaine… Comme il est à nouveau logé avec toute sa bande, ses bêtes, sa nouvelle garde-robe, ses archives… Hébergé par la Seigneurie, l'atelier tourne à fond, dans toutes ses directions habituelles. Marco d'Oggiono, peintre désormais formé, accompli, en pleine maîtrise de son talent, ne veut pas le quitter, Boltraffio revient souvent y travailler… Ça autorise Léonard à s'absenter régulièrement. Ces quelque deux heures sans lui passent d'abord inaperçues. Longtemps. Trois, quatre mois avant que Zoroastre se doute de quelque chose, encore trois, quatre mois pour Salaï. Seul Batista est au courant, mais personne ne se doute des secrets dont Léonard le charge, c'est une tombe.

Cette fois, il a vraiment l'air de mener une double vie. Amoureuse ? Atalante et Zoroastre pensent que non. Bizarre, tout de même. Plutôt mieux traité par sa ville, pour la première fois de sa vie, il devient un personnage important, il est même consulté pour déterminer le meilleur emplacement de la dernière acquisition de la Seigneurie. Une sculpture de sept tonnes, d'une taille monstrueuse, d'un dénommé Michel-Ange Buonarroti. Il s'est déjà rendu célèbre par une pietà. Absolument dramatique. L'image de la désolation. Depuis, il porte son désespoir en drapeau. Pourtant, son *David* fait naître d'autres espérances... Il a des fesses à se damner.

Un collège de peintres et autres sculpteurs florentins est réuni en assemblée d'artistes à la fois juge et partie, sur la place ils discutent du meilleur emplacement. Comme Botticelli, Pipo, Piero di Cosimo et quelques autres, Léonard est d'avis qu'il faut protéger cette masse de marbre blanc des intempéries et suggère de lui offrir la loggia Lanzi sur la place. Michel-Ange, furieux, ne l'entend pas ainsi, il exige le centre de la place, à ciel ouvert mais au milieu.

Chose étrange, Léonard n'a fait qu'émettre l'avis de tous, or ça n'est qu'à lui que Michel-Ange en veut, follement, furieusement, violemment. On dirait qu'il le soupçonne de vouloir dissimuler son *David* ! Aussi sur la place publique le traite-t-il de tous les noms.

— Envieux, jaloux, raté, incapable de rien achever, jamais livré ton grand cheval, et ça veut me dire où je dois me ranger, ça décide pour moi alors que ça n'est plus qu'une vieille chose incapable d'innover...

Il l'invective encore que Léonard a déjà regagné l'atelier, douché, secoué par tant de haine. Lui qui était si flatté qu'on le consulte, le voilà qui fuit sous les lazzis. De retour salle du conseil, prêt à reprendre sa *Bataille*, histoire de faire mentir ce jeune arrogant, il reste sans conviction et salement sonné. Arrive Batista tout essoufflé. Très décoiffé, très gêné, il a couru à perdre haleine. Très consterné aussi.

— C'est encore une mauvaise nouvelle ? interroge Léonard.

— Oui, avoue sur le souffle son plus que fidèle, plus que serviteur, presque frère, depuis l'année chez César.

— C'est quoi ?

— Ton père. Il est mort.

Léonard sort dans la rue, chancelant. Son père. Il n'y a aucune raison que ça le touche, il n'est absolument pas prévu que ça le fasse vaciller. Il se passe quelque chose d'étrange. Son père meurt alors qu'il a encore pour projet de se réconcilier avec lui, un jour. Fini. Plus jamais il ne le reverra. Il erre dans les rues. Il n'ose se rendre dans la maison de son père. Il se répète à voix basse cette pensée : « Je n'ose me rendre dans la maison de mon père le jour de sa mort. » Quelque chose ne va pas, effectivement. Il se sait intrus dans la maison de son père, de ses frères, de sa belle-mère. Il va, il vient. Il laisse passer la journée. À la nuit tombée, furtivement, comme un chat, il s'y rend. Chagrin, ennui, incompréhension, il ne sait que dire face au clan hostile qui ne lui adresse pas la parole mais le laisse saluer sa dépouille. Ils n'ont manifestement pas perdu le même homme. Il n'a pas à parler, on refuse de le laisser passer la nuit à le veiller. Et le frère qui lui a ouvert, en le raccompagnant lui jette :

— Inutile de revenir pour l'ouverture du testament. Il t'a déshérité.

Léonard ne va donc pas l'enterrer le lendemain à Vinci. Il reste chez lui et note dans son carnet que son père, « le notaire, est mort ». Il est si perturbé qu'à nouveau, comme lors de la mort de sa mère, il note deux fois la date, et en plus elle est fausse, il met mercredi au lieu de mardi. Par écrit, le redoublement est plus traître encore.

Il n'arrive pas à digérer. Cette impression tenace d'être montré du doigt par le mort, comme le bâtard, l'indigne devant tout Florence… Certes, son père est devenu très riche, et la famille se défie de l'illégitime qui risque de réclamer sa part, aussi l'a-t-elle prudemment « éliminé ».

Ça casse son maigre élan pour la *Bataille*. Qui n'avait déjà plus beaucoup de ressort. La blessure de l'exclusion réitérée, rouverte chaque fois. Toujours cet ostracisme contre lequel il bute et se cogne de toutes les forces qu'il met à le nier, ajouté à la disparition définitive de son géniteur, tout ça l'atterre. Le met à terre. Très secoué, à la fois par la disparition de son père sans l'avoir revu et d'être toujours traité en paria par les siens, par ce qui lui restait de famille, au moment précis où Florence commence à le reconnaître.

Les injures de Michel-Ange prennent une autre résonance, soudain, comme l'incarnation de la *vox populi*.

À nouveau fêté, à nouveau rejeté...

Il laisse en plan la *Bataille*, elle peut attendre. Huit jours après l'enterrement de son père, il monte à Vinci consoler Francesco et se faire consoler. Son vieux petit oncle chéri a lui aussi perdu un être cher et il se retrouve seul. Ému, vieilli mais révolté comme un jeune homme, l'oncle est furieux d'apprendre de quelle façon on traite son neveu préféré. Sur un coup de tête, il décide de désobéir à son frère. Maintenant qu'il n'a plus personne avant lui, il peut bien faire ce qu'il veut. C'est lui l'ancêtre désormais.

— Ah, c'est comme ça, ils te déshéritent, ils t'interdisent de rester près de ton père sa dernière nuit, ah ! Eh bien, ils vont voir ce que le brave, le stupide paysan de Vinci leur réserve. Moi aussi, je les déshérite. Puisque c'est comme ça, viens avec moi chez le notaire d'Anchiano. Lui, il n'est pas de la famille, il fera ce que je lui dicterai.

Médusé, Léonard suit le mouvement de colère de cet extravagant vieux jeune homme. Qui ne cesse de parler, qui s'étouffe d'indignation.

— C'est la nature qui t'a fait ? Eh bien, c'est la nature d'où tu es issu que je vais te léguer, moi ! Tu sais, petit (l'oncle s'est beaucoup tassé en vieillissant, et Léonard est toujours un géant. Nonobstant, quand il lui dit « petit », ça sonne juste, il est toujours son petit), je ne vais pas longtemps survivre à Piero, je ne ferai pas d'aussi vieux os que lui. C'était une force de la nature, lui, comme toi, moi pas. C'est bientôt mon tour, je le sais et ne le redoute pas, tu sais ça, toi. Bah, tout est bien, sans regret. Et comme tu n'as aucune chance de jamais hériter de ces grandes familles comme ton père en aura finalement fondé une. Tout de même, quelle obstination ! Je vais être le grain de sable dans leurs rouages si bien huilés, aussi je vais te reconnaître, de telle sorte qu'ils ne puissent plus faire comme si tu n'existais pas. Comme a fait ton grand-père, je t'inscris dans le lignage de la famille. Je te couche sur mon testament toi, et toi seul. Voilà.

— Oh ça, ça va les déranger, glisse difficilement Léonard dans ce monologue vengeur.

— Je te laisse pour ta vie entière, mais sans possibilité de le transmettre, tout ce dont j'ai hérité, moi, de mon père, tout ce que j'ai jamais possédé, mais qui, à ta mort, reviendra de droit à tes frères. Je ne puis faire mieux. À ta mort, ils en hériteront, mais de ton vivant, tout est à toi. En attendant ce jour-là, que je souhaite le plus lointain possible, on les emmerde… Sers-moi à boire et trinquons. Allez, bois, toi aussi, c'est un grand jour, tu viens d'hériter de mon merveilleux domaine… du plus beau paysage du monde…

Le vin aidant, Francesco évoque sa folle jeunesse que Léonard semble ranimer. Il ne sait plus de qui il parle, de lui-même ou de son neveu ; tout semble se mêler. Quand soudain, c'est plus direct.

— Tu es drôlement abîmé, mon petit, on croirait que tu as prématurément vieilli. Qu'est-ce qui s'est passé ?

Léonard sait bien qu'il a pris un sale coup de vieux. Il ne s'est jamais remis de l'année près de Borgia, et la mort d'Azul l'a fait basculer dans une sorte de vieillesse avant l'âge. Devant son oncle qui est vraiment vieux, il a soudain honte. Comme à vingt-deux ans.

— ... Tu ne réponds rien. C'est grave, alors. Regarde-moi, petit, je me tiens mieux, plus droit que toi. On dirait, physiquement, que tu t'es résigné à je ne sais quoi. Tu es toujours le plus beau, mais le plus fort, j'en doute.

Francesco laisse de grands pans de silence, au cas où son neveu aurait quelque chose à dire. Mais non, Léonard, comme à vingt ans, baisse les yeux sous les vérités énoncées par son oncle, elles racontent son histoire autrement, et il la préfère en ces termes.

— Es-tu seulement capable de tenir ta nouvelle monture ?

Francesco a évidemment repéré que ce n'était plus Azul qui lui amenait son neveu.

— Tu aurais intérêt à le prendre en main avant qu'il ne prenne le pas sur toi.

Et Léonard, comme à vingt ans, se retrempe dans sa nature d'origine, se remuscle jusqu'à l'âme, se refait une santé physique et morale. Et des forces. Un panier de raisins lui semblait lourd à son arrivée. Quinze jours plus tard, c'est du petit doigt qu'il soulève le fauteuil de son oncle. Et Belladona lui est reconnaissante de cet intérêt passionné qu'il prend à l'éduquer à sa main, à sa voix.

Il a recouvré l'énergie qui semble sourdre de Vinci. Mais il a senti passer le vent du boulet de l'âge. Au moindre relâchement, sa force décline à nouveau. Méfiance, méfiance et exercices. Toujours.

Il reprend pinceaux et crayons pour « copier » les cygnes de l'étang. Son étang jusqu'à sa mort. Ses cygnes aussi, donc. Il veut toujours voler. Aucun échec jamais ne l'a fait renoncer à son rêve le plus fou. Cette fois, il va imiter les ailes du cygne. Le plus lourd des oiseaux. Rien ne l'empêche de recommencer, il reprend ses études.

L'angoisse que la mort de son père a suscitée se transforme en apprentissage, en orphelinage. Désormais, il n'y a plus personne avant lui. Contrairement à ce qu'il raconte, Francesco est en assez mauvais état, sa tête est claire, mais le reste ne suit plus très bien.

Il a su l'aiguillonner pour qu'il se reprenne en main comme lors de son premier séjour forcé à Vinci, mais il n'a pas eu la force de l'entraîner lui-même. Quand Léonard redescend à Florence, il est à nouveau prêt à se battre. Et même à attaquer.

Il a le sentiment chagriné d'avoir fait ses adieux à son oncle sans le lui dire, mais aucun n'est dupe.

Chapitre 24

La bataille de *La Joconde*
Florence 1506

Ce qui arrive est inouï, incroyable. Ça fait si longtemps que Léonard côtoie des femmes sans le moindre trouble, le moindre frisson. Rien de sensuel ne lui est jamais parvenu de ce côté-là du monde. C'est une garantie pour Salaï, et pour Léonard comme pour ses proches, une certitude. Puis il a commencé ce portrait secret. Qui n'est secret que parce que la Seigneurie, son commanditaire principal et le plus intransigeant qu'il ait jamais eu, l'y contraint. D'avance, elle se plaint de ses retards à venir. Impossible qu'elle apprenne en plus qu'il soustrait quelques après-midi par semaine pour un malheureux portrait privé. Ce tableau-là est un cadeau, ou faut-il dire un rebut de Botticelli. Sandro a prétexté être trop épuisé, trop chagriné surtout, pour honorer cette commande et passer des heures en tête à tête avec une jeune femme. C'est en outre extrêmement bien payé, normal qu'il ait pensé à Léonard qui a tant de bouches à nourrir. Bien payé, et la permission de garder le secret. À ces conditions, Léonard a accepté. Il n'avoue pas, parce qu'il est incapable de le préciser, qu'il y a tout de suite ressenti quelque chose d'autre, quelque chose de plus, d'indéfinissable, un sentiment d'étrange familiarité envers ce visage à peindre. Il a cédé au désir du mari napolitain de voir sa femme peinte par « une bonne main florentine ». Francesco Giocondo est un marchand rapidement enrichi, qui, pour la naissance de son second fils, a installé sa maisonnée dans une fastueuse villa moderne, où il veut voir trôner son portrait et celui de son épouse. Rien là d'extravagant. Un cadeau de naissance, de gratitude, de reconnaissance envers la mère de son enfant. La coutume commence à se répandre chez les riches de se faire peindre. Comme l'homme est aisé, il tient à le faire savoir, aussi Léonard est-il vraiment bien payé.

C'est donc pour ce portrait secret que, depuis près de huit mois, il s'absente du chantier deux ou trois après-midi par semaine. Au moment où la mort de son père a saisi l'artiste de plein fouet, son modèle a dû cesser de venir, son dernier-né était mort subitement. Elle en a porté le deuil, enfermée un mois durant, recueillie, dévastée. Elle s'est alitée, sa sensibilité était épuisée. Ainsi, pendant que Léonard reprenait des forces et du courage à Vinci, elle aussi, dans son lit.

Quand il rentre, plein de fougue et d'énergie, enfin prêt à monter à l'assaut de sa *Bataille*, elle lui fait savoir qu'elle est prête à reprendre leurs séances de pose, afin qu'il achève son portrait. Achever ? Ils ne le souhaitent ni l'un ni l'autre. Ces rencontres leur sont devenues indispensables. Un courant d'intimité circule entre eux. Comme un flux d'énergie vitale. Léonard a déjà eu des amies, Cécilia, Lucrezia, il a été en sympathie, en complicité, en connivence avec elles, comme un frère avec ses sœurs, comme une portée de chatons jouant dans le dos de leur mère, mais rien jamais de trouble. Là, avec cette jeune mère, cette femme mariée, c'est une autre histoire... D'abord, et c'est sans doute la seule chose qu'il peut dire, elle lui ressemble. Elle a vingt-deux ans, lui cinquante-deux, mais elle lui ressemble. Elle peut ne pas s'en rendre compte, mais Léonard n'a pas oublié ses traits à cet âge, il a été souvent dessiné par ses confrères, il en a quelques preuves. Elle et lui sont pareils, juge-t-il, quand même étonné. Ensuite, mais il ne parvient pas à l'expliciter clairement, elle aussi avance masquée. Elle ne livre d'elle que ce qu'elle veut bien. Elle sait choisir la plus grande distance, sous le plus doux des sourires. Là aussi, il se reconnaît, davantage au résultat qu'à la détermination initiale qu'il a un peu oubliée.

Il flotte entre eux un climat trouble qui le flatte et l'effraye. Elle se sent honteuse, après si grand chagrin, la perte de son enfant, d'être si joyeuse les après-midi où elle le retrouve. Oui, vraiment, pour l'un comme pour l'autre, un lien surprenant. Pas de sensualité active, non, juste un climat, un air dans lequel ils baignent. Une humeur. De l'amour. Qui sait ?

Et sa *Bataille* ? Sa *Bataille*… Ah oui, sa *Bataille*. Pendant ce temps, il la néglige, alors qu'il ne cesse d'y penser. Début décembre, il prend possession du mur et de la pièce où il doit œuvrer. L'ensemble est en piteux état d'insalubrité, pis, de dégradation, le toit, les fenêtres laissent entrer la pluie, rien ne ferme, tout bat, claque à l'envi. Le travail y est momentanément impraticable. Léonard obtient que la Seigneurie fasse réparer à ses frais mais sous la houlette du peintre, architecte à l'occasion. Ça prend quelques mois, les fournitures de l'échafaudage sont livrées début mars. Les paiements tombent, réguliers, peu fournis mais réguliers, rien à dire. Il a conçu un échafaudage mobile, dont il manque encore les roues. Il fait ouvrir un passage dans le mur entre la salle du conseil, son chantier et ses appartements, où il installe un petit atelier « privé » rien que pour la recevoir, Elle. Il peut aller sur son chantier sans mettre un pied dehors. Et en revenir de même. Il entrepose tout son matériel dans la salle du conseil : papier, térébinthe, pigments, enduits, cire, colle, draps, éponges…

Le contrat signé le 4 mai avec Machiavel détermine les règlements et les échéances : trente-cinq florins d'or, tout de suite, quinze chaque mois, mais le carton doit être achevé en février 1505. Et là, s'il a commencé à peindre, le contrat sera automatiquement reconduit, sinon… Sinon. Il sait que c'est sans doute la commande la plus importante de sa vie. Enfin un sujet à sa mesure. Une salle officielle, un mur immense, sa ville natale. Que rêver de mieux ? En outre, clause inhabituelle, toutes ses dépenses lui seront remboursées… Ces conditions sont avantageuses, le sujet est finalement parvenu à l'intéresser, il déteste toujours peindre à fresque, vite, sans repentir, mais il n'a pas dit son dernier mot, il étudie de nouvelles techniques afin de pouvoir revenir plusieurs fois sur ses couleurs. Léonard est obligé de le reconnaître. Ces conditions sont les meilleures de sa vie, la magnanimité nouvelle de la cité, via Machiavel, la bienveillance même avec laquelle on le traite ! Pourtant, à tout il préfère ses séances de l'après-midi. Le matin, il avance lentement. Il peine. Ses fournisseurs, ses collaborateurs, tout le monde est payé, tout arrive à l'heure, même lui. Mais c'est elle, la dame de l'après-midi qui le captive.

Il entrepose près de cent livres de farine blanche afin d'empâter le carton. Cordiers, forgerons sont payés. L'échafaudage est prêt. Vingt-huit livres de blanc de céruse d'Alexandrie, trente-six livres de soude, quatre-vingts de colophane, trois cent quarante-trois de gypse de Volterra, de l'huile de lin en grande quantité, deux cent soixante livres de plâtre, pour la base du carton. C'est bon, tout est là. Il peut y aller. Et il n'y va pas. Il se fait encore livrer quantité de matériaux auxquels il ne fait pas mine de toucher. Il embauche de nouveaux collaborateurs… Il encombre la salle du conseil d'armoires, de chevalets divers, de structures de bois, pour maintenir ses cartons en place… Il nidifie.

Malgré la perfection et le fini du dessin, l'achèvement des préparatifs du mur pour le peindre, Léonard ne commence toujours pas.

Il prétend que le mur n'est pas assez sec. Il le traite à l'enduit, le ponce, l'enduit à nouveau… Rien n'y fait. Il ne peut encore s'y aventurer. À la fois, ça le gêne, il aimerait infiniment rendre à l'heure, honorer sa parole, mais intimement ça le réjouit : il a tout son temps pour son portrait secret. Un secret… de plus en plus éventé. Depuis le temps que dure ce manège, Salaï a fini par le surprendre. Il faut dire que le rituel est aisé à démasquer.

Après avoir dirigé, lancé et ordonné le travail sur la *Bataille*, Léonard fait interdire l'accès à son atelier privé, oh… bien une heure avant l'arrivée d'une dame voilée. Voilée de haut en bas, en grand équipage, grand deuil aussi, elle descend de voiture et s'engouffre d'un même mouvement chez Léonard par la petite porte. Celle qui n'a d'usage que privé. Sa silhouette est d'une jeune femme mais ses voiles sont si épais et opaques qu'on la distingue mal. On ? Essentiellement Salaï qui la guette et s'interroge, mais Batista et Zoroastre l'ont parfois surprise s'en allant en courant. Elle reste seule avec le maître jusqu'à l'heure où le soleil faiblit. Quand il devient impossible qu'elle pose et qu'il la dessine. Après son départ, il est mélancolique et joyeux, comme aucun de ses amis ne l'a connu. Il dîne tôt et, bizarrement, lui qui a toujours été insomniaque et content de l'être, va se coucher et dormir. Salaï est tenu à l'écart depuis son retour de Vinci, et pour la première fois de leur vie. Jamais Léonard ne s'est passé de ce petit diable et de ses services de grand intendant de fêtes païennes et de plaisirs occultes… C'est la première fois. Et, Salaï a vérifié tant il n'y croyait pas, Léonard ne court pas non plus les bordels ni les bas-fonds sans lui. Non : il n'y va pas. Pas du tout. Il n'aurait tout bonnement plus d'activités sexuelles. De mémoire d'atelier, Atalante, Zoroastre et Salaï s'en sont même parlé, ça n'est jamais arrivé. Léonard a toujours mené une vie nocturne intense, dont depuis l'arrivée de Salaï personne ne se souciait plus, mais qui, l'enfant l'affirme, ne s'est jamais ralentie. Et là, rien. Plus rien du tout ! Atalante et Zoroastre n'y croient pas. Pourtant, exceptionnellement, la sincérité de Salaï ne fait pas de doute. En tout cas, sur ce point. Plus rien depuis la mort de son père.

D'où la nécessité d'espionner ses fameuses après-midi, d'autant que cet homme, qui a dû inventer des techniques violentes en décibels pour s'éveiller chaque matin de sa vie, saute littéralement de son lit à sa *Bataille*, aux aurores. Il semble d'une énergie décuplée, terrible, même le matin. Dès le matin ! Eh non, pas de nouvel amant pour alimenter pareille ferveur. Pas de nouvel amour, Salaï est trop vigilant. Le mystère augmente avec le temps. Et cette folle énergie inépuisable semble s'alimenter d'elle-même. Ou bien de cette visiteuse étrangère… Trop longs, tous ces mois de pose pour un simple portrait. Ses matins puisent-ils leur force dans ses après-midi ? Le sang qui coule dans ses veines a changé, qu'est-ce qui l'a revigoré de la sorte ? Les collines de l'enfance, la disparition du père, cette mystérieuse présence ?

Ainsi alternent deux Léonard. Celui du matin, sociable, fraternel, plein de fougue et de jeunesse, d'ardeur, d'inventivité, prêt à résoudre toutes les difficultés techniques qui, comme un fait exprès, ne cessent de s'accumuler, un maître aux petits soins pour les siens, prêt à aider, à montrer, à remontrer, à expliquer, et qui, dans une agitation perpétuelle, monte à l'assaut de sa monumentale *Bataille*. La vie collective comme il sait l'animer, comme il l'aime, la création partagée, la recherche extasiée de la Beauté, comme il a toujours vécu, en chef de meute assoiffé d'art et d'innovation. Et celui des crépuscules au mystérieux secret, enfermé dans la clandestinité. Personne ne doit croiser son modèle, c'est une loi d'airain, ni, si ça se produisait en dépit de ses précautions, lui adresser la parole.

C'est peut-être une reine, se dit Batista. Bien sûr, personne non plus n'a le droit de voir le tableau, ni la moindre esquisse. Tout est enfermé chaque soir dans ses coffres, il porte la clef sur lui, même pour dormir. Il n'a jamais été si suspicieux. Oui, mais depuis le temps que ça dure, comment éviter les fuites ? Une nouvelle cuisinière, Matilda, embauchée pour ses qualités de Florentine, drôle, médisante, douée pour accommoder les restes et faire le meilleur avec ce qu'on a sous la main, Matilda donc, un jour, par mégarde et en toute innocence, est entrée dans l'atelier et a VU la dame. « Pas très belle, a-t-elle trouvé à répondre à la troupe qui l'interrogeait. En deuil, les joues rondes, et, non, pas très belle… »

Les mois passant, Léonard recourt à quelques subterfuges pour conserver à sa belle son sourire extatique, il fait venir musiciens et jongleurs, chanteurs et acrobates, afin que cette mélancolie qui toujours empreint les modèles qui posent trop longtemps ne l'atteigne pas, et surtout pour tirer d'elle ce précieux sourire, unique et universel à la fois, qu'il ne sait définir, un certain sourire qu'il sait avoir en partage avec elle. Il cherche tous les moyens de le déclencher. Il fait jouer les lumières, les éclats de vie, de joie, de rire… Tout est bon pour susciter l'image désirée. Il cherche à saisir son propre sourire, que chacun taxe d'énigmatique, de mystérieux et qui n'est qu'un masque, le dessin précis de celui qu'il s'est sculpté à vingt-deux ans et que cette femme lui offre naturellement. Il fait montre d'une détermination que les siens ne lui ont jamais connue.

— Si, dément Zoroastre. Pour expérimenter le vol humain, il était aussi entêté, plus obstiné encore.

— Mais qui est-ce ? se demande Atalante.

— Et que se passe-t-il entre eux ? gémit Salaï.

— Et pourquoi, si seule compte son intimité avec elle, fait-il appel régulièrement à cette étrange fête des arts vivants qu'il met en scène pour elle, m'a dit un jongleur ? ajoute Zoroastre.

— Pourtant, conclut Batista, je suis sûr qu'il n'y a rien entre eux.

— Rien. Non. Rien qu'on puisse définir.

Elle arrive, toujours en courant, essoufflée, dessous ses voiles. Une fois seule enfermée avec lui, elle se défait de ses atours du jour pour endosser sa tenue de pose. Il l'aide à se préparer, à s'installer, il replace son voile comme il était la veille, lui cherche à boire, chaud en hiver, frais en été. Il va lui-même ouvrir aux chanteurs ou aux acrobates qu'il a dûment convoqués. Et quand le soleil s'efface, la dame s'évapore de même. Elle ne vient jamais les jours de pluie. Il leur faut une bonne lumière. C'est donc vraiment pour travailler. Qui en doute ?

Ensuite, Léonard rappelle les siens, joyeux le plus souvent, très joyeux même, il sort pour se dégourdir les jambes, toujours suivi d'un chien ou deux, il joue à chat, fait exécuter ses meilleurs tours à son singe, fait chanter ses oiseaux qui se posent dans sa main, sur son épaule… Il enseigne une nouvelle facétie à son singe et dîne en plaisantant, toujours joyeux mais un peu distrait, rêveur. Et… oui, Salaï est chaque fois surpris, il va se coucher. Seul. Pour bondir dès l'aube le premier sur l'échafaudage.

Une vraie vie de forçat. Une vie de moine, mais une vie heureuse, très heureuse, comme il n'en a pas eue souvent. De la peinture, encore de la peinture, quelques travaux de mathématiques quand Pacioli vient le solliciter. Il pratique à nouveau quelques dissections de chevaux et d'hommes, pour s'assurer des modèles de sa *Bataille*. Cette fresque est un enjeu considérable, il joue sa place à Florence. Il doit réussir au-delà des espérances suscitées par son carton. Mais peindre *a fresco* n'est pas son genre. Et vu l'état du mur après l'avoir réenduit, il éprouve une grande défiance. Il fait poser une couche de stuc. Jamais mur n'aura été si minutieusement préparé. À nouveau, il attend que ça sèche en pratiquant des essais sur un petit panneau : ça marche. C'est sec, c'est l'heure, il se lance. Le grand jour arrive, il va donner son premier coup de pinceau. Suivant la recette d'Alberti, à l'encaustique. Pour remédier aux problèmes qu'il a connus avec *La Cène*, quand l'huile refusait d'adhérer. À la recette d'Alberti, il mêle celle de Cennini, dite de la détrempe à sec.

Donc, voilà le grand jour où il inaugure son mur, son support, son nouveau fond, et surtout sa nouvelle technique, et c'est la catastrophe. Le temps se gâte si brutalement qu'on dirait que le jour à peine levé s'est ravisé, que la nuit s'est recouchée et, brusquement, il se met à tomber des trombes. Le ciel déverse toute son eau mais reste foncé comme en novembre. Toute la journée s'écoule comme la pluie, sans éclaircie. Pas de lumière, pas d'espérance de revoir le soleil derrière ce rideau de pluie. Tant pis, assez traîné, il monte sur l'échafaudage. Et alors qu'il s'apprête à tremper son pinceau dans le blanc de céruse, le carton se déchire. Tout seul. Avant qu'il y ait touché. Le carton se détache en deux morceaux. Ce n'est pas grave, juste deux jours de travail pour réparer. Un mystère encore, en bas de l'échafaudage, la cruche d'eau se brise sous l'effet d'un coup de tonnerre. Comme poussée par un fantôme. Inquiet, Léonard redescend. Lui qui ne croit pas à l'irrationnel se sent soudain cerné. C'est alors que le tocsin se met à sonner. Oh ! non. Pas elle. Pas la peste ! Non ! Ça tonne dehors de plus en plus fort. Les cloches invitent les Florentins à se rassembler dans la cathédrale en attendant que ça passe. C'est à ce moment-là que le carton jaillit de son châssis, tombe et s'écrase. Sur la cruche cassée, l'eau répandue se mêle aux pigments, tout se mélange, tout est gâté, et ça forme un affreux magma.

Le tocsin affole les bêtes qui, au-dehors, hurlent à la mort. Affole les chats qui, au-dedans, font un chahut d'enfer. Quand s'ouvre en grand la porte de la salle du conseil, laissant entrer le gonfalonier Soderini en personne suivi d'un jeune homme qu'il traite avec une déférence inouïe. Léonard, surpris, regarde s'avancer les deux hommes. Le plus jeune non plus ne lui est pas inconnu. Loin s'en faut, hélas, la dernière fois qu'il l'a vu, celui-ci l'a injurié. Eh oui, Soderini amène sur le chantier de sa *Bataille* ce malotru de Michel-Ange et le traite en demi-dieu. Léonard a compris, lors de la scène du choix de l'emplacement de son *David*, que Soderini vouait à ce sculpteur un culte particulier. Mais pas au point de lui demander de prendre sa place, de peindre sa *Bataille* ? Non, il est plus offensant encore, il lui offre le mur d'en face. En face de Léonard, en face de sa *Bataille*... Ils vont devoir travailler en même temps. Ensemble. Dos à dos. Peut-on imaginer pire affront ? Michel-Ange va réaliser, dos à Léonard, la bataille de Cascina. Autant dire qu'on les met en concurrence. D'ailleurs, cette espèce de crapaud commence par ne saluer personne – le chantier est grouillant de monde, comme d'habitude – et par demander au seul être humain à ses yeux dans cette salle, au gonfalonier, de faire débarrasser l'espace trop encombré autour de son mur pour commencer à travailler.

La nuit tombe.

Après cette succession de mauvais présages.

Anéanti par ce dernier coup, Léonard rentre chez lui, prend soin de refermer son verrou. Que ce crapaud ne s'amuse pas à mettre un pied chez lui ! Un vrai jour de guigne. Évidemment, elle ne vient pas. Celle qui rythme sa vie, ses heures, son humeur. Il fait noir, il pleut. Personne ne peut peindre par un temps pareil, et ce tocsin qui ne cesse pas. Demain, il fera beau, il fera bleu, il fera doré, elle viendra demain.

Et elle arrive, toujours courant, se défait de ses voiles et explose de bonheur. Elle est folle de joie, ne peut lui dissimuler une seconde de plus la cause de sa joie :

— À toi, à toi en premier. Je ne l'ai encore dit à personne. Après ce qui vient d'arriver, tu comprends, j'ai trop peur. Toi, tu veux bien... Voilà. J'attends un enfant.

Léonard éprouve une drôle de sensation. Comme si c'était lui, le futur père. Il lui confie son émoi, sa joie, si proche de la sienne. Et lui déclare aussitôt que, puisque c'est comme ça, il faut tout reprendre. Une femme prégnante ne saurait se ressembler.

— Je vais devoir recommencer, faire un autre portrait de toi. Tu sais comme moi à quel point tes traits vont changer pendant ta grossesse. Je ne te retrouverai jamais, mais, en revanche, je vais pouvoir suivre sur ton visage l'épanouissement qui va t'accompagner.

Lisa sourit. Ravie. Leurs séances vont donc continuer, non pas cesser comme elle le craignait mais, au contraire, redoubler. Léonard ne lui dit rien de ce qui le taraude, d'ailleurs, en sa présence, il oublie celle tellement agressive du vilain petit homme au nez brisé de l'autre côté du mur. La haine de son rival ne doit pas entacher leur vie ici. Quand il pense que Michel-Ange n'a même pas daigné jeter un œil sur les cartons de Léonard. Dont tout Florence parle, qui fait s'extasier les plus grands artistes, pas un regard pour son aîné. Quel mauvais homme ! D'ailleurs, s'il est si laid, il n'y a pas de mystère, c'est son mauvais fond qui sort.

Il se jette à corps perdu dans un concours de vitesse contre Léonard. Qui face à Lisa parvient à l'oublier. Quelques heures.

Si, jusqu'à l'annonce de sa grossesse, il traitait avec la même énergie joyeuse ses matins et ses après-midi, sa *Bataille* commence à pâtir de la présence négative de l'autre. On met cette baisse d'intérêt sur le compte du nombre d'assistants de l'un comme de l'autre, qui se chamaillent sans trêve. À croire qu'ils se livrent à un combat fantoche en lieu et place de leurs maîtres respectifs, lesquels ne s'adressent pas la parole. C'est plus prudent. L'attrait monte en revanche pour ses après-midi depuis qu'il a recommencé. Le visage de Lisa à nouveau, comme s'il ne le connaissait pas, comme s'il ne l'avait jamais dessiné.

Une sorte de délire monte lentement près d'elle, sitôt qu'il fuit Michel-Ange.

Les problèmes techniques de la *Bataille* ne font qu'empirer, comme prévu par Botticelli.

— Tu es fou de faire confiance à des techniques si anciennes.

Pour faire sécher plus vite sa peinture à l'huile lourde, Léonard fait poser des braseros, tous les mètres, au pied de sa fresque. Toute la salle est enfumée. Et Michel-Ange ne le supporte pas. Il va s'en plaindre au gonfalonier. Hélas, les braseros commencent à « cuire » les éléments oléagineux de la fresque. Mais seulement en bas, le haut reste intouché. Et fait grande impression, au point d'oublier le bas. C'est que Léonard est réellement parvenu à traduire la fureur bestiale qui saisit l'homme à la guerre. Même ses chevaux sont gagnés par la rage meurtrière des cavaliers, ils se mordent aussi entre eux. Et le sable, la poussière sont les meilleurs buvards de sang…

— Défi insensé, crache Michel-Ange.

Mais qui permet à Léonard de peindre suivant sa technique, si précise dans toutes ses nuances, dans toutes ses superpositions. Tout ressort tellement mieux à l'huile. L'huile lui est devenue indispensable pour estomper la trace des croquis antérieurs et présenter ses sujets de l'intérieur grâce à un modelé suggéré par des tâches et des hachures terriblement évocatrices…

Mécontent de son huile de lin défectueuse et de mauvaise qualité, Léonard se fait livrer de l'huile de noix. Et il efface, il recommence. À nouveau, quand les braseros cuisent le bas, le haut se met à couler lamentablement, ça fond. Les différentes couches se mêlent en une bouillasse épouvantable qui s'écoule sur le si magnifique bas, déjà sec, lui. Chaque fois, ce sont des mois de travail anéantis.

Pas découragé, Léonard remonte, reprend, recommence. Il y arrivera. Furieux contre l'huilier, il change de fournisseur. Les braseros enfument tout le monde, on tousse, on se gratte la gorge à qui mieux mieux. Pour une fois, Michel-Ange a raison de pester. C'est irrespirable. D'ailleurs, il n'y tient plus et passe à l'invective.

— Décidément, tu n'es qu'un incapable. Ces chapons de Milanais ont cru que tu pourrais sculpter leur grand cheval, tu t'es ridiculisé, et là, tu recommences, incapable de rien achever. Jamais, il n'aurait jamais pu galoper ton cheval, et là, avec tes alchimies ridicules, tu remets ça. Et cette fois c'est notre République que tu escroques, que tu roules dans la farine de tes fallacieuses promesses…

Sans doute continue-t-il dans l'espoir que Léonard lui réponde. Celui-ci reste muet…

— … Te faire passer pour un fresquiste, toi qui n'es même pas capable de peindre un mur qui sèche normalement.

Léonard fuit pour ne pas répondre. Laissant la pièce enfumée et Michel-Ange suffocant de rage.

Ce soir-là, il note dans son carnet que « la patience contre les injures joue le même rôle que les vêtements contre le froid. À mesure que le froid augmente, tu dois te couvrir de vêtements plus nombreux. Également sous les injures croissantes, fais preuve de patience plus grande et les injures ne pourront pas offenser ton esprit ».

Il s'arme, en quelque sorte, pour pouvoir y retourner le lendemain. Il ne comprend pas, il a pourtant testé sa technique de détrempe à l'huile sur un petit panneau qui est parfait, ce qu'il a fait de mieux en peinture.

Il avance infiniment plus vite sur le second portrait de Lisa. Depuis qu'elle est enceinte, elle est d'accord pour rendre public le fait qu'elle pose pour lui. Pour elle, Léonard est tellement plus qu'un peintre que passer des heures près de lui l'enrichit comme rien, jamais, même le catéchisme quand elle était petite, ne lui apportait tant de bienfaits à l'âme. Du coup, elle veut que tout le monde le sache, elle veut aussi être admirée, sur le panneau de bois où elle s'aime dans le regard du maître. Elle est fascinée, autant qu'il l'est par elle. Cette sidération réciproque continue de les réunir trois à quatre après-midi par semaine. Désormais, Léonard est autorisé à montrer le résultat. Pourtant, il ne montre qu'une seule de ses Lisa, la première. Personne ne doit voir la seconde, où elle est entièrement nue. Personne au monde ne doit la voir de leur vivant à tous deux. Quant à la Lisa vêtue, seuls quelques artistes triés sur le volet et qui ont souvent émis le désir de voir le travail de Léonard y sont conviés à la regarder. Un par un, et pas longtemps. Il ne veut pas interrompre ses séances, ne pas perdre des minutes du précieux temps qu'elle lui accorde.

Mais les artistes uniquement. Léonard n'a pas fini et considère que seul un autre artiste sait lire dans l'inachèvement la volonté du peintre. Ainsi, au compte-gouttes, Léonard convie l'un puis l'autre, un par jour, pas tous les jours, à visiter Lisa et son portrait côte à côte. En fin d'après-midi, quand la fatigue la saisit. Depuis le temps qu'il travaille sur elle, c'est évidemment un secret de polichinelle. Mais justement, on jase, on se demande pourquoi ça dure aussi longtemps.

Il y a foule. Le dernier des artisans revendique le titre d'artiste pour s'inscrire auprès de Salaï, lui-même troublé par ce tableau, afin d'être convié à jeter un furtif coup d'œil au chef-d'œuvre secret. Le bouche-à-oreille a fait du couple peintre-modèle une sorte de mythe, quant au tableau, la rumeur le donne pour une nouveauté telle qu'il défie toute description. On n'a jamais autant parlé d'un tableau inachevé avant de l'avoir vu.

Piero di Cosimo se met à genoux et pleure.

Pipo embrasse Léonard, la joue humide à son tour. Il n'arrive pas à se détacher de lui. Ses bras l'enserrent un temps infini. Il dit qu'il a un choc, qu'il ne s'en remet pas. Les uns, les autres, tous font part d'un étonnement qu'on puisse faire « ça » en peinture. Un étonnement mêlé d'effroi.

Quand, soudain, le lendemain du jour où Pipo l'a si fort serrée dans ses bras, où il est tombé en pâmoison devant Lisa, on apprend qu'effectivement il ne s'en est pas relevé.

Au sens propre. Il en est mort, dit sa femme.

En tout cas, il est mort.

Et sa femme va répétant que c'est d'avoir vu le travail de Léonard. Que cette vision lui a causé un si grand choc que son cœur s'est arrêté de battre.

Alors, Léonard prend peur.

Et si c'était vrai…

LES ANNÉES ERRANTES

1506-1519

« De grâce, ne me méprisez point. Je ne suis pas pauvre.
Est pauvre celui qui a de grands désirs . »
Léonard de Vinci.

Chapitre 25

Le procès
1506-1508

Avec l'enterrement de Pipo, la grande fête de la peinture est finie. Florence ne sera plus jamais Florence. Lippi n'était jamais devenu grand, il était demeuré l'enfant Jésus de la cité. Un grand peintre, oui. Mais à jamais le fils de son père et de la Sainte Vierge. Sa mort sème une terrible consternation dans un cercle bien plus étendu que celui des artistes. « C'est la *Lisa* de Vinci qui l'a foudroyé », disent les braves gens, qui répètent tout ce qu'ils entendent de surnaturel. Sur le chemin de l'église, outre les amis, les admirateurs et la confrérie au complet, les marchands et les collectionneurs accompagnent son cercueil.

En signe de deuil, les commerçants ferment boutique sur le passage du cortège funèbre.

Un monde s'achève. Las et sans joie, Léonard reprend sa bataille, qui n'est plus ni d'Anghiari ni de Cascina, mais celle de deux titans inquiets de perfection et jaloux l'un de l'autre. Chacun doutant de soi. C'est entre eux deux qu'a lieu la confrontation. La haine de Michel-Ange l'aveugle autant qu'elle interdit au pacifique Léonard d'essayer un autre registre. Mais il est versatile comme la Méditerranée, ses après-midi effacent tout et demeurent des enchantements. Lisa et lui se sourient de ce sourire jumeau qui les soude, se comprennent et se taisent. Les gens font la queue pour venir voir Lisa et son double sur bois. Il paraît qu'il y a là quelque chose d'inédit, de saisissant. Léonard ne saurait dire quoi, mais il sent qu'il a franchi un cap. Vers où ? Mystère. Il réitère encore son pressant besoin d'avoir l'avis de Botticelli. Mais l'infirme est tellement bouleversé par la mort subite de l'être qu'il a le plus aimé au monde qu'il s'est déjà décommandé deux fois.

Depuis que Lisa s'épanouit d'une grossesse radieuse, l'œuvre gagne en plénitude. Léonard change sans cesse quelque chose à l'allure, au paysage du fond, à ses fumées bleues. Littéralement, il ne peut pas finir. Qu'est-ce qui peut être pire que d'achever ? Mourir, sans doute. N'achevons pas, jamais, semble aussi murmurer son modèle. Ne dirait-on pas qu'elle frissonne sous ses coups de pinceau, comme sous autant de caresses ?

Enfin, Botticelli se décide à venir. Il se tait, scrute, s'immobilise, se fige et blêmit. Et lui aussi tombe. S'effondre. Évanoui. Précipitamment, Lisa quitte la pose pour voler à son secours, Léonard feint d'être trop occupé pour aider Lisa à relever Sandro. Tout de même, ce grand échalas effondré à même le sol, ça fait désordre. Et Léonard déteste le désordre. Voyant que Lisa ne peut pas, toute seule, enceinte, le soutenir davantage, il porte son ami jusqu'au fauteuil, comme à regret. Toute la scène ne dure que quelques secondes, mais elles sont violentes.

Restent ces mots murmurés, quand Botticelli revient à lui. Ils se gravent dans le cœur de Léonard :

— Jamais je n'ai imaginé que la peinture puisse aller jusque-là…

Après un temps de commotion où Lisa l'aide à s'asseoir devant l'œuvre puisqu'il ne parvient pas à en détacher ses yeux, Léonard attend son verdict. Telle la pythie sous l'effet d'un puissant hypnotique, il se met à parler, comme pour lui-même :

— … Tout ce que j'ai fait, à côté de toi, ça n'est rien. Je n'ai rien compris à la peinture, je me suis trompé sur tout. Toi, tu as vu, tu as su, et ça y est, c'est là. Toutes ces années, je me suis trompé. Tout ça pour rien… Ce n'était pas la peine… J'ai tout raté. Je suis fini. Quand même… heureux d'avoir vu ça. Heureux de t'avoir connu. Et chapeau bas, *Maestro*. Tu n'as aucune idée de l'ampleur de mon admiration… De ma jalousie, aussi. Et de ma honte de n'avoir à ce point rien compris. Bravo. Fais quand même attention, je vais t'en vouloir énormément, et je ne serai pas le seul. Tous les artistes vont te haïr : tu vois trop loin, tu es trop en avance sur nous…

Suit un long temps d'un silence pesant, puis à la vitesse d'un guépard Botticelli, le grand blessé, l'évanoui, le fragile, s'escamote tel le félin.

— … Adieu.

Il a déjà filé. On ne l'a pas vu partir.

Léonard l'a laissé aller sans un mot. Que dire ? La douleur et la sincérité de Botticelli sont trop profondes. Léonard est-il seulement d'accord avec ses propos ? Il les trouve exagérés mais pas faux. Flatté, bien sûr, et fier d'avoir été vu à l'endroit précis où il s'est cherché, où il s'est tant interrogé. Au plus profond de ses quêtes si souvent impuissantes. Il souscrit aux propos d'un Botticelli dévasté de rage jalouse, et pourtant si tendre, mais seulement en partie. Il est beaucoup plus visionnaire que le poète Sandro. Que le talent de l'un puisse un temps supplanter celui de l'autre, peut-être, mais en aucun cas s'annuler ni se tuer. Au contraire. Entre la ligne de Botticelli et le modelé sans ligne aucune de Léonard, le divorce n'est pas si radical. L'huile, le *sfumato*, toutes les techniques dont Léonard use et abuse avec passion et que Botticelli repousse avec dédain, jouent un grand rôle dans cette impression de démodé qui a mordu Botticelli à l'âme. Ça lui passera… Il n'y a pas de progrès en art, seulement des innovations techniques, des changements de point de vue, de si légères variations…

Ainsi grossit le mythe autour de sa *Lisa*. Même hors de Florence, la légende est en marche. Elle s'exporte mieux, même. L'extase est toujours au rendez-vous. Le Pérugin, un ancien condisciple de l'atelier de Verrocchio qui s'est fait un nom sur celui de sa ville de naissance, Pérouse, débarque à son tour, attiré par la réputation foudroyante de cette nouvelle « œuvre inachevée » de Léonard. Il est accompagné de son jeune élève, le fils Santis, Raphaël. Les deux succombent à leur tour, Raphaël qui ne résiste déjà pas aux innovations incroyables de la *Bataille* est sous le choc. Il reproduit la Lisa la nuit suivante et vient aux aurores demander conseil à Léonard qui reste abasourdi par le travail et le talent de ce si jeune homme. Raphaël ne s'est pas contenté de reproduire de mémoire, il a halluciné sa *Lisa*, l'a rendue encore plus inoubliable. Il pille tout ce que ses yeux voient, son regard a encore plus de talent que lui. Il voit tout en détail.

Il se passe une chose étrange autour de sa *Lisa* que Léonard ne comprend pas. Qu'il ne nie pas, qu'il ressent lui-même, mais dont la raison lui échappe. C'est pourquoi il continue, persévère et ne peut achever.

Pendant ce temps, sa *Bataille* perd du terrain sur celle de son rival. Il s'en moque. Il y a pourtant quelque chose de *Lisa* dans *Anghiari*, dans la détresse des regards, la profondeur de la terreur exprimée jusque dans les yeux des chevaux. Mais sa gloire désormais passe par *Lisa*. Il néglige de plus en plus *Anghiari*, qui semble du coup dégouliner davantage chaque jour. Sous les crachats de Michel-Ange, pense Léonard. Seuls ses plus proches alliés ont osé lui faire la leçon, c'est au tour de Luca Pacioli de se fâcher :

— Non. Non, non et non. Tu ne t'es pas lancé dans ce travail de titan, de soutier et de jeune homme aussi, compte tenu du format de ta *Bataille* et des problèmes qui se sont accumulés, carton déchiré, tempête, humidité, mauvais enduits..., sans parler des lazzis constants de Michel-Ange, pour abandonner au milieu du gué. Une fois encore, partir sans achever. Non... Ne te laisse plus injurier par cette brute et finis ton travail. Dépêche-toi. Plus vite tu en seras débarrassé, plus vite tu seras libre. Tandis que si tu abandonnes en cours, tu seras poursuivi toute ta vie par la Seigneurie. Elle ne te lâchera pas.

— Tu sais, je me suis juré de ne jamais répondre à Michel-Ange, jamais. Mais certains jours, vraiment, c'est très dur...

Michel-Ange prend un malin plaisir à injurier le muet, qu'il traite évidemment de lâche. Il l'accueille au lever par un systématique et vulgaire : « C'est à cette heure-ci que tu arrives ! » Ce n'est pas faute d'avoir essayé d'arriver sur le chantier avant lui, mais depuis que Michel-Ange est là, Léonard n'y parvient plus. À croire que ce méchant homme dort sur place. Ensuite, il pointe chacune de ses fissures, n'importe quel problème sur son mur, il est le premier à le voir et à le stigmatiser. Il lui met ses coulures sous le nez, l'alerte de la ruine qui menace, avec une telle joie mauvaise qu'on pourrait l'en croire l'auteur.

Médisant, haineux, goguenard, sans une once d'humour, il commente sadiquement chaque dégradation de sa voix de corbeau nasillarde, éraillée. Il lui prédit le pire, tout le temps, le pire.

— ... Tout ce que tu touches tombe en ruine... Ta *Cène*, on m'a dit... elle est célèbre pour prendre l'eau de partout. Ton cheval est mort avant d'avoir vu le jour. Au fond, à quoi es-tu bon ? Et cette *Bataille* ? Bien trop grande pour toi, toujours les yeux plus gros que le ventre. Tu ne la finiras jamais. D'ailleurs, tu n'as jamais rien fini… À ton âge et dans ton état de décrépitude, tu rêves d'oser t'attaquer à pareille œuvre. Mais c'est fini, Vinci, tu es fini.

Léonard se tait. Ronge son frein. N'en peut plus de se taire, mais se tait. Quand, vraiment, il redoute de hurler sous la brûlure de certaines injures qui tapent plus juste que d'autres, il s'enfuit, sort en courant, selle Belladona, galope à perdre à haleine, à s'en griser, à perdre conscience, ivre de grand air… Ainsi, quand il y retourne le lendemain, il est à nouveau déterminé à se taire.

Enracinés en lui, ce pacifisme et sa détermination, depuis la bagarre avec son père et surtout depuis qu'il a battu Azul, de ne plus jamais lever la main sur quiconque, ou seulement détourner un coup pour ne pas mourir.

Mais un jour, suite à une calomnie particulièrement vulgaire à l'encontre de Salaï, il craque. Il attrape le premier morceau de châssis, puis de plâtre qui lui tombe sous la main ; et l'un à la suite de l'autre, de toutes ses forces les jette à la figure de Michel-Ange. Si vite que ce méchant jeune homme de trente ans, robuste comme le paysan qu'il a toujours l'air d'être, vacille sous les projectiles. Vacille et, pour ne pas tomber, est contraint de s'asseoir par terre. Touché, vexé. Aussitôt Léonard, ce sauveur de chats perdus, se précipite de son échafaudage pour le soigner, désinfecter sa tempe, lui faire un pansement, au moins lui mettre le bras en écharpe… Le secourir, de n'importe quelle façon. Incorrigible Léonard qui fond de pitié à la moindre goutte de sang.

— Va te faire foutre. Fous-moi le camp. Vite. Disparais… Va au diable…, hurle l'envieux tuméfié.

Ils viennent encore de louper une occasion de s'entendre. Léonard est persuadé qu'ils ont trop en commun pour ne pas y arriver un jour. Las, Michel-Ange est un adepte de la solitude armée. Léonard s'enfuit, désolé et honteux de s'être laissé aller. Il se promet de ne plus mettre un pied dans la salle du conseil. Sa vengeance, son unique vengeance est *Lisa*. Il lui voue toute son énergie, s'y adonne comme à un vice. Et il y a urgence. Sa grossesse avance. Elle change beaucoup. Comment justifier que ce portrait ait déjà nécessité tant de temps ? Ne serait-ce qu'auprès de son commanditaire de mari ? Tous ces mois de pose… ! Non, maintenant, ça se compte en années. Alors ? Recommencer un autre panneau, encore un, sous prétexte que la dame change de visage sous l'effet de la grossesse ? Ça va une fois. Pas deux. D'autant qu'à un moment ou à un autre, les conventions florentines vont la contraindre à garder la chambre. Et pas quelques semaines, mais plusieurs mois. Elle devra disparaître de la société, de très longs mois après la naissance, jusqu'au sevrage de son bébé. C'est la mort dans l'âme qu'elle va renoncer à ses heures de bonheur. Près d'un an sans se voir ! Léonard ne l'envisage pas. Il lui faut anticiper, devancer pareille privation. Fuir ? Encore fuir. Mais pour où ? Milan. Encore Milan. Comme il y a vingt-quatre ans. Comme la première fois qu'il a quitté Florence, laissant *L'Adoration des mages* inachevée. Et sa réputation écornée. Il n'est plus à ça près. C'est décidé. Sitôt que Lisa prend la chambre, il part pour Milan. Sauf que la Seigneurie le tient. Même s'il ne bénéficie pas d'un traitement qui le met à l'abri de toutes ses angoisses, aujourd'hui il est trop connu en Italie pour fuir comme un gamin. Il doit rendre des comptes !

Pour les minutes, les semaines, à peine les mois qui restent, entre l'enfer *d'Anghiari* et le paradis de *Lisa*, il s'installe à plein temps au paradis. Quand Lisa ne vient pas, il se livre à ses recherches infinies. C'est comme ça qu'à l'aube d'un jour sans elle, et pourtant de printemps, il bondit à San Marco voir Pacioli. Il a trouvé ! Il est sûr d'avoir résolu la quadrature du cercle. Enfin ! Des années qu'ils en parlent, des années qu'ils élaborent des stratégies, qu'ils refont des calculs, qu'ils essaient et échouent. Et là, tout seul, au milieu de la nuit, il est certain d'y être parvenu. Il a refait dix fois ses calculs avant de courir les montrer à Pacioli. C'est sûr, ce secret millénaire, lui, Léonard de Vinci, vient de le percer à jour. Luca se frotte les yeux. Refait les calculs de Léonard. Il a tellement envie de lui donner raison. Mais non, hélas, il n'a rien découvert. Oh ! bien sûr, on pourrait s'y tromper, son raisonnement était magnifique, mais non… Léonard en pleure. Étrange peine qui, ajoutée au drame de sa *Bataille*, lui fait soudain tomber le masque : pleurer devant témoin. Pleurer tout court. Des années qu'il s'est interdit pareille manifestation. Il sanglote. Pacioli ignorait que la quadrature du cercle lui tenait tant à cœur. Lui, l'homme de science, l'homme de Dieu, ne trouve pas les mots du réconfort. Et Léonard, dans la plus belle aube de printemps toscan, rentre à l'atelier en rasant les murs, honteux et misérable. L'impression d'avoir tout raté, toujours tout raté. La défiance de la Seigneurie lui pèse. Tout lui pèse. Michel-Ange le voit arriver de loin et n'oublie évidemment pas de l'apostropher.

— Alors, on n'ose plus affronter ses propres saccages ? Ta *Bataille* dégouline de partout, c'est très laid. Et tu renonces ? Comme toujours, tu n'achèveras pas !

Léonard sait qu'il a raison, et c'est encore plus insupportable. Ça fuit, ça coule, c'est raté et c'est irrémédiable. Pour l'heure, seuls les professionnels le devinent, et d'aucuns sont malgré tout encore capables de s'extasier. C'est vrai qu'elle touche au sublime, sa *Bataille*, quant à sa construction… Sa démonstration de la bestialité de l'homme quand il bascule dans la violence… Mais Michel-Ange comme Léonard sait que c'est perdu. Qu'un jour, bientôt, ça se compte en dizaines d'années, peut-être moins, on ne distinguera plus rien des mille nuances qu'il y a mises…

C'est ce jour-là, magnifique, bleu, étincelant, jour où Léonard a échoué sur la quadrature du cercle, qu'arrive de Milan un message de Predis, son bel amour milanais, avec qui jadis il a exécuté *La Vierge aux rochers*. Tiens ! il lui est donc arrivé de livrer des œuvres achevées ? Oui, mais pas seul… Ce Michel-Ange l'obsède. Une procédure vieille d'une quinzaine d'années qui opposait les artistes à leur commanditaire s'achève au bénéfice des artistes, écrit Predis. Ça n'est pas trop tôt ! En leur faveur, comme le prétend Predis, c'est moins sûr. C'est bizarre. Le couvent qui n'a jamais fini de leur payer leur dû est acculé par jugement à le faire, enfin, et après vingt années de procédure donc d'intérêts, ce qui représente une coquette somme. Mais ce jugement est assorti d'une clause exigeant qu'en échange ils livrent un autre panneau, identique au précédent quant au thème, libre à eux de le peindre comme bon leur semble ! Pour toucher leur dû, il leur faut donc exécuter un double de leur *Vierge aux rochers* ! Ils ont gagné d'être payés, à condition de refaire leur copie ! Bizarre. Predis insiste pour que Léonard se rende sur-le-champ à Milan. Léonard n'y comprend rien. Pour lui, c'est un marché de dupes, pis, une escroquerie. Non seulement ils sont payés avec vingt ans de retard, mais s'y ajoute l'obligation de refaire un travail déjà rendu ! Non, prévient Predis, au contraire. Viens vite. En prime, ce serait une faveur, essaie-t-il de lui faire croire, obtenue sur intervention personnelle du roi de France, sous-entend-il. Il est impératif de lui obéir ! C'est l'affaire d'un ou deux mois…

Même à distance, et sans rien faire pour, Léonard demeure le protégé des Français. Florence a raison de le juger suspect. Quand il demande au gonfalonier de lui accorder un délai de deux mois pour se rendre à Milan, celui-ci oppose un refus implacable. Qu'il achève d'abord sa *Bataille*, sa ruineuse *Bataille*, décrète-t-il. Sa *Bataille* ruinée, n'ose-t-il dire. Ce refus excite Léonard. Quitter Michel-Ange, revoir Milan, il n'a soudain plus que ça en tête. En outre, c'est la semaine prochaine que Lisa prend la chambre. Léonard va voir Machiavel, le menace de s'enfuir s'il ne l'autorise pas à partir. Il doit impérativement meubler ce gouffre. Nicola lui obtient une permission mais seulement de trois mois, pas un jour de plus, ou le dédit sera coûteux. Cent cinquante florins par mois de retard…

Fou de joie, libre, rajeuni, Léonard accompagné de Salaï et de Batista fonce sur Milan.

Oublieux, désinvolte, adieu, Florence. L'été 1506 est le plus chaud, le plus embaumant de ce début de siècle. La Lombardie resplendit. Une fois de plus, le paysage qu'il traverse pour arriver à Milan encourage ses rêves, c'est là qu'il va s'épanouir. Ambrogio di Predis l'accueille avec autant d'admiration et de tendresse qu'aux premiers jours de leur liaison. Oui, il est mieux traité à Milan, tout lui revient. Enfin, tout le bon. Léonard a le vice ou le talent, c'est selon, de ne jamais se souvenir du mauvais. Pas rancunier, toujours dans l'instant présent ou à venir, il ne ressasse pas. Ne survivent en sa mémoire que les belles choses. Sa passion pour le grand cheval se réveille, ses années passées sur *La Cène*, et Cécilia, et Lucrezia, et tant de souvenirs heureux. Et sa vigne. Mais surtout le grand cheval. Le nouveau gouverneur de Milan nourrit des rêves de grandeur, lui aussi se projette en statue équestre, paraît-il... Certes, le modèle en a été vandalisé, les archers gascons s'en sont donné à cœur joie pour le réduire en charpie. Mais Léonard se souvient de tout. Sans nostalgie et même avec une certaine émotion, de bien belles années, vraiment... Il contemple Salaï de profil. Il s'est empâté, il a vieilli, mais le profil est le même que le jour où il a débarqué chez lui, et la beauté des traits est intacte. Milan lui a donné Salaï, son amour.

Et si tout recommençait ? À Milan, tout redevient possible. Il est heureux d'y revenir.

Après y être allé en reconnaissance, Salaï emmène Léonard revoir sa vigne. Magnifique en fin d'été, les fruitiers croulent d'abondance, les pêches de vigne embaument à perdre la tête. Le verger a beaucoup poussé. La famille de Salaï est mieux installée que jamais dans sa bergerie agrandie, sans doute ne paye-t-elle plus de loyer puisque les Français, en chassant Ludovic le More, ont retiré à Léonard son droit de propriété.

— Bien entretenue, n'est-ce pas ? se vante Salaï.

Mais combien sont-ils à y vivre ? n'ose demander Léonard.

Predis présente à Léonard le nouveau maître de Milan, Charles d'Amboise. Coup de foudre réciproque, instantané.

C'est un homme jeune, la trentaine, l'air concentré et intelligent, athlétique, en grande forme, il apprécie que Léonard ne soit pas seulement un artiste, mais aussi ce colosse, cette force de la nature encore visible sous l'homme vieillissant. Il aime les arts, mais avant tout c'est un soldat. Un brave, toujours à l'avant-garde de ses troupes et toujours victorieux.

Bien sûr il a vu *La Cène*, bien sûr on lui a parlé de Léonard, mais il ne s'attendait pas à cet homme-là. Une magnifique personne dont il présume le courage. Amboise, ministre du roi de France, en est fou. Le pouvoir de conviction de Léonard face aux rois et aux militaires tient à son côté « force de la nature » auquel tout aristocrate, tout athlète est sensible. À l'opposé de l'image du philosophe, de l'artiste fragile à la sensibilité écorchée, toujours un peu miséreux, un bel homme qui connaît le poids vital et souvent décisif de l'exercice et de l'entraînement. Toujours prêt au mouvement. À l'action. Le voir à cheval répond à toutes les questions d'Amboise. Il est son homme. Il s'attendait à un vieux peintre rabougri, perclus de rhumatismes, savant égaré dans la lune, en perpétuelle recherche, toujours penché sur ses études, et c'est la force vive de la jeunesse, prête à rebondir dans l'instant avec autant de joie que de convictions.

— Tu pourrais être le capitaine de mes lanciers, dit Amboise.

— J'aurais adoré !

Léonard travaille avec Predis pour le plaisir des retrouvailles, mais surtout pour effacer par sa présence tendre celle, hargneuse et mauvaise, de Michel-Ange, mais refaire *La Vierge aux rochers* de ses vingt-cinq ans ne l'emballe pas beaucoup, il abandonne à Ambrogio le gros du travail.

La France lui rend la pleine propriété de sa vigne, il y retourne, mais face à la nombreuse famille de Salaï, n'ose la réclamer. Charles d'Amboise l'héberge, lui et les siens. Il n'est pas de caprice de Léonard qu'il n'exauce dans l'instant. En échange, il fait scintiller son imagination. Amboise lui passe mille commandes imaginaires, l'invite à inventer des plans pour des maisons de rêve, à dessiner des jardins d'illusions. Léonard met au point des fontaines musicales, des grillages de verdure qui enserrent toutes sortes d'oiseaux roucoulant de concert.

Florence s'impatiente. Les trois mois sont passés comme en rêve, dans une dispersion enchantée, tout ce que Léonard préfère dans la vie, sauter d'une activité à l'autre, et pour chacune être encensé, complimenté, fêté, reconnu… Les petites commandes sont les plus amusantes, les jets d'eau musicaux, les jardins en espalier… Il n'a pas la moindre envie de retourner en Toscane. Quand une lettre ou plutôt une injonction parvient de la Seigneurie à l'intention d'Amboise : « … Léonard ne s'est pas comporté comme il s'y était engagé envers la République. Il a reçu une importante somme d'argent et a à peine commencé le grand ouvrage dont il a reçu commande ; par attachement à Votre Seigneurie, il s'est rendu débiteur vis-à-vis de nous. Nous ne souhaitons pas davantage être sollicités à ce sujet car le grand ouvrage est destiné au bénéfice de nos concitoyens et, pour nous, le décharger encore de ses obligations reviendrait à manquer à notre devoir… »

Textuellement ! Choqué, Amboise montre ce torchon à Léonard. Le ton de cette lettre, son contenu, ses insinuations le suffoquent mais produisent sur lui l'effet inverse.

Ah ! On le somme de rentrer ! Ah ! On le menace ! Il faudrait beau voir. S'il est coupable, ce n'est que de retard, pas d'escroquerie ! Ah, c'est comme ça ! La République le tient et ne s'en cache plus. C'est la guerre.

Milan, Léonard et Amboise commencent par ne pas répondre. À nouveau rappelé à l'ordre, Léonard fait donner son meilleur ami Amboise, donc la France. Lequel blâme Soderini de ses insinuations perfides, lui promettant de « rendre cet homme aux talents si riches à ses concitoyens » : « Nous vous le recommandons de notre mieux, vous assurant que tout ce que vous ferez pour augmenter soit sa fortune et son bien-être, soit les honneurs auxquels il a droit vous apportera autant qu'à lui le plaisir le plus vif. Nous vous en serons très obligé. »

L'humour est ravageur, persifleur, pour tout dire français. L'homme du roi de France se moque ouvertement du gonfalonier de Florence et lui donne au passage une leçon de savoir-vivre. Quand on a la chance d'avoir un Léonard à soi, on en prend soin. Dire que le représentant de la France est obligé de « pistonner » l'artiste dans son propre pays, auprès des siens, aveugles et sourds ! C'est tout juste s'il n'insinue pas qu'il serait préférable à Léonard de ne pas rentrer chez lui, vu comme on l'y traite…

Amboise en rajoute. Le plus sincèrement du monde. « Il me faut avouer être de ceux qui l'aimaient avant de le connaître. » Jamais Léonard n'a été si aimé ni si admiré par les puissants. Jamais.

Louis XII, ce nouveau roi que Léonard ne connaît pas encore, annonce sa venue à Milan. C'est bien sûr à lui qu'échoit la préparation de son accueil. Fastueux, l'accueil. Léonard, Charles d'Amboise et le roi de France se doivent d'être réciproquement comblés. Avant même de le connaître, le roi veut lui passer commande, le garder à son service, se l'attacher de n'importe quelle façon. Léonard aimerait bien mais…

À peine remis de sa gifle, le gonfalonier, toujours aussi hostile au peintre, apprend que le roi de France exige que Léonard attende son arrivée à Milan. C'est péremptoire et sans appel. Le 14 janvier 1507, le roi intime à la Seigneurie l'ordre de lui laisser Léonard quelque temps encore. « … Écrivez-lui de sorte qu'il ne quitte pas Milan avant notre venue. Ainsi que je l'ai dit à votre ambassadeur, vous nous ferez grand plaisir »…

Le 22 février, la Seigneurie est obligée de céder. Sauf à frôler l'incident diplomatique. Victoire pour Léonard. Bizarrement, ça le rend assez triste. Être haï des siens, n'être aimé que des étrangers… Sentiment étrange. Un peu comme si son père le reniait à nouveau. Pour ses cinquante-cinq ans, Amboise offre à Léonard une portion de canal qui lui assure désormais des revenus fixes. De l'eau ! On lui donne de l'eau. Léonard trouve ça magnifiquement poétique. Penser que l'eau va le nourrir jusqu'à la fin de sa vie, c'est encore plus drôle.

Il met donc en scène le retour du roi. Triomphal ! Il n'a jamais rien organisé de plus fastueux. Un succès comme il y a longtemps qu'il n'en a plus connu. Depuis Milan première époque et les fêtes Sforza. Ce pauvre Sforza qui, paraît-il, se meurt lentement dans une prison, en Touraine. Non, Léonard ne le plaint pas ! Il lui a ruiné son grand cheval pour des prunes. Il lui en veut toujours.

Amuseur, metteur en scène, inventeur de fêtes… À nouveau Léonard travaille pour l'occupant, l'austère Florence a raison de s'en défier. Et surtout, il travaille avec plaisir, joie et gourmandise. Ici et pour ces gens-là, travailler l'enchante. Sa désinvolture envers la mesquinerie du sentiment patriotique n'a pas de limite. Vu comment le traite son pays natal, il n'a pas de raison de se gêner. Il sert qui se félicite de lui. Qui l'aime, l'admire et le paye bien.

Pendant l'été, il achève *La Vierge aux rochers* mais se dispute avec Predis qui ne veut plus partager l'argent à parts égales, considérant que c'est à lui que revient tout l'effort. Ce n'est pas faux, mais n'était le nom de Léonard, jamais la confrérie n'aurait cédé.

Alors ?

Alors, septembre arrive. Le roi de France rêve de le garder, de lui acheter sa *Lisa* dont il ne se sépare pas « puisqu'elle n'est pas finie », prétend-il. Le roi veut des œuvres de lui. Léonard lui promet une ou deux petites madones pour Noël. Oui, mais Florence revient à la charge. Cette fois, Soderini est prêt à en découdre. Il traite clairement Léonard de voleur. Louis XII concède la présence de son peintre préféré quelques mois à Florence à condition qu'on le lui renvoie au plus vite. Auparavant, Léonard organise la fête d'Orphée. Sur un livret de Politien, sa plus grande réussite. Un concentré de tout ce qu'il a inventé : sa plus belle fête.

Léonard est persuadé que seule la France fait cas de lui, le traite comme il a besoin d'être traité. Les plus nobles Français et les plus puissants lui témoignent plus d'amour et de reconnaissance que toute l'Italie dans toute sa vie. C'est incroyable. Léonard est sensible à ces marques d'affection même s'il met son honneur à ne le point laisser voir. À croire que la France ne descend jamais en Italie que pour s'approprier ses inventions et sa beauté. On raconte que jadis, Charles VIII quand il est passé à Milan était prêt à faire démolir le mur pour emporter sa *Cène* en France, peut-être l'aurait-il sauvée de la ruine qui la menace…

Louis XII évoque cette anecdote pour défendre feu le roi son cousin que chacun traite de débile. « Il avait drôlement bon goût ! N'est-ce pas lui qui nous a déniché Léonard ? » Certes, il est mort bêtement. En sautant pour rattraper une balle, il s'est tapé le front de plein fouet dans le linteau d'une poutre. Mourir pour une balle, est-ce si bête ? C'est mourir qui est franchement de mauvais goût. Meurt-on jamais d'autre chose que d'un jeu où l'on perd, et il suffit d'une fois. À sa façon, ce roi-là était un visionnaire, il rêvait croisades, guerres de religion et grande chevalerie, mais ne manquait ni d'ambition ni de panache. Il voulait reprendre le tombeau du Christ à Jérusalem…

Rien ne peut faire rentrer Léonard à Florence s'il ne le veut pas. Et il ne le veut pas. La face grimaçante de Michel-Ange devant un mur qui n'est plus que coulures… Non, il n'ira pas.

À Milan, il est aimé, fêté et il vit comme un riche. Pourquoi rentrer où Michel-Ange fait la loi ? Où on le traite de voleur, où on le méprise ?

Louis XII insiste pour que la Seigneurie le lui laisse encore un peu. Encore un peu. Encore un peu… À la fin, ça fait deux ans !

Une seule raison lui fait quitter Milan. Subitement. La mort de Francesco, son vieil oncle chéri. Et surtout, la lecture de son testament – en sa faveur, Léonard n'a pas pu l'oublier – excite la meute de ses frères et belle-mère : tous l'attaquent. Ils lui intentent un procès pour usurpation d'héritage ! Léonard n'a plus qu'une idée : faire valoir son droit, rendre justice à son oncle, rentrer dans ses propriétés de Vinci, récupérer son nom, sa place dans la lignée et dans la parentèle. On cherche à le voler, il vole se faire justice, il file à bride abattue. Léonard voit rouge. Il arrive à Florence pour contre-attaquer. Il refuse net de mettre un pied dans la fameuse salle du conseil, ne veut revoir ni sa *Bataille* ni celle de Michel-Ange, elle aussi inachevée. Il rêve de revoir Lisa, mais on lui interdit sa porte sous le prétexte le pire : elle serait malade. Quant à Michel-Ange, depuis l'an dernier, il n'est plus là. Parti précipitamment à Rome… Léonard l'ignorait. N'empêche.

N'était la mort de Francesco, Léonard ne serait sans doute jamais rentré à Florence. Mais que ses frères attaquent le testament de leur oncle le rend fou. Ce testament, c'était sa vengeance à l'oncle, et la sienne, à lui l'aîné des fils de ser Piero. Et voilà que ce bébé notaire, l'héritier légitime de ser Piero, conteste le testament de Francesco. Ce déni exaspère Léonard à en rugir. Il est un Vinci, il exige les terres de Vinci et le nom de Vinci qu'on cherche à lui voler.

Il va faire sanctionner sa fratrie par la justice. Entre l'appui de Machiavel et le soutien pécuniaire et moral du roi de France, le procès s'accélère.

Hébergé pendant la durée du procès chez un ami d'amis qui tient une sorte de foyer artistique où pullulent les talents, Léonard donne un coup de main à chacun et profite du climat de concentration général pour rouvrir ses cahiers. Il décide de les mettre au propre afin de les publier. C'est humble et laborieux. Il s'y attelle comme un débutant, avec passion et ferveur, l'environnement s'y prête. Ça ne comble pas tous ses loisirs, aussi grâce à l'intervention de Machiavel reprend-il ses dissections à l'hôpital. Il cherche désespérément à avoir des nouvelles de Lisa. Mauvaises, elles sont même désespérantes. Rares et mauvaises.

Léonard n'a qu'une envie, rejoindre Milan. Mais il lui faut rencontrer ses frères : c'est la guerre. Le colosse menaçant n'est plus la courtoisie incarnée face à eux. Il venge son oncle, croit-il, alors il attaque. Et leur crache pour l'unique fois de sa vie ce qu'il a sur le cœur les concernant :

— Vinci est à moi. Mon père – pas en personne –, mais son père et son frère m'ont reconnu, et vous n'empêcherez pas que je sois votre aîné à tous. Jusqu'à ma mort, vous n'aurez pas accès à ma maison natale. Après, tels que vous êtes, vous en ferez des lambeaux. Mais avant, c'est tout pour moi, même si je n'y vais plus jamais… Vous me passerez sur le corps, vous n'aurez rien. Vous m'avez déclaré la guerre, vous allez la perdre.

Pourtant ça traîne en longueur. Léonard n'en peut plus. Sans le moindre scrupule, pour cette minuscule affaire de propriétés il fait intervenir le roi de France, et chose plus incroyable encore, le roi intervient. Il se fait menaçant envers Florence qui pâtirait de ne pas accéder aux vœux de Léonard. Puisqu'il ne peut plus voir Lisa, puisque ses frères se permettent d'attaquer le testament de Francesco, il n'hésite plus, il conteste officiellement celui de leur père qui ne tenait pas compte de lui, pourtant de son sang. Il le peut maintenant qu'il est officiellement reconnu par le legs de son oncle. Désormais, il est inscrit dans la lignée des Vinci. Il y a droit autant que ses frères, comme à la jouissance de ses terres.

À sa mort, tout reviendra à ses frères, mais, sa mort, il s'en fiche. Sa mort, il n'y croit pas.

À Florence, il voit sa famille, la Seigneurie… ses ennemis, et les regarde enfin droit dans les yeux. Il n'est plus un vil bâtard mais un Vinci. Il décide qu'ils ne le méritent pas. Il décide de leur faire baisser les yeux, à tous. Il y en a même qui ont peur de lui.

Le bruit court que Lisa est morte. Effectivement, il n'est pas normal que, le sachant à Florence, elle ne se soit pas arrangée pour lui faire tenir de ses nouvelles. Sa mort est hélas la seule explication à son silence. Léonard ne le supporte pas. Il fait comme s'il ne savait pas. Il passe aussitôt à autre chose. Ludovic le More aussi est mort dans sa prison de France. Il paraît que, les dernières années de sa vie, il s'était mis à peindre. Léonard hausse les épaules. Pas la moindre nostalgie. L'avenir le requiert tout entier.

Deux rois de France se sont épris de lui. Il commence à avoir un peu plus confiance en lui. Et Vinci est à lui.

Officiellement. Propriétaire de terres dont il porte le nom. Cette décision de justice se transforme pour lui en serment, en tout cas, en rupture radicale avec son passé.

Il a gagné son droit à signer Vinci, à être reconnu dans une lignée, une parentèle. Il a tué le bâtard, le bâtard mais surtout l'objet de haine et de mépris. Il a acquis la reconnaissance de son nom et d'une identité non amputée. Il peut rentrer à Milan. Dire adieu à la Toscane. Elle s'est rendue.

Chapitre 26

Le bonheur
Milan 1511

« Le sexe est une œuvre d'art immédiatement réalisée. Indépendante de tout jugement. »
François Peillon.

— Bonjour. C'est moi. Ça y est. J'ai quinze ans et me voilà ! Je suis venu. Comme promis. Je suis là.

La stupéfaction fige les visages des membres de l'atelier milanais tout neuf. Qui est-ce ? Qui est ce « moi » tonitruant ? Ce visage magnifique, cette sûreté de soi qui, à peine poussée la porte, se sent comme chez soi ?

— Salut, réplique Salaï, et tu es qui, toi ?

— Je viens voir Léonard. J'ai rendez-vous.

— Ah !

Léonard est enfermé à côté. Il peine à relire ses carnets pour les mettre au propre. Car, cette fois, c'est décidé, il va les publier, mais il y en a tant… Comment les classer ? Trop concentré, il n'a pas entendu. Alors, Salaï passe la tête par l'entrebâillement.

— Il y a là un jeune homme qui prétend avoir rendez-vous avec toi.

À l'air contrarié de Salaï, Léonard qui ne veut pour rien au monde s'interrompre est soudain intrigué.

— Rendez-vous ? Je viens.

Lui aussi est d'abord stupéfait par la beauté rayonnante de ce très jeune homme. Si beau que Léonard consent à avoir rendez-vous avec lui de toute éternité. Il n'a pourtant aucune idée de qui il est.

Dès l'entrée de Léonard, le beau jeune homme se précipite. Le prend dans ses bras. L'étreint. Pose sa tête contre sa poitrine, finalement, tendrement, respectueusement. Et surtout sincèrement. Si Léonard ignore qui il est, lui l'aime déjà. Le silence se prolonge. L'atelier s'est arrêté de travailler pour ne rien perdre de cette scène étrange. On croirait le retour du fils prodigue.

— Bonjour, rompt enfin Léonard. On a rendez-vous, dis-tu, sûrement. Mais veux-tu bien me rappeler qui tu es ?

— Oh ! tu ne sais pas ! Tu as oublié ta promesse. Tu m'as oublié, moi qui ne pense qu'à toi depuis. J'ai grandi chaque jour en attendant celui où mon père m'autoriserait à te rejoindre...

— Ton nom ? l'interrompt gêné un Léonard de plus en plus mal à l'aise.

— Gianfrancesco Melzi di Vapprio...

— Ah, mon Dieu ! Oui. Vapprio. Girolamo ? Melzi. Je me souviens. Bien sûr. Et tu dis que je t'ai fait une promesse.

En prononçant ces derniers mots, Léonard entraîne le jeune homme dans son cabinet de travail isolé de l'atelier. Que les autres n'entendent pas. Il referme soigneusement la porte.

— Oh ! petit Francesco. Mais non, je n'ai pas oublié l'hospitalité si généreuse de ton père, ni ta tendresse immense...

— Mais ta promesse de me prendre avec toi, chez toi, ta promesse...

— Enfant, c'était il y a longtemps. Tu avais sept ou huit ans. C'est ça ? Comment aurais-je pu m'imaginer que toi, tu t'en souviendrais, et même que tu y attacherais la moindre importance une fois grand ?

— Je suis désolé. Je ne voulais pas te déranger. À la manière dont tu m'as traité, je ne pensais pas que tu puisses m'oublier… Quelle fatuité, quel enfantillage ! Je suis confus. Toi seul pourtant ne m'as pas méprisé, comme tous les adultes depuis la mort de ma mère. Comme si je devais être tenu à l'écart de la vie. Et toi, tu es venu, tu m'as montré des choses extraordinaires, des animaux, surtout. Tu m'as appris et expliqué, tu as répondu à mes questions. C'est vrai, c'était il y a huit ans, mais je m'en souviens comme si c'était hier. J'y ai pensé tous les jours. Tu m'avais promis de me prendre avec toi, de tout m'apprendre…

— Rassure-toi, je me rappelle cet étonnant enfant accroché à moi pendant mon séjour chez ton père. Tu ne voulais plus me quitter, mais ton père était si malheureux, il venait de perdre sa femme, je crois. Tes sentiments si gentiment exprimés envers moi risquaient de l'affecter. Alors, sans doute pour atermoyer t'ai-je promis de te prendre avec moi plus tard. Je ne m'en souviens pas précisément, mais je te crois…

— Si, rappelle-toi. On avait tout organisé. Mon père ne voulait pas me laisser partir avant que je sois grand. Alors on a eu une grande discussion avec toi, pour décider de quand et de comment on sait qu'on est grand. Je me souviens de tout.

— Et alors ? Quelle était la réponse ?

— Quand on est grand, tu vois bien. C'est maintenant. Quand on vient réaliser la promesse. Comme tu imagines, je suis venu dès que j'ai pu. Tu devais me prendre en apprentissage avec toi. Je vivrais et je travaillerais avec toi, tout le temps. Aussi, quand j'ai su que tu te réinstallais à Milan. Ben… me voilà !

Léonard est stupéfait. Mais ravi. Étonné aussi qu'un adolescent soit fidèle à ses serments d'enfant. Mais le souci du jour qui le taraude le reprend vite. Abruptement, il le questionne :

— Que sais-tu faire ? Que veux-tu apprendre ?

L'atelier tourne bien. Le Français est généreux. Léonard peut embaucher.

— Je veux être comme toi. Je veux être peintre, je veux tout savoir comme toi. Tout ce que tu sais.

— Là, tu vois, j'ai surtout besoin d'aide pour trier mes carnets. J'ai essayé toute l'année dernière à Florence, je n'avais rien d'autre à faire, et pourtant j'ai échoué. Tu écris bien ? Tu crois pouvoir m'aider ?

— Je sais le grec, le latin, j'ai une calligraphie qu'on dit parfaite et je rêve de t'aider.

La perle rare, le secrétaire idéal auquel Léonard n'osait plus prétendre.

— Des papiers à classer ?

— J'adore, et je fais ça très bien.

— Tu es un peu vantard, aussi.

— Non. Pas encore. Quand tu m'auras tout appris, alors oui, j'espère le devenir.

Léonard se demande s'il a jamais été adulé de la sorte. C'est un ange tombé du ciel pour se mettre à ses pieds et le servir. Une somptuosité de jeune homme qui n'a jamais cessé de rêver de lui. Léonard ose à peine y croire. Pourtant, il a immédiatement confiance. Ce rêve d'enfant qui a nourri une si grande fidélité lui semble une garantie suffisante pour lui ouvrir ses carnets, ce qu'il a de plus intime. Il a soudain envie de faire de cette rencontre une chance pour chacun d'eux.

Sans laisser plus de temps à l'émotion, Léonard met immédiatement son nouvel élève au travail. À l'essai. Comme un test, et déjà une certitude. L'atelier, suspendu à ce qui se passe derrière la porte, en est pour ses frais. Deux heures plus tard, ils ne sont toujours pas ressortis. Et les jours passent. Et ça continue. Ça empire. Personne ne sait ce qui se passe entre eux sitôt qu'ils sont enfermés.

Très rapidement, en moins de huit jours, Melzi donne à Léonard une terrible leçon de méthodologie. Il lui démontre ce que trier veut dire. Penser. Classer. Éliminer. Depuis que Léonard a entrepris de se mettre au propre, il va d'échec en échec. Maintenant, il sait pourquoi. Melzi propose de remédier à ces années de ratage.

Bien sûr, il faut tout recopier. Bien sûr, ce sera long, mais on ne peut rien entreprendre si l'on est pressé et si l'on ne se met pas d'accord sur la méthode. Thématiser le chaos des carnets. Croquis, dessins, raisonnements, phrases éparses, esquisses, plans de machines. Donner un nom générique, un titre à chaque occurrence, à chaque note, chaque épure.

Trouver les grandes lignes, déterminer les têtes de chapitre… As-tu une liste ?

— Non.

— Pas grave. On va la faire. Quelles sont les principales matières que tu traites ?

Dans le désordre absolu où il pioche, Léonard clame des têtes de chapitre en vrac.

Listes de mots en latin, en toscan…

Notes sur la peinture, l'architecture, la sculpture.

Les proportions de l'homme.

Histoire naturelle, géologie, anatomie, physiologie, médecine, astronomie, acoustique, optique, botanique, mécanique, balistique, allégorie.

Oiseaux, ailes, vol. Machines volantes…
De la nature de l'eau et des tourbillons…
Machines pour l'industrie. Inventions.
Draperies et plis.
Récits et facéties.
Sur l'ombre et la lumière.
Paysage et couleur. De la perspective.
Enseignements et exercices en peinture.
Hydraulique.
Sur le monument Sforza.
Canalisations.
Des ponts mobiles et autres ouvrages guerriers.
La stéréométrie.
Mouvement et pesanteur.
L'eau et sa cosmographie…

… Là, c'est Melzi qui n'en peut plus. Trop d'inconnues pour lui.

— On va commencer avec ça.

Melzi va s'adapter. Et vite démontrer à Léonard comment s'y prendre, comment achever le travail.

— Dans combien de temps ? insiste Léonard, pressé.

— Oh ! un jour lointain…

— Tu veux me dire que c'est démesurée comme entreprise !

— Comme ta pensée, Maître. Mais il faut publier ces carnets et on va le faire. Les mettre en ordre, au propre, pour les rendre publics au plus vite.

Les jours passent, à mesure que Melzi met son nez dans plus d'une centaine de carnets, tous cousus main par Léonard afin de les adapter au format de ses poches, protégés d'un épais cuir noir, il va d'étonnements en surprises, d'émerveillement en stupéfaction. Il est persuadé d'avoir trouvé mieux qu'une mine d'or, d'argent ou de diamants. Il a trouvé Dieu. Pas moins. Un cadeau pour l'humanité. Fiévreux et excité, il ne peut s'empêcher d'en faire part, impulsivement. En s'exclamant haut et fort. Ravi de sa trouvaille. Et sans cesse une nouvelle trouvaille. Chaque fois qu'il doit s'interrompre, au moins deux fois par jour aux heures des repas, il fait part d'une nouvelle découverte. Plus il avance, plus son admiration croît, s'étoffe et se trouve de nouveaux motifs. Léonard boit du petit-lait, se gonfle d'une importance neuve. Oh ! il a toujours eu des zélateurs, mais, plus extérieurs, ils n'avaient jamais pénétré à ce point dans le vif de ses recherches. Celui-ci, c'est – comment dire ? – en connaissance de cause qu'il l'adule. Si, dans ses carnets, un autre que lui, un très jeune homme qui plus est, déchiffre tant de merveilles, peut-être ne s'est-il pas trompé sur tout, comme son état de perpétuel nomade en quête de commande le lui fait croire. L'âge venant, il voit sa vie passée comme un échec, ou du moins comme un brouillon, une œuvre obligatoirement inachevée. Comme sa *Bataille*. Et comme il n'imagine ni seconde partie, ni suite dans l'au-delà, ni surtout, hélas, le moindre repentir, il est urgent de se mettre au propre.

Plus Melzi l'admire, moins Léonard ne peut s'en passer. Il ne jure plus que par lui, l'appelle son « dernier cadeau tombé du ciel ».

Batista adoube ce très jeune homme, qui apaise et rassérène si bien son maître. Zoroastre peut repartir tranquille vers de nouvelles aventures, Léonard est en de bonnes mains.

Huit à dix heures par jour enfermé dans le petit cabinet de Léonard, Melzi écrit sous sa dictée. Léonard se relit plus vite ainsi. Et Melzi a réellement une superbe calligraphie. Évidemment, ce huis clos n'est pas du goût de Salaï.

Et c'est un euphémisme. Prostré, muet, solitaire, recroquevillé dans un coin, il tente d'abord d'apitoyer Léonard. Qui ne s'en aperçoit même pas. Le préféré, l'enfant gâté, pourri, ne décolère pas. Il prend très mal la subreptice arrivée de ce rival que rien ne laissait prévoir, à commencer par l'âge de Léonard. Lequel devait lui garantir une exclusivité définitive. Le favori ne se pardonne pas d'avoir laissé entrer le loup dans la bergerie. Il aurait dû se méfier. Pareille arrogance, et cette sûreté de soi… Il fallait le jeter dehors. À peine dans la place, il la prend toute. Et surtout celle à laquelle Salaï n'a jamais pu prétendre, qu'il n'a même jamais guignée. Paresseux et, tant qu'à faire, fier de l'être, jusqu'ici il s'est contenté de jouer l'intendant des plaisirs interlopes de son maître. Ça a toujours suffi pour que Léonard l'adore et ne puisse se passer de lui. Mais comment combattre les efforts, le travail accompli et les talents déployés par l'intrus ?

— Il a une jolie écriture, peut-être, je n'y connais rien, et à quoi cela peut-il servir ? Ça ne m'intéresse pas.

En regard des qualités du petit nouveau, Salaï ne fait pas le poids. Il va devoir s'agiter s'il ne veut pas perdre ce que dix-sept ans de… allez, il ose… bons et loyaux services lui ont apporté. Il ne va quand même pas tout perdre au moment où tout lui semblait gagné ! Menacé dans son rôle de favori, de petit chéri – il frôle la trentaine ! – le « bébé Salaï », inculte et suffisant, fait tout pour interrompre le tête-à-tête de Léonard et Melzi. A-t-il encore du pouvoir ? Melzi partage la même culture littéraire et humaniste que Léonard ! Fou de colère, de jalousie et…, oui, une pointe de douleur s'en mêle, il surgit inopinément pour l'empêcher de travailler par tous les moyens. Calme et courtois, Léonard s'interrompt pour lui répondre, mais toujours retourne au travail avec Melzi.

Lequel ne daigne pas lever la tête lors de ses péremptoires, bruyantes et constantes incursions.

Trente ans d'une vie d'abus et d'excès en tout genre, trop d'alcool et de sucreries, trop de mollesse et de plaisirs, n'importe quel plaisir, trop de débauche… Eh oui ! ça commence à se voir. Surtout comparé à la jeunesse lumineuse, ardente et sportive, triomphante de force physique de Melzi. Et simplement à ses seize ans.

À l'atelier, idem. Léonard s'attarde à le faire travailler davantage que les autres. Plus assidu mais aussi nettement plus doué que beaucoup de ceux qui sont passés par ses mains. Melzi veut « tout apprendre de son maître » mais se refuse à le prendre pour modèle mimétique, à lui sacrifier sa personnalité. Léonard ne peut qu'apprécier. Auprès du nouveau, Salaï fait valoir son droit d'ancien. Son savoir, face au débutant.

— Tu rigoles ? Mais tu ne sais rien ! Tu n'as retenu que des tics et des sales manies, réplique Melzi à la première revendication de Salaï.

Salaï aimerait plaider son endurance, mais personne n'ignore qu'elle baigne dans des combines si glauques et si tortueuses qu'il ne peut dévoiler le dixième de ses pervers petits arrangements.

Le temps passe, Léonard ne tarit toujours pas d'éloge devant « l'ange tombé du ciel, sa grâce, son intelligence, son assiduité, son réel don d'intercesseur pour mettre son œuvre au clair ».

— Par lui, j'accéderai à la postérité. Grâce à lui, mes œuvres ne seront peut-être pas toutes perdues.

Ce rêve d'éternité qui l'étreint autorise quelques négligences envers Salaï. Mais Léonard ne le fait-il pas vivre sur un grand pied sans jamais rien lui demander en échange, pas même de travailler ? Salaï a-t-il seulement peur de perdre son gagne-pain, son unique source de revenus ? Ou s'est-il, à sa façon, mis à l'aimer ? Depuis le temps qu'il le fait tourner en bourrique, depuis le temps qu'ils se chamaillent, oui, il doit l'aimer. À sa manière. En revanche, Melzi le déteste. Et n'a aucune raison de le dissimuler. Antipathie pour antipathie. Morgue contre morgue. Un climat de haine, sinon de danger vient alourdir l'air énamouré et le bain d'admiration où Léonard vit avec Melzi. Lequel rembarre sans hésiter le favori chaque fois qu'il le nargue, dans le dos de Léonard toujours. Il ignore les rapports dévoyés qu'ils entretiennent depuis tant d'années. Le jeune et brillant Melzi n'a aucune raison de ménager le terne et médiocre disciple.

— Oh, toi, tu n'as rien à dire. Depuis le temps que tu as la chance d'apprendre aux côtés du Maître, tu en es encore là ! Visiblement, tu n'as jamais progressé. Jamais travaillé, ça crève les yeux. Vois le piètre résultat de ton travail, tu lui fais honte, tais-toi donc.

L'atelier est médusé par tant d'audace qui s'ignore. Melzi est essentiellement sain. Il n'a pas appris à feindre. Du coup comme il n'a pas perçu le statut privilégié du protégé de Léonard, il n'hésite pas à cracher. Et bizarrement, Salaï s'écrase. Il a toujours été lâche. Il sait que physiquement, contre Melzi qui n'hésitera pas à le frapper, il ne fait pas le poids. Il sait aussi que personne à l'atelier ne volera à son secours. Il doit donc, toutes affaires cessantes, changer de tactique. Trouver un moyen nouveau de reprendre la main, de garder Léonard sinon pour lui seul, du moins pour lui *d'abord*.

Dans son entreprise de réappropriation, Salaï est prêt à tout. Mais il a beau lui proposer mille orgies, et les plus sulfureuses, Léonard dédaigne tout ce qui ne relève pas de sa nouvelle passion. Transmettre son travail via le récolement de ses cahiers avec Melzi, mais aussi transmettre ses connaissances à ce jeune homme si avide d'apprendre, si épris de ce savoir-là. À nouveau Léonard espère former un héritier, un successeur. Et par lui, prendre pied dans l'éternité. Le temps lui manque depuis toujours, l'existence de Melzi lui offre de le faire fructifier.

Face à ses échecs réitérés, Salaï change de stratégie, radicalement. Tout plutôt que de les laisser en tête à tête.

Alors, il décide de redevenir le modèle de Léonard, son modèle exclusif. De ne pas lui laisser le choix d'un autre sujet. Là encore, il est prêt à tout. À poser dans les pires conditions, nu en hiver, ou sur un pied, ou debout sur une chaise… Tout ce qu'il voudra…

Que Léonard le peigne, le dessine, le colorie, ne voie le monde qu'à travers lui. Ne peigne que lui. C'est comme s'il lui jetait au visage : d'accord, je ne suis plus le seul mais je reste le premier. Et j'occupe le terrain. Je veux paraître sur tous tes tableaux. Léonard cède. Avec joie. A-t-il jamais été autant sollicité, autant désiré, autant aimé…

— Et l'ange de l'Annonciation se change en Salaï. Et Bacchus devient Salaï. Et saint Jean, se plaint Melzi à Boltraffio qui est revenu à l'atelier.

— Et même Léda, ajoute Batista.

— Non ?

— Si, tranche Melzi, accablé.

Il peut aussi incarner une femme, une étrange Léda peut-être, mais l'étrange n'est-il pas la marque de fabrique et de Léda et de son mythe et de Léonard… en tout cas de la légende que Salaï contribue à alimenter ?

À l'atelier, l'étonnement l'emporte. Cette concurrence entre les deux jeunes hommes fait le bonheur de Léonard. Ainsi, tous les personnages de ses nouvelles commandes adoptent les traits ambigus du favori. Salaï insiste pour être peint sous toutes les coutures. À l'ange de l'Annonciation – plaisanterie d'atelier où chacun jette son mot, sa patte sur les tableaux en cours –, Salaï ajoute un graffiti : une longue verge en érection. La sienne ? Léonard fait mine de ne rien voir. Personne n'ose effacer cette verge dressée comme une arme, un signal ou une menace contre Melzi, sorte de « pas touche, il est à moi ! ». Signe d'appropriation qui demeure et va demeurer puisque personne ne l'ôte. Léonard a l'air de s'en moquer, ou peut-être d'apprécier. Jamais personne n'osera le recouvrir !

— Des graffitis, c'est tout ce qu'il sait faire ! crache Melzi.

Dans tout, Salaï met son grain de sel. Et redevient ami, amant, attentif. Naïvement, Léonard s'émeut de ces « petits signes d'amitié » alors que, en réalité, le vilain jaloux s'insinue partout. Amant, il n'a jamais cessé, mais ami et attentif, c'est nouveau. Et inappréciable. Un délice… La vie de Léonard est un délice. Il se laisse aimer avec volupté. Salaï veut poser sans trêve ? Qu'à cela ne tienne, il pose. Peu importe le modèle, peu importe le sujet, la preuve est faite désormais que pour Léonard, ce qui compte en peinture, c'est la peinture. Salaï pose pour une Léda toute nue ! Léonard démontre à Melzi avec science et bonheur que le seul sujet de la peinture, c'est la peinture, la beauté : donner à VOIR la poésie. Traduire un état d'âme, une humeur passagère. Émouvoir.

Salaï veut poser nu ? Pourquoi pas ? Léonard a toujours dessiné ses personnages nus d'abord, pour mieux faire tomber les vêtements sur eux ensuite. Même le Jésus de *La Cène*. Alors, ne pas ajouter les vêtements à la fin, en quoi ça le gêne ? Si, en plus, ça fait plaisir à Salaï ! Ce n'est pas ce sale gamin terrible et mal élevé qui va le choquer. Léonard est beaucoup plus libre que lui.

Salaï se coiffe en fille, se maquille, se déguise en fille. Pourquoi se donne-t-il tant de mal puisqu'à la fin Léonard accède à ses désirs ? Si Léda, Bacchus, le Baptiste ou l'ange de l'Annonciation ont le corps un peu alourdi du beau jeune homme, trop faible pour jamais résister au moindre plaisir, gavé de sucreries et bouffi d'alcool, ça dérange qui ? Ça ne compte pas. Ce n'est pas ce que cherche l'artiste, mais plutôt un sourire, une humeur, un esprit qui dépasse de loin celui de son modèle. Qui ressemble peut-être à l'artiste, ou plus sûrement à sa quête. Léonard ne cesse de chercher cet esprit, cette chose mentale qui est le vrai sujet de sa peinture. Ce n'est pas de la copie qu'il fait, c'est un mystère qu'il sculpte, en tâtonnant.

Le vrai Salaï, c'est le Bacchus. Là, il lui rend vraiment tout ce qu'il lui doit, abandon et mollesse, ambiguïté et trouble, désir… Désir ?

Oui. Encore ! Bien sûr, toujours du désir.

Et puisque, toute sa vie, Léonard a enseigné la peinture à des élèves peu doués, sans vraie personnalité ou que la sienne étouffait, il reporte sur Melzi tout son art, toute sa joie de transmettre. Et là, il lui fait profiter d'un modèle singulier. Salaï, avec sa beauté et sa veulerie, sa langueur et… oui, autant le reconnaître, sa puissance sexuelle hors du commun, sa façon débraillée d'être fille et garçon à la fois, représente pour un artiste un exercice de style terriblement passionnant. Le comble de la difficulté. S'il sème une grande confusion dans l'esprit du spectateur, Léonard n'est ni désordonné ni confus. Mais précis, déterminé. Salaï serait-il, dans son genre vulgaire, le modèle parfait de l'être primordial selon Platon ? Après lequel Léonard ne cesse de courir.

Le comportement de Salaï agace toujours autant l'atelier, mais comme là, il ramène Léonard au travail au lieu de le débaucher, nul ne s'en plaint. Léonard passe son temps à peindre comme jamais des Salaï sous toutes les formes imaginables. Ce dernier décrète que toutes les œuvres où il figure lui reviennent d'office, de droit, il se les met de côté pour lui, pour plus tard, si jamais… ?

Salaï est devenu tous les sujets de Léonard. Et pour étrange et saisissant que cela paraisse, le résultat est somptueux et dérangeant à la fois pour Melzi et les autres. Il y a aussi un nouveau peintre, Cesare de Cesto, Boltraffio est revenu, on compte deux nouveaux apprentis. Tous, excédés par les caprices de Salaï, se liguent pour amener Léonard à construire un tableau qui en aucune manière ne peut avoir ce diable pour modèle. Ils ont d'abord pensé à une Crucifixion, mais compte tenu de la répartition du travail à l'atelier, ils ont préféré un thème à plusieurs personnages centraux, afin de se les partager. C'est donc une autre sainte Anne, avec sa fille, son petit-fils, un agneau, un Jean Baptiste qu'ils font dessiner au maître. Il existe des lois tacites dans les tableaux religieux que même Léonard ne peut transgresser. La mère de la Sainte Vierge est évidemment plus âgée que sa fille, donc pas Salaï, Marie est forcément virginale, l'incarnation de la pureté, donc pas Salaï. Les canons pour représenter l'enfant Jésus sont eux aussi dûment codifiés par l'Église. Donc, là encore, pas Salaï. S'il tient à figurer en agneau pressentant la Passion, va pour l'agneau…

Mais Salaï ne l'entend pas ainsi et Léonard sait comme il a l'insistance encombrante. Tant qu'on ne lui a pas cédé, il surenchérit. Il exige d'être la sainte Anne, la Sainte Vierge et l'enfant Jésus. Et puisqu'il y a un agneau, allez, qu'on le reconnaisse aussi sous la forme de l'agneau. Léonard cède en riant :

— Avec tes airs de sainte-nitouche, tu vas nous dénaturer la Vierge Marie. Anne est trop vieille pour toi. Veille tout de même à ne pas nous encanailler le petit Jésus, l'Église n'aimerait pas. Fais au moins un effort d'innocence.

De fait, Salaï est partout, on le reconnaît partout. Et, finalement, c'est intéressant, juge Léonard.

Le même sourire, l'air d'avoir le même âge, la mère comme la fille… Mais n'est-ce pas quand elles ont précisément cet âge qu'on découvre nos mères ? C'est alors qu'on les rencontre pour la première fois et qu'elles se fixent à jamais dans nos mémoires. Dans nos rêves d'adultes, n'ont-elles pas toujours cet âge-là ? Pour la vie, on est marqué par les visages de ces jeunes femmes sur qui l'on a ouvert les yeux lors de nos premières heures. Toutes les mères de l'humanité ont entre quinze et trente ans, l'âge où naissent leurs petits. C'est la première image, celle de l'origine, la vision primitive, peut-être primordiale, qu'on garde imprimée sur la rétine la vie entière. Aussi, quelle importance si sainte Anne a le visage amolli de Salaï, n'est-elle pas la maternité universelle ? Et que sa fille ait le même âge situe le problème dans sa dramaturgie originelle. Ces deux mères jumelles incarnent la question, ô combien humaine : cesse-t-on jamais d'être fille pour devenir mère ? Et là, en prime, mère de l'humanité.

Ainsi justifié, Salaï peut demeurer sur toutes les œuvres…

Le plus aimé, l'amant de toujours fait produire à Léonard ses plus grandes œuvres, ses créations les plus fondamentales.

Mais, se demande Melzi, ne croit-on pas toujours ça de ses dernières productions ?

Ce festival Salaï triomphant sur les panneaux que chaque élève à son tour cisèle, colorie et peaufine n'a pourtant qu'un but : étouffer Melzi. La réussite picturale est totale. Mais l'ambiance est épouvantable. Salaï a gagné, mais jamais assez, et ça ne fait qu'empirer. Puisque Léonard persiste à travailler à ses écritures avec Melzi, toutes ses heures libres, Salaï n'en finit pas de le lui faire payer.

Pour célébrer la victoire de Louis XII sur Venise, une grande fête est commandée à Léonard. On embauche. La tension change de motif. Léonard est beaucoup plus détaché qu'avant, il délègue davantage. Il rappelle Zoroastre pour confectionner deux automates, un dragon et un lion qui symbolisent Venise et la France. On travaille vite, bien, passionnément. Salaï reprend du poil de la bête. La fête, il connaît. Il y est à son affaire. Il va reprendre la main dans la décisive bagarre qu'il livre à Melzi, contre sa rigueur et sa grande culture qui, paraît-il, répondent si bien aux besoins du moment. Il use de toutes ses ruses. Le plus jeune découvre l'étendue du laxisme de Léonard envers ce parasite nuisible et capricieux, seul être inutile de l'atelier. Et Melzi ose ce que ni Atalante ni Zoroastre ni personne n'ont jamais osé : l'empêcher de nuire, à quoi tous ont renoncé puisque, quoi qu'il fasse, Léonard le couvre.

Batista le met en garde :

— Tu risques de déplaire au maître si tu t'en prends à son démon. D'autant – si ça peut te consoler - qu'il s'est plutôt calmé ces dernières années. Tu n'as pas idée de ce qu'il a été horrible au début.

— Je ne comprends pas qu'on le tolère, qu'on accepte ses malveillances. D'autant que ses exactions sont commises au nom de Léonard. Ça lui nuit bien plus que de ne pas achever ses commandes. C'est insidieux mais ça grignote sa réputation.

— Mais enfin, affecte Batista d'une voix suraiguë pour imiter son maître, ce n'est qu'un enfant ! Ce sont des bêtises d'enfant, plaide toujours Léonard…

Batista insisterait bien dans la moquerie si Francesco ne l'interrompait :

— … Un enfant ! Il a près de quinze ans de plus que moi, près du double de mon âge ! Comment peut-on avoir la moindre indulgence pour ce soi-disant enfant, vieux, gras, paresseux, ignorant, arrogant, bon à rien et méchant, ce vieux bébé mal élevé et mauvais ?

Batista n'a pas convaincu Melzi de se taire. La preuve, aussitôt après, des voix montent. Depuis l'atelier, on l'entend crier.

Oui. Melzi crie après Léonard !

— Comment peux-tu le supporter ? Mais qu'est-ce que tu lui trouves ? Il est stupide, méchant…

Un long silence.

— … Je l'aime.

Douché, Melzi reprend, un ton au-dessous :

— Ce n'est pas une raison pour le laisser pourrir la vie de tout le monde, gâcher les préparatifs de la fête et, surtout, salir ton nom. Cette sinistre lopette de trente ans, incapable de rien faire sauf mener la vie la plus dissolue de Milan… tu ne vas pas continuer à le pourrir comme un père coupable et lâche. L'atelier n'a pas à subir ses lubies d'enfant gâté…

Jamais Léonard n'a été autant aimé. Jamais il n'a senti autant d'amour autour de lui. Il ne va pas bouder son plaisir. Deux hommes jeunes, et même, pour l'un d'eux, très jeune, beaux comme il les a toujours adorés, se disputent ses faveurs, son esprit, sa personne, son âme. Lui qui se trouvait vieux et s'imaginait tout plaisir révolu. Salaï ne désarme pas, il reprend ses anciennes stratégies. Celles des gitons de toujours. Épuiser son amant afin qu'il n'ait plus la moindre énergie pour rien ni personne. L'épuiser sexuellement. Y passer la nuit, toutes les nuits s'il le faut mais le rendre incapable de travailler le lendemain. Mais quand, au matin, à nouveau Léonard s'isole avec Melzi et que Salaï les entend chuchoter comme des conspirateurs, il étouffe de rage. Il est prêt à tout pour se réapproprier ce qu'il considère comme son bien. Il organise les orgies les plus subtiles de sa carrière. La présence des Français contribue à un relâchement des mœurs tel qu'il est trop aisé de mener mauvaise vie. Milan n'est pas Florence. Et ici, chez lui, Salaï est le roi des bas-fonds. Mais ses pires vilenies – et il y va franchement, il n'a rien à perdre – n'empêchent pas Léonard de se passionner pour le travail d'inventaire de ses carnets.

Et s'il amenait Melzi sur un terrain glissant ? S'il pouvait le perdre dans une orgie qui le ridiculise ? Où, lui, Salaï, est champion. Ce Melzi qui sait le latin, le grec, la calligraphie, toutes les formules de politesse, ce Melzi jamais pris en défaut... Ce Cecco, comme l'appelle tendrement Léonard qui vient d'inventer un diminutif à Francesco, est forcément puceau, vierge de partout, et sûrement d'une infinie pruderie quant aux histoires de garçons entre eux.

Donc il l'entraîne un soir où il a organisé une grande fête avec une demi-douzaine de jeunes prostitués des bas-fonds, comme Léonard les aime, jeunes et très vulgaires.

Et là, miracle ou catastrophe, c'est selon, Melzi découvre avec joie que son héros pratique l'inversion ! Il l'a tant idéalisé qu'il le croyait abstinent comme un pape, comme l'idée qu'il se fait de Dieu. Donc il peut se laisser aller à être lui-même en sa présence. Quel bonheur ! Il peut partager aussi cette joie-là avec lui. Parce qu'en baise comme en latin, Melzi est un as. Salaï est effondré. Melzi, ravi.

En revanche, Melzi ne boit pas, mène une vie rigoureuse et, comme Léonard, surveille son alimentation, entraîne ses muscles avec une régularité de métronome et monte à cheval chaque jour. Salaï est fini, perdu, fichu. Melzi l'a devancé sur l'unique terrain où il régnait ! Il l'a supplanté. En tout.

Et il a seize ans.

Salaï fait vraiment feu de tout bois, tous les soirs, pour inventer de nouvelles distractions à celui qu'il est en train de perdre, des plaisirs qu'il ne connaît pas lui-même. Comment arracher Léonard à Melzi ? Quand même, Léonard l'a aimé. Mais l'aime-t-il encore ?... Sûrement ? Non ? Mais ce très beau jeune homme, ce si savant jeune homme, qui tombe si bien pour servir ses ambitions du jour, comment entrer en concurrence avec lui, à un âge où, effectivement, Léonard est plus gourmand de gloire et de reconnaissance que de jouissances, dont il commence à revenir, n'était la présence de Melzi, justement ! Et sa nouveauté.

Lequel résiste mieux que Salaï à la vie tumultueuse qu'il les force tous à mener.

Melzi a du caractère, et pas l'intention de se laisser faire, comme chacun à l'atelier. Lui, non. Il résiste, tient tête à Salaï, l'enfonce sur son terrain comme sur les autres. La lutte s'intensifie pendant que la fête se prépare... L'activité est aussi frénétique que la sexualité, une bouilloire qui siffle, le débord est proche.

Quand tombe l'annonce de la mort du père de Salaï. Chacun à Milan sait à quel point ces deux-là se haïssaient, n'étant l'un pour l'autre qu'un vil moyen de se procurer de l'argent. Batista n'a pas oublié que Salaï a ici été vendu par son père : il y était. Et Léonard n'oublie pas sa vigne, louée dans son dos à la famille de Salaï, dont ce dernier a toujours été seul à empocher le loyer.

N'empêche, cette mort l'atteint apparemment beaucoup ; il pleure, gémit, s'éplore de toutes les façons, redevient un pauvre petit enfant malheureux, ce à quoi jamais Léonard ne résiste. Il le prend dans ses bras et le console pendant des heures. Aussi Salaï pleure-t-il sans trêve.

— Cette fois, je n'ai vraiment plus personne, j'ai besoin que tu m'aimes, que tu me le dises, me le redises et encore, que tu me préfères et me peignes, toujours…

Quand a lieu la fête, l'atelier fait merveille. La gloire de Léonard est à son apogée.

Ce tourbillon d'amour et de fête est une période follement heureuse. Peut-être la plus heureuse de sa vie. En peinture, sous la pression de Salaï, il fait ses plus grandes œuvres et ne peut l'ignorer. Melzi l'entretient de son admiration, de son émerveillement devant l'immensité et la diversité de ses talents, qu'il découvre à chaque page. Et lui promet gloire et postérité. De grandes espérances naissent en son cœur. Quant à l'éros, c'est une période faste comme il n'en a plus connu depuis longtemps. Peut-être le chant du cygne de sa puissance sexuelle, s'il songe à son âge, mais il n'y songe pas, il s'incline devant cette formidable embellie. Dieu, que c'est bon ! Encore !

De l'amour, du sentiment d'amour, il n'a plus peur de tirer aujourd'hui des satisfactions irrépressibles et une immense opulence, n'est-ce pas cela la vraie richesse, aimer et être désiré en retour ? Aujourd'hui maître de lui dans l'étreinte, il accède à une possession immédiate, instantanée, sans exclusive mais de première ferveur. Des sensations embrasées qui ont l'air de communiquer entre elles à tout instant, sans intermédiaire. Le désir l'assaille, inexorable, pur au cœur de l'impur. Innocence animale au-delà de l'angoisse. Doué d'une perversité naturelle,

Léonard communie avec ses amants en une sorte de désir panthéiste.

— Alors c'est mon corps qui pense, et ça me repose, avoue-t-il à Melzi.

Léonard n'est pas loin de croire que la peau a une âme et qu'en vieillissant le plaisir l'embrase tout entière. Une autre variante d'Éros est en train de lui apparaître, faite d'enthousiasme, de liens dionysiaques avec tous les hommes, toutes les femmes, toutes les bêtes, toutes les plantes. Les désirs de ses amants, et même leur rivalité lui offrent un lien avec la création entière. Une joie immense le gonfle d'un espace plein de souffle.

Léonard étudie, il peint, il baise… Son meilleur ami est roi de France, deux jeunes hommes se battent pour lui plaire, l'atelier tourne, les commandes affluent, sa réputation a passé les frontières de l'Italie… Il mène enfin la vie à laquelle il a toujours aspiré. Il travaille avec aisance et, exceptionnellement, n'est pas mécontent du résultat. Oui, vraiment, son Bacchus est troublant…

Une vie d'aisance et de jouissances renouvelées. Un vrai coup de jeune et tant d'énergie autour de lui, à cause de lui, toute cette circulation de joie… Léonard exulte, le bonheur lui dilate le cœur. En plus, Melzi a l'impression de détenir un immense secret. Il est tellement sidéré, tellement enthousiaste de ce qu'il découvre de la puissance d'invention de Léonard, tapie dans ses cahiers. Les publier devrait changer la face du monde ! C'est une révolution ! Un changement radical pour l'humanité, ce que contiennent ces cahiers…

De partout surgissent des témoignages d'admiration et de reconnaissance… Tout ça aiguillonne Léonard et il se surpasse. Il brille en faisant moins d'efforts que jamais pour y parvenir. Il a enfin atteint l'âge de la sobriété.

Melzi l'entraîne toujours davantage dans l'étude, et il a raison, c'est là qu'il est le mieux. Et Salaï dans l'orgie, il n'y est pas mal non plus !

Peut-on mourir de bonheur ? Léonard a l'impression que son cœur n'a jamais tant battu. Qu'il n'a jamais disposé d'autant d'heures chaque jour pour faire autant de choses. Le bonheur. Oui, et l'amour.

Chapitre 27

Le mauvais air
1513

« Infortuné l'homme parvenu au seuil de la vieillesse
qui cherche encore un maître, un toit et un salaire… »
Léonard de Vinci.

Des années, des mois, des semaines, des heures, des secondes de bonheur !

Est-ce un effet de l'âge ? Léonard a une conscience aiguë de jouir d'heures de plus en plus pleines, riches, libres, sans égales… Jamais il ne s'est senti plus heureux, plus gourmand, mieux rassasié, plus curieux et mieux comblé. Jamais.

Adulé par son protecteur, libéré des soucis d'argent, il n'est plus contraint d'accepter n'importe quoi pour faire tourner sa maisonnée, il donne libre cours à sa fantaisie sans justification et s'adonne à ses plus constantes curiosités. Parmi celles-ci, le mystère de l'être humain via l'anatomie. Ici, il a carte blanche, mais sans guide plus expert que lui, ses recherches piétinent. Il entend parler d'un jeune savant sur qui s'extasie toute l'Italie, un médecin exceptionnel, qui semble sur le point de percer le secret de l'origine de l'homme. Il exerce à Pavie. À quelques heures de cheval de Milan. Pourquoi piétiner davantage ? Léonard confie la bonne marche de l'atelier à Salaï et à ses petites combines, et file à Pavie avec Melzi.

Trente ans, il a juste trente ans, ce Marcantonio della Torre ! Et Léonard, bientôt soixante ! Humblement, Léonard s'assied avec les autres élèves dans l'amphithéâtre, au centre duquel professe le médecin sur des cadavres à demi inclinés. Rapidement, ses questions et ses croquis alertent le savant, qui le prie de faire circuler ses dessins. Jamais le corps humain dans tous les états de la dissection n'a été donné à voir avec cette précision, cette rigueur, cette compréhension quasi de l'intérieur. Della Torre est subjugué. Ses cours ne sont vraiment lisibles qu'explicités par ces dessins-là. Assez vite, il comprend à qui il a affaire. Et propose humblement à Léonard de faire équipe. Tout de suite, il songe à un livre. Un manuel qui traiterait le corps de la tête aux pieds, mis à nu, écorché, ouvert, explicite, afin de le porter à la connaissance du plus grand nombre. L'un par l'autre, ils améliorent les techniques de dissection et apprennent à mieux interpréter les résultats. Le jeune et le vieux savant s'entendent immédiatement, une identique curiosité les ronge, un même amour des arcanes les anime. Ensemble, ils se livrent malgré eux – mais le succès les y conforte - à un extraordinaire numéro de duettistes, au centre de l'amphi, chacun d'un côté du cadavre ! Numéro qui attire de plus en plus de monde. Le vieil homme armé de son seul stylet, le jeune à la verve brillantissime… Tout Pavie s'y presse. La rigueur de Léonard enfin reconnue, comme hier Luca Pacioli avait vu en lui un grand talent scientifique. Léonard a toujours besoin d'un plus spécialiste que lui dans sa discipline pour le convaincre de sa légitimité. Pour l'approuver et l'encourager à persévérer. C'est le drame secret de l'autodidacte pour qui l'apprentissage ne finit jamais. Rien ne saurait le rassurer une fois pour toutes. Toujours à conquérir approbation et reconnaissance.

Melzi prend en note tous les cours, le moindre exposé. Mis en regard des dessins de Léonard, effectivement ils éclairent d'un jour nouveau les mécanismes du corps humain. Le livre avance à grande vitesse. Il suffira d'imprimer le dessin de chaque jour face au texte noté par Melzi, et le livre sera achevé. Léonard est aux anges. À nouveau, il a quinze ans. Il débute dans l'art de la médecine anatomique, s'enthousiasme avec la même ferveur. Personne ne peut imaginer que ce vieil impatient, si joyeux, si ponctuel aux cours, est aussi cet immense artiste aimé des rois de France. On dirait un savant fou, un vieil excentrique capable d'exaltation juvénile. Il entre en un chagrin terrible quand un étudiant recopie son travail en omettant quelque détail. Par paresse, passer de la sorte à côté de l'essentiel : « L'essentiel est toujours dans le détail. Sinon se donnerait-on la peine des détails s'ils ne signifiaient beaucoup plus que ce qu'ils sont en eux-mêmes ? Assez de ces raccourcis stupides qui sont faits au mépris du mécanisme lui-même, se contentant des grandes lignes. C'est un travail d'observation scientifique. Il n'y a pas de détail. Tout compte, tout est équivalent… » Della Torre le soutient : jamais il n'a été si bien compris, si intimement secondé.

…

Quand donc a-t-elle commencé ?…

À bas bruit. Comme toujours. Personne ne l'a vue arriver. Trop concentrés, trop passionnés par leur travail, enfermés dans l'amphi. Une fois annoncée, oh, sans la nommer jamais, ça porte malheur, évidemment, c'est déjà trop tard.

Léonard a compris. C'est cette jeune femme morte avec un enfant dans la matrice qui l'a portée jusqu'à eux. La passion de remonter à l'origine du monde leur fait souvent oublier de chercher la cause de la mort. Ils sont si près de l'origine humaine. Tellement proches ! Marcantonio a fouaillé, fouaillé des heures, toute la nuit, dans les entrailles de cette femme où réside le mystère. Hélas ! elle était morte de la Peste, et della Torre est contaminé. Ensuite, tout va trop vite. Pavie se presse à son chevet. En vain. On ne parvient pas à le sauver. La Peste est en marche. Déjà, elle dévaste tout sur son passage. Et les quartiers pauvres de Pavie, en même temps que lui, commencent à succomber aux effets mortifères de la Visiteuse. Dans la nuit où expire della Torre, Melzi selle Belladona et son cheval. Et à la minuit, alors que la ville est recluse sur son drame, Léonard et lui fuient sans tergiverser. Ils traversent les quartiers pauvres, bien plus touchés, depuis bien plus longtemps que le centre dont ils ne bougeaient pas. Chez les miséreux, à chaque croisement, les cadavres s'amoncellent. Déjà c'est trop tard. Melzi et Léonard grillent les étapes, sautent par-dessus les barrages qui défendent l'entrée de la ville et foncent, foncent au grand galop. Très déséquilibré par ces sauts bien trop hauts pour son âge, Léonard a peur, vraiment peur de tomber, mais pas question de souffler, il faut tracer. Vite, se sauver, fuir à toutes jambes, au grand galop, loin, vite. Loin. Dans Pavie la mort va prendre ses quartiers. Demain, plus une rue, plus une ruelle dont l'entrée ne sera encombrée d'un entassement de corps, morts dans la nuit… Des maisons aux volets cadenassés avec des brasiers devant, où brûler les macchabées du jour. Dans l'air, dans l'eau des fontaines, la menace est partout, des miasmes ont dû s'accrocher à lui, à sa monture qu'il éperonne comme un fou courant dans la nuit, la mort à ses trousses.

Il n'a pas eu le temps de comprendre que son ami, son professeur, son associé pour un livre presque achevé est descendu en marche sans au revoir ni adieu. C'est au grand galop durant sa fuite nocturne que Léonard réalise que della Torre est vraiment mort, qu'il ne le verra plus, ne travaillera plus sur ces... oui, sur ces autres morts, mais envers lesquels il n'a jamais ressenti que curiosité pour leurs entrailles. Incroyable comme un mort peut n'avoir rien à voir avec la mort abstraite. Celle de tout le monde.

Arrivés à Milan, ils se terrent chez eux. Ne font pas savoir qu'ils ont fui une ville pestiférée. Melzi peu à peu reprend vie, pas Léonard. Rien, personne, Léonard refuse tout. Prostré, muré dans son cabinet, il ne parle plus. Est-ce la première fois de sa vie ? Il a eu très peur de mourir. Très peur. La mort était à Pavie. Dans l'amphithéâtre, bien sûr, c'était leur matière première, mais jusqu'ici Léonard n'a jamais pensé que ces corps à disséquer ont commencé par mourir avant d'arriver sur sa table de travail pour y délivrer leur secret. Non. Jamais, sincèrement. Ces choses inanimées ne recelaient que le grand mystère de la vie, à en occulter leur propre fin.

Depuis, une peur vieille comme le monde le tient claquemuré chez lui. Il s'ausculte matin, midi et soir, se tâte, se palpe, se surveille comme une jeune fiancée. Il décide d'observer un jeûne rigoureux. À son avis, manger, c'est toujours nourrir la maladie. Pendant ce temps, Melzi s'empiffre. Il faut manger pour ne pas mourir, donc pour guérir ! Voilà le secret de sa santé ! Deux écoles s'affrontent. Aucun d'eux n'est contaminé... Pourtant, l'angoisse met un temps fou à retomber. Le moindre signe, une démangeaison, un gargouillis prolongé, et c'est l'alarme. Melzi réagit le premier :

— On n'a rien. On en a réchappé. Au travail.

Léonard est difficile à convaincre, sa peur a une forte pente irrationnelle. Il ne sait comment s'en débarrasser.

Même en sachant qu'elle est hors de proportion, infondée : la Peste ne l'a pas suivi à Milan, ça ne change rien, quelque chose en lui tremble encore. Leur livre, Della Torre, son ami en est mort.

Pourtant, ce « au travail » résonne en lui. Il a tant de choses à faire, tant de livres à publier, tant… Cette boulimie vient à bout de sa peur. Il n'est pas prêt à mourir, et surtout pas d'accord. Trop de travail. L'impression d'être passé très près du boulet ne le quitte plus. Et peu à peu lui rend la vie plus précieuse. Le simple acte de respirer, plus jubilatoire. Il retrouve ses marques d'homme heureux, lentement.

Au coucher du soleil, après une immense journée de labeur, Charles d'Amboise le fait appeler. Il ne l'a pas revu depuis longtemps. Depuis le retour de Léonard, le ministre était à la guerre. Ce cher ami, le meilleur protecteur jamais rencontré depuis que les artistes ont besoin d'être protégés, le fait quérir… Il y court. Bizarrement, la scène se déroule au ralenti. Même sa course. Léonard franchit le seuil de sa chambre d'Amboise où, de son lit, Charles se dresse sur son séant, lui tend les bras. Léonard s'y précipite. Et… oui… aussitôt, Charles expire. Il meurt. Comme ça, à l'instant où Léonard l'étreint. Comme s'il l'attendait pour lâcher prise. Et c'est fini. Il est mort, vraiment mort. Sans comprendre comment, pourquoi l'on meurt ainsi à trente-sept ans. Alors qu'il n'a encore rien fait ! Pas commencé à vivre… ! Et personne ne sait de quoi il est mort. L'ancestrale peur de la peste reprend Léonard. Non. Impossible, Charles vient de livrer bataille, il est rentré victorieux, glorieux et content. À peine arrivé, il s'est senti fatigué, s'est alité, n'a plus rien avalé et ne s'est jamais relevé. Il a fait appeler Léonard, c'est tout. Le cœur, ont dit les médecins ! Meurt-on jamais d'autre chose que d'un arrêt du cœur ? marmonne Léonard l'anatomiste, furieux et chagriné, abandonné une fois encore, et en deuil d'une si belle amitié.

Amboise mort, l'armée française se met à reculer partout. C'était un grand soldat, et surtout un immense stratège. Mais si les Français perdent du terrain, Léonard peut-il demeurer à Milan ? Dire qu'il croyait être enfin arrivé quelque part !

De nouvelles alliances entre cités italiennes se font, se défont, à qui se fier ? De nouveau, les affres de l'incertitude. Il est excédé, fatigué de se chercher des havres toujours si précaires... Certes, le successeur d'Amboise, un certain Gaston de Foix, auréolé de gloire guerrière mais inconnu de Léonard, le maintient dans ses avantages, mais sans le privilège de l'amitié, de l'estime réciproque, de ces mille et une sollicitations qui forçaient Léonard à inventer sans cesse dans toutes les directions, pour le bon plaisir d'Amboise, et sa joie de sauter du coq-à-l'âne. On continue à lui verser ses quatre cents livres annuelles, mais la pressante admiration d'Amboise pesait bien plus que la seule sécurité matérielle. Oui, Léonard a aussi besoin d'être recherché, désiré, aimé... Là, c'est fini. Finies aussi ses recherches en anatomie.

Il ne doit plus faire que ce pour quoi on l'emploie. Reprendre ses « inspections » en Lombardie, s'assurer des défenses des citadelles et autres places fortes pour le nouveau gouverneur. Le pape, Jules II, se fait menaçant. En l'absence d'Amboise, les Français ne gagnent plus. Ils ne perdent pas encore, mais...

La guerre n'a décidément aucun intérêt. Léonard reprend ses études, se replie sur des inventions gratuites, les plus gratuites possible. Puisque c'est comme ça !... Il crée un monstre, un automate hermaphrodite qui terrifie le monde. Et ça le réjouit. Ça correspond assez à l'état ambigu de son esprit. Il va jusqu'à enseigner à son singe comment le diriger, et on peut voir un singe commander à un monstre…

Une tournée d'inspection le mène à proximité de Vapprio, chez le père de Melzi. Et s'il y restait ? La montagne est belle. La bibliothèque des mieux garnie… Là, il se sent loin de tout, surtout des peines et des deuils. La nature a une vitalité à vous faire oublier la mort. Puisqu'il ne veut plus redescendre, Melzi fait venir Batista et même Salaï. Des carnets, des panneaux vierges, de quoi faire… Boltraffio garde l'atelier ouvert. Aujourd'hui, Léonard a une école, il n'est plus si libre de disparaître à son gré. Cela aussi lui pèse. Il n'est plus bien à Milan, mais comme il n'est vraiment bien nulle part, il fuit sa peine. N'a plus de maître, mais ne se sent ni dégagé ni libre pour autant. On parle d'un retour des héritiers Sforza. On sait ce qu'ils font aux traîtres, Léonard n'est pas tranquille. Décidément, il ne veut pas mourir. Le père de Melzi a de quoi le rassurer : il est le chef de la milice milanaise. Durant cette période erratique de changements d'alliances tous azimuts, chez lui au moins Léonard est en sécurité. Il se plonge dans une contemplation éperdue de la nature. Est-ce le commencement de la fin ? Salaï s'inquiète. C'est pourtant ici, à Vapprio, qu'il brosse son autoportrait de profil en train d'observer l'eau d'un fleuve. Le tourbillon des siècles…

— Aurais-tu le cœur de tout recommencer ailleurs ? lui demande abruptement Melzi.

— Pourquoi me demandes-tu ça ? Qu'as-tu derrière la tête ?

— Le pape Jules II est mort.

— Et alors ?

— Ça laisse à Milan une chance de vivre en paix, et à nous aussi.

— Tu crois vraiment ? Avec leurs passions guerrières, les Français vont vouloir en profiter, récupérer le terrain perdu.

Silence. C'est trop tôt.

Léonard oublie cette drôle de conversation. L'hiver est glacial. On redescend à Milan. Entre-temps, le successeur d'Amboise, alerté par la renommée de l'auteur de *La Cène* alimentée des sempiternelles légendes que chacun colporte à son propos, demande à le rencontrer. C'est fou ce que Léonard absent ou présent donne à jaser.

Gaston de Foix l'invite à se sentir chez lui, et là encore, Léonard n'est pas loin de succomber au charme de ce Français-là. C'est plus fort que lui, il a besoin d'aimer qui le protège, même et peut-être surtout si son protecteur est un enfant. Ce Gaston de Foix a tout pour lui. Vingt-deux ans, le surnom de « foudre d'Italie » grâce à la vitesse avec laquelle il a récupéré pour la France ce qu'elle avait perdu. Magnifique fils de prince, il fait rêver Léonard. Qui il est, d'où il vient, ce qu'il vaut, tout impressionne le fils bâtard. Un grand aristocrate comme l'Italie n'en connaît pas d'équivalent. Le soleil trône sur ses armoiries, comme si ses aïeux assuraient son royaume. En vieillissant, Léonard devient sensible à ces vanités exotiques. À peine ont-ils le temps de se plaire que Gaston de Foix part livrer bataille aux Espagnols à Ravenne, et alors qu'il est en train de vaincre… Un coup de lance… Il meurt sur le coup.

Autour de Léonard, ça meurt énormément. À son échelle, une sorte d'hécatombe. Il ne supporte plus ces morts qui le cernent, le narguent et semblent marmonner : « Et toi, c'est pour quand ? » Il remonte à Vapprio. Se mettre au vert, politiquement cette fois. Au moins là est-il à l'abri des miasmes mortifères de Milan et de l'épuration que ne vont pas manquer d'organiser les héritiers Sforza. Ils reviennent, ils arrivent, chaque heure transporte sa rumeur…

Boltraffio est immobilisé par une jambe cassée. Lui aussi s'essaie au vol en cachette, et à lui non plus ça ne réussit pas. Léonard est assez fou pour l'y encourager. Mais là, il ne peut attendre son rétablissement. Il doit au plus vite monter avec ses affaires, sa troupe fidèle et dépendante, ses huit chevaux, quelques mules, Janus, son corbeau, qui ouvre la route devant eux. Ce Janus-là n'est plus le lointain descendant de la famille de ceux qui, depuis Vinci, lui ont fait l'insigne plaisir de se reproduire chez lui. Non, celui-ci, tout noir mais moins grand que ses prédécesseurs, est un cadeau du roi de France. En réalité, ce n'est pas un corbeau mais un mainate. Il dit déjà quelques mots en français. Avec lui, Léonard continue de pratiquer la langue d'Amboise, il la maîtrise déjà bien. Léonard s'acharne à lui apprendre les premiers vers de *L'Enfer* de Dante : « Vous qui entrez ici, perdez… » Mais Janus semble rétif à la langue toscane !

Et alors qu'il hésite, qu'il ne sait pas encore que faire, arrive un message : « Botticelli est mort. »

Botticelli, son ami, son frère. Ne pesait plus que trente kilos, ne jouait plus le jeu, ne peignait plus, dit-on, depuis la mort de Pipo. Depuis qu'il a vu la *Lisa*, ajoutent généralement les mauvaises langues. Vivait retiré dans le *Contado*, une maison du nom de Carpe Diem, il y avait créé une « académie des oisifs ». Il se laissait mourir comme on se laisse vivre.

Lui mort, que reste-t-il à Léonard ? Parti, son rival préféré, parti, le seul avis qui ait jamais compté à ses yeux, il n'a plus envie de peindre. Toujours, Botticelli la lui rendait au centuple, le stimulait parfois rien que de penser à lui. Botticelli mort, c'est inimaginable. Ils avaient quoi ? huit ans d'écart, et Botticelli s'est beaucoup moins démené, moins usé, a beaucoup moins voyagé, beaucoup moins mendié son existence que lui. C'est trop injuste. Que des princes meurent, des guerriers, fussent-ils de bons protecteurs, que des professeurs, des proches, des soutiens disparaissent, bon, c'est dans l'ordre, mais le meilleur de ses amis, le seul, a-t-il tendance à penser… Léonard est atterré. Tout s'effondre. Et lui, alors, c'est pour quand ? La mort de Botticelli sonne une nouvelle scansion du temps, une autre manière de l'accélérer.

Cette mort-là lui donne un avant-goût de l'exil. Le temps de la douleur passe lentement. Sorte de répit dans l'anxiété.

Tant qu'il demeure à Vapprio, rien à craindre, mais au-dehors ? Et c'est dehors qu'il veut être. S'il tient encore à la vie, ce n'est qu'à une vie en mouvement, sinon mouvementée. La vie immobile, recluse, cachée, c'est déjà la mort. Le désir de bouger ne l'a finalement jamais quitté, bouger ou être vivant sont synonymes, non ? Dès qu'on l'assigne à résidence, il a des fourmis dans les jambes. Dès qu'il est acculé à un long travail répétitif, une fresque par exemple, il a besoin de diversifier ses activités. Vivre caché, très peu pour lui. Masqué suffit. Son incessant désir de voler le reprend, la campagne, quasi la montagne, s'y prête. Vexé, il n'arrive plus à se saisir d'un nid dans un arbre, il doit se refaire une santé s'il veut vraiment s'enfuir par les airs. Mais s'enfuir pour où ? La question de Melzi le taraude.

— À la Curie, du chapeau des cardinaux vient de sortir un nouveau pape.

— Et alors, qu'est-ce que ça peut me faire ? Je n'étais déjà pas attaché au précédent…

— Celui-ci est florentin, c'est un Médicis…

— À Florence aussi règnent et ont régné des Médicis, et ça m'avance à quoi ? Je suis toujours mieux en Lombardie avec l'appui de ton père. Tant que les héritiers Sforza nous fichent la paix ! L'école s'est assez agrandie pour nous faire vivre tous, ma vigne, mon canal, on devrait être plus ou moins à l'abri, pourquoi fuir ? Que veux-tu que fassent pour moi des Médicis, à part me nuire ? ajoute Léonard avec une certaine mauvaise foi.

La rumeur chuchote que tous les artistes, les savants, les poètes, les intellectuels se ruent à Rome. Le pontificat de Jean de Médicis, alias Léon X, s'annonce humaniste. Se profile un nouvel âge d'or. Identique à celui qui édifia jadis Florence. Ce nouveau pape est le fils de Laurent, élevé à l'Académie néoplatonicienne. Son précepteur n'était autre qu'Ange Politien.

Julien de Médicis, qui a la haute main sur Florence, haute main plutôt molle, est appelé à Rome pour y faire fleurir les arts. Promotion diplomatique, il s'agit de mettre à la tête de Florence un Médicis plus guerrier. Plus efficace à servir l'unification de l'Italie rêvée par ce pape-là.

À une condition ! Julien ne se rend à Rome que s'il peut y faire venir le maître de Vinci, et avec tous les honneurs dus à son talent.

Enfin, le voilà reconnu, appelé, désiré, souhaité… Las ! Il est tellement accablé par la mort de Botticelli qu'il demeure prostré, sur les flancs, dans un chagrin immobile.

Un peu de reconnaissance n'est pourtant pas à dédaigner. Un second messager, muni d'une deuxième invitation, trouve Léonard dans de meilleures dispositions.

Il a encore besoin qu'on insiste. On l'a trop négligé, bougonne-t-il.

« J'ai besoin d'un artiste qui conjugue l'excellence des arts et celle du savoir. J'ai donc besoin de toi. À choisir un seul artiste au monde, c'est toi que je prends. » Signé Julien de Médicis.

Incapable de résister à pareille flatterie, sans doute sincère, Léonard décide d'un énième déménagement. Encore une fois, tout emporter. Qui sait s'il reverra jamais Milan, c'est à Rome qu'il va vivre, ce qui désormais signifie que c'est à Rome qu'il va mourir. Qu'on l'appelle la Ville éternelle n'a rien de réconfortant. Rome où Botticelli n'a pu jadis le prendre avec lui. Rome qui n'a pas voulu de lui. Rome où son méchant rival excelle depuis des lustres. Rome qu'il redoute mais qu'il désire au fond plus que tout.

Reformer l'habituel caravansérail. Pour se rendre à Rome, et d'ailleurs n'importe où, quand Léonard se déplace, il doit toujours passer par Florence pour y déposer ses économies, à croire qu'il ne fait vraiment confiance qu'au trésorier du mont-de-piété de l'hôpital Santa Maria Nueva. Il y laisse trois cents florins. Sa poire pour la soif, ou plutôt pour couvrir les frais de ses funérailles. Il a soixante et un ans.

Il va embrasser Pacioli, qu'il trouve où et comme il l'a laissé, au travail dans la bibliothèque du couvent San Marco, plus moine et plus savant que jamais.

— Pourquoi Rome ? l'interroge-t-il.

— Pour vivre. Pour mourir.

— En échange de quel travail ?

— Aucun. Je vais rejoindre Julien qui a eu la délicatesse de ne rien me demander en particulier. Sinon de faire avancer la science des miroirs ardents, et tu sais comme ça m'excite. Et d'essayer de trouver un moyen d'assécher les marais Pontins. Que des choses qui, n'ayant rien à voir avec la peinture, me passionnent bien plus. Tu sais bien. Je cherche toujours ma quadrature du cercle…

— Que Dieu te bénisse et te protège.

Se reverront-ils dans cette vie ? Tout au revoir aujourd'hui prend des allures d'adieu. Léonard n'a jamais été si près de la peine. Botticelli disparu, que faire ici ? Pipo et Botticelli disparus, plus aucune raison de séjourner à Florence.

Aux abords de Rome, il scinde sa troupe en deux équipes.

À Melzi et Salaï, il confie le soin de se rendre chez Julien avec bêtes et malles afin d'installer leurs affaires et d'y préparer son arrivée. Il garde Batista avec lui pour arpenter les marais Pontins. Ils filent.

Très vite, il se sent pris au collet, bizarre, comme une sensation d'étouffement qui ne le quitte plus. Comme à Vapprio quand il y était reclus, sans ailleurs possible, là, c'est l'approche de Rome et le mauvais air qu'on est obligé de respirer ici. Il campe sommairement dans ces paysages trempés, infestés de moustiques. Se réveille épuisé au matin, dans de mauvais lits, angoissé, oppressé. Chaque nuit, il voit le beau visage tourmenté de Botticelli comme s'il l'appelait, comme s'il l'attendait. L'eau pour étancher la soif a une odeur fétide, il doit la couper de vin, lui qui déteste l'alcool. Mais son goût est atroce… Même Belladona refuse de la boire. Pour se désaltérer, elle lèche la rosée des feuilles. Ces marais sont imbuvables mais surtout irrespirables. Si même elle, sa merveilleuse jument, sa dernière jeunesse à quatre pattes, commence à s'énerver, c'est que l'air est surchargé d'une suintante humidité. Le solide Batista, pourtant toujours d'humeur égale, n'en peut plus. Cet air a quelque chose d'incroyablement malsain. Il faut au plus tôt assécher ces marais. Ils sentent la mort.

Ça y est ! Il a trouvé comment les assainir. Ouf ! On peut y aller. Rome.

Enfin, la Ville avec capitale. Déception. Elle est beaucoup moins moderne que Florence ou Milan, c'est encore une cité médiévale où la misère perce de partout. Sauf au Vatican qui n'est qu'un gigantesque chantier. Au Vatican, il est logé dans les gravats des travaux entrepris pour son installation. Oui, pour recevoir Léonard et sa troupe, Julien fait exécuter un grand nombre d'aménagements envisagés et conçus avec Melzi. Aussi à leur arrivée campent-ils, rien n'est prêt, mais Léonard est content d'être enfin en ville. C'est un urbain. Quand tombe la nuit, il a besoin de s'égailler dans les bas-fonds anonymes des grandes villes. Salaï toujours et partout le pourvoit en étreintes furtives et sûres. Seules les très grandes cités assurent pareille clandestinité, indispensable à ses pratiques. Mais pas maintenant. Pas ici. Impossible de se laisser aller ici. Léonard n'a pas envie, plus le moindre désir. Rien. Mal fichu. Sans doute le mauvais air des marais l'a-t-il entamé plus qu'il ne le pense. Salaï est dépité, Léonard épuisé. Plus la moindre énergie même pour le plaisir.

L'oppression ne le quitte pas. Le nœud dans la gorge ne se desserre pas.

Pourtant, Rome. Enfin ! Depuis le temps, quand même. Après tous ces rendez-vous manqués, Rome, enfin.

Julien le traite royalement, lui offre autant d'argent que les Français et tout un bâtiment pour lui, le Belvédère et ses célèbres jardins. Entouré des plus belles collections d'arbres rares du Vatican, le lieu idéal pour vivre et travailler à Rome au centre de tout mais isolé, et en hauteur.

Pendant la période d'installation, après avoir griffonné sur ses genoux plans et projets d'assainissement des marais

Pontins, Léonard demeure inerte, oisif, épuisé pour la première fois de sa vie : pas en forme. Il erre dans Rome à la recherche de surprises. Les ruines, bien sûr, on vient de mettre à jour celles du palais d'Hadrien. Quelques statues le laissent bouche bée, mais, et ça ne simplifie pas ses états d'âme, à quelques mètres de chez lui il prend un coup fatal au plexus. Deux confrères, vivant et travaillant à proximité, ont eu l'audace et… oh, oui, il ose le mot, en pensée en tout cas, le « génie » de peindre, l'un la Sixtine, au-dessus des fresques ordonnées par Botticelli, les recouvrant au besoin, pour faire peser son plafond sur le monde. C'est le chef-d'œuvre de Michel-Ange ! Son pire ennemi dans la *Bataille* a du génie, oui, c'est le bon mot, il a osé peindre ça, et le résultat est proche de la perfection. Quant à l'autre, c'est Raphaël et la fameuse salle de la Signature. Elle le terrasse littéralement. Littéralement, c'est-à-dire qu'il défaille, il ne tient plus sur ses jambes, elles le lâchent, il est obligé de chercher de l'aide. On le ramène s'aliter chez lui. En brancard. Sous les petits yeux méchants de Michel-Ange, toujours là, à trépigner de rage. Ses colères sont célèbres qui font trembler les murs de Saint-Pierre. Pareil à lui-même, toujours à se lamenter, cracher, médire et trépigner. Mais il a tant de talent. Quant à Raphaël, l'actuel chéri des papes, du précédent comme, manifestement déjà, du nouveau, Rome ne saurait se passer de ses services. Il sait l'art de se rendre indispensable, souple, complaisant, jeune à n'y pas croire et, de surcroît, suprêmement doué et travailleur. Comment ne pas se l'arracher ? Y a-t-il de la place pour eux tous à Rome ? N'est-ce pas au dernier arrivé de comprendre qu'il est de trop ? Au plus vieux de se retirer ?

À Léonard, on ne commande pas d'œuvre d'art, on ne demande pas de la beauté, lui qui a dans ses bagages une

Joconde, un *Saint Jean*, une *Léda*… on ne s'intéresse pas à lui. Léonard n'est pas considéré comme un artiste, encore moins comme un peintre. Alors que, tout de même, Raphaël en personne lui rend hommage et claironne que c'est la peinture de Léonard qui a enfanté la sienne. Mais ici les artistes sont inaudibles, on n'entend que le cliquetis des sous qui passent de main en main.

Le choc de la Sixtine et celui de la salle de la Signature, Léonard ne s'en relève pas. Il ne songe pas une seconde que son état est dû aux miasmes morbides des marais Pontins. Non, sa faiblesse n'a qu'une cause unique, le génie absolu de ses jeunes rivaux. Batista, qui l'a pourtant accompagné et dont la constitution résiste mieux, lui rappelle comme ils ont souffert à patauger dans ces marécages infestés d'insectes venimeux. Il ne souffre pas seulement du mal de la Sixtine mais du mauvais air, de cette *male aria* qu'on attrape dans ces marécages. Fièvres et cachexie, le mal des marais, la palude, ces choses sont pourtant connues. Mais de loin. Or la fièvre ne tombe pas. Léonard délire, voit partout des Sixtine et des salles de la Signature où Raphaël a peint un Léonard sous les traits de Platon, en vieux sage, à côté, beaucoup trop près d'un Michel-Ange l'air mauvais… *Mal'aria,* Michel-Ange, tout se mêle. Florence, Rome, Venise, Mantoue, Milan, la Peste à Pavie… Toute l'Italie défile sur le mur de sa chambre… Ses amis, ses amours, ses morts… Botticelli, Pipo, et les vivants, Piero di Cosimo, l'Accatabriga, Pacioli et Predis, Atalante et Zoroastre, Machiavel, Borgia… Tout se mélange. Son père, son oncle… « Catarina ! » hurle-t-il dans son délire. En aura-t-il jamais fini avec cette absence-là ? Son corps a cédé sous lui. Sa volonté s'est escamotée, plus rien, plus d'énergie… Mais qui, mais quoi donc alimentait son exceptionnelle énergie ? Sans elle, il est comme un prêtre qui perd la foi, comme mort. C'est pourquoi, outre la fièvre, il tremble de peur. Il a vu mourir ces derniers temps trop de monde, vu souffrir quelques malades, mais lui… Jamais il n'a été atteint, jamais handicapé, jamais empêché de vivre, de travailler… Ce qui lui arrive est effroyable… C'est la première fois de sa vie qu'il pense à la mort, à sa mort. La première fois qu'il meurt. Il ne comprend rien, il n'accepte pas.

NON ! pas de médecin. Surtout pas de médecin. Aucune médecine. Le jeûne d'abord, le jeûne avant tout pour y voir clair. Ensuite, les herbes amères, les décoctions qui tuent les fièvres…

Depuis sa fuite de Pavie, la mort le guette, le persécute, est en train de le rattraper, préméditée par cette menace d'éternité, comme enclose dans la Ville éternelle, par son appellation même… Il délire. Les fièvres sont terribles. Il doit travailler sur les miroirs ardents, ardents, ardents. Il fait d'horribles cauchemars, ou sont-ce des rêves éveillés ?, à base de miroirs, ces objets glacés capables de mettre le feu à distance…

Dans l'adversité, Salaï et Melzi, unis pour la première fois, couchent, soignent, éventent, lèvent, lavent, tentent de nourrir leur colosse à terre. Ils sont aux petits soins, mais ce sont de grandes médecines qu'il lui faudrait. Ces fièvres s'éternisent, comme la ville…

Atalante est convoqué. Et Zoroastre. Durant leur longue vie aventureuse, ces deux-là ont aussi un peu fait fortune dans l'alchimie et le charlatanisme. Ils savent deux ou trois recettes efficaces. Des herbes notamment qui produisent assez vite un effet miraculeux, la fièvre commence à tomber. Batista prend le relais, lui seul parvient à faire boire son maître abondamment. Ancienneté, autorité, force de persuasion. Léonard n'obéit qu'à lui.

L'alarme n'est pourtant pas levée, Léonard demeure faible, l'énergie manque. Ni force ni couleur, il traîne.

Usant du droit du plus fort, du plus riche et du plus puissant, Julien fait venir un médecin, et pas n'importe lequel. Le médecin du pape, son frère. Léonard rassemble ses dernières forces pour le repousser. Il n'a pas oublié que c'est précisément le médecin du pape venu en personne à Florence qui a assassiné Laurent le Magnifique. À l'aide d'une coupable prescription de diamants pilés en décoction. Dehors, le médecin du pape : Léonard refuse toutes ses médications.

Miracle de la colère ou de la peur, Léonard parvient à élever la voix, presque à crier, ses forces reviennent.

Il meurt de honte : son corps le lâche devant tout le monde, ça ne lui était jamais arrivé. Mais la honte, n'est-ce pas le commencement de la guérison ? Un malade n'a pas d'amour-propre. Il se prescrit de drôles de diètes, des jeûnes à sa façon et, peu à peu, trop lentement à son goût, il remonte la pente fatale. Même Michel-Ange a pris de ses nouvelles, c'est dire s'il allait mal ! Il n'a pas eu l'impudeur de se laisser voir à l'abandon par son pire ennemi. Déjà, il s'est trouvé mal devant les œuvres de Raphaël, son rival !

La menace le poursuit. Il a entendu l'ange de la mort déployer ses ailes. Il fait alors la chose la plus incroyable de sa vie. La plus improbable de sa part. Encore mal remis, marchant péniblement, pour sa première sortie, escorté par Melzi qui, estomaqué, le rapporte à qui veut l'entendre : il traverse le Tibre, s'enfonce dans la Rome pauvre et pouilleuse, et s'inscrit à la confrérie San Giovanni dei Fiorentino. Une confrérie laïque qui prend soin des funérailles des êtres sans famille et abandonnés de tous ! Pour Melzi, Batista, Zoroastre, c'est l'affolement. Ils ne comprennent pas. Pour Léonard, il s'agit de mourir dignement, au cas où... Si jamais il doit mourir, il veut que ça se passe comme il l'aura décidé. C'est sa dernière mise en scène. Personne n'a le droit de lui voler sa sortie.

Un léger regain de vigueur, et aussitôt sa désinvolture prend le dessus. Le mois suivant, il oublie même de payer sa cotisation à ladite confrérie des nécessiteux... Il est immédiatement radié de la liste des mourants solitaires.

Ouf. Sa troupe respire. Léonard ne meurt plus.

Après les fièvres, le sang nouveau attise sa vivacité, son envie de créer. L'énergie revient, l'énergie, c'est-à-dire l'envie de faire, le désir de mouvement.

Soudain, il se plaint, lui ! Et publiquement encore. De choses futiles pour qui n'a pas sa sensibilité. Des petites misères de la vie domestique, de la promiscuité. Léonard va jusqu'à se plaindre à Julien de son isolement, de son abandon, de l'ostracisme de Rome envers lui. Du coup, son protecteur lui obtient un travail pour le pape. On lui commande d'inventer un moyen d'éviter l'érosion de la monnaie vaticane. Les pièces s'usent trop vite, les effigies s'estompent, on ne sait même plus ce qu'elles valent ! Il n'y a pas pire pour de l'argent. On le traite vraiment comme un pale artisan et il n'en a plus l'habitude. Si cette tâche n'était si subalterne, elle est de celles que Léonard prise plus que tout, rien ne l'amuse comme le défi, l'inconnu. Il s'y attelle en râlant, mais vite se prend au jeu et oublie tout. Le plaisir d'inventer est toujours le plus fort.

À Rome, personne ne lui témoigne d'estime. Seul Julien persiste à l'admirer. Et à lui faire compliment de sa conversation, de son imagination, de sa jeunesse d'esprit, de sa curiosité, de ses merveilleux tableaux, de ses projets... Mais que pèse-t-il à côté d'un Raphaël, d'un

Bramante… ? Rome ne s'intéresse pas à lui. Rome est comme une jeune fille qui ne se soucie que d'elle-même. Et Léonard est tout sauf romain. Ici, il fait figure de vieux reclus dans son Belvédère. Comme la monnaie vaticane, il est érodé. Il semble usé, sans valeur, démonétisé, il n'a plus la cote.

Un chagrin n'arrive jamais seul, le seul véritable ami qu'il était content de revoir à Rome, l'architecte Bramante, meurt. On parle d'un arrêt du cœur. Encore ! Qu'ont donc tous ces cœurs à s'interrompre en même temps ? La mort doit-elle le poursuivre jusqu'à Rome ? Sitôt retrouvé, avec joie et admiration jamais démenties, Donato Bramante s'escamote ! Léonard est secoué de chagrins accumulés. Sa pente naturelle le mène aux funérailles de ce tendre ami des belles années milanaises, et là, qui voit-il, tenant les cordons du poêle ? Honorés tels les successeurs naturels de Bramante, le très brillant Raphaël et, et… oui, le coléreux, le méchant Michel-Ange. Et lui, Léonard, on ne l'a pas convié. Est-il indigne de son ami ? Le pape lui en a préféré d'autres. Pourtant, son nom s'impose, on le chuchote de partout pour succéder à son ami l'architecte avec qui lui au moins a déjà travaillé. Ni Raphaël ni Michel-Ange ne se projettent ainsi dans l'espace ni ne connaissent comme lui la mathématique.

Mais la malédiction Médicis le poursuit. Raphaël est choisi et fait aussitôt annuler tous les plans de Bramante pour le dôme de Saint-Pierre. L'imbécile ! Oh, ça, il est doué, extrêmement même, mais pas en calcul, ou seulement en calcul mondain. Frivole, il se taille à Rome la part du lion, la part de Léonard. Et puis, c'est sans doute démodé, mais les volontés d'un mort de l'envergure de Bramante, ça se respecte, et son projet aurait fait de Rome la plus étonnante ville au monde. Tant pis pour Rome, tant pis pour Léonard. Léonard se renfrogne davantage au Belvédère. À inventer des choses plus insolites encore. Pour se venger du chagrin de vivre, il crée des choses drôles, grotesques. Il se moque de tout. Il n'a plus rien à perdre. Il se lance dans la conquête du feu. Il fabrique des miroirs ardents pour capturer et canaliser l'énergie solaire au moyen de miroirs paraboliques. Ces miroirs à multiples facettes ont des applications aussi en astronomie.

Julien a une aventure avec une belle courtisane. Comme il a vu *La Joconde*, il demande à Léonard de la lui peindre à la semblance de celle-ci, à quoi il s'emploie de bon cœur, et assez vite, par rapport à son habitude. Dès qu'il se retrouve face à son incroyable *Lisa* qu'il retouche régulièrement, son humeur s'améliore, son moral remonte, le désir lui revient.

Rome est une pétaudière. Léonard est content de vivre sur la hauteur. Ça lui en donne.

L'anarchie y règne. Et voilà que son unique protecteur l'abandonne. La cour de France et le Vatican ont décidé de marier Julien avec Philiberte de Savoie, et la noce doit avoir lieu précisément en Savoie. C'est la première alliance d'un Médicis avec une famille royale. Même si Julien n'en a pas envie, ce mariage prestigieux assurera la pérennité des Médicis. Il n'a pas le choix. Il prie donc Léonard de lui conserver le portrait de sa belle maîtresse pour des jours plus joyeux.

« Le neuvième jour de janvier, il part prendre femme en Savoie et, dans la même journée, meurt le roi de France », note Léonard dans son carnet. La fiancée est la nièce du nouveau roi de France. Aussi Julien ne rentre-t-il pas à Rome, Léonard y demeure démuni, sans protecteur contre la Curie romaine. La mort de son ami le roi, un roi qui l'aimait au point de s'entremettre auprès de la

Seigneurie pour accélérer son procès, sa reconnaissance n'a pas varié, cette mort lui est un mauvais présage. Et une coïncidence étrange, le jour du départ de son unique soutien. Ce merveilleux roi de France, ce Louis XII qui l'admirait tant, était son dernier allié. À Rome, il ne peut compter que sur Julien qui justement ne rentre plus.

Léonard passe une année épouvantable. Pour se consoler, il retouche sa *Lisa*, encore et encore, indéfiniment… Il reprend ses études anatomiques en liberté. Ce pape a l'avantage d'une tolérance sans bigoterie à cet égard. Léonard est libre de disséquer à l'hôpital. Jusqu'au jour où une sale rumeur, une vraie cabale, l'accuse de nécrophilie. Un comble pour celui dont le plaisir n'a triomphé que dans la passivité, il sodomiserait des cadavres ! La médisance est grotesque, mais efficace. Tout de suite la calomnie se déchaîne. On intrigue contre lui à qui mieux mieux. Farouche depuis ses échecs exhibitionnistes chez Ludovic, Léonard se mêle de moins en moins à la vie mondaine du Vatican, il ignore tout du mal qu'on lui veut. Des ignares, des méchants et même des inconnus cherchent à ruiner sa réputation. Il est aisé de caricaturer un personnage aussi bigarré, aussi singulier que Léonard. Melzi s'alarme. Les vertus, les talents de Léonard se retournent contre lui. Ainsi il passerait ses journées, et souvent ses nuits, enfermé dans son laboratoire, à concocter de drôles de mélanges d'herbes et autres mixtures, sortes de liquides aux odeurs émétiques et peu catholiques. Peut-être distille-t-il du poison. Il fabrique des instruments mystérieux émettant des bruits plus étranges les uns que les autres. Il fait naître des animaux qui n'existent pas. C'est vrai qu'un jardinier lui a un jour offert un lézard qu'il a apprivoisé, à qui il a collé des ailes en écailles appartenant à une autre espèce et des cornes !

Son lézard « déguisé » lui obéit au point de sauter au visage de qui l'ennuie trop. Sur ordre. Il l'a toujours dans la poche. Il faut donc s'en méfier toujours. D'aucuns prennent son lézard costumé pour la réincarnation du serpent de la Genèse.

Il a aussi mis au point une pâte en cire dans laquelle il sculpte des animaux creux et légers qu'il fait voler. Il prépare des boyaux de mouton qui, une fois gonflés, emplissent la pièce où il les entrepose. Il fait exprès d'être absent quand le monstre se met à occuper tout l'espace.

À s'animer tout seul, dirait-on. Magie, mystification ! C'est pour rire, ce ne sont que des jeux de société, répond Léonard. « Ces boyaux vides mais pleins d'air ne sont-ils pas le symbole de la vertu qui peut tout remplir ? » Cette phrase sentencieuse jetée, la Curie en fait des gorges chaudes… Ainsi Léonard donne des leçons de vertu au conclave des hommes de robe… Et la *vox populi* d'en rajouter. Elle aime tant se moquer des puissants. Léonard écrit à l'envers ? C'est l'écriture du diable ou de ceux qui ont fait un pacte avec ! Il utilise d'illisibles anagrammes ? Pour les mêmes raisons. Forcément. Il se rend à l'hôpital et s'adonne à la nécromancie. Ou pire. À quel penchant encore plus horrible ne se livre-t-il pas ? La science n'est chez lui que prétexte à couvrir ses perversions. Il a de mauvaises fréquentations et les mœurs qui vont avec. Si tolérant que soit ce pape, il ne peut laisser le scandale se répandre. La notoriété de Léonard est trop grande, le pape doit sévir. Qu'il dissèque des cadavres, passe, mais qu'on l'accuse d'abus sexuels sur eux, c'est inadmissible. Pour faire taire la rumeur, il doit lui interdire l'accès à l'hôpital. D'ailleurs, les médecins du pape sont formels : l'anatomie est un savoir superflu !

Léonard étouffe de rage et d'humiliation. À son âge, tant d'humiliations, encore ! Jamais il ne quitte ces infâmes turbulences qui toute sa vie ont relativisé ses succès.

Il retourne à ses formules mathématiques et à son désespoir. Depuis qu'il a dû s'arrêter à Piombino, sur la route de Rome, en pleine tempête et qu'il a observé sur la mer des trombes se faire et se défaire, il ne songe plus qu'au Déluge.

Soudain, il comprend Botticelli. Trop tard. L'incroyable mélancolie de ce presque frère le rattrape à Rome : d'avoir perdu tant d'amis, tant d'alliés, jusqu'au dernier, ce roi de France qui l'aimait tant, l'étreint au cœur. Il se voit seul à Rome, sans protection, dépendant des humeurs de ces Médicis tous plus ou moins hypocondres, dans cette ambiance chagrine et mortifère. Rome n'a à offrir que des ruines, c'est-à-dire de la poussière de mort. Pas d'avenir, ici. Plus d'avenir, à son âge, il faut s'y résigner.

Et au milieu de ce marasme, dans la déréliction qui règne en lui et autour de lui, un dernier coup du sort. Le dernier, il ne pouvait sans doute rien lui arriver de pire. Salaï s'en va. Salaï le quitte.

L'homme, l'amour de sa vie, de la meilleure partie de sa vie, le quitte sans au revoir ni merci, sur une sorte de coup de tête, ou de haut-le-cœur bien compréhensible dans ce climat délétère. Et vu l'état de son maître…

— Déjà, Léonard est prêt à l'excuser, s'énerve Melzi. Au moins feint-il de n'en pas souffrir. C'est déjà ça.

— C'est la maladie de Léonard qui chasse Salaï, décrète Batista, du haut de son gros bon sens populaire.

Et sans doute est-il là au plus près de la vérité.

Depuis la malaria, Léonard ne s'est plus laissé approcher. Sensuellement, il s'est mis à distance. Il a le sentiment qu'un corps esquinté, usé, aux odeurs pestilentielles rapportées des marais, perclus de chagrin est toujours à dissimuler. Aussi passe-t-il ses nuits seul, sans dormir, puisque ce jeune démon qui le connaissait bien avait le talent de l'endormir, au sens propre. Depuis qu'il ne baise plus, il ne dort plus. Sans doute est-ce le signal qu'a perçu Salaï. Si Léonard n'a plus besoin de lui au seul endroit où il lui a jamais été indispensable, c'est que la fin approche. Après toutes les morts précédentes, ce serait son tour ! Et pour rien au monde Salaï ne veut en être le témoin. Il n'a pas oublié l'abnégation que Léonard a exigée quand Catarina, cette vieille tante, est morte. Léonard réclamera forcément le double de soin et d'attention pour lui-même.

Ainsi Salaï préfère-t-il descendre en marche.

Quand les rats quittent le navire, c'est toujours que le navire prend l'eau. Léonard se sent trop mal pour que Salaï envisage de demeurer près de lui plus longtemps. Peut-être entrait-il quelques sentiments, en plus de ses mesquins calculs, dans cette étrange relation. Comment savoir, avec cet animal au flair surdéveloppé ?

Zoroastre pense que Salaï a senti la mort approcher Léonard de trop près. Il explique doctement à Melzi, dans l'ignorance qu'il est de leur lien, qu'avoir frôlé la mort a dû lui ôter sa puissance sexuelle et sûrement sa volonté de plaisir. Or c'est à Salaï que revenait cette fonction essentielle dans la vie de Léonard : pourvoir à ses plaisirs. Prévenir ses moindres désirs sensuels. Ce dernier aura déduit de l'abstinence inédite de son maître une mise à la retraite anticipée. Ou pis, « s'il n'a plus de sève, c'est qu'il n'en a plus pour longtemps ». Salaï a devancé l'appel.

Plus rien à tirer de celui qui l'a aimé et gâté comme un père. Plus rien, il a déjà tout eu. Et il n'est même pas riche. Léonard ne peut ou ne veut plus lui acheter autant de bêtises qu'avant, il ne joue plus avec lui aux jeux des sous qu'on se prête et qu'on se rend. Alors…

Fondamentalement, tout porte à penser que Salaï n'aime personne, et Léonard pas plus que quiconque, explique Batista. Aussi part-il méchamment. Il s'est préparé, au cas où Léonard le retiendrait, à lui balancer : « Je ne t'ai jamais aimé, tu m'as été utile, tu ne l'es plus. Ciao. Et ne pleurniche pas, toi non plus tu ne m'as pas aimé, tu m'as toujours préféré tes chevaux. » Bien que Léonard n'insiste nullement, il le dit quand même, à mi-voix. Ça tombe à plat, personne n'espère plus rien de lui depuis qu'il a annoncé sa fuite. Batista pense qu'il ne reviendra jamais. Personne autour de Léonard n'a jamais eu ni estime ni amitié pour lui, cependant son départ les alarme tous. Léonard qui a déjà des idées noires ne peut se cacher que la réalité lui donne raison : il est en train de tout perdre. Ses amis, ses amants, ses amours, ses protecteurs, sa force, sa vitalité… Sa santé, certes, lui est revenue, mais pas l'inépuisable énergie qui lui a fait voir le monde neuf chaque jour. Il perd des cheveux, des dents, de l'ouïe… Il se dégrade. Il vieillit. Il s'observe tel que l'âge le déconstruit. Les traits de son visage s'embrouillent d'un lacis de rides profondes, le temps a dégarni son front, pâli ses yeux, blanchi ses cheveux et sa longue barbe rousse. Où est passé le bel adolescent de Vinci qui s'est choisi la beauté impassible pour masque ? Qui est-il désormais ? Il ne se connaît plus.

Il n'a plus de jus, plus de volonté de vivre, remplir sa tâche, tout au plus. Il reprend pourtant l'entraînement, s'acharne à plier son corps à sa volonté, il chevauche dans les jardins du Vatican aux magnifiques ruines de Rome, chaque jour. Encore quelques joies devant la beauté, la caresse de l'air sur le visage, quand il s'élance au galop.

Contemplatif, il s'immobilise devant les plantes, les ruines… Botticelli le hante, qui a créé, cinq ans avant de mourir, une académie des oisifs, ce qui avait fait hurler Léonard d'horreur quand on le lui avait rapporté.

Il a perdu Milan, son meilleur asile. Milan, une terrible nostalgie l'étreint à l'évocation de sa vigne, où est Salaï… L'ultime endroit où il s'est jamais senti chez lui. Plus aucun endroit au monde où il se sente chez lui. Il a tout perdu. Vinci ? Non, il aurait trop l'impression de régresser. C'est bien le début de la fin.

Chapitre 28

Encore un roi à genoux pour lui plaire...
Bologne 1515

« Alors que je croyais apprendre à vivre, j'apprenais à mourir. »
Léonard de Vinci.

Pas de remède contre le temps qui passe. L'ascétisme ne suffit plus à lutter contre les effets de l'âge. Et contre l'humiliation de sa situation à Rome, quelle solution ? Le repli sur soi n'est en rien une consolation. Julien de Médicis est toujours en France, et ses trente-trois ducats d'or mensuels ne lui sont plus versés. Léonard n'a plus d'argent, plus d'alliés. Les artistes romains le considèrent soit en voie d'extinction, soit en rival. Depuis la mort de Bramante, c'est lui l'aîné. Mais qui oserait commander à ce vieux touche-à-tout de la beauté, à part des traîtres ou des décadents !

Cette année 1515 est de bout en bout déprimante. L'air qui règne à Rome est contaminé, il porte toujours la malaria. Depuis le départ de Julien qui a coïncidé avec la mort du roi de France, au début du mois de janvier de cette funeste année, les alliances sur lesquelles repose l'équilibre des cités rivales sont tourneboulées. Alliés des Vénitiens, les Français réarment. Ils campent au pied des Alpes avec leur armée, bien décidés à récupérer leurs propriétés italiennes. Et à en conquérir de nouvelles.

Les Suisses auxquels Rome s'est associée les empêchent de passer. La fameuse Garde suisse du Vatican réputée invincible, dont Léon X a fait sa garde rapprochée, les seuls hommes d'armes à qui ce Médicis accorde sa confiance. À la fin du printemps, Léonard apprend par quel stratagème le nouveau roi de France a contourné les Alpes. Il admire l'imagination déployée et les moyens utilisés. Du coup, il suit de près la progression des combats et comment ce jeune guerrier qui a pris le nom de François Ier a réduit à quia les plus endurcis des *condottieri*. Après avoir contourné les Alpes par le sud et ouvert des chemins jamais empruntés, voilà qu'il campe à Marignan, au nord de Milan. Leurs alliés vénitiens s'installent à Lodi, plus au sud. Et ça y est ! Milan est encerclée.

Le 13 septembre, les Suisses passent à l'attaque et sont vaincus. Illico. Quinze mille victimes en deux jours, et uniquement des Suisses et des Romains. Le roi François Ier met lui-même la main à la pâte, au point d'être sacré chevalier par Bayard. Le 13 octobre, il est fait duc de Milan, de Parme, de Plaisance, le nord de l'Italie est à lui, et il n'a pas l'intention de s'arrêter en si bon chemin.

La veille de son départ pour l'Italie, ce jeune roi a fait escale à Lyon où des marchands florentins, alliés aux Français depuis Cosme, lui ont préparé une réception inouïe. D'une folle beauté. Le clou de la fête consistait en la déambulation magique d'un lion mécanique qui s'immobilisait devant le roi et témoignait qu'il le reconnaissait en s'inclinant devant lui ostensiblement. Puis il ouvrait sa poitrine et en faisait jaillir une gerbe de lis. Bien sûr, c'est le fameux lion de Léonard que de riches Florentins ont acquis afin de le produire partout où ils remporteraient des marchés. Comme tout le monde, le jeune roi a été subjugué, rapporte-t-on à Léonard. Ce qui, en dépit du marasme où il s'abîme, a encore la vertu de le réjouir. Ainsi Léonard est-il le premier ambassadeur de l'art italien près du roi, avant même son entrée en Italie… Traître, vraiment ?

À Rome, la guerre entre artistes, artisans, assistants et parasites continue. Avec Melzi, Léonard s'abrutit de travail : décryptage et réécriture de ses nombreux carnets, dont décidément il ne voit pas la fin. Alors, est-ce bien nécessaire, cela en vaut-il le coup ?…

Tout ça pour oublier la désertion de Salaï. À qui il pense nuit et jour. Pour rien au monde, il n'irait le relancer « chez lui », à Milan. Il en rêve chaque nuit mais y renonce chaque matin. Sa vie a la couleur de son ennui, ses heures de son chagrin. L'infini des jours que rien jamais ne colore. Quand, le 15 septembre éclate un vrai coup de théâtre : le pape et les Suisses perdent la Lombardie, le Milanais… Partout, leurs troupes sont défaites.

A priori, Léonard s'en contrefiche, comme généralement ce qui agite les puissants. Et ce n'est pas avec le grand âge qu'il va se soucier de politique. Là, c'est la politique qui se rappelle à lui.

Car si ce pape Médicis se méfie de Léonard, lui aussi a eu vent de cette fête somptueuse que Lyonnais et Florentins ont offerte à François Ier. Lui aussi a compris que la séduction exercée par l'automate de Vinci pouvait le servir. Aussi ordonne-t-il au vieux Florentin, remisé au Belvédère, de se joindre à sa suite. Le départ est prévu le dernier dimanche de l'Avent, après la messe.

Si ce jeune roi de France a gagné à Marignan, ce qui était impossible surtout en arrivant par le sud, et s'il a pu défaire l'invincible armée des Suisses, c'est que le vent va tourner. Le pape doit vite trouver une alliance avec ce nouveau conquérant. Il monte une caravane pour se précipiter à sa rencontre. Car, en plus, il trace vite, ce jeune guerrier. Déjà il marche sur Bologne. C'est donc là que doit se diriger le pape, Léonard dans ses bagages. Ils y arrivent avant le roi pour l'y accueillir fastueusement tel un hôte étranger. Afin qu'il ne se croie pas en territoire conquis. Puisque Léonard fait partie des valises du pape, celui-ci veut personnellement présenter au roi l'être qui l'intéresse le plus en Italie. Cet artiste florentin qu'il nourrit de sa main, se vante le pape. C'est lui qui le possède !

Léonard n'a pas le choix, le pape est un monarque tout-puissant à qui, dans l'Empire chrétien d'Occident, nul ne saurait désobéir. Morose et déprimé, Léonard suit la caravane du pape sans élan ni joie. Il va à la rencontre de son troisième roi de France, il est un peu blasé. Celui-là est encore un enfant, il a juste vingt et un ans. Il ne doit rien comprendre aux merveilles de l'art. Quoique… c'est un Français. Léonard sait n'être qu'un appât, ne compter pour rien et n'être qu'une utilité aux yeux du pape.

Batista est resté au Belvédère pour prendre soin des bêtes et des travaux en cours. Atalante qui a fait fortune à Rome est devenu un gros monsieur, Zoroastre est en voyage mystérieux, comme toujours. Seul Melzi l'accompagne. Le pape est particulièrement aimable, ce qui confirme Léonard dans son rôle de potiche. Il n'a rien à attendre de ces gens, leur gloire est trop brève, leur ambition trop courte. Il lui faut juste rester assez courtois, assez indifférent et assez résigné pour que sa petite troupe plus réduite que jamais ait seulement de quoi ne pas mourir de faim.

Le mois de janvier 1516 est glacial à Bologne, ou bien Léonard est devenu frileux. Dans trois mois, il aura soixante-quatre ans. Il en paraît dix de plus. La malaria, la mélancolie, la résignation à son rôle de mendiant ajoutées au chagrin d'amour et aux deuils, tant de deuils...

L'habituelle foire qui accompagne un déplacement pontifical a enflé à la mesure de la cour du jeune roi. Quand il paraît, empanaché de sa fraîche et éclatante victoire, l'Italie est prête à lui manger dans la main. Et le pape, à tout pour négocier une paix bricolée...

Ce roublard de Médicis est bien informé. À peine François Ier est-il à Bologne qu'il s'enquiert du fameux savant toscan, inventeur du lion mécanique...

Vingt et un ans, le jeune roi, mais quelle puissance ! Beau. Immense comme Léonard au même âge, peut-être même plus grand. Amateur de femmes et de fêtes, avide de démesure. Que le savant toscan tant admiré par ses deux prédécesseurs soit encore en vie, et qui plus est à Bologne en même temps que lui, semble de bon augure. Cette coïncidence a un sens favorable, forcément. Aussi, crime de lèse-papauté ou pas, mais au vainqueur tout est permis, réclame-t-il de rencontrer l'artiste avant même de recevoir le pape. Incroyable retournement de situation, le roi prie Léonard de le recevoir, alors que le pape fait le pied de grue dans l'antichambre ! Léonard marche lentement jusqu'à la salle d'apparat du château où il est hébergé avec la suite du pape. Le roi l'y attend déjà ! Eh oui ! Le roi le cherche. Le roi l'implore. Le roi l'attend ! Normalement, les monarques se font désirer – souvent des heures –, histoire de prouver qu'ils sont occupés à régler les affaires du royaume, toutes choses plus urgentes que la ponctualité envers un hôte. Léonard n'a pas le temps de saluer ce jeune roi que ce dernier se rue sur lui et le prend à bras le corps, oui, dans ses bras. Et l'étreint. Le roi a humblement demandé à rencontrer Léonard. Le roi attend Léonard. Et le roi l'étreint. Comme un familier, un être cher. Et c'est lui encore qui met un genou à terre devant l'artiste… Léonard n'en revient pas. Les quelques rares personnes – Melzi, un nonce du pape, un camérier, l'homme de confiance de François Ier – qui assistent à cette scène vont la colporter telle une légende incroyable.

Ce roi-là n'a pas fini de surprendre. Il veut tellement plaire au vieil homme… Il lui raconte comme son enfance a été bercée par la musique de son nom et les éloges qui l'accompagnaient. Comme il a entendu chanter ses louanges depuis qu'il est né, comme il était avide de le connaître.

Léonard découvre que ses œuvres circulent autant que lui, en France comme en Italie. François Ier évoque l'automate, ce lion qui s'est avancé vers lui comme s'il l'avait reconnu. Il est encore sous le charme de pareil stratagème.

— Depuis la frontière, je te réclame. Aussi quand on m'a dit, en arrivant à Bologne, que ce génie qui avait mis au point cette merveille d'automate était ici, je n'ai eu de cesse de te connaître. À Tours, déjà, j'avais vu une petite madone de ta main, absolument somptueuse. Tu l'as peinte pour Florimond Robertet, tu t'en souviens ? Un chef-d'œuvre. On ne sait pas faire ça en France…

Le jeune homme parle un italien parfait, Léonard lui répond en français, cette langue qu'Amboise lui a enseignée avec tant de gourmandise et qu'il a si vite apprise, au point de la parler pour le plaisir. Il ne l'aura pas étudiée pour rien. Depuis la mort d'Amboise, il a continué d'en cultiver l'apprentissage sans répétiteur sinon son mainate. Ils se livrent à un concours de délicatesse. Le roi gagne. Pendant tout leur séjour bolognais, le roi se pavane, se vante, se vend à un Léonard amusé par ce retournement de situation. Si maltraité à Rome, voilà que, jusque devant ce pape qui l'a tant méprisé, ce menaçant roi de France fait assaut de civilités et redouble de tentations pour appâter Léonard : « Viens chez moi, viens en France… » Léonard regarde, étonné et ravi, vaguement vengé…

Non, si elle devait avoir lieu, sa vengeance serait pire. Il n'est même pas rancunier.

N'empêche, ce jeune roi à ses pieds qui le félicite en redoublant de chaleur, d'admiration et de sincérité, Léonard a le sentiment de n'avoir jamais été traité si délicieusement, c'est la première fois de sa vie qu'on le loue autant. Il ne vit que dans l'instant et ça empire en vieillissant. D'aucuns appellent ça l'amnésie, mais chez Léonard c'est devenu une philosophie.

Léonard a été averti que le roi exigeait qu'on l'appelle Majesté. Jusqu'ici, roi ou pas, on s'appelait tous par son nom. Ce jeune roi, plus familier, plus attendrissant de jeunesse qu'aucun de ceux qu'a connus Léonard, a entrepris d'introduire formalisme et rituel entre la fonction de roi et ses sujets. Histoire d'honorer le rôle, le symbole. Pourtant, quand Léonard, docile, remercie « Votre Majesté », François Ier lui rit au nez. Qu'il a lui-même énorme, gigantesque, royalement monstrueux. Comme Léonard a adoré en dessiner toute sa vie.

— Non. Pas toi. Tu as l'âge que je t'appelle Père, Maître… Je veux être ton ami, appelle-moi par mon nom.

Tant d'adoration rend Léonard muet. Ce qui laisse au roi tout l'espace sonore pour se déployer. Le numéro de charme auquel assiste l'artiste est le plus surprenant de sa vie. Lui qui s'est jadis pavané pour séduire observe l'homme le plus puissant de la Chrétienté avec le pape le flatter comme il n'aurait osé le rêver. Si peu estimé, sa vie durant… Voilà que sous les yeux de la méprisante cour papale le victorieux roi de France ne lâche plus le bras de Léonard et le consulte à tout propos.

Léonard ne s'en défend pas. Après tout, il joue le jeu que le pape attend de lui : amener le roi de France à de meilleurs sentiments envers l'Italie et ne pas la débiter en morceaux à se partager entre puissants, mais témoigner plus de respect pour son indépendance et celle de Rome en particulier.

Léonard s'y emploie. Sans excès. Il préfère se laisser flatter, complimenter, charmer, consulter sur tout et rien, c'est-à-dire sur ce qu'il connaît le mieux, la plus folle fantaisie comme les plus humbles choses de la vie.

Les Romains sont jaloux, si l'on osait sans ridicule être jaloux d'un vieillard qui commence à perdre dents, cheveux et équilibre. Depuis la malaria, tout tombe de lui sans qu'il puisse rien retenir. Son corps le lâche par morceaux. Ce qui l'atteint au plus profond. Lui qui ne se déplace plus sans ses lunettes bleutées, au bras d'un plus jeune, ne supporte pas de ne plus oser sourire à pleine bouche, par manque de dents. Nonobstant, quelle fierté ! Hier, sa béquille était Melzi, aujourd'hui, à Bologne, c'est le roi de France en personne. Ça énerve. Pourquoi a-t-il tant de succès auprès de ces étranges Français ?

Car François Ier est loin d'être le premier roi de France à succomber au charme du vieux Toscan. « Son nom est plus célèbre en France que celui de tous les Médicis réunis », insiste publiquement le monarque persifleur.

S'il pouvait être vengé des avanies qu'il a endurées des siens, il le serait. Il a malheureusement oublié tous ses insuccès. Même vieux, il ne survit que dans le présent, dans le mouvement de l'instant. Pas de mémoire, pas d'amertume, aucune aigreur. Parfois, une jolie image d'un moment heureux, passé. Mais heureux à évoquer. Ou la poitrine qui se serre à l'évocation de Salaï, vite chassée…

Fait-il confidence de ses pensées au jeune roi ? Melzi l'ignore. Outre que François Ier ne se sépare pas de lui en public, ils ont souvent des apartés. Léonard découvre avec ravissement que ce fougueux guerrier traite ses chevaux comme lui hier son Azul. Il lui raconte le dressage amoureux quoique mouvementé de cette bête fauve. Le roi n'en revient pas. Son intuition l'aurait-elle naturellement mené aux mêmes gestes ? Léonard l'affirme. Sur ce point, ils sont d'accord : il faut aimer les gens comme les chevaux, et le leur montrer, les embrasser, les prendre dans les bras, « comme nos femmes », ajoute le roi, toujours un rien gaillard et même souvent vantard. Leur entente, pour qui les approche, est assez surprenante. Un très jeune homme, grand amateur du beau sexe, tout-puissant, se fait charmeur de serpent pour un vieillard à demi impotent et qui n'a aimé que des garçons. D'ailleurs, aiguillonné par cette force neuve, cet appétit vital qu'il connaît bien, Léonard va déjà mieux. Il reprend de la main gauche quelques dessins, dresse des plans pour le futur palais du roi à Milan et trace quelques machineries pour ses fêtes à venir, histoire de le surprendre et de le garder sous sa coupe. La vie semble reprendre. Sous les constantes sollicitations, les compliments et les louanges émerveillés de ce monarque débutant, Léonard redevient un artiste éparpillé dans toutes les directions, retrouve avec plaisir la joie de la dispersion qui a fait sa fortune et son infortune.

Le roi tente de le débaucher par tous les moyens.

— Viens en France. Tu y seras traité comme un roi, par le roi…

Léonard s'interroge. Son allure de vieux sage revenu de tout trouve enfin la reconnaissance. Son talent est plus apprécié des Français que des Florentins, Milanais et autres méprisants Romains…

En dépit de l'agacement que lui manifeste la suite pontificale, François Ier persiste dans son numéro de voltige pour le séduire :

— Une coïncidence m'éblouit : pour encourager ma marche sur l'Italie, la veille de mon départ, ton lion m'offre des lis. À peine ai-je conquis le Nord italien que tu es là pour m'accueillir. Toi au prénom léonin, qu'un lion m'a annoncé, toi le Florentin qui, comme la couronne de France, a le lis pour emblème. Toi qui as ma taille et montes à cheval comme un dieu. Toi qui vas redessiner mon royaume pour l'embellir… Je me sens chez moi, ici, sur ce sol italien dont mes ancêtres ont tant rêvé, dont la reconquête est la légende avec laquelle on m'endormait chaque soir. Mais avec toi, c'est mon pays de France qui sera plus beau, je me sens capable de le changer assez pour égaler l'Italie. Qu'en dis-tu ? Viens essayer la vie sous mon climat. Si je suis si bien ici, ne crois-tu pas que tu te sentiras chez toi chez moi ? Mon pays n'attend que toi pour éclore. Viens présider à son renouveau. Décider de son printemps. Tu aimes trop ta patrie pour la quitter, c'est ça ? Tu as peur de la trahir ?

Léonard que l'avalanche de compliments rend muet s'insurge d'un coup :

— Les artistes n'ont pas de patrie. Ils sont partout chez eux. Partout où ils créent. Les rois passent, les territoires changent de maîtres, mais les artistes ne créent que pour l'esprit, la poésie, la beauté… Sans limites. Sans frontières.

Pourtant, partir, repartir, voyager… s'exiler… Non, Léonard n'y songe plus. S'il n'y avait été contraint par ce pape, ambitieux stratège, jamais il n'aurait quitté Rome, cette ville où il a pourtant commencé de mourir à petit feu. De Bologne, ça lui saute aux yeux. Ici, la santé, l'élan vital lui reviennent. Il mesure ce qu'il a frôlé. De Bologne, il lui faudrait retourner à Rome, refaire ses bagages pour remonter jusqu'en France… C'est loin, la France, si loin. Ça n'est pas chez lui, mais où n'est-il pas en exil… sans Salaï ?

Melzi à qui plaintes et confidences sont nuitamment délivrées suggère à Léonard de se rendre à Milan, si près de Bologne, pour proposer à Salaï de l'accompagner à la cour de France.

— Vaniteux comme il est, il ne devrait pas résister à pareille invitation ni à l'idée d'une existence de courtisan. Qu'en dis-tu, Maître ?

Léonard sait quel effort consent Melzi en lui proposant de reprendre Salaï. Certes, il en rêve, mais non, il ne le lui proposera pas. Il ne supporterait pas un nouveau refus.

Le pape, quant à lui, a obtenu ce qu'il désirait : une trêve, le temps de réfléchir à de nouvelles alliances. Maintenant, il doit rentrer à Rome. Il insiste pour que Léonard le suive.

— Après ce qui s'est passé avec le roi, il sait combien il t'est redevable, plaide Melzi.

— Tu sais bien qu'une fois rentré, il va me parquer au Belvédère pour mieux m'oublier. Je ne me fais aucune illusion.

Mais rentrer dans la suite du pape, c'est éviter le détour par Milan, éviter Salaï, la tentation et un nouveau chagrin.

Non. Aucun chagrin ne lui sera épargné. Parce qu'à peine arrivé à Rome, il apprend le pire. Comme s'il n'avait pas déjà eu lieu.

Zoroastre !

Zoroastre vient juste de mourir.

Zoroastre est mort.

Et Léonard n'était pas là.

Atalante, si. Qui sanglote dans les bras de Léonard.

— Il est mort en parlant de toi. Il a senti que c'était pour bientôt. Il a eu la délicatesse de ne rien nous dire. Jusqu'au dernier moment où il n'a pas voulu « partir » seul. Alors il m'a fait appeler à l'aide de ce billet. Regarde.

« Convocation pour assister à mon dernier tour de magie : l'escamotage définitif. » J'ai compris. J'ai couru. Je l'ai caressé toute la soirée. À minuit, il s'est évanoui, envolé. J'ai organisé la suite selon ses ordres. Même pas eu le temps de pleurer. Merci de…

Atalante ne peut finir sa phrase. Et ces deux vieillards qui furent amis, amants, piliers du troisième qui vient de les planter là se prennent les mains et, front contre front, épaule contre épaule, sanglotent longtemps, longtemps… Puis, mû par ce grain de folie qui n'appartenait qu'à Zoroastre, Atalante éclate soudain d'un grand rire.

— Ah ! oui. Je ne t'ai pas dit. C'est toi son héritier !

Stupéfaction de Léonard qui a fait vivre son ami la moitié de sa vie, pendant que l'autre moitié, il vivotait d'expédients en tout genre, plus ou moins fantaisistes ou pis encore. Des tours de sa façon.

— Si. Si. Tu hérites de toute sa famille.

— Zoroastre ! Une famille ?

— Oui. Une famille de lézards. Et ils sont sacrement nombreux. Et Aspic, son singe. Que j'ai dû enfermer, tellement il est triste.

Zoroastre réussit à les faire rire en mourant. Et Léonard récupère lesdits lézards dans la soirée de son retour. Il va même devoir dormir avec Aspic, pour le consoler, ce soir, demain… Et le reste de la vie du petit singe, il couchera aux côtés de Léonard. C'est un singe particulièrement petit, la moitié de la taille de Marcello qui déjà avait celle d'un enfant d'un an ; là, c'est à peine celle d'un nouveau-né. D'ailleurs, il se love de même dans les bras. C'est bouleversant.

Léonard a mille ans de plus depuis qu'il a perdu son plus vieil ami. Le dernier témoin de sa jeunesse, de Florence, de l'atelier Verrocchio, de tant d'autres petites morts accumulées, de sa nuit en prison, des heures les plus marquantes de sa vie. Zoroastre a toujours su arriver aux moments les plus cruciaux, les plus stratégiques. Il se souvient de sa fuite de Milan. Il se souvient de Salaï, et ça redouble son chagrin.

Atalante ! Ça n'est pas pareil. Atalante est devenu riche, haut placé. Surintendant de la basilique. Oui, l'intimité d'hier a pu renaître à la mort de Zoroastre, mais Léonard ne veut plus jamais affronter pareil chagrin, fût-ce pour étreindre Atalante.

Alors ? Partir. Rester.

Rome le tient pour un paria.

Ses raisons de rester s'amenuisent.

Bien sûr, il loge au Vatican. Mais seul, sur sa hauteur, et l'on fait comme s'il n'existait plus. Batista lui rapporte les bruits qui courent. Il paraît que le pape lui fait payer son arrogance de Bologne quand il était fêté par les Français.

Ah !

Partir. Rester. Les raisons de partir s'accumulent. C'est l'énergie, le courage qui font défaut. La force d'un énième déménagement. La solitude où l'a laissé Salaï n'est plus compensée par rien. Oh, il améliore de-ci de-là quelques instruments de musique, le seul bruit qu'il supporte. Il s'occupe à des riens, qui ne lui occupent pas assez l'esprit. Alors, l'âme…

Au milieu de cet abîme d'ennui, Florence, Rome, l'Italie entière, toutes les cités prennent le deuil. Le deuxième personnage le plus important après le pape vient de mourir. Et surtout le dernier appui de Léonard en terre italienne. Son unique raison d'y demeurer, sa dernière source de revenus. Son rempart toujours possible contre vilenies et mesquineries romaines… La mort de Julien de Médicis sonne le glas de son avenir romain. Il n'a plus d'amis en Italie. Julien est mort à la cour de France. Est-ce un signe ? De là lui parvient une nouvelle invitation plus pressante et plus obligeante que les précédentes. À croire que ce très jeune roi imagine le désarroi où la mort de Julien plonge Léonard. Il insiste en lui envoyant « préventivement » deux hommes d'armes pour lui servir d'escorte au cas où. Et le guider, le protéger, s'il se décide à ce long voyage. Mais s'il se décide, il faut partir avant les premières neiges. Ensuite, les Alpes seront trop dangereuses.

Une fois là-bas, de quoi vivra-t-il ? Et comment ? Léonard est épuisé. Il vit au milieu des morts. Les ruines de Rome en sont un incessant rappel. Il s'affaiblit, ne crée plus beaucoup. Ou seulement des distractions, et quand il se retourne en arrière il a le sentiment d'avoir perdu l'essence de sa vie. À chercher sans trêve comment la gagner. C'est le lot commun de l'humanité. Mais si précaire, si aléatoire que soit l'existence d'un saisonnier, ce dernier sait que chaque année ramène la saison où trouver sa subsistance. Le temps des moissons et des vendanges revient toujours. Pour Léonard, le pain n'est jamais gagné d'avance.

Melzi le console, le rassure, lui masse la nuque, les épaules. Il se détend, jamais longtemps.

À l'arrivée des deux hommes d'armes de François Ier, Léonard constate avec joie que décidément ce bébé roi ne l'oublie pas. Il tient parole. Rien que ça, son moral remonte. Le roi lui précise par écrit qu'il le convie, lui, les siens, ses chevaux et autres animaux, toutes ses étranges bêtes dont Léonard lui a parlé, chez lui, à Amboise, en Touraine. Il prend à sa charge le voyage et sa vie là-bas. Il lui fait cadeau d'un petit château, entièrement meublé, installé, confortable, celui où lui-même a passé son enfance. Confortable et à quelques enjambées du sien. Où il vit le plus souvent, d'où il dirige le royaume. Un cadeau dont il disposera comme il veut, le temps de son séjour. Il y sera servi par une femme du nom de Mathurine. Qui cuisine très bien. Autant dire qu'il l'invite à la cour sans les contraintes de la vie de courtisan. Soudain, Léonard prend peur. Il ne peut se cacher que, s'il part, il ne reviendra jamais, ne reverra pas l'Italie. Ni Vinci, ni Florence, ni Milan, Salaï…

Aussi, plus que tout, le touche la délicatesse de ce roi qui parle de la durée de son séjour comme si Léonard avait le choix, comme s'il pouvait encore aller et venir en virevoltant comme un jeune homme. S'il part là-bas, c'est pour y mourir, et il a peur. Non de partir. Désormais, les dés sont jetés, il n'a plus le choix. Qui va le nourrir, s'il reste ? C'est bien de mourir qu'il a peur, de se rapprocher de sa mort. Ne fût-ce que géographiquement. C'est loin la France. Bah ! il peut aussi mourir en chemin…

Léonard doit reconnaître que ce petit roi d'un mètre quatre-vingt-douze lui fait des conditions princières. Melzi ne l'avouera jamais à Léonard mais le dit à Batista, c'est lui qui a négocié les conditions du voyage en ses moindres détails avec les hommes de François Ier. Lucide, il sait que Léonard ne peut hésiter au-delà des premières neiges. Il a donc commencé les préparatifs, est monté à Vapprio ranger les affaires que Léonard ne peut emporter, instruments de musique encombrants ou fragiles, miroirs ardents achevés et inachevés, afin de n'être ni copié ni pillé dès qu'il aura le dos tourné, quelques paires d'ailes pour voler comme un oiseau et deux ou trois nacelles, ainsi qu'une infinité de choses dont Melzi ne saurait dire la destination. D'étranges machines…

Léonard veut passer par Florence. Mettre ses comptes en ordre à Santa Nueva. « En cas de ma mort ». Laisser quelques sous ici, là, en prendre d'autres, organiser une sorte de caravane à son échelle pour transporter son univers.

Avant de franchir les Alpes, avant d'aller à Florence, passer ou ne pas passer par Milan ? Grande question !

Faire des adieux qu'il sait définitifs, cette fois, à un Salaï dont il est certain qu'il ne le suivra pas ?

Et puis, des adieux, à quoi, à qui ? À qui aurait-il besoin de dire adieu ? Aime-t-il encore des vivants ? Connaît-il encore des gens qui l'aiment... ? Seuls Melzi, Batista, ses bêtes chéries. Ça y est, il a apprivoisé Aspic, il ne comprend pas pourquoi il n'a pas davantage vécu avec des singes, ce sont des bêtes merveilleuses... Ou celui-ci est-il l'incarnation d'Astro, un dernier clin d'œil. Entre chien et loup, le soir tombe, Léonard y croit. Un peu.

Alors ?

Léonard a peur. C'est le grand saut. Il confie à Batista qu'il ne se sent pas capable d'un si long trajet à cheval. Batista qui l'a accompagné quelque onze mois durant aux trousses de César Borgia réinsuffle ce souffle-là à son maître qui veut y croire, qui s'accroche au plus petit frisson d'espoir.

Pourtant, il est usé. La malaria a fait des ravages. Ou peut-être seulement l'air de Rome. Puisque, à Bologne, il s'est senti nettement mieux. Oui, changer d'air, il n'y a que ça. D'autant qu'ici il dilapide chaque jour davantage ses économies. Quand Raphaël perçoit dix mille ducats pour chacune de ses œuvres, lui, tous les premiers du mois, n'en reçoit que trente-trois. Plus rien depuis la mort de Julien. Pas une fois le pape ne s'est souvenu de lui. Pourtant, il respire encore.

S'il n'y avait le roi de France, Léonard aurait-il dû réellement faire l'aumône ? se demande Melzi. Léonard préfère n'y pas songer. Il s'occupe des préparatifs. Avec Batista, il choisit les chevaux qui viennent avec eux et ceux dont il va devoir se séparer. Et même si Melzi lui promet qu'à Vapprio ils seront les mieux traités du monde, cette séparation lui est un crève-cœur. Un des plus grands malheurs au monde, c'est de se séparer de ses bêtes, de la moindre d'entre elles. À toutes Léonard est attaché, il les aime. Grand malheur, oui, et qui réactive toutes les autres séparations. Peut-être que Salaï a raison. Il n'aime rien autant que ses chevaux. Tout à la fébrilité des préparatifs, Melzi n'a pas vu que Léonard s'est remis à dessiner. De la main gauche, la droite semble hors d'usage. Seulement le matin, à la bonne lumière et avec ses lunettes bleues. Les dernières que Zoroastre lui a confectionnées. Melzi n'a pas vu que Léonard ne dessine, obsessionnellement, que des tourbillons, des déluges, des apocalypses… rien d'autre. Comme s'il se grisait du triomphe des forces d'anéantissement, ses déluges dessinés *ad nauseam* témoignent d'une complaisance pour l'idée de destruction, de dévastation. Il y déploie en outre toute sa passion pour les lignes courbes et les formes les plus élaborées… Ses dessins reflètent tellement ses angoisses qu'en les découvrant, avant de partir, Melzi le supplie d'arrêter. Cherche-t-il à conjurer ses terreurs ? Les traduire, les anticiper ? Il a mis de côté les tableaux dont il ne peut se séparer, ceux qu'il est « obligé » d'emporter, parce qu'ils ne sont pas finis, ou plutôt, mais il ne l'avouera jamais, parce qu'il ne peut pas vivre sans ses talismans. Ceux que depuis Milan et Florence il retouche indéfiniment, ceux qui à force d'être sans cesse repris se sont tous mis à ressembler au même visage, celui de Salaï aux alentours de trente ans… Du pinceau, il le caresse encore comme pour effacer la dernière trahison. Même sa *Lisa* s'est mise à lui ressembler.

À Rome, la saison des pluies est en avance. Les hommes de François Ier s'impatientent. Il faut y aller. Il est temps.

Arrive encore un message de la cour de France. « Cher grand artiste, si tu acceptes de venir chez moi, je serai un peu plus roi, un peu plus légitime… Davantage que ma couronne, tu seras le joyau de mon royaume. Si tu viens, par toi je serai plus grand. Nous nous grandirons l'un l'autre pour la postérité. En échange, je n'attends rien de toi. Seule ta présence en ambassade des arts, de la beauté et de l'invention d'un monde meilleur. La France n'a pas encore enfanté d'homme comme toi. Viens enseigner la vie comme tu la conçois aux hommes du Nord. Tu seras l'emblème de mon règne. Avec toi je serai invincible… »

Incroyable !

Jamais on ne lui a dit de pareils mots. Même en amour.

Jamais on ne l'a considéré avec autant d'égards. Sollicité pour sa seule présence, autant dire aimé pour lui-même.

Une vie royale lui est réellement offerte. Comme ça, gratuitement. En échange de rien. Un château. Une vie de château. Melzi a raison, Salaï aurait adoré.

Décidément, ce jeune roi a le sens de l'à-propos. Rien ne lui est impossible, pas même de faire déménager Léonard. Sa missive arrive à temps. Léonard doit impérativement partir maintenant s'il veut arriver en France sans encombre.

— En France, que ferai-je ?

— Que fais-tu ici ? Là-bas, on t'aimera. On te sollicitera, tu auras des idées nouvelles.

— Je referai des fêtes.

— Des fêtes françaises…

Melzi l'encourage tant qu'il peut sans trop avoir l'air de le presser, quoique…

— Finir ta vie dans la joie et une gloire méritée, précise Melzi. Mais là, il faut y aller.

Il pleut toujours à Rome.

Six mules, huit chevaux, Batista, Melzi, les deux Français en armes pour escorte et une voiture couverte pour protéger les tableaux et Léonard, si jamais.

Le passage de Florence dure à peine deux jours. Puis c'est le grand départ. Adieu, à qui ? Allez. Filons.

Dans les Alpes, il commence à neiger. Il faut faire vite. Léonard ne résiste plus au froid. Il gèle à pierre fendre. La montée est malaisée. Qu'en sera-t-il de la descente ?

Épilogue

« Comme l'espérance est violente… »
Guillaume Apollinaire.

« … Ton prix sera le mien… Tu peux venir accompagné de qui tu veux… », précisait le roi de France dans sa dernière missive. Celle qui a tout déclenché, qui est tombée exactement au moment où le désespoir s'abattait sur Léonard. Voilà pourquoi aujourd'hui il s'ébroue dans la neige. Il hait le froid, il hait cette blancheur. Tant de blanc, partout, à perte de vue, à perte de vie, il suffit d'un si petit moment de somnolence…

La montée des Alpes a été plutôt aisée, Léonard a même pu escalader à cheval, ne mettant pied à terre que pour ménager sa monture quand le sentier devenait trop dangereux. La halte au sommet par grand beau temps lui a offert un plaisir qu'il a osé qualifier de « divin » – comme quoi, même pour lui, les clichés ont la vie dure : Dieu reste un idéal en hauteur sinon un fantasme d'altitude ! Depuis, une tempête de neige a précipité leur descente, et ça n'en finit plus. Léonard a dû se réfugier dans la voiture couverte de toile. Il grelotte. Trois jours, trois nuits à grelotter. Aspic lové contre lui, Melzi et Batista se relaient près de lui et s'acharnent à le réchauffer. Les hommes d'armes du roi de France s'occupent du reste : mules, bagages à protéger des voleurs et des intempéries, chevaux. Quant au seul corbeau du voyage, étoile du Berger ou colombe de Noé, il ne quitte pas le dessus de la voiture, il a l'air de guider la caravane. Allongé sur des piles de vêtements extirpés des caisses, enfoui sous tapis et fourrures, Léonard tremble. Un grand froid intérieur l'étreint. Melzi craint qu'il ne perde conscience, engourdi de froid, affaibli d'altitude, rattrapé par la fatigue de l'âge. Il a tant maigri à Rome, entre la malaria et l'abandon de Salaï… Melzi ramasse de la neige et lui frotte les côtes à lui brûler la peau. Comment réchauffer ce géant alangui par le froid, abandonné à la glaciation ? Presser le pas.

À l'arrivée à Lyon, les températures ne remontent pas. Ah, c'est donc ça, l'hiver français !

Pour l'accueillir, François Ier a envoyé une petite troupe. Las, Léonard peut à peine ouvrir les yeux. Encore trois jours de voyage, de cahots, de frissons, pour traverser la France en sa largeur, de Lyon à Amboise. Il est de plus en plus mal. Même Batista, le calme, le serein, l'apaisant Batista s'alarme. « Et s'il ne tenait pas ?… »

Chacun place son espoir dans la personne du roi, comme en un roi thaumaturge.

À son arrivée à Amboise, François Ier et sa suite sont à Paris. Heureusement. Léonard n'aurait pas été en état de marcher, alors le saluer !

Les hommes d'escorte ont des instructions et s'y tiennent scrupuleusement. Ils installent les invités du roi au château du Cloux. Là, Batista et Melzi sont accueillis par Mathurine, sorte d'idéal de nounou pour vieillard fatigué. Elle pense à tout. Bouillon brûlant d'abord, puis bassinoire pour réchauffer le lit du maître. Après l'avoir couché chaudement, elle offre un tour du propriétaire aux acolytes de l'hôte de marque. Elle a toujours vécu ici, elle peut leur raconter l'enfance du monarque dans ces fourrés. Elle attribue des chambres à chacun et les dirige tous. Batista s'occupe des bêtes.

— Voilà tes écuries.

— Et Aspic, le singe, il faut qu'il mange aussi, rappelle Batista.

— Ah, c'est donc ça, un singe, dit Mathurine. Dieu, que c'est beau ! Avec un regard pareil, c'est forcément lui qui décide.

Aussitôt, comme s'il avait compris, Aspic saute dans les bras de la bonne femme. Qui l'accueille comme si, toute sa vie, elle avait élevé un singe. Il lui emboîte le pas, lui prend la main et la ramène dans la chambre du maître. Il l'a adoptée et semble vouloir en avertir Léonard.

Pendant que Melzi défait leurs malles, elle nourrit Léonard à la cuillère, alimente le feu dans la grande cheminée de sa chambre, caresse Aspic, descend touiller la soupe. Elle quitte Léonard le moins possible. Elle attend qu'il lui parle, qu'il lui sourie. Spontanément, elle prend le relais des deux garçons épuisés par le voyage et l'angoisse, qui peuvent enfin se reposer, dormir pendant que veille Mathurine…

Dix jours ainsi s'écoulent. Elle réussit à rendre de la chaleur à ce grand corps livré à ses soins experts, ses soupes reconstituantes, ses berceuses et son art des flambées tourangelles. Aspic descend l'avertir à chaque réveil de Léonard.

Elle le veut debout pour le retour du roi. Lequel réinstalle sa cour à Amboise pour la Noël, et c'est bientôt. Melzi et Batista se prennent de tendresse, en plus de reconnaissance, pour cette vieille femme rêche et rude qui a tout pris en main et les soulage incroyablement. Un matin d'hiver sec et limpide, Léonard réclame ses carnets.

Il veut travailler. Urgemment, Melzi lui installe une sorte d'atelier dans sa chambre. Il a encore du mal à descendre l'escalier. Il déballe les œuvres qu'il a emportées et dispose autour de lui ses « Salaï ». Ainsi nomme-t-il, pour leur ressemblance, la dernière version de sa *Lisa*, de son *Baptiste* et de son *Bacchus*. Il y a même une de ses *Sainte Anne* ! Le voyage ni la neige ne les ont abîmés. Léonard les contemple jusque tard le soir, à la lueur du feu et de dizaines de bougies constamment renouvelées.

Mathurine parle un français si patoisé que Léonard met du temps à comprendre qu'elle croit que les personnages des panneaux sont l'épouse et le fils de Léonard. Lisa, l'épouse ! Le Baptiste, son fils ! Ça se tient, pourtant. Tous ressemblent aussi beaucoup à Léonard jeune ! Ils ont le même sourire.

Soudain, il va mieux, beaucoup mieux. Voir ses Salaï réunis lui fait un bien fou, se remettre à la dictée de ses carnets avec l'adorable Melzi… À nouveau, il a foi dans le progrès. Oui, ils vont achever la mise au propre des carnets, publier en livre chaque thème dégagé… Et alors… Ils verront, alors ! Le monde entier sera ébloui… Et même… oui… transformé. Pourquoi pas ? Léonard en est persuadé, il détient là les clefs d'un avenir meilleur.

Mathurine est très fière de son malade et de ses traitements. Voilà qu'il monte et descend le grand escalier qui mène de sa chambre-atelier à la cuisine. Son atelier à elle, lui apprend-il, où Batista lui enseigne les mille et un secrets du *minestrone*, la soupe de légumes milanaise que Léonard adore.

Bientôt, il se sent capable d'affronter le froid hivernal, il veut embrasser sa jument, visiter l'écurie. Batista lui montre les merveilleux chevaux que le roi a laissés là pour lui. Ah ! s'il osait remonter à cheval. Belladona lui fait fête, pose sa tête sur l'épaule de Léonard et pèse, pèse de toute sa tendresse. Elle a mieux supporté que lui le passage des Alpes. Pourtant, elle n'est plus si jeune. Sitôt qu'il la revoit, il a des fourmis dans les jambes, il veut remonter.

— Pas tout de suite, plaide Melzi.

— Si, tout de suite. Vieux, ça veut dire capricieux et surtout, surtout pressé. Tout est urgent. C'est si vite fini. Tout de suite, sinon peut-être jamais, réplique Léonard, narquois.

Il selle lui-même son amour de jument qui semble se pencher pour l'aider à la monter. Et le voilà parti, seul, longer les rives du fleuve aux tourbillons célèbres.

Donc, au loin, ce ruban de brume qu'il aperçoit de sa fenêtre, c'est le lit de la Loire qui le dessine. Léonard s'en éprend comme il a jadis aimé l'Arno. Batista qui a sellé à toute vitesse le rejoint. Alarmé, il déboule au grand galop. Léonard lui sourit.

— Ne t'inquiète pas, quand ce sera l'heure, je saurai, je te le dirai.

— C'est Melzi. Il redoute que tu ne succombes à l'attrait des eaux…

— Chevaucher par ici, ça ne te rappelle pas notre année côté à côte, quand on poursuivait le Borgia ?

— Non, mon maître, ça ne me rappelle rien, c'est aujourd'hui, c'est nouveau, c'est même assez beau. On n'a pas beaucoup de paysages comme ça par chez nous…

Léonard a toujours trouvé plus de justesse chez Batista que chez beaucoup de grands penseurs qu'il lui a été donné de côtoyer. Et ça continue. Décidément, c'est un juste. Un homme qui prend soin des bêtes comme lui ne peut être qu'un juste.

— J'ai l'intention de visiter ce pays. Si tu veux ou plutôt si tu t'inquiètes, viens avec moi.

Ainsi, chaque matin, prend-on l'habitude de voir un grand vieillard aux cheveux et à la barbe longs et blancs trottiner aux côtés d'un cadet vigilant.

Léonard découvre l'étendue du cadeau du roi. Ce joli petit château qu'il lui a offert pour le reste de ses jours est exquis. Tout de briques roses, percé de grandes fenêtres encadrées de pierres de taille, une tourelle, un toit d'ardoise… Pas loin, la Loire argentée et paresseuse, ses îles mystérieuses et ses forêts sombres… Une immense plaine couverte de prairies et de cultures, tellement civilisée, abritée par la colline, exposée au soleil. Pour une maison de roi, fût-ce d'un roi enfant, elle respire la simplicité… Léonard l'agrée sitôt que, de loin, il l'aperçoit en rentrant de promenade. Il est fier d'y demeurer, de s'y sentir chez lui. Chez lui. Est-ce qu'il a déjà connu cette sensation, à part enfant à Vinci ? Si. Sur sa vigne, aussi, mais si peu de temps. Décidément, François Ier est un roi extravagant. À peine arrivé à Amboise, il fait demander audience à Léonard. Avec lui, c'est sans arrêt le monde à l'envers. C'est le roi qui sollicite et c'est l'artiste qui consent !

Leurs retrouvailles tiennent du miracle.

— Un père et son fils, déclare Mathurine. Dirait-on pas bien qu'il a r'trouvé son père, Not' Majesté !

Léonard découvre que ce jeune monarque si simple et si chaleureux est très puissant, très craint et très respecté. Il en est surpris tant il a pris l'habitude d'être aimé de rois de France qui, en Italie, font figure de rois de carnaval. Le Toscan n'a pas le sens de la royauté. Alors qu'ici chacun lui parle avec componction, à la troisième personne, souvent genou à terre et les yeux au sol ! Mais toute la cour et Mathurine le constatent : Léonard bénéficie d'un traitement de faveur. Humblement, le roi demande l'autorisation de l'accompagner dans sa balade matutinale à cheval.

— C'est mon pays d'enfance, je le connais par cœur, j'adorerais te le montrer en ses secrets…

Batista est agréé pour suite.

Incapable de ne pas travailler, Léonard se met à exhausser les rêves émis par le jeune roi. Projets à peine caressés en paroles pendant leurs balades et sitôt exécutés sur le papier par Melzi sous la dictée de Léonard.

Rêves de palais, rêves de cités, rêves de royaumes merveilleux… L'imaginaire de l'un emballe celui de l'autre. Batista le protège, lui porte à boire chaud, à manger, sort couverture et pliants à chaque halte prolongée, s'il leur prend fantaisie de mettre pied à terre pour une collation. Tout est toujours prêt. Une vie de château, vraiment. Le roi, Mathurine, Batista et Melzi conspirent à lui faire une vie de pacha.

Le dévoué et talentueux Melzi, son Cecco de toutes ses nuits, désormais, fait mieux encore. Il note, écrit, dessine et, surtout, prête ses mains à Léonard qui ne contrôle plus du tout les doigts de sa main droite, celle qui servait uniquement à peindre. Sous sa dictée, Melzi réalise en couleur les rêves de grandeur du roi que Léonard met en forme par le raisonnement.

Ces matinées à cheval soudent une entente incroyable entre eux. La vitalité, la gourmandise et même la démesure des souhaits de François Ier contaminent l'aîné. Léonard se reprend à gambader dans sa tête, à envisager d'agir à nouveau sur la réalité.

Réfugié frileux dans ses pensées et ses livres posthumes, la curiosité tous azimuts du jeune roi réveille ses appétits. Dans son vieux sang déjà tiède, le roi infuse sa chaleur, sa folie, sa jeunesse et l'entraîne lentement mais sûrement à donner un cadre, un décor, une mise en scène à ses idées les plus fantasques. Bien sûr qu'il va superviser les fêtes de la Nativité, de l'Épiphanie, puis…

À nouveau, ça n'arrête plus.

Le roi a compris le fonctionnement de la machine Vinci. Il lui suffit d'exprimer un désir et de le décréter impossible à réaliser pour que l'artiste n'ait de cesse de le démentir. « Si. Si. On peut. Je peux le faire, moi. »

La reine Claude, l'épouse du roi, qui n'est autre que la fille du roi précédent, celui qui avait voulu faire détacher *La Cène* du mur de Milan, est d'abord réticente : qu'a donc son mari à s'amouracher de cet étranger, ce Léonard ? D'accord avec Louise de Savoie, la mère du roi et sa première adoratrice, qui siège au conseil privé et désapprouve, elle aussi, l'influence grandissante que prend ce vieillard fantasque sur son fils.

Fidèle à son enfance autant qu'à celui qui l'a fait roi, François a pris pour conseillers les proches de feu Louis XII et, avec un attachement sans faille, a nommé ses amis d'enfance à leurs côtés pour diriger la France. À tous, il a adjoint sa mère et surtout sa sœur, sa meilleure amie, sa plus proche conseillère. La bonne marche du royaume repose sur la confiance du roi dans les siens. Mais surtout, c'est sa sœur Marguerite de Valois qui fédère ceux que le roi a réunis autour de lui. Et qui comme lui succombe au sortilège Vinci. En farouche opposition à leur mère, et même à la reine Claude, le frère et la sœur imposent Léonard au centre de leur vie et de leurs décisions. Désormais, en tout et sur tout, le roi consulte Léonard qui, toujours, l'approuve. La transfusion de sève opère dans les deux sens.

Ils chevauchent souvent côte à côte, l'artiste et le roi. Les riverains ont pris l'habitude de ce couple composé d'un vieillard roide et droit sur sa monture et d'un jeune plus fougueux, au moins aussi grand, à ses côtés. Se doutent-ils que ce jeune homme n'est pas toujours

Batista, mais parfois aussi leur roi ? Il offre à son artiste révéré sa Touraine natale, sa Sologne… Il se plaint qu'un si beau pays soit gâché par l'omniprésence de moustiques enragés. Qu'à cela ne tienne. Léonard sait assécher les marécages. Près de Rome, il a failli en mourir. Ici, il se contente d'en fournir les plans. Virtuellement, les marais qui gênent son roi sont déjà asséchés.

À Romorantin, François Ier rêve d'un palais idéal. Melzi en trace les plans que Léonard lui dicte impulsivement la nuit suivante.

Toute l'année 1517, le roi tâche de vivre le plus possible à Amboise pour ne jamais rester trop longtemps éloigné de son guide précieux. Littéralement sous son charme, il répète à chacun qu'il n'a jamais rencontré pareille intelligence. Il est attiré, aimanté par ce vieillard qui lui offre sa science et lui communique son don si rare pour l'observation et l'expérimentation scientifiques qui ne fait fi d'aucun détail, au point qu'à une chasse même, le roi peut renoncer pour demeurer près de lui.

D'ailleurs, s'il n'était roi de France, il serait Léonard de Vinci. Ou son fils.

Les fêtes ont repris. François Ier prie Léonard de lui enseigner son art de la fête. Léonard ordonne, le roi en personne exécute ses consignes. Il est doué, il adore ça. Il tient son rôle de roi, magnifiquement, et de metteur en scène, mais n'est-ce pas le même rôle ? Il se sent guidé par Léonard, influencé par sa sœur qui elle aussi le prend pour un père idéal.

Plus érudite et plus savante que son frère, Marguerite demeure à Amboise quand le roi s'absente. C'est donc elle qui veille sur leur père tutélaire. Melzi en profite pour faire son portrait que Léonard retouche à peine, ou seulement par la parole, tant son élève a fait de progrès. C'est une maîtresse femme, généreuse, ardente, bienveillante, l'intuition sûre, une haute intelligence guidée par une grande culture. Et poète. Léonard l'encourage à persévérer. Il aime qu'elle lui dise ses vers le soir quand le roi est en voyage.

Au cours de l'année suivante, l'amour du roi et de sa sœur porte ses fruits : Léonard devient l'objet d'un culte. Sorte de représentation idolâtre de la cour qui adopte toutes ses manies. Il transforme jusqu'à la mode. En tout, la cour le copie. Ses habits, ses chausses, ses cheveux, la taille de sa barbe. Il incarne l'admiration des Français pour l'Italie. Il est l'Italie, le charme, la fantaisie, le talent, l'intelligence italienne. Il est ce vieux monsieur très courtois qui connaît tout, qui sait tout, qui peut tout. On le consulte, toujours prêt qu'il est à se pencher sur ce qu'on lui propose.

C'est l'année des noces d'un nouveau jeune Laurent de Médicis. Pour les réussir au mieux, Léonard reconstruit les jardins du roi, y crée des fontaines musicales, des labyrinthes feuillus, des charmilles ombragées, des murs d'oiseaux chantants… Du coup, on le prie de repenser les jardins de tous les châteaux de la région…

La France est si prospère que, le long de la Loire, comme des petits pains, les châteaux poussent plus majestueux les uns que les autres, les fêtes s'y succèdent comme les prières du chapelet. Le bonheur est à l'ordre du jour. Même le petit peuple fait confiance à ce roi-là. À la fin de l'été, François Ier décide d'honorer Léonard comme il le mérite. Aussi organise-t-il lui-même une fête, à Cloux cette fois, chez Léonard. Puisqu'il a été décrété une fois pour toutes que, tant qu'il vivra en France (et s'il pouvait savoir à quel point Léonard est sensible à cette précision circonstancielle ; il sait bien, lui, qu'il y mourra), le château du Cloux lui est exclusivement réservé. C'est Léonard qui reçoit la cour de France. Peut-on accorder plus grand honneur à l'artiste quémandeur, mendiant et paria de Rome !

Les visiteurs du roi ont compris, qui implorent d'être présentés au grand homme. Ça n'amuse plus Léonard. Jadis, à Florence, à Milan, et peut-être même encore à Rome, il aurait adoré. Là, ça vient trop tard pour le réjouir ou le flatter. Si encore Salaï en profitait. Ou si seulement il savait…

Ce n'est tout de même pas désagréable, ce roi qui fait sa fortune et sa renommée, assure sa gloire aujourd'hui et la promesse d'un lendemain posthume. Une si petite promesse d'éternité, d'une si brève éternité… En regard du… du devoir de mourir. Oui. Il y songe. Malgré lui. De plus en plus souvent. Il a beau repousser cette « perspective », elle revient s'imposer. Il déteste l'idée de ne plus être là, de ne plus voir toutes ces merveilles, de ne plus en inventer de nouvelles…

Quelques visiteurs d'Italie font le détour pour « toucher » le monument Léonard, tel un talisman. Lequel est ravi comme un enfant d'entendre parler toscan. Sa langue, c'est, avec Salaï, la seule chose qui lui manque de sa patrie. Il apprend ce qu'il aurait pu deviner : circulent dans toute l'Italie un assez grand nombre d'œuvres à lui attribuées, qu'il n'a même jamais envisagé d'exécuter. Authentifiées par Salaï, elles contribuent à sa gloire, quoiqu'elles soient rarement dignes de lui. Et c'est un euphémisme.

— Sale démon ! Après t'avoir ignominieusement abandonné, il continue de vivre à tes crochets, siffle Melzi. Toujours nuisible, décidément…

— C'est moi qui lui dois tout, il m'a rendu tellement heureux. Il m'a inspiré. Regarde, dit-il en montrant son *Baptiste* qu'il lui arrive de retoucher encore.

Il a pris la couleur blanche en grippe depuis son angoisse dans les tempêtes de neige des Alpes, alors partout où c'est possible il supprime le blanc et le remplace par du noir ou, mieux, de la lumière pure.

Il en profite pour passer et repasser sur le visage de ses Salaï comme d'ultimes caresses sur la peau de sa mémoire.

— Mais il te nuit, insiste l'assistant idéal.

— Non, il se paye légitimement sur la bête. Et il me manque. Son énergie…

— Le roi a la même…

— Tiens, c'est vrai. Je n'y avais pas pensé. Ah ! mon Cecco, sans toi…

Soudain, Léonard comprend que cette sorte de perfusion de joie, de folie et d'amour, quand elle passait par le sexe de Salaï, était infernale, épuisante souvent, mais renouvelait constamment son désir, l'alimentait en inventions, en mille bêtises, en grand bonheur. .. Aussi, l'élasticité et la jeunesse alliées à la déraison amoureuse l'ont tenu enchaîné à ce garçon toutes ces années. Privé de lui, il se meurt. Certes, avec le roi, il se passe quelque chose d'un peu équivalent, le sexe en moins. Sans l'incroyable attirance érotique qui presque toute sa vie… Tout de même, la transmutation des pensées ne s'effectue pas sans un vif plaisir.

À Cloux, chaque nuit, Cecco l'endort en lui caressant le dos. Ses caresses sont désormais chastes mais font persister la sensation d'être aimé, désiré, entouré.

— Oh, mon Francesco, mon merveilleux Cecco, je sais comme je suis injuste mais Salaï me manque toujours…

Par chance, chaque jour, chaque aube bleue, la curiosité prend le dessus et le tire du lit.

Mathurine le fascine. Son talent, son goût pour la cuisine, lui qui n'a jamais aimé manger, relèvent d'une alchimie particulière : il étudie ses recettes avec passion. Comme autant de secrets sur la métamorphose à venir. Le passage du cru au cuit et ses incroyables transsubstantiations.

Il y a aussi près de Cloux un maréchal-ferrant qui lui montre comment en France on soigne les chevaux. Batista et lui sont admiratifs.

L'année s'écoule pour l'essentiel à trier et à sélectionner ses notes. Entre espoir et désespoir de jamais parvenir à les publier. Il y croit de moins en moins, comme à la vie. La fatigue aussi le gagne. Au fond, est-ce si important ?

Il dessine à nouveau, mais difficilement. Sa main gauche est d'accord, en revanche sa main droite refuse catégoriquement de lui obéir. Il renonce à peindre. Ça n'est pas grave. Il n'y songe plus.

À ses visiteurs, sa coquetterie l'oblige à préciser que les quatre tableaux de sa main qui l'entourent sont inachevés. Il sait que c'est à demi faux, mais c'est précisément dans le mystère ténu de cette forme d'inachèvement qu'il les aime.

D'ailleurs, a-t-il seulement jamais peint ? Il a du mal à se le rappeler. C'était il y a si longtemps déjà. C'était avant Rome. Rome qui a anéanti ses espérances, lui a volé Salaï et le goût de peindre. La soif d'action aussi l'a déserté.

François Ier lui avoue un soir qu'il est très amoureux de sa *Lisa*. Instantanément, Léonard la lui offre.

— … Mais pas avant d'avoir fermé les yeux en la regardant. D'ici là, je la garde près de moi…

Et avec une infinie pudeur, comme s'il s'agissait d'une vraie personne, il passe la main sur la joue du tableau…

Désormais il peut offrir ses œuvres, faire cadeau de son travail. Pour la première fois de sa vie, il n'a plus besoin d'argent. Le roi l'entretient sur un si grand pied et sans compter, lui et les siens, qu'il se sent assez riche pour faire des cadeaux. À se demander si le manque, et surtout la peur de manquer, comme la mésestime initiale de son père et de tous les *Grandi* auxquels il a commencé par déplaire, ne l'ont pas contraint à cadenasser sa sensibilité au point d'une certaine infirmité. L'année de ses vingt-trois ans, quand il s'est « reconstruit » à Vinci, ne s'est-il pas amputé de la meilleure part de lui-même ? C'est l'émotion qui l'étreint en offrant sa *Lisa* à François Ier, qui lui fait soudain réaliser que, sans doute, là aussi, il a gâché sa vie.

Las, il est de plus en plus fatigué. À la fin de l'année, le froid se fait coupant, à ne pouvoir sortir, il doit renoncer à ses promenades à cheval, ce qui l'alarme. Il pressent que s'il n'exerce plus son corps, bientôt ce dernier refusera de servir. D'ailleurs, peu à peu, durant ces mois d'hiver venteux, cinglant, tout son côté droit le lâche.

Pour fêter le printemps, il va diriger une fête à distance. Il fait gonfler des boyaux de mouton avec de l'air chauffé par une pipe de cuivre, remplir des balles de fumée qui, en se rompant, libèrent des nuages et font jaillir des essences enflammées dont les lumières jouent sur les visages.

Le baptême du deuxième fils du roi a lieu à Saint-Germain où a accouché la reine Claude, loin, au nord, encore plus au froid. Léonard doit inventer sans vérifier, créer sans voir ! N'est-ce pas là le début de la fin ? Imaginer des choses qui se réalisent sans lui, loin de lui, comme s'il était déjà… Il s'entraîne à disparaître. C'est ainsi qu'il annonce à François sa fin prochaine.

— D'accord, je te conçois le plus magnifique baptême du monde, à condition que tu reviennes ici au plus vite ordonner une autre fête.

— Ah ! Tu as l'intention de donner une fête, toi aussi. En quel honneur, si tant est que tu aies besoin d'un prétexte ?

— Mon enterrement. Mon beau roi, promets-moi un enterrement de roi, plein de musique.

— Bien sûr. Est-il nécessaire que tu le demandes ? Mais rien ne presse…

— Engage-toi quand même. Ça me rassurera. Au cas où tu mourrais avant moi…

Le roi et l'artiste se regardent au fond des yeux et… Oui, un immense fou rire les entraîne ensemble. Ils se tordent d'un rire qui ne dit pas son nom et qui, pourtant, communie dans beaucoup d'amour.

Ce jour-là, Léonard décidément très en forme fait mander le notaire d'Amboise. Alors que le roi part sacrer son fils deuxième filleul de Dieu, Léonard remet à maître Boreau ses dernières volontés.

Ses instruments de musique, de calcul, tout son matériel de peintre, et ses notes, cahiers, carnets, plans, dessins, maquettes… tout ce qui doit servir sa gloire future comme le travail à achever va à « Francesco Melzi, mon cher, mon si cher Cecco… ». Charge pour lui de continuer à tenter d'en faire des livres.

À Salaï, il attribue la moitié de sa vigne. Un dernier ressentiment ? Non. De l'indifférence. Rien de plus, mais rien d'autre non plus. Seulement la moitié. L'autre partie de cette vigne si aimée revient à Batista. Lequel se tient aux côtés de Léonard pendant qu'il dicte ses intentions au notaire. Il pleure silencieusement de chagrin : il refuse d'envisager la mort de Léonard.

— À toi, fidèle Batista, je lègue Belladona, ma jument chérie, Loulou, le beau lévrier, cadeau du roi, et tous les animaux, sauf Jaloux, le dernier corbeau qui croasse en français et te déteste. Et Aspic, le ouistiti d'Astro, qui a choisi de rester avec Mathurine.

Jaloux aussi s'est beaucoup attaché à Mathurine. Perché sur son épaule, il fait mine de goûter ses plats en même temps qu'elle. Et ça la fait rire de le voir picorer de son bec dans sa cuillère en bois… Quand Batista entend le montant de la somme d'argent que Léonard compte lui léguer, en plus des bénéfices de sa portion de canal à Milan et des meubles de ce petit château que le roi lui a donc réellement offert – « outre toutes les bêtes encore vivantes à ma mort », précise Léonard par défi envers l'amour de sa vie –, c'en est trop. Ses larmes de chagrin se transforment en torrents de reconnaissance. Ainsi donc Léonard l'aime tant que ça ? Léonard tient à lui à ce point !

Quant à l'argent déposé à Santa Nueva, charge à Melzi de le répartir entre les membres de la fratrie de Léonard. Aux siens envers qui il n'a plus aucun sentiment.

Outre Aspic et le corbeau Jaloux, Mathurine hérite d'une petite somme d'argent et d'un beau tissu pour se faire tailler un manteau de dame avec de la fourrure. La reconnaissance le dispute à la stupéfaction.

Là sont les vrais siens, les derniers siens, les seuls siens. Melzi, Batista, Mathurine et, dans les lointains, Salaï. Avec le roi François, mais que lui léguer ?, il a déjà la promesse de sa *Lisa*…

Puis Léonard congédie maître Boreau, content de lui. Une incroyable sensation de devoir accompli se dégage de la rédaction d'un testament. Sans doute n'est-ce pas seulement le pensum du jour qu'il achève, mais bien l'entièreté d'une vie qu'il vient de constater par écrit. Une vie pas si ratée qu'il le croyait il y a dix minutes.

— Quoique… Bah ! Reste l'ironie. Et… ? Non ! Pas de ressassement. Vite, Melzi, allez. On reprend le travail.

Si l'esprit est encore assez vif, le corps cède chaque jour du terrain et s'affaisse rapidement. Et ça le vexe. Il ne parvient plus à se redresser, lui toujours si droit. Si haut, voilà qu'il glisse… Et s'il s'examine plus avant dans le miroir, il se hait, lui si maigre voit sa peau qui plisse comme celle des vieillards qu'il autopsiait jadis. Il craquelle. Il a tout le temps froid. Mais comme s'il était déjà anesthésié, il n'en souffre pas, s'en rend à peine compte. Mathurine sans trêve le couvre de peaux de bêtes et alimente le grand feu. Pourtant, le printemps s'annonce précoce. Pas si chaud qu'en Toscane, mais un peu comme en Lombardie. La Loire grossit, les bourgeons éclatent, la terre émet des odeurs neuves. Il faut retourner observer la nature. Il sait aujourd'hui qu'il ne l'a pas bien comprise, qu'il n'a pas percé tous ses secrets. Il ne l'a point domptée, à peine analysée. Et il n'a jamais réussi à voler ! Quelle pitié, même pas réussi à voler ! Toute sa vie, il a admiré cette force vitale qui se retire de lui, alors que jamais, dans la nature, elle ne trahit de la sorte bêtes ou plantes. La nature dispose de forces fantastiques, d'une capacité de renouvellement que manifestement l'humain ne possède pas. En avançant en âge, il se rend compte que sa propre impuissance est celle de l'humanité comparée à l'incroyable pouvoir des éléments, l'eau, le vent, le feu…

— Finalement, on ne peut rien contrôler. Rien.

Si la géologie lui a appris les bouleversements de la terre, dont les tremblements ne sont qu'un pâle écho, au seuil de la mort, il est sûr que l'homme n'est pas le centre du monde. Et ça le chagrine. C'est pourquoi il le préfère sous la forme quasi symbolique où il est parvenu à le mener avec son *Baptiste.* Un être surgi des ombres, nimbé de puissance et de mystère tel le messager d'un autre monde. Puisqu'il a raté ce monde-ci, il n'a pu y exister pleinement, a dû toute sa vie se cacher, camoufler la puissance de ses énergies vitales, les transfigurer en autre chose, peinture, sculpture, architecture, projets de guerre ou de paix, tricheries… Et ne jamais, comme en sa prime jeunesse à Vinci, laisser parler son corps, le laisser exulter dans toute la gloire de ses sensations. En liberté. Plutôt que de vivre, il a mimé la vie. Un imposteur, a-t-il jamais été autre chose qu'un imposteur ? Plutôt que de s'incarner à plein, il a dû choisir de peindre des incarnations. Faire de la beauté pour ne pas étouffer. Ne pas étouffer ? Facile à dire.

Étouffer, comme quand on garde trop longtemps la tête sous l'eau. N'est-ce pas désormais ce qu'il ressent chaque fois qu'il s'étend pour se reposer ? Comment faire, il est très fatigué, mais n'a plus le loisir de s'étendre… Il somnole donc assis, mais son sommeil est moins profond.

Deux, trois heures du matin, c'est l'heure terrible, les regrets tapis surgissent de l'ombre. À quoi bon tout ça, force, jeunesse, séduction, à tenter de percer les secrets des dieux pour finir ridé comme la débauche, édenté, déformé, bientôt paralysé… L'assaille l'angoisse de mourir, comme un désespoir qui n'attendait que cet instant pour l'envelopper. Ça y est, il le sait. Il ressemble à l'un de ses premiers tableaux inachevés, à Florence. Son *Saint Jérôme* tellement angoissant que les moines qui le lui avaient commandé l'avaient violemment repoussé. Ainsi a-t-il eu l'intuition de l'angoisse qui l'étreint, là, à plus de quarante ans de distance ?

Il revit encore et toujours sa nuit de prison, ce manque d'air… cette entrave première… Chaque nuit, en ce début d'année 1519, il se demande encore s'il en est jamais sorti, à soixante-sept ans ! Ou alors, c'est un autre, un masque de lui-même qui en est sorti, lui, le vrai Léonard n'a pas encore commencé de vivre. Et c'est déjà fini. Inachevée, sa vie, comme sa *Bataille d'Anghiari*, comme sa si chère statue équestre, comme *La Cène* dont tous les voyageurs lui disent qu'elle a été ravagée par une inondation, comme ses canaux jamais tracés, ses palais jamais édifiés, ses inventions à jamais au secret de ses carnets. Sa machine à voler, son plus cinglant échec. Son pire regret. C'est pourtant vers la fin de ces atroces nuits d'angoisse qu'il en aurait le plus besoin, pour fuir la mort, s'envoler, monter dans les airs, oublier cette atroce sensation d'étouffement… De l'air, du bleu, voler, voler…

De l'air !

Assis à sa table, il tente de respirer, il reprend son carnet, celui du jour. Finira-t-il jamais de noter ? Les flammes des bougies vacillent, l'aube point, Léonard n'y voit plus bien. Il s'interroge encore sur ces fameux tourbillons, ces eaux qui engloutissent toutes choses sous elles. Quand, en bas dans la cuisine, il entend Mathurine s'affairer, puis crier à Batista d'aller chercher le maître.

Il ne veut pas lui faire de peine, il s'efforce chaque jour de prendre au moins un léger repas à sa table, elle y met tant d'amour et de bonne volonté. Alors il griffonne vite quelques mots sur la page ouverte de son carnet. Et le referme. Puis, pour devancer le désir de sa chère Mathurine, il tente de se lever. Mais n'y parvient pas. Il choit à même le plancher. Aussitôt Batista accourt, alerté par le bruit de sa chute. Mathurine aussi a entendu, et tout de suite elle interprète ce bruit comme celui d'un corps qui s'effondre, elle appelle Melzi. Qui arrive instantanément. À croire qu'il se tenait derrière la porte. Il aide Batista à redresser Léonard, à l'installer dans son grand fauteuil rouge, à lui poser une couverture sur les jambes, à essayer de lui faire boire de l'eau. Pendant que Mathurine parcourt le plus vite que son âge l'y autorise les huit cents mètres qui séparent le Cloux du palais royal pour chercher Marguerite de Valois. Elle l'aime tant. Elles l'aiment tant toutes autant qu'elles sont. Dire que le roi n'est pas à Amboise, le pauvret qui n'aurait pas voulu le laisser passer seul.

Quand les deux femmes très essoufflées rejoignent les trois hommes, deux sont agenouillés auprès du troisième. La tête de Léonard est très droite, adossée au fauteuil, les mains sagement posées sur les accoudoirs, inertes, inertes. Les yeux sont fermés. Fermés.

Il a cessé de respirer.

Il n'a rien dit. Plus rien.

Il est mort sans un mot.

Les derniers sont donc ceux qu'il a écrits au bas de la page du jour.

La veille, il avait tracé ces mots : « La soupe va refroidir, mais… je continuerai. »

Et là, tout de suite avant de basculer, une formule latine. Admirez l'homme sans lettres !

Deux mots, deux seuls mots pour dire l'espoir infini, chevillé au cœur : « et caetera… »

Juste ces mots tracés : « et caetera. »

ET CAETERA…

Bibliographie

Parmi les très (trop) nombreux ouvrages concernant Léonard de Vinci, je ne cite ici que ceux auxquels j'ai davantage recouru, ou ceux qui m'ont ouvert l'imaginaire avec quelque chance de vraisemblance.

En tout premier, les livres de Daniel Arase, tout Arase, puis ceux d'André Chastel en dépit de sa nette préférence pour Michel-Ange et de son amour pour Laurent de Médicis, que, comme on peut le voir, je ne porte pas dans mon cœur. Et aussi :

André de Hevesy, *Pèlerinage avec Léonard de Vinci*, éditions Firmin Didot, 1925

Carlo Vecce, *Léonard de Vinci*, éditions Flammarion, 2001

Fred Bérence, *Léonard de Vinci, ouvrier de l'intelligence*, éditions de la Colombe, 1947

Georges Beaume, *Léonard de Vinci*

Kenneth Clark, *Léonard de Vinci*, éditions Grasset, 1967

Gabriel Seailles, *L'Artiste et le savant*, essai de biographie psychologique, éditions Perrin, 1912

Charles Nicholl, *Léonard de Vinci*, Actes Sud, 2006

Serge Bramly, *Léonard de Vinci*, éditions J.-C. Lattes, 1988

Sherwin B. Nuland, *Léonard de Vinci*, éditions Fides, 2002

Marcel Brion, *Léonard de Vinci*, éditions Albin Michel, 1959

Philippe Parizot-Clérico, *Léonard de Vinci, itinéraires et lignes d'ombres*, éditions Giovanangeli, 2005

Adolphe Venturi, *Léonard de Vinci et son école*, éditions Rombaldi, 1948

Sigmund Freud, *Un souvenir d'enfance de Léonard de Vinci*, éditions Gallimard, 1977

Giorgio Vasari, *Les Vies des peintres*, 2 tomes, éditions Les Belles Lettres, 1999

Walter Pater, *Essai sur l'art et la Renaissance*, éditions Klincksiek, 1985

Engenio Garin, *L'Homme de la Renaissance*, éditions du Seuil, 1990

LES ANNÉES FLORENCE
1476-1481

LES ANNÉES MILAN
1482-1499

LES ANNÉES NOMADES
1496-1506

LES ANNÉES ERRANTES
1506-1519

Achevé d'imprimer
en septembre 2008
par Printer Industria Gráfica
pour le compte de France Loisirs, Paris

Numéro d'éditeur : 53263
Dépôt légal : août 2008
Imprimé en Espagne